ELEANOR RIGBY vive en Granada, pero te sería más fácil encontrarla activa en Instagram. La edad no se le pregunta a una dama. Escribe novelas donde la gente se quiere mucho. Es lo único que hace: de ahí su prolífico catálogo, que en menos de tres años de actividad ha alcanzado la friolera de más de treinta títulos. Es bruta, no le tiene ningún miedo a mandar a sus personajes al psicólogo y le gusta vacilar. Ha ganado un par de premios, ha mantenido unos cuantos libros autopublicados en las listas de más vendidos durante meses y, en su día, recaudó con sus novelas en plataformas de internet algunos que otros millones de leídos.

Ahora, lo que le gustaría ganarse y mantener es tu interés.

Puedes seguirla en Twitter e Instagram:

🐦 @tontosinolees
📷 @tontosinolees

Papel certificado por el Forest Stewardship Council®

Penguin
Random House
Grupo Editorial

Primera edición en B de Bolsillo: mayo de 2023

© 2021, 2023, Eleanor Rigby
© 2023, Penguin Random House Grupo Editorial, S. A. U.
Travessera de Gràcia, 47-49. 08021 Barcelona
Diseño de cubierta: Penguin Random House Grupo Editorial / Marta Pardina
Imagen de cubierta: © Katie Smith

Penguin Random House Grupo Editorial apoya la protección del *copyright*.
El *copyright* estimula la creatividad, defiende la diversidad en el ámbito de las ideas
y el conocimiento, promueve la libre expresión y favorece una cultura viva.
Gracias por comprar una edición autorizada de este libro y por respetar las leyes del *copyright*
al no reproducir, escanear ni distribuir ninguna parte de esta obra por ningún medio sin permiso.
Al hacerlo está respaldando a los autores y permitiendo que PRHGE continúe publicando libros
para todos los lectores. Diríjase a CEDRO (Centro Español de Derechos Reprográficos,
http://www.cedro.org) si necesita fotocopiar o escanear algún fragmento de esta obra.

Printed in Spain – Impreso en España

ISBN: 978-84-1314-662-1
Depósito legal: B-5.811-2023

Compuesto en Llibresimes, S. L.

Impreso en Liberdúplex, S. L. U.
Sant Llorenç d'Hortons (Barcelona)

BB 4 6 6 2 1

Amor y odio tienen cuatro letras

ELEANOR RIGBY

He creado una lista en Spotify con las
principales canciones que estuvieron sonando
(en mi cabeza y en mi móvil)
mientras escribía esta novela.

Las opiniones expresadas por los personajes de esta novela
o el sentido del humor que manifiestan,
tanto los protagonistas como los secundarios, ni son ni dejan
de ser opiniones que comparta la autora o que pretendan
presentarse como verdades absolutas. No existe intención
alguna de aleccionar, sino de presentar la variedad
de perspectivas en un mundo plural. Cada reflexión invita
al lector a sacar sus propias conclusiones sobre los temas
tratados, que independientemente del tono con el que se
hayan mencionado, en general jocoso por el ánimo
desenfadado de la comedia romántica, no son triviales ni han
de ser caricaturizados.

Cualquier parecido con la realidad es mera coincidencia.

Capítulo 1

Con la puerta en las narices

¿A qué diríamos que sabe el orgullo? ¿A jarabe para la tos o a huevos podridos? Porque hay una tendencia mundial a evitar eso de tragárselo. Yo no soy la excepción, pero he tenido que hacerlo y ahora puedo confirmar que se atraganta bastante.

Después de haber sido rechazada en cuatro editoriales en el transcurso de dos días, mi orgullo está criando malvas a cuatro metros bajo tierra. Tengo que sacar fuerzas de donde no las hay para enfrentarme a mi última oportunidad con optimismo.

Si mis padres no me hubieran despedido en la puerta de casa con toda la pompa y boato imaginables, prometiéndome que arrasaría en las entrevistas, no me habría creído capaz de presentarme a un puesto acorde con mi trayectoria profesional. Ahora tengo claro que debería haber salido a la calle con las expectativas más bajas. O no haberme movido del sofá. Ya sabía que con solo decir mi nombre me iban a mandar a tomar viento fresco. Algunas van con la muerte en los tacones, y yo, por lo que se ve, me he quedado con la puerta en las narices. Esa es la razón por la que llevo dos años en paro. No me daba la gana de buscar empleo porque estaba convencida de que no me iban a contratar en ninguna parte. Mi exjefe se tomó muy en serio la tarea de difamarme en el mundillo literario y ahora estoy gafada.

«¿Y por qué no te buscas un trabajo que no sea de lo tuyo?».

Buena pregunta. Quizá la respuesta condicione la opinión que se tenga de mí de ahora en adelante, pero es mi deber ciudadano sincerarme: habría sido deprimente ponerme una redecilla en el pelo teniendo una licenciatura y dos másteres. Y, para ser del todo franca, tampoco andaba desesperada por un empleo pudiendo chupar del bote en mi casa.

Mis padres me han llamado desde tiquismiquis hasta clasista, pero estaba decidida a no conformarme con menos que un contrato de editora. Es lo que sé hacer. Y es, también, algo que no habría vuelto a hacer jamás si mis queridos progenitores no hubieran amenazado con echarme de mi habitación de la infancia. Puedo jurar que después de un despido agresivo, una amenaza de demanda judicial y el desprecio de todos tus compañeros se te quitan las ganas de retomar tu carrera. Y de salir a la calle. Y de volver a enamorarte.

Y de vivir.

Pero aquí estoy, intentando cambiar mi actitud para recomponer mi vida, empezando por el ámbito laboral. Y con «aquí» me refiero a la salita anexa al despacho del director general, donde espero a que le apetezca colgar el teléfono y recibirme.

No parece que eso vaya a suceder en este plano astral.

Normalmente no es el director general quien se encarga de las entrevistas, pero por lo que me ha parecido intuir, no hay coordinador ni editor jefe. No solo han reducido la plantilla a lo básico, sino que las tres plantas que hasta hace poco constituían las oficinas de la editorial Aurora se han reducido a una sola.

Aunque es evidente que no están pasando por un momento de esplendor económico —ni tampoco comercial, por lo que he podido observar en las listas de ventas—, al menos la zona de trabajo es amplia y luminosa. Se nota que de la decoración se ocupó una mujer con buen gusto. La mayoría de los despachos están acristalados, y láminas en distintos tonos del atardecer —melocotón, bronce y champán— recubren las paredes de los pasillos. El parquet de los suelos y las réplicas de Gustav Klimt combinan a la perfección y cumplen el objetivo de transmitir una abrumadora sensación de calidez.

Si tengo que poner una pega, es que los mandamases son de esos cutres a los que les gusta enmarcar sus diplomaturas. Ya hay que ser gañán para colgar la licenciatura universitaria en el lugar de trabajo.[1]

De todos modos, parece que el diseño interior ha quedado desfasado. La pintura está a medio rascar, señal de que quieren repintar, y reina el desorden mire donde mire. Las placas de los departamentos siguen sin colgar, muchos se mudan de cubículo, hay decenas de cajas de cartón amontonadas y solo funciona un teléfono: el de la gerencia.

La gerencia que lleva media hora haciéndome esperar.

No sigo aquí porque me guste que me desairen o quiera que se me quede el culo encajonado en el asiento, sino porque la editorial Aurora está pasando por una mala racha y, por mucho que apeste mi reputación, no pueden permitirse dejarme ir. No si tuvieran un mínimo de sesera. Antes lo he intentado en empresas florecientes y otras ya consagradas porque «el no ya lo tenía» y sabía que en esta tendría el puesto asegurado. El novio de mi hermana, que cubría el departamento legal cuando aún podían pagar un abogado, me ha contado que las dimisiones y despidos en masa los han dejado con un par de correctores.

1. Damos por hecho que has estudiado para el puesto que ostentas, cariño, no hace falta ser redundante.

Eso son buenas noticias. Aunque la editorial se vaya a la ruina en una semana, que es lo más probable, estoy preparada para ocupar un lugar en mi sección y cerrar la boca a mis padres. No podrán decir que no tuve iniciativa.

Así de desesperada estoy. No solo se ha puesto en tela de juicio mi madurez y mi capacidad de recuperación frente a la adversidad, sino mi valía como empleada, y por ahí no paso. Yo no estoy en esta situación porque no pudiera defender un puesto, sino porque ellos no supieron ser profesionales.

—Cuando lo llama su exmujer puede pasarse hasta dos horas pegando voces al teléfono. Hoy ha batido el récord: lleva tres ininterrumpidas.

Me giro, alertada por la voz femenina, y ahí está la sensación del bloque. Solo un tipo de mujer lleva las uñas de las manos y los pies pintadas a juego: las tigresas. Por si acaso a alguien le cupiera alguna duda, ella reitera su poderío felino vistiendo un chaleco de visón y una blusa con estampado de leopardo.

—¿Qué me sugieres? ¿Venir mañana, desconectarle el teléfono o recomendarle un buen abogado en el que delegar sus frustraciones?

—Buscarte otro lugar donde trabajar. Esto ahora mismo es el purgatorio.

Lanzo un silbido admirativo y me quito uno de los auriculares. Alicia Keys sigue chillándole a mi oído izquierdo que un hombre real no puede negar la valía de una mujer. El derecho es ametrallado con los golpes, pisadas, conversaciones y traqueteos de la destartalada cafetera de la editorial en funcionamiento.

—He estado en el infierno y he sobrevivido, así que esto me parecerá celestial en comparación.

—¿Has estado en el infierno de verdad? Entonces Valdés te sonará familiar. Es el que suele ir por allí con el tridente, el látigo y los cuernos en la cabeza. —Se los dibuja sobre el impecable alisado japonés—. Dobles cuernos, en realidad. Los tenía antes de que su mujer se los pusiera.

No me suelen hacer gracia este tipo de bromas, pero la mujer habla con el desparpajo de las tenderas de negocio local y mi grupo social preferido son las peluqueras de barrio. Soy susceptible a todos sus encantos.

—¿El jefe se ha atrevido a llorar en tu hombro por eso, o lo has descubierto porque eres la cotilla que no puede faltar en toda empresa?

—Las etiquetas son para la ropa, pero si tengo que llevar una, antes que la de cotilla prefiero la de *fashion victim* —pronuncia con un inglés perfecto—. Y te puedo asegurar que el jefe no sabe llorar. Lo descubrirás si te coge para el puesto de editora. De ser así, y esperemos que tengas suerte y no te haga un contrato, trabajarías codo con codo con él. No hay dinero para pagar coordinadores que medien entre la élite y los autores.

Tal y como me suponía.

Ante su insistencia, amusgo los ojos y me atrevo a plantear una posible conspiración.

—¿Estás intentando asustarme para que me vaya porque tú eres la otra aspirante y quieres este trabajo para ti?

—Qué va. Yo soy la *community manager* de Aurora. Llevo toda la promo en redes sociales. No me han despedido porque gracias a mí aún se vende algo, pero como sigan con los recortes, hasta a mí me meterán en una caja. Me llamo Lola Vilalta, por cierto —añade con la mano extendida.

Le doy un apretón de ejecutivo y me lo pienso dos veces antes de decir mi apellido. A lo mejor el último peón del grupo Aurora no conoce a la Altamira de la editorial Bravante, pero a la que está metida en Twitter todo el día dudo que se le haya escapado el escándalo que se montó.

Opto por una respuesta escueta.

—Silvia. ¿Algo más que deba saber antes de enfrentarme al señor Valdés?

—Solo que tendrías que haberte traído un chaleco antibalas debajo de esa blusa tan mona. —Señala mi camisa de seda azul—. Soy la primera obsesa de la moda que se ahogaría antes que ponerse un salvavidas que no le combinase con los complementos, pero, chica, sin uno de esos es imposible sobrevivir.

Las palabras de Valdés no es que sean de calibre cincuenta, son directamente petardos.

—Pues tendré que apañármelas para hacer fuegos artificiales.

Lola levanta las manos en señal de «te lo he advertido».

—Tienes agallas. Escóndelas para que no te las arranque.

No puedo evitar poner los ojos en blanco cuando quizá lo más inteligente sería hacerme la cría asustadiza. Mi pasotismo daría pie a muchas preguntas y tendría que dar explicaciones, como que no me da miedo porque no puede ser peor que mi anterior jefe, un lobo disfrazado de cordero.

«Por cierto», le diría, «es Ernesto Fernández de Córdoba. Sí, *ese* Ernesto Fernández de Córdoba. Y sí, yo era su zorra. Recojo mis cosas y me voy, ¿verdad? *Ciao*, *arrivederci*, hasta la vista, etc.».

Aunque mis cuitas laborales no serían lo único que explicaría mi tranquilidad. Yo no me he criado con dos críticos jueces en casa siendo víctima de comparaciones en las que salía perdiendo para temer al propietario de una empresa que se desmorona. Lo demuestro dirigiéndome al despacho con seguridad.

Toco a la puerta de cristal y asomo la cabeza.

—Perdone, pero tenía la entrevista a las nueve en punto y ya son menos veinticinco.

El tipo, de espaldas a mí, ladea la cabeza sin mirarme y hace un aspaviento impaciente para que pase. Al girarme para cerrar la puerta no solo capto los enormes y curiosos ojazos de Lola, sino también los del resto de la plantilla. Han dejado lo que están haciendo para no perderse el espectáculo. Suerte para ellos que van a poder vivirlo con detalle, porque el despacho principal está acristalado.

Por lo menos alguien sacará algo positivo de mi desesperación, lo que supone una mejora teniendo en cuenta que el único que me ha visto montar un drama en los últimos veinticuatro meses ha sido el Nick Carter que colgué en la pared de mi cuarto a los quince años.

—Siéntese.

La sequedad de su tono capta mi atención, pero la tercera mirada de reconocimiento que trato de dirigirle vuelve a fracasar en sus objetivos. No acierto a describir más que sus anchos hombros, enfundados en una americana oscura, y los horribles pantalones marrones que ha combinado con una camisa color mostaza.

Uno de mis grandes problemas es que pongo caras. Sí, hago muecas sin querer. De sorpresa, de asco, de rabia o de estupor, como me ha pasado ahora. Es una especie de tic nervioso que no puedo controlar, pero, por lo menos, esta vez me ha salido por una buena razón. O con toda la razón.

¿Cómo puede una persona vestir tan mal?

¿Y por qué ha decidido girarse hacia mí en el preciso momento en que he torcido la boca?

Dirijo la mirada enseguida al interior de mi bolso, del que saco la mano como si hubiese tocado un chicle pegado al fondo o hubiera leído un mensaje desconcertante en mi móvil. Si se lo ha tragado en lugar de darse por aludido, no me consta, porque clava la vista en la pared y sigue asintiendo a lo que parlotea el interlocutor.

Ahora que se ha dado la vuelta, no queda ningún misterio por resolver. Puede medir fácilmente un metro noventa, y algo que es indiscutible además de su horripilante gusto en moda es que, si me entrara en una discoteca, mis piernas se abrirían de polo a polo.

A fin de cuentas, para hacer el sin respeto no se necesita ropa.

Y yo que creía que eso de los jefes buenorros era una leyenda urbana. Siempre he pensado que lo que añade morbo a los directivos de empresas exitosas es que acumulan poder, riqueza y podrían despedirte en cualquier momento. Aquí y ahora. Quieras o no, eso lo hace todo muy excitante para aquellos a los que nos gusta la adrenalina. Pero a este no le hace falta ni tener estilo ni vender millones de libros al mes, dos virtudes de las que carece. Aparenta unos cuarenta años y los lleva mejor que Brad Pitt en *Troya*, donde recuerdo que nos ofrecieron el desnudo integral más sexy de los 2000. Se basta y se sobra con su barba oscura y cerrada, el pelo peinado al estilo Brando en *Un tranvía llamado deseo* y unos abrasadores ojos negros con los que podría reventar el cristal que está fulminando con la mirada.

—¡Me importan una mierda sus exigencias! —brama—. Si tiene algo que decir, que coja el AVE y venga hasta aquí. No voy a discutir los pormenores de mi divorcio o el acuerdo de separación de bienes con un abogado de pacotilla, y ni mucho menos tengo intención de cumplir órdenes. Ya, ya sé que se necesitan letrados para separarse. No soy imbécil. Pero no voy a sentarme en ninguna mesa si no la tengo a ella enfrente.

Levanto las cejas.

Vaya, vaya. El nene tiene genio.

En las tres palabras que cantaba Gianna Nannini: *Bello e impossibile*.

—¡No necesita ninguna maldita representación! —continúa. Me da la sensación de que me mira con el rabillo del ojo, pero es difícil saberlo. Un mechón oscuro le acaricia la sien, donde palpita la vena de los disgustos—. ¿Es que se ha quedado muda? ¿Se le ha olvidado cómo se habla, igual que se le olvidaron sus votos matrimoniales? No estoy siendo irracional, estoy exigiendo seriedad y no trapicheos a mi espalda ni excusas baratas. Dígale que no pienso renunciar a mi derecho de mandarla al infierno en persona. Después de una década, es lo mínimo que merezco.

Una década y así están.

Menudo percal.

Mis padres son un ejemplo de que la institución del matrimonio puede funcionar, pero creo que es porque los dos se han dedicado al mundo legal toda su vida y, tras ver unas cuantas sentencias de divorcio, tenían más claro que el ciudadano medio a lo que se exponían. Aunque son un buen ejemplo de personas que han logrado mantener su mutuo aprecio intacto tras treinta y cinco años de relación —más o menos—, yo no puedo sacarme de la cabeza que el cincuenta por ciento de los matrimonios acaban en divorcio. Y muchos de esos divorcios terminan con hombres vociferando por teléfono a los abogados de sus exmujeres, ni más ni menos que en presencia de una aspirante a editora. No soy la más empática de la zona, pero no obligaría a alguien a quien he contratado —en este caso, el abogado de pacotilla— y a alguien a quien voy a contratar —servidora— a sufrir algo así.

Como si supiera que lo estoy poniendo verde para mis adentros, el tipo me lanza una mirada fugaz.

—¿Que tiene que velar por el estado emocional de su cliente? Eso ha sonado muy romántico. No me diga que usted también se la está follando.

Me cuesta no llevarme la mano a la boca y jadear como una escandalizada dama victoriana. O este hombre se enteró ayer de lo de su mujer o es de los que nunca terminan de pasar página.

¿En qué contexto se daría la infidelidad? Puedo entender que saliera con otros para que la hiciesen reír, porque este tipo no parece de los que cuentan con un gran repertorio de chistes. Pero con la cara que tiene y el cuerpo que esconde, me cuesta digerir que su ex se metiera en la cama con un tercero. A no ser que, como ocurre con la mayoría de los hombres atractivos, el señor Bosco Valdés sea de los que se lo tienen tan creído que eyaculan en una fracción de segundo y se ponen a roncar con una sonrisa orgullosa.

Debe de tener un sexto sentido arácnido, porque parece haber detectado mi prejuicio sobre su estilo amatorio. Entorna los ojos sobre mí con la misma agresividad con la que agarra el teléfono. No me extrañaría que lo lanzara por la ventana en un arrebato.

—No me diga lo que tengo que hacer. Vuelva a llamarme y se enterará de quién soy yo.

Uy, uy.

El señor Valdés cuelga el teléfono y lo tira sobre el escritorio. Doy un respingo por el golpe y el eco que crea entre las paredes desnudas. Ahora que me fijo, hay alcayatas clavadas, pero ningún cuadro o póster, y el escritorio está casi vacío.

Es oficial: hay una mudanza en proceso. No sé a dónde se irán los demás, pero yo presiento que ya me estoy yendo al carajo cuando Valdés apoya los nudillos sobre la mesa y se inclina hacia delante, taladrándome con sus ojos negros.

—Y usted ¿qué? ¿Puedo ayudarla en algo o solo ha venido a hacer el payaso con toda esa ridícula mímica?

Capítulo 2

El jardín de las ~~delicias~~ *desgracias del Bosco (Valdés)*

Pestañeo una sola vez. Primero, impresionada por la grandeza y el poderío supremo que puede proyectar un tío que se viste como el espantapájaros de *El Mago de Oz*. Y, en segundo lugar, conteniéndome para no soltarle que el payaso parece él, haciéndome esperar cuarenta y cinco minutos para presenciar este circo.

Si llevara unos zapatos con puntera roja, no me sorprendería lo más mínimo. Es lo que le combina con el modelito.

—Discúlpeme. Soy un público muy sensible. He venido por el puesto de editora —añado con suavidad para amortiguar el golpe de la respuesta. Saco del bolso mis engañosos logros impresos—. En la web decía que teníais abierta la recepción de currículos y que hoy se realizarían las entrevistas.

Bosco me lo quita de las manos de forma algo brusca.

Ojo con *Brusco* Valdés.

U *Hosco* Valdés.

O *Buenorro* Valdés, pero ese mejor lo dejo para cuando su mala leche no eclipse todas y cada una de sus virtudes.

Lo lee muy por encima.

—Ahora mismo solo estamos contratando becarios y gente de prácticas —dice sin mirarme—, aunque, viendo que no ha trabajado antes de llegar aquí, podría quedarse como pasante. —Aparta el papel y lo deja sobre la mesa, justo ante mi cara de mema—. ¿Qué le parece?

Pestañeo tantas veces seguidas que no me extrañaría que pensara que tengo algún tic nervioso.

—¿Quiere contratarme como becaria? ¿Sin pagarme?

—¿Ha realizado algún trabajo de edición que pueda mostrarme como ejemplo de experiencia?

Me muerdo la lengua para no soltar un alarido.

Claro que lo he realizado. Fui la editora jefe y mandamás de Bravante durante cinco años consecutivos. Fui una de las empleadas más jóvenes en ostentar un cargo de poder. Fui representante de la editorial en todos los eventos del gremio, desde Barcelona hasta Londres, pasando por Frankfurt. Pero, si lo menciono, no le va a hacer falta buscarme para resumir mi historia laboral en que soy una zorra mentirosa y una vendida. Eso es lo que narra el evangelio según San Hijoputa, alias mi exjefe, y todos los adeptos del *ernestismo*, que son, asimismo, los propietarios de todos los aparcamientos de Madrid, se lo han creído sin titubear.

—Puedo coordinar el contacto con sus autores y supervisar las correcciones y traducciones de algunas novelas que tenga pendientes de forma gratuita para que vea cómo lo hago y, si le parece que está a la altura, contratarme. Con salario —añado, recalcando cada sílaba.

A mí todo esto del trabajo no me importa, nada me motiva desde hace mucho tiempo. Solo sigo órdenes de mis padres. Justo por eso no me apetece que se rían en mi cara cuando les diga que trabajo de becaria con veintinueve tacos.

Aunque, ¿qué esperaba? Esta gente está arruinada. Seguro que no se puede tirar de la cadena porque llevan tres meses sin pagar el agua, y como me deje encendida la luz del baño, me despiden por insolidaria. Lo más probable es que acaben vendiendo las impresoras porque no se pueden permitir los cartuchos de tinta.

No me los puedo permitir ni yo. Cualquiera diría que es sangre de unicornio.

—Firmaría un contrato de prácticas por un tiempo a determinar, entre los tres y los seis meses, y si su trabajo fuera satisfactorio, se lo renovaría con la cláusula de pago actualizada.

—Yo no hablo de meses de trabajo gratuito, hablo de hacer un par de revisiones o coordinaciones y que les dé el visto bueno. ¿Por quién me ha tomado? Tengo casi treinta años, dos másteres y...

—Y cero experiencia laboral —concluye, enarcando la ceja del a-mí-no-me-vengas-con-monsergas. Me tengo que tragar el «y una mierda» que me escuece en la campanilla—. Si no llegó a hacer prácticas, ¿qué esperaba? No me diga que es una de esas idealistas que se creen que conseguirán un contrato mileurista sin haber dado un palo al agua. Olvídese de un empleo remunerado si esto —agita mi currículo como si fuera basura— es todo cuanto tiene que ofrecer.

—¿Le parece poco? ¿Se cree que va a llamar a su ruinosa puerta alguien mejor cualificado? La gente como yo está trabajando con grupos editoriales de múltiples sellos y manejando un volumen de trabajo que usted no habrá visto en su vida.

—La gente *como usted* —recalca—, pero usted en concreto parece que no. Usted ha llamado a mi ruinosa puerta, si no me engañan los ojos. ¿No le han dicho que hay que ser humilde? Sobre todo cuando no tiene lo que hay que tener para venir con exigencias.

—Ah, ¿y usted sí puede ser exigente? —Elevo el tono, ultrajada—. ¿Usted puede permitirse llamarme payasa antes de darme los buenos días y después de recibirme cuarenta y cinco minutos tarde? Parece que a su editorial han entrado a robar, y lleva un parche en el codo de la americana que ni siquiera es del mismo tono. Usted me necesita mucho más de lo que yo le necesito a usted, sea para coordinar, corregir y editar o sea para renovar su fondo de armario.

Bosco entorna los párpados, adoptando un aire amenazante.

—¿Eso piensa?

Me parece que ha ignorado mi acusación de hortera.

Mejor.

—Cuando venía hacia aquí no he visto a nadie haciendo cola para entrevistarse con usted —encojo un hombro—, aunque ahora entiendo por qué. No hay nada que le tiente a uno a quedarse aquí salvo la niña bonita que tuitea para que venda tres libros.

—Vaya por Dios —ironiza—. Y si la oficina no está a la altura de Miss Honolulu,[2] ¿por qué no me hace los honores y se larga? ¿No será que su grado de desesperación no tiene nada que envidiar al mío?

Trago saliva y dirijo una mirada nerviosa al currículo, que sigue reposando entre los dos como el elemento de la discordia. Si ha visto mi apellido, ni se ha inmutado, y eso puede significar dos cosas: la primera, que está tan ansioso por contratar a alguien que no le importa mi pasado. La segunda es que no sabe nada de mí. Cosa que, siendo sincera, dudo bastante. La editorial Aurora lleva en pie casi diez años, y Bosco Valdés es su director ejecutivo desde entonces. Es imposible que no llegara a sus oídos semejante escándalo.

Pero si no lo ha mencionado para echármelo en cara, no debe tener ni idea, porque este tipo no parece de los prudentes que guardan silencio para preservar la paz. Yo creo que afila el cuchillo con los caninos antes de acostarse, y estaría más que encantado de darle un repaso a todas mis desdichas.

Recompongo la espalda y me cruzo de brazos.

2. ¿Qué dice este ahora?

—Sea un hombre y admita que me quiere contratar como becaria porque no puede permitirse un salario.

—Señorita Altamira —empieza, en tono suave—, con su licenciatura de sobresaliente me puedo limpiar el culo si no ha ejercido nunca, sobre todo teniendo en cuenta que se graduó hace más de cinco años. Será un milagro si se acuerda de lo que se escribe con b o con v.

Que será un milagro, dice el *Vosco* Baldés.

—Sé que «váyase al carajo» se escribe con uve y que «cabrón» va con be. Entre medias yo colocaría una coma. Se ponen siempre antes del vocativo.

—Magnífico —me gruñe, con la vena del cuello inflada—. Ya ha demostrado que sabe ortografía. Ahora demuestre que entiende los imperativos y lárguese de mi oficina.

Me pongo de pie y él se estira a la vez que yo, como los antiguos caballeros cuando las damas se levantaban.

—¿Sabe qué será un milagro? Que convenza a alguien de trabajar a cambio de sus groserías. Le deseo toda la suerte del mundo si quiere remontar la empresa sin un editor jefe. Va a resultarle incluso más difícil que corregir su carácter de mierda.

Nos medimos con la mirada sumidos en un tenso silencio.

Ahora estoy tan enfadada por su falta de tacto y profesionalidad que no puedo reparar en la mía, pero cuando llegue a casa lloraré por haber perdido los estribos de esta forma. Yo no tengo nada que ver con la histérica sin modales que acaba de mandar al infierno al que podría ser su jefe, pero la situación viene afectándome desde hace muchísimo tiempo. Me han echado de cuatro editoriales y, encima, por un error que no cometí y que me ha convertido en una ingrata ante el ojo público. Mi padre, el hombre más exigente y despiadado del mundo, ha empezado a mirarme con lástima. Y, para colmo, este capullo quiere que trabaje gratis.

Yo era alguien antes de todo esto. No puedo asumir la caída de mi pedestal sin más.

Cojo una gran bocanada de aire para despedirme con educación —porque más vale tarde que nunca—, con la mala suerte de que el escurridizo caramelo que estaba saboreando se me estanca en la tráquea. Hago un sonido de estertor y me llevo las manos al cuello, boqueando para liberarlo de la esquina donde se ha atascado.

Empiezo a toser como una loca. Los ojos se me llenan de lágrimas, y cuando estoy segura de que voy a morir por culpa de un Pictolín, acude a mi rescate.

En un abrir y cerrar de ojos Bosco ha rodeado la mesa y me ha tocado en algún punto del cuello y otro de la espalda. Con la última tos escupo el caramelo, que rebota contra su horrorosa camisa antes de caer al suelo.

Me seco las lágrimas con los dedos mientras trato de recomponerme.

—¿Es esta una nueva forma femenina de victimizarse? —me ladra en todo su esplendor misógino—. ¿Esperaba arrancarme así la confesión del estado financiero de mi empresa? ¿Dándome pena?

—Esperaba dejarle tuerto escupiéndole el caramelo en el ojo —musito débilmente, ronca del susto.

—Pues lamento informarla de que su puntería deja bastante que desear.

—Justo como su trato al público. Ya tenemos algo en común.

Bosco me mira de hito en hito, sin decir palabra. Aprovecho esos segundos para palparme la nuca empapada de sudor y respirar hondo.

Levanto la mirada y lo enfrento con toda la entereza de la que logro armarme. Él parece pensativo, incluso curioso. ¿O divertido? Eso lo dudo bastante, pero yo no soy de piedra. No creo que se pueda ser más estúpido, pero es que tampoco creo que se pueda ser más guapo. Qué injusto es el Señor repartiendo defectos y virtudes.

—Tiene una lengua muy rápida, señorita Altamira.

Me dan ganas de responder que solo cuando me tocan el higo, pero no voy a referirme a mis partes nobles delante de un tipo al que le permitiría tocármelas.

—Es para insultarle mejor —me burlo.

Estiro el brazo para alcanzar mi currículo, pero él impide que lo coja y me marche poniendo una mano sobre la mía. Mis ojos se pierden en sus dedos morenos, que, por arte de magia, hacen desaparecer los míos bajo su cálida palma. Una descarga eléctrica que asocio al antagonismo más intenso me recorre desde los tobillos hasta la nuca.

¿Cómo quedarían esos largos dedos de collar?

Oh, por favor, no puede ponerme que me traten mal. Y, si es así, no pienso reconocerlo. Antes muerta que sin dignidad.

—La editorial se encuentra en una situación complicada ahora mismo —confiesa al fin, tras emitir un breve suspiro—. Aunque no lo parezca, mi modesta oferta es un ejercicio de responsabilidad. No puedo prometerle un salario fijo cuando no sé si podría pagárselo. Pero si la economía mejorase, lo que espero de corazón, le redactaría el día 1 un contrato remunerado como Dios manda. Y ahora que la he puesto al tanto de mis dificultades, o firma para ejercer de pasante con la respectiva cláusula de confidencialidad, o tendré que matarla. —Y sonríe con socarronería, aunque sin perder el aire déspota.

No cedo porque me haya conmovido su sinceridad. Tampoco porque me haya amenazado con la muerte. Por mí, puede irse a la porra y no salir ni para ir al baño. Si acepto es porque necesito trabajar de lo mío para recuperar a la persona que solía ser, aunque eso signifique mirar a otro lado cuando pase por delante de los escaparates, conteniendo el impulso de comprarme unos zapatos, y tolerar que mis padres y mi hermana se burlen de mí.

Qué importa. Hace falta un poco de humor en casa.

—Si esas son las dos únicas opciones, tendrá que prestarme un bolígrafo.

Bosco mete la mano en el interior de la chaqueta y saca uno pequeñito de botón. Luego rodea la mesa para rescatar del fondo de uno de los cajones un modelo de contrato para becarios.

La duración es de tres meses.

Por lo menos no pretende explotarme sin darme de comer durante dos años.

Suspiro y me inclino hacia delante para buscar apoyo. Relleno los espacios en blanco y, al final, echo una firma con un floreo.

Aunque es, con seguridad, el peor acuerdo al que he podido llegar en mi vida, me siento sorprendentemente realizada. Por fin tengo algo asegurado, un motivo para levantarme por las mañanas y una meta en la vida: demostrarle a este cabeza de buque que no va a encontrar a otra editora tan responsable como yo.

Bosco me quita el bolígrafo y firma en la esquina inferior derecha. Después lo suelta sobre la mesa y vuelve a apoyar los nudillos en ella.

Nos aguantamos la mirada un instante, yo a un lado y él al otro de la trinchera, a unos tontos centímetros de rozar nuestras narices como perros rabiosos.

—No me gusta la impuntualidad —empieza a recitar en tono de advertencia—. Me da igual la naturaleza de su contrato. Quiero el trabajo bien hecho, y si es incapaz de cubrirlo, estará despedida. Si tiene que echar más horas, las va a echar. Si tiene que trabajar desde casa, lo hará...

—No se venga muy arriba, Valdés —interrumpo, con la mano en alto—. Ya ha dejado patente que es el cliché del jefe cabrón de novela romántica, pero también ha quedado bien claro que me necesita y no puede permitirse ir de exigente. Seamos algo flexibles el uno con el otro y tengamos la fiesta en paz, ¿le parece?

Le tiendo la mano.

Bosco pone la cara del Padrino, la versión «vienes a mi editorial a tratarme como si fuese imbécil» de «vienes a mi casa, a la boda de mi hija, y me pides que mate por dinero». No me preocupa, porque tanto él como yo sabemos que nos hacemos falta el uno al otro, excepto por el detalle de que la menda aquí presente cuenta con una grandiosa ventaja: él no parece saber por qué estoy aquí, lo que me permitirá, en lo sucesivo, manipularlo a mi antojo.[3]

Bosco coge mi mano. En lugar de estrecharla, tira de mí lo suficiente para pegar mis caderas al escritorio y hablar cerca de mi oído.

—Procure no pasarse ni un pelo, Altamira. En esta ciudad hay muchos más parados desesperados por un trabajo de los que cree.

—Y muchos más cabrones con contratos basura aparte de usted —contesto en el mismo tono. Me separo y esbozo una sonrisa cortés—. Nos repartimos bien para que ninguno trabaje solo, señor Valdés. Por eso no se vaya usted a preocupar.

3. Inserte risa malévola: muajajaja, muahahaha, a gusto del consumidor.

Capítulo 3

Los dos equipos: el mío y el perdedor

—¡Suerte en tu primer día!

Aprovecho que tengo que girarme hacia mi hermana para desabrochar el cinturón de seguridad y le dirijo una mirada rencorosa.

A Bárbara no le hace falta trono para ser una reina. Con conducir un Nissan Pathfinder rojo brillante, la clase de bólido que llevan los chulos y los padres de familia, ya se ha coronado como la indiscutible emperatriz del barrio.

Sí, mi hermana es esa clase de mujer. La que conduce coches de siete plazas con zapatos de tacón y a la que la coleta eficiente le sienta como un peinado de pasarela. Le han quitado multas por exceso de velocidad porque, al sonreír, se pasa la lengua por los dientes y el poli se olvida de lo que estaba diciendo. Nadie sospecharía de ella si fuera una de las posibles criminales de una novela de Agatha Christie, cuando, en realidad, podría ser la psicópata con tendencias narcisistas. Mataría con el rizador de pestañas o con el denso contenido de su bolso Bimba & Lola tamaño torpedo. Te arrea un sopapo con eso y te arranca el brazo como mínimo, y soy sincera cuando digo que Bárbara tiene un arma y no dudará en usarla.

Es de ese mismo bolso de donde saca media *baguette*.

—¿Me has hecho la merienda? —No puedo disimular el asombro.

—Me la he hecho a mí y he decidido prepararte la otra mitad.

Suspiro con gran dramatismo.

—Es muy difícil odiarte cuando te muestras tan atenta. ¿Por qué no me lo haces más sencillo?

—¿Cómo?

—No sé, intenta hundir mi autoestima. Métete con mi pintalabios.

—¿Qué le pasa a tu pintalabios?

—¿No es demasiado rojo?

—¿No se trata de eso? —Arquea una ceja—. Nunca criticaré tu maquillaje, pero si insistes, prometo hundir tu autoestima cuando no te la estés hundiendo tú sola.

—¿Y cuándo sucederá eso? Porque parece que la autocompasión es un viaje solo de ida.

—Quizá cuando encuentres un trabajo de verdad.

—Eso no ha estado nada mal —señalo con orgullo. Ella hace una pequeña reverencia con la cabeza—. Creo que si me respondes así unas cuantas veces más, podré empezar a odiarte de verdad.

—Gracias, que sepas que intento dar lo mejor de mí. Pero volviendo a tu trabajo... —Apoya el codo en el volante y me mira en el papel de severa hermana mayor del que se ha apropiado sin pedir permiso, puesto que yo soy la que nació primero. Tres años antes de que ella me robara el protagonismo, para ser más exactos—. ¿No piensas decírselo a papá y a mamá?

Me estremezco de solo imaginar la escena.

—Les estaría poniendo demasiado fácil que elijan a una hija como favorita, y no voy a hacerte ganadora del gran honor retirándome de la competición. También quiero un poco de orgullo paternal para mí.

—No seas tonta. Estarán orgullosos de que hayas conseguido un contrato. ¡Si estaban convencidos de que volverías con las manos vacías!

—Vaya por Dios. —Bizqueo—. No depositéis tanta confianza en mí, que me puedo herniar de aguantarla sobre los hombros.

—Vives con ellos, Silvia —me recuerda, abogando por el sentido común del que yo nunca echo mano porque me resulta aburrido—. ¿A dónde les has dicho que vamos esta mañana?

—Tú vas a la biblioteca a estudiar. Yo voy al banco.

—¿Y todas las mañanas vas a decirles que madrugas para ir al banco? Van a pensar que estás metida en negocios fraudulentos y te tienes que pasar a diario para ingresar pequeñas cantidades sin levantar sospechas.

—No es el lugar más inverosímil que se me ha ocurrido. La gente que no tiene dinero suele sentarse junto a los cajeros con la gorrilla en la mano y la correa del perro en la otra, ¿no? Solo me falta la mascota para ser una pobre miserable sin trabajo. ¿Crees que debería adoptar una? Seguro que un golden retriever conmueve a los peatones.

—Si te pones a pedir con unos Louboutin no vas a conmover a nadie —apostilla con gran ojo. Enseguida vuelve a mirarme con severidad—. Silvia, se lo tienes que decir. Y de paso, les cuentas por qué te echaron de Bravante. Entenderían que Valdés te tenga en periodo de prueba.

—Prefiero no darles más razones para que confirmen que soy la vergüenza de la familia. Además, conociendo a papá, se cabreará si se entera de que no le dije nada de la demanda.

—Normal. Gracias a Dios que solo lee las secciones de Política y Economía del periódico y no cree en internet, que si no...

—Si no, habría reescrito su testamento y habría puesto todos los bienes a tu nombre. Y habría renunciado a su patria potestad sobre mí. «Llegas a estudiar Derecho y no te pasa nada de esto» —pronuncio, imitando la voz de mi padre—. Lo he visto morderse el labio para no decírmelo cuando me robaron el abrigo en la discoteca en mi vigésimo cumpleaños. Seguro que, si hubiera estudiado Derecho, no tendría las puntas abiertas.

—Yo estudié Derecho y no tengo las puntas abiertas. —Espera a que ponga los ojos en blanco para agregar—: Tienes a papá como un monstruo, y no me parece justo.

Claro que no le parece justo, pero porque ella nunca se las ha visto con su censura. Emprender la carrera legal, como es tradición en los Altamira desde tiempo inmemorial, es lo único que cuenta con la aprobación del padre de familia. Bárbara se graduó con honores en Derecho y está preparándose las oposiciones con el objetivo de convertirse en la jueza más joven de España. Si añades que le encanta jugar al tenis y que su novio es hijo de un viejo amigo de mi padre, estamos hablando no ya de que sea la viva imagen de todos los sueños y expectativas que el señor Altamira depositó sobre sus hijas, sino de su réplica femenina.

Está muy bien que Bárbara encaje en el molde, porque yo no estaba dispuesta a pasar por el aro y tampoco es cuestión de matar a disgustos a un hombre de sesenta y un años, lo que habría sucedido si las dos niñas se le hubieran rebelado. Dejemos que por lo menos pueda decir que le salió bien una de las dos. Un cincuenta por ciento de acierto no es una mala media. A mí me hacen feliz las rebajas a mitad de precio.

—Tú lo tienes como un héroe, y tampoco me parece objetivo. Estoy acostumbrada a su cara de decepción, pero tengo derecho a decidir cuándo quiero que me la ponga, así que no le digas nada.

Bárbara suspira.

—Tú sabrás lo que haces. Anda, coge el almuerzo y lárgate.

Entorno los ojos, exagerando mi sospecha.

—Admítelo. Quieres ponerme gorda para seguir siendo la guapa de las dos.

—Y le he añadido lechuga para que se te quede entre los dientes y hagas el ridículo al hablar con tu jefe.

—Algo me dice que no voy a necesitar ningún aliño especial para irritar a ese capullo. —Agarro el bocadillo y lo sacudo antes de abrir la puerta—. Gracias, Barbarie.

—Mucho ánimo, Silbido.

«Ánimo», dice. Lo mismo que le susurraríamos, acongojados, a alguien que acaba de perder a un ser querido o al que le han diagnosticado un cáncer terminal. Yo no estoy muy lejos de experimentar ese grado de desesperanza absoluta. Tengo las mismas ganas de regalarle a ese bastardo una jornada ilegal de seis horas que de serrarme el brazo izquierdo, y que conste que no me haría ninguna gracia porque a mí también me gusta el tenis y uso la zurda para darle a la pelota. Distinto es que se me dé bien.

Aun con todo, me armo de la paciencia que no tengo al tomar el ascensor y pulsar la planta correspondiente. En cuanto se abren las puertas, los gritos de una discusión grupal me taladran los oídos.

Soy consciente de que no voy a trabajar en una empresa exitosa, y tampoco tengo expectativas respecto a los compañeros, pero reconozco que no esperaba encontrarme una anarquía en toda regla. Me quedo un momento parada en el recibidor, hasta que diviso a Lola haciéndose un café con toda tranquilidad.

—¿Qué es esto? —le pregunto, abarcando con un gesto los disturbios de Stonewall.

Lola me pasa un brazo por el hombro y me da una palmadita amistosa.

—Esto, querida, es el pan de cada día.

—¿Y quién se lo tiene que comer?

—Pues todos los que nos mantenemos al margen.

—¿Nos? Tú no tienes cara de mantenerte al margen.

—Al principio me metía siempre, es verdad, pero desde que me inicié en el yoga no entro al trapo. Por favor, no lo hagas tú. —Me aprieta el hombro—. ¡Eres mi única esperanza!

—¿Iniciarme en el yoga? Puedes estar tranquila, que no lo haré. Soy más de clases de spinning.

—Me refiero a meterte en la discusión. Es insoportable. —Se lleva las manos a la cabeza y se masajea las sienes. Está tan maquillada que me extraña que no se le manchen los dedos del intenso bronceador dorado que utiliza—. Desde que se fue la jefa, se arma un sarao de este calibre día sí y día también.

—La jefa. —Entonces caigo en la cuenta—. Aurora Ganivet, ¿verdad?

No sé cómo se me ha podido pasar. He tratado con Aurora Ganivet unas cuantas veces durante mis años como editora jefe en Bravante. La recuerdo altísima y con mucho estilo. Sabía bastante de marketing. Supongo que se marchó de la editorial para no lidiar con el inútil de Valdés cuando yo me autocompadecía en mi dormitorio infantil, muy lejos del mundillo literario, y por eso no me enteré del drama.

—La misma. Una diosa. Cuánto la echo de menos... —Suspira, teatral—. Y no soy la única. La discusión siempre la protagoniza ella. Estamos los del equipo *fancy*, que somos los que sostenemos que Aurora tenía la razón en cuanto al divorcio, y los del equipo *loser*, que son los que están de parte de Bosco.

—Un momento, un momento... —Levanto las palmas—. Vas a tener que ponerme al día. ¿Aurora es la exmujer de Bosco?

—Así es. Y la editorial se llama así por ella. ¿No es pura justicia poética?

Lo que me parece es que tienes que ser un poco egocéntrica para llamar a una editorial como tú, sobre todo teniendo en cuenta que no te pertenece. Por lo que sé, la empresa siempre ha estado a nombre de Bosco. He visto documentos en los que constaba eso. Documentos que firmaba él.

Lola no tarda en confirmarlo.

—Nos arruinamos al mismo tiempo que su matrimonio fracasó. Bosco no quiere saber nada más de ella porque le puso los cuernos, y con esto entendemos que la echó de la empresa. Desde entonces solo vamos a peor.

—¿Y qué es lo que se echan en cara, si puede saberse? —Señalo al grupo de chillones con caras coloradas y dedos en alto.

—Las versiones de la historia. Unos insisten en que Aurora es una cerda y nos las podemos apañar sin ella. Otros, como yo, conocemos a Auro y sabemos que con ese marido no había manera de ponerse de acuerdo. Ponerle los cuernos fue la única salida.

Arqueo una ceja.

—Que me aspen si defiendo a Bosco Valdés, aunque sea jugando al fútbol, pero me parece que uno tiene unas cuantas alternativas antes de engañar a alguien. Puedo dar fe de que su marido es un estúpido; ahora bien, la ley que te permite dejar de convivir con alguien que te parece imbécil se aprobó en 1981.

Y eso es todo lo que puedo aportar sobre el mundo del Derecho, que el divorcio es más ochentero que los calentadores de *Flashdance*.

No me sorprende que mis padres estén tan decepcionados conmigo.

—Se lo merecía —insiste Lola, convencida—. La tenía muy descuidada.

—Estoy segura de que Valdés se merece muchas cosas, pero que le pongan los tochos no creo que sea una de ellas.

—Bueno, puede ser. Yo soy amiga de Aurora y tengo que ponerme de su parte, es una de esas obligaciones que vienen con el contrato de amistad. Además de mantener el equilibrio en la editorial, era mi única aliada, ¿entiendes? Estoy intentando encontrar a alguien parecido en plantilla, pero entre que la mitad se ha batido en retirada y los otros dejan mucho que desear, no hay manera de hacer amigos.

Cojo una cápsula de café al azar y la meto en la maquinita para empezar la mañana con energía, que no con ilusión o esperanza, porque el café, si no es de cafetera de acero inoxidable, no es café, sino un brebaje para la tos.

No aparto la vista del grupo. Hay un hombre alto y bastante atractivo pegándole voces a un par de mujeres entre los cuarenta y los cincuenta, aunque sus rebecas de franela tengan pinta de haber sobrevivido a la dictadura de Primo de Rivera. En medio hay otro tipo joven incapaz de contener la risa. Se interpone entre las dos partes con los brazos como el Cristo del Corcovado y se aparta el flequillo de la cara con un resoplido.

—Creo que aquí es cuando os recuerdo que os podéis meter en un problema legal si llegáis a las manos.

—Ese es Duarte Tosantos, el traductor —me presenta Lola en tono confidencial.

—Parece majo. ¿Por qué no lo conviertes en tu aliado?

—¿Mi aliado? —Tuerce el morro—. Tiene dos teléfonos, uno para el trabajo y la familia y otro para concertar citas con todas las mujeres con las que sale a la vez. De fondo de WhatsApp ha puesto a una chica muy mona que dice que es una amiga suya que falleció, pero estoy segura de que es su novia oficial, si es que conoce el término. Una de las reglas de Lola es no mezclarse con mujeriegos.

Y hablar de sí misma en tercera persona también, según parece.

—¿Y qué dicen las reglas de Lola sobre el tipo de la camisa arrugada?

—¿El que está cabreado? Es Nil Fortuny. Mis principios me prohíben confiar en un hombre que sigue soltero a los treinta y cinco, aunque supongo que deberíamos dar gracias por ello: la selección natural está de parte de las mujeres y no le importa que se extingan los que quedan fuera de la categoría *boyfriend material*. Tiene mala hostia para parar un tren. Trabaja como corrector de textos, por cierto.

Genial. Me va a tocar hablar con el que parece seguir el mismo lema de vida que mi jefe: ladra y vencerás.

—¿Qué hay de las otras dos?

—Son Emilia y Noemí Bravo. Leen los manuscritos. Hermanas mellizas y solteras. Muy románticas. A veces escriben novelitas cortas estilo Corín Tellado a cuatro manos.

—¿Por qué no son ellas tus aliadas? Tienen pinta de simpáticas.

—No tenemos intereses comunes. A mí me gusta hacerme las uñas para que parezcan garras de aguilucho y parafrasear a Don Omar. Ellas llevan enganchadas a *Pasapalabra* desde los noventa y aún no han superado que Ricky Martin fuera gay.

»Aparte de estos cuatro fantásticos, tenemos a Belén en el departamento de recursos humanos. Una hippy como la copa de un pino. Solo sabe manifestarse en contra de la ablación del clítoris, lo cual me parece muy respetable, pero tampoco se trata de sacar la pancarta en mi fiesta de cumpleaños. También está Estrella Salas, en corrección: para llamarse así, no le va mucho la noche, porque sale de fiesta y se vuelve a casa a la misma hora que Cenicienta. Daniel Navas trabaja en diseño gráfico, y Ángel Quintana, en contabilidad. Estos dos son la pera, pero van a su rollo y necesito a mi lado a gente que me haga la pelota. ¿Tú me la harías?

—Si te sigues poniendo esas botas Kirstie 90, dalo por hecho. —Le guiño un ojo—. ¿Y cómo se reparte la plantilla en los dos bandos?

—Nil, Ángel y Estrella están del lado de Bosco, pero porque Nil es un misógino, Ángel es el mejor amigo del jefe y Estrella hace lo que Ángel le diga. Emilia, Noemí y yo vamos con Aurora. Belén y Daniel se mantienen neutrales, y Duarte jamás se mete en conflictos románticos pudiendo crearlos él solito.

—Eh... —Carraspea alguien a nuestra espalda.

Con la coordinación de dos siamesas, Lola y yo nos giramos hacia la voz. Un chaval con acné y gorrilla de repartidor palidece al vernos. Tarda en decidirse entre una y otra, pero al final le puede el impulso sexual masculino que ha estigmatizado a las rubias para siempre y me elige a mí para quedarse embelesado mientras me mira.

Es verdad que le hicimos mucho daño a Marilyn Monroe, no lo niego, pero ella también a nosotras. Aunque los caballeros las llevan prefiriendo rubias desde mucho antes de que protagonizara el clásico, aquello convirtió un gusto culpable en una tendencia universal. Y no es una queja, que conste. Al contrario. Soy de melena platino natural, y eso me lleva dando ventaja en discotecas desde que cumplí los dieciséis.

—Tengo un paquete para la dirección de la editorial —logra articular. Nos tiende una caja con manos temblorosas. Yo la cojo con una sonrisita vanidosa que, según Bárbara, es la única que tengo.

—Gracias. ¿Debo darte alguna propina o...?

—No, no, no, solo firmar esto y poner el DNI para que conste que lo ha recibido.

Saca con torpeza lo que parece el recibo. Acepto el bolígrafo que me tiende Lola y dudo un momento antes de echar un garabato.

¿Hasta qué punto es beneficioso que Silvia Altamira ande recibiendo paquetes para la empresa? Que no es que yo menosprecie mi nombre, porque, de hecho, me encanta su sonoridad, su poderío y las ventajas tributarias que vienen con él gracias a los contactos de mi padre, pero hay otros que sí lo hacen.

Esos otros deciden salir de su despacho hechos una furia en este preciso momento.

—¿Se puede saber qué hace? ¿Quién le ha dado permiso para firmar en mi nombre?

Bosco frena delante de mis narices con las manos comprimidas en dos puños. Tal vez no sea el mejor momento para mirarlo de arriba abajo, pero iba a ser difícil contener la curiosidad con sus antecedentes penales contra la ley del buen gusto.

Dios santo, ¿lleva una camisa marrón con una americana gris? ¿Una americana gris con coderas?

—Nadie, pero el muchacho necesitaba irse rápido y supongo que me habrá confundido con alguien importante. —Ladeo la cabeza hacia Lola en busca de una ayudita, pero la muy cerda se ha batido en retirada haciendo el cangrejo. Vuelvo a enfrentar el ceño fruncido de Bosco—. Tampoco es para tanto, ¿no le parece?

—Sí, eso es, yo... p-pensaba que era la directora —murmura el pobre chico—. Estoy sustituyendo a un amigo que dice que... que dice que la directora de Aurora es una mujer muy guapa y...

—Muchas gracias, ricura. —Le guiño un ojo—. La verdad es que...

—El director de Aurora es un hombre desde hace ya unos cuantos meses —ruge Bosco—. ¿A qué espera su amigo para actualizarse? Haga el favor de largarse y ponerlo al corriente para no cometer más equivocaciones en el futuro.

El chico asiente con la cabeza hasta marearse y desaparece dando tropiezos.

—¿Qué necesidad había de ponerse así con él? —le bufo a Bosco—. Es consciente de que he echado una firma para confirmar que se ha recibido el paquete, no en un consentimiento para que le apliquen la inyección letal, ¿verdad?

Ojalá hubiera firmado por eso. Yo misma se la aplicaría si supiera pillar venas, pero habría sido tan buena enfermera como abogada.

—El puesto que ostenta no la autoriza a recibir a alguien o actuar por mí —ataja con sequedad, mirándome con esos ojos de demonio del averno.

—Mire, no es mi culpa que me haya confundido con la antigua directora.

—No. Desde luego, no me extraña teniendo en cuenta que viene usted vestida como si partiera el bacalao en la editorial.

¿Se está metiendo con mi ropa?

—Entiendo que envidie mi capacidad de combinar colores en vista de que usted padece algún tipo de daltonismo, pero sabrá que podría denunciarlo ante Recursos Humanos por eso, ¿verdad?

—¿Por qué? ¿Por ser daltónico? —se burla.

«Por ser un capullo».

—Por hablar de mi manera de vestir cuando no tiene nada de provocativa ni está fuera de lugar. El problema es que tengo más aspecto de directora que usted mismo, que parece recién salido de la prueba de vestuario de los animadores del circo.

Insultarle espetándole «payaso» sin rodeos habría sido un exceso. Bueno, para qué engañarnos, cada palabra que ha salido de mi boca ha sido un exceso. Nada más decirlo, contengo el aliento a la espera de que me suelte las dos palabras mágicas, que no son «por favor», sino «estás despedida». Sin embargo, no debe de parecerle que haya llegado demasiado lejos, porque solo me atraviesa con una mirada hostil.

Es decir, nada nuevo bajo el sol.

—Parece mentira que tenga que decirle a una mujer adulta a qué no se viene a la oficina, pero, por si acaso, se lo recuerdo. —Al dar un paso hacia mí, todo su mal humor me envuelve como un nubarrón. Eso sí: queda neutralizado por la dosis justa de colonia masculina—. Los estilismos se comentan en las oficinas de Dior, no en la editorial Aurora. Y para la Fashion Week quedan más de seis meses, pero puede ir reservando el billete.

—Para reservar el billete necesitaría dinero, y no es como si en mi actual trabajo me pagasen un puto duro que me permita viajar, puesto que no me pagan ni para el Uber de vuelta a casa —respondo en voz baja—. Pero no se preocupe, que en cuanto ahorre un poco o se me presente una oportunidad mejor, desapareceré de su vista.

—Nadie la echará de menos, Miss Honolulu. —Creo que rechina entre dientes.

A continuación, se da la vuelta y regresa a su despacho. Me quedo donde estoy sin ser del todo consciente de que he aguantado el aliento durante el intercambio de pullas. Hasta que no veo que se deja caer sobre la silla como si volviera de disparar un fusil de asalto en Vietnam y agarra el teléfono con el puño crispado, no lleno de aire mis pulmones. Entonces, él decide lanzarme un miradita que quiere decir «mueve el culo», con la que pretende calcinarme entera.

Joder. Esto va a ser mucho más difícil de lo que creía.

Capítulo 4

Los ogros tienen capas,
los jefes tienen karma

La emoción de volver a trabajar se desvanece de un plumazo en cuanto recuerdo que estoy aquí de gratis y porque no saben quién soy. Pero, por si eso fuera poco, resulta de lo más desagradable moverse en un ambiente tan enrarecido. Lo es durante los primeros días, al menos, cuando aún intento comportarme con un mínimo de decencia para que el jefe no me haga la vida imposible.

—Nunca he sido de esas que van con el lema de «para malo tú, mala yo» —le expliqué a Lola en cuanto me abordó para cotillear sobre el incidente del repartidor—. Mi padre no deja de repetirme que mientras haya alguien por encima de mí, me toca aguantarme... Pero, por Dios, me saca de mis casillas.

Aunque tengo en mucha estima a mi padre y aplicando sus consejos nunca me ha ido mal —no tan mal como para no haber estudiado Derecho—, he tenido que traicionar sus principios. Al comienzo de la guerra, empecé a anotar las tonterías de Bosco por el gusto de ver si podía superarse, pero acabé escribiendo informes detallados en el caso de que Belén de Recursos Humanos quisiera hacer su puñetero trabajo.

La bitácora de mis quince días de prueba ha quedado más o menos así:

Lunes, 8 de abril

Después de haber pasado un fin de semana revisando un manuscrito de más de seiscientas páginas —porque se supone que urge y de eso va el trabajo de las becarias: de dejarse explotar—, Valdés vino a mi mesa, que está justo delante de la suya —vigiladita me tiene—, y me arrojó el taco de papeles con tachones para parar un tren.

—Lo primero de todo es que en la editorial corregimos con Acrobat Reader.

¿Acrobat Reader? ¿Qué mierda es eso?

Me tuvo que ver la pregunta en la cara de mema, porque prosiguió:

—Lo pone en la guía que le envié por correo al día siguiente de que firmase el contrato. Corríjalo de nuevo en ese formato. La corrección en papel quedó obsoleta hace por lo menos cinco años.

Yo estiré el brazo para revisar las, repito, seiscientas veintitrés páginas. Al hojearlas me di cuenta de que estaban salpicadas de anotaciones en rojo.

—¿Qué es esto? —inquirí con mi mejor tono amistoso—. ¿Por qué me ha subrayado eso?

—No está subrayado, está tachado.

—Gracias por aclararme la diferencia... —«'Barrio Sésamo'», evité añadir—. ¿Y esas manchas blancas? —«¿Es que ha comprado acciones de Tipp-Ex y las tiene que amortizar?».

—No tengo tiempo para hacer bien el trabajo que le toca a usted, pero si no revisa la normativa de la Real Academia Española y no actualiza sus «solo», sus demostrativos y su «guion» para quitarles la tilde, voy a tener que encargarle esto a Nil.

No supe qué decir. Lo admito, ni se me había pasado por la cabeza que la RAE decidiría quitarle la tilde a todas las palabras que merecen llevarla.

—Lo siento, pero ese es, en parte, su problema —le dije justo cuando se daba la vuelta.

Me encaró con la ceja de las ironías a punto de rozarle el nacimiento del pelo. Se inclinó a cámara lenta y apoyó los codos sobre mi mesa. Con una sonrisilla, por desgracia, encantadora, reposó el mentón en la palma de la mano.

—¿Por qué sería mi problema que usted no supiera que las reglas ortográficas han cambiado? ¿No sabe que tiene que estar pendiente de las actualizaciones?

Me habló con tanta condescendencia que no pude quedarme callada.

—Todas las editoriales decentes tienen una guía sobre las normas a las que van a ceñirse a la hora de corregir un manuscrito. Si no la tuvieran, quedarían al aire cuestiones que no aborda su queridísima RAE, como, por ejemplo, si hay que poner en cursiva las conversaciones telefónicas, o las tildes en «solo» que ha mencionado. Usted no me ha dado ese necesario material, ¿y le sorprende que lo corrija como yo tengo a bien?

—Como ya he dicho, le mandé ese «necesario material» al correo.

—¿Al correo personal que me hace utilizar para cuestiones de empresa, en lugar de hacerme uno corporativo?

—A lo mejor se le perdió entre el spam de las novecientas revistas del corazón a las que debe estar suscrita —prosiguió Bosco, ignorando olímpicamente mi reproche.

—O a lo mejor fue a parar a la bandeja de «no deseado». El correo no lo estaría suponiendo desacertadamente, dado el remitente que me lo envía —mascullé por lo bajini—. ¿Sabe, Valdés? Podría haberme dicho que me iba a mandar un correo.

—A lo mejor se lo habría dicho si no llevara toda la mañana con los auriculares puestos.

—O si no hubiera llevado usted un palo metido por el culo y prefiriese quejarse a posteriori en lugar de poner solución a los problemas en cuanto se presentan —apostillé en voz baja.

—¿Perdone? —Se inclinó para oírme mejor.

Esbocé una sonrisa falsa, conteniéndome para no soltarle algo peor.

—¿Por qué no lo miramos ahora mismo?

Bosco aceptó el reto y se cruzó de brazos a mi lado, como el vigilante de un examen. Cerré todas las ventanas de Chrome, procurando que antes se fijara en que cada una de ellas me había servido para consultar dudas respecto al manuscrito de marras —«¿Ves, capullo? Dejé de consultar las novedades de Mango en horario laboral cuando estaba en la facultad»—, y me metí en el correo electrónico. Durante el proceso le echaba miradas de reojo con el morro torcido para advertirle que mantuviera la distancia de seguridad.

En cuanto actualicé la bandeja de entrada, él agachó la cabeza para apuntar con su dedo de los regaños el correo en cuestión. Su intensa colonia me acarició la punta de la nariz, provocándome un picor agradable que me instó a inhalar más de la cuenta..., pero con sutileza.

— Cosmopolitan, Birchbox, Júlia Moss, Diario femenino, ofertas de El Corte Inglés, Glamour... —enumeró con la vista clavada en la pantalla—. Ya veo que no estaba muy equivocado.

—No sabía que entre mis obligaciones laborales estuviera sorprenderle gratamente con mis suscripciones. Para la próxima vez procuraré tener la bandeja de entrada de mi correo personal repleta de portadas de revistas científicas.

Al ladear la cabeza hacia mí, su nariz estuvo a un escaso centímetro de rozarse con la mía. Yo no me moví, y reconozco que, quizá, debería haberme retirado. Así no habría tenido el mal gusto de darme por impresionada con lo atractivo que es.

—Con que esté pendiente de lo que le mando, Altamira, sería suficiente. Todo lo que haga mal para molestarme tendrá que repetirlo —me amenazó—. Yo en su lugar me lo pensaría dos veces.

—Ya le gustaría que pensara en usted en solo una de esas ocasiones, Valdés.

Él entornó sus ojazos de Hades y, entonces, ocurrió algo del todo insólito: deslizó la mirada sin disimulo hacia mis labios fruncidos. No por mucho tiempo. Al tener su atención, y de forma involuntaria —lo juro—, me los humedecí y los dejé entreabiertos. Y, por si eso fuera poco surrealista, las pupilas de él, casi indistinguibles del iris, se dilataron tanto que sus ojos fueron por fin negros de verdad.

Ni negó ni admitió nada. Se levantó en silencio y regresó a su despacho.

Miércoles 10 de abril

Puedo tolerar el mal humor de alguien que está pasando por un duro divorcio, pero no que me trate con la punta del pie. O, peor aún, como a una secretaria.

Bosco pulsó el botón del interfono y me ordenó con una desfachatez intolerable:

—Tráigame un café.

Yo, como es natural, miré el aparatito igual que si me hubiera insultado.

—Tráigaselo usted mismo. Yo no soy su sirvienta.

Bosco levantó la mirada de lo que estaba haciendo para atravesarme a través del cristal que separa su despacho del mío. Bueno, siendo del todo francos, no tengo un despacho como tal. Han plantado un escritorio roñoso de Ikea, incómodo como el mobiliario de plástico de la terracita de alquiler de un universitario, justo delante de la puerta de su oficina, no vaya a ser que la becaria pestañee más veces de las que estipula su contrato. He decorado como he podido el humilde espacio con una foto familiar, el <u>fucking</u> diccionario de la RAE y mi estuche de maquillaje para el retoque de rigor tras la hora del desayuno y el almuerzo.

—Estoy ocupado.

—Yo también —le ladré—. Tiene unas extremidades funcionales, Valdés, así que levántese usted. No tengo por qué moverme.

Bosco apoyó los codos sobre la mesa, adoptando una postura comodísima para sacarme de mis casillas. Me hablaba con una media sonrisa y el dedo sobre el botón del telefonillo.

—Siento haberla instado a levantarse. Supongo que solo sentía curiosidad por ver cómo se movería por el despacho con los zapatos que se ha puesto hoy. De niño me fascinaba el equilibrio de los zancudos.

—Voy a empezar a anotar cada comentario que haga sobre cómo voy vestida, jefe. Diría que es un ocho en una escala de diez.

—¿En cuanto a qué? —Arqueó una ceja—. ¿En cuanto a pertinente? Porque creo que he hecho una apreciación muy justa.

—En cuanto a inapropiada.

—¿Y cómo de inapropiado es limarse las uñas en el puesto de trabajo? No se crea que no la he visto. Debe de haber sido eso lo que me ha convencido de que es usted una secretaria y no una editora.

»Entonces... ¿no me trae el café?

Y ladeó la cabeza, esperando mi respuesta con fingida paciencia.

Su voz no perdía gravedad por estar sonando a través del teléfono. Todo lo contrario. Sonaba sorprendentemente íntima, como si lo tuviera respirándome en el cuello.

—A no ser que la infección de la mala uva le haya bajado a las piernas y se las haya gangrenado, no voy a moverme de donde estoy, y menos para darle de beber. Si no es una emergencia, olvídelo.

—Defina «emergencia».

—Tener el cuerpo en llamas, por ejemplo.

—Acaba de mencionar mi cuerpo. ¿Eso no es indecente? —Arqueó una ceja que gustosamente le habría arrancado con cera ardiendo—. ¿Solo usted puede ser poco profesional?

—Solo soy poco profesional porque usted se esfuerza mucho en sacar lo peor de mí.

—No quiero sacar lo peor de usted, solo un café. ¿Es mucho pedir a la princesa?

Se me desencajó la mandíbula por la rabia.

Me acerqué al telefonillo para hablar con claridad.

—Si cree que voy a rebajarme a hacerle favores de amigo, que suelen empezar con traer el café y terminan con pasarme por la tintorería para recoger el vestidito de la niña de las flores de la boda de su prima segunda, está muy equivocado.

—Por Dios. —Bizqueó—. Si no fuera porque sé que no ha dado un palo al agua en su vida, pensaría que su anterior jefe era un tirano sin escrúpulos, un desvergonzado que se aprovechaba de usted, porque vaya trauma tiene con el asunto de los favores.

«Pues no te alejas demasiado de la verdad», pensé.

—Solo quiero hacerle ver que hay un límite de libertades que puede tomarse conmigo, y la de tratarme como a su secretaria no está entre ellas.

—Porque tiene usted una carrera universitaria, claro, lo entiendo. —Su ironía me hizo crispar los nudillos—. Los grandes logros académicos le pesan tanto en el cerebro que no podría ir hasta la máquina del final del pasillo sin que se le cayera la cabeza por los dos lados.

—Me pesan, sí, pero no tanto como a usted los hu... —Carraspeé. Él me atendió desde la distancia con un brillo peligroso en los ojos. Cogí aire, triunfante, al decir—: Los huesos. Tendrá las rodillas machacadas y la artrosis le impedirá moverse con naturalidad. Los años no pasan en vano, ¿verdad que no, señor Valdés?

—Tampoco lo hacen los minutos que me está haciendo perder, y no solo a mí; también a usted misma.

—A mí no me importa perder el tiempo. No es como si mi jornada laboral tuviera un precio. —Lo pinché. Cómo me lo estaba gozando en mi fuero interno. O no tan interno, porque se me nota todo en la cara—. No voy a traerle ese café. Entra dentro de los límites infranqueables.

—Dígame entonces cuáles son esos límites para estar sobre aviso. Prometo moverme dentro de esas posibilidades para evitar derramamientos de sangre.

—Coja papel y bolígrafo y póngase cómodo, porque va para largo.

Me sorprendió que obedeciera. Se reclinó en el asiento, no sin antes descolgar el teléfono y pegárselo a la oreja. Y a lo mejor es porque estaba algo despeinado y, por una vez, la corbata le combinaba con la camisa —el blanco y el negro siempre serán un clásico bienvenido—, pero unas extrañas cosquillas en el estómago me advirtieron de que disfrutaría de la pulla solo porque las vistas acompañaban.

—¿Que va para largo? ¿Significa eso que va a permitir que me exceda en muchos aspectos? —preguntó una vez yo misma descolgué también el teléfono.

—Significa que tiene muchos límites. Está usted cercado lo mire por donde lo mire, como el ganado.

—No me extraña, dado que me tiene por un borrego. Sorpréndame —me retó, lanzándome una mirada.

Fue un milagro que el cristal entre nosotros no reventara.

—No voy a llevarle el café, ni el desayuno, ni el traje a la lavandería. No lidiaré con su exmujer ni con ninguna amante despechada que decida llamar a la oficina para preguntar por qué no le responde los mensajes. Tampoco llevaré a cabo ningún tipo de gestión relativa a sus relaciones, y con esto quiero recalcar que no compraré flores para las mujeres que se lleva a la cama, como tampoco organizaré encuentros con ellas.

—Veo que está muy segura de que voy a restregarle por la cara con quién me acuesto. ¿Cree que no soy capaz de gestionar mis relaciones personales por mi cuenta?

—Si no sabe gestionar su ira, ¿por qué debería suponer que lleva bien a sus novias? —proseguí acto seguido para evitarme un reproche tras el golpe bajo—. Tampoco voy a tratar con sus familiares, ni los entretendré mientras usted está en alguna reunión. No me quedaré más tarde si no es estrictamente necesario, no seré yo la última que se vaya ni la primera que llegue, puesto que no tiene sentido hacer un trabajo complementario y, por lo general, remunerado con extras, cuando ni siquiera me paga la jornada diaria. No toleraré que haga ningún comentario sobre cómo me visto o cómo me comporto, puesto que no es su asunto y, además, echa un tufillo a depredador por el que podría denunciarle a Recursos Humanos.

Él levantó las cejas sin dejar de frotarse la barba.

Si no fuera porque sé que es imposible que se ría, habría dicho que se estaba rascando las mejillas para autoconvencerse de no soltar una carcajada.

—No he mencionado que la falda favorezca la longitud de sus piernas. Solo señalo su enfermiza pasión por la moda, del mismo modo que usted se siente libre de comentar mi manera de combinar.

«Así que estoy favorecida, ¿eh, Brusco Valdés?», me dieron ganas de regocijarme.

—No debería ni hablar de mis piernas —le repliqué en su lugar.

—Usted ha mencionado las mías hace un rato. Mis piernas gangrenadas, creo que ha dicho. ¿Y si me hubiera violentado, eh? No tiene usted en cuenta mis sentimientos, señorita Altamira. Quizá debería llamar a Recursos Humanos, tal y como usted amenaza.

—Si lo hace para pedirles el café, adelante, aunque me sentiría muy decepcionada.

—¿Porque para eso tendría que colgarle y se vería obligada a seguir trabajando?

—Porque se estarían rebajando tal como yo me niego a hacerlo.

Bosco meneó la cabeza con incredulidad desde su despacho.

—Con las pijas madrileñas, hasta pedir un café es un problema, ¿eh?

Decidí no replicarle nada ofensivo porque tiene más razón que un santo. Soy una pija madrileña, y a mucha honra.

—Buena suerte con su chute de cafeína matutino. Ahora, deje de molestarme.

Le colgué el teléfono, estupefacta. Había dicho «pijas madrileñas» como si fuéramos su fetiche secreto. También me sentía ligeramente abrumada por culpa del flirteo sazonado con agresividad que había intuido en la discusión.

Seguramente fueran solo imaginaciones mías, claro. Lo más probable es que me la jugara mi tendencia a pensar que todo el mundo se quiere meter en la cama conmigo, o tal vez el hecho no menos realista de que yo me quiero meter en la cama con él.

Estaba tan atractivo con el flequillo sobre la frente que me habría gustado encontrármelo en un bar con varias copas de más y habérselo retirado de la cara, diciendo alguna ñoñería peliculera del estilo: «Es que tienes los ojos demasiado bonitos para ocultarlos». Fuera cual fuese el motivo de su buen ánimo del día —todo lo que podía permitirse estar de buen ánimo, que es poco con una caña atravesándolo desde el recto hasta los intestinos—, lo prefería y lo sigo prefiriendo a cuando es solo un cabrón, no un cabrón inspirado ni un cabrón carismático.

Para no arriesgarme a que siguiera llamándome por el interfono —o a cogérselo para vacilarle, mi nuevo hobby predilecto—, me coloqué los auriculares bajo su atenta mirada. No me sirvió de nada, por desgracia. El tío se levantó, usando sus larguísimas y macizas piernas de hombre tan sexy que resulta despiadado, es decir: piernas sin gangrena ni señales de artritis.

Se detuvo un momento delante de mi mesa con gesto socarrón.

—Voy a por un café, Altamira —anunció con una solemnidad de libro—. Me arriesgaré a comprometer mi valor humano preguntándole si quiere que le traiga uno.

Viernes, 12 de abril

El ordenador murió. Fui a decírselo a Bosco, mordiéndome la lengua para no mencionar algunos detalles fácilmente interpretables como un reproche —«Era cuestión de tiempo, dada su longevidad»— porque no quería fastidiar una tarde de convivencia más o menos pacífica. Lo que sucedió a continuación resultará sorprendente: no sirvió de nada. Se cabreó de todos modos.

Sospecho que es su reacción vital ante la vida. Si Bosco hubiera sido el César, habría llegado, visto y gruñido porque no era de su agrado. Lo de vencer ya, si eso, para más tarde.

—¿Qué ha tocado para que se rompa? —me soltó.

¡Que qué he tocado YO!

—Mire, sé que piensa que soy una bruja, pero le aseguro que no tengo los deditos verdes ni ninguna clase de don arruinando «últimas tecnologías» —bufé con ironía, haciendo las comillas con los dedos.

Él, ya de pie, imitó mi gesto.

—¿Qué se supone que significa eso? —Y lo repitió dos veces más.

Le había gustado el movimiento del conejito.

—Significa que ese ordenador entraría en lo de «última tecnología» solo si se lo catalogara en la lista de últimos ordenadores que una persona con dos dedos de frente adquiriría para su empresa.

—¿Y qué tecnologías debería adquirir para mi empresa? —inquirió, como si estuviera dispuesto a recibir un sano <u>feedback</u>.

—Cualquiera menos la que tengo delante. Estos habrían estado bien para una feria de reliquias, no para el trabajo. Ese armatoste de ahí fue el que le rompió el corazón a Steve Jobs para que decidiera empezar a salir con Mac, y de eso hace ya cincuenta años.

Bosco se cruzó de brazos y no me quedó otra que fijarme en su espantosa corbata de cuadros. Por el amor de Dios, así no me extrañaba que los ingleses hubieran prohibido el tartán escocés en el siglo XVIII. Mucho habían tardado en hacerles el favor.

—Ya veo que su primera reacción ante los imprevistos es echarle la culpa al que le queda más cerca. Esperaré su llamada llena de reproches cuando los casquetes polares se derritan.

—Ese fenómeno en concreto nunca será su culpa. Mientras siga usted siendo tan frío como un témpano, los osos tendrán donde refugiarse.

En realidad, podría culparlo de la desaparición de la Antártida si quisiera. Con lo bueno que está, no me sorprendería que les prendiera fuego a todas las perras en peligro de extinción que pueda haber por allí. Y quien dice perras, dice focas y ballenas, que las hay allí, aquí y en todos lados. Incluso en el barrio donde vivo, si se quiere ser desdeñoso.[4]

—Vamos a ver qué le pasa al ordenador —masculló, rodeando la mesa. Se sentó en mi silla, una rosita muy cuqui a la que le he puesto un cojín de cachemira para no acabar con dolores de espalda. Me dieron ganas de reírme al verlo allí plantado. Parecía una bestia en la mesita del té de una niña pequeña—. A ver si lo que ocurre es que, como le he bloqueado las páginas de tiendas de ropa, se cree que internet ya no funciona.

—¿Que me ha bloqueado qué? —jadeé, ofendida—. Bueno, siempre me quedarán las de zapatos. Se cree usted que con quitarme cuatro páginas se me acabará la diversión.

Él ladeó la cabeza para mirarme de hito en hito.

—Es obvio que no le arrebataría la diversión a no ser que yo, su fuente de entretenimiento preferida, me quitara de en medio.

---

4. Que no es el caso, porque una es cruel, pero solo con los jefes explotadores.

—¿Y no está dispuesto a quitarse de en medio?

—¿Y arrebatarle el placer de hacerlo usted misma? Ni hablar. Yo cuido de mis empleados... —Se inclinó hacia delante, ceñudo—. ¿Qué cojones es esto?

Me incliné para ver qué era lo que le había hecho retirarse del escritorio. La mandíbula se me desencajó sola y, enseguida, un rubor de los que te hacen latir la cara se apoderó de mis mejillas. No hizo sino acentuarse ante la mirada ominosa que Bosco me dirigió.

—Así que es en esto en lo que ocupa su tiempo.

Me apresuré a cerrar la ventana emergente pulsando sobre el ratón con ansiedad, pero no había manera de ocultar el desastre ni de llevar aire a mis pulmones. Cuando conseguía pulsar la dichosa equis, otra web para mayores de dieciocho aparecía de la nada, y era mucho peor que la anterior. En algún momento perdí los papeles y acabé gimoteando desesperadamente: «No, no, no, no, esto no es real».

Mientras tanto, en las profundidades de la web:

«Tu vecina está cachonda, ¿por qué no pasas a verla?».

«Disfruta de los mejores bukakes en lasmasguarras.com».

«Bileysi tiene algo para ti», y Bileysi se levantaba la camiseta para enseñarme dos pezones negros, minúsculos como lentejitas.

—¿Esto una especie de broma? —me increpó Bosco. Sentía cómo se iba cabreando más y más con el paso de los segundos.

No le respondí, angustiada. Estaba demasiado ocupada intentando deshacerme del porno que inundaba mi ordenador. «Pollas negras de veintiséis centímetros», decía uno.

¿Siquiera eso es físicamente posible?

Bosco me cogió de la muñeca para retirarme la mano del ratón y me obligó a mirarlo a los ojos.

—He cometido un error si en algún momento le he dado la impresión de que es usted irreemplazable. Aprovecharé este bonito momento de unión para recordarle que funcionábamos sin usted y podremos seguir haciéndolo si se le ocurre dedicar su tiempo a estas estupideces.

—¡Venga ya! —exclamé, exasperada. El bochorno hacía que me ardiera la cara—. ¿En serio cree que lo he hecho adrede?

Bosco me mostró las palmas de las manos con gesto inocentón.

—Yo no creo nada. Es verdad que a primera vista no parece usted de las que recurren a ese tipo de webs —continuó, para mi gran mortificación. Se frotaba la barbilla, pensativo—, pero si algo he aprendido en esta vida, es que la gente no deja de sorprenderte.

—¡No recurro a ese tipo de webs para nada! —aullé, cada vez más avergonzada.

Bosco entornó los ojos para fijarse en la pantalla.

—«Esta putita te espera a cuatro patas». No sabía que estos fueran sus gustos, Altamira. Me deja de una pieza.

—Le estoy diciendo que no...

—«Cachonda jovencita ama el semen en su apretado coño» —recitó sin entonación—. ¿Se identifica?

Me aferré al borde de la mesa para no levantarme a abofetearlo. Me temblaban las manos.

—¿Cómo se atreve?

—No me atrevería si no hubiera sacado a colación en la oficina el tema del sexo.

—¡Pues para que lo sepa, el porno me parece ofensivo para la mujer! —vociferé, apretando los puños—. La mayoría de los vídeos exhiben a menores de edad, basan las películas en miniargumentos denigrantes y predomina el gusto por castigar a...

—No sé yo —me interrumpió—. Está usted muy a la defensiva, Altamira. ¿Cómo conocería esos tópicos si no estuviera familiarizada con dichas páginas?

Abrí la boca para defenderme, pero me fijé en que el muy capullo estaba regodeándose.

—No se comporte como si usted no hubiera fundido a visitas lasmasguarras.com en los últimos meses —le espeté, muy digna—.

Con ese mal humor que maneja, no me sorprendería que llevara a dos velas desde que se divorció... o incluso antes.

Se le cortaron las risas enseguida. Bueno, no las risas, porque no se estaba riendo abiertamente, pero el brillo en sus ojos se apagó. No tardó en ponerse de pie, tenso y compacto como la columna de un templo, y me fulminó con la mirada.

Me lo merecía, la verdad.

—Vuelva a inmiscuirse en mis asuntos personales y la pondré de patitas en la calle.

—Su mala leche no es un asunto personal, Valdés, es un problema de dominio público que su entorno sufre a diario —le solté. ¿Qué importaba? De perdidos al río—. Y no he sido yo la de... La que ha puesto... La que ha... ¡Eso! —Gesticulé hacia la pantalla.

—¿A quién le va a echar la culpa esta vez? Estoy ansioso por ver qué se inventa.

—¡Esas ventanas emergentes no estaban cuando he ido a buscarle!

—Vaya por Dios, debe de haber un fantasma en la oficina. —Dio un paso hacia delante. «Sí», estuve a punto de decir. «El fantasma eres tú»—. Haga lo que ha venido a hacer: trabajar. ¡Y no me moleste!

—¿Cómo voy a molestarle? ¡Por favor, con lo ocupadísimo que está chillándole a todo el mundo por teléfono! ¡Qué descortesía por mi parte! —ironicé. No quería meterme con él, pero estaba tan abochornada por el episodio pornográfico que necesitaba redirigir la atención a cualquier otra cosa—. Si me quedo el tiempo suficiente para cortar tres o cuatro de sus llamadas humillantes con mis «malditas estupideces», quizá me den el Nobel de la Paz por mi gran contribución al bienestar general.

—Usted dirá si prefiere el Nobel o la carta de despido. —Se dirigió a su despacho, dándome una perspectiva asquerosamente atractiva de su espalda en forma de uve. Desde la entrada, en la que se apoyó con una mano, me lanzó una mirada perdonavidas—. No me interrumpa mientras estoy al teléfono, Altamira.

Y si no lo estoy, tampoco. Soy igual que el diablo. Cuando estoy ocioso, mato moscas con el rabo. Y, quien dice moscas, dice mosquitas muertas.

Se me quedó una cara de tonta de manual.

¿No lo puedo denunciar por eso? ¡Acababa de amenazarme de muerte!

¡Y de llamarme mosquita muerta, que es bastante peor!

Lunes, 15 de abril

De repente estoy gafada. Fue decir «por lo menos no puede ir a peor» y darme con un canto de narices en el que debió ser el peor día de mi historia como contribuidora al sistema impositivo español. Bueno, en realidad no contribuyo, por eso de que no me pagan, pero el lunes que he pasado ha sido casi más infernal que aquel viernes en el que me echaron de Bravante por la puerta de atrás.

Bosco no me había perdonado lo del porno en el ordenador. Se presentó en su despacho con la prisa resignada de siempre y ni se molestó en darme los buenos días. Ante su falta de educación y la mía de trabajo pendiente, decidí plantarme los auriculares y entretenerme con algún juego en el ordenador de pacotilla. Bosco se dio cuenta de que me corté, limé y pinté las uñas delante de sus narices, pero no dijo nada. Me dejó estar hasta que, justo cuando iban a dar las siete, mi hora de largarme, se levantó y llevó a cabo su venganza.

—No se puede marchar. Tiene un manuscrito para mañana.

Me quedé perpleja, y no solo porque creyera buena idea llevar deportivas con pantalones de pinzas.

—¿Perdone? Llevo todo el día esperando que me dé trabajo ¡y me dice esto ahora? —Me levanté, frustrada—. ¡Que se lo ha creído! Me piro.

—¿A hacer qué? —me replicó, cruzando el espacio que nos

separaba—. Ya ha hecho en su horario laboral todo a lo que una mujer como usted puede dedicar su tiempo libre. No creo que ahora le moleste sacrificar su ocio para ser de utilidad.

—¡Me está amargando adrede! —lo acusé, levantando el dedo—. Se lo dije muy claro, Valdés. Si no me paga, no voy a echar horas extra.

—En el contrato que firmó (sin leer, cabe recalcar) había una cláusula que especificaba que sus horas semanales podían estirarse si el jefe así lo requería.

Intenté mantener la pose, pero fue en vano.

Parece mentira que yo me las estuviera viendo en semejante encerrona por no haber leído un contrato laboral. No quiero ni imaginar lo que me diría mi padre si se enterase. El hombre le saca la puntilla a cualquier acuerdo legal porque se los lee hasta del revés.

—Si el jefe así lo requería —recalqué—, no si lo requería su mala baba y su desprecio hacia las becarias. ¿Se ha planteado alguna vez actuar con profesionalidad?

Él no dijo nada. Me sostuvo la mirada, sabiendo que ya había ganado. Por supuesto que ganaba. Igual que lo hace siempre el casino, así de fácil lo tienen los propietarios, pero no quita el hecho de que hagan trampa.

—En ese caso, lo haré desde mi casa y se lo mandaré a las doce... —Vacilé—. O cuando lo termine. ¿Se cree de verdad que puedo revisar un manuscrito completo en un día? Está claro que no sabe de qué...

—Se va a quedar aquí —zanjó en tono beligerante.

—¿Por qué? ¿Es que le da miedo quedarse solito? ¿Necesita compañía?

—La suya no, créame. Cuanto más lejos la tenga, mejor para mí.

Me lanzó una mirada indescifrable y volvió a meterse en el despacho.

Me sacudió una rabia descontrolada. Había quedado con Lola esa noche para ir de copas. Iba a ser la primera vez que salíamos juntas desde que nos conocimos y, de un plumazo, el Lucifer con mal gusto para vestir se había cargado la excusa perfecta para estrechar lazos con la gente del entorno laboral.

Decidí que se la guardaría y me senté, mosqueada, además, por lo que había dicho.

«Cuanto más lejos la tenga, mejor para mí».

¡Como si yo estuviera dispuesta a acercarme!

Mi pequeña venganza consistió en mascar chicle y hacer pompas. Parecerá una estupidez, pero al no haber ni un alma, el sonido de la pompita al explotar reverberaba por toda la oficina, y eso le hacía respingar una y otra vez.

En general no tengo esta clase de comportamientos infantiles, pero la tontería ajena se te contagia con una facilidad alarmante, y de esa, Bosco Valdés tiene para montar una tienda.

Cada vez que levantó la cabeza para asegurarse de que yo seguía allí, o se daba una vuelta para ir a por un café, un calor desagradable me hacía cosquillas en la nuca y en el estómago. Ahí, en lo más hondo de mis entrañas, se estaba cociendo el verdadero aborrecimiento. Si mi desprecio hacia Bosco fuera una droga, los narcos se pelearían por mi odio cristalizado, porque no encontrarían nada más puro.

Alrededor de las once, las luces se apagaron. El ordenador se apagó. Mi móvil, que después del día entero echando humo dependía del cargador para seguir vivo, se apagó también. Me quedé —nos quedamos, porque él seguía vigilando— en la penumbra.

—¿Qué...? —balbuceé mientras me levantaba—. ¿Qué es lo que pasa aquí?

—¿Es que no lo ve? Se ha ido la luz.

—No, no lo veo. No veo tres en un burro. —«So estúpido», quise añadir. Rodeé mi mesa con una mano por delante, cuidando de no tropezar—. No se ha ido la luz, porque los botones del ascensor están encendidos. La han cortado, que es diferente. ¿No paga las facturas, acaso?

Él no contestó y yo empecé a preocuparme. La oficina es muy grande, y mi orientación espacial deja bastante que desear. No confío ni confié entonces en mis aptitudes para moverme entre las sombras y llegar a la salida de una pieza.

—Voy a revisar los plomos. No se mueva.

«Que te lo has creído, amigo».

Siempre me ha dado canguelo la oscuridad. De cría tenía pegado al enchufe junto a mi cama una lucecita que aumentaba y menguaba de intensidad para iluminar un estanque con patitos de goma amarillos. No podía dormir si no la tenía al lado para relajarme. Ahora, veinte años después de que me obligaran a dejar de usarla para madurar de una vez, sigo reservando un pequeño espacio en mi rincón de los miedos a todo lo relacionado con la falta de luz.

Tampoco es que sea descabellado, ¿no? La noche, además de a los amantes, según Patty Smith, pertenece a los criminales, aunque solo sea porque robar o matar por la mañana tiene más público del deseado. Y no es que en la editorial fuera a haber monstruos o asesinos, porque, por no haber, no hay ni presupuesto. En estas oficinas no se metería ni la Parca para reclamar a un alma en pena.

Pero, por si acaso, es mejor estar en movimiento; que de algo me sirviera haber jugado a las tinieblas.

Si ya es complicado caminar con unos zapatos de tacón, nadie querrá imaginarse las probabilidades que hay de meter las patas en una zanja cuando no ves dónde pisas. Pero yo me las arreglé para, con las manos por delante, dirigirme al ascensor.

Lo que pasó, en resumen, fue lo que expongo a continuación: tropecé con el cuerpo de alguien y me asusté. Y la respuesta del tío con el que choqué, que solo podía ser la raza de cabrón que ocupa la gerencia, fue ponerme la mano en la boca para callar mi gritito de dama en apuros. Y, como es natural, a nadie le gusta que le cubran media cara en la puta oscuridad, así que hice el baile del Waka Waka para librarme de sus manazas hasta que tanta sacudida de cadera nos hizo perder el equilibrio y los dos caímos al suelo. El daño que me hice es secundario en el relato, pero uno se lo podrá imaginar teniendo en cuenta que me cayó encima un metro noventa y pico de carne magra. Dicho metro noventa y pico, tratando de encontrar el suelo para incorporarse, se apoyó sin querer sobre una de mis tetas.

Mi reacción fue chillar. ¿La suya? Volver a taparme la boca.

Mientras, yo me revolvía como poseída por algún genio maligno.

Ahora lo pienso y me doy cuenta de que perdí los papeles, porque, por supuesto, sabía que se trataba de Bosco y que su intención era evitar que alertara a todo el edificio.

En mi defensa solo puedo decir que me asusté tanto que se me nubló el juicio, y que las acusaciones me salieron del alma, no lo solté por amor al arte.[5]

—¿Esto era lo que quería? —balbuceé, después de empujarlo a un lado—. ¿Hacer que me quedara esta noche para abusar de mí?

Me puse de pie temblando como una hoja. Notaba todavía el sabor del sudor salado que su palma había dejado sobre mis labios. El corazón me latía tan deprisa que temí que me fuera a dar un infarto.

—¿Qué está diciendo? —bramó, anonadado—. ¡He tropezado con usted sin querer! Le había dicho que se quedara quieta, y usted...

—¿Y a qué ha venido ese manoseo, eh? ¿Se cree que soy estúpida? ¡Es un cerdo! —seguí tartamudeando. Mientras, intentaba retroceder hasta el ascensor—. Ya sabía que no era la persona del año, pero esto excede por mucho la opinión que tenía sobre usted. Solo espero que no haya intentado nada parecido con nadie más.

Mi espalda dio con las puertas del ascensor. Pulsé el botón con dedos temblorosos. Al abrirse, la luz de los fluorescentes iluminó

5. El arte de tocarle las pelotas, que es el único que domino.

su rostro contraído en una mueca que no habría sabido definir. Siempre parecía cabreado, pero esa vez lo vi demacrado, incluso afectado por lo que le había dicho.

—Puedo decir lo mismo de usted —dijo con voz queda—. Me esperaba cualquier tipo de acusación de su parte, pero no una tan injusta como la que acaba de hacer.

Evitó que las puertas se cerraran por la espera poniendo la mano sobre el sensor. Para ello, tuvo que acercarse lo suficiente para que nuestras narices estuvieran a punto de rozarse.

Ninguno de los dos movió una pestaña. Yo seguía asustada por lo que había sucedido en tan solo unos segundos, pero la culpabilidad empezaba a treparme por los hombros como un peso con el que no quería cargar.

Ni yo misma sabría explicar por qué elegí ese momento tan crítico para darme cuenta de que tenía un lunar en forma de conejito bajo la fila de pestañas inferiores, en el centro de la ojera derecha.

Al darme cuenta de que me había quedado inmóvil, me obligué a ponerme en movimiento y entré en el ascensor. Él esperó con prudencia a que hubiera pulsado el botón para decir:

—No hace falta que venga más.

—¿Cómo? —tartamudeé.

Las puertas empezaron a cerrarse. Intenté evitarlo estirando un brazo, pero, en el último momento, me dio pánico pillármelo y retrocedí.

Tuve que resignarme a que Bosco tuviera la última palabra, con la rabia que eso me da.

—Enviaré sus cosas a su dirección.

Capítulo 5

¿No quieres café? Pues toma dos tazas

Dicen que el asesino siempre vuelve al lugar del crimen. Lo que no puntualizan es que solo se le ocurre hacer esa tontería porque su padre le obliga a ir a pedir disculpas.

No estaría de pie frente a la editorial sobre mis tacones de Jimmy Choo si el juez Altamira no me hubiera echado un sermón. Uno que sucedió de forma completamente arbitraria porque, desde luego, no tenía previsto que el patriarca fuera cómplice de mi fracaso.

Como mi hermana canta los lunes con su preparador, los domingos se reúne con mi padre en el salón para recitar los temas de la oposición. En esos ratos, mi madre y yo nos sentamos en la cocina para jugar al parchís. Aunque habíamos puesto muy flojito una canción de Cristian Castro con la que la señora de Altamira se pone melancólica, podíamos oír qué sucedía en la habitación contigua.

—B: de carácter persistente —decía Bárbara, con prisa y con pocas pausas. Tenía que soltar la tremenda parrafada del tema en menos de quince minutos. Solo de oírla, me daba por encoger tanto los dedos de los pies que luego me salían agujetas en los empeines—, es decir, que sea presumible que las circunstancias que darán lugar a la incapacitación se prolongarán en el tiempo y no tendrán un carácter meramente pasajero. C: que impidan a la persona gobernarse por sí misma. Es decir, que falte esa aptitud de entender el entorno y de formar y emitir declaraciones que rigen la vida de la persona y le permiten el libre desarrollo de la personalidad.[6]

—Emitir declaraciones de voluntad, coherentes y perceptibles para los demás —corrigió mi padre—. Te ha faltado esa parte. ¿Qué te pasa? Te noto dispersa.

—A lo mejor es porque Thomas Shelby la está taladrando con sus ojos azules, esperando el momento en que se equivoque para quitarse la gorrita con la cuchilla —farfullé en voz baja, moviendo mi ficha. Mi madre ni siquiera me oyó. Estaba concentrada en derrotarme. Tiene tan claro que en el parchís no hay amigos que se le ha olvidado que soy su heredera y debe darme la victoria. Algunas veces me ha llamado hijaputa en medio del fragor de la batalla. Tiene gracia, porque se insulta a sí misma—. O a lo mejor tiene algo que ver con que es muy complicado organizar una boda y preparar unas oposiciones al mismo tiempo.

Bárbara eleva el *multitasking* a tal nivel que me extraña que no haya sufrido un derrame cerebral. Se le tendrían que salir las tareas por las orejas. Cuando no está clavando codos en la biblioteca, está encerrada en su cuarto sollozando alguna de las lecciones del temario, y cuando tiene un rato libre, lo invierte en ir corriendo a casa de su novio, echar un rapidito para que no piense que se ha olvidado de él y bucear frenéticamente en internet hasta dar con un sitio en el que celebrar la fastuosa boda.

6. Por usar las notas a pie de página para lo que son, diré que supongo que esto pertenece a un libro aburrido de cojones. *Cómo ser juez en dos nada sencillos exámenes*, se llamaría. No, espera, Bárbara me acaba de decir que lo redacta ella a partir de no sé qué textos que le dan en la academia de opositores (que imagino que será uno de los círculos del infierno).

Yo no he tenido ese nivel de estrés en mi vida, y cuando me he acercado, me han salido dos herpes en cada labio, se me ha cortado la menstruación durante tres meses y he tenido que iniciar un tratamiento contra la alopecia.

Siempre ha estado claro qué papel tiene cada una de las dos en la familia. Hay gente que nace para brillar. Otras, las pringadas, estamos aquí para captar ese brillo.

—No lo sé, es que tengo muchas cosas en la cabeza. Pero no tiene perdón —se apresuró a responder. Me eché hacia atrás en el respaldo de la silla para elevar las patas delanteras y observé que Bárbara se toqueteaba el pelo, gesto inequívoco de que estaba nerviosa—. Empiezo desde el principio, ¿vale?

Mi padre apartó a un lado el tocho de apuntes —que en realidad no necesitaba, porque se lo sabe de memoria— y la miró con preocupación.

¿Qué puedo decir sobre el hombre de la casa, Borja Altamira López-Durán? Pues que puedo contar con los dedos de una mano las veces que ha sonreído genuinamente, no se pone un chándal ni en vacaciones, «porque eso es de pandillero», y tiene una colección de zapatos que hace sombra a la mía. Mi padre es ese hombre guapo con aire de galán de la época de oro hollywoodiense. Lo llamaban Humphrey en su época universitaria porque se apoyaba en la entrada de la facultad a fumarse un cigarrillo con las solapas del gabán levantadas, al estilo de Bogart, y solo hablaba para dejar frases «dignas de ser tuiteadas», como diría Lola. Conserva la melena rubia con dos canas contadas que parecen mechas de moderno, y se pone tan histérico cuando ve que empieza a crecerle el bigote que pide cita en la barbería con días de antelación.

Ese es otro detalle que mencionar. Mi padre no es seguidor del dicho «si quieres algo bien hecho, hazlo tú mismo». Aunque se considera el mejor juez de España —y lo es, porque ha llevado los casos más complejos, y también los mediáticos, «que no es la misma cosa, Silvia», me diría—, es lo bastante humilde para reconocer que ciertas cosas es mejor dejárselas a los profesionales.

Eso no quiere decir que, como no sabe poner una lavadora, le cargue el muerto a mi madre, ojo. En mi casa, la ropa se lleva a la lavandería. Nadie pasa suficiente tiempo en el piso del barrio Salamanca como para dedicar horas a las mundanas tareas domésticas.

—¿Has ido a la biblioteca esta mañana? —le preguntó a Bárbara, que estaba tan avergonzada por haberse olvidado una frase que parecía que hubiera cometido homicidio imprudente.

—No. Silvia quería que la acompañara a echar currículos.

Mi madre apartó la mirada de su victoria y clavó en mí sus ojos entornados.

—¿Cómo que a echar currículos? ¿No tenías un trabajo, Silvia?

Pienso «maldita Bárbara» las mismas veces al día que Dora la Exploradora ha podido decir «Swiper, no robes» en el conjunto de capítulos de su serie infantil.

Ese día la maldije incluso más.

—Sí, bueno, no ha ido como estaba previsto —farfullé por lo bajo—. Mi jefe es un bastardo y no iba a aguantarlo ni un segundo más.

Aproveché que mi madre estaba distraída para adelantar dos casillas más de lo que marcaba el dado.

A lo mejor no tenía trabajo, pero ganaría al parchís, y eso me haría sentir mejor.

Mi madre se cruzó de brazos y se echó hacia atrás.

—No sé ni por qué me sorprende que esa sea tu explicación. Siempre son los otros los que tienen la culpa de que te echen de un trabajo, una relación acabe o no tengas las cosas hechas para el momento en que te las mandan —me soltó con acritud—. ¿Has dimitido?

Me dieron ganas de defenderme describiendo lo insoportable que es Bosco, pero como siempre me pasa cuando me enfrento a la decepción de alguno de mis padres, me hice algo más pequeña y me limité a mascullar:

—No exactamente. Me ha echado.

—¿Por qué?

—Porque... porque es un capullo.

—Una respuesta muy madura —dijo mi padre, con su voz potente—. ¿Por qué no te explicas algo mejor?

Me giré hacia la puerta de la cocina, donde había aparecido con una camisa por fuera del pantalón de pinzas. Más que desaliñado, se daba un aire de *latin lover* insoportable, igual que mi madre, que con el pañuelo en la cabeza y el vestidito de flores parecía Selena Quintanilla.

Llevo toda mi vida rodeada de gente perfecta.

—Lo que pasa —empezó Bárbara, en teoría, para ayudar— es que no se lleva bien con su jefe. Es un hombre muy... temperamental, y claro, su carácter choca bastante con el de Silvia.

—Eso será porque ella ha sacado el suyo —dedujo mi padre, mirándome de hito en hito—, cosa que uno no se puede permitir en su trabajo y ni mucho menos con su superior.

—¿Y qué quieres que haga? ¿Que me trague todos sus insultos velados y su mal humor? —rezongué con la vista clavada en el dado del parchís—. Soy su editora, no su saco de boxeo. Y si piensa tratarme así, que espere que se las devuelva...

—Tú eres lo que tengas que ser hasta que te ascienda —interrumpió mi padre—. Todo el mundo ha tenido que ceder en algún momento para conservar su puesto.

—Pero no todo el mundo ha tenido que ceder en *todos* los momentos. ¡Ese hombre y yo nos tratábamos tan mal que Recursos Humanos debería haber intervenido!

—Hombre, estoy de acuerdo en que acusarle de un presunto abuso sexual habría merecido una sanción —intervino Bárbara.

A ella sí que habría que sancionarla. Por bocazas.

—¿Abuso sexual? —repitió mi madre, alarmada—. ¿Qué ha pasado?

—Nada, que Silvia y el jefe se quedaron a oscuras, tropezaron, se cayeron en un lío de manos y piernas y ella se asustó y le dijo poco menos que violador. El hombre se cabreó y la despidió en el acto. —Y añadió, con la boca pequeña—: Normal.

—¡No me dio tiempo a replicar ni a retractarme!

—¿Y por qué no fuiste a retractarte al día siguiente? —exigió saber mi padre, perplejo.

—Pues porque ya estaba despedida.

—Silvia...

Cuando mi padre pronuncia mi nombre de esa manera solo puedo quedarme inmóvil en el asiento, cerrar los ojos muy fuerte y esperar que la tormenta pase rápido.

Avanzó hacia mí y apoyó una mano en la mesa para mirarme desde su altura.

—No hay nada más importante en la vida laboral de un trabajador que la reputación que se labra. Después del despido de la editorial Bravante y este numerito en la de ese Valdés, ¿crees que alguien te contratará de nuevo sin ponerse una pinza en la nariz? Tienes que cuidar tu imagen, que bastante afectada está ya, y comportarte como Dios manda. Si eso significa tragar mierda por un tubo, lo harás hasta que puedas permitirte que otros se la traguen por ti.

—¡Oh, venga ya! ¡La editorial de Valdés es un truño del tamaño de Moncloa! ¡Puede difamarme lo que quiera, que nadie lo va a escuchar!

—Puede que no sea lo más grande que ha parido España, pero ahora mismo no puedes aspirar a nada mejor. Si es donde te han dado trabajo, adáptate a sus exigencias. Y vuelve a trabajar —me ordenó mi padre, casi enfadado—. No vas a pasar otro par de años tumbada en la cama, compadeciéndote de ti misma. Eres una Altamira de la Rosa.

Tragué saliva.

—Pues mejor eso que trabajar de becaria para un cabrón —masculé con la boca torcida.

—¿Que estabas trabajando de becaria? —repitió mi madre—. ¿De becaria?[7]

Le lancé una mirada entre la exasperación y el «¿Ves?, te lo dije» a mi hermana, que ahora sí quería permanecer al margen, la muy cerda cobarde.

—Pues sí. Como veis, no merece la pena volver. ¡Ni pedir disculpas!

—Te paguen o no, es un empleo, y eso en el currículo figura como la necesaria experiencia para ser tomado en serio. Después del despido en Bravante, tienes que poner en valor tu trabajo. Así que vuelve allí, discúlpate y haz lo que sea para recuperar tu puesto —ordenó mi padre. Y añadió, en tono seco—: No quiero parásitos en mi casa. Quiero gente con responsabilidades y ambición.

Ni confirmo ni desmiento que esa palabra, «parásito», con su sonoridad y en su contexto, estuvo dando vueltas en mi cabeza durante toda la noche. Puede que incluso me sacara unas lagrimitas. O unas lágrimas a secas. O unos lagrimones como la copa de un pino capaces de subir el nivel del mar. El caso es que la bronca surtió su efecto, porque heme aquí, sujetando dos cafés americanos tamaño petardo para alimentar a la bestia del quinto piso.

Más le vale a ese cerdo aceptar mi gesto, porque creo que es la primera vez que me arrastro en mis veintinueve años de vida.

Veintinueve años y en el limbo entre el empleo de becaria y el paro. Veintinueve años y hecha un parásito. ¿O llevo veintinueve años siendo un parásito?

7. Para mi madre, que no para el diccionario de la Real Academia Española, «becaria» es un sinónimo de «puta mierda». Entre eso y vender ketamina en las esquinas, la *mia mamma* lo tiene claro.

No quiero saberlo.

Lleno de aire mis pulmones y subo a la editorial. Por lo menos cuento con el apoyo de Lola, con la que conseguí contactar a través de redes sociales durante estos tres días de... descanso, llamémoslo así. Le conté toda la historia y enseguida se puso de mi lado, aunque quizá solo fuera porque una de las reglas de Lola consiste en dar la razón a sus amigos.

Cuando me ve llegar, se aparta el flequillo de cortinilla de la cara y corre a recibirme.

—¿Dos? —Señala los envases de plástico.

—Uno para que vea que me arrepiento, y otro para que sepa que tengo iniciativa.

Lola me da el visto bueno, no sin antes arreglarme el pelo y peinarme las cejas como si estuviera a punto de entrar en el restaurante donde me espera un ligue de Tinder.

—Está en el despacho de Ángel, el del departamento financiero y legal. Al fondo del pasillo —especifica, gesticulando con su encantador entusiasmo—. ¡Buena suerte!

¿La necesitaré? ¿Estará más irascible que donde lo dejé, si es que eso es posible?, ¿o se habrá levantado con el pie derecho?

No lo creo. Bosco Valdés tiene dos izquierdos. Pies y lados de la cama.

No me ve llegar. Desde su posición, sentado frente al tal Ángel, me da la espalda. El contable está tan concentrado explicándole algo que tampoco se fija en mí, el Playmobil petrificado que espera al otro lado del cristal. Me sorprende toparme con un hombre joven y guapo como para dar angustia. Tiene el pelo ensortijado, algo más largo de lo que debería para no provocar el impulso de hundir los dedos en él, y sus ojos verdes destacan ya en la distancia.

Sin la menor intención de interrumpir, me acerco al despacho y apoyo la espalda en el cristal que lo aísla del pasillo.

Como la puerta está entornada, la conversación me llega sin interferencias.

—Entonces ¿qué me recomiendas? —gruñe Bosco. Su voz me contrae el estómago en un nudo de... ¿angustia?, ¿nervios? No sé qué es, pero no me lo esperaba.

Ángel menea la cabeza.

—Me cuesta decir esto porque muchos nos iríamos al paro, pero solo tenemos pérdidas, Valdés. No nos alcanza el dinero para imprimir tiradas de más de quinientos ejemplares, las mejores autoras están exigiendo adelantos si queremos conservarlas (unos que no les podemos proporcionar) y la competencia no hace más que crecer por culpa de la proliferación de sellos digitales. Además de la deuda, claro está. —Suspira y se rasca la barba incipiente, del mismo rubio oscuro que sus cejas—. Tendríamos que aguantar sin sueldo por lo menos dos o tres años y vender por encima de lo que estamos vendiendo para que empezara a haber beneficios. Si quieres salvar la editorial, sería como empezar de cero.

—Yo no quiero empezar de cero. Quiero deshacerme de este marrón —lamenta Bosco, rascándose la nuca—, pero hay un equipo estupendo en este sitio.

—Encontraríamos trabajo en alguna otra parte, Bosco. Por eso no te preocupes. Decide pensando en ti, que eres el que más responsabilidad tiene. —Se nota, por el deje cansino, que no es la primera vez que se lo pide—. Tienes que aprender a ver todo esto con ojos de empresario. La visión medieval de salvar el reino solo te va a arruinar más. En el peor de los casos, nosotros acabaríamos sin finiquito, pero el que se las vería solo y endeudado hasta las cejas serías tú, así que sé egoísta, por una vez en tu vida, y decide.

Bosco se reclina hacia atrás y se pasa las manos por el pelo.

Ángel suaviza la expresión y se levanta para darle una palmada en la espalda.

—No te tortures. Has intentado tomar decisiones y rescatar la empresa, pero era prácticamente insalvable cuando la dejaron en tus manos. Aurora y el tipo que solía trabajar en contabilidad nos la jugaron entregándonosla en déficit. No me sorprende que decidieran lavarse las manos.

—Y, aun así, ya ves que tiene unos cuantos adeptos entre los empleados.

—Porque no han visto las cuentas. Si echaran un ojo a lo que yo veo a diario, otro gallo cantaría —puntualiza Ángel—. Toma una decisión, y hazlo pronto. Podríamos rescatar esto como un equipo. No somos la única editorial que está viviendo un mal momento; ya te he hablado de las absorciones masivas de pequeñas empresas. Pero si no te merece la pena...

—Creo que yo puedo ayudar.

Sí, la que acaba de interrumpir he sido yo. No he podido resistirme. Están hablando de salvar una empresa que se dedica a distribuir libros, y resulta que yo soy la madre defensora de las editoriales tradicionales. Habría ido en contra de mi ADN quedarme callada en medio de una decisión trascendental que conllevaría la muerte de una parte de mí. Estoy hecha de pedacitos de autores, como canta Antonio Orozco (o casi).

La silla de Bosco chirría en cuanto se levanta. Se gira hacia mí con ese ceño ominoso que podría asustar a cualquiera a quien su padre no haya llamado parásito.

—¿Qué hace usted aquí? ¿No le dejé claro que no hacía falta que viniera más?

—También dijo que me enviaría mis cosas, y llevo tres días esperando. —Sin que me invite, accedo al despacho con un descaro que no sé de dónde he sacado y rodeo la mesa para presentarme—. Soy Silvia, encantada.

Ángel me da los dos besos de rigor. Huele tan bien que me cae de lujo en el acto.

—Ángel Quintana. ¿*Esa* Silvia?

—Supongo que sí, soy esa Silvia, con el demostrativo delante. —Miro de reojo a Bosco—. Le he traído el café por el que tanto discutimos, señor Valdés. También una disculpa y un montón de ideas para levantar la editorial. Me sobran iniciativas.

—¿Ah, sí? ¿Y qué clase de iniciativas he de esperar de una mujer que no ha trabajado en su vida, no siente el menor respeto hacia la autoridad de la empresa y se dedica a escuchar conversaciones que no le conciernen detrás de la puerta?

—Técnicamente no estaba detrás de la puerta, sino al lado, y estaba abierta. Error suyo.

Bosco entorna los ojos.

—Ya echaba de menos que me culpara a mí de su falta de educación.

—Es un mal que tenemos en común. —«Mierda, Silvia, no era así como lo habíamos hablado», me reprocho. Carraspeo y enderezo la espalda para probar un tono más amigable—. Lo que quiero decir es que necesita ayuda, y yo estoy dispuesta a brindársela... gratis —agrego a regañadientes.

Bosco exhala, simulando una carcajada desdeñosa, y se cruza de brazos.

—Vaya, parece que le ha cundido que la mandara estos días al rincón de pensar.

—Me he ido al rincón de pensar yo solita, Valdés. Usted se limitó a mandarme al carajo, y después de haber firmado un contrato de tres meses, lo que podría entenderse como un incumplimiento..., ¿o no?

—No está prohibido despedir a un becario, a no ser que venga patrocinado por alguna universidad con la que tengo convenio, ¿verdad que no, Quintana?

Ángel no parece contento con eso de estar en el medio, pero sospecho que es demasiado cotilla para perder la oportunidad de pegar oreja. Se recoloca las gafas en el tabique nasal mientras niega con la cabeza.

—No se inquiete por el futuro de la editorial —resuelve Bosco con indiferencia—. Ya hay profesionales encargándose del asunto. Profesionales que lo harán mucho mejor que una principiante.

«¿Dónde están los profesionales, que yo los vea? Porque tú no te pareces a lo que yo entiendo como tal».

—No soy ninguna principiante, tarugo. Tengo más experiencia en el sector que usted —le ladro en su lugar, incapaz de contenerme. Agarro los cafés con fuerza—. Para su información, trabajé durante años en...[8]

Definitivamente, la mía no es la clase de historia que le contaría a un amigo, y ni mucho menos a un tío que es capaz de utilizar en mi contra hasta que me guste la ropa cara.

Como si eso fuera un delito.

—¿En dónde? —me insiste Bosco, viendo que me quedo callada. Cruza los brazos sobre el amplio pecho de gladiador—. ¿Y por qué no estaba eso en su currículo?

—Pues porque... porque se me olvidó ponerlo. Era una editorial pequeña, era... ¡No es conocida! —empiezo a balbucear. «Estupendo, Silvia. Estás dando una imagen de profesionalidad cojonuda»—. Yo era la editora jefe. Me encargaba de todo. De mediar con los autores, de dirigir a los de diseño, de contactar con el departamento legal cuando había un problema... Partía el bacalao allí. He tenido en mis manos documentos de contabilidad, he ido a las ferias de Londres y Frankfurt, y...

Bosco me mira como si le estuviera contando algo graciosísimo. Se cree que me lo estoy inventando, y no puedo culparlo, porque me queman las mejillas y me cuesta tanto hablar que cualquiera diría que estoy improvisando.

—¿Y cómo se llama la editorial, para que pueda contrastar la información y contactar a sus ayudantes? Ya sabe, para que me den una segunda opinión sobre sus impresionantes labores.

---

8. Aquí iba a decir: «... en una editorial de la que salí con una demanda», pero no me pareció procedente ni la mejor idea para consagrar mi futuro en la empresa.

Estoy seguro de que los testimonios no hablarán de su heroísmo, o no habría mantenido en secreto su amplísima trayectoria.

—Ya ha quebrado —balbuceo a toda velocidad—. No existe. Y los que trabajaban allí... los que... pues ya no trabajan.

—Seguirá en contacto con alguien que pueda corroborar su trabajo, ¿no?

—Pues no. Murieron todos en un accidente de avión. Salvo una, que se quedó sin pierna. Y era lesbiana, así que me parecería mala idea llamarla.

«Hostia, Silvia, que estás contando un episodio de *Anatomía de Grey*».

—¿Porque es lesbiana? —Arquea una ceja.

—Porque no tiene pierna.

—Le costaría levantarse para coger el teléfono —aporta Ángel, saliendo en mi ayuda.

Le doy las gracias con una sonrisa.

—Exacto.

—El nombre de la editorial —insiste Bosco, mirándome con cara rara por lo que acabo de decir.

Lógico, por otra parte.

—Verá, es que, además... nos timaron. El director se fugó con el dinero. Era un narcotraficante. Cocaína, ya sabe.

Esto me pasa por haber estado escuchando la canción introductoria de *Narcos* toda la noche.

Soy el fuego que arde en tu piel...

—No me diga.

—Fue un escándalo.

—No recuerdo haber leído nada al respecto en los periódicos.

—Es que no salió en ninguna parte porque el narco compró a los medios, y...

—El. Nombre —deletrea.

—Se llamaba... —Cierro los ojos y hago una mueca de dolor—. Libros de la calle.

Tras un silencio tenso, Bosco coge aire y da el asunto por zanjado.

—En la calle la quiero a usted antes de que den las diez de la mañana, y para eso quedan solo unos minutos.

El corazón se me para.

—¿Por qué?

—¿Sabe qué creo? —interrumpe, ignorando mis débiles balbuceos—. Que se ha dado cuenta de que no cumple los requerimientos ni está a la altura del puesto que le ofrecí y solo ahora ha decidido dejar atrás su ridículo orgullo para aceptar un lugar que nadie en su sano juicio ofertaría para la gente como usted.

—¿Y qué gente sería esa? —Me oigo preguntar, inmóvil.

—Gente que se cree más que lo que es en realidad: un parásito.

A lo mejor es porque he oído esa palabra en labios de mi padre, porque he pasado la noche entera en vela repitiéndomela o porque veo en sus ojos que eso es lo que de verdad piensa de mí, no una cruel manera de escarmentarme. A lo mejor es porque soy una mimada, llevo la descortesía a otro nivel y aún no he cumplido los diez años mentales. O a lo mejor es porque odio mi vida y no tengo nada que perder, pues ya ni siquiera conservo el juicio, pero no me arrepiento ni antes ni después de abrir uno de los cafés y tirárselo a la cara.

Bosco cierra los ojos a tiempo para que no le queme las cuencas, pero su impoluta camisa acaba de un tono oscuro que conjunta bastante mejor con los pantalones que se ha puesto esta mañana.

Incluso sin querer voy haciendo el bien. Es increíble.

—No me hace falta conocer la historia de su vida para saber que tiene usted nada más y nada menos que lo que se merece —espeto, furiosa—: una ruina que no sabe ni por dónde empezar a abordar.

—Altamira... —empieza él en tono amenazante, apartándose el líquido de la cara con movimientos secos.

—Por suerte, le queda otro para contrarrestar el mal humor matutino. —Le planto el otro vaso en la mesa y me dirijo a la salida sin mirar atrás.

—No dé ni un paso más... ni un paso... más... ¡Altamira! ¡Venga aquí! ¡Ahora...!

Capítulo 6

La angustia de (con)*vivir* con Grace Kelly

Todos tocamos fondo alguna vez. Dicen que es la manera que tiene la vida de darnos un toque de atención. Lo que no te cuentan es que, en algunos casos, la vida delega esa tarea esencial a una rubia de metro setenta y cinco que viene con un café... y no dudará en usarlo.

Supongo que debo agradecerle que no estuviera ardiendo, o en vez de quitarme la camisa y meter la cabeza bajo el chorro de agua, habría tenido que ir al hospital.

Sé que a veces me paso de capullo. Al principio me consolaba diciéndome que es un efecto secundario de la medicación, porque aquí uno se engaña con la mentira que más le gusta, pero, en teoría, los ansiolíticos deberían bajarle los decibelios a mis berridos en lugar de potenciar las crisis nerviosas que sufro a diario. Ya le he dicho al médico que tiene que subirme la dosis para que funcione, porque, más que efecto, lo que hacen es afectarme.

Es increíble cómo pasé de querer encontrar a la mujer perfecta a dar con la dosis exacta que mantenga a raya mis neuras. ¿En qué momento se torció tanto mi vida?

Qué importa. Eso es otra historia, aquella en la que los numeritos de Silvia Altamira habrían sido un mal menor.

—Prefiero no saber por qué tienes un arsenal de mudas limpias en el cajón —le digo a Ángel, que ha tenido la gentileza de prestarme una camisa.

Con una prenda dos tallas más pequeña parezco un payaso, pero mejor eso que ir luciendo pecho como los *viceversos* de Telecinco en un desfile veraniego.

—Pues por si pasan cosas como esta, Valdés. —No llega a mofarse porque es el tío políticamente correcto por excelencia, pero el brillo de sus ojos delata una risa irreverente—. Nunca sabes cuándo se te va a derramar un poquito de café, y hay que dar buena imagen.

—¿Es esa una especie de indirecta?

—Si te das por aludido, es cosa tuya.

Gruño por lo bajo, peleando todavía con los botones. Sé que Ángel va al gimnasio, pero si echara más horas yo no parecería un chorizo embutido.

—Creo que deberías haberla escuchado. Venga, piénsalo. ¿Qué es lo peor que podría pasar? ¿Que dijera una estupidez? La descartas con educación y a otra cosa.

Decirle que es una cuestión de orgullo está de más. La gente como Ángel, la que siempre hace lo que debe y sabe qué decir, no entiende la importancia vital de quedar por encima del enemigo.

Vale, Silvia Altamira no es el enemigo, solo es una distracción muy molesta que me aleja del verdadero diablo: mi exesposa, pero preferiría que me circuncidaran sin anestesia y con unas tijeras de podar a darle la razón a la mujer más irritante sobre la faz de la tierra.

No me preocupa que me diga una estupidez. Temo que me dé la idea del millón, porque dándole la razón estaría traicionándome a mí mismo. Y no es porque no la soporte, sino porque me encanta soportarla. Es como la fuerza de la gravedad: no hay manera de que se relaje y te mantiene con los pies en la tierra, aunque sea a base de recordarte, con ese tonillo marimandón suyo, que si se te cae la tostada, se te va a caer por el lado de la mantequilla, porque eres tonto, retonto y requetetonto. Esto no quita otro hecho aún más inquietante, y es que no creo haberme topado con una tía más divertida en mis treinta y siete años de vida, y que, para colmo, está para comérsela. ¿A qué divorciado con una empresa en la ruina no le irritaría la aparición de una tipa de esas características, desesperante con sus contradicciones como él solo? Si cuando la vi, tan calladita y bien vestida, pensé que me la había mandado Dios para recordarme que aún está de mi lado. Luego abrió la boca y comprendí que el diablo no había acabado de castigarme, solo había soltado el látigo para frotarse las manos con regocijo.

—A lo mejor se le ocurría una buena idea —valora Ángel, pensativo.

—Está claro que no la conoces, o no pensarías que es capaz de generar soluciones. Es una máquina de dar problemas —resoplo. Y no es ninguna mentira, pero sí es verdad que también es más lista que el hambre. ¿Se ve o no se ve? Contradicciones desesperantes, razón justificada para despedirla—. De esto tiene que encargarse la gente que sabe.

—¿Como tú? —replica Ángel con fingida inocencia. Lo fulmino con la mirada—. Vamos, Valdés. Los dos sabemos que no hace falta que ande sobrada de experiencia para tener más que tú y que yo juntos. He trabajado como contable en muchas empresas, sí, pero no para una editorial. Y mi campo es bastante limitado. No tengo ni la menor idea de estrategias de venta de libros o cómo se potencia la lectura en papel.

—Y por esa razón debo poner en manos de la nueva el futuro de todos, ¿no?

—No seas obtuso y escúchala. No estamos para ponernos exquisitos. Venga de donde venga, toda ayuda es buena.

Ahí me tengo que callar.

Aunque no lo parezca, si alguien tiene razón, procuro cerrar la boca. A la única a la que le meto caña si puedo —y si no, también— es a Altamira, y eso me lleva a pensar que me he metido tanto con ella que se merece que por lo menos la escuche. Me ha tirado el café encima, pero yo casi la he hecho llorar. He visto que se le humedecían los ojos al salir, y si hay algo a lo que soy sensible es al llanto de las mujeres. Por eso a Aurora le costaba tan poco conseguir lo que quería. Bastaban unas lagrimitas de cocodrilo para tenerme postrado, rogando por el perdón de los pecados.

—Muy bien. Cojo el dosier con la información —anuncio, estirando el brazo hacia la carpeta sagrada de Ángel—. Se lo voy a dar para que lo estudie, a ver con qué me sale. Pero no esperes grandes gestas, Quintana, que ya has visto su currículo. Lesbianas sin pierna —apostillo, alzando el dedo de las advertencias.

Imagino que Silvia habrá ido a recoger las decoraciones de su escritorio, esas que no he tocado en toda la semana por un motivo que escapa a mi entendimiento y en el que evito pensar demasiado. A lo mejor llegaría a alguna conclusión desconcertante, como que en el fondo esperaba que volviera con una disculpa o que me arrepentiría de haberla despedido y le devolvería su puesto.

Que te acusen de depredador sexual no es moco de pavo, pero si me bloqueé y reaccioné indignándome fue porque me preocupó que me hubiera descubierto. No soy un acosador activo, porque sería ya lo que me faltaba, pero que me tengo memorizados los modelitos que se pone y que me ha tentado dejarla trabajando hasta tarde por el placer de mirarla —solo lo hice una vez, y no por eso, ojo— es un hecho. Uno del que no estoy orgulloso, pero es superior a mí. Trabajamos frente a frente en un espacio demasiado pequeño para albergarnos a mí, a ella, al medio año que llevo sin follar y a lo gorda que me la pone.

En su línea de ser la hostia de oportuna, Aurora se presentó con una petición de divorcio la semana de Navidad. Que me dejara me conmocionó más que el hecho de que me estuviera poniendo los tochos con el enteradillo de una empresa de automóviles, por todo eso de que nunca lo das todo por perdido hasta que lo está, y porque jode estar dispuesto a perdonar al que la ha cagado, pero que ese alguien decida que no quiere que lo perdones. El caso es que estuve viviendo a base de antidepresivos y ansiolíticos y convenciéndome de que llamarla y arrastrarme no sería buena idea hasta que me llené de rabia, el segundo estadio del luto posruptura. Y con esto quiero decir que ni en estado de *shock* ni al borde de la desesperación —ni mucho menos bajo medicación— te dan ganas de acostarte con nadie.

Podría haberme tirado a alguien por despecho, sí, pero solo pensaba en Aurora. Solo quería a Aurora. Desde que comenzó el proceso de divorcio, supongo que he estado tan ocupado procurando que mi odio no volviera a transformarse en amor durante una noche especialmente oscura y solitaria que no he podido ver a nadie más.

Tampoco quería ver a nadie más.

Por desgracia, ignorar a Silvia Altamira ha sido imposible desde el principio. No cierra la boca, es altanera e impertinente y creo que es la mujer más guapa que he visto en mi vida. Y es también mi empleada, lo que convierte en una auténtica tortura que me haya reventado el botón de la bragueta después de seis meses de frigidez. Nunca me han ido las rubias, pero el pelo se me pone de punta cuando la veo echarse la melena hacia atrás o, como en este momento, recogérselo en una eficiente coleta.

Tal y como sospechaba, está arrodillada junto a la caja de cartón que contiene sus pertenencias. Ladea la cabeza hacia mí al oír el sonido de mis pasos.

Tiene la cara de Grace Kelly. Con eso, huelga decir que pondría mi reino a sus pies. Pómulos altos, labios perfectos, naricilla respingona y unos grandes ojos azules que me miran como si fuera el pringado número uno del mundo.

Aurora me miraba así al final, y no lo soporto. Bueno, no lo soportaba en Aurora. En Silvia me dan más ganas de separarle las piernas y demostrarle que, pringado o no, puedo hacer que me ruegue con lágrimas en los ojos.

Como si supiera que he venido a mantener una conversación seria, Silvia se incorpora, inexpresiva. Al cruzarse de brazos ante mí, se le alzan los pechos, y un canalillo provocador destaca en el escote del ceñido vestido color crema.

Se creerá que trabaja en un bufete de abogados. O que es alguien importante.

Arrojo la carpeta sobre el escritorio.

—¿Quiere trabajar? Pues trabaje. Ahí tiene todos los datos de la empresa hasta el día de hoy. Informes de ventas, contactos con distribuidoras, gráficas del impacto en redes sociales... Si se le ocurre cómo levantar la editorial en el mercado, ya sabe dónde estoy.

Ella entorna los ojos.

—A lo mejor no he sido lo bastante contundente con un café y debería haberle tirado el otro. Ese gesto significaba que me abro, Valdés. No quiero tener nada que ver con usted.

Me acerco a Silvia sin vacilar. Creo que ya tenemos confianza suficiente como para insultarnos a la cara y no a cinco metros, como en los duelos de los pistoleros. Con la proximidad, su perfume caro me acaricia la nariz. Debe de ser uno de los mil números de Chanel que intentan meterte por todos los orificios en la planta baja de El Corte Inglés.

—¿Nada? ¿Y por qué ha venido a rogar que le devuelva el trabajo, entonces?

—Ya le habría gustado que le rogase.

«Y tanto que me habría gustado, Miss Honolulu».

No estoy en condiciones de negar que me pone cuando se me eriza el vello de la nuca cada vez que me habla. Al menos, no voy a reprimir mis pensamientos después del largo tiempo que he temido por mi hombría. Aurora se llevó mi corazón, se cargó mi concepto algo idealizado y tradicional de la familia feliz, se apoderó de mis ahorros y ahora intenta arrebatarme lo que más quiero. Me alegra que, por lo menos, no me haya incapacitado para sentir atracción por otras mujeres. Eso me habría destruido del todo.

Estoy tan contento por seguir teniendo un pene funcional que me cuesta recordar que no debería ni pensar en usarlo con una trabajadora de la empresa.

—¿Tiene alguna oferta mejor? —Espero a que responda, pero no lo va a hacer. No admitiría nunca que le va peor que a mí—. Eso mismo pensaba yo. Espero una buena idea, Altamira.

Su insoportable soberbia resurge de las cenizas en cuanto coge aire.

—Entonces, le sorprenderé con dos.

Me la quedo mirando, intentando que no se note mi curiosidad. Mi curiosidad no sexual, ojo, que es bastante más poderosa que la otra, por raro que pueda parecer.

Muy bonita y todo, la niña, pero ¿qué habrá motivado que venga a pedir una segunda oportunidad? ¿Qué hizo que aceptase ser la becaria de una editorial de risa, para empezar? Solo lo que lleva puesto, contando vestido, zapatos, complementos e incluso ropa interior —borra eso, *mens sana in corpore sano*—, ya sale por el módico precio de mil pavos, por no mencionar lo que le costará la peluquería semanal, hacerse las uñas cada tres semanas y tener la piel impecable. Sé de esas cosas porque he convivido con una obsesa de su imagen durante diez años y reconozco a una pija cuando la veo; en cuanto la huelo, de hecho, y las pijas no ruegan ni pierden el tiempo haciendo entrevistas. Sus padres las colocan chasqueando los dedos en empresas privadas que manejan cuentas bancarias con un contenido de no menos de seis dígitos.

La editorial Aurora anda en números rojos y, si hablamos de ceros, lo seríamos a la izquierda.

Las mujeres como Silvia no tienen por qué trabajar. Ni tienen que estudiar. No tienen más que abrir la boca y pedir.

¿Entonces?

Qué misterio.

—O con tres, porque me ha venido una a la cabeza ahora mismo —apostilla de pronto—: cómprese ropa de su talla. Si se pone los bóxeres tan ajustados como las camisas, no me extraña que esté de tan mal humor. Tendrá los huevos azules.

Ni te lo imaginas, guapa.

—La verdad es que raras veces llevo ropa interior. Me resulta muy incómoda. —Y le dirijo una sonrisita. Ella levanta las cejas y baja la mirada a mi bragueta. Cuando se percata de su reacción involuntaria, aparta la vista enseguida, pero no se ruboriza ni tampoco pierde la pose. De hecho, clava en mí una mirada retadora.

No es ninguna mojigata, está claro. Tuve mis dudas al respecto cuando se puso histérica con el episodio del porno, y no me cuesta imaginarla creyéndose demasiado especial para iniciar una relación, sea del tipo que sea, con un hombre que no tenga un Aston Martin aparcado en la puerta del dúplex con piscina en Marbella, pero sabe de sobra que está buena y la he oído hablar con Lola sobre ligues de una noche. Ahora sé, y lo sé en contra de mi voluntad, que tiene sexo ocasional cuando le pica. Y eso es genial. A mí dejó de irme el compromiso hace tiempo, aunque no haya nada más comprometedor que meterse en cualquier sentido con una empleada.

Después de habernos humillado el uno al otro como si no hubiera un mañana, darle un azote en la cama no me parece lo más descabellado que podría hacer. Total, no estará aquí más de tres meses, porque no tengo ni para pagarle la Seguridad Social. Puede que ni siquiera quede yo en la editorial para esas fechas, así que, si a ella le viene bien, nos veremos las caras entre las sábanas, el único lugar donde me parecería estupendo que me soplara un bofetón.

La dejo organizándose en su escritorio y cierro la puerta de mi despacho para darme una relativa tranquilidad. Relativa, porque esta camisa me está asfixiando y porque, aunque celebre mi despertar sexual, también me está turbando.

He pasado toda mi vida convencido de que desearía a la misma mujer y, aunque esa mujer haya resultado ser un mal bicho, me cuesta soltar sin más los recuerdos y los planes que hice con ella. Yo era monógamo, fiel hasta la muerte, estaba preparado para ser el mejor marido y un padre diez. Creo que lo demostré. Ahora, todo eso se ha ido al carajo, y lo único que queda es el prefijo, ese «mono» que significa «uno» y que tan bien resume que estoy solo, o que lo estaré hasta que todo se resuelva.

Si es que se resuelve, algo que francamente dudo que suceda.

Para eso necesitaría un milagro.

Capítulo 7

Situaciones desesperadas requieren editoras aún más desesperadas

Estoy sonriéndole a un wasap que me han enviado —con demasiadas faltas de ortografía, pero con un puñado de exclamaciones entusiastas y emoticonos que me alegran el día— cuando Silvia llama a la puerta.

Eso de la mínima educación es nuevo. Lo que no es tan nuevo y, de hecho, es tan frecuente que empieza a molestarme, es que se me pare el corazón cuando la veo pasar.

Hace ya una hora desde que la plantilla se ha ido a su casa. Ella se ha quedado haciendo garabatos en un cuaderno de anillas y tecleando en el ordenador para entrar con el dosier inicial y una carpeta aparte llena de folios grapados. Lleva un moño mal hecho y los botones del vestido desabrochados, y se ha quitado los zapatos.

—Le presento el plan de acción —anuncia con seguridad. Le hago un gesto con la mano para que tome asiento y tecleo un mensaje rápido antes de soltar el móvil boca abajo.

—Ilumíneme.

Reconozco que estoy intrigado. Se ha dedicado en cuerpo

y alma a esto. No ha levantado la cabeza más que para ir a por un café y para darle un beso de despedida a Lola.

Y esto no lo digo porque la haya estado mirando fijamente, ¿eh? Soy el puto director general, tengo tareas más importantes de las que encargarme.

Silvia suspira. Está cansada, tiene las sobaqueras sudadas, el maquillaje corrido después del largo día y las ojeras le llegan por los tobillos. No es que me complazca verla demacrada, pero su humanidad la sitúa a mi altura, no en el pedestal desde el que le gusta mirar a los demás y, asimismo me hace sentir más cómodo con mis retorcidos gustos.

No es ningún secreto que siempre me han gustado las pijas, las niñitas de los ojos de papá, las ñoñas que mueven la mano al hablar como si aún no se hubieran acostumbrado a la movilidad articular de la muñeca y les asombrara su propia flexibilidad; las que se gastan una fortuna en conjuntos de licra promocionados por las Kardashian o alguna famosilla de tres al cuarto para asistir a dos clases y media de pilates y pueden pasar horas discutiendo sobre si es mejor hacerse un *balayage*, unas mechas *babylights* o las *shatush*, y cuáles son los mejores tonos de marrón para lucir esta temporada otoñal. Yo qué sé por qué, aparte de porque la banalidad sea un soplo de aire fresco, o porque me resulta fascinante que conozcan tantas variedades de colores dentro de la gama cromática del gris: que si gris plata, que si gris perla y, al final, es lo mismo, un tono feo de cojones.

En mi época de deslumbramiento por la oferta ociosa de la capital, a la que no estaba acostumbrado, quería a las mujeres para quitarles la lencería cara después de meternos una raya. Para desahogar mis penas, ya tenía y tengo a mis amigos. No me hace falta una novia para eso.

O puede que, tal vez, esta turbadora preferencia por la banalidad personificada tenga que ver con que tengo muy interiorizada mi inferioridad —o la tenía— y me gusta la idea de salir con alguien mejor que yo y que me trate mal.

Solo Dios lo sabe, pero esto es un hecho.

Ahora mismo, Silvia no parece una pija. Parece una mujer trabajadora, y debo reconocer que así me cae más simpática.

Entrelazo los dedos sobre el escritorio y observo cómo esparce las hojas por la mesa.

—Empezaremos por las estrategias para aumentar ventas. Primero: explotar lo que ya tiene. Cuenta con tres autoras en la editorial muy queridas entre el público, Virtudes Navas, Estela Ellis y Christine Fray. Por lo que he visto, una es todo un personaje, la segunda es la diva extravagante que no sabes por qué te cae bien y de la otra no se tienen datos: es todo un misterio. Cada uno de los perfiles es carne de cañón para petarlo con inversión publicitaria. Organice presentaciones y firmas, genere campañas que muevan sus libros, oblíguelas a usar sus redes sociales. Envíe sus novelas a la gente joven que hace reseñas en blogs, en YouTube, en Instagram... Se trata de hacer más famoso al famoso. Así venderemos todas las existencias y por lo menos no habrá pérdidas en cuanto a ejemplares físicos. Y, si se hace segunda edición, se reduce la tirada. Nada de partir de tres mil. Mil como mucho, y los títulos que no se vendan se empezarán a imprimir en Amazon bajo demanda. La estrategia número dos es...

—Con Estela y Virtudes podría funcionar. Las conozco y a ambas les gusta la atención —interrumpo, levantando una mano—, pero Christine firmó un contrato con numerosas especificaciones sobre el asunto de dar la cara. Escribe, envía la novela y no hace nada más, así se decidió en su momento. Ni siquiera lleva sus redes sociales. De eso se encarga Lola, porque no quiere perder el tiempo ni decir nada de su vida privada, algo que parece que se lleva desde que surgió la figura del *influencer*.

—Hablaremos de Christine más adelante, pero eso no puede ni va a quedar así. Trataremos de negociar con ella. —Se reacomoda en el asiento y carraspea—. Estrategia número dos: posicionamiento en el mercado. Las novelas que vende no se llevan. La fiebre de los vampiros acabó con *Crepúsculo*, los *highlanders* han sido sustituidos por la regencia desde *Los Bridgerton* de Netflix, y eso de publicar trilogías eróticas con triángulos amorosos terminó allá por 2015, si no antes.

—Pensaba que ahora se llevaba eso del amor libre.

—¿En literatura romántica? ¡Ja! Ni se le ocurra salirse de la monogamia tradicional, amigo mío. —Se da aire con un puñado de folios—. Como le iba diciendo, estamos viviendo un auge de la comedia romántica, la novela sentimental y los grupos de amigas a lo *Sexo en Nueva York*, así que busque y fiche autoras de ese tipo.

—Eso es imposible. ¿Quién va a querer confiar su novela a una editorial en quiebra?

Me sondea con sus prístinos ojos azules.

—¿Saben que estamos en quiebra?

No sé si me irrita que emplee el «nosotros» o me alivia. Supongo que antes tendría que preguntarme si quiero que se meta en la piscina de mierda conmigo o que se mantenga al margen.

—No creo que sea de dominio público —medito, tamborileando los dedos sobre la mesa—, pero al menos otras editoriales lo saben.

—Mientras no se mencione en redes, los autores seguirán enviando su manuscrito. Se aceptarán todos aquellos que guarden el menor parecido con las novelas que duran más de dos semanas en los éxitos en ventas.

—¿Todos? —Arrugo la nariz—. ¿Qué hay del control de calidad?

Silvia se aguanta una carcajada.

—¿Calidad? ¿Usted se cree que con el auge de la autopublicación y a estas alturas de siglo, en el que prima que se publique de forma masiva, la calidad artística es prioritaria? —Airea la mano, desestimando mi duda—. Como iba diciendo, se publicarán en digital en exclusiva.

—¿Solo digital? ¿De qué está hablando? Somos una editorial tradicional que...

Silvia me calla levantando esa misma mano con la que lleva un rato haciendo aspavientos. Ahí está la fascinación por la movilidad articular que he mencionado antes.

—Sí, sí, su política de empresa es encomiable, pero no sirve para llevar el pan a casa. Seremos tradicionales cuando nos podamos permitir pagar a los distribuidores. Mientras tanto, Bosco, mentalidad de tiburón. —Se da un toquecito en la sien—. ¿Entendido?

—No suena al eslogan que le pondría a mi firma.

—Pero tiene que ser el lema que lleve por delante. O por detrás, más bien. También se organizará un concurso —continúa, estirándose. Señala una lista de requisitos subrayados en diferentes colores fosforitos—. La que gane se llevará tres mil euros de adelanto.

—No podemos pagar tres mil euros ni de coña.

—Y no lo haremos, tranquilo. Mire esto. —Busca entre los folios uno concreto y me lo acerca—. Cláusula vigesimosegunda.

—Derecho de opción preferente durante los seis meses a partir del fallo del premio —leo, vacilante—. ¿Y esto significa...?

—Significa que el premio quedará desierto, y que, antes de los seis meses ahí estipulados, en los que se tiene un derecho de opción preferente sobre la obra si se la quiere publicar con respecto a otras posibles editoriales interesadas, se contactará a las autoras que hayan escrito novelas afines a las listas de éxitos y se les propondrá un contrato sin anticipo. Y solo en digital —aclara, alzando el dedito índice.

Me reclino en el asiento sacudiendo la cabeza.

—Eso me parece una bajeza.

—Lo es, lo es. Pero no hay formas morales de ganar dinero rápido para salvar una empresa en quiebra, y me consta que esto funcionará porque algunas editoriales... —Vacila—. Bueno, editoriales en plural, no. Puedo nombrar unas cuantas empresas vocacionales a morir. Pero Bravante, por decirle una, recurre a esta bajeza, como usted la llama, desde que la mezquita de Córdoba era un solar. Y míralos: número uno en el mercado comercial.

—Nosotros nunca hemos sido una editorial comercial —rezongo sin ocultar mi irritación—. Nos hemos especializado en...

—No me venga con monsergas, Valdés, que vende usted novela romántica, que es el género comercial por excelencia —me interrumpe, alzando la palma. «Háblale a la mano»—. Para conseguir dinero fácil basta con ofrecerle escribir un libro a algún cantante de *Operación Triunfo*, un famosillo de *Tu cara me suena* o alguno de esos héroes del pueblo que acaparan portadas en la prensa rosa y protagonizan *realities* de Telecinco. Algún capullo de *La isla de las tentaciones*, quizá. No tienen por qué escribirlos ellos, claro. —Hace una mueca cómica, como si la mera idea le resultara irrisoria—. Podemos contratar un *coach* literario para que lo guíe, o incluso a un *ghostwriter*, que es más usual. Por otro lado, hay una *bookstagramer*...

—Espere, ¿qué? ¿*Ghostwriter*? ¿*Coach* literario? ¿*Bookstagramer*?

Silvia bufa con impaciencia.

—No me extraña que esté tan perdido si no tiene ni idea de lo que le estoy hablando. Busque las primeras definiciones en internet cuando me marche; pretendo llegar a casa para la hora de la cena. Ahora, un *bookstagramer* es una persona que hace críticas literarias en Instagram. Es decir, no son críticas literarias porque no están especializados, no son como las que se leen en el periódico. Son más bien opiniones personales, pero dan visibilidad al libro. Los *booktubers* lo hacen en YouTube y los *bloggers* en blogs, aunque los blogs en la actualidad están más muertos que Muertín.

—Vale —respondo de mala gana—. ¿Qué pasa con esa *bookstagramer* que menciona?

—Que se dedica a criticar por sistema las novelas que traducimos, y resulta que también es la bloguera más afamada del mundillo de la novela romántica. Tiene cinco millones de seguidores entre lectoras españolas y latinoamericanas. Vamos, lo que viene siendo una deidad cuya palabra va a misa. Que critique a las traducidas da muy mala fama a nuestro nombre y se resume en un descenso de las ventas brutal. No podemos permitírnoslo.

—¿Y qué recomienda? ¿Mandarle un sicario?

—Un sicario, no, pero se podría hablar con ella. —Encoge un hombro.

—Descartado. No pienso ir a pedirle que deje de meterse conmigo. No tengo diez años. —«Aunque a veces lo parezca», me dan ganas de decir.

A ella también le dan ganas de tirarme la pullita, se lo veo en su cara-espejo, reflejo de sus pensamientos, pero se muerde la lengua.

—La alternativa es que se dejen de traducir a esas autoras y se busquen otras, o que se deje de traducir a secas. ¿Por cuánto le sale el tal Tosantos al mes? ¿Cinco mil limpios por libro, y encima pagados al contado y no en plazos? No nos podemos gastar ese pastón, ni tampoco comprar los carísimos derechos de autor de los extranjeros.

—¿Qué quiere? —Pestañeo, perplejo—. ¿Que lo despida?

—Si no quiere despedirlo, que se encargue de acompañar a las autoras en sus *tours* por España. O que limpie los baños. —Vuelve a encogerse de hombros con desdén—. Será por licenciados en puestos de trabajo para los que están sobrecualificados.

A estas alturas no sé si reírme o llorar.

—Jamás he sido testigo de tanta crueldad, señorita Altamira.

—¿Espera usted salir de la ruina repartiendo abrazos gratis?

—Claro que no, pero... —Cambio de postura en la silla, incómodo—. Por Dios, ¿está segura de que ama los libros?

Silvia suelta el folio que estaba sosteniendo. Lo clava en la mesa con una palmada enérgica y me mira como si acabara de ofenderla más allá de lo tolerable.

—No va a conocer a nadie más implicado con su trabajo que yo, Valdés. Adoro la cara que pone un autor cuando abraza por primera vez su libro impreso. Adoro todo el fanatismo que se construye en torno a una saga conocida, aunque, qué digo de fanatismo: se forman hermandades. Adoro la sensación de haber descubierto un diamante en bruto, de conquistar talentos ocultos, y siento un inmenso agradecimiento, a la par que el peso de la responsabilidad, cuando alguien se pone en mis manos. Pero si los sueños románticos de los autores vocacionales y sus editores no son compatibles con el necesario beneficio para poner en marcha la empresa, toca priorizar el interés económico.

Asiento en silencio. Qué voy a decirle yo, si no tengo ni idea de nada.

—Lo entiendo. Disculpe.

—Por otro lado —prosigue con energía. Cruza las piernas y, con un bolígrafo, da una serie de golpecitos en la mesa—, el alquiler de estas oficinas es un atraco a mano armada. Hay que mudarse a un despacho más modesto y asequible y animar a la gente a teletrabajar.

—En eso estoy de acuerdo.

—Eso es nuevo —ironiza—. Y ahora, vamos al problema grave: la deuda.

—Si va a decirme que pida un préstamo bancario, ya lo he intentado.

—Esa solo era una de las posibilidades. —Se inclina hacia delante y me mira con seriedad—. Alguien tiene que comprarla, Valdés.

—¿Comprarla? ¿Quién?

—Una editorial grande, una de varios sellos con tendencia a absorber empresas más pequeñas que quiera el prestigio que solía tener Aurora o, en última instancia, un contrato con alguna de sus estrellas. Esto pondría la dirección en manos de otros, que, por supuesto, delegarían las funciones en subdirectores y editores jefes, pero podrían no ser ni usted ni yo, lo que es muy arriesgado, porque podría perder su lugar. Pero un contrato está abierto a negociación y siempre podría exigir un puesto una vez se realizara la compra. Si no, si la vendiera por más de lo que cuesta, habría saldado la deuda y quizá le quedaría dinero para emprender de nuevo.

Me rasco la barba, pensativo.

—¿Y a quién se la vendería? ¿Qué opciones tengo?

—Seguro que le sobran contactos en el mundo editorial.

—Tengo la vieja agenda de Aurora, pero jamás he tratado con ninguno de sus amigos, y mucho menos para llevar a cabo un acuerdo de este calibre.

Silvia deja a un lado el bolígrafo con el que me ha transmitido toda su ansiedad y se cruza de brazos.

—Se han puesto en tela de juicio mis capacidades, pero tendrá que perdonarme si cuestiono las suyas. Ahora que no le queda otro remedio que confiar en mí, ¿podría explicarme cómo es posible que llevara una editorial durante diez años sin tener ni pajolera idea de nada? Porque no estoy construyendo Roma, Valdés, estoy sugiriendo poner en práctica las conclusiones a las que habría llegado cualquier director editorial.

Después de haberse plantado con varias propuestas para sacarme de la ruina, me parecería una descortesía decirle que se meta en sus asuntos. Sobre todo cuando mis problemas son de dominio público y, si no se entera por mi boca, se lo chivará cualquiera de los cotillas insufribles que trabajan en ese sitio.

—La empresa y todo lo demás estaba a mi nombre porque Aurora traía unas cuantas deudas de casa. Si emprendía cualquier negocio con beneficios, le habrían vaciado la cuenta en un abrir y cerrar de ojos. —Cambio de postura, algo incómodo—. Siempre le ha gustado la literatura romántica, incluso escribía sus propios libros y tenía el sueño de montar una editorial, así que le presté dinero para que empezara con esto. Yo solo puse el capital y el apellido, y ella se encargó de todo. En resumidas cuentas, antes de que anunciara que abandonaba, yo no había puesto un pie en esta oficina más que para venir a recogerla.

Silvia me escucha con los ojos muy abiertos.

—Le prestó dinero —repite tras un rato de silencio.

—Sí.

—Ya veo cómo se lo ha devuelto... con intereses. —Se mofa con desdén, aunque no hacia mí, sino hacia Aurora—. ¿De cuánta pasta estamos hablando? ¿Y qué hacía usted mientras? No entiendo nada.

—Eso es irrelevante para el tema que nos ocupa ahora mismo. Fue una gran inversión inicial y ya ve que la empresa fue bien. Hemos sido la mejor editorial romántica independiente durante años, y no ha dado un traspié hasta ahora. Hay que recuperarla.

No sé de dónde surge el impulso de defender lo que ha levantado Aurora. Supongo que tengo demasiadas razones para odiarla como para encima criticar también su emprendimiento laboral. O, tal vez, solo me da rabia quedar como un palurdo al que ella le pidió una cifra y no se lo pensó dos veces a la hora de soltarla y, para enmendar mi orgullo, he de demostrar que soy capaz de convertirme en empresario.

Está claro que soy la vergüenza de los hombres y tengo la culpa de que se diga que pensamos con la polla. Me acuerdo del modelito que llevaba puesto cuando me habló de sus fantasías editoriales y no de lo que me contó sobre cómo pretendía levantar la empresa, aunque quizá eso se deba a que se limitó a presentarse con un bonito vestido rojo, consciente de que con eso bastaba para convencerme. Se ahorró el dosier con los números que te pide el banco para decidir si va a darte un préstamo porque yo era débil, y ella, una maldita garrapata.

—De acuerdo, es lícito. No me meteré donde no me llaman. —Eso me deja perplejo. Ha tenido que ver algo verdaderamente feo en mi expresión si, por una vez, va a cerrar el pico—. ¿Qué le ha parecido el dosier? ¿Lo ve viable? Calculo que, si nadie nos compra la deuda pero conseguimos aplazarla y cumplimos todos los puntos, percibirá beneficios dentro de año y medio.

—¿Eso calcula? ¿En qué se basa? ¿Ahora es economista?

—Oiga, si quiere que le ayude, va a tener que bajar ese tonito condescendiente —me advierte—. Por si no se ha dado cuenta, pretendo salvarle el culo. Sea un poco más agradecido o me largaré con mis propuestas por donde he venido.

—¿Y por dónde ha venido exactamente, si puede saberse? —pregunto, entornando los ojos sobre ella—. Porque no me he creído esa estupidez de la editorial que quebró, a la que timaron y que desapareció por arte de magia, ni mucho menos lo del narco ladrón, pero es obvio que ha trabajado antes en algún sitio.

—Mi tío sí es economista, mi otro tío por línea paterna trabaja en el Tribunal de Cuentas de Madrid y varias amigas mías llevan años en editoriales. Estoy rodeada de números y asuntos legales, y resulta que me gusta leer, tanto libros publicados como la prensa, en la que se habla a menudo de cómo está el mercado literario.

—Menudo dechado de virtudes está hecha, Miss Honolulu.

Ella frunce el ceño. Parece que va a preguntar por qué la llamo así, pero no lo hace y tampoco intenta devolverme la ironía con uno de sus cortes impecables.

Está demasiado cansada. Se ha estrujado el cerebro suficiente por hoy, y suficiente también para mañana.

—Si no le importa y ya hemos terminado, me voy a casa —anuncia con un gruñido.

Ambos nos levantamos a la vez.

Reviso la hora para comprobar que son más de las diez.

—¿Vive muy lejos?

—En el barrio de Salamanca. Pediré un taxi.

Barrio de Salamanca, por Dios. Es, de verdad, una pija de lo peor.

—Tonterías. Yo la llevo. —Guardo el móvil en el bolsillo del pantalón e intento no respirar muy profundo para que la camisa no reviente. Se me escapa una sonrisa canalla—. No quiero que se gaste su sueldo en algo innecesario.

—Capullo —me suelta, pero antes de que se dé la vuelta me fijo en que medio sonríe.

Mientras cojo las llaves y el abrigo, observo cómo se dirige muy despacio hacia su escritorio. La luz mortecina del flexo que ha dejado encendido ilumina su expresión cuando se concentra, sentada en la sillita de Barbie, en calzarse los tacones.

Entonces sí que me parece demacrada.

No sabría decir si es a causa del mero cansancio físico o si algo más le pesa sobre los hombros. Sea lo que sea, me deja petrificado en el sitio unos segundos, intentando asimilar todas y cada una de las facetas que he conocido de Silvia en veinticuatro horas. Casi parece humilde y débil al echarse la chaqueta sobre los hombros, medio encorvada, y apagar las luces con un suspiro.

Nos dirigimos al ascensor en completo silencio.

Pulso el botón del bajo y la miro de reojo. Se abraza a sí misma, pensativa.

—Mañana iremos a ver posibles despachos —anuncio en tono imperativo—. Usted y yo.

—Buena idea. Sospecho que si le dejara solo eligiendo cualquier cosa que requiriese buen gusto, se las arreglaría para acabar peor que como empezó.

Tenía que tocarme los cojones, ¿eh? Si no, no se quedaba tranquila.

—Algunos tenemos mejores cosas de las que ocuparnos que de lo superficial, porque, por desgracia, no todos nacimos en una cunita de oro ni nos regalaron nuestra primera tarjeta de crédito a los diez años.

—¿Se la dieron a los once? —se burla—. Un hombre que puede desembolsar una pasta para que su esposa ponga una editorial no es ningún muerto de hambre. Los maridos normales te regalan lencería por el aniversario, ¿sabe? No una empresa.

No tengo por qué darle explicaciones, pero, de todos modos, me giro hacia ella cogiendo aire para replicar. Debería haber visto venir que la camisa no aguantaría mucho más. Al mantener el oxígeno en los pulmones durante un segundo, dos de los botones ceden y salen disparados. Por suerte no le dan a Silvia, pero rebotan contra los espejos del ascensor igual que balas.

—De puta madre —mascullo, intentando cubrirme mientras ella se recompone tras el repullo—. Estoy perfecto para que me saquen una foto para una de esas portadas de descamisados de novela histórica. —Silvia suelta una carcajada que corta en cuanto la fulmino con la mirada—. Habría que verla en mi lugar, Altamira. Con la imaginación que tiene y su tendencia a echarle la culpa de todo a los demás, seguro que, de haber sucedido a la inversa, me habría acusado nuevamente de acosador diciendo que le he desabrochado los botones con la mente.

—No es lo mismo su pecho que el mío.

—¿Ah, no? —Se me escapa una sonrisa, recordando una conversación que he mantenido hace un par de horas vía WhatsApp—. Conozco a una adolescente que reivindica que las tetas no son genitales.

—Pero les resultan atractivas a los hombres.

—¿Y a las mujeres no les atrae el pecho de los hombres?

—El de un hombre que me interesara, sí, pero a mí usted no me interesa. No me van los hombres...

El ascensor se abre y ella aprovecha ese momento para arrepentirse de lo que iba a decir. Sale con premura, sin mirar atrás. No tardo en alcanzarla, intentando abrocharme la americana para no escandalizar a los viandantes.

—¿No le van los hombres...? —la animo a seguir—. Espere, no iba a decir nada más, ¿no? No le van los hombres, a secas. Debería haberlo sabido al ver que se entretiene con porno lésbico. Muy legítimo, no hay de qué preocuparse. En la empresa tenemos una política de protección a las minorías que...

—No me van los morenos —corta con sequedad—, ni los barbudos. Ni los... Ni los que tienen nombres raros. ¿Qué coño es un Bosco, por favor?

La miro a punto de echarme a reír.

—¿No conoce al Bosco, el pintor? El de *El jardín de las delicias*, la *Mesa de los pecados capitales*, El *Tríptico de las tentaciones*... —Hago una pausa antes de añadir—: ¿El *Carro de heno* no le suena?

—¿Dónde está su carro, Valdés? Tengo prisa —rezonga, irritada porque sepa algo que a ella se le escapa.

Pues claro que una pija no tiene cultura artística en absoluto. Los hipercapitalistas que pueblan el barrio de Salamanca centran sus habilidades en hacer y mover dinero; el resto de las materias las consideran una pérdida de tiempo.

—¿Quién ha dicho nada de carro? —replico, acercándome a la moto aparcada justo en la puerta. Me parece una estupidez ocupar mi plaza de aparcamiento cuando puedo meterla en cualquier parte y, además, en algún lado tiene que meter «su *jeepeta*», como le gusta llamarla, el enterado de Tosantos.

—¿En serio? —jadea Silvia—. ¿Quiere que me...?

—¿Qué pasa? ¿Tampoco le van los tíos con moto? —me mofo.

Ella me dirige una miradita perdonavidas.

—Me dejaron de ir a los dieciséis.

—No debe hacer mucho tiempo de eso —mascullo por lo bajini—. Haga el favor de subirse o coja el autobús. Usted elige.

Ella se queda mirando la moto con aprensión. Le hago un gesto impaciente y Silvia, ante mi cara de idiota, se quita los tacones y me los da.

—Se me pueden caer —se defiende.

—Lo que diga la princesa.

Pone los ojos en blanco y espera a que saque los cascos. Le descoloca que le ofrezca uno con motivos florales y más colorido que un vestido de Desigual. Parece que va a soltar un comentario ofensivo, los únicos que sabe formular, pero debe de pensar que es de Aurora, porque se lo abrocha sin decir nada y espera a que arranque el motor para acomodarse a mi espalda.

En la moto hay espacio para que el que va de paquete se ponga cómodo, pero Silvia resbala sin querer hacia mí por culpa de la inclinación del asiento y acabo teniendo sus piernas apretadas contra las caderas igual que si quisiera cortarme la circulación.

Me habría reído por su torpeza a la hora de hacer de paquete si no fuera porque sentir un cuerpo femenino pegado a la espalda cuando estás a dos velas no es nada agradable.

—¿Y por qué le llamaron Bosco? —pregunta de repente.

—A lo mejor me vieron cara de artista.

—Desde luego, tiene un arte que se lo pisa —ironiza.

—¿Y cómo lo sabe? —Nuestras miradas se encuentran en el espejo retrovisor—. Todavía no le he enseñado en qué ámbito destaco.

Me sostiene la mirada un momento, como si quisiera demostrarme que puede con el Bosco cabrón y también con el Bosco coqueto, pero la termina apartando.

No me pasa desapercibido que traga saliva.

—¿Le dan miedo las motos? —tanteo justo al arrancarla.

—Me da miedo que usted conduzca la moto.

Pues no debería. En la moto no podría meterle mano, y eso es lo único que debería temer. Quiero decir... Podría parar en un semáforo y sobarle las piernas, claro. No se ha puesto medias y tiene la piel de gallina. Reconozco que fantaseo con la posibilidad cuando me detengo ante la primera luz roja: miro de reojo, anhelante, las rodillas que me presionan por los costados y me imagino rozándolas sin querer, pero bastante tengo con ser víctima de pensamientos inapropiados como para encima hacerlos realidad.

Hay sueños que uno no cumple en su vida, y este, el de follarme a Silvia, es uno de ellos. No la veo interesada en acostarse con un fracasado. Seguramente, si diera un paso hacia ella, la muy bonita retrocedería hasta llegar a la costa valenciana. Fantasear con ella solo es otra patada en los testículos, algo que no necesito cuando estoy en proceso de reforzar la autoestima y asomar la cabeza del hoyo en el que me he hundido. Pero es inevitable, algo que queda fuera de mi control, y que no tenga ni voz ni voto en el asuntillo me llena de tal impotencia que cuando me detengo donde me señala, evito mediar palabra. Acabaría saliendo lo de siempre, un puñado de barbaridades y amargura en estado puro.

Cuando me bajo, abro el huevo y le doy sus tacones, todavía siento la huella de su cuerpo pegada a la espalda.

—¿A qué hora quiere que vaya mañana? —me pregunta, mirándome de hito en hito.

Sin esperar un agradecimiento ni nada por el estilo —las princesas dan por hecho que se merecen una carroza—, vuelvo a subirme en la moto.

—A la de siempre. Iremos de la oficina a los apartamentos. Los tengo seleccionados desde hace tiempo. Era una idea con la que tonteaba, pero no lo tenía del todo claro.

Ella se lleva una mano al cuello para masajearlo con los dedos.

—Gracias por escucharme —suelta de repente, justo cuando he vuelto a encender el motor—. Y por contratarme de nuevo. No debería haberle llamado acosador. Se me fue un poco la cabeza.

Abro la boca y la vuelvo a cerrar enseguida. Agarro con fuerza el manillar y ahogo un suspiro para mis adentros. Me tocaría demasiado las narices disculparme con ella después de todo, así que solo espero que entienda lo que quiero decir respondiendo con simplicidad.

—A todos se nos va la cabeza de vez en cuando.

—¿Me lo está diciendo por experiencia propia, o es una advertencia? —replica apenas pone un pie en el primer escalón que conduce al edificio. Creo intuir una ligera coquetería en su tono, pero no puedo confirmarlo. Las sombras ocultan lo que podría ser una sonrisa.

—Digamos que no puedo prometerle que no vaya a devolverle el revés, aunque sea sin querer. Tengo mucho genio.

—Pues podría usarlo para pedir y cumplir deseos.

Doy gas con una sonrisa de lado, a punto de morderme el labio inferior. Desconozco si estamos hablando de lo mismo. En cualquier caso, me despido teniendo la última palabra, como a mí me gusta.

—Podría, sí..., pero no lo voy a hacer.

Capítulo 8

A dieta de idiotas

Tengo una teoría: mi jefe era el típico soltero de oro antes de que su exmujer lo pusiera firme. Que un tío de más de treinta y cinco años no tenga carnet de coche, insista en conjuntar negro y azul marino y lleve veinticinco minutos peleándose con el cajero para sacar dinero es de traca. Pero después de firmar lo que pareció una tregua temporal, no creo que sea buena idea sacar esto a colación.

Lástima que las caras sigan jugándome malas pasadas.

—¿Qué pasa? —me espeta Bosco—. Al cajero no le daba la gana de reaccionar.

—A lo mejor tiene algo que ver con que haya metido la tarjeta de crédito al revés unas cuantas veces.[9]

—No estoy acostumbrado a estas tarjetitas. No las usaba hasta hace poco —se defiende, guardándola en una billetera destartalada que parece haber sobrevivido al crac del 29—. En el pueblo del que vengo no hay datáfonos.

—Pero ahora vive en Madrid. ¿Se puede saber por qué se

---

9. Quien dice «unas cuantas», dice cuatro.

niega a aceptar que los tiempos cambian? El efectivo desaparecerá en unos diez años, ¿sabe?

—Espero que no, porque esto de aquí —agita la tarjeta en mis narices— es una máquina de gastar. Cuando tienes los billetes en la mano eres mucho más consciente del dinero que manejas y, por tanto, actúas con prudencia. ¿Es que no sabe lo peligroso que es llevar encima todo el dinero que uno tiene? Hay que tener mucha fuerza de voluntad para resistirse a vaciarla en unos minutos.

Sí, hay que tenerla, y yo no la tengo en absoluto. Dice que la tarjeta de crédito es una máquina de gastar porque no me ha visto a mí haciendo la ruta comercial madrileña. Antes de llegar a Callao ya me he quedado en números rojos.

Yo soy la verdadera máquina de gastar, querido.

—Y eso que esta es de débito. Las de crédito son incluso peor. —Por fin la guarda y señala el primer edificio que hemos venido a examinar, uno antiguo pero muy coqueto en José Lázaro Galdiano—. Las de crédito te restan el dinero que aún no tienes. No sé a quién se le ocurriría inventar eso. Seguro que a alguien que disfruta viendo cómo los demás se arruinan.

Le doy una palmada en la espalda.

—No le gustan las tarjetas, lo pillo. Ya me puedo imaginar cómo se pone cuando cae en la casilla de Suerte en el *Monopoly*. —Él me lanza una mirada hostil—. Por lo menos ya sé que debo evitar enviarle una por Navidad.

Entramos en el ascensor del edificio. Primer destino: el sexto piso.

Reconozco que me daba pánico toparme con una oficina elegida por Bosco, sobre todo cuando hasta yo, con mi impecable gusto, corro el riesgo de seleccionar involuntariamente un nido de ratas. Las imágenes que aparecen en las páginas web de alquileres son muy engañosas.

Mi sorpresa no puede ser más grata al toparme con un

espacio amplio y luminoso que sale por un ojo de la cara al mes, detallito que lo descarta en el acto.

El segundo no es mucho más barato, y además parece la cárcel de Guantánamo. El tercero es, en efecto, un nido de ratas, pero Bosco tiene la perspicacia de decirlo antes que yo cuando vemos una cucaracha tomando el sol en el baño.

—Sería mucho más barato alquilar una vivienda que una oficina —le propongo cuando ya hemos pronunciado el sexto y mítico «lo pensaremos»—. Con una de cuatro habitaciones iríamos sobrados. Una para usted, otra para el departamento financiero, otra para los de diseño y la cuarta para lectura y corrección. Aunque, insisto, podrían quedarse en su casa.

—¿Ya ha visto algo?

—Mi hermana está asustada porque teme que su novio alquile uno de los pisos que vieron para mudarse juntos. Le pareció un horror y me dio el número por si conocía a alguien que buscara piso en Madrid para que se lo arrebatara antes de que se le ocurriese dar la fianza. *Et voilà!* —exclamo, señalándole el número de teléfono que Bárbara me mandó hace unas semanas.

—Creía que venía con usted en busca de oficinas precisamente para no acabar en una horrorosa.

—A mi hermana no le gusta porque no está en un barrio residencial, no porque sea un zulo. Se encuentra en la calle Fernando el Santo, en Chamberí. Voy a llamar a ver si nos la pueden enseñar ahora mismo. ¿Le importa que esté sin amueblar?

Bosco niega con la cabeza.

—Se puede trasladar todo el mobiliario de la oficina actual.

En cuanto salimos a la calle, me aparto a un lado para hablar con la señora de la inmobiliaria, que acepta que nos veamos en la dirección en la próxima hora y media. Mientras fijamos el encuentro, observo con el rabillo del ojo que Bosco le frunce el ceño a su teléfono móvil. Han estado llamándolo sin parar durante las horas que hemos estado viendo oficinas y, o bien se está tomando muy en serio lo del alquiler, o bien es que está cabreado con el llamante, porque no ha contestado ni una vez.

Eso sí, se puede establecer una relación de proporcionalidad entre el uso del móvil y el estado anímico: cuantas más llamadas recibe, más se acentúa el surco de su ceño fruncido. Hasta ayer no tenía la menor idea de su nivel de estrés, y ni siquiera ahora alcanzo a imaginarlo. ¿Significa eso que disculpo su mal humor y su flagrante falta de cortesía? *Hell, no*, pero por lo menos puedo aferrarme a la quizá ingenua posibilidad de que no sea así cuando no le rompen las pelotas.

Tampoco es que yo esté en mi mejor momento, ¿no?

En fin. No podríamos habernos cruzado en peores momentos vitales ni aunque lo hubiéramos programado adrede.

—En hora y media u hora y tres cuartos podemos vernos en el apartamento. —«No le mires el móvil, Silvia, no seas cotilla», me regaño—. ¿Qué hacemos? ¿Volvemos a la oficina?

—Con el tráfico que hay, entre que vamos y volvemos habremos estado en la oficina veinticinco minutos.

Echa un vistazo a su reloj de pulsera.

No es un tipo muy coqueto, porque no lleva uno de los Rolex de coleccionista que mi padre guarda como oro en paño. Sus camisas tampoco son de marca; solo le sientan tan bien, aunque no combinen ni a tiros, que parecen cosidas sobre su cuerpo por el fantasma de Versace. Y eso que no tiene el torso esculpido de un loco de los batidos hiperproteicos. De hecho, si nos ponemos tiquismiquis, los cánones de belleza actuales dirían que le sobra la barriguita. La verdad es que a mí ese rasgo me da toda la ternura que su cara de Miguel Ángel Silvestre suele borrar de un plumazo.

Así son para mí Los Hombres De Verdad.

—¿Almorzamos? —propone de pronto, echando una ojeada al fondo de la calle—. Hay un sitio por aquí que está bien.

Lo miro con una ceja arqueada.

—No sé si quiero arriesgarme a que acabe restregándome un plato de espaguetis por la cara.

—Yo no soy el que tiene antecedentes jugando con la comida. O con la bebida —apostilla, guardando las manos en los bolsillos del pantalón de pinzas—, y, de todos modos, estoy hasta las narices de restaurantes italianos, así que de espaguetis nada. Yo tengo hambre —zanja, encaminándose hacia el local—. Puede acompañarme o puede irse a echar una siesta. Lo que quiera.

Antes de preocuparme por la imagen que pueda dar a los transeúntes, arranco a andar tras él. Tengo que alzar la voz para preguntar con sarcasmo:

—¿Paga usted, o en esto sí quiere que me gaste mi sueldo?

—Pago yo.

—Entonces voy con usted.

Bosco me mira por encima del hombro y sacude la cabeza, pero no dice nada.

—Si me va a invitar a comer, creo que estamos en el derecho de tutearnos, ¿no? —retomo enseguida—. ¿O es usted de esos ejecutivos que no tutean a nadie?

Referirme a él como «ejecutivo» me hace sonreír con malicia para mis adentros.

Por favor, no sabe lo que es un *ghostwriter* y dirige una editorial.

—Tuteo a todo el mundo menos a usted. ¿Quiere perder ese privilegio?

—Me arriesgaré.

—Muy bien, Silvia. Ponte el casco.

Sospechando que iríamos en moto —pero con la vaga esperanza de que cogiéramos un taxi— me he puesto unos pantalones de pie de elefante en lugar del vestido que estoy deseando estrenar. Al final me ha venido bien, porque volvemos a montarnos en la Harley.

Cada vez que tengo que ponerme el casco me dan ganas de llorar. Malditas reglas de seguridad vial, ¿es que no piensan en las que tenemos el pelo graso y nos lo acabamos de lavar?

—Peor se te iba a quedar la melena si nos estampáramos y no llevaras casco. La melena y el cráneo en general —apostilla Bosco, metiendo la llave en el contacto.

Vaya, lo había dicho en voz alta.

—Hay evidencias de que el roce del casco puede provocar la caída del pelo —me defiendo.

—Hay evidencias de que no llevar casco puede provocar la muerte. No me discutas y deja de lloriquear por idioteces.

A veces suena tan imperativo que me recuerda a mi padre.

Tras un trayecto de cinco minutos, Bosco aparca delante de un restaurante con aspecto acogedor que no recuerdo haber probado, pese a que una de las actividades preferidas que Bárbara y yo tenemos en común sea recorrer los bares y bistrós mejor valorados de TripAdvisor. Entiendo por qué no lo conozco en cuanto entro. Es el típico antro minúsculo en el que sirven raciones de comida deliciosa en cantidad industrial y al que los hombres suelen llevar a las mujeres de las que se avergüenzan porque no corren el riesgo de cruzarse con conocidos. Yo soy más de las que van a restaurantes modernos en los que te clavan un pastón por un plato de diseño que te da más hambre de la que te quita, y no por postureo o porque me guste gastar dinero —que también, porque hay que subir fotos a Instagram—, sino porque para mantener la dieta no puedo permitirme poner un pie en sitios donde te alimentan según la ley de la abuela: «¿Solo tres platos de cocido y veintinueve croquetas de jamón? ¿Estás segura de que no quieres también medio pavo relleno?».

Bosco sí debe de estar acostumbrado a los lugares acogedores, porque abraza al encargado antes de anunciarle, como Pedro por su casa, que vamos a comer en la terraza.

—Oh, no, eres de esas —dice en cuanto nos sentamos y posa su mirada en mi gesto aprensivo.

Mierda, otra vez he puesto caras.

—¿Qué «esas»?

—Las de la dieta détox, Dukan, nórdica, *body reset*, potitos, mis cojones... —Airea la mano.

Me dan ganas de responderle que esa última no la he probado. Por desgracia, estaría metiéndome donde no me quiero meter. O donde me quiero meter, pero no puedo.

—Ahora mismo no estoy a dieta, pero es verdad que suelo evitar la comida con... sustancia. —Espero a que haga un comentario despectivo, pero solo levanta la carta meneando la cabeza—. Venga, dilo, lo estás deseando. Métete con mi alimentación.

—¿Por qué iba a meterme con tu alimentación? —desestima sin apartar la vista de los platos—. Para meterme contigo, puedo recurrir a alguno de tus mil millones de defectos.

Ser un hijoputa le sale tan natural como respirar. Me pregunto cuánto habríamos tardado en mandarnos al carajo si no nos necesitáramos el uno al otro.

—Lo ibas a hacer, no te hagas el tonto —rezongo, apuntándolo con el dedo—. Ibas a poner esa cara que me ponen todos los tíos de Tinder.

—Los tíos de Tinder —repite, pensativo—. ¿Son una nueva raza?

—No, son iguales que los que te cruzas en el metro.

—No me creo que hayas puesto un pie en el metro en tu vida.

—¿Que no? ¡Hubo una huelga de taxis! —me defiendo.

—Pues pillarías un Uber, o alquilarías una limusina. Si hay una pija más pija que la que tiene un deportivo descapotable para ir a la Costa Brava dos veces al año, es la que ni se sacó el carnet porque sabe que la llevarán siempre.

Amusgo los ojos, condenándolo por sus prejuicios.[10]

—Me tienes por una elitista insufrible, ¿verdad?

—Sí —contesta con naturalidad—, pero por favor, ilumíname. Ya siento curiosidad. ¿Qué pasa con los tíos de Tinder?

—Pues que me censuran por no comer, pero luego se meten con la chica con sobrepeso que almuerza en la mesa de al lado solo porque está disfrutando de su menú de tres platos. A los hombres les molesta lo de la dieta détox, Dukan, nórdica y mis cojones excepto cuando vamos a la cama, que entonces adoran que se me marquen los huesos de las caderas.

—Yo no te voy a llevar a la cama, así que puedes comer lo que quieras. —Y se queda tan pancho revisando el menú. Para no parecer estúpida, yo también lo levanto y finjo que veo lo que pone mientras asimilo su respuesta. Entonces, Bosco alza la mirada y agrega—: He vivido diez años con una mujer que vivía a base de batidos y fruta.

—¿Y?

—Pues que llevo diez años peleándome con alguien porque no quiere comer. Discúlpame si no me apetece seguir haciéndolo. Y menos con mi empleada.

—Querrás decir *tu esclava*.

—Puedes hacerte llamar como más te guste —replica, el muy cerdo.

Me muerdo el labio para no hacer una pregunta que no venga a cuento, como básicamente todas las preguntas que le quiero hacer, la mayoría relativas a su exmujer. En su lugar, me fijo en la carta.

Me sorprende que la mayoría de los platos sean tan sencillos. Papas a lo pobre, habas con jamón, lomo al ajillo, escalope con patatas, huevos fritos... Todo es barato, y el olorcillo que sale de la cocina me hace la boca agua.

10. Prejuicios acertados, lo que solo me da más rabia. Todos mis enemigos deberían ser más gilipollas que yo.

Estoy en el restaurante que saldría en las pesadillas de mi hermana. Y en las mías, claro, porque si mi hermana pesa cincuenta kilos, yo no voy a ser menos.

Bosco dobla la carta y se reclina hacia atrás. Lanza una mirada de reojo al móvil antes de desviar la vista a la calle y colgar el brazo en el respaldo como si fuera un rey cansado. Sé que me he quedado mirándolo más de lo que debería cuando nuestros ojos se encuentran y tiene las cejas arqueadas.

—¿De qué conoces al encargado? —me apresuro a preguntar, como si eso fuera lo que llevo quince minutos preguntándome.

—Es un amigo de la infancia. Él vino primero a Madrid y yo lo seguí después.

—Dijiste que eras de un pueblo. ¿Cuál?

—Vengo de la Axarquía, tierra de contrastes. —Sospechando (acertadamente) que mi conocimiento geográfico es limitado, aclara—: Málaga.

—¿Málaga? No tienes acento andaluz.

—Llevo más de una década en Madrid, y aquí a la gente le encanta tratarte como a un payaso si conservas tu acento. Te persiguen por todas partes pidiéndote que digas determinadas frases y exigiéndote que seas el más gracioso del barrio. —Pone los ojos en blanco—. Manu hace comida sencilla, pero si pruebas sus huevos fritos, te vas a dar cuenta de que ni eso sabes cocinar en condiciones. Todavía no he traído a nadie que no se deshaga en halagos con él.

—Así que traes a mucha gente, ¿eh?

—Sí, debes de ser la decimoctava editora tocapelotas que invito a comer.

Hago un esfuerzo para no reírle la gracia, pero es que tiene el mismo sentido del humor que yo, el desgraciado. Por eso nos llevaremos tan mal.

El tal Manu aparece para tomar nota. Para mi sorpresa y también satisfacción, no hace el comentario que parece de manual en todos los encargados que conocen a mi compañero de almuerzo: «Qué mujer más guapa te has traído» o «qué bien acompañado vienes». Manu mantiene la boca cerrada salvo para preguntarnos cómo nos va. Él sí que tiene toda la pinta de sureño, en parte por el acento, y en parte por ese nervio metido en el cuerpo que se ve en los profesionales al mando de los chiringuitos costeros. Aunque, claro, qué sabré yo, que no piso la Costa del Sol pudiendo ir a Playa del Carmen o a Bali, donde paso todos los veranos desde que tenía veintitrés. Pero si hago semejante acotación, Bosco confirmará que soy una elitista insufrible, y prefiero que siga ganando él en este juego de a-ver-quién-es-más-insoportable.

Aprovecho que parece que los dos estamos de más o menos buen humor para indagar.

—¿A qué te dedicabas en Málaga?

—Trabajaba con mis padres en una de las ocho cooperativas de primer grado de distintos pueblos productores de la uva pasa moscatel. No hace mucho la proclamaron producto del Patrimonio Agrícola Mundial —comenta con naturalidad, dando un sorbo a las bebidas que nos acaban de servir. Como si yo supiera que existieran uvas que fueran patrimonio de la humanidad, o lo que quiera que haya dicho—. Mi padre ha sido agricultor toda la vida, pero mi tío paterno se fue a Madrid a estudiar y yo decidí hacerlo también cuando me cansé del campo, aprovechando que me acogería gratis.

—Tú te estás quedando conmigo —murmuro, anonadada—. ¿De agricultor a director ejecutivo de una editorial? ¿Tanto dinero se hace cultivando uvas?

—No, pero nos tocó el gordo de Navidad. Después de repartirlo con la familia, dimos a más de un cuarto de millón de euros por cabeza. Por una vez me alegré de no tener hermanos; lo distribuimos entre mis dos padres, que forman una unidad, y yo.

—Te estás quedando conmigo.

La sonrisa se atenúa en sus labios, y pronto entiendo por qué.

—De ahí saqué el dinero para que Aurora emprendiera. Estaba estudiando becado en la Complutense antes de aquello.

Solo tiene que mencionarla para que aflore la vena del cuello.

Desde luego, con la esposa no le tocó la lotería, pero es que nunca hay dos glorias juntas. Ya tienes que ser afortunado para ganar el sorteo de Navidad un par de veces. Como mucho, te toca el Gordo una vez, y te la lían gorda una segunda.

—Muy generoso por tu parte. Si a mí me tocara un cuarto de millón, no se lo diría a nadie. Más que nada porque lo dilapidaría en una tarde. Lo contaría *a posteriori*: «Oye, me tocó la lotería, pero ya no queda nada».

Carraspeo y juguetea nerviosa con los cubiertos, consciente del milagro que se está dando. Estoy hablando con mi jefe cara a cara en la terraza de un restaurante. Ese jefe que, por aplastarme una teta sin querer, se ganó el apelativo de abusón. Ese jefe al que me habría acercado tras dar una putivuelta en el bar con intenciones muy poco honorables.

Ser tan consciente de que está bueno incluso con unos mocasines con calcetines blancos es una traición a mis principios.

—¿Qué has estudiado, entonces? —me animo a preguntar, en parte para alejar mis inoportunos pensamientos.

—Empecé Ingeniería Agrónoma por si podía ayudar a mis padres con nuevos conocimientos. Una idea revolucionaria. —Pone los ojos en blanco—. No terminé. En cuanto la editorial salió al mercado, me dediqué a encargarme de que Aurora no tuviera ningún impedimento a la hora de hacer su trabajo.

Era el ama de casa. Qué fuerte.

—Entonces, no participaste en la editorial en ningún aspecto más que en la aportación de capital.

—Cobraba dividendos de sobra para mantenernos. —Encoge un hombro y le da un sorbo al agua que ha pedido—. Pero no. Nunca he tenido la más remota idea de lo que se hacía. Ella lo quería así, y a mí tampoco me interesaba. Era el trato perfecto.

—Qué nivel de desinterés. Así es como un día te levantas y descubres que tu pareja es narco o se dedica a sacarle la pasta a críos de dieciocho en estafas piramidales.

Esboza una sonrisa amarga.

—Sí que me levanté y descubrí cosas de mi mujer que no me gustaron una mierda. Entre ellas, que la editorial estaba en la ruina y que Aurora se borraba.

En lugar de achantarme porque estemos entrando en terreno pedregoso, me crezco y me animo a plantear la duda que lleva un rato atormentándome. Pero, justo entonces, Manu aparece con los platos.

Eso no me impide retomarlo en cuanto desaparece.

—Si no sientes el menor aprecio por la editorial, ¿por qué quieres mantenerla? Es verdad que fue tu inversión, que te daba de comer, pero cualquier cosa puede darte de comer, así que no creo que ese sea el motivo.

—¿Cualquier cosa puede darme de comer? ¿De verdad? —repite con el tenedor en la mano que mantiene suspendida en el aire. Me mira con aire socarrón—. Si el mercado laboral estuviera en tan buenas condiciones, tú no estarías de becaria en mi editorial, y eso solo para empezar.

—*Touché*. Pero entiendes lo que he querido decir. Ahora mismo, tu empresa es una carga. Dejarla ir parece la mejor opción, y no lo digo yo: lo respalda el propio contable.

Tamborilea los dedos sobre el reposabrazos de la silla de plástico, pensativo. La brisilla calentorra de finales de abril le acaricia el pelo corto.

—¿Cuál crees que es el motivo? —me devuelve la pelota al fin.

—¿Orgullo? —valoro, apoyando la barbilla en los nudillos.

Bosco aprovecha el silencio que sigue para remangarse la camisa, dejando a la vista unos gruesos antebrazos salpicados de vello oscuro.

Ahora sí que parece un agricultor. Tiene brazos de trabajar en el campo, y si me fijo un poco, se intuye el paso de largas jornadas al sol en su bronceado natural y sus palmas con durezas.

Reprimo un tonto escalofrío.

No soy inmune al estereotipo de macho poderoso. Menuda sorpresa.

—Creo que lo único que puedo admirar de mi exmujer, y solo relativamente, es que emprendiera. Y a veces, cuando alguien que has querido te decepciona, necesitas aferrarte a algún virtuoso rasgo de su carácter, a una buena acción, para sentir que no has perdido los mejores años de tu vida con un monstruo.

—¿Por qué solo relativamente?

—Hombre... —se reclina en el asiento con una media sonrisa distante—, no es que tenga mérito que te den pasta por un tubo para impulsar un negocio. Lo jodido de empezar un proyecto es conseguir financiación y, oye, tampoco es que haya nada meritorio en largarte cuando todo está en llamas, pero si no aprecio al menos eso, me quedaré con las manos vacías. Aunque sea la editorial, algo tiene que acabar bien —agrega en voz baja, más para sí mismo que para que lo escuche.

No sé de dónde surge la empatía que siento hacia la situación. Probablemente sea porque estoy ante un raro espécimen masculino —ya tienes que ser de tu padre y de tu madre para soltar un escandaloso pastizal a tu mujer para que cumpla su sueño—, y eso le convierte en el hada madrina. O, a lo mejor, lo que me ha conmovido es que intuyo que puede tener corazón. El caso es que tengo que contenerme para no rodear la mesa y abrazarlo, y eso ya es decir, porque a veces parece que sufro el síndrome del niño burbuja: viviría aislada en una habitación, no ya para no pillar gérmenes, sino con tal de evitar el contacto físico.

Bosco no lo ha dicho con tanta claridad, supongo que por esa estupidez de que el hombre ha de conservar el orgullo y la dignidad intactos, sobre todo en presencia de una hembra en edad reproductiva, pero está claro que antes que aceptar que lo has perdido todo, te abrazas a los escombros.

Si no ha podido salvar su matrimonio, que por lo menos le quede uno de sus frutos.

Permanezco unos instantes pensativa mientras divido mi plato en varias secciones: la carne por un lado, el huevo en otro y la ensalada con el brócoli en una esquina.

Bosco se da cuenta y reacciona como el padre que parece a veces.

—¿Se puede saber qué haces?

—Como por partes. Y no me gusta el brócoli.

—¿Que no te...? —Sacude la cabeza, ceñudo—. ¿Qué edad tienes?

—Veintinueve. ¿Y tú? ¿Ochenta y tres? He tenido suficiente abuela los primeros quince años de mi vida, gracias.

—Pues cualquiera lo diría cuando apartas las verduras como una niña pequeña. ¿O es que tu abuela no te decía que hay críos muriendo de hambre en el mundo? Cómete eso —me ordena con gesto severo—. Ahí es donde están los nutrientes, las vitaminas y minerales.

—Ahí es donde está la semilla del mal que el diablo dejó en la tierra —rezongo, vigilando el brócoli como si fuera armado—. Si tan delicioso te parece, cómetelo tú.

Con cara de circunstancia, dirige la mirada al pequeño arbolito que le ofrezco con el tenedor. Parece a punto de vomitar al aclarar:

—Yo ya como suficientemente sano, pero te lo agradezco.

—¡Ajá! ¡A ti tampoco te gusta! Entonces, no me des lecciones.

—No soy yo el que se lo ha pedido —me chincha, entornando los párpados—. No nos vamos a ir hasta que te lo comas todo. Preferiría no hacerle el feo a mi amigo.

—Estoy seguro de que tu amigo ha tirado todos y cada uno de los brócolis que ha servido.

—Silvia —dice con voz profunda. Me topo con una mirada igual de abisal y me estremezco—. Cómete la verdura.

Suelto los cubiertos y me cruzo de brazos. Me hace gracia seguirle el juego cuando se pone mandón, no lo puedo evitar.

—No me da la gana.

—¿Quieres que te lo meta yo en la boca?

—¿El qué?

Bosco sacude la cabeza, dándome por perdida. Yo estoy a punto de partirme de risa, aunque también me suben unos nervios tontos por el estómago. Para mi mayúscula sorpresa, se levanta, todo serio él, y arrastra la silla para ponerse a mi lado. Corta el brócoli en tres trozos, pincha uno con el tenedor y lo pone a la altura de mis labios torcidos en una mueca de estupefacción.

—Dilo —le exijo con los ojos muy abiertos.

Bosco arruga el ceño.

—¿El qué?

—Que viene el avión —contesto con el tonito de «¿no es evidente?», copiando su mueca solemne. Nos miramos esperando que el otro se rinda, pero nos echamos a reír a la vez.

Bosco suelta el tenedor en el plato y se reclina en el respaldo, rendido.

—Joder, no sé qué estoy haciendo —confiesa, anonadado con su actitud.

Ladea la cabeza hacia mí. Sus ojos negros lanzan chispas, pero chispas de las que te hacen cosquillas en el vientre, la garganta y hasta las comisuras de los labios hasta que sonríes de vuelta, no de esas que parecían a punto de calcinarme cuando discutíamos.

«Discutíamos, en pasado...», señala la voz interior. «Qué curioso, Silvia».

Bosco me salva de ahondar en mis pensamientos con una advertencia.

—Pero que sepas que, si no te lo comes, lo pondré para llevar.

—No hay huevos.

Capítulo 9

¿Dónde está Belén de Recursos Humanos cuando la necesito?

Sí que ha habido huevos.

Ahí vamos los tres: Bosco, el táper con la verdura que no he querido comerme y yo, una familia no demasiado feliz —más bien disfuncional— pero lista para echar un ojo al apartamento en el que convivirán los próximos tres meses.

Fui a verlo con Bárbara a escondidas de su novio para que mi hermana pudiera desahogarse señalando entre gemidos de horror lo espantoso que era todo. Desde luego, le faltaba glamour para que Bárbara, su colección de bolsos de marca y su irritante complejo de decoradora de interiores frustrada vivieran allí los primeros años de matrimonio. Pero para montar la oficina que tendrá que salvar un imperio editorial en llamas es más que decente.

—Como ya ven, son ciento diez metros cuadrados repartidos en cuatro habitaciones y dos baños —nos cuenta la mujer de la inmobiliaria, una entrañable señora. Las gafas de gato le cuelgan del escote junto a un rosario con más cuentas que las que la editorial tiene pendientes—. Es de segunda mano, pero está en buen estado: armarios empotrados, cocina americana perfectamente equipada, calefacción y aire acondicionado... El wifi y la comunidad están incluidas en el precio de alquiler, que se quedaría en unos dos mil ochocientos, gastos de luz y agua aparte.

—¿Te gusta? —le pregunto a Bosco en voz baja.

Él hace una mueca que viene a significar «ni sí, ni no».

—Es un piso normal y corriente.[11]

—Nooo, mira —le explico como si fuera lerdo—. Tiene muchísimas ventanas, además de encontrarse en una zona donde los edificios no son muy altos, así que entrará la luz a raudales. La iluminación es crucial. ¿Cuánto es el alquiler de la otra oficina, la de ahora?

—Alrededor de seis mil, sumando todos los gastos extra.

—Te ahorras más o menos la mitad. Es una ganga. No seas tonto —insisto, tirándole de la manga de la americana.

En cuanto me doy cuenta de lo que estoy haciendo —armar berrinche como una cría que quiere algodón de azúcar—, doy un paso atrás e intento mostrar mi lado más serio. Es tarde para mi imagen maltrecha, porque la señora de la inmobiliaria se da cuenta y nos mira alternativamente hasta esbozar una espléndida sonrisa.

—¿Se van a vivir juntos? —pregunta, ilusionada—. Porque, en ese caso, este sitio es enorme... a no ser que planeen tener hijos pronto.

Bosco está abriendo la boca para desmentirlo, pero se lo impido apretándole la muñeca. Reconozco a una abanderada del amor cuando la veo, y no pienso perder la oportunidad de dorarle la píldora para que nos baje el precio.

—Es que estoy embarazada. —Aprovecho que me he hinchado a lomo al ajillo para sacar la barriga—. De tres meses. Trillizos. Fui a inseminarme artificialmente porque él tiene

11. Y esta es la típica respuesta que daría un tío, razón por la que no se les puede tener en cuenta para tomar ninguna decisión del ámbito doméstico.

problemillas y, en vez de descartar las hormonas cuando hubo riesgo de embarazo múltiple, seguí adelante. Aquí estamos ahora..., ¿verdad que sí?

Entrelazo los dedos con Bosco, que se me queda mirando como si en vez de decir que soy su mujer hubiera insinuado que es mi abuelo.

Bueno, he insinuado que no le funcionan las gónadas. Es normal que ande molesto.

—¡Eso es estupendo! —exclama la señora. Los ojos le hacen chiribitas—. ¿Por qué no me lo ha dicho antes? ¡Hay un descuento en el edificio para animar a mudarse a las familias numerosas!

Nunca sabrá que la rebeca, los zuecos de empleada de geriátrico y el rosario la han delatado como una fiel creyente de la familia tradicional.

Apenas se aproxima aceleradamente hacia el bolso, cae en la cuenta de un detalle crucial y nos mira ceñuda.

—Porque están casados, ¿verdad?

—Por supuesto —responde Bosco con su voz potente. Pasa un brazo por mi cintura y me pega a su costado—. El 15 de mayo hará tres años.

El asentimiento se me atasca en la garganta al sentir sus dedos sujetándome con firmeza. La blusa es tan fina que parece que me estuviera acariciando la piel..., ¿o lo está haciendo? Tiene una mano gigantesca, y me sostiene con tanta seguridad que, por un momento, hasta yo me creo lo del tercer aniversario.

—¡Qué maravilla! —La señora bate las palmas—. En ese caso, el alquiler saldría por un total de dos mil quinientos. Trescientos menos. ¿Qué les parece?

Bosco ladea la cabeza hacia mí. Tengo que levantar la barbilla casi en un ángulo de noventa grados para mirarlo a los ojos.[12]

---

12. Nota mental: no llevar planos cuando quede con este tío.

—¿Qué te parece?

En su expresión serena percibo un rastro de guasa. Se lo está pasando bien, y yo tampoco es que ande sufriendo. Esto es lo más cerca que he estado de un hombre en los últimos nueve meses, y con su colonia masculina pegada a la nariz me estoy dando cuenta de que este embarazo, al que llamaré celibato, está durando demasiado.

—Por mí, genial. Es la casa de mis sueños.

—En ese caso, hecho. Mi reino por la felicidad de mi preciosa Silvita. —Y se inclina sobre mí para posar delicadamente los labios sobre los míos.

Es la clase de beso que yo le doy a mi hermana antes de dormir, el único que, con once años, podía devolverle a mis novietes sin morirme del asco, pero, aun así, mi cuerpo se enciende. Juraría que deja la huella de sus mullidos labios al retirarse. Me tienta llevarme los dedos a la zona, pero entonces sería evidente que estoy en estado catatónico y no puedo admitir tal cosa.

La señora ronronea de placer al vernos acarameladitos. Mientras va a por los papeles, Bosco y yo permanecemos inmóviles donde estamos. Ni él quita su mano de mi cadera, ni yo aparto mi mejilla de su hombro. Apuesto por que él también se ha quedado mirando un punto en el suelo, esperando que toda esta situación incómoda pase rápido.

La señora aparece de nuevo con todo el papeleo para formalizar el contrato y Bosco se sienta con ella para darle los datos. Yo sigo inmóvil en medio del salón, tan anonadada que ni siquiera me cuestiono cómo diablos le van a dar el alquiler si tendrá más cuentas pendientes con Hacienda que Urdangarín.

Podría parecer que no me ha tocado un tío en la vida, por favor... y el caso es que no, un tío al que odio y que me odia no me había tocado jamás.

Hasta ahora.

—¿Eso es todo?

—Eso es todo, señor Valdés. Muchísimas gracias.

Él le dedica una sonrisa de agradecimiento carente de toda ironía. ¡Sabe sonreír sin el objetivo de herir de muerte a su oponente! ¡Primera noticia!

—Muchísimas gracias a usted. ¿Silvia?

Extiende una mano hacia mí. Se la cojo como una autómata. Tira con suavidad para acercarme a su pecho y me estrecha entre sus cálidos brazos. No soy de piedra. Con él soy de fuego, cuando me toca las narices y cuando me rodea las caderas, como justamente ahora.

—¿Contenta? —me pregunta con voz ronca.

Trago saliva y asiento.

—Mucho... —Que suena más bien como «much... o». Un «mucho» que se desinfla en cuanto advierto que sus ojos echan chispas de las que te hacen lava volcánica el estómago.

Creo que estiro el cuello a la vez que él me rodea despacio por la cintura para volver a besarme en los labios. Sigue siendo un beso casto, pero se queda dos segundos más, transmitiéndome todo el calor de su carácter.

Cuando se separa, estoy mareada.

La señora inmobiliaria nos hace entrega de las llaves, nos explica no sé qué de la caldera, insiste en que el último a la derecha es el mejor dormitorio para los bebés.

Yo no me entero de nada. Soy un pedazo de carne que solo genera pensamientos indecentes con una mano de agricultor pegada a la cadera. Una mano que me aprieta cada varios segundos, como si quisiera recordarme que sigue ahí.

«No lo olvido, guapo. No lo olvido».

—Si quieren, pueden quedarse un rato más mirando el apartamento para hacer sus sugerencias. Yo tengo que marcharme a enseñar una casa en la otra punta de Madrid. Espero que puedan apañárselas sin mí.

Bosco le dice algo y esperamos a que la adorable señora

reciba la llamada que avisa que el taxi está esperándola en la acera. Antes de que se vaya, con la excusa de que la señora se lleve una imagen idílica de nosotros, Bosco vuelve a inclinarse sobre mí para plantarme un beso en la sien. Y, esa vez, yo araño con las uñas su tupida barba, notando la garganta seca y un calorcillo familiar recorriéndome entera.

—¡Qué encanto! —exclama ella, antes de desaparecer.

Y cierra la puerta, dejándome con las mejillas ardiendo y una rarísima sensación de no saber dónde estoy.

Intentando aparentar normalidad, camino hacia una de las habitaciones.

—Esta... como es la más grande... —carraspeo— podría ser para ti.

Su voz me atraviesa por la espalda

—No necesito la más grande. Aquí deberían entrar los escritorios del departamento de lectura y edición.

Me giro para mirarlo y ahí está él. Parece que haya aumentado varios centímetros en la última media hora, y que de pronto haya dejado de tener defectos para ser simplemente el tío bueno sobre el que me abalanzaría en una discoteca sin pedir ni perdón ni permiso.

Esto no está bien. Como mi padre se entere, me va a decir que deje el trabajo de inmediato. Y ahora no me da la gana. Ahora que soy la reina, que me necesita para prosperar, no voy a dar marcha atrás.

—Volvamos a la oficina —decido, echando a andar hacia la puerta.

«Eso es, Silvia, con garbo. Arreando, que es gerundio. Menos tonterías».

Él me coge de la mano antes de que cruce el umbral.

—¿Qué vamos a hacer cuando la señora de la inmobiliaria se entere de que vamos a montar una oficina? —plantea con las cejas enarcadas—. Lo mismo nos sube el alquiler no ya los trescientos euros, sino quinientos más. O peor aún: nos echa.

Dejo que tire de mí, remoloneando lo justo y necesario para que no piense que estaba deseándolo.

—Pues podrías... podríamos...

—Tú nos has metido en esto —me recuerda en voz baja.

No sé a qué se refiere con exactitud. O no quiero saberlo.

—Podemos mantener que llevamos el negocio juntos y estamos casados, no hay problema.

Bosco sonríe de lado.

—Qué mentirosa eres.

—No parece que te haya molestado que le soltara que estábamos juntitos y revueltos para obtener un descuento —rezongo a la defensiva.

No suelta mi mano. Usa el pulgar para acariciarme el dorso y acercarme a él un poquito más.

—No lo digo por la trola a la agente inmobiliaria. Me refiero a lo que dijiste ayer.

—¿A qué?

—¿No se supone que no te gustan los hombres con nombres raros? —me parafrasea. Ya no sonríe, pero hay una nota de humor en su voz. Permanece inexpresivo cuando me pega a su pecho y susurra—: A mí me parece que sí.

Peina mi sien con una lentitud estremecedora, hundiendo los dedos en mi melena. De forma involuntaria, ladeo la cabeza hacia donde indica la dulce presión de su caricia. Solo me da tiempo a jadear entrecortada antes de dejarme besar... otra vez.

Hago *blackout*. Como Britney Spears. Se me olvida que, desde que lo conocí, ha sido un auténtico grano en el culo, y separo los labios cuando él me persuade de hacerlo apretándome contra su recio cuerpo. No sé dónde poner las manos al rodearlo con los brazos. Parece tan grande de repente, y yo siento tantos deseos de explorarlo...

Besa igual que lo hace todo. Con rabia. Me empuja hasta la pared y juguetea con mi lengua hasta que necesito aire para seguirle el ritmo. Arde. Arde de verdad. Tiene una boca abrasadora y su piel quema al contacto de mis dedos temblorosos. Temblorosos ¿por qué, si no le temo a nada? Pues porque no me lo esperaba, y menos me esperaba haberlo esperado tanto en mi fuero interno. Juega conmigo como si fuera su muñeca, maneja las posiciones de mi cabeza a su gusto y me toquetea por todas partes. Sus ansias al agarrarme las nalgas, casi levantándome del suelo, hacen que el último muro de contención caiga dentro de mí y me desate por completo.

Al carajo. Voy a hacer con este maromo lo que a mí me dé la gana.[13]

Lo abrazo por el cuello hasta cruzar los codos, como si quisiera hundirme dentro de él, y Bosco cuela la mano en mi blusa para pellizcarme bajo el sujetador. Gimoteo en su boca a la vez que Bosco emite un gruñido animal y me empuja con sus caderas. Noto el grosor de su polla aplastada contra mi estómago, y enseguida meto la mano entre nosotros para rozarla superficialmente. A simple vista ya parecía grande, de las mismas dimensiones que su dueño, amo y señor, pero entre mis dedos me da la impresión de que podría destruirme..., y, joder, necesito que me rompan de un polvo. Lo necesito como nunca.

Pero él se separa de forma abrupta, de pronto desorientado, y retrocede un par de pasos respirando con agitación. Yo me quedo pegada a la pared con el pecho subiendo y bajando y la boca abierta de par en par por el asombro y por el anhelo de que me la cubra con los labios, con la mano, con lo que sea.

Él se pasa el dorso por la boca, limpiándose mi pintalabios rosa, y toma aire.

Solo nos miramos en silencio.

—Íbamos a volver a la oficina —dice de pronto.

—Sí. Sí...

13. Por favor, no hagan esto en sus casas.

Busco el bolso a mis pies. Ha caído abierto, maldita ley de Murphy, y ahora el contenido está desperdigado por el suelo.

Me agacho con cuidado de no caer de bruces —mis piernas no son la mejor sujeción ahora mismo— y empiezo a recoger los pintalabios, clínex, vaselinas y demás. Creo que hasta hay un condón. Cuando lo necesitas, no está; cuando no te hace falta porque te cortan el rollo de raíz, helo ahí, poniéndome en evidencia.

Bosco se acuclilla para ayudarme, primer gesto caballeroso que le he visto desde que lo conozco.

Levanto la cabeza sin enfocar la mirada, como si necesitara asegurarme de que es él. Acerca su cara a mí muy despacio, con pinta de sentir curiosidad hacia lo que represento y lo que le provoco. Emite un leve suspiro de resignación y, para mi asombro, muerde mi labio inferior antes de empujarme la lengua con la suya. Apoyo las palmas en el suelo y me acerco más para profundizar el beso, pero, igual que antes, se separa.

Suelta un bufido frustrado.

—Joder, no puedo parar.

—Pues no pares.

Se pasa una mano por la cara. Termina de llenar las manos de barras de labios y las mete en mi bolso como si Bulgari le hubiera hecho algo.

—Te espero abajo —masculla, ignorándome—. No tardes.

Lo último que ve es mi cara de mema, la que se me queda al verlo desaparecer como alma que lleva el diablo. Me quedo alargando el brazo hacia el condón de marras, tan solito y desolado, y lanzo una mirada de rencor a la puerta por la que ha salido.

—No voy a tardar porque directamente ni me voy a correr, capullo —mascullo por lo bajini—. Encima que no me pagas, me das gatillazos. Manda narices.[14]

---

14. Tampoco hagan esto en sus casas. Terminen lo que empiezan. *Cobardes.*

Capítulo 10

Hombres y mujeres no pueden ser amigos, pero sí archienemigos

Después de unos cuantos días viéndonos salir y entrar juntos de manera sospechosa y con una actitud más o menos amistosa, Lola decide bloquearme el paso frente a la cafetera de la oficina con la que parece la pregunta del millón.

—¿Te lo estás tirando?

Y yo todavía tengo el descaro de poner los brazos en jarras y hacerme la sorprendida.

—¿En qué te basas para llegar a esa conclusión?

—En tres principios básicos. En que los hombres y las mujeres no pueden ser amigos, en que Valdés te come con la mirada en cuanto te descuidas, y en el hecho para nada desdeñable y sí muy revelador de que ni siquiera me hayas preguntado a quién me refiero.

Eso de que Bosco me come con la mirada es algo que ya sabía, pero agradezco que me lo recuerde. Necesito una inyección de vanidad femenina para superar que decidiera hacerse el sueco después de comerme a besos en la futura oficina.

No me he ofendido por dos motivos: el primero y esencial, que yo pretendía actuar del mismo modo. El segundo es que me alegra haber descubierto que Bosco tiene una faceta profesional. Si pretendo partirme los cuernos sacando adelante esta empresa, y es lo que me he propuesto, lo mínimo que espero es un poco de responsabilidad por parte del director. Valdés no habría destacado como el colmo de la sensatez si hubiéramos permitido que unos besitos enturbiaran nuestro objetivo.

Claro que, por otro lado, me molesta que crea que puede besarme sin que haya consecuencias. Antes de que Lola me abordase, estaba meneando la cucharilla de plástico en el café, preguntándome de qué manera escarmentarlo.

Puedo levantar la editorial Aurora y tocarle las narices a su director al mismo tiempo.

Soy una mujer, llevo el *multitasking* en la sangre.

—Pensaba que ibas a decir que lo sospechabas porque ahora me paso el día entero en su despacho, nos vamos a la misma hora y hemos comido juntos en alguna ocasión.

—Eso suena más a una tierna amistad que a un tórrido romance —replica Lola, torciendo el morro.

—¿No decías que no creías en la amistad entre los hombres y las mujeres?

—Y no lo hago, pero los demás, por desgracia, sí. Yo no me voy a almorzar con ningún tío, a no ser que sea gay, porque sé que significa que acabaremos haciendo llorar a los muelles de la cama.

Lola tiene un gran defecto que es, asimismo, una virtud que tenemos en común: cree que tiene la razón en todo.

—Si no estáis dándoos el filete en cada esquina de esta destartalada oficina y en esa otra a la que hemos trasladado mi querido sillón rojo, ¿qué es lo que tramáis? —insiste.

Lola adora el sillón rojo que había junto al ascensor porque una vez se enrolló allí con su *crush*, un tipo que solía trabajar en la editorial. Esta es razón de sobra para jubilar el sillón, porque ni Bosco ni yo queremos fluidos de la *community manager* en la nueva oficina, pero parece que todo el mundo tiene una historia particular con el dichoso mueble. Aparte de que La Nueva, mi gran sobrenombre, no tiene permitido deshacerse del patrimonio cultural de Aurora.

Decido ponerla al corriente de mi urgente plan de salvación contándole a grandes rasgos lo acontecido durante la última semana. Y es que mientras yo me encargaba de decidir, con ayuda de Lola, cómo dispondríamos los escritorios en la nueva oficina, Bosco buscaba a quién endosarle la deuda.

—La agenda de Aurora ha resultado ser una mina de oro, porque la mujer tenía relación con cada editorial de prestigio. Y no solo eso, sino que anotaba junto a los nombres para qué iba a verse con ellos próximamente. Gracias a esto hemos descubierto que un par de propietarios y directores de grandes empresas estaban interesados en adquirir la editorial, pero que Aurora los rechazó porque no quería perder el mando.

Lola me arquea la ceja del «¿y qué?».

—Eso ya lo sabía. Si en vez de jugar al inspector Gadget te decidieras a salir de copas conmigo, como ya te he sugerido, pedido e incluso ordenado, te lo habría dicho. Aurora y yo éramos amigas —recalca. «No como tú y yo, como no me invites a un mojito», dice su extraordinaria expresividad facial—. Nos lo contábamos todo.

—¿En serio? —Apoyo las caderas en la encimera de la minúscula cocina—. ¿Sigues en contacto con ella?

—Qué va. —Se encoge de hombros y me da el perfil para echarse su decimoctavo café—. En realidad, solo me utilizaba como paño de lágrimas. Dejó de llamarme en cuanto se largó. Pero tengo una mente privilegiada y no se me olvida jamás un chismorreo —se da toquecitos en la sien—, además de que soy muy muy vengativa, mamita. ¿Valdés quiere vender la editorial?

—Hoy tenemos una reunión con Fábregas, el director de Más Letras. Parece que está dispuesto a renegociar los términos del acuerdo inicial, aunque sospecho que será duro convencerlo después de que Aurora lo rechazara sin miramientos.

—¿Y eso qué significa? ¿Reducción de plantilla? ¿Despidos masivos? —Hace una mueca de dolor. Se aferra a mis muñecas con desesperación—. Silvia, por Dios te lo pido, no hagas que me echen. Mi alternativa de empleo es el centro de estética de mi prima, y solo de pensar en dedicarme a llevar las redes sociales de la depilación de cejas con hilo, el láser de diodo o defender públicamente las ventajas de pasarte la maquinita por la zona perianal, me dan ganas de comerme mi propio puño.

—Pero si el otro día me dijiste que te depilabas entera —me burlo amistosamente—. No te costaría hablar de esas ventajas.

—¡Que no! ¡Que me niego a pasar los años más creativos de mi carrera inventando publicaciones con juegos de palabras sobre vello púbico!

Suelto una carcajada.

—La intención de Bosco es mantener todos los puestos, así que no te preocupes. Seguirás pudiendo hablar de brasileños en tus descansos, no de ingles brasileñas.

Lola levanta sus perfectas cejas negras que, por supuesto, depila con hilo en el centro de estética de su prima.

—Ah... —hace morritos—, que ahora lo llamas Bosco.

—¿Cómo quieres que lo llame?

—Esperaba que le dijeras «papi». Tiene un aire de *latin lover* que se lo pisa. ¿No te recuerda a Miguel Ángel Silvestre?

Pongo los ojos en blanco.

—Miguel Ángel Silvestre no es latino, y lo que pasa es que hemos ganado confianza para tutearnos. Ahora soy su mano derecha.

—¿Significa eso que le haces las pajas?

Muy a mi pesar, me echo a reír.

—Más bien que limpio cada vez que la caga, y créeme, sucede con bastante frecuencia, porque es más torpe que un cerrojo.

—Calla. —Tuerce el gesto—. Se me ha formado una imagen mental asquerosa.

—Tú te lo has buscado, cariño. —Le guiño un ojo.

—Ahora en serio... —Alza las palmas.

—¿Estás reconociendo que nada de lo que sale de tu boca va en serio?

—¿Vas a estar presente en la importantísima reunión de Valdés? —pregunta, mirándome boquiabierta—. ¿Te has convertido en su apoyo moral, o algo así?

—Lo dices como si eso fuera muchísimo peor que ser su zorra.

—A ver, a mí no me van los tipos como Valdés, pero si tengo que elegir entre aguantar su mal humor estoicamente y ponerme de rodillas para que se sienta mejor, yo lo tengo clarísimo. —Encoge un hombro y le da un sorbo a su *latte* con cuidado de no arruinarse el pintalabios naranja.

—¿Y qué tipos te van?

—Los de nariz ganchuda que te sujetan la puerta para que pases y tienen el rabo como una longaniza calabresa.

—Bosco tiene una de tres.

Lola abre su boca de portal tridimensional.

—Hostia, Silvia. A la nariz de Bosco no le pasa nada y es un maleducado de lo peor. ¿Estás admitiendo algo?

Me hago la interesante dando media vueltecita hacia la salida. La cocina es, en realidad, una minisala con una nevera tamaño bolsillo, una cafetera pasada de moda y un hornillo con más años que un bosque para poner a hervir el té. La pared es acristalada y se pueden ver los pasillos y la oficina. Esto me permite ver a Bosco discutiendo con Ángel.

Como no parece que haya moros en la costa y Lola es la persona que más simpática me cae de todas con las que me relaciono en la actualidad, aclaro:

—Liarte con un compañero de trabajo nunca es buena idea, y ni mucho menos con el jefe. Pero reconozco que, aunque me cae mal, he tenido fantasías.

Lola abre más sus ojos ya de por sí enormes. Parece que se

le van a caer de la cara en cualquier momento. No me extraña que tenga el trauma de Mila Kunis en *Con derecho a roce*, aunque sería un delito no compararla con una actriz española, porque, vaya, Lola Vilalta *is born and bred in Spain*.

—No deberías decir «aunque» me cae mal, sino «porque» me cae mal. Todo el mundo sabe que el odio aviva el fuego de la pasión. Creo que el mejor polvazo me lo echó mi ex después de que rompiéramos por habernos puesto los cuernos.

—Tienes un gran talento para redirigir todas las conversaciones hacia ti misma.

—Es porque me tengo todo el día en el pensamiento. Soy la persona más importante de mi vida, ¿sabes? Pero, dime, ¿qué fantasías?

—El tipo de fantasías que podría tener una mujer que va a cumplir los treinta y lleva más de nueve meses sin llevarse nada a la boca.

—¿Te refieres a esas que incluyen matrimonio, un cortacésped de última generación y discusiones sobre el papel de pared del salón? —Debo poner una cara rarísima, porque bufa—. ¿Qué? Si yo fuera a cumplir treinta años me estaría dando prisa por casarme y pagar una hipoteca. No me sorprendería que esos fueran tus sueños actuales.

Por el bien de mi salud mental, me inclino por ignorar su comentario. Esta chica tiene menos tacto en lo que respecta a la edad que un proctólogo con guantes de lana.

—Me refiero a que llevo unas cuantas noches frotándome con el cojín pensando en Bosco Valdés.

Voy camino de arrepentirme de haber sido tan honesta. La cara de Lola es un poema. No espero un comentario remilgado viniendo de ella, pero casi me caigo para atrás cuando suelta:

—¿Con el cojín? ¿Es que no tienes dinero para revolcarte con un Satisfyer, como hace todo el mundo? —Me mira de arriba abajo—. No habría dicho a simple vista que fueras tan *middle-class* como para usar todavía los dedos.

—¿Tienes un Satisfyer?

—Tengo dos, porque me pareció demasiado cuqui el modelo con forma de pingüino. Venía incluso con una pajarita, ¿sabes? —Hace el gesto de atarse una corbata invisible en el cuello—. Y al antiguo le tuve que poner con rotulador «para masajes» porque mi sobrina de siete años me lo pilló un día bajo la almohada y, cuando me preguntó qué era, tuve que decirle que me aliviaba las contracturas.

—Sí, las contracturas vaginales, no te jode. ¿Se lo creyó?

—Y tanto que se lo creyó. Se pasó toda la tarde encendiéndolo porque le hacía gracia el soniquete.

—No me extraña. Mi hermana lo usa de vez en cuando y suena como si estuviera aterrizando un helicóptero. Mi padre hace menos ruido por las mañanas cuando usa la batidora eléctrica.

—No te preocupes, que cuando estás empapada es menos ruidoso. Empieza a sonar como si estuvieras removiendo la pasta ya cocida con una salsa de champiñones. Ya sabes, como de...

—Me parece encantadora la fusión de la mujer moderna con la mujer de antaño —interviene una voz masculina. Lola y yo nos giramos para ver al traductor de la editorial extender las manos como si estuviese ampliando un letrero—. El tabú de la masturbación femenina y una receta de cocina en la misma oración. Simplemente sublime.

—Es de muy mala educación escuchar conversaciones privadas —rezonga Lola.

—¿Qué tiene vuestro tema de conversación de privado? Solo he oído a una mujer adulta hablando de su novio... a pilas.

Tras decir irónicamente «con permiso», se infiltra entre nosotras para llenar de café su taza personalizada.

¿Qué tendrá la gente con las tazas? Mi hermana airea la suya por todas partes (le hace gracia el «estoy opositando; si me queréis, irse» sacado de la famosa frase de Lola Flores); mi padre va por casa con la de «pregúntale a tu madre»; Lola no se despega de esa en la que pone «soy un encanto, pero hasta el segundo café no ejerzo», y ahora este, que se ha estampado en su taza de casi medio litro un «solo hago tiempo hasta la hora de la cerveza».

Además de toda mi familia, Lola y el traductor, todos en la oficina tienen una.

Empiezo a sentirme marginada.

—Qué poca cultura —intervengo, mirando de soslayo al tipo—. El Satisfyer no va a pilas, se conecta a la corriente. Lo sé hasta yo.

—Lo de que se enchufa sí que lo sabía. —Cabecea él, divertido, mientras coloca una cápsula de descafeinado.

—Madre mía, no me puedo creer que hayas podido pronunciar la palabra «novio» sin echar espumarajos por la boca. O que directamente conozcas su significado —le suelta Lola, cruzándose de brazos.

—Todos los héroes conocemos muy bien al enemigo —aclara con una sonrisa socarrona. Me tiende la mano—. Duarte Tosantos, el titán que lleva treinta y un años intentando erradicar, en vano, al villano del compromiso de la sociedad actual, y alrededor de un par de semanas luchando por conocerte personalmente.

Estrecho su mano con una sonrisa burlona. Se nota que el tipo se ha trabajado a conciencia la pose y las pintas de galán de una noche. Lleva el pelo castaño algo largo al estilo recién follado, se ha dejado la barbita de varios días y debe de saber que tiene una boca para llorar, porque cuando sonríe se muerde el labio inferior y no deja de poner morritos.

—«Todos los héroes», dice, como si se incluyera en el grupo. ¿Y tú en qué destacas? No me lo digas. —Lola carraspea antes de engolar la voz como si anunciara un detergente—: Está La Cosa, el de la superfuerza, y Duarte Tosantos, el de los huevos supergordos. ¡A nadie le pesan más que a él!

—Sabrías en qué sobresalgo si echaras mano de mí para los masajes que has mencionado y no del pingüinito. —Le saca la lengua, juguetón—. Confío en que el efecto invernadero acabe matando a ese bicho mecánico con pajarita y con complejo de helicóptero igual que extinguirá a los que salen en los documentales.

—Lo siento, pero si quisiera pasarme por las aletas del papo a un monstruo que ha estado entre las piernas de medio Madrid, le habría birlado el Satisfyer a mi vecina ninfómana mucho antes que recurrir a tu aparato —le replica Lola.

—Espero que sepas que al aparatito ese no le van a salir brazos ni esperma para formar una familia contigo.

Lola hace un pucherito y le acaricia la cara con los dedos.

—¿Por qué pareces tan preocupado? ¿Es que tú quieres formar una familia conmigo? —Le habla como si fuera corto de entendederas—. Claro que sí, no te vendría nada mal pasear a un bebé por el supermercado para ligar con las mamis, ni tampoco obtener ventajas económicas con tu carnet de familia numerosa.

Duarte suelta una carcajada y dan por concluido su feroz intercambio. Lola le da un empujoncito amistoso con el hombro y él le arrebata su café para darle un sorbo, a pesar de que tiene el suyo propio en la mano.[15]

—Esta conversación me ha excitado —exagera Duarte, dándose aire—. Me va a venir bien para inspirarme. Estoy traduciendo a una de esas autopublicadas eróticas que han reventado los rankings americanos.

Tengo que reprimir un bufido. Este tipo debería llevar una semana despedido, pero me puedo imaginar por qué Bosco no

15. Cuando Lola se entere de que no solo los hombres y las mujeres pueden ser amigos, sino que Duarte YA es su amigo, va a sufrir una crisis existencial. Pero no seré yo quien la propicie. Las amigas se dan la razón como a las tontas, ¿no?

ha encontrado el valor para echarlo. Tiene un carisma arrollador, o al menos, hay que tenerlo para hablarle a Lola como le ha hablado y que no le haya practicado una vasectomía sin anestesia.

—Aprovecho que estamos hablando de temas subiditos para disculparme —agrega, a punto de salir por la puerta. Me señala con el dedo corazón, el único que consigue despegar del vaso humeante. Una de esas sonrisas que auguran carcajadas despunta en sus labios carnosos—. Perdona por lo del porno. No se me ocurrió que Valdés fuera a mirarte el ordenador cuando te saltó.

—¿Cómo que «lo del porno»? —Enseguida caigo y se me escapa un jadeo indignado—. No puede ser, ¿fuiste tú el que metió el virus en mi ordenador?

Él levanta las manos.

—Yo no tengo nada que ver con la tradición. Es costumbre gastarle la inocentada al nuevo. A todos nos ha resonado el porno en la oficina al menos una vez. No podías ser la excepción.

—A mí me puso el mítico audio de la mujer gimiendo —se queja Lola—. Y tendrías que haber visto la cara de Estrella cuando en una exposición que tuvo que hacer le pusieron la foto del negro con la polla hasta las rodillas. —Mira a Duarte y le da un codazo—. Cómo nos reímos, ¿eh?

—¡Ya ves!

—Pero ¿qué edad tenéis vosotros? —farfullo, perpleja—. Mira, da igual, pero tú vuelve a hackearme el ordenador y te enteras.

Duarte silba.

—Eso ha sonado prometedor. —Me guiña un ojo—. En cualquier caso, todos esos meses sin mojar te están pasando factura, Silvia. Tu reacción a lo del porno lo demostró.

Se me descuelga la mandíbula con su descaro.

—Oye, tío, acabo de conocerte. No creo que tengas derecho a hablar de eso.

—Soy el gurú del amor, Duarte Man. Estoy aquí para repartir consejos —se defiende.

—Lo que te hace falta es salir de fiesta —interviene Lola, muy segura—. Te agarras al primero que se haya perfumado con One Million para echar una canita al aire y verás cómo se te pasan las penas. Además, me debes unas copas y yo me muero por ir a estrenar esa discoteca que han abierto en Chueca. ¿Te viene bien esta noche? Es viernes.

—A mí sí —dice Duarte.

Lola le hace un corte de mangas.

—Piérdete, gurú del amor.

Él le lanza un beso.

Atraída por un movimiento al otro lado del cristal, observo con el rabillo del ojo que Bosco sale del despacho de Ángel y se dirige hacia aquí.

—Si os apetece salir a donde sea, pedidme entradas. Tengo pases VIP con barra libre en casi todos los garitos de esta ciudad, y no son pocos.

—No sabía que traducir novelas eróticas te hiciera tan famoso como para contar con esos privilegios —comento con una ceja arqueada.

—Bueno, Silvita, es que es importante tener amigos en todas partes.

—Salvo en el trabajo, o de lo contrario, un jefe se arriesga a perder dinero porque sus empleados creen que la oficina es un bar —intervine Bosco, que ha debido oírlo desde el pasillo. Apoya la mano en el marco de la puerta—. Al tajo, que estás tardando.

Duarte hace un saludo militar y se borra al igual que Lola, que sacude el teléfono móvil delante de sus narices para que vea que ha estado tuiteando durante el descanso. Me lo creo, por cierto: Lola sube fotos a Instagram de todo alimento que ingiere y se mete en todos los bardos que se viralizan en Twitter, pero con su cuenta personal, no la de empresa.

Los ojos de Bosco conectan con los míos en cuanto nos quedamos a solas. La tensión no tarda en instalarse en el ambiente, revelando lo que tanto nos empeñamos en ocultar: que mantener la pose cuando trabajas con alguien con quien te has magreado tiene su dificultad.

Los dos nos hemos comportado con estricta profesionalidad durante esta semana, aunque a este milagro ha contribuido que estuviéramos demasiado ocupados para pensar en nada. O, mejor dicho, para ponerlo en práctica, porque para fantasías siempre hay tiempo. Al menos, yo lo he tenido cada vez que me ha rozado con el brazo.

—La reunión es en hora y media —me recuerda—. ¿Tienes algo que hacer, o podemos irnos ya?

Señalo la bandolera que me cuelga del hombro.

—Estaba esperándote.

Asiente con la cabeza y me hace un gesto hacia el ascensor. Nos encaminamos hacia allí con lentitud. Él se adelanta, lo que me permite echarle una miradita de arriba abajo que me calienta la sangre y me da ganas de llorar a la vez. Solo un hombre que se odia a sí mismo llevaría una camisa vaquera y unos pantalones de pinzas.

Bosco entra en el ascensor y se gira a tiempo para captar mi cara de pena. Pretendía reprimirme, cambiarla de inmediato, pero él pone los ojos en blanco.

—Venga, dilo, no te contengas.

Suelto todo el aire contenido.

—¿Lo haces adrede? —gimoteo.

—¿El qué?

Hago una mueca de dolor antes de dejarlo ir.

—Combinar tan mal. No puedes ir así a una reunión importante cuando es primordial transmitir una buena imagen, y mucho menos con Fábregas. Lo he buscado en Google y es un tipo con clase.

Enarca una gruesa ceja oscura.

—¿Y no tengo clase?

—Yo diría que te falta más de una de moda.

El gruñido no se hace de rogar, pero, para mi inmensa sorpresa, dice con resignación:

—Iré a cambiarme.

—No. —Le pongo una mano en el pecho en cuanto salimos del ascensor. El efecto del contacto físico es mitigado por mi respuesta—. No creo que debamos arriesgarnos a que vuelvas peor vestido.

—¿Qué es lo que tienes en contra de lo que llevo puesto, si puede saberse? —me gruñe—. Eres consciente de que el gusto es algo subjetivo, ¿verdad?

—Pero el buen gusto es un concepto universal, y estás lejos de encarnarlo con esa camisa de vaquero. ¿Por qué te comprarías algo así? ¿Es que no quieres volver a acostarte con alguien en tu vida? —Carraspeo enseguida e ignoro la sonrisa irónica que se le escapa—. Vas a espantar a Fábregas.

—No creo que la decisión de Fábregas de cerrar o no el acuerdo dependa en absoluto de cómo voy vestido. Si todo lo que se dice de él es verdad, le prestará más atención a tu ropa que a la mía.

—Si ve que no eres capaz ni de combinar un pantalón y una camisa, que es de primero de sentido común, no te tomará en serio, y si no te toma en serio, pensará que puede pasarte por encima. Una de mis tías trabaja en el mundo de la moda y entiende de psicología.

—Tienes un montón de tíos y tías que trabajan en todos los sectores, ¿no?

—¿Y ese tonito sarcástico? ¿Crees que te estoy mintiendo?

Bosco se para en medio de la recepción del edificio y suspira.

—Iré a casa.

Se me olvida su comentario desdeñoso sobre toda la familia que me he inventado para justificar mi sabiduría.

—¿En serio? —Pestañeo, anonadada—. ¿Vas a hacerme caso?

—¿Acaso no he hecho caso a todas y cada una de tus propuestas?

—No me hiciste caso cuando te pedí que me pagaras —le recuerdo con rencor.

—Claro que te hice caso; lo que pasa es que te dije que no, pero, en general, yo diría que te he hecho siempre más caso del que debería —añade por lo bajini, frustrado—. Si mi ropa resulta ser un factor remotamente decisivo a la hora de quitarme de encima la deuda, me pondré hasta un jodido disfraz de Elsa.

—¿Elsa? ¿La de *Frozen*?

—¿Qué otra Elsa va a ser?

«Pues no sé, una que no protagonice una película para niñas de ocho años».

Tengo un jefe que no sabe ni ponerse una corbata, no usa tarjetas de crédito y se enteró ayer de lo que era un *ghostwriter*. Que haya visto *Frozen* por gusto no es ni lo más raro ni lo más criticable.

—Pues no sería mucho peor que lo que llevas puesto ahora —murmuro al fin.

Él me mira de soslayo.

—Eres muy rápida para criticar, Altamira. Ya que eres a la que más le molesta mi aspecto con diferencia, ¿por qué no escoges tú el modelito?

Si él supiera que su aspecto no me molesta tanto como me turba, no habría inundado mi mente, aunque de forma involuntaria, con imágenes en las que él y yo nos lo montamos en un probador de Ralph Lauren. No se lo diría ni aunque nos lleváramos bien. No quiero darle más motivos para que piense que soy una pija, y esa fantasía podría confirmarlo.

O podría excitarle, lo que nos llevaría a un lugar incluso más peligroso.

—Acepto el reto.

Capítulo 11

La atracción y el celibato no combinan en el mismo outfit

Me arrepiento en el acto de unirme al periplo por su vestidor, pero cuando llegamos a su apartamento es tarde para retractarme y no pienso quedar como una cobarde. O peor, como una adolescente con las hormonas disparadas que en cuanto oye «vamos a mi casa», solo piensa en que va a acostarse con quien ha pronunciado esas palabras.

No sé dónde esperaba que viviera. No me habría sorprendido que me dijera que es mi vecino, como tampoco que tuviese un casoplón en la periferia de Madrid o un piso perfectamente equipado en plena Puerta del Sol. Mi sorpresa no puede ser mayor cuando aparca la moto delante de un edificio antiguo con tres pisos y una sola vivienda por cada uno. Vive en Villaverde, uno de los barrios más baratos, y el estómago se me encoge de angustia apenas me invita a acceder de costado por un pasillo.

¡De costado!

—No pienso mirarte. Puedo predecir la cara que estás poniendo —comenta, dejando las llaves sobre la cocina americana. Al fondo del salón hay una única puerta que deduzco que es la del dormitorio.

En solo diez de mis pasos o cinco zancadas de sus espantosos zapatos, puedes recorrer la guarida del lobo de polo a polo.

—¿Qué cara crees que he puesto?

—La de «menudo cuchitril». He visto el portal de la casa en la que vives tú y me imagino que esto debe de ser una cueva para la princesa.

No voy a decirle que su apartamento mide lo mismo que mi dormitorio. En su lugar, opto por un comentario algo menos arrogante y entonado con inocencia.

—Con lo que solías ganar con la editorial pensaba que vivirías cerca del centro o en una casa grande..., pero esto está bien para una sola persona. Una que se pasa el día trabajando, además.

Me detengo en medio del salón como una virgen en casa de su primer ligue. Soy consciente de que oteo a mi alrededor con una mezcla de recelo y curiosidad mal disimulada, las manos aferradas al asa del bolso.

Bosco se asoma desde el dormitorio, al que se ha dirigido sin vacilar, para arquear una ceja.

—¡En serio, no está *tan* mal! —me quejo, ofendida por haber sido tan obvia incluso cuando me he propuesto lo contrario—. Esta pared de aquí, la inspirada en ladrillos antiguos, le da el aire *grunge* de los miniapartamentos del barrio de Tribeca. El de Nueva York, ¿sabes?

Bosco suelta una carcajada ronca desde el dormitorio.

—Sí, esto es igualito que Nueva York. Anda, déjate de gilipolleces. Ven aquí y obra tu magia.

Dejo el bolso junto al mueble de la televisión, con cuidado de no tirar al suelo un par de Funkos de *Star Wars* —no me extraña tampoco la elección de decorado— y entro en el dormitorio. Tiene un toque acogedor, y en él se concentra el característico olor corporal de Bosco, ese que solo te puede llenar las fosas nasales cuando entras en el vehículo o la vivienda de la persona en cuestión.

Bosco ha dejado varias camisas y pantalones sobre la colcha y ha puesto los brazos en jarras, esperando mi veredicto.

—Muy buen material. Todas las prendas por separado tienen potencial para lograr un gran resultado —reconozco tras una primera y veloz inspección—. No es la ropa más cara, pero tampoco parece de grandes almacenes. Lo único malo es cómo la combinas.

Bosco se apoya en el armario empotrado con los brazos cruzados sobre el pecho. Su expresión sardónica al examinar las camisas aviva mi curiosidad.

—Aurora me compraba la ropa y la conjuntaba por mí. Yo no se lo pedía, que conste. Me las podía apañar perfectamente, pero ella daba por hecho que no tenía ni idea de cómo vestirme más allá de plantándome unos vaqueros y se propuso convertirme en su figurín. Solía explicármelo con minucioso detalle: «Esos negros con la gris marengo o con la celeste; los azul marino con la blanca o la que tiene el tono salmón», blablablá.

Aurora sabía de lo que hablaba. Me dan ganas de preguntarle a «su figurín» si se le ha olvidado cómo aplicar la inmensa sabiduría de su exmujer, pero entonces caigo en la cuenta. Claro que no lo ha olvidado. Lo tiene tan presente que no le da la gana de ponerse lo que ella le sugería... u ordenaba.

—Entonces sí que lo haces adrede. —Suspiro, aliviada—. Menos mal. No habría soportado que alguien sufriera tal desconocimiento.

—Me pongo lo primero que encuentro porque, francamente, me importa un comino la ropa.

—Eso ya lo he podido apreciar —apostillo, sentándome en el borde opuesto de la enorme cama de matrimonio y estirando el brazo hacia una camisa blanca—. Es una lástima que te descuides cuando eres la percha perfecta.

Bosco pega la barbilla al pecho, aún de brazos cruzados, y oculta una carcajada.

—Creo que es el cumplido más raro que me han hecho jamás, aunque no me extraña viniendo de Miss Honolulu.

Vale, ya he soportado bastante el apodito. Me prometí que, si lo decía una tercera vez, le preguntaría a qué o de dónde viene, aunque corra el riesgo de quedar como una inculta o le ponga en bandeja la oportunidad de insultarme.

—¿A qué viene eso de Honolulu? No recuerdo haber mencionado Hawái en mi vida, y, por lo que sé, la mitad de la población de allí es negra, o sea que no creo que me parezca a una reina de la belleza hawaiana.

—Es por la canción de Carlos Sadness. ¿No la has escuchado? Me vino a la cabeza sin querer cuando te dije que nadie te echaría de menos porque tiene una frase que dice algo así como... *nadie te echará de menos (menos tú), mi querida Miss Honolulu.*

Me hace gracia cómo lo canturrea por lo bajo, rápido, como si se hubiera dado cuenta a media frase de que debería haberse callado.

—No sé quién es Carlos Sadness. Solo escucho los discos que pone mi hermana en su coche y los que mi madre se pasa el día gritando, que da la casualidad de que son de Cristian Castro y Mariah Carey. Que es lo que a ti te pega —agrego.

—¿Me pega Cristian Castro? Bendito sea Dios... —Se hace cruces—. ¿Y qué más me pega, según tú?

—No sé. ¿Qué música escucháis los agricultores? ¿Entonáis canciones cuando recogéis las uvas, como hacen los esclavos de los campos de algodón en las pelis?

Bosco se queda un momento perplejo y luego suelta una carcajada incrédula.

—Me dejas de piedra con las barbaridades que dices a veces. Lo peor es que no te das ni cuenta. —Suspira, dándome por perdida—. A mi madre le gusta poner la radio mientras trabaja, dice que le hace compañía, pero a mí me gusta el flamenco que ponen en las verbenas. No a Camarón, a Enrique

Morente o a Juanito Villar, sino del malo, el que ahora se llama flamenco fusión o mezcla, o no sé qué.[16]

—¿En serio? —Él asiente sin más—. Madre mía. Eres una caja de sorpresas. —Miro de reojo el reloj—. Vístete ya. Tenemos que irnos.

Por un momento no sé qué pretende al echarme una miradita impaciente. Me quedo parada en medio de la habitación hasta que se empieza a desabotonar la camisa, sin apartar su expresión expectante de mi cara de lela.

Solo entonces, reacciono.

—Claro, leches —mascullo por lo bajini, tropezándome con mis propios pies—. Tengo que salir.

Pero, en vez de salir, repentinamente turbada, me limito a darme la vuelta. Quiere la casualidad que justo a mi derecha se encuentre el espejo de cuerpo entero del dormitorio, cuyo reflejo capta a tiempo tanto la sonrisa de suficiencia de Bosco como mi mortificación.

No soy ningún ejemplo de persona civilizada, y creo que tengo derecho a cobrarme todas las veces que me ha tratado como si fuera una piedra en su zapato, así que me doy el gusto de observarlo con el rabillo del ojo.

Siempre he pensado en mi hombre ideal como el genio de los negocios que rezuma elegancia y la antepone a la comodidad. Suspiraba con el modelo de un anuncio de perfume francés. Y no solo eso, sino que me asquean los musculitos hiperproteicos, los obsesos del gimnasio, los «érase una vez un *machoman* a un disco de pesa pegado». Tampoco soportaría estar con un tío con los muslos más delgados que yo. Por eso no entiendo de dónde viene mi incipiente obsesión.

¿Será verdad lo que dice Lola sobre el odio como potenciador sexual? Bosco no está mazado ni es un adicto a la pro-

16. Vamos, que le mola el ex de Chabelita, el Omar Montes ese. No deja de darme motivos para burlarme de él, el pobre.

teína líquida, no se le marcan los abdominales ni está definido, pero es grande. Enorme.

Noto un pinchazo en el bajo vientre al admirar de soslayo cómo, al colocarse la camisa, se le mueven los músculos bajo la piel morena. El vello rizado le salpica el pecho trabajado, la única zona verdaderamente trabajada.

—¿Con corbata o sin corbata? —Suena más cerca de mí, lo que significa que ha rodeado la cama.

Me estiro como si acabara de pillarme haciendo algo prohibido.

—Con. Se trata de una reunión formal, la ocasión lo requiere.

—En ese caso, vas a tener que echarme una mano.

Lo de la mano me recuerda a Lola.

«¿Significa eso que le haces las pajas?».

Con este pensamiento en mente, no me extraña darme la vuelta con las mejillas coloradas. Bosco sostiene una corbata en cada mano, esperando mi veredicto con expectación y cierto aire jocoso.

—Menos mal que te dije que no iba a llevar a cabo tareas que no tuvieran nada que ver con mi trabajo —me quejo—. Te hice una lista de mis límites infranqueables, ¿recuerdas?

—Eres tú quien ha decidido ayudarme.

Cojo la de seda azul rey y le rodeo el cuello.

—Mala idea. Empiezo a parecerme a Sandra Bullock en aquella comedia que protagonizaba con Hugh Grant...

—*Amor con preaviso.*

Su respuesta me deja perpleja. No es tan raro que conozca las *rom-com* clásicas, ¿no? Aurora es una fanática empedernida de la novela romántica. Seguro que le obligó a tragarse toda la filmografía de las glorias del cine romántico de los 2000, igual que yo forzaría a mi marido a ver *Keeping Up with the Kardashians.*

—Esto es inapropiado —gruño, solo por decir algo. Noto

las manos torpes al echar el nudo—. Se sale de la estricta relación profesional que deberíamos tener.

—No hemos tenido esa relación ni siquiera el primer día. Entraste en mi despacho llamándome cabrón, ¿recuerdas?

Levanto la barbilla para averiguar si lo dice con acritud. Aunque el retintín es obvio en su tonito, parece más bien absorto en mi trabajo. El estómago me da un vuelco al coincidir otra vez con sus abrasadores ojos negros.

—En realidad solo te vine a decir algo como que «cabrón» tiene tilde en la «o» —corrijo—. Tú decidiste darte por aludido.

—Ah, así que yo decidí darme por aludido. Pues no sé por qué de pronto se me viene a la mente que «caradura» y «descarada» son palabras llanas y sin tilde.

Sacudo la cabeza, ahogando una risa nerviosa.

—Si yo fuera directora general, señor Valdés, querría que mis empleados me dijeran las verdades a la cara, incluso si esas verdades me disgustan. Y no me quejaría tanto. Por lo menos, sabes que de mi parte siempre obtendrás sinceridad.

—No es de tu sinceridad de lo que me quejo.

—¿Y de qué te quejas, aparte de todo aquello por lo que un ser humano pueda autocompadecerse?

—¿No crees que mi situación sea como para autocompadecerme?

—Desde luego. —Me obligo a ponerme seria de una vez y anudarle la dichosa corbata. He hecho esto cientos de veces, ¿por qué ahora no me sale un nudo en condiciones?—. Nunca me he divorciado, ni ninguna empresa ha dependido de mí jamás, pero creo que tengo suficiente inteligencia emocional para comprender que...

—No me has entendido. Esto no va de tener o no tener inteligencia emocional —me interrumpe—. En mi problema contigo intervienen el instinto básico y la atracción física. Se supone que estás aquí para ayudarme y solo me metes en el aprieto más jodido de todos.

Se me corta la respiración al verlo con el ceño fruncido. Muy despacio, suelto la corbata a medio hacer y dejo mis palmas apoyadas en su pecho.

—¿Quién está echándole la culpa al otro ahora? —pregunto en voz baja. Tengo su nuez de Adán a la altura de mis ojos, y el deseo de acercarme y pasar la lengua por encima podría haberme convencido de pifiarla otra vez si él no la hubiera cagado antes.

Me rodea el cuello con los dedos y tira de mí para estampar su boca contra la mía. Se me pasa por la cabeza que haya improvisado todo esto de ayudarle con la ropa para acorralarme en sus dominios, pero tal es la tensión en su cuerpo que se me hace difícil pensar que Bosco vea esto como un triunfo y no como una muestra de debilidad.

¿Qué más da? Somos adultos. Lo superaremos.

Lo rodeo por la cintura y ladeo la cabeza para enroscar la lengua con la suya. Él no tarda en bajar las manos por mis caderas y tirar hacia arriba del vestido ceñido hasta enrollármelo a la altura del ombligo. Desliza los dedos por unos de mis cachetes y lo aprieta. Gimo contra la comisura de su boca en el segundo que me da para recobrar el aliento, ese segundo que antecede a otro beso más despiadado. Me tropiezo cuando él avanza para pegarse a mi cuerpo. La tiene tan dura que casi la noto palpitando contra mi vientre, rogando una atención que pretendo darle de inmediato.

Bosco se estremece cuando, después de desabrocharlos, meto la mano en sus pantalones.

—No, joder. No tan lejos —masculla entre dientes.

—¿Cómo que no tan lejos? A lo mejor a ti te valen los besitos de prepúber, pero yo con eso me quedo muy a medias —me quejo. Él no se separa. Solo apoya los labios contra mi cuello mientras juega a enrollarse la tira de mi tanga en el dedo, como si estuviera indeciso entre quitármelo o dejarlo donde está—. ¿Qué pasa? ¿Es que crees que no seré capaz de mirarte luego a la cara?

Bosco me da un azote. Y un azote de su mano de problema de matemáticas —ahí sí que caben veinte manzanas— en mi culo raquítico se siente casi como una paliza. Pero una paliza que me concentra la sangre en la entrepierna. Como si supiera que me gusta el trato rudo, dirige allí los dedos. Sin quitarme la ropa interior, empieza a frotarme minuciosamente el clítoris. Jadeo y me agarro más a él clavándole las uñas en la nuca. Sutiles calambres me recorren de las ingles a los tobillos, estremeciéndome entera.

—No tiene nada que ver con eso —susurra contra mi cuello—. No soy ningún empresario, así que me importa un carajo no tener una relación profesional contigo.

—¿Entonces? —balbuceo—. ¿Qué pasa?

Resisto el impulso de menear las caderas contra su mano mientras noto cómo me voy humedeciendo.

—No me he acostado con ninguna mujer desde la separación —confiesa. Mis ojos sorprendidos buscan los suyos, topándose antes con su mandíbula desencajada—. Hacerlo sería como... como dejar atrás algo que... No sé si estoy preparado, maldita sea.

—¿Para follarme?

Él me pellizca el clítoris y yo doy un respingo apretando los glúteos. Dejo de contenerme y, más conmovida que furiosa porque haya mencionado a Aurora —aunque sea de pasada— en un momento tan delicado, empiezo a restregarme contra sus dedos. Lo agarro de la muñeca por si acaso se le ocurriera detenerse y lo atrapo entre mis piernas.

—Para follarte siento que llevo preparándome toda la vida, Silvia —confiesa en voz baja, mirándome a la cara—, pero, aunque no lo parezca, hay una mente que tiende al autosabotaje al mando de mi cuerpo.

—Pues dile que se tome unas vacaciones de media hora. La tenemos antes de ir a la reunión.

Bosco me lame el labio inferior e introduce la lengua en mi

boca para darme un beso sexual. Dios, lo noto. Noto que es un cerdo y que se muere por tocarme. No quería darme cuenta al principio, pero toda esta semana ha estado mirándome como si me paseara desnuda por la oficina, y ese rígido autocontrol suyo, en vez de inspirar al mío, saca lo peor de mí.

Me froto más contra su mano, moviendo las caderas con violencia, y me propongo provocarlo con besos por todas partes.

El corazón se me acelera como consecuencia del próximo orgasmo. Le lanzo una mirada de socorro que él comprende y aumenta el ritmo con el que me tortura entre las piernas. Los pequeños espasmos van cogiendo fuerza hasta que se convierten en uno solo que explota como una bomba de calor por todo mi cuerpo.

—Joder... —gime—. No sé en qué estaba pensando trayéndote aquí.

Él me sostiene por un codo y enrollando el otro brazo en torno a mi cintura, pero yo me zafo rápido y me arrodillo bien dispuesta. Desde esta posición, cuelgo los dedos de la cinturilla de su pantalón y le dirijo una mirada significativa.

—Yo sí que lo sé. Y creo que, aunque sea en el fondo, tú también tenías una ligera idea.

No me cuesta sacársela del pantalón, y por lo que percibo al rozarle el bajo vientre con las puntas de los dedos, la polla no es lo único que arde. Toda su piel lo hace. Ese calor despierta mi instinto. Todavía con el pulso acelerado a causa del orgasmo, acerco la boca al prepucio y le propino una larga lamida con los ojos cerrados. Lo siento caliente como el infierno bajo la lengua, agrandándose en mi mano.

—Silvia... —Parece advertirme, pero hunde los dedos en mi pelo y me atrae en su dirección. Yo solo me separo un poco para pasarme la lengua por el labio superior y mirarlo con seriedad.

—No me gusta deberle nada a nadie.

Cierro la boca en torno a la punta y desde ahí desciendo hasta que siento que me ahogo. No consigo abarcar más de la mitad. Para cuando me separo, me propongo hacerlo desaparecer en mi garganta. Tampoco me gusta hacer las cosas a medias, y su mano posesiva es un gran incentivo para presionar hasta el límite. Me ladeo para enroscar la lengua en torno a la cabeza de la erección y la empujo al fondo de mi campanilla con los ojos cerrados, fantaseando con que lo tengo entre las piernas.

Quiero que me folle, por Dios que lo quiero. Un hombre que puede hacerme fantasear después de haberme besado solo dos veces, después, incluso, de haberme odiado con todo el fuego de su alma, es un hombre capaz de complacer a una mujer en la cama. Y así se lo hago saber, succionándolo enérgicamente con una necesidad enfermiza. Él me acompaña jadeando y diciendo mi nombre, pero estoy consumida por su sabor y su temperatura y apenas lo escucho. Del mismo modo, no oigo cómo gruñe cuando se corre. Noto directamente cómo me inunda la boca.

Lucho por no asfixiarme y escupo parte del semen sobre su miembro aún duro. Lo hago mirándole desde abajo, demasiado orgullosa para perderme su rostro enrojecido y esos jadeos descontrolados que retumban por toda la habitación.

Bosco me levanta sin la menor caballerosidad y me limpia las comisuras de la boca con los propios pulgares. Por algún motivo, el silencio que se forma en este momento me parece tan erótico que no puedo apartarme cuando se inclina para besarme apoyando una mano en mi pecho sensible.

—Me molesta que me dejes siempre sin palabras —gruñe en voz baja.

—Soy demasiado competitiva para permitir que ganes tú, sea en los términos que sea.

—Esto no es un juego —me reprende—, y si lo que pretendes es que te folle, me temo que no vas a ganar sin tener que compartir el premio conmigo.

—Entonces tenemos un problema, porque no me gusta nada compartir.

Capítulo 12

Las mentiras tienen las patas muy cortas, pero los tacones me hacen las piernas larguísimas

Si no estás muy cansada de
aguantar los sollozos del adulto
al que sirves, ¿te parece bien
que quedemos en la plaza de
Chueca alrededor de las once y
media? De ahí tiramos al bar.
Duarte ha insistido en unirse y no
he podido decirle
que no cuando me ha dicho que
conoce a Maxi Iglesias.

Depende de si Valdés me
necesita mañana a primera hora.
Ya sabes, el trabajo ante todo.

Si Lola supiera lo que he hecho hace tan solo unos minutos, me preguntaría: «¿Qué trabajo de todos? No lo tengo muy
claro». Porque puede que la conozca desde hace poco, pero es

la clase de persona que no tiene secretos para nadie y puedo anticipar sus pullitas.

—¿Silvia? —me llama Bosco, interrogante. Lleva unos segundos de más sosteniendo la puerta. En cuanto tiene mi atención, hace un gesto hacia el interior del restaurante.

A lo mejor no conozco de primera mano las corporativas estadounidenses, pero he estado en Nueva York y sé muy bien por qué los grandes magnates se reúnen con sus posibles inversores en restaurantes de lujo para cerrar acuerdos: porque el resto del tiempo lo tienen ocupado. Además, es la excusa perfecta para sentarse a comer sin dejar de trabajar en lugar de perder un tiempo muy valioso devorando un sándwich de pastrami en el coche.

Los españoles tenemos motivaciones diferentes. Por experiencia sé que solo nos reunimos si hay comida por delante, independientemente de si vamos a hablar de vender una editorial o ponernos al día en cuanto a nuestra vida amorosa.

A mí esto me molesta, porque en cuanto hemos hecho las respectivas presentaciones, tocado todos los temas banales habidos y por haber y ya nos han servido la comida, Bosco me lanza una mirada de «o te comes la verdura, o te rajo», y esto podría habérmelo ahorrado si hubiéramos citado a Fábregas en la sala de juntas, no en el restaurante El Tercer Deseo.

No sé qué trauma tiene este hombre. Se supone que la uva pasa de la Axarquía es patrimonio de no sé qué leches, no me acuerdo bien, pero la cosa es que con lo famoso que es el producto no creo que haya pasado hambre de niño como para ver los guisantes del plato como un insulto a los desnutridos.[17]

Si no nos esperara una larga negociación, se lo habría preguntado. Y se lo habría preguntado porque no estoy en absoluto abochornada ni me siento remotamente comprometida por haber practicado sexo oral en su apartamento. Soy una

17. Creo que Bosco habría desaprobado este comentario diciendo no sé qué de mi clasismo.

mujer adulta, madura y que no se avergüenza de sus (bajas) pasiones. A Bosco sí le cuesta un poco más asimilarlo, o eso parece, pero tiene sentido si me remito a su confesión: no es que quiera ser profesional, es que es como si fuera a perder su segunda virginidad.

Me siento honrada, incluso una heroína, por ser la que arrancará la tirita que lleva mal puesta en la herida de Aurora Ganivet. Ya, ya sé que estar orgullosa de eso es de un nivel de patetismo vergonzoso. Como él ha dicho, no es ningún juego. Y yo no me lo tomo como tal, que conste. De hecho, ha despertado una curiosidad que llevo un tiempo reprimiendo por todos los medios.

¿Qué deterioró la relación? Unos cuernos no se suelen poner porque sí.[18] ¿Es Aurora tan pérfida como parece? Si eso es así, ¿cómo es posible que la quisiera tanto? Porque si algo tengo claro, es que este hombre que tengo a mi derecha comentando con Fábregas asuntos relativos a la falta de solvencia estaba perdidamente enamorado de su mujer. ¿Y cuántos tíos casados durante diez años pueden decir eso en todo Madrid? ¿Dos? ¿Ninguno? Por favor, si la figura de marido entregado y padre ejemplar se inventó hace dos semanas. Excepto por mi padre, claro, pero porque mi padre es juez y sabe mejor que el ciudadano medio lo tedioso que es el proceso de divorcio. Nadie, a excepción de Borja Altamira, acierta a comprender hasta qué punto es mejor arrastrarse para que lo perdonen que buscar un abogado.

Fábregas interrumpe mis desvaríos para hacerme una pregunta sobre una tontería que olvido enseguida.

En el viaje de ida al restaurante, Bosco y yo hemos acordado dos cosas: la primera es que no mencionaremos el tema de la felación. Estoy de acuerdo, porque no creo que haya nada

18. Ja, ja, ja, qué graciosa eres, Silvia. (Se pueden poner porque eres un puto psicópata, claro).

que decir sobre el tema, a no ser que quiera hacerme una crítica constructiva sobre la técnica.

Que lo dudo, porque soy la puta ama.

La segunda es que hablará él en todo momento y yo solo intervendré cuando sea necesario. Fábregas no puede saber que la mano que se esconde detrás del director es femenina, está muy salida y necesita una manicura con urgencia.

Respondo su pregunta con una pequeña sonrisa y continúo centrada en mi comida.

Fábregas es uno de esos tipos tan altos que, si pudiera, se enrollaría las extremidades para no arrastrarlas por el asfalto. No sabe ni cómo manejar su propio cuerpo, pero lo compensa con su dádiva. Quiero decir... está claro que este tipo se quiere meter en la cama conmigo, pero es tan disimulado que, con la cantidad de palurdos que me he cruzado con ese mismo propósito y no se han molestado en cortejarme primero, me cae hasta simpático.

Era obvio que esta reunión sería una primera toma de contacto. Explicamos las intenciones que tenemos, él las sopesa o bien descarta directamente —no sería muy sabio si hiciera eso—, nos pregunta por nuestros números y el porqué del cambio de opinión, contamos una historia que no nos deje en muy mal lugar y, por supuesto, le doramos la píldora hasta que se le pongan las orejitas coloradas.

También estaba claro que Bosco se iba a desesperar.

Con disimulo, escribo debajo de la mesa un wasap.

> Relájate. Por ahora solo está
> interesado en conocerte. Si vais
> a cerrar un trato tan importante
> es normal que primero quiera
> saber de qué vas.

En lugar de levantar el móvil enseguida, Bosco se hace el remolón atendiendo a la batallita que Fábregas está contando.

Luego lo revisa en un momento en el que el propio Fábregas se levanta para atender una llamada rápida.

Estoy muy relajado. Cómete los
guisantes.

Pongo los ojos en blanco y le dirijo una mirada de «ya quisieras». Él coge el cuchillo y se pone a cortar su filete en silencio, pensativo. Después, y quiero creer que de forma involuntaria, se gira hacia mi plato y hace lo mismo.

Me quedo en *shock*.

¿Está cortándome el filete?

¿En mi plato?

—Bosco...

—¿Qué? —pregunta, concentrado.

—Estás... eh...

Gracias al cielo que no tengo que ponerle palabras. Él mismo se da cuenta del craso error y suelta los cubiertos de golpe, creando un estruendo que sobresalta a nuestros vecinos de al lado.

No sé si me hace gracia o me da ternura la expresión que se le queda.

—No me he dado cuenta —explica, rascándose la nuca—. Es la costumbre, perdona.

Abro la boca para hacer una pregunta al respecto, pero Fábregas aparece.

—Disculpen, tengo a mi hija adolescente con gripe y es una llorica —dice con una sonrisa tierna. ¡Oh, es papá de una nena! ¡Qué ricura! Solo por eso podría tener la delicadeza de dejar de mirarme las tetas—. Como iba diciendo, creo que sería interesante que acudiera a la convención que se celebrará en Barcelona el 6 y el 7 de mayo. Como ya sabe, la sede oficial de Más Letras está en la capital catalana y allí celebramos las conferencias anuales sobre el tema editorial. Entonces podríamos seguir concretando todo este asunto.

Me dan ganas de airear el puño en señal de victoria, pero me contengo y solo esbozo una sonrisita de muñeca Barbie que va que ni pintada con el papel que he desempeñado aquí. Si no fuera el verdadero genio detrás de la venta de la deuda, me sentiría cosificada. Lo único que he hecho ha sido alegrarle las vistas a este infiel.

Fábregas rechaza el postre y se levanta entre disculpas. Aprovecho la despedida entre Bosco y él para dirigirme al baño. Antes de entrar, recibo un mensaje y una mirada significativa de mi jefe desde la mesa.

Gracias. Y perdón por lo del filete.

Suelto una risilla.

No pasa nada. Las pijas como yo estamos acostumbradas a que nos lo corten y preparen todo.

Le guiño un ojo y empujo la puerta del servicio de señoras. Me paro delante del espejo, me aparto el pelo y saco el pintalabios del bolsillo. Me cuesta retocarme con la sonrisa que me cruza toda la cara.

Aunque Bosco me caiga algo mejor, delirio sin duda inducido porque me pone y de vez en cuando mis partes nobles manejan el cotarro, no soy tan estúpida ni suelo caer en las garras del romanticismo como para pensar que lo hago por él. Estoy rescatando esta editorial por mí. No porque pretenda ocupar un puesto de nivel o quedarme aquí de por vida, cosa que sin duda merecería después de obrar un milagro, sino por el simple placer de sentirme realizada. Si todo sale bien, puede que consiga un trabajo decente y remunerado, lo que se traduciría en salir de casa de mis padres y poder ponerme ácido hialurónico en los labios sin sentir que le racaneo la calderilla a mi madre por un capricho ridículo.

Dios, no puedo esperar a sacarme de encima la sensación de ser una sanguijuela que le chupa la sangre a su familia, pero ya estoy un paso más cerca. Casi había olvidado cómo se sentía la esperanza.

Cuando salgo del baño, un camarero está limpiando la mesa. Me acerca mi chaqueta y me anuncia que mis acompañantes están esperando en la acera. Acudo a su encuentro unos segundos después, momento en el que cortan la conversación que estaban manteniendo y se giran para mirarme. Bosco se centra en mis ojos con una seriedad inaudita, y Fábregas en los que cree que son mis ojos, que están dos palmos más abajo.

No puedo esperar a perder de vista a este depredador pasivo, volver a casa, prepararme para la fiesta e invitar a Lola a esa maldita copa que permitirá que pasemos de compañeras de trabajo a amigas.

Necesito una amiga. Necesito una amiga con urgencia.[19]

—Ya hemos visto que puedes manejarte solo, así que, si no te importa, la próxima vez te encargas de Fábregas tú solo... o te traes a Ángel —propongo en cuanto hemos despedido al fulano y entrado en el taxi que esperaba frente al restaurante.

Bosco ha tenido la amabilidad de dejar la moto en su cochera, a Dios damos gracias.

Él no me mira mientras ocupa el asiento a mi lado y se pone el cinturón. Diría que parece pensativo, pero hay algo más. Tiene la mandíbula apretada, y no suena tan preocupado o amistoso cuando me exige que adopte la medida de seguridad.

—Tienes que venir a esa convención en Barcelona —ordena.

Parpadeo en su dirección, buscando el modo más diplomático de rechazar su amable oferta. ¿De qué manera políti-

---

19. Nota mental: y un Satisfyer. Si no, no me ganaré el respeto de Lola.

camente correcta se puede decir que no pienso exponerme a cruzarme con mi ex, el mandamás de la empresa de la que salí, además de escaldada, cagando leches?

—No creo que te vaya a ser de ninguna ayuda allí, y en Madrid tengo mucho trabajo por delante.

—De las revisiones de correcciones y los correos puede encargarse Nil. —Lo dice con la vista clavada al frente—. Y yo creo que sí serías de mucha ayuda. A fin de cuentas, tienes más experiencia en el sector que yo.

Abro la boca para insistir en declinar la oferta, pero entonces Bosco ladea la cabeza hacia mí para darle otro significado a su comentario.

«Más experiencia en el sector».

—¿No quedamos en que no te habías creído mi historia sobre la editorial del prófugo de la ley, los narcos y demás? —bromeo, aunque empiezo a notar un sudor frío corriéndome por la espalda. Lanzo una mirada rápida al otro lado de la ventanilla, como si Fábregas siguiera allí y pudiera confirmarme que no me equivoco en mis sospechas.

No es posible que le haya contado lo que pasó, ¿verdad? No les ha podido dar tiempo. O sí. No se tarda ni tres segundos en decir: «Silvia era la zorra de Ernesto».

—No, pero me creí todo lo demás. Quizá debería habérmelo pensado antes de tener en cuenta tus consejos.

Pues sí, se lo ha contado.

Mi primer impulso es agarrar el asa que me abrirá la puerta del taxi, pero el conductor arranca en ese preciso momento. En vista de que no hay vía de escape disponible, apoyo las manos entrelazadas sobre el regazo y lo enfrento con calma, ignorando que el corazón me late frenético.

—Son unos buenos consejos, y hasta ahora no te ha ido mal con ellos, ¿no?

—A ti tampoco te ha estado yendo muy mal mintiéndome a la cara —comenta con desdén, aparentemente indiferente.

—No te he mentido a la cara. Solo te he ocultado cierta información sobre mi pasado que no tenías por qué saber.

—Ya lo creo que la tenía que saber, Silvia —brama, ahora sí, con el cuerpo girado en mi dirección—. Ni te habías dado la vuelta cuando Fábregas me ha preguntado qué coño hago trabajando contigo.

—¿Ese es el problema? ¿Te ha molestado que él supiera algo que tú no? —Suelto una ligera carcajada crispada—. Clásico ejemplo de ego de macho herido. Ni siquiera es tan importante, ni...

—Es tan insignificante que por eso te lo has callado durante casi un mes, ¿no? Sabías que si lo descubría, no te contrataría, y por eso te aprovechaste de que andaba perdido para ocultarlo. ¿Pensabas que no iba a llegar a mis oídos tarde o temprano?

Me agarro al borde de la falda con los nudillos blancos.

—No sé qué te habrá dicho, pero estoy casi segura de que no es toda la ver...

—Me ha dicho lo suficiente para que encajen las piezas. ¿Pretendes hacer conmigo lo mismo que hiciste con Fernández de Córdoba? ¿Follarme y luego ir a Recursos Humanos con el cuento de que he abusado de ti para sacarme el dinero? No me sorprendería después de los comentarios que hiciste a la ligera cuando tropecé contigo a oscuras.

Mis ojos vidriosos vuelan al retrovisor, donde me encuentro con la mirada del taxista. Este, en lugar de apartar la cara enseguida, me transmite fuerza con su compasión. Es de ahí de donde saco el coraje para respirar hondo.

—Ernesto es un hijo de puta y un mentiroso.

—Y tú estás tan acostumbrada a acusar a los hombres de abusones para sacar rédito como, por lo visto, a bajarte las bragas para tener al jefe comiendo de tu mano.

Me giro hacia él de golpe.

—¿Cómo te atreves?

—¿Cómo te atreves tú a mentirle a alguien que te da trabajo y te ha confiado todos sus problemas? —me espeta a un palmo de la cara—. ¿Y acaso he dicho alguna mentira? Parecías ansiosa por liarte conmigo hace un rato. Hace unos días, en realidad. Con tus antecedentes solo puedo preguntarme con qué propósito, porque ya sabes que dinero no puedes sacarme.

Eso me sienta como una bofetada.

—Pare el taxi, por favor —le ruego al conductor. Él hace una mueca de dolor.

—Aquí no me puedo parar, señorita.

—Que lo pare.

—¡Ni se le ocurra! —le increpa Bosco, furioso—. Tú no te vas a ninguna parte sin darme explicaciones.

—¿Qué explicación quieres que te dé, si ya has sacado tus propias conclusiones? —Fulmino al conductor con la mirada—. Pare el coche o le juro que me tiro en marcha ahora mismo.

El taxista se sale del carril y da un frenazo que por poco me clava la frente en el asiento de delante. Me quito el cinturón, empujo la puerta y salgo intentando mantener la pose más o menos digna, pero las lágrimas contenidas empiezan a bloquearme la nariz y la garganta. Para cuando voy a cerrar de un portazo, impidiendo que Bosco me siga, estoy temblando de la cabeza a los pies.

Un zumbido insistente y desagradable me perfora los oídos.

—¡Silvia! —me llama Bosco desde el interior.

Consigue salir y rodear el taxi sin que le atropelle el tráfico de hora punta.

Sin mirar atrás, echo a andar tan rápido como me lo permiten las piernas, pero no es suficiente para perderlo de vista. Él me alcanza y me coge de la mano, una mano que sacudo con una agresividad impropia de mí.

—¿Es verdad o no es verdad? —exige saber, indiferente a mi agitación—. Lo he revisado en internet y he visto la noticia de hace unos años. Ernesto Fernández de Córdoba demandó a una empleada por difamarlo y esta se borró del mapa.

—Y pienso borrarme otra vez —le gruño—. Vete a la mierda, ¿me has oído? Y no vuelvas a tocarme.

—¿Qué significa eso? ¿Que ya no te sirvo porque he destapado el pastel? Pero ¿qué pretendías, hacerme chantaje después de un rollo ocasional?

Agarro el bolso con fuerza y, con la mano libre, le suelto una bofetada que solo lo cabrea más. ¡Bienvenido a mi fiesta! A rabiosa, hoy no me gana ni Dios.

—¿Por qué no te dejas de insinuaciones poco sutiles y me llamas puta de una vez? Lo estás deseando. Los capullos como tú no tienen otra carta que sacar en estas situaciones, en las que recurren al argumento más manido antes de sentarse a hablar como personas normales.

—Silvia...

No me fijo en si mi réplica le ha dado un escarmiento o solo lo ha enfurecido más. Vuelvo a sacarme su mano de encima y retrocedo unos pasos.

—No me vuelvas a tocar, Valdés —le advierto, señalándolo—, porque por eso sí que te puedo demandar, y yo no soy la única en esta historia cuyo futuro profesional pende de un hilo.

Capítulo 13

Alessia, Alessia, dime quién es el más imbécil del reino

De acuerdo, está claro que estas pastillas antidepresivas no ayudan a mantener a raya mis brotes psicóticos. Y también está claro que tengo que dejar de echarles la culpa cada vez que me porto como un tarado de remate. Pero a esa conclusión he llegado siete horas después de haberme despedido de Silvia en el siguiente estado a la sulfuración —que supongo que será la evaporación—, y solo porque me he puesto a ver una película de Antena 3 en la que salía un tío muy capullo y me he sentido identificado. Hasta ese momento he estado rumiando la mala leche, demasiado ofendido para actuar.

He confirmado que mi comportamiento ha sido lamentable gracias a Ángel, que ha pasado por casa a última hora para dejarme unos documentos.

Ángel puede considerarse mi mejor activo y único colega en la gran urbe. Siempre me ha llevado los temas legales y económicos con estricta discreción. Lo conozco desde que era un crío por amistades en común y, como amigo, confío en que puedo decirle sin tapujos que mi editora me quema en la sangre de todas las maneras en que puede quemar una persona.

—Estás muy irascible —fue todo lo que me dijo—, y no deberías pagarlo con quienes te rodean.

—Tú sacabas dieces en Lógica, Sentido Común y Menuda Puta Evidencia, ¿verdad?

—Llámala para disculparte, Bosco, porque no creo que se presente mañana en la oficina.

—¿Que la llame? ¡Que me llame ella! ¡Me ha ocultado información básica!

—¿Y te sorprende? Se puso a hablar de lesbianas cojas cuando le preguntaste por su experiencia laboral. Si no querías ver que ahí había gato encerrado, es tu problema.

Y se rio, el muy miserable.

—Como sea —gruñí—. El caso es que esta mujer puede ser una impostora. No me parece de recibo que se me tenga que presentar un director editorial al que no conozco para enterarme de que era la amante y buscafamas que protagonizó el último escándalo mediático.

—No fue mediático. Supo proteger su intimidad muy bien, porque yo no la reconocí. Y si no la ha reconocido Lola...

Me quedé mirando la televisión con la vista desenfocada.

—Estoy harto de que me mientan, de estar rodeado de chupasangres y buscapleitos decididos a hacer leña del árbol caído. ¿Qué demonios quiere esa Barbie Malibú?

—Mira, no creo que Silvia sea como Aurora —me apaciguó—. No se está llevando nada por ayudarte salvo reproches y voces y, aun así, lo hace.

—¡Exacto! —Lo señalé con la mano, como si acabara de completar el rosco de *Pasapalabra*—. ¿No te parece sospechoso?

—No es sospechoso, Bosco. Si no tienes dinero que ofrecerle, ¿qué beneficio iba a obtener, incluso aunque metiera las manos en la caja a tus espaldas? Tampoco tienes contactos ni ninguna clase de encanto personal. Para colmo, es inmune a tu mal humor, porque, si fuera un poco más sensible, te habría mandado al infierno en la primera hora de prueba.

Gemí en señal de asentimiento resignado. El único incentivo que Silvia podría tener para trabajar para mí es el entretenimiento que proveo como el mono de circo en el que me he convertido. También la oportunidad de desoxidarse después de tanto tiempo sin trabajar, y quizá la atrajera asimismo el simple hecho de reincorporarse al mercado laboral.

En cualquier caso, he de salir de dudas.

Ángel se largó y yo me quedé tirado en el sofá con los tobillos cruzados sobre la mesa. Sigo en la misma postura, tratando de no pensar en los días no tan lejanos —aunque lo parezcan— en los que mi casa estaba llena de coronas de princesa, discusiones sobre geopolítica europea y los mismos temas repetidos de Los 40 Principales, que para mí eran Los 40 Insoportables.

Por lo menos ahora puedo escuchar música decente sin que me pongan caras.

Debí haber supuesto que mi vida se convertiría en algo lamentable cuando mis amigos divorciados, los que mienten en Tinder sobre su edad para acostarse con chavalitas de instituto, me aseguraron que viviendo solo de nuevo disfrutaría de mi segunda juventud.

Desde luego que lo haces si andas metiendo el aparato en mujeres que podrían ser tu hija, puto asqueroso, pero entre la gente normal como yo, eso no figura en la lista de prioridades.

Saco el móvil del pantalón del pijama y busco el número de Silvia. Tonteo con el contacto un buen rato, meditando cómo me dejará, del uno al diez en la escala de arrastrado, el hecho de llamarla para pedirle perdón porque *ella* me mintiera *a mí*. Acabo metiéndome en WhatsApp y echando una ojeada rápida a su foto de perfil, en la que aparece abrazada en biquini a una rubia muy parecida a ella.[20]

---

20. Sigo enfadado, así que no voy a decir lo que me sugiere ni su biquini ni su cuerpecito.

Analizo todo lo que le he dicho a Silvia esta tarde desde la mente de Alessia, algo así como mi Pepito Grillo. Me la imagino parada delante de mí, frunciéndome el ceño con el dedo de los regaños apuntando al cielo y diciendo: «En dos palabras, *slut-shaming*». Yo le respondería que cuenta como una porque tiene un guion, pero no me escucharía y se enzarzaría en su soliloquio sobre La Verdad Del Género, La Cisheteronorma, El Patriarcado Opresor y todos esos temas que me horrorizan cuando salen de la boca de una quinceañera.

Por el amor de Dios, ¿dónde ha leído toda esa terminología? Ya sabía yo que no era buena idea regalarle un móvil con conexión a internet y megas infinitos. Ni un portátil, porque ahora se pasa el día encerrada en su cuarto aporreando el teclado como un escritor de ático de la bohemia. Miedo me da preguntarle qué demonios anda tecleando. Por la cuenta que le trae, espero que no sean tuits incendiarios o chistecitos canallescos sobre la muerte de Carrero Blanco, porque lo que me faltaba es que la niña acabara en la trena antes de terminar el instituto.

¿Por qué no podía esperar a los dieciséis para hacerse feminista revolucionaria? Ahora no quiere que la sorprenda con muñecas en fechas señaladas porque PERPETÚAN LOS ESTÁNDARES DE BELLEZA IMPOSIBLES, ni cocinitas, porque NO ES JUSTO SIMPLIFICAR EL ROL DE LAS MUJERES A LAS TAREAS DOMÉSTICAS ni ningún juguete rosa, porque ES UNA ESTUPIDEZ ASOCIAR UN COLOR A UN SEXO. Y eso, quieras que no, reduce las opciones cuando voy a hacerle un regalo. Ahora que se acerca su cumpleaños estoy indeciso entre encargar un ejemplar de *El manifiesto comunista* o conseguir una pelota antiestrés beige, que es un color neutro y demostraría que me preocupa que el capitalismo esté disparando el índice de pacientes con trastorno ansioso-depresivo. Ya ni siquiera sirven los calcetines navideños con renos estampados, porque, para ella, los renos son explotados por el *vil, infame y especista* de Papá Noel, que, para colmo, vestía de verde antes de que la empresa Coca-Cola comprara la figura de folclore para hacer más dinero.

Alessia no apoya ninguna causa que no sea *ecofriendly*, animalista, igualitaria, anticapitalista y todo lo que acabe en «ista», porque ella es la más lista y Papá Noel, por muy majo y generoso que parezca repartiendo regalos en fechas señaladas es, en realidad, un *consumista*.[21]

En fin. Estábamos en el *slut-shaming*.

La mitad de sus conceptos antigénero, antimachismo y *antitodoloqueestámal* son demasiado complejos para que mi cabeza de buque acierte a comprenderlos, no se diga ya actuar en consecuencia, pero, hasta ese en concreto, llegué. Alessia me mataría si supiera que he tenido el descaro de ningunear a una empleada por disfrutar de su libertad sexual, sobre todo después de haberme incluido a mí en una de sus fabulosas prácticas. Y puede que me aterre salir a comprarle algo, pero más miedo me da decepcionarla comportándome como un... ¿cómo era? *Machirulo*.

Así pues, acabo tecleando lo primero que se me ocurre y pulsando enviar.

Tenemos que hablar.

Espero. Y espero. Y espero.

Estoy borracha.

Enarco una ceja.

¿Y eso es mejor que estar enfadada? Asumiré que sí.

---

21. Lo que yo decía. Acaba en «ista» también. Además, le gustan las revISTAS feminISTAS, como no podía ser de otro modo.

Estamos en esta situación
porque has asumido muchas
cosas y la gran mayoría
erróneas, así que yo no iría por
ahí.

Lo sé. Ahora estoy dispuesto a
escuchar. Lo prometo.

Escribe. Escribe. Y luego borra y permanece en línea. Acaba mandándome un audio de tres segundos que dice claramente: «Pues escucha esto: jódete, mamón».

Me dan ganas de responderle algo a la altura, pero la Alessia que vive sin pagar alquiler en mi cabecita —y que, por extraño que parezca, es mi único lado cuerdo— me está diciendo que no sea ogro de las cavernas y me haga responsable de mis actos.

Creo que la canción decía
«sufre, mamón»,
no «jódete».

Cualquiera de las dos opciones
me vale.
Y lo cierto es que te va al pelo.
Eres un Hombre G.
Adivina de qué es la G.

¿De «guapo»?

Muy gracioso.

Ah, vale, es de gracioso,
entonces.

Me dejas más tranquilo.
También soy goloso,
algo gamberro, toco la guitarra,
y... me paso de impulsivo.

«Impulsivo» no tiene g.

Sí que la tiene. Es muda.

Aprovecho que parece que se ha tranquilizado para volver a escribir.

Necesito que me des una
explicación, Silvia. Te has metido
en mi empresa y en mi vida
omitiendo información no ya
relevante, sino crucial.
Ven mañana a la oficina y
hablaremos de ello.

No.

Bufo. Qué jodida es.

Silvia, por favor.

Ni Silvia ni Silvio.
¿Qué te crees?
¿Que puedes llamarme puta y
sacar a colación detalles que no
tienen nada que ver contigo para
humillarme y luego enviarme
mensajitos simpáticos porque
AHORA sí te apetece escucharme?

Escúchate un podcast de algún programa de gestión emocional, porque a ti no es que te falte un tornillo, es que habría que desmontarte y construirte de nuevo para que tuviera algún sentido lo que sale de tu boca.

Me están dando ganas de mandarla al agujero de mierda más profundo de la tierra. Pero sigo necesitando el respeto de Alessia como necesito respirar.

No estuve muy fino, lo reconozco.
Ya te he pedido disculpas.

No, no me las has pedido.

Sí.

No. ¿Quieres que te mande un pantallazo y lo ves por ti mismo? Incluso si te hubieras disculpado, me da igual. Tienes que decírmelo a la cara.

Inspiro hondo.
Si no fuera porque Alessia me ha explicado que el hembrismo no existe, pensaría que esta mujer representa la supremacía femenina y el abuso sistemático hacia los hombres.

Eres consciente de que tú tampoco has manejado la situación con honores, ¿verdad?

Me has mentido.
Me has puesto en una posición
complicada y vulnerable y
encima tienes la poca vergüenza
de regodearte.
No eres más que una cría
irresponsable e incapaz
de hacerse cargo de sus
actos.

Que te den. Hace horas que no
trabajo para ti. Borra mi número.

Te largues o no, sigues
debiéndome una explicación.

También te debo unas cuantas
bofetadas de todas las veces
que te has propasado, pero he
decidido olvidarme de ellas para
beneficiarme de perderte de
vista lo antes posible.
Hasta *nunqui*.

Ni se te ocurra desconectarte.

Ha desconectado el móvil. No le llegan los mensajes.
Estupendo, Silvia…, pero esto no va a quedar así.

Ángel, dime que sabes a qué
sitio han ido los de la oficina a
celebrar lo que sea que estén
celebrando.

Por un momento temo que esté dormido, porque este Ángel es el paradigma del ciudadano ejemplar: se acuesta a horas decentes, duerme sus ocho horas de corrido, se hidrata todo lo que puede y tiene tres papeleras de reciclaje diferentes. Pero está despierto y sabe la respuesta al *quiz*.

Que Dios lo bendiga.

Llevo sin pisar una discoteca, un club de alterne o un pub con reguetón[22] alrededor de cuatro o cinco años. Mis amigos divorciados han intentado arrastrarme a fiestas temáticas y bares con superpoblación de jovencitas para animarme y acabar con esta sequía voluntaria, pero me he negado en redondo.

Heme aquí ahora, metiéndome en la boca del lobo por una mujer que me saca las canas verdes. Estoy seguro de que ha elegido el club más petado de Madrid con el único objetivo de molestarme. «Las mujeres no hacen o deshacen para irritarte. No eres el centro del mundo», me dice Alessia cada vez que puede. Sobre todo cuando le reprocho que salga la tarde del viernes con las medias rotas que le he pedido que no vuelva a ponerse.

—¿A quién buscas, guapo? —me pregunta el barman en cuanto me siento junto a la barra. Apoya los codos y me mira a través de unas pestañas postizas que parecen los abanicos de encaje de una bailarina de cabaret.

—A una rubia alta... —Sigo buscando alrededor. Entre tanto cuerpo es imposible localizar a nadie—. No es como si esto ayudase con la poca luz que hay, pero tiene los ojos azules.

—Ah, esa... Sí, va a salir a hacer su show de baile en unos quince minutos. ¿Quieres que te ponga algo para amenizar la espera? ¿Cuál es tu veneno?

Niego con la cabeza hasta que proceso el comentario.

22. Da igual cómo quieras referirte a este círculo del infierno, son sinónimos.

—¿Cómo que salir a bailar en quince minutos? ¿Es una *showwoman*, o algo así?

—Todas las *drag queens* son un show de mujeres, cariño.

—¿*Drag...*?

—¿No es esa rubia la que dices?

Se apoya en la barra para señalar sin disimulo un punto en la esquina de la discoteca. Con las luces parpadeantes me cuesta reconocer a un hombre vestido de lentejuelas y con los labios pintados.

—La verdad es que no. Lo que yo estoy buscando es...

«Una mujer real». Eso iba a decir. Pero me callo en el último momento por si de alguna manera estoy insultando al muchacho en su propio territorio. No soy de los que van a la casa de los demás a hacerlos sentir intrusos con comentarios malintencionados.

—¿Una rubia de verdad, dices? ¿Una mujer? —me pregunta el barman.

Suspiro, resignado. Está claro que las reglas de Alessia no aplican en todos los casos.

—Pensaba que si lo decía iba a ofenderte.

El tipo se ríe.

—Cielo, una cosa es un hombre al que le gusta travestirse y otra muy distinta es una mujer transexual. Pero, mira, qué alegría tropezarse con un macho al que le importan las sensibilidades de los maricones. —Me da una palmadita en el hombro—. Te voy a regalar una copita, anda, que no suelen venir hombres como tú por aquí.

—No hace falta, pero gracias.

Él se encoge de hombros y, al inclinarse para limpiar la barra, enfoca la vista en un punto sobre mí.

—¿No será esa rubia?

La misma en persona, bailando como poseída en medio de la pista. Pensaba encontrarme con Lola junto a ella o con cualquier otro empleado de la oficina, pero está sola..., si es que «sola» es rodeada de un quinteto de tíos.

—Esa esa —asiento, aprensivo—. Gracias de nuevo.

—A ti, guapo.

Salto del taburete y me dirijo a la pista sin apartar la vista de ella.

Al principio me incomoda la situación. Me imagino desde fuera insistiendo en razonar con alguien que me ha defraudado y hasta se regodea y me quema por dentro la misma furia que durante el proceso de separación. No es algo que uno quiera experimentar de nuevo. Tengo que agradecerle a mi condición de hombre que esté ahí para reproducir pensamientos más agradables, todos ellos relacionados con su vestido blanco. Tiene unas piernas y una manera de moverse que podrían parar el tráfico. A mí, por lo menos, me ha frenado en seco, y soy de los que se salta todos los semáforos cuando tiene prisa. Y me corre mucha prisa hablar con ella, eso sin duda, pero me da igual que la expresión de Silvia esté en rojo —«ni se te ocurra pasar o te multo por desobediencia»—, porque acelero igual.

Si nos estrellamos, pues nos hemos estrellado.

—Lo de que me ibas a meter barril en la cama no era un cirio —me suelta en cuanto llego a su altura, para lo que he tenido que sortear a la Tribu de la Purpurina.

Me parece que lo que en realidad ha dicho es «lo de que me lo ibas a tener que decir a la cara no iba en serio», pero es difícil discernir una oración con sentido cuando es incapaz de vocalizar.

—¿Tampoco iba en serio lo de que no vas a venir mañana a la oficina?

—¿Qué dices de que tienes maña con la orina?

Sacudo la cabeza.

—¡Te decía que tenemos que hablar! ¡Aquí no hay manera de hacerse oír!

—¡Sí, hombre, dormir ahora!

—¡Vamos a la calle!

—¿Cómo que «que me calle»? ¡Cállate tú!

Bueno, esa por lo menos la ha pillado a la mitad.

—Acompáñame fuera —digo, gesticulando hacia la salida. Me estoy empezando a arrepentir de haber venido—. Quiero tener una conversación contigo sobre lo de esta mañana.

Silvia se queda de una pieza.

—¿Por qué quieres hablar conmigo sobre tu almorrana?

—¡Sobre lo de esta mañana!

—¿Quién es Mariana?

—Mira, no quería tener que hacerlo por la fuerza, pero tengo unos horarios de sueño que respetar si no quiero amanecer de peor humor y no puedo desperdiciarlos con adivinanzas.

La cojo de la mano y tiro de ella para guiarla a la puerta. El corro en el que está incluida se da cuenta de la situación. Enseguida, uno de los tipos, que lleva una corona de plástico en la cabeza, me agarra del brazo para detenerme.

—¡Oye! ¿A dónde crees que vas?

—¿A donde me sale del nabo? —le espeto, sonriéndole con desdén.

—¡Vaya maleducado! —exclama otro con purpurina en los párpados. Me mira escandalizado, con la mano en el pecho.

—¿Tienes un ducado? —me pregunta Silvia, confusa—. Sí que te pareces un poco al Bridgerton de la segunda temporada, la verdad, pero ese era conde...

No parece importarle que la sujete de la mano.

—Oye, de eso nada —se entromete otro de sus nuevos amigos—. Fulvia nos ha prometido un *playback* en cinco minutos para sustituir a una *drag queen* que se nos ha lesionado.

—¿Fulvia? —repito, incrédulo—. Esta mujer de aquí se llama Silvia, y nada de lo que haya jurado en nombre de una tal Fulvia se podría usar en su contra en un juzgado.

—¡El que tengo aquí colgado! —se ríe Silvia. Todos la miramos sin entender hasta que ella arruga el ceño—. ¿No ha dicho algo de un abogado?

—No, nena, pero, por lo visto, este tiarrón que tenemos aquí delante maneja temas legales. —Me mira de arriba abajo—. Por casualidad no te apetecerá hacer de Rocky en la actuación de *The Rocky Horror Picture Show*...

—Me apetece tanto como graparme los huevos. Con permiso...

—¡No! —exclama Silvia, deshaciéndose de mi agarre—. He prometido que iba a versionar a Janet.

Suspiro con impaciencia.

—¿Y cuánto vas a tardar en hacerlo?

—Lo mismo que tú vas a tardar en hacer de Rocky.

Levanto las cejas, aturdido por la mirada desenfocada que me dirige. Puede ir borracha como una cuba —supongo que para este tipo de cosas servían los problemas de física y matemáticas: para calcular cuántos cubatas puede beberse una mujer en media hora de trayecto para anular por completo sus facultades mentales—, pero tiene muy presente el drama de esta mañana, porque dice, entre balbuceos incomprensibles:

—Si quieres que hable contigo, tienes que subir conmigo al escenario. No te voy a escuchar si no es ahí arriba.

Yo creo que no me va a poder escuchar en ninguna parte con el pedo que lleva encima, pero hoy he decidido mostrarme agradable y evitar soplarle alguna grosería.

—Tú me avergonzaste. —Me señala con un dedo acusador y al levantar la voz se le pone acento canario—. Ahora me toca a MÍ avergonzarte a TI.

—Lo que también podemos hacer es hablar como personas adultas y maduras en un banco del parque.

—Hummm... —Parece pensárselo—. Paso.

—Lo siento, pero no voy a ridiculizarme en una fiesta temática para la asociación oficial de adoradores del tanga.

—Un hombre de verdad le hace los coros a su novia —me recrimina uno de los asistentes de la discusión, levantando las cejas una y otra vez. No sé si me está reprochando, haciendo una insinuación sexual o solo ha consumido tanta cocaína que se le mueven solas la mandíbula y la frente.

—No es mi novia —aclaro.

—Un hombre de verdad no reniega de su novia —me suelta otro.

—¡No es mi novia!

—Un hombre de verdad no finge estar soltero delante de otros posibles líos. Eso es asqueroso.

—He dicho que no es...

«¿Dónde están los posibles líos?», me dan ganas de preguntar. Me giro hacia Silvia, que está descojonándose a mi costa con la barriga agarrada.

—¿Esta es tu venganza? ¿Mandar a un grupo de homosexuales a acosarme?

—Eso depende. ¿Está funcionando? —se burla. Gira sobre los tacones manteniendo precariamente el equilibrio y les dice—: Oye, está bien la bromita, pero no es mi novio. Es mi jefe.

Su amigo de la peluca rosa airea la mano.

—¿Y cuál es la diferencia?

—Que con tu jefe tienes sexo. Con tu novio ya no —dice el de las uñas postizas. Todos se echan a reír—. Me da igual, guapo. Ya que estás aquí, vas a subir a ese escenario y vas a hacer el papel de Rocky. Necesitamos un hombre.

Sin comerlo ni beberlo, me veo subido a un escenario iluminado con neones, humo y telarañas, todo para merecerme una explicación que no sé en qué momento voy a recibir, y que me gané el mismo día que le ofrecí un contrato laboral. Es pronto para celebrar Halloween, pero supongo que a los organizadores de eventos de los bares de ambiente no les queda otro remedio que tirar de la clásica cultura de la comunidad para divertirse, y es que no puedo pensar en un musical que vuelva más loca a la comunidad LGBT que *The Rocky Horror Picture Show*. Tampoco puedo pensar en nada más vergonzoso que seguir las indicaciones de un tío con suspensores de látex que me empuja hacia una silla emplazada en medio del escenario y me advierte:

—Lo mismo te quitan la camisa.

—Vaya, «lo mismo me quitan la camisa», ¿eh? ¿Aquí preguntar por el consentimiento no es constitucional?, ¿o, por lo menos, una obligación moral? —Pruebo una vez más—: ¿Un bello gesto de cortesía?

El tío no me responde. Baja las escaleras del escenario meneando las caderas como la Naomi Campbell de los noventa al tiempo que las sube una borrachísima Silvia con un micrófono con forma fálica en la mano.[23]

Cierro los ojos y suspiro, lamentándome por la de mierda que tiene uno que tragar por trabajo.

Doy un respingo en cuanto los altavoces empiezan a reproducir la mítica canción de Janet. Vi la película de Susan Sarandon siendo adolescente en la noche de Halloween porque la chica con la que quería acostarme estaba obsesionada con los musicales —no hubo manera. Enganchó una peliculita con otra y el único preliminar que me gocé fue cuando Danny Zuko casi le tocó la teta a Sandy en el autocine—, y luego vi la adaptación teatral de Broadway en un viaje a Nueva York con Aurora. Así pues, sé muy bien que me van a quitar la camisa, igual que sé muy bien que se me va a poner dura si de la faena se encarga mi editora, pero eso no evita el asombro mortificado de ver a Silvia quitándose el chal con movimientos sensuales (y torpes) y tirándolo al suelo después de airearlo como haría una bailaora con su mantón.

Creo que piensa que desde fuera se la ve muy torera, hecha una flamenca andaluza, pero lo que pasa es que se le había

23. Perdón, eso no ha sido muy descriptivo. Todos los micrófonos tienen forma fálica. Aclaro que este es literalmente un trabuco, con su prepucio marcado y sus dos huevos colgando de la base.

enganchado un fleco en una de las pulseras de plata y no había modo de sacárselo.

La música inunda el salón y los aullidos del público envalentonan a una Silvia que no necesita que le den más coba. Se pone a hacer venias victorianas con los tobillos flojos[24] y manda besos a sus nuevos amigos, de los que mañana no recordará nada. Se quita la goma del pelo que mantenía su coleta alta en el sitio, sacude la cabeza como en un videoclip de Paulina Rubio y se gira para mirarme con un ojo guiñado.

Un rizo se le pega al pintalabios y sopla para separarlo.

«De acuerdo», pienso, reposando las manos sobre los muslos. «Eso ha sido bastante sexy».

Me apunta con el dedo y empieza su *playback* acercándose muy despacio a mi silla. La rodea con pasitos lentos (y torpes, insisto), acariciando los hombros de mi americana.

I was feeling done in, couldn't win.
I'd only ever kissed before (you mean she?) (uh-huh).
I thought there's no use getting into heavy petting,
It only leads to trouble and seat-wetting.[25]

Se agacha frente a su entusiasta público acariciándose las rodillas, ofreciendo una vista para nada desagradable de su culo embutido en el ceñido vestido blanco. Se sacude el pelo y exagera las muecas tal y como lo hace la virginal Janet, solo que Silvia no es virginal, y lo demuestra volviendo a por mí con una sonrisa provocativa.

24. Yo no me pondría a hacer *demi pliés* sobre esos zancos si no quisiera unirme al Club de los Veintisiete. O los años que tenga, que no lo sé porque bien me ha podido mentir.

25. Estaba rendida, no podía ganar. / Antes solo había besado (¿eso significa que ella...?) / Pensé que era inútil dedicarse a las caricias intensas, / solo daría problemas y humedecería el asiento.

Now all I want to know is how to go,
I've tasted blood and I want more (more, more, more).[26]

Tira al suelo el falo de plástico, que no le hace falta para bordar el *playback*, y se sienta sobre mi regazo con la mala suerte de que se le rasgan las medias.

Me las quedo mirando un segundo con cara triste. Podría haberlas roto yo.

Las costuras de la falda también parecen querer ceder. Esas ya no las rompería, sin embargo. Arruinarle el vestido de Carolina Herrera a una pija creo que contaría como maltrato psicológico.

—*I'll put up no resistance...* —Sigue moviendo los labios, tocándome el pecho con manos golosas. Carraspeo e intento mantenerme serio, pero se le ha corrido el pintalabios por media mejilla y me está rozando la bragueta con la rodilla. O me río, o lloro, o me corro—. *I want to stay the distance. I've got an itch to scratch... I need assistance!*[27]

Se me escapa un improperio cuando aprovecha el puente al estribillo para tirarme de los extremos de la camisa. No le cuesta nada abrirla: los botones saltan de inmediato y quedo expuesto ante decenas de criaturas sedientas de mí.

—Pienso poner esto en tu expediente, Altamira —le advierto.

—¿A qué te refieres con «esto»? ¿A... *esto*? —Me planta la mano en el paquete, que ni confirmaré ni desmentiré que esté algo más hinchado, y enarca una ceja—. Puedes ponerlo donde tú quieras, *Bruto* Valdés. Preferiblemente en mi boca.

Se estira sobre mí y se baja el tirante del vestido. Le da la

---

26. Ahora lo único que quiero saber es cómo irme, / he probado la sangre y quiero más (más, más, más).
27. No opondré resistencia... Quiero mantener la distancia. Tengo un picor que rascar... ¡Necesito asistencia!

espalda al público, pero este sabe lo que está haciendo incluso si no es visible de frente, porque aúllan como locos. También sabrán qué es lo que ha dicho si pueden verme las puntas de las orejas, tan ruborizadas como el cuello debido a la provocación.

Intento recolocarle los tirantes, pero ella me aparta las manos.

—*Touch-a touch-a touch-a touch me... I wanna be dirty!* —canturrea, meneándose sobre mí como si estuviera poseída. «Esto», bonito eufemismo del badajo, se me pone como el cemento armado al fijarme en el hilillo de sudor que se desliza entre sus pechos, los cuales me acerca a la cara en tanto recorre el vello de mi torso con las uñas—. *Thrill me, chill me, fulfil me... creature of the night!*[28]

Dios, está cachonda. Lo descubro cuando deja de revolcarse y me mira a los ojos, y solo así, observándome, es capaz de fulminarme como cuando levantas la cabeza hacia el sol de mediodía. En algún momento entre el espectáculo y el cachondeo se ha dado cuenta de que esta clase de pamplinadas solo pueden tener lugar en el regazo de un eunuco, un tipo que batee en el otro equipo o alguien que, en definitiva, no te haga chorrear. Apuesto a que ella está chorreando, y como no puedo meterle la mano en las bragas sin una buena excusa, me conformo con rodearla por la cintura y agarrarla del cachete del culo.

Ella gime como una gatita y se revuelve echando la cabeza hacia atrás.

—Joder, Silvia, estate quieta.

—Ya sé que te gustan mis tetas.

—No he dicho... Qué más da, tampoco es mentira.

La música sigue sonando, pero ella ya no hace *playback*. Se apoya en mis hombros y baila tanto como lo permite la canción

---

28. ¡Toca, toca, toca, tócame... quiero ser sucia! ¡Hazme estremecer, hazme temblar, lléname... criatura de la noche!

con golpes de cabeza y giros de cadera que van a evaporarme la sangre.

—Déjalo ya —le ordeno... ¿o le ruego?—. No tenemos por qué divertir a toda esta gente, y creo que ya te has vengado bastante.

—¿Parar? —lo repite, confundida—. ¿Por qué quieres que pare?

—Porque no estoy lo bastante borracho como para ignorar que mi umbral de la vergüenza ajena es bastante limitado.

—Venga ya, pero si te mueres por hacer esto. No me digas que no te pongo —me provoca con tono sugerente, apoyando la frente contra la mía. Va tan ciega que no puede ni enfocar la mirada—. Te lo noto. Te lo noté ya cuando me hiciste la entrevista, los primeros días en la oficina.

—La Silvia sobria no habría dicho eso.

Silvia mira a un lado y a otro, como si buscara a alguien.

—¿Cómo iba a decirlo, si no está aquí? ¿O tú la ves por alguna parte?

Y se ríe sola.

—Esté o no aquí, creo que debo defender su integridad.

—Todo lo contrario. Esa Silvia sabe cuidarse sola. —Hace un puchero adorable—. Es esta la que necesita tus cuidados.

And that's just one small fraction of the main attraction.
You need a friendly hand and I need action.[29]

Abro la boca para tratar de hacerla entrar en razón, pero Silvia me rodea la nuca con la mano y, con el roce de sus uñas, manda un estremecimiento placentero a los dedos de mis pies. Tira de mi pelo hacia atrás y encaja su boca entreabierta en la mía. Reparte pequeños besos por las comisuras de mis labios,

29. Y esa es solo una pequeña fracción de la principal atracción. / Necesitas una mano amiga y yo necesito acción.

por mis labios en sí, hasta que suelta un adorable quejido disconforme y se separa para fulminarme de un vistazo.

—¿Por qué no me devuelves los besos?

—Porque no quiero que me pese la conciencia.

—A ti siempre te pesa algo, sobre todo los huevos. Eso eres, un huevón cobarde.

No la callo mordiéndole el labio inferior porque me molesten sus insultos, sino porque no puedo aguantarlo más. No soy un huevón cobarde: soy un caballero que toma antidepresivos. Bueno, soy un cabrón aprovechado que toma antidepresivos, mejor dicho, porque solo necesitaba que se metiera conmigo para meterme yo con ella en un sentido más prosaico. Para meterme en su boca con todo, para meterme en su falda, para meterme entre los mechones de su pelo y sus muslos separados ya al fresco por culpa de las medias desgarradas.

Ella hunde las yemas de los dedos en mi cabeza y se roza con mi erección adrede, siguiendo el mismo ritmo sinuoso y pronto descontrolado del beso.

Me separo en cuanto ella gimotea y me levanto antes de bajarme la bragueta delante de la sedienta muchedumbre. Ignoro las quejas del público y cojo a Silvia de la mano para bajarla del escenario, imaginándome —no sin cierto morbo— que tengo su pintalabios por toda la cara.

—¿A dónde vamos?

—A donde sea.

Parte del gentío prorrumpe en abucheos.

—¡Pero si eso es lo que tenían que hacer! —exclama un tipo—. ¡Irse a un hotel!

—Coincido contigo —respondo, señalando con el dedo al que ha formado una bocina con las manos para disculparnos.

Me abro paso entre la gente con Silvia bien cogida de la mano hasta salir del garito. En la calle hay unos cuantos pasándose un porro, otros liándose cigarrillos y algunos liándose entre ellos a secas. La moto está aparcada en la puerta, justo donde la he dejado.

La miro con resignación.

A ver cómo me las apaño para que Silvia mantenga el equilibrio.

—Ven aquí. —Le hago un gesto impaciente—. Creo que me he ganado con creces la conversación que tenemos pendiente.

—¿Qué conversación?

La suelto un segundo y ella pierde el equilibrio, pero no llega a caerse. Encuentra apoyo en una farola que recorta su silueta de forma provocativa.

Arqueo una ceja en su dirección y la miro de arriba abajo.

—¿Has consumido drogas?

—¿Has consumido drogas tú?

—Silvia —pruebo de nuevo, esta vez con tiento—, ¿te has tomado algo aparte de, aparentemente, todas las reservas de alcohol del bar?

—*¿Ti his timidi ilgi ipirti di ipirintiminti tidis lis risirvis di ilcihil dil bir?* —repite con la voz en falsete, imitando el movimiento del comecocos con la mano.

Suspiro. Hay que tener paciencia con los borrachos y con los niños, y con las niñas borrachas, más aún.

—Dame tus tacones. No queremos que se te caigan durante el viaje.

Silvia se lleva las manos al collar que he estado a punto de morder ahí dentro para no morderle un pezón, esa cadenita de oro que se ha balanceado delante de mis narices como un péndulo de hipnosis. Me lo tiende con actitud solemne y se queda esperando a que le dé las gracias.

—No, Silvia. Los zapatos.

Silvia se da una palmada en la frente, aceptando su error, y empieza a subirse la falda. Me da tiempo a verle las bragas de encaje color carne antes de apresurarme a detenerla agarrándola de las muñecas.

—Silvia —deletreo su nombre, mirando de reojo a los tipos que se han dado cuenta de la exhibición y se ríen entre dientes. Los callo de un vistazo fulminante—. Zapatos. Pies. Tacones. Plataformas. Abajo.

—Abajo —repite. Se dobla por la mitad como si quisiera hundir la cabeza en la acera. Tengo que sujetarla por los hombros y devolverla a la postura vertical, ya sin poder aguantar la risa al verla tan confundida.

—Ya lo hago yo, princesa.

Me arrodillo ante ella y le señalo el tobillo. Silvia sonríe, dice «ah, ya» e intenta arrancarse las medias hechas polvo como si fuera la piel de los labios que el frío te cuartea. Tengo que negar con la cabeza, armado de una paciencia que no sé de dónde saco. Ella se cruza de brazos y se enfurruña, por lo visto harta de que le diga que no, pero entiende que debe tenderme el pie —siento curiosidad por lo que crea ahora mismo que es su pie; a lo mejor, si le hubiera dicho que me pasara su nariz me habría entendido a la primera— y yo puedo sacarle los tacones con cuidado.

—Me gusta verte arrodillado —confiesa, mirándome con una sonrisita salaz.

Se me escapa una carcajada irónica.

—Estoy seguro de que sí. Aprovecha, porque esta va a ser la primera y la última vez. No pienso acostumbrarme a quitarte los zapatos.

—Los zapatos, quizá no, pero ¿qué hay de otras cosas?

Levanto la barbilla para captar su mirada intencionada.

—Esta noche vas con todo, ¿eh? —comento, tratando de quitarle importancia.

Me alegro de que los zapatos sean de los que tienen unas cuantas tiras, o habría sido muy evidente que de pronto tengo las manos tontas.

Saco las llaves de la moto y guardo las sandalias en el huevo como si fueran una reliquia milenaria en cuanto confirmo que son de Saint Laurent. Antes de que pueda girarme para dar indicaciones a la borrachuza, noto que me rodea por detrás con los brazos.

Carraspeo, no tan incómodo como debería.

—¿Qué haces?

—Llévame a tu casa. —Se las arregla para sonar mandona y suplicante a la vez—. Quiero follar.

Nunca pensé que Silvia Altamira y yo tendríamos algo en común.

—¿Y a quién esperas encontrar en mi casa que esté dispuesto a follarte? Porque no conozco a nadie que viva allí a quien le interese enfrentarse a una demanda laboral.

—Solo te denunciaré si lo haces mal.

—Eso pone mucha presión sobre mis hombros. No sé si conseguiré una erección.

—No pasa nada, yo puedo ayudarte. —Su aliento me acaricia el lóbulo de la oreja.

Al igual que su tono, se las arregla para resultar prometedora.

—Suelta, Silvia. Vamos, que voy a llevarte a tu casa.

Le aparto las manos que había apoyado en mi pecho. Cuando me giro, me toca enfrentarme a su irritación. Me mira con las cejas enarcadas como un dibujito animado, tan triste que por un momento me da incluso ternura.

—¿Es que no te gusto? —Hace un puchero.

—¿Cómo no me vas a gustar, Miss Honolulu? —Suspiro, apenado—. Lo que no me gusta es aprovecharme de mujeres indefensas.

—No estoy indefensa. Podría hacerte una llave si quisiera.

—Sí, te veo con todas las intenciones de hacerme una llave, pero una copia de la que abre la puerta de tu dormitorio —ironizo—. La usaré si la Silvia sobria me la da otro día.

—La Silvia sobria tiene un palo metido por el culo —masculla con la boca pequeña.

Sí que debe estar afectada para hablar así de ella misma.

—Estoy de acuerdo, pero sustituiré con gran alegría ese palo suyo por otra cosa de forma similar. ¿Qué puedo decirte? Me gusta más que tú.

Ella se cruza de brazos como una cría a la que le han negado el segundo algodón de azúcar. Si cediera, tendría que hablarle igual que a los niños: «Venga, vale, un polvo. Pero solo uno, ¿eh? Que no queremos que te salgan caries o te pilles un resfriado. Y que no se enteren tus padres o me matan».

—¿Por qué te haces el duro?

—Preciosa, no me hago el duro. Estoy duro de verdad. Pero ya la he cagado bastante contigo como para encima...

Silvia avanza hacia mí. Le viene bien tropezarse con un adoquín mal puesto para volver a abrazarse a mi cuello y estampar su boca contra la mía.

¡Venga ya, coño! Ni a Hércules le mandaron hacer los siete trabajos en un día, y a mí el karma me obliga a rechazar a este bombón unas veinte veces en la misma noche. Menos mal que no soy un héroe ni tengo una deuda divina, porque no quedo precisamente a la altura de la prueba al apretarla contra mi cuerpo y recorrer su cuello y su línea del mentón con la lengua. También su propia lengua juguetona, que me recibe ansiosa con un ruidito que me pone el vello como escarpias.

La insto a ponerse de puntillas envolviéndole la garganta y tirando de ella hacia arriba. Obtengo así un mejor acceso a su boca anhelante, a su boca dulce con sabor a ginebra y al veneno afrodisiaco y mortal que solo las mujeres-serpiente-con-tacón, como a las que le cantaba Lorca, llevan dentro. Silvia ronronea y me restriega su pecho, y se restriega contra mi erección, y me restriega de nuevo la boca como si quisiera desmaquillar el labial con mi piel.

—Basta —balbuceo, separándome agitado—. No sé qué me pasa contigo que me vuelvo un baboso repugnante, pero se acabó, ¿me oyes? No vuelvas a arrojarte sobre mí. —Me veo en la obligación de puntualizar—: No hasta que estés sobria.

Ella asiente como una niña buena y da un paso atrás. Entrelaza los dedos a la espalda y, lanzándome prometedoras miradas furtivas, espera a que saque su casco y me acerque para ponérselo. Procuro mantener la cara de malo en todo el proceso, la que va al pelo con la suya: ella inocente y arrepentida, y yo a una falta más de castigarla. Silvia estira el cuello para ponérmelo fácil y, en cuanto veo su cara enmarcada por el casco y escucho el clic del broche, no puedo resistirme y me inclino sobre ella para darle un rápido beso en los labios.

—Guapa —susurro.

Silvia sonríe, vanidosa, y justo cuando va a estirar los empeines para devolverme el beso (o el halago), me adelanto y le bajo la visera hasta la barbilla.

—¡Oye! —se queja.

—Así nos evitamos tentaciones.

Le indico dónde tiene que sentarse esperando no verme en la obligación de explicarle qué es sentarse ni señalar dónde tiene el culo, aunque habría sido la excusa perfecta para palpárselo como un digno profesor de Biología. «Y aquí», señalaría, dibujando la línea entre sus cachetes con una vara de madera, «es donde te metería la lengua».

Ella obedece ocupando su lugar en la moto después de mí. Gracias al cielo, no puede ni figurarse qué clase de pensamientos rondan mi cabeza.

—Rodéame con los brazos.

Obedece y yo me quito la corbata para atarle las muñecas.

—¿Qué haces?

—Evitar que salgas volando. No tengo unas esposas a mano, así que tendrás que conformarte con esto.

—No, no tienes esposa. Y menos mal.

Su respuesta me deja perplejo.

—¿Menos mal por ella, o menos mal por mí?

—Menos mal por mí, claro. No me gusta ser la otra. O, por lo menos, no me gustaría serlo siendo consciente, porque la mayoría de las veces lo eres, solo que no lo sabes.

Tengo que esperar un momento para asimilar su respuesta, que sale a borbotones y, en principio, no parece tener sentido aparente. Arranco la moto, pero no acelero enseguida. Bajo la mirada a sus manos, luego a mi erección, y suspiro.

Así no es como imagino yo a Batman yendo a rescatar a Rachel Dowes, pero supongo que yo no tengo la elegancia de Christian Bale —si acaso, su permanente mal humor—, y Silvia está mil veces más buena que Katie Holmes.

Ella me disuade de culpabilizarme por no estar a la altura de la situación apoyando la mejilla en mi espalda. Parece que también hace dibujos con el dedo sobre mi camisa —la camisa rota que ondeará como una bandera cuando haga rugir el motor y el aire me sacuda por los costados— igual que una niña enamorada pinta corazones en el vaho de las ventanillas del coche.

—¿Sabes dónde vivo? —me pregunta de repente.

—Sí.

—¡Genial! Porque yo no.

Capítulo 14

Tercera estrella a la derecha
y todo recto hasta Pozuelo de Alarcón

No pienso hacer declaraciones sobre el viajecito que Silvia me ha hecho pasar. Comprendamos que va como las Grecas —o como las Grecas soñaron con ir— y dejémoslo correr solo por una vez, aunque sea porque, cuando se quita el casco, lo mira un segundo con los ojos entornados, como si quisiera averiguar de qué material está hecho, y luego se dirige a mí con la sonrisa más adorable que he visto en mi vida.

—¿Me ayudas a subir las escaleras?

Me tiende la mano y lo pregunta con una ternura tan insólita que no puedo resistirme a tomarla de los dedos delicadamente y guiarla al porche de su casa como si fuéramos a abrir una noche de fiesta en la alta sociedad con un vals vienés. La miro de reojo, todavía sin creerme que la Silvia borracha sea un manso corderito. Lo que me cuesta menos creer, aunque se me atraganta mucho más, es que me encoja el corazón verla balancearse hacia delante para agradecerme el paseo con una sonrisa.

¿Sabrá quién soy? ¿Y yo?, ¿le diría quién soy si me lo preguntara?

—Aquí se separan nuestros caminos.

—Vale.

—Pasa una buena noche y, si puede ser, ven mañana a trabajar.

—Vale.

¿Sabrá dónde va a trabajar? ¿Sabrá que trabaja?

—Si no, por lo menos escríbeme. Tenemos una conversación pendiente.

—Vale.

¿Sabrá de qué le estoy hablando?

Meto las manos en los bolsillos, porque siempre he pensado que te da el aire desenfadado que definitivamente necesitas cuando acompañas a una mujer a su casa, y echo a andar escaleras abajo. Al mirar por encima del hombro, me fijo en que no saca llaves, sino que toca al timbre una, dos, tres y hasta siete veces.

—¿Qué co...? —mascullo.

Un hombre de por lo menos metro ochenta y cinco de estatura y cabello rubio abre la puerta. El parecido con Robert Redford se le nota ya desde el pie de la escalera, igual que la irritación que le tensa el cuerpo entero.

—¿Silvia? Silvia, ¿qué ha pasado? ¿De dónde vienes? ¿Por qué estás así?

No entiendo a qué se refiere con «así» hasta que me he montado en la moto y caigo en la cuenta de que tiene las medias rotas, las costuras del vestido un poco descosidas, el pelo revuelto, el maquillaje corrido, ha perdido los zapatos...

Espera. Lo de que vaya sin zapatos es culpa mía.

—¡Oiga! ¡Eh, usted! —Levanto la cabeza y observo al tipo salir apresuradamente del recibidor. Lleva unas zapatillas de andar por casa, un batín largo y un pijama de rayas debajo—. Usted es quien ha traído a mi hija, ¿verdad? ¿Se puede saber qué le ha hecho... o qué le han hecho?

Si no fuera porque parece su padre, le habría preguntado

con sarcasmo por qué no ha planteado la opción más obvia, que no es otra que qué se ha hecho a sí misma.

—Lo poco que sé es que estaba divirtiéndose en un bar. Nada fuera de lugar, siendo una noche de viernes y tratándose de una mujer joven.

—¿Y quién es usted, si puede saberse?

Normal que cuestione mi inocencia al verme con el pecho descubierto. Estoy a tiempo de explicarle que soy bailarín de salsa y vengo de una *master class* nocturna, porque tiene cara de que va a tomarse muy mal que su hija me la rompiera bailándome como una Pussycat Doll.

—Bosco Valdés. —Le tiendo la mano con profesionalidad y trato de cubrirme el torso con torpeza—. Soy el jefe de Silvia. He ido a buscarla para hablar con ella sobre un asunto personal y, al encontrarla así, he pensado que sería mejor que pasara la borrachera en casa.

—Gracias a Dios. Venga dentro, por favor.

—¿Dentro de su casa?

«No va a ser dentro de su hija, tarugo».

El tipo debe pensar lo mismo que me ha venido a mí a la cabeza, porque me lanza una mirada extraña sin perder la pose severa.

—Sí. Me gustaría hacerle unas preguntas.

No creo que pretenda echar una partidita al *Trivial Pursuit*, sino más bien aplicarme el tercer grado, pero me animo a seguirlo porque no me gustaría pelearme con el caballero que tengo delante. Sobre todo cuando me está mirando como si hubiera sido yo el que le ha roto las medias a su hija y después la hubiese drogado... O al revés. El orden de los factores no altera el producto. Si me cree culpable, al menos espero que el hecho de que la haya traído a casa lo ayude a tenerme en mejor concepto. Hay muy pocos criminales caballerosos por ahí.

—¿Qué pasa? —pregunta una mujer en cuanto entramos al recibidor. Anuda la bata a su estrechísima cintura y nos mira a míster Altamira y a mí alternativamente—. ¿Por qué Silvia está así? ¿Quién es este hombre?

Echo un vistazo por encima de su hombro para buscar al foco de todos mis problemas. A juzgar por los gemidos de desesperación que provienen del baño del fondo y el correr del agua, diría que la han mandado a darse una ducha helada.

—Soy su jefe.

—¡Su jefe! —exclama la señora—. ¡Eres el misterioso jefe! Parece que se ha hablado de mí en el barrio de Salamanca.

—No creo que ese sea el adjetivo más apropiado. Por lo menos, no es el que Silvia más nos ha repetido. Soy Bárbara, encantada —comenta otra mujer, esta muchísimo más joven. Aparece por detrás de su madre con un pijama de dos piezas y un moño deshecho. No debe de haber cumplido los treinta—. ¿Podemos irnos a dormir ya? Alguien que yo me sé tiene que levantarse a las siete de la mañana para estudiar.

Su madre le dirige una mirada acusadora.

—¿Qué haces pensando en dormir? ¿No has visto en qué condiciones ha aparecido tu hermana?

—En las mismas condiciones que apareceré yo cuando apruebe la oposición, si es que de la alegría de conseguir la plaza no acabo palmando de una sobredosis de serotonina, de alcohol o de ambas.

—No digas tonterías, Bárbara —la regaña su madre. Luego se acerca a mí—. Muchísimas gracias por traer sana y salva a mi hija. No entiendo por qué hace estas cosas a su edad.

—No lo despidas todavía, pretendo hablar con él —interrumpe el doble de Robert Redford—. Pase al salón.

¿Por qué lo ha pronunciado con tono de «páseme la escopeta con la que pretendo agujerearle el esternón»? Debo de haber perdido todo instinto de supervivencia si obedezco y espero a que se le pase la irritación para hablar. Procuro mostrar la educación mínima evitando examinar los detalles decorativos de la sala de estar a la que me conducen, en la que podrían caber un grupo de pelagatos *indies* y sus fanáticos para dar un concierto exclusivo. Este salón es del mismo tamaño que todo mi piso de alquiler.

—Mi hija nos contó hace un tiempo que usted la había despedido por acusarlo de abusador. Ahora aparece con la camisa abierta, como si fuera a hacerse una sesión de fotos como galán de telenovela, y mi hija lleva las medias y el vestido roto.

—Dos hechos absolutamente equidistantes, se lo aseguro.

Bueno, ambos detalles tienen en común que la culpa del penoso estado de las prendas involucradas es de Silvia. Pero no he venido a su casa a decirle que me pague la camisa que su hija me ha destrozado para que la vitoreen todos los gais de Chueca.

—¿De qué había ido a hablar con ella? —exige saber.

—Tenemos programado un viaje de trabajo a Barcelona y no he podido convencerla de que me acompañe durante la jornada de hoy. Quedamos en que expondría sus razones para negarse durante una llamada telefónica, pero cuando la he contactado ya estaba algo perjudicada y sonaba tan... fuera de sí que se me ocurrió ir a buscarla.

No es del todo falso.

—Entonces ¿no sale con ella? —me pregunta la madre sin miramientos.

—Hemos comido juntos en alguna ocasión —contesto con paciencia—, pero eran comidas de trabajo.

—Eso de «comidas de trabajo» es muy ambiguo, porque puede significar tanto que trabaja para ti como que te la estás trabajando —apunta su hermana muy sabiamente. Nos observa bajo el quicio de la puerta con los brazos cruzados—. Eso por no entrar en los detalles de qué comíais... u os comíais.

Me la quedo mirando sin dar crédito. ¿En serio acaba de decir eso?

—Mantenemos una relación profesional. Eso es todo. ¿Dónde está Silvia?

Por favor, Silvia, rescátame. Pensaba que sabía lidiar con todo tipo de padres, pero me había dejado fuera a los sesentones jubilados de clase alta.

—En el baño, dándose una ducha —responde la madre—. Voy a ver cómo está.

—Y yo voy a buscar un test de drogas —anuncia el padre, convencido—. ¿Queda alguno?

¿Es coña? ¿Un test de drogas?

—No creo que se haya drogado...

—¿Ah, no? —El padre me dirige una mirada desafiante—. Eso lo juzgaré yo.

Y desaparece por el pasillo preguntándole a su mujer algo sobre qué drogas puede detectar el test. Bárbara y yo nos quedamos en el salón, ella abrazada a su pijama de botones. Al tiempo que ladeo la cabeza en su dirección, me dirige una mirada soñadora.

—Ya te digo que lo hará —me promete—. Es su campo.

—¿A qué te refieres?

—A que mi padre lo juzgará de forma muy profesional, porque es juez.

—Comprendo.

—¿El qué comprendes?

—Está claro que es tu padre, un hombre que ha dedicado su vida a opinar sobre los delitos de los demás, quien le ha inculcado a su hija mayor la maravillosa afición de juzgarlo todo. Incluida mi ropa.

Bárbara suelta una carcajada y aprovecha el comentario para mirarme de arriba abajo de forma nada disimulada.

—Silvia puede ser muy tiquismiquis con la ropa, pero tienes suerte de que mi padre solo se fíe de los hombres que llevan traje.

—No me digas. Pues pobre del que sea su yerno si tiene que ir con la corbata hasta a las vacaciones familiares en Benidorm.

Bárbara apoya la barbilla en la mano para contener una

sonrisa que de todos modos estira sus labios. Me mira con simpatía.

—Bueno, en Benidorm podría llevar traje... de buzo.

—¡No pienso mear ahí! —Oímos que rezonga Silvia.

Como no sé si la situación es para reírse o para fingirse mortificado, opto por ocultar mi expresión arreglándome la correa del reloj. Al mirar de reojo a Bárbara, me fijo en que suspira y se tira en el sofá.

—Te veo muy tranquila.

Ella me dirige una mirada burlona.

—Silvia es mi hermana mayor. Me he pegado los peores desfases de mi vida con ella. ¿Te crees que es la primera vez que la veo trifásica? Solo ha tenido la mala suerte de que la pillen. Si tú hubieras sido un caballero, la habrías llevado a tu casa a dormir la mona y no a la de sus padres.

Ahora también sé de quién ha sacado Silvia su tendencia a echar la culpa a los demás.

—No sabía que vivía con sus padres, y si me lo mencionó, no lo recuerdo. ¿Es información que debería conocer?

—Cuando eres la clase de jefe que se burla de sus empleados o, por lo menos, devuelve las pullitas a su impertinente editora, desde luego es información que debes conocer. Te permite mofarte de ella con mucha razón.

—¿Me estás invitando a burlarme de tu hermana?

—Te estoy invitando a que iguales las condiciones. —Encoge un hombro—. No te creas que en esta casa eres muy famoso por tu perfecta barba cerrada. Eres más famoso porque a alguna que otra le gustaría arrancártela pelo a pelo con unas tenazas ardiendo.

—Muy descriptiva, gracias. —Hago una pausa antes de verme impelido a defender a Silvia—: Tú también vives con tus padres.

—Y me avergüenzo, créeme, sobre todo cuando tenemos visita.

—¡Si es que no tengo ganas de hacer pis! —lloriquea Silvia desde el baño.

—¿Cómo no vas a tener ganas de orinar, si te has bebido una destilería? —le reprocha su madre—. ¿Te crees que estas son maneras de llegar a casa? Claro que no, ¡aquí todas os portáis como si vivierais en un hotel!

Bárbara suspira.

—¿Tus padres también tienden a involucrar al resto de sus hijos cuando alguno ha cometido una travesura? —me pregunta, cruzándose de piernas. Se estira para alcanzar el mando de la televisión con pantalla curva, el último grito tecnológico.

—No tengo hermanos.

—Mejor. ¿Quién los necesita? —Agita el mando—. ¿Qué te apetece ver? Tenemos suscripción a todas las plataformas de *streaming*. Esto va a ir para largo, y no estoy segura de que vayan a dejarte ir así como así.

—Yo tampoco pienso marcharme hasta haberme asegurado de que Silvia no amanecerá ingresada en un centro psiquiátrico. Es una empleada muy valiosa.

Bárbara me mira casi juntando las dos filas de pestañas, inferior y superior, pero ignoro su sospecha.

Además de bocazas, Silvia tiene una hermana que no es el colmo de la sutileza.

—¿Cómo de valiosa?

—Es una mujer de recursos. Responsable, puntual y que tiene la profesionalidad como máxima.

—¿Y eso se lo has dicho a ella?

—Pretendía decírselo esta noche, pero dadas tus deficiencias cognitivas de hoy, yo creo que habría oído lo contrario: «Irresponsable, inmoral y que tiene la respetabilidad mínima». —Tomo asiento a su lado, asumiendo que sí, que irá para largo, y agrego—: Puedes poner lo que quieras.

Y así es como me veo una vez más viviendo una situación surrealista. Bosco Valdés sentado en un carísimo sofá Chesterfield de terciopelo que se encuentra a su vez en el salón de una especie de mansión de uno de los barrios más caros de la capital y que resulta ser la vivienda de la editora que fantasea con tirarse. Bosco Valdés viendo un repetidísimo episodio de *Friends* con la hermana pequeña de su becaria, la cual lleva un pijama con renos estampados. No sé cuántas risas enlatadas me taladran las sienes hasta que el padre por fin aparece en el salón y anuncia:

—Puede pasar a despedirse de ella.

«Puede pasar a despedirse de ella», como si fuera una enferma en fase terminal y el doctor le hubiera pronosticado unas pocas horas de vida. Si en esta familia es todo tan solemne, no me extraña que Silvia Altamira sea una mujer intensa.

Sigo las indicaciones de la madre a través de un amplio pasillo decorado con cuadros estilo impresionista que pese a tratarse, obviamente, de réplicas de los grandes, tienen pinta de costar una fortuna. Conforme más me acerco a su dormitorio, más me van sudando las palmas de las manos. Estoy a punto de entrar en el dormitorio de Silvia Altamira, y no es con el objetivo de usar los condones que por supuesto no llevo encima, sino para darle el beso de buenas noches.

No sé por qué esperaba una cama de matrimonio con el cabecero de madera oscura y sábanas de satén cuando es el cuarto de la casa de sus padres y, por ende, en el que pasó los berrinches adolescentes cuando se separó BTS.[30] Pero tampoco imaginaba tropezarme con un colchón individual cubierto con sábanas estampadas y un dosel de princesa. Hay suficiente espacio para que un selectivo grupo de amantes del yoga salude al sol, y ella se ha encargado de decorarlo con pósteres de los Backstreet Boys, Westlife, NSYNC —con especial predilección por Nick Carter, por lo que deja entrever que en el corcho haya

---

30. Corrección: *Alessia* cogió un berrinche con la separación de BTS. Por edad, creo que a Silvia le corresponde... ¿One Direction? ¿NSYNC?

pinchado su cara alrededor de veinte o veinticinco recortes de revista—, *Rebelde*, *Física o Química* y... Joder, ¿la chica rubia de los pantalones de campana, las botas Mustang y el tupé rizado de esa foto lamentable es ella?

Me deja tan horrorizado recordar la moda adolescente de la primera década de los 2000 que apenas me doy cuenta de que Silvia entra con la nariz congestionada por el llanto y unas zapatillas con pompones.

De acuerdo, esto es demasiado para mí. Demasiado por un día.

—¿Qué miras? —me ladra.

La princesa ha vuelto en sí.

—Nada, nada.

—Mentiroso.

—En serio. Solo me ha sorprendido descubrir que te gustaba el estilo de las mallas piratas negras con la falda encima. Pensaba que te decantarías por un estilo más clásico.

—Siempre he sido una víctima de la moda.

Despego la mirada a regañadientes de la fotografía de sus dieciséis años y me fijo en ella. Silvia se acerca a mí haciendo pucheros y, para mi inmensa sorpresa, se arroja a mis brazos y me estrecha por el cuello, hipando amargamente.

—Mi padre me ha hecho mear para un test de drogas —solloza.

No voy a negar que me sienta un poco hijo de puta por estar aguantándome la risa cuando ella se deshace en lágrimas, pero es que tiene un póster de *Pasión de gavilanes* encima de la cama.

—¿Qué drogas? —pregunto, procurando sonar preocupado.

—Cocaína, marihuana, meta, anfeta y opiáceos. Y también unas tiras de las que cambian de color. ¿Tan drogada parece que estoy?

—Para nada. —Lo que quiere decir que sí—. Tu padre ha

exagerado un poco, pero es normal. A ningún padre le gusta ver a su hija en estas condiciones. Yo perdería la cabeza, te lo aseguro. Venga, anda, vamos a la cama.

—¿Ahora? ¡Pues no me da la gana! ¡Ya no me apetece follar! ¡Esto no va a ser cuando tú quieras!

Aguanto la risa como puedo y la conduzco hacia la cama, que, por supuesto, está subiendo unas escaleritas porque tiene el dormitorio a doble altura.

Ella se sienta en el borde con cara de circunstancias. Yo me quedo de pie, indeciso, pensando en que ha tenido razón en una cosa.

—Es verdad que no debe ser siempre cuando yo quiera —aclaro, procurando sonar afable—. Confío en que mañana te acordarás de lo que te diga ahora, y es que creo que, como empleador que soy, estoy en todo mi derecho de exigirte que me describas los aspectos menos halagadores de tu currículo. Con esto quiero dar a entender que he venido a hablar contigo sobre Fernández de Córdoba. Lo normal viendo que no estás en condiciones sería que lo pospusiéramos, pero si no quieres darme explicaciones estando mañana de resaca, o si no quieres dármelas la semana que viene, no pasa nada. Cuéntame lo que pasó cuando estés preparada, o de ánimos... pero, por favor —intento suavizar el tono—, cuéntamelo.

Ni el test de drogas ni la ducha han servido para mucho, porque le cuesta enfocar la mirada y pestañea muy despacio. Pronto estará dando cabezadas. Pero, por lo pronto, parece haberme entendido, porque no despega los ojos de los míos y parece sumida en un trance pensativo.

Creo que va a responder algo coherente cuando de repente me rodea la cara con las manos y suelta:

—Eres guapísimo. *Guapísimo*, de verdad. Podrías ser míster Universo.

—Gracias, Silvia. Eres muy amable. —Le acaricio el pelo húmedo desde la raya en medio hasta las puntas—. Tú también eres guapísima. Ahora me voy a ir, ¿de acuerdo? Mañana estaré a las siete en la oficina, por si quisieras pasarte.

Tiro de ella con cuidado para apartarla de la cama y retiro las sábanas para ayudarla a encontrar la postura de descanso. Silvia se entierra bajo la colcha con el ceño fruncido, como si la estuvieran metiendo en un sarcófago en vez de una cama. La cubro hasta el cuello, pendiente de su expresión ida, y voy a inclinarme para darle un beso en la mejilla cuando sus ojos se llenan de lágrimas.

—Lo que pasa es que yo le quería —murmura con la voz quebrada.

Me quedo un momento sin saber qué decir, no muy seguro de haber oído bien.

—¿Cómo?

—Le quería mucho, ¿sabes? Imaginaba cómo quedarían nuestros apellidos juntos para cuando tuviéramos hijos: Fernández de Córdoba Altamira —pronuncia con solemnidad—, y desde los primeros meses que empezamos a salir miraba en internet hipotecas en Pozuelo de Alarcón, chalets con piscina y con un amplio patio delantero en el que poner plantas... como si a mí me gustaran las plantas. —Hace una pausa para tragar saliva—. Me cambiaba cinco veces antes de quedar con él, no exagero, y me pasó eso que le ocurre a la gente cuando se enamora: pensaba que todas las canciones que escuchaba estaban escritas por, para y sobre él, así que no podía librarme de su imagen ni estando dormida.

Pestañeo una vez, sin saber qué diablos decir.

—Va... vaya.

—¿Sabes que Pitágoras solo veía matemáticas en la naturaleza? Me lo ha contado Bárbara esta tarde. Pues yo veía a Ernesto en las señales de tráfico y en el fondo de mi armario. Se me aparecía su cara hasta en el vaho del espejo de la ducha. Sentía como si lo tuviera encima del hombro, siempre observándome. Por eso recuerdo ir a trabajar, a mis cenas de amigas y a mis compromisos familiares haciendo monerías y riéndome como una tonta, por si acaso coincidíamos. Quería que me viera de lejos, en la calle de enfrente o desde una terraza, y pensara: «Silvia es perfecta para mí», y se sintiera privilegiado por tenerme.

Su inesperada confesión me pilla con la guardia baja. Despierta en mí una sorpresiva emoción de raíces amargas y frutos envenenados que reconocería en cualquier parte, porque la he experimentado durante estos últimos meses: los celos que enloquecen parecen ser mi sino. Siento una mezcla de compasión y comprensión por lo que me cuenta, debía de estar desgarrada por la decepción que se llevó si no vive en Pozuelo de Alarcón y Ernesto ha pasado a ser un secreto, además de una envidia insoportable hacia el muy cabrón.

Le seco las lágrimas de las mejillas con los dedos antes de que se pierdan en sus sienes. Quiero preguntar qué pasó, pero hasta yo sé que no es el momento... Aunque ya tardaba en llegar a la fase de la borrachera en la que hablamos por los codos sobre nuestro ex.

—Lo quería con locura —musita, cerrando los ojos—, pero él no estaba ni en las señales de tráfico ni en mi espejo. Solo estaba en mi cabeza y, de vez en cuando, dentro de mi cuerpo. Él no estaba ni estuvo nunca. Siempre fuimos mis ilusiones y yo.

De entrada puede parecer que su confesión no tiene que ver con el asunto de la demanda laboral que Fernández de Córdoba le interpuso, pero me tranquiliza porque me ayuda a confirmar lo que quiero, deseo, anhelo creer: que si Silvia hizo algo, no fue impelida por la maldad calculada de los verdaderos psicópatas, sino, en todo caso, motivada por la venganza visceral que se va gestando tras una decepción amorosa.

—No pasa nada, Miss Honolulu —susurro, acariciándole el pómulo con los nudillos—. Todos hemos estado ahí.

—¿Dentro de mi cuerpo, dices? Serás mamón... Qué mal gusto.

Me atrevo a reírme —porque la verdad es que tiene gracia cuando se pone en ese plan— y ella se acaba uniendo a mí con una sonrisa carente de sus matices habituales, la sorna y el desprecio. Es una sonrisa luminosa y sincera, y es mía. Lo acabo de decidir por cuenta propia.

—¿Me vas a dar un beso de buenas noches? —me pregunta con una mezcla de esperanza y coquetería.

—¿Me lo vas a dar tú a mí? —Arqueo una ceja—. Soy yo el sapo que necesita un poco de magia para comportarse como un príncipe.

—¿Qué dices? Yo no beso sapos hechizados. Prefiero que me den un beso en el sapo y quedar encantada.

Suelto una carcajada tremenda.

—Eres pura poesía, nena.

—William *Sex*peare, guapo.

Ahogo una risa floja y me inclino sobre ella, manos a cada lado de su cabeza, para hacerle cosquillas en la nariz con mis labios.

Silvia tiene por costumbre burlarse de mí con carcajadas lacónicas. Solo saca a pasear su risa estridente cuando desayuna con la loca de Lola. No sabía que también escondía una risita burbujeante e infantil que hace latir mi corazón como loco, rogándome que lo haga, que la bese YA.

A lo mejor me precipité al decir que prefería a la Silvia sobria. Esta Silvia tierna y vulnerable, aunque no menos canallita, despierta mi sensibilidad oculta; esa que debe permanecer intacta, encerrada a cal y canto, para evitarme problemas.

—Bésame hasta que me duerma —me ruega, con los párpados entornados y los labios entreabiertos. Yo le sonrío y me inclino sobre ella.

—Lo que me pida la bella doliente.

Capítulo 15

Borracha, pero buena muchacha

—Y entonces va papá y dice: «¿Tenemos test de drogas?». Y tu jefe en plan: «Pero, hombre, que no se ha drogado», aunque se notaba que no lo tenía del todo claro...

Al detenerme de forma brusca para girarme hacia mi hermana con una sonrisa tensa, mis tacones chirrían sobre el andén de la estación. Un grupo de lo que parecen universitarios en busca de aventura, todos ellos apostados en la pared mientras arrojan puñados de pipas a la boca, se giran para mirarme de arriba abajo y sonríen en señal de aprobación.

—Te he pedido que me traigas para no estar a solas con mis pensamientos, pero estás resultando ser peor que mi autosabotaje interno.

—¿Qué te vas a sabotear tú? —se mofa Bárbara—. Con el tremendo colocón que cogiste, me sorprendería que te acordaras de lo que te pusiste esa noche, como para encima conocer los detalles de tus actos y arrepentirte.

—Me acuerdo, Bárbara. Lo suficiente para que me aburra que lleves una semana contándome la misma historia de sustancias psicotrópicas y libertinaje.

—¡Hombre, pero si hasta te has dado cuenta de que ha transcurrido una semana! —Me rodea para seguir andando y sacude la cabeza, divertida—. Uno tiende a perder la noción del tiempo cuando está varios días en el mismo sitio y en la misma postura, como ha sido tu caso. ¿En serio sabes que ha pasado una semana cuando has estado todo el tiempo en la cama y con las persianas bajadas?

Esbozo una sonrisa fría y procuro adelantarla, poniendo a prueba la resistencia de mis tacones nuevos.

—No vas a entender esto porque no has pasado por una situación así en tu vida, pero la vergüenza ajena te inhabilita.

—No me digas. ¿Deberíamos haber llamado al doctor Gutiérrez para que te hiciera un justificante médico? —«Y sigue, la muy puta»—. Si eso de la vergüenza ajena cuenta como excusa para faltar al trabajo, no te vendrá mal cuando Bosco te pida explicaciones.

Me estremezco solo de pensarlo, y eso que estoy a punto de echar a correr por el andén del AVE para subirme en un tren con destino a Barcelona. O, dicho en otras palabras, con destino a Bosco, que es quien me aguarda en la convención de estrategia editorial, en la entrada del hotel donde ha reservado una habitación para su editora en la sombra. Y supongo que también me espera en perfecta forma física y mental para burlarse sobre mi falta de control cuando se trata de vaciar cubatas.

—Sabe que estarás allí, ¿no? ¿O vas a darle una sorpresa en plan: «¡Estoy viva... para mi inmensa desgracia!»?

—Por supuesto que sabe que estaré allí, igual que tuvo que saber desde el principio que mi resaca duraría lo mismo que mi bochorno: los siete días que llevo sin ir a trabajar.

—¿De verdad? ¿Lo llamaste para decirle que estabas demasiado avergonzada para ir a la oficina?

Por supuesto que no lo llamé. Si hubiera percibido en su voz el menor deje burlón al responderme, habría conjurado el hechizo del mago para que absorbiera mi casa conmigo dentro y me escupiera en Oz. Pero sí leí los mensajes que me dejó, todos ellos muy educados.

Seguramente lo de sonar cortés fuera un anzuelo que yo debía morder pulsando el icono verde de la pantalla táctil para enseguida ser humillada por todo un repertorio de bromas crueles. Pero no pensaba caer en su juego. Tardé cuatro días en escribir el escueto «allí estaré» que respondía a la última de sus súplicas: «Te necesito en Barcelona».

—Menos mal, o al no tener noticias tuyas se habría creído que papá te internó en un centro de rehabilitación.

—Me temo que no he tenido esa suerte —mascullo por lo bajo, ciñéndome el bolso al hombro y caminando más deprisa.

No tan deprisa como para no perder el tren. Estoy deseando que se vaya y tener una excusa para retrasarme. O para no ir.

—Supongo que haces el viaje en AVE y no en el asiento de avión que tendrá reservado para ti porque no quieres que te ponga la cabeza como un bombo con coñitas durante el vuelo.

Pongo los ojos en blanco.

—Eres un lince. El nombre que te pusieron te viene al pelo. ¡Qué bárbara!

—Oye, pues no creo que tengas por qué estar histérica. Le vi preocupado, y no hay nada de lo que avergonzarse. A fin de cuentas, la que custodiaba la puerta mientras orinabas era mamá.

—Pero el que fue vilmente sobado por una rubia etílica no fue mamá. —Ignoro que descuelga la mandíbula y suspiro—. Supongo que tengo suerte de que no presenciaras esa parte de la historia.

—¿A qué esperas para contármela?

—A que desgastes los aspectos cómicos de la parte de la que sí fuiste testigo. Ya sabes, no queremos que abrumes a tus espectadores con más anécdotas bochornosas sobre tu hermana de las que puedes abarcar y acabes atragantándote con la risa.

—Pues entonces tengo dramas para contar hasta tu lecho de muerte, porque solo con el segundo acto tengo chistes para dos generaciones.

—Como me mates de la vergüenza ahora, no voy a llegar viva para conocer a tus nietos —mascullo, aferrando el asa del bolso con tanta fuerza que el riego sanguíneo se niega a pasar de mis nudillos—. No es que no tuvieras papeletas antes, pero te estás ganando a pulso mi odio eterno.

—Te he traído en coche a la estación y te he pagado el viaje —señala, apuntándome con el dedo—. Lo mínimo que puedes ofrecerme a cambio es un poco de diversión.

—Si hubiera sabido que el billete me costaría la dignidad, habría ido a Barcelona corriendo.

—Pues con esos zapatos no habrías llegado ni a Alcobendas.

Me detengo justo delante de las puertas del AVE, al que lamentablemente he llegado a tiempo. Parece esperar con paciencia burlona a que me gire y se la devuelva a mi hermana. «Resuelve tus asuntos», parece decirme esta carísima chatarra al prorrogar su salida de la estación. «Nosotros no nos moveremos hasta que estés lista».

Suelo tener sentido del humor. Es el único motivo por el que podemos meternos la una con la otra —una se burla más que la otra, pero no es culpa de Bárbara ser tan responsable que difícilmente se la puede humillar o hacerle chantaje— sin ninguna piedad. Pero hoy me lo he llevado a lo personal, porque la plancha del pelo me ha fallado, me he hecho una carrera en la media y la inmensa mortificación que me ha retenido en la cama no me ha permitido visitar a Zulema para que me haga las uñas.

Hecha un adefesio no se puede ir a la guerra. No te dan ganas de enfrentarte al enemigo en primera línea, sino de atrincherarte como una cobarde.

—Son unos bonitos zapatos —le rebato.

—Llevas un conjunto espectacular, sí. Es lo que me pondría si fuera a tropezar con mi ex... o con el jefe al que prefieres recordarle lo guapa que eres a lo loca que estás.

En realidad, no es a mi jefe al que quiero recordarle lo guapa que soy. Bosco ha sufrido mi locura mucho más de lo que ha apreciado mi belleza, y me da igual si así sigue siendo, pero es verdad que hay algún que otro ex por Barcelona al que no me importaría que al verme se le pusieran las pelotas como balones de reglamento y tuviera que llamar a la grúa para ir al baño. Eso Bárbara no lo sabe, igual que otras muchas cosas que prefiero no contarle por si acaso le diera por mofarse, o, peor aún, compadecerme, darme un buen consejo y ser la hermana diez que tanto detesto.

Si hay algo más insoportable que una persona odiosa a secas, es una persona que resulta odiosa porque no hay manera de odiarla sin sentirse una perra del infierno. Puede burlarse de mí cuanto le plazca que, al final, sé que está de mi parte. Lo demuestra dándome un abrazo y un beso en la mejilla.

—Si yo fuera él, te habría pedido matrimonio de inmediato. El mundo me habría parecido tan aburrido después de tu exhibición que no sabría cómo vivir sin ti.

—Créeme, se puede vivir muy bien sin una alcohólica al lado. Buena suerte con tu examen de mañana, por cierto, aunque no la necesitas.

Ella no tomará el AVE para ir a Sevilla a realizar su último examen de la oposición porque, en primer lugar, y pese al alto coste del tren de alta velocidad, este es demasiado *middle-class* para una futura jueza Altamira. Y, en segundo lugar, porque es tradición en mi familia que el padre acompañe al estudiante en cada convocatoria. Convocatoria para opositores, entiéndase, porque cuando a mí me tocó defender mi trabajo de fin de máster en Edición editorial, mi padre estuvo presente únicamente en mis genes y en mis traumas infantiles. Luego llegué a mi casa y consideró que mi matrícula de honor no tenía nada de especial porque «eso era justo lo que tenía que hacer».

Me pregunto si para los padres cuyos hijos se dedican a fumar petas en horario lectivo y siguen en segundo de carrera con veintinueve tacos, esto también es «lo que tienen que hacer». A veces me pregunto también, sobre todo cuando veo cómo me ha venido dado el futuro laboral, si no perdí el tiempo tratando de sentirme realizada a través de sobresalientes y no debería haber demostrado a mis progenitores desde el principio que era mejor no hacer nada, puesto que cuando no haces nada, nada puede salirte mal.

—Gracias. Y no te preocupes por Bosco, de verdad. Si es un caballero, se hará el sueco.

—La cosa es que Bosco no es el caballero del cuento, es el asno. E incluso si un beso de amor verdadero lo hubiera convertido en príncipe en tan solo siete días, no haría falta que dijera nada. Con solo mirarlo a los ojos sabría que se acuerda de todo lo que hice y querría morirme.

Bárbara se cruza de brazos y me mira de hito en hito.

—En serio, Silvia, ¿tu puesto de becaria merece el estrés que padeces? Porque no parece justo sufrir un ataque de ansiedad cuando el trabajo no está remunerado. Si te pagaran —valora, pensativa—, ya sería otro cantar.

—Coincidirás conmigo en que no puedo esconderme toda la vida. Además, si tengo que elegir entre pasar otro día más con el juez Altamira en pleno ataque de ira y un jefe de mierda, me quedo con lo segundo, que por lo menos sé manejarlo y no me hará mear en sitios distintos a la taza del váter.

—Eso depende de si le va o no que le meen durante el sexo. —Me guiña un ojo.

—Eres mi hermana pequeña. No puedes hablarme de sexo.

—Perdón. Si algo positivo podemos sacar de todo esto es que ese tío quiere cumplir sus fantasías contigo. Se le ve a la legua.

—¿Fantasías que conllevan la estrangulación? Coincidimos. Ahora bien, ¿eso te parece positivo? Porque a mí me parece denunciable.

—Por soñar todavía no nos multan. En serio, Silvita, ese tío te desea.

—... una muerte lenta y dolorosa —apostillo—, pero no pasa nada, porque es lo mismo que yo le deseo a él.

Bárbara pone los ojos en blanco.

—Llama cuando llegues, ¿de acuerdo? Y no te achantes si bromea con el asunto. Todos hemos vuelto a casa haciendo eses alguna vez.

—Sí, a la tierna edad de dieciséis o diecisiete años.

—¿Desde cuándo es malo aparentar menos años de los que una tiene?

—No me hagas la pelota ahora. —Apoyo la mano en las puertas para subir al vagón. Miro a mi hermana por encima del hombro antes de que se cierren y la amenazo con el dedo—. Te prefiero cuando me usas como referencia para todo lo que no hay que ser.

Bárbara suspira.

—De acuerdo. No sé cuánto tiempo más seguirás agonizando por la vergüenza ajena, pero si al final te mueres... ¿puedo quedarme tus zapatos?

Si el AVE es clase media para Bárbara, tendría que ver el hotel donde nos hospedamos. Por lo visto, lo ha seleccionado la organización que ha dispuesto el evento para que pasemos la noche los representantes editoriales y no ha tirado la casa por la ventana. Más bien ha arrojado el dinero por el váter. No sé cuánto se habrán gastado en acomodarnos a todos, pero espero que el jefe del hotel utilice una parte para cambiar el botón del ascensor. Parece que te vayas a electrocutar al pulsarlo, y aunque es verdad que yo preferiría caer fulminada por la corriente antes que cruzarme con mi equipo —formado por Bosco—, seguro que los huéspedes elegirían vivir para contar la lamentable experiencia. Este tipo de anécdotas hacen las delicias de las cenas navideñas.

Mientras espero, oteo el recibidor con el rabillo del ojo en busca de un *outfit* mal conjuntado en un cuerpo muy bien proporcionado. Estaría siendo ridícula si esperase librarme de él cuando he venido a ayudarlo, pero me dan ganas de gritar aleluya al ver que no está conversando con el grupo que espera en recepción.

No quiero adelantarme a los acontecimientos, pero parece que no tendré que verlo hasta el cóctel de bienvenida. Aunque si el cóctel es tan glamuroso como el sitio, no me sorprendería encontrarme matarratas en la copa, lo que solo sería otro beneficio más. No pretendo llegar viva a fin de mes. Si no me mato yo misma con mi autosabotaje, Bosco me reducirá a cenizas con una sonrisita burlona. Y, la verdad, tampoco tengo ninguna motivación para esperar al día 31. Total, no voy a recibir ningún cheque.

Las puertas del ascensor se abren a la vez que una sonrisa victoriosa estira mis labios y, entonces, ¡BAM!, ahí está la pesadilla, Bosco Valdés en persona: mano metida en el bolsillo del pantalón estilo príncipe de Gales, la corbata anudada al cuello y el pelo hacia atrás con la suficiente gomina para inspirar el deseo sexual de alborotárselo con los dedos.

Si viviera en un dibujo animado japonés, este sería el momento en que me corre un goterón de sudor por la sien.

Cuadro los hombros y me obligo a entrar, procurando que no se note que me afectan su mirada fija y su más que obvia satisfacción al verme. Decido jugar la carta de la Shakira ciega, tonta y sordomuda y aprovecharme de que hay más gente dentro para pasar como si no lo hubiera visto. Por desgracia, el ascensor se vacía porque todos han llegado a su destino y nos quedamos solos.

Espero pacientemente a que él también lo haga, pero permanece donde está.

Le doy la espalda tan rápido como puedo y espero.

Espero.

Espero.

Lo miro de reojo.

No aguanto el silencio. Siento que le está dando ventaja para fusilarme con una frase repelente, así que improviso.

—¿No piensas salir?

—*Nope*.

—¿Y para qué has bajado a recepción? ¿Te ilusionaba hacer un viajecito en ascensor?

—¿Y qué si lo hiciera?

Bufo, dejando bien claro lo estúpida que me ha parecido su respuesta. De paso, suelto el aire que me estaba quemando en los pulmones. Pulso el botón de la planta en la que me han ubicado e intento no interpretar el cierre de las puertas como un encierro.

Me cruzo de brazos y me preparo para que me suelte la fresca. Llegamos a la primera planta, a la segunda, pero el momento de la verdad no llega. La bromita de mal gusto o el reproche debe de estar esperando, agazapado en una esquina, a que me despiste o me confíe para salir propulsado de su boca junto a la minúscula sonrisa que me está sacando de quicio.

¿Sabrá que lo puedo ver gracias a los espejos?

—A las nueve es el cóctel de presentación —dice de pronto—. Me gustaría que estuvieras lista con media hora de antelación para comentar algunas cosas.

«¿Cosas como que te rajé la única camisa decente que tienes en un arrebato de locura etílica?».

—De acuerdo —respondo sin girarme.

—No habría estado mal que me devolvieras las llamadas para preparar la presentación.

«O para ponerte a huevo que te burlaras de mí, ¿no?».

—Hablaremos de eso luego.

—Muy bien. Tu habitación está al lado de la mía. Si necesitas algo, toca a la puerta, aunque me parece que las dos están tan mal equipadas que no sé si podría ayudarte.

«Me ayudarías muchísimo sellando los labios, guapo».

—¿No me vas a dar las gracias? —pregunta de repente.

Cierro los ojos un segundo.

«Bien, ha llegado el momento de la verdad».

—¿Darte las gracias? ¿Por qué? —suelto sin pensar, a la defensiva—. ¿Porque propiciaste el que puede haber sido el momento más vergonzoso de mi vida?

Él pestañea una sola vez.

—No. Por haberte permitido conservar tu puesto aun habiendo faltado durante la semana previa a la búsqueda de compradores de la deuda. Me habría venido de perlas que te pasaras por la oficina, aunque solo fuera para estudiar los perfiles de los directores. Pero ya que lo mencionas y pareces querer hablar del tema, yo no te obligué a levantarte el vestido en medio de la calle —apostilla casi con educación, mirando al techo. Parece aburrido, como si el tema le pareciera más que desgastado—, aunque puede que no te refieras a eso.

Me paso la lengua por la fila de dientes superiores en un intento por armarme de paciencia.

—¿«Ya que lo mencionas»? ¿«Ya que pareces querer hablar del tema»? Por favor, estabas deseando sacarlo a colación para humillarme.

—¿Humillarte? —Enarca una ceja. No lo estoy mirando, pero lo sé—. Fue divertido hasta cierto punto. El resto del tiempo me lo pasé preocupado, sobre todo cuando no me devolvías las llamadas ni contestabas mis mensajes.

—Vaya por Dios, tendré que pedirte perdón por no haberte respondido cuando me despedí de tu empresa unas cuantas veces esa noche y ya no te debía nada.

—Llamarme cabrón por WhatsApp estando borracha no es suficiente para dar por concluido un contrato, Altamira. Como ya sabrás, se deben realizar unos cuantos trámites, como firmar una rescisión.

Me giro con los párpados entornados.

—Oh, ahora eres el experto letrado.

—Algo he aprendido de todo lo que me has enseñado —responde, mirándome también retador—. No sé por qué te comportas así. Te recuerdo que te devolví a tu casa intacta.

La impotencia me crispa los puños.

—Miedo me da tu definición de «intacta» si incluye unas medias y un vestido rotos.

—Si recuerdas lo que pasó, estarás de acuerdo conmigo en que no podría haber evitado el estado de tu modelito. Y ya hice bastante más que tus amigos, a los que no vi por ninguna parte cuando te tropezabas con tus propios pies.

—Como bien has mencionado, son mis amigos, no mi madre —mascullo entre dientes—, y no tienen por qué cuidar de mí. Pero, oye, ya que se te ve tan orgulloso de ti mismo, ¿por qué no me iluminas, príncipe azul, y me dices qué te crees que me habría pasado en un bar de ambiente? Como mucho, los gais me habrían reclutado para versionar temas de Sara Montiel con un pelucón sintético.

—Pues estarían desesperados por disfrazarte, porque algo te tuvieron que echar en la bebida. Ni los más borrachos tienen un comportamiento tan errático como el tuyo de esa noche.

De pronto me cuesta tragar saliva.

—Venga ya, ¿qué interés podría tener un puñado de travestis en drogarme?

El puñado de travestis, ninguno. Y Duarte, que fue el que me dio la misteriosa y afrodisiaca pastilla cuando vi que se colocaba una bajo la lengua, menos todavía. Desapareció poco después, así que aprovecharse de mí no estaría entre sus propósitos.

—Robarte los tacones, o sobarte, o qué sé yo.

—¿Y qué habría tenido de malo que dos tipos a los que les gustan los hombres más que a mí me tocaran las tetas?

—Nada, supongo. Sobre todo esa noche, que estabas dispuesta a permitir que te las tocara incluso yo.

Prefiero no hacer comentarios sobre eso.

—Mira, se nota que no te relacionas con muchos gais.

—Esa noche tuve la oportunidad de hacerlo, y la perdí por tu culpa. Renuncié a cantar y bailar *Barbie Girl* y *Vogue* por ti, Silvia —me reprocha, irónico—. Podría haber sido una noche memorable si no hubieras cogido una cogorza.

—Créeme, me habría hecho más feliz verte saliendo del armario en la discoteca que volver a casa de mis padres hecha una piltrafa.[31]

El ascensor abre sus puertas, permitiéndome respirar por fin. Salgo dando taconazos, indignada porque no me ha dicho nada indignante, lo que me impide indignarme como ya se ha demostrado que es mi vicio.

Apenas he girado en dirección al pasillo de mi habitación cuando me percato de que anda pisándome los talones. Freno de golpe y me doy la vuelta. No se lo esperaba, y yo tampoco, porque choco con su pectoral.

—Como puedes ver, ahora estoy sobria. —Extiendo los brazos y retrocedo aturdida—. No necesito tus servicios de escolta.

—Lo de tu sobriedad habría que verlo. Necesitaré una prueba para creérmelo. ¿Habrá test de drogas por aquí? —Mira a un lado y a otro.

Lo empujo por el pecho, ahora sí irritada.

—No hace falta ser tan rastrero, Bosco. Sobre todo cuando tú tuviste la culpa de que me pusiera como las Grecas.

—¿Yo? —Pone los ojos como platos—. Hay que ver, no me das tiempo a echar de menos tu manía de poner la responsabilidad de tus actos en hombros ajenos. Deberías plantearte dejar de escurrir el bulto para defender lo indefendible, Miss Honolulu.

—Ni Miss Honolulu, ni Miss Barbados, ni hostias. Si tú hubieras estado en mi lugar, no me estaría riendo de ti.

Bosco suelta una carcajada tan potente que deben oírla todos los huéspedes del pasillo.

—Si yo hubiera estado en tu lugar, me habrías hecho pa-

31. No es del todo cierto. Si Bosco fuera gay, alguna que otra borrachuza que yo me sé tendría que pasar unos cuantos días de luto. Pero eso él no tiene por qué saberlo.

garte la camisa. Eso para empezar. Al día siguiente, te habrías presentado en la oficina con una lista que enumerara todas las locuras que hice en público, te habrías subido en una silla y la habrías leído en voz alta.

Su respuesta hace que me quede donde estoy, desazonada.

—De verdad me ves como una bruja, ¿no? —murmuro, con la garganta atorada—. Mira, tendrías que revisar tus recuerdos, porque el que se portó como un troglodita la última vez que nos vimos antes de esa noche fuiste tú. Ese supuesto que te has inventado no es nada en comparación con lo que te habrías merecido por haberme llamado puta aquella mañana.

Se le pasa la tontería en cuanto pronuncio la palabrita prohibida y me mira a los ojos con severidad.

—Yo no te llamé puta.

—Lo insinuaste —le recuerdo, con la mandíbula desencajada—. ¿Y encima tengo que pedirte disculpas porque quisiera divertirme un poco después de la humillación?

Bosco pestañea.

—¿Estás diciendo que tengo el suficiente poder sobre ti como para que necesites beberte hasta el agua de los floreros después de que me comportara contigo... de forma inapropiada?

Me dan ganas de abofetearme por bocazas. A veces se me olvida que este tipo no es tan tonto como para no comprender lo que digo entre líneas. Solo se lo hace cuando le conviene.

—¿«De forma inapropiada»? —Es la única salida que se me ocurre para no tener que admitirlo—. ¿De quién has aprendido lo de los eufemismos? Porque de mí no, eso es obvio. Yo suelo ser bastante clara.

Escucho suspirar a Bosco conforme lo dejo atrás, cansada de dar vueltas en torno al mismo temita. Por desgracia, mi habitación no se encuentra mucho más lejos, así que mi huida queda limitada a unos pasos hacia la derecha.

Meto la tarjeta por la ranura de seguridad y una lucecita

roja se enciende lanzando un claro mensaje. «No vas a pasar». Pruebo al revés. Tampoco funciona. Bosco me la quita de las manos para probar y, ¡sorpresa!, la luz verde me saca la lengua, como diciéndome que, si no es con él detrás, no debería molestarme en entrar.

Me impide huir sujetando la puerta con la misma mano que sostiene aún la tarjeta.

—Lo siento, Silvia. —Levanto la barbilla con el ceño fruncido y me topo con su expresión solemne, de la que se arma cuando empiezo a hablarle de números y estrategias comerciales. La que significa que está entendiendo de qué va la película y no puede esperar a poner en práctica su aprendizaje—. No pretendo excusarme, pero es verdad que, de un tiempo a esta parte, cuando me enfado... voy a la yugular. No mido lo que digo, lo que no quiere decir que lo pensara. Solo quería hacerte sentir como me sentí yo.

Pongo los brazos en jarras.

—Ah, ¿te sentiste una zorra ninguneada?

—Me sentí estafado y me equivoqué al elegir las palabras para expresar tanto mis preocupaciones como mi desconcierto —replica con paciencia—. Quitando el insulto insinuado, por el que insisto en que me disculpo, voy a tener que repetirte algunos puntos, porque esto sí lo sigo sosteniendo: ocultaste de tu currículo un aspecto de tu carrera lo suficientemente problemático como para poner en duda tu credibilidad como profesional, y era tu deber darme explicaciones, no ponerte a la defensiva, y ni mucho menos abofetearme.[32]

—Si era lo bastante problemático como para poner en duda mi credibilidad, ¿por qué no me despediste y ya está? Parecías ansioso por hacer leña del árbol caído.

—No te despedí porque eres muy valiosa y porque, tras

---

32. Qué feos se ponen los hombres cuando tienen la razón. Este de aquí, el que más.

pensarlo, me di cuenta de que no ganabas nada trabajando para mí, lo que acabó con la sospecha de que pretendieras joderme.

—Muy agudo.

Él enarca la ceja, todavía bloqueando la puerta de mi habitación.

—¿Quién está haciendo leña del árbol caído ahora? Me he disculpado. ¿Qué más quieres? ¿Que me flagele?

—No estaría mal, aunque ver cómo te haces daño me daría envidia. Preferiría ser yo la que te fundiera a latigazos.

Bosco bufa, pero no es un bufido impaciente o molesto, sino divertido. Apoya la mano en el marco de la puerta, justo delante de mis narices, y se inclina para hablarme con una sonrisa perversa.

—Eso no fue lo que me dijiste la otra noche.

Me pongo una mano en la cadera y estiro el cuello todo lo que puedo.

—¿Qué dije la otra noche? Me parece que estaba demasiado borracha para acordarme. ¿Por qué no me lo recuerdas?

Me estoy arriesgando a que enumere palabra por palabra cada una de las bochornosas peticiones de tipo sexual que le hice, pero deseo que lo haga solo para poder restregarle que no es el caballero de brillante armadura que se cree; para rechazar su excelente disculpa y mandarlo a paseo aquí y ahora. Para que se enfrente a los lobos él solito, lo que tengo entendido que es lo que más teme del mundo.

Bosco parece entender mis intenciones —o a lo mejor no tenía el propósito de humillarme—, porque no dice ni pío.

—Me alegra que no te acuerdes. A la Silvia borracha le molestó muchísimo que le dijera que la Silvia sobria me gusta bastante más, por tocapelotas que sea, y seguro que sabes que no me entusiasma hacerte cumplidos.

Tengo que hacer un esfuerzo monumental para no sonreír.

—¿Eso le dijiste? —pregunto sin interés—. Pobre Silvia

borracha. No te basta con herir mi sensibilidad, ¿eh? Tienes que ensañarte hasta con la de mis *alter ego*.

—Yo no diría que herí su sensibilidad. Se recuperó enseguida. Tus *alter ego* son igual de duros que tú misma.

—Para tu desgracia —apostillo con malicia.

Él no hace ningún comentario al respecto, pero su expresión soñadora me traslada que mi mala leche no le supone un problema. De hecho, me lo puedo imaginar respondiéndome que no podría divertirse ablandándome como me ha ablandado con su disculpa si yo no fuera una roca inamovible. Al menos en apariencia.

Bosco empuja un poquito la puerta para indicarme que puedo pasar. Luego retira la mano y da unos cuantos pasos atrás, mirándome como los tontos enamorados de las películas que se despiden de su cita en la puerta de su casa.

—Te dejo para que te pongas cómoda.

Asiento con la cabeza, mirándolo sin entender muy bien a qué se debe ese cambio de actitud. Mientras se aleja con las manos en los bolsillos, silbando la que suena como la introducción de una serie infantil, mi mirada confusa permanece pendiente de su paseo desenfadado.

No me ha echado nada en cara. No se ha burlado. Ha pedido disculpas y ha sido incluso amable. Tengo que hacer memoria por si acaso aquella noche le dije alguna barbaridad que le diera la suficiente seguridad en sí mismo para no molestarse en entrar al trapo. ¿Le di seguridad diciéndole que era el hombre más guapo del mundo? Porque eso no es en absoluto vergonzoso, es un hecho científicamente probado. Podría repetirlo aquí y ahora como el tipo del tiempo recita el porcentaje de probabilidad de precipitaciones.

Creo que lo recuerdo todo, pero puede que se me escapen algunas partes. No me extrañaría. Durante mi etapa universitaria hice *blackouts* preocupantes ingiriendo solo la mitad del alcohol que consumí esa noche, y sin la ayudita extra de una droga cuyo nombre desconozco.

Maldito Duarte. Primero el porno en el ordenador y ahora, esto.

—¡Oye! —lo llamo. Él, ya a punto de doblar la esquina para dirigirse al ascensor, se gira por completo para mirarme expectante. Tengo que reprimir un escalofrío placentero al intuir una sonrisa juguetona en la curva de sus labios. Qué guapo es, el capullo—. Solo para que te quede claro...

—¿Sí?

—No salí esa noche porque necesitara distraerme de lo que me dijiste, sino porque para mí es importante estrechar lazos con mis compañeros de la oficina. Fue mi excusa para acercarme más a Lola. Así podré contar con ella como aliada en el futuro.

—¿Para qué quieres una aliada? ¿De verdad crees que necesitas ayuda para tocarme las narices?

—No todo gira en torno a ti, ¿sabes? A lo mejor solo quiero mi propia taza.

—¿Tu propia taza? —Enarca una ceja.

—En la editorial todos tienen una taza con una frase estampada y, por lo que me contaron, se las regalan entre ellos cuando por fin entran a formar parte del club.

Bosco suelta otra carcajada.

Dios santo, dos en el mismo día. ¡Dos en la misma media hora!

Hoy estamos de suerte.

—Llevas tus trueques muy lejos, Altamira. Está feo hacer una cosa para conseguir algo a cambio. —Da media vuelta sin ocultar lo mucho que le divierte la situación—. Pero me alegro de que tu objetivo fuera acercarte más a alguien, porque lo has conseguido.

—¿Por qué lo dices? ¿Lola te ha dicho algo?

Bosco me dirige una mirada despistada que me revuelve el estómago.

—No he dicho nada de Lola, Miss Honolulu. Me refería a mí.

Capítulo 16

El diablo viste de Ralph Lauren

Ni la conferencia matinal ni la feria de exposiciones de la tarde nos aportan nada nuevo. Por lo menos, a mí no, que me las he visto en convenciones como esta suficientes veces a lo largo de mi carrera como para conocer de memoria las estrategias comerciales, entre otras cosas. Algunos autores han salido a hablar de sus experiencias; otros editores, agentes literarios y directores editoriales han comentado aspectos del proceso tales como la selección de nuevos talentos y la salida al mercado, y durante todo ese rato he estado mirando alrededor con las uñas en la boca.

Habría jurado que Ernesto estaría aquí. No se pierde un buen sarao por nada del mundo, sobre todo si no le cuesta un céntimo y le da la oportunidad de intimar con profesionales y empresas a las que robar sus escritores. Pero parece ser que, al igual que yo, llegado cierto número de eventos por el estilo, ha preferido quedarse en casa.

No puedo más que aplaudir su decisión. Gracias a su ausencia estoy tan relajada en el cóctel nocturno que puedo concentrarme en lo importante.

—Como ya sabrás, no nos interesa ir gritando a los cuatro

vientos que estamos en bancarrota, aunque no descarto que el noventa por ciento de los invitados ya esté al corriente—le comento a Bosco, rastreando el salón con los ojos entornados. Tras un solo vistazo localizo a un par de conocidos, editores que traté durante mis viajes de empresa cuando trabajaba con Ernesto. ¿O para Ernesto? Creo que lo más correcto sería cuando me trabajaba a Ernesto—. Tampoco nos interesa entablar conversación con editoriales que estén despegando, que no sean muy conocidas o, en resumen, trabajen al margen de los grandes gigantes. Las editoriales independientes tienen principios sólidos y no van por ahí absorbiendo otras, por eso debemos ir a las tradicionales, a las que les sobre pasta y que quieran lanzar un nuevo sello de romántica.

—¿Que serían...? —pregunta Bosco. Lo interrumpo plantándole mi pequeño bloc de anillas en el pecho. Él se apresura a agarrarlo con las manos y echar un ojo a los primeros nombres que he anotado—. No veo cómo estos grupos editoriales van a interesarse en nuestra ruina.

—Si lo dices porque no les gustaría gastar dinero, ahí te equivocas. Dinero es algo que les sobra a esos hijos del capitalismo. Son como la burguesía decimonónica. Intercambiarán lo que tienen (en este caso, efectivo) por prestigio, una marca reconocible y autoras estrella que no podrían robarnos por los contratos de exclusividad que firmaron en su día. Tres cosas que la editorial Aurora puede ofrecer a cambio de una pequeña inversión, y con muy pocas condiciones —agrego con orgullo, cruzándome de brazos—. Tal y como yo lo veo, somos una ganga.

—De acuerdo, pequeña Bezos, pero sigo sin ver cómo vamos a plantear todo esto sin parecer desesperados.

—Vamos, puede que no seas Sócrates, pero conoces el arte de la retórica. Lo demuestras cuando te da la vena psicópata y empiezas a hilar insultos muy bien seleccionados. Se empieza con una pequeña introducción de quién eres y a lo que te dedicas, un poco de charla banal hasta entrar en la materia que nos ocupa (los negocios de uno y otro) y posteriormente se llega a la sutil insinuación de un acuerdo que podría interesarle.

—¿Por qué suena como si tú no fueras a echarme una mano?

—¿Necesitas una mano? —Arqueo la ceja—. Estuviste unos años en la universidad, Bosco, si no has aprendido a hablar en condiciones...

—Puedo hacerlo —me interrumpe, impaciente—, lo que quiero saber es por qué tengo la impresión de que vas a borrarte.

—Porque, efectivamente, pienso borrarme. Tienes los nombres, la estrategia y puedes resultar muy convincente cuando no acaba de llamarte el abogado de tu ex. No me necesitas para nada, y es más: mi presencia solo te restaría credibilidad, lo que intenté decirte mil veces cuando insistías en que debía acompañarte.

—¿Lo dices por tu pequeña historia con Fernández de Córdoba?

—Exacto. —Me aclaro la garganta para alejar la amargura de mi respuesta—. Yo sé la verdad y algunas de mis antiguas compañeras también la conocen, pero lo que es ampliamente conocido en el mundillo es lo que Fábregas te chivó, y no me deja en muy buen lugar. Antes de arruinarte las propuestas con mi problemática presencia, prefiero dar una vuelta por aquí y pegar la oreja en conversaciones ajenas mientras tú actúas. Con suerte me enteraré de un cotilleo jugoso.

—¿No te parece que el hecho de que hayas venido conmigo ya es suficiente para que nos relacionen?

—No he venido contigo. He viajado en AVE y tú en avión, y que nuestras habitaciones de hotel estén juntas podría ser una casualidad.

—Los organizadores del evento saben que en representación de la editorial Aurora vienen Bosco Valdés y su editora. Podrías haberlo pensado antes.

—Perdona, pero TÚ podrías haberlo pensado antes de insistirme hasta la saciedad. —Lo apunto con el dedo—. He venido voluntariamente porque te habría visto capaz de irrumpir en mi casa, aprovechando que sabes dónde vivo, para arrastrarme hasta aquí en contra de mis deseos. Si ahora nadie quiere relacionarse contigo porque creen que te he contagiado la peste, la sífilis o algo peor, es tu culpa. Yo me lavo las manos.

Bosco ladea la cabeza hacia mí.

—Solo he señalado lo pobres que son tus argumentos para colarle a la gente que no somos un equipo —señala con cara rara, anonadado con mi exabrupto—. ¿Sabes? Creo que deberías dejar de estar a la defensiva conmigo. Te he visto borracha, me he presentado a tus padres y vi tus fotos de cuando tenías dieciséis años.

—¿Y qué significa eso? —Me cruzo de brazos—. ¿Que tienes material para hacerme chantaje si no me comporto? Porque no me avergüenzo de nada de lo que tengo colgado en mi habitación.

—Significa que te conozco como para ser tu amigo, pero no te pido amistad, solo que dejes de reaccionar como una histérica cuando hago un comentario.

—Ah, ahora soy yo la histérica, Míster Te Despido Por Haberte Tropezado Conmigo En La Oscuridad.

Bosco me mira exasperado.

—Debe de ser difícil vivir con todo ese rencor dentro.

—Tú sabes mejor que yo cuál es el grado de dificultad. Estás más versado —me burlo—. No me considero rencorosa, por cierto, sino una persona con una memoria espectacular.

—Por supuesto. Tú no tienes defectos, tú tienes virtudes a la inversa.

—Veo que lo vas entendiendo.

Sonriente, Bosco niega con la cabeza.

—¿Sabes lo que te digo? Que tienes razón. Será mejor que nos separemos.

Guarda el pequeño bloc de anotaciones en el interior de la

chaqueta y estira rápido el brazo hacia la bandeja de uno de los barmans para coger una copa de cava. La levanta en señal de brindis —o de despedida— y echa a andar hacia un grupo de maduritos encorbatados, dejándome a la deriva.

Me dirijo a la mesa de tentempiés sin quitarle el ojo de encima a Bosco, que ha entrado fuerte con la que ha parecido una broma buenísima. El grupo se ríe a carcajadas mientras él hace aspavientos. Le observo sin revisar antes los canapés y *macarons* que me voy metiendo en la boca.

He visto a Bosco en los que siempre me han parecido sus únicos tres estados: enfadado, furioso y fuera de sí, pero tiene pinta de que estos aspectos de su personalidad son efectos provocados por el contaminado aire de Madrid; apenas ha puesto un pie en Barcelona parece que hubiera pasado los últimos tres meses en un balneario para empresarios estresados. ¿Acaso su exmujer le ha dado una tregua? ¿O es que Bosco, en realidad, es un hombre normal, con sus más y sus menos? Casi lo ha parecido al pedirme disculpas.

A lo mejor debería dejar ir la imagen de demonio bíblico que tengo de él. He de hacerlo si quiero que él deje ir la mía de histérica diabólica. Odiar deja de ser divertido cuando la otra persona te detesta más aún.

El grupo vuelve a reírse. Espero que no haya confundido mis indicaciones y haya interpretado que tiene que hacer el ganso para meterse en el bolsillo a los directores. Nadie se toma en serio a los chistosos.

Saco el móvil y le escribo un mensaje rápido. Para mi fortuna, pertenece a ese extraño grupo social que aún hoy tiene el móvil en sonido, y también al no tan extraño de maleducados que responden al WhatsApp en medio de una conversación real.

¿Cómo va todo?

Todavía estoy pensando en la

mejor manera de introducir el
tema.

Ya estamos hablando de
nuestros negocios.

¿Todavía nada? Tienes que ser
rápido y efectivo.

Bosco se gira hacia mí de forma sutil. Sus cejas enarcadas
son visibles incluso en la distancia.

¿Por qué no vienes tú y haces
algo al respecto?

Porque no quiero que huyan en
desbandada.

Eso no suena a Silvia Altamira. Si
lo que temes es que te pongan
una mala cara, simplemente
dímelo.

Sostengo el móvil y su mirada a la vez.

No quiero que me pongan una
mala cara. Pero ese es el mal
menor.

Lo sé, pero quería oírtelo decir.

Solo me has visto escribirlo, y
eso es lo más cerca que estarás
de que te dé la razón.

Por hoy es suficiente para mí.

Me sonríe de lejos y vuelve a darse la vuelta para regresar a la conversación. No me doy cuenta de que le he devuelto el gesto hasta que me veo en el reflejo de la pantalla del móvil.

Mascullo por lo bajo algo parecido a «bobalicona» y me meto un puñado de canapés en la boca, todos los que puedo masticar a la vez sin ahogarme. Me parece que, con lo buenos que están, no van a durar ni quince minutos, así que, procurando que nadie me vea, me lleno las manos, los envuelvo en una servilleta y me los guardo en el bolso.[33]

Cuando me pongo nerviosa, atraco la despensa, pero el almacén de mi casa me pilla bastante lejos y de alguna manera tendré que aplacar mis ánimos. Aunque, por lo visto, la cosa no va a ir tan mal como yo pensaba. Bosco no me ha gastado bromas pesadas, no parece que haya moros en la costa o, en su defecto, el colmo de los exnovios vengativos, y dudo que haya una sola persona en este salón lo bastante versada en moda actual como para darse cuenta de que este vestido lo compré en las rebajas de unos grandes almacenes, lo que podría avergonzarme bastante más que ningún recordatorio de mi paso por Bravante.

La vida me sonríe, o eso me parece a mí hasta que...

—Dichosos los ojos.

Dejo de masticar abruptamente, con la mala suerte de que la última mordida va al interior de mi mejilla. Me trago el gemido lastimero y levanto la barbilla hacia la voz, que ha salido de unos labios curvados en una media sonrisa insolente.

Se me habría caído la copa si no me hubiera aferrado a ella como si pudiera salvarme.

Ernesto Fernández de Córdoba, señoras y señores, con su clásica chalina de satén, la camisita de Ralph Lauren y el pelo engominado. Lola tenía más razón que un santo cuando me

---

33. Papá, si has leído esto, lo siento. Sé que no es lo que me has enseñado.

dijo que no te puedes fiar de los hombres con apellido compuesto.

—¿Qué tal estás, Silvia? —continúa, viendo que no puedo mediar palabra. Eso le satisface. Con el tiempo aprendí a descifrar sus expresiones, aunque demasiado tarde para darme cuenta de quién era en realidad—. Ya veo que recuperada y muy segura de ti misma. Habría que estarlo para presentarse en un evento de estas características como si tal cosa.

Se me desencaja la mandíbula. Tengo que dar gracias a que la mesa esté entre nosotros y no pretenda montar un numerito, o me habría lanzado sobre él para abofetearlo.

—¿«Como si tal cosa»? —Odio que me tiemble la voz, pero odiaría más aún quedarme callada—. ¿Qué quieres decir con eso?

—Nada que no hayas entendido a la primera. Después de lo que pasó...

—¿Te refieres a después de que me dejaras como el culo delante de una empresa que yo catapulté al éxito?

Ernesto se aparta el flequillo castaño de la frente con un movimiento que en su día me había parecido elegante. Ahora le da un aire soberbio.

—Por favor... ¿Que tú catapultaste al éxito? Tuviste tus momentos, Silvia, pero no exageremos, ¿quieres?

—Sí, es verdad. Tuve mis momentos. Pero, definitivamente, liarme contigo no fue uno de ellos —rechino entre dientes—. Hay que tener mucha cara para venir a saludar.

Ernesto apoya una mano en la mesita de tentempiés y me mira sonriendo como si aún quisiera seducirme.

—Cordialidad ante todo, ¿no?

—Seguro que sabes por dónde puedes meterte la cordialidad. Te lo dejé muy claro la última vez que nos vimos.

—Hace ya unos años de eso. —Ladea la cabeza, exagerando hasta lo teatral su personaje. Oculta la fina perilla tras la copa de vino que acaba de tomar—. ¿Todavía no me has perdonado?

—Para perdonar a alguien tendría que recibir una disculpa.

—¿Una disculpa? —Levanta las cejas—. La que se presentó en mi despacho con una amenaza no fui yo, Silvia. Fuiste tú. Yo hice lo que tenía que hacer para salvar mi negocio.

—No estabas salvando tu negocio, capullo, estabas salvando tu reputación. —Me golpeo las caderas al avanzar un paso hacia él. La mesa ejerce como muro protector de ambos. A mí me aleja de la violencia y a él, de ser mi víctima.

Ernesto sonríe con condescendencia.

—Estuviste unos años en el mundillo editorial, Silvia. A estas alturas ya sabrás que el negocio y la reputación de uno van de la mano. Supongo que por eso has decidido esta vez mantenerte al margen y no ir detrás de tu jefe como parecía gustarte tanto en su día: para no espantar a sus posibles aliados.

—Yo jamás he ido detrás de ti, hijo de perra —mascullo por lo bajo, señalándolo con el único dedo que puedo separar de la copa de champán—. Eras tú el amargado y aburrido de su vida que me contrató solo para acostarse conmigo.

—Cariño... —Se ríe y apoya la copa en la mesa—. Puede que no vayas detrás de nadie de forma activa, pero tiendes a aceptar las propuestas que te hacen los hombres... ¿cómo has dicho?, ah, sí, «aburridos de su vida». No creo que Bosco Valdés esté más interesado en tu conocimiento y experiencia laboral que en tu cuerpo.

Me habría gustado responderle algo fulminante, algo que lo devastase; alguno de los fríos reproches que ensayaba en voz alta cada noche, cubierta con las sábanas hasta la nariz, para cuando volviéramos a encontrarnos.

Pero no puedo.

No soporto el modo en que conduce la conversación, cómo se las apaña para ponerse por encima sin despeinarse, pero no se me ocurre ningún modo de arrebatarle el poder. De pronto se me han olvidado todas las respuestas ingeniosas que iba a escupirle en la cara. Soy tan impotente, inútil y vulnerable ante él como la primera vez que me la jugó.

—No todos los hombres son tan asquerosos como tú.

Eso es cuanto se me ocurre decir, con la voz floja y las manos temblorosas.

—Es cierto que hay hombres muy asquerosos, pero también hay mujeres patéticas. O, por lo menos, su sentido de la lealtad brilla por su ausencia. ¿Quién es peor? ¿El que propone el delito, o el que lo acepta?

Lo miro sin dar crédito.

—¿Qué coño estás insinuando?

—Una mujer que engatusa a un hombre comprometido y se mete en la cama de otra no es mucho mejor que los tipos de los que siempre te has quejado.

Se me escapa una carcajada incrédula. Miro a un lado y a otro, esperando que alguien que conozca mi versión lo haya escuchado y pueda reírse conmigo.

Apoyo las manos en la mesa y me inclino hacia él, buscando en sus ojos oscuros el ánimo jocoso que necesito para entender que solo se está burlando. Pero no. Va muy en serio.

—No puede ser... Si sigues con esa perorata es que te has creído tu propia mentira, ¿verdad? Tanto repetírtela, a ti y a tus esbirros, ha dado sus frutos. —Él no contesta, pero me sostiene la mirada—. Diría que te lo has montado así porque no habrías podido vivir con los remordimientos de haberle arruinado la vida a una mujer, pero no eres la clase de tío que se arrepiente de nada, y menos aún de joder a alguien que nunca te importó.

—Claro que me importaste, pero no iba a tolerar que me hicieras chantaje.

—¡Y yo no iba a tolerar que me convirtieras en tu zorra!

—Te agradecería que bajaras la voz.

Nadie me ha oído, por fortuna.

—Oh, sí, ya lo creo que lo agradecerías —mascullo por lo bajini—. El único motivo por el que no estoy chillándote es porque no quiero darle problemas a mi jefe.

—Supongo que ese es el motivo, sí, porque nunca has tenido suficiente clase como para que te detuviera el miedo a ridiculizarte.

No soporto que crea que aún tengo sentimientos por él o que lloro porque todavía no lo he superado. Me obligo a darle la espalda aun cuando me quedan cientos de miles de cosas que decir para evitar que vea las lágrimas que me inundan los ojos.

—No tengo miedo de ridiculizarme, porque de eso ya te encargaste tú. Tuviste que hacerlo con mentiras y juegos sucios porque de ninguna otra manera podrías haberme dejado mal delante del equipo.

—¿No? ¿De ninguna otra manera? Silvia, cariño, toda la gente que trabajaba y sigue trabajando para mí sabía muy bien que te acostabas conmigo. Ya te juzgaban antes de tu... grandiosa salida de la empresa.

Ese es un golpe bajo, pero he pasado demasiado tiempo soñando con este momento como para dejar que me pase por encima. Otra vez.

—¿No te cansas de ser un hijo de puta? No piensas parar hasta hacerme daño, ¿verdad? Pues adivina qué: ya no puedes. Ya no tienes ese poder.

Me ciño el bolso al hombro y rodeo la mesa tan rápido como me lo permiten las gelatinosas piernas, aunque no tanto para llamar la atención, y le robo otra copa al primer barman que me cruzo.

Si cree que va a avergonzarme, que va a conseguir que me largue con el rabo entre las piernas, no sabe cuánto se equivoca.

Quiero decir... Me largaré, sí, pero con mucho alcohol en sangre.

Capítulo 17

Pues para estar hecha de plástico fino soy bastante frágil

—Cerdo asqueroso...

Eso es lo que no dejo de mascullar entre dientes cuando, tras haber pedido un taxi directo al hotel y escrito el correspondiente mensaje de aviso a Bosco,[34] empiezo a sacar los canapés que no me he comido para restregarlos en la puerta de la habitación de Ernesto.

Haber salido con él unos cuantos años me permite conocer algunos detalles curiosos acerca de su personalidad. No solo sé que es un valiente hijo de puta —lo cual no habría estado mal averiguar con un poquito de antelación. Antes de que me lo demostrara, digo—, sino también lo bastante supersticioso para solicitar el mismo número de habitación y asiento en el avión durante sus viajes. Ernesto tenía —tiene, porque, por desgracia, no está muerto— un trastorno obsesivo-compulsivo relacionado con los números. El suyo es el quince, el de la niña bonita, así que allí me he dirigido con toda mi mala leche.

---

34. El mensaje en cuestión: un escueto «me marcho», que debería de haber sido «me acaba de sobrevenir una crisis existencial del tamaño del Burj Khalifa, buenas noches».

No debería sorprenderme a estas alturas de mi vida que la suerte haya decidido darme la espalda colocándome en la habitación de al lado. Bosco me distrajo cuando dejé mis cosas en el dormitorio y no me di cuenta de que dormiría junto al diablo.

Entre dos diablos, mejor dicho.

—Me imagino que debe de haber algún motivo para que estés lanzando canapés a la puerta de mi habitación. Si ese motivo tiene una base lógica, me encantaría oírlo.

La mano con la que agarraba uno de los últimos y pegajosos aperitivos queda suspendida en el aire.

Bosco se encuentra a unos cuantos pasos de mí, como si temiera por su vida. Me observa con las cejas enarcadas, arreglándose los puños de la camisa. La chaqueta reposa en su antebrazo.

—¿Tu habitación?

—Ajá. Yo la quince y tú la catorce. Hemos estado aquí esta mañana. ¿Todo esto es porque aún no me has perdonado?

—¿Qué? No. ¡No! No sabía que era tu habitación. Se me había olvidado. Pensaba que era la de... —Aprieto los labios. Suelto el canapé en el suelo, de mal humor, y busco en el bolso la tarjeta que abrirá las puertas de mi escondrijo—. Da igual.

—Al que limpie el pasillo no le dará igual. No dejes esto aquí, coño. —Se agacha y lo recoge, irritado con mi actitud. Yo también estoy irritada con mi actitud.

Saco la dichosa llave con manos torpes y me cuelo en el dormitorio sin mediar palabra, huyendo de la mirada inquisitiva de Bosco para lamerme las heridas. Pero, por supuesto, Bosco no iba a dejarlo estar. Antes de que pueda cerrar la puerta con un «buenas noches» más seco que la mojama, Bosco se cuela por la rendija y se cruza de brazos.

—Me has mandado el mensaje más críptico de la historia de los mensajes crípticos y has desaparecido de repente —me dice, recalcando que no piensa moverse de ahí.

Entorno los ojos.

—¿Y tú me has seguido porque...?

—¿No me has oído? Porque me has mandado el mensaje más críptico de la historia de los mensajes crípticos y has desaparecido de repente.

—¿Y qué pasa? ¿Necesitabas que estuviera por allí con unos pompones en las manos, gritando «dame una B, dame una O, dame una S»...?

—No, Silvia. Me temo que habría acabado rápido incluso con tu inestimable colaboración. Los tipos que anotaste en la libreta me han cortado el rollo enseguida. Por lo visto, no tienen intención de ampliar sus horizontes. —Persigue con la mirada mi paseo nervioso por el zulo, donde arrojo el bolso con un bufido. Consulto mi móvil sin la menor intención de responder a uno solo de los mensajes que he recibido—. Oye.

Me cuesta enfocar la vista, y no tiene nada que ver con que haya vaciado tres o cuatro copas de champán antes de largarme. El champán jamás me sube y no había suficientes reservas en el cóctel para hacerme vomitar.

—¿Qué pasa? —le rujo.

—Eso mismo digo yo. ¿Qué pasa?

¿Que qué pasa? Pues nada, qué va a pasar. Pasa que me he tirado los últimos años soñando con el momento en que me enfrentaría a mi mayor enemigo en un mítico combate, como Oliver y Benji cuando les tocaba jugar el partido contra Mark Lenders, y resulta que ni siquiera me dejan salir a defender. Me he quedado en el banquillo, paralizada por el horror y la impresión, y me han marcado tantos goles que la derrota ha sido más humillante que la de Brasil y Alemania en las semifinales del mundial de 2014.[35]

---

35. Dato que conozco no porque me interese el fútbol, sino porque en 2014 estaba con Ernesto y a él sí le parecía excitante ver corretear de un lado a otro al único grupo de millonarios que tiene que ganarse el pan sudando un chándal. Aparte de los narcos, supongo.

En el fondo de mi corazón creía que no sería necesario practicar para el encontronazo. Esa es la verdad. Pensaba que Ernesto, aunque fuera un miserable cabrón y no me pidiera las disculpas que merezco, por lo menos no se regodearía en mi situación. No se divertiría dejándome por los suelos. Ya sabía que en su día y por culpa de mi ridículo enamoramiento subestimé la vacía negrura que escondía bajo las corbatas de seda italiana, pero ni en mil años habría imaginado que sería aún peor.

Eso es lo que me pasa, puto Bosco puto Valdés.

—Voy a preguntarlo una vez más. —Se arma de paciencia con una profunda inspiración—. ¿Me vas a decir qué ha ocurrido?

Bosco espera una respuesta con los brazos en jarras. Copio su postura e intento adoptar una postura desenfadada aun cuando me arde la sangre.

—¿Tú es que no has oído esa frase de Salinger que dice que «en el momento en que uno cuenta cualquier cosa, empieza a echar de menos a todo el mundo»?

—Acabas de responderme eso solo para citar una frase de Salinger, ¿a que sí?[36]

—Ni confirmo ni desmiento.

—Silvia...

Levanto las manos.

—Mira, lo que ha pasado es que me he encontrado con mi ex y hemos tenido unas palabritas. Nada del otro mundo. Ahora, siéntate en la primera silla que encuentres y cuéntame qué has hablado con los peces gordos.

—No hay una sola silla en esta ruina de sitio, y no pareció que fuese nada del otro mundo cuando hace un momento estabas condimentando el picaporte de la que creías que era su habitación.

36. Sí. Nunca es mal momento para citar a Salinger.

Abro la boca para balbucear una tontería capaz de distraerlo, enfadarlo o ambas, pero me parece que ya he copado el cupo de excusas vergonzosas con el hombre que tengo delante.

Suspiro y me dejo caer en la cama igual que el Cristo crucificado. Me froto contra las sábanas limpias como si quisiera dibujar un ángel con mi silueta, gimoteando de rabia y desesperación. Ladeo la cabeza hacia Bosco, que, lejos de parecer incómodo con mi posesión infernal, me observa con fijeza. Él interpreta mi mirada como una invitación y se tiende a mi lado a una distancia que considero decente.

—Entonces, fuisteis pareja —deduce con la vista clavada en el techo. Yo también dirijo allí mi mirada. Tuerzo la boca al detectar un arácnido colgando de la lámpara. Ya son dos bichos asquerosos los que dormirán en la primera planta del hotel.

—No exactamente. No se tiene pareja oficial hasta que la presentas a la familia, a los padres o, como mínimo, vas a cenar fuera en calidad de novia. Ya sabes, te introduce en el mundo llevándote del brazo. A mí me metía detrás de los biombos de los restaurantes y me llevaba a sitios alejados de la mano de Dios, como hacen los tíos con las mujeres con las que se avergüenzan de salir porque son más feas que pegarle a un padre.[37] —Pongo los ojos en blanco—. Hay gente que tiene miedo de decir que le gusta su pareja, o de presentarla, porque no es precisamente atractiva. Créeme, tengo amigas que no me querían enseñar las fotos de sus rolletes porque sabían que les diría que eran feos y eso haría que dejaran de verlos con ojos de enamorada y su maravilloso castillo de pasión se vendría abajo.

---

37. O porque tienen una novia formal, o porque carecen de inteligencia emocional para imaginarse lo que su pareja puede interpretar a raíz de su secretismo, o porque les gustan los sitios más íntimos.

Dios, no paro de poner notas al pie porque estoy muy nerviosa. Prometo limitarlas a partir de ahora.

—Poco querrían a sus novios si una opinión externa las desenamoraba, pero ese no es el tema, y no me líes con reflexiones, que no me quiero perder. La conclusión es que... ¿se avergonzaba de ti? —tantea.

—Solo era su amante. Ernesto estaba casado. —Le pego la mano a la nariz—. ¡No me pongas esa cara!

—¿Qué cara?

—¡La cara de «ajá, entonces sí que eres una vendida»! Yo no lo sabía, ¿de acuerdo? Me decía que estaba separado cuando, en realidad, jugaba a la familia feliz con su esposa. Vamos, que llevaba su matrimonio tan en secreto como sus *affaires*. Le gustaba la tensión de las dos vidas paralelas. Hay gente así, supongo, a la que le va la adrenalina.

Y romper corazones.

—Perdona, pero tengo que preguntarlo. —Retira mi mano con delicadeza—. Eres más lista que el hambre, Silvia. Creo que te habrías dado cuenta de que el tipo te la estaba jugando. ¿No te extrañaba que te ocultara de todo y todos?

—No. Al principio no, por lo menos —corrijo tras recapacitar. Entrelazo los dedos sobre mi vientre y clavo la vista al frente. Me molesta más que no crea mi historia porque me deja de tonta que porque me tenga por una pérfida y no por la víctima—. Para mí tenía sentido. A fin de cuentas, él era mi jefe y yo su empleada. La primera que no quería que hubiera comentarios malintencionados recorriendo las oficinas sobre nuestra relación o lo que motivó mi rápido ascenso era yo misma. Además, Ernesto decía que lo hacía por mí, y yo me lo creía. Porque, por si no lo sabes, por amor te vuelves un pedazo de lerdo.

—Es una forma de decirlo —acota Bosco.

Ladeo la cabeza hacia él y, tal y como imaginaba, lo cazo mirándome con incredulidad.

—¿De qué otra forma quieres que te lo diga? Era joven, inexperta en las relaciones, y en los periodos que me desencantaba con Ernesto o le reprochaba que no tuviéramos una relación real porque me saboteaba la inseguridad, él me sobornaba con regalos que no podía rechazar. Sabía demasiado bien lo que me gustaba.

—¿Dejabas que comprara tu inteligencia con zapatos?

Aprieto los labios, irritada por no poder asentir y quedar como una superficial de libro. En su lugar, tengo que admitir mi humanidad a regañadientes.

—Me dejaba conquistar con halagos y palabras vacías porque no quería perderlo.[38]

Él permanece en silencio unos momentos, haciendo aún más intolerable la dimensión de mis últimas confesiones.

—¿Cuánto tiempo estuvisteis juntos? —retoma unos instantes después.

—Casi todo lo que duró mi contrato allí. Dos años y medio. —Suspiro de nuevo—. ¿No es de risa? Una mujer sale con un hombre dos años y necesita cinco para olvidarlo. Ahora entiendo a Leire Martínez cuando dijo: «Qué corto fue el amor y qué largo el olvido».

—A mí me gustaba más Amaia Montero en La Oreja de Van Gogh, la verdad.

—Pureta —mascullo, dándole la espalda en la cama. Él se ríe flojito, y yo le agradezco que me sorprenda con comentarios que no vienen a cuento para disipar la tensión.

Sigue otro breve silencio, este más soportable, en el que Bosco coge aire y toma impulso para hacer la pregunta del millón.

—¿Qué pasó para que te demandara?

—Descubrí que estaba casado y le dije que se lo iba a decir a su mujer. —Aprovechando que no me ve, cierro los ojos, como si así pudiera protegerme del bochorno y el dolor que sentí aquel día—. Nunca he llevado muy bien lo de la infidelidad, ¿sabes? Y quería que le dieran por el culo a Ernesto.

38. También me regalaba zapatos. Y eso ayudaba a que le quisiera, no lo vamos a negar.

—Comprensible —me concede con amabilidad.

—La cosa es que al amenazarlo cavé mi propia tumba. Si hubiera ido directa a su mujer, nada de esto[39] habría pasado, pero como le avisé de mis intenciones, no le costó mucho darle la vuelta a la situación.

—¿Qué hizo?

—Digamos que no podía despedirme sin más después de nuestra agradabilísima entrevista en el despacho, la que habría sido la forma más fácil de quitarme de en medio. Yo era una empleada ejemplar y tenía recursos de sobra para pagarme un abogado que lo denunciara por despido improcedente.

—Borja Altamira —pronuncia con solemnidad.

—Sí, Borja Altamira. En el proceso judicial podría haber salido todo a la luz de igual manera, así que buscó una manera de incriminarme para que todo lo que pudiera decir en mi defensa, incluso que estábamos acostándonos, sonara a excusa. Consiguió reunir pruebas que demostraban que yo había estado tocando dinero de las cuentas de la editorial y me reunió en su despacho para enseñármelas una a una, advirtiéndome, como hice yo unos días antes, de lo que pasaría si abría el pico.

—Las pruebas eran falsas —se adelanta Bosco.

—No. Sí que había estado tocando dinero de las cuentas de la editorial, solo que no lo sabía y lo hacía porque mi jefe, él, me lo pedía. Sí, podría haberme buscado un buen abogado que demostrara la manipulación y me sacara del aprieto, pero la defensa sería larga, costosa y muy mediáti-

---

39. «Esto»: toda la movida por la cual acabé viviendo en casa de mis padres y siendo becaria de *Brusco* Valdés sin salario y sin dignidad, y ahora sin la personalidad misteriosa que me ayudaba a salvar el día con un poco de encanto, porque vaya manera de contar mi vida, a ver cómo me hago respetar ahora que sabe que no soy perfecta.

Yo iba a limitar las notas a pie de página.

ca, porque Ernesto es un personaje público debido al linaje aristocrático de su familia. Y mi padre es un juez de renombre, un hombre importantísimo en el mundo legal. Si me llevaban a los tribunales por algún motivo, fuera inocente o culpable, eso le salpicaría, y Borja Altamira, como tú lo llamas, es la clase de hombre que vive por y para su trabajo...[40] En definitiva, lo único que Ernesto me estaba proponiendo era que me olvidara de confesar el adulterio a su mujer. Si lo hacía, solo me echaría de la editorial y no me demandaría.

—Pero no aceptaste.

—Sí que acepté. No le dije nada a su mujer. Pero él decidió vengarse igualmente poniéndome a bajar de un burro en la editorial, diciendo que yo me había insinuado, que estaba dispuesta a todo para conseguir un puesto mejor y, en fin, lo que Fábregas te hizo llegar.

Transcurren unos largos segundos a los que Bosco pone fin con un suspiro resignado.

—¿No podrías haberme contado todo esto cuando te lo pregunté?

Apoyo todo el peso en el costado y dejo reposar la mejilla en la palma de mi mano, mirándolo por fin desde que comenzó la noche de confesiones.

—¿Te refieres a cuando me preguntaste si a ti también quería follarte para luego sacar tajada de tu negocio? No sé, no me pareció procedente.

Bosco pone los ojos en blanco, un gesto adolescente que me provoca una sonrisa.

—Para vivir en el barrio de Salamanca eres muy malhablada, Altamira.

---

40. Además de que no iba a ponerle en bandeja que coronara a Bárbara como su hija favorita, cosa que habría hecho tras el escándalo.

—Pues tú, para ser andaluz, hablas de maravilla.[41] —Bosco entorna los párpados y a mí me da por reír—. Oye, estoy de broma. Estudié Filología hispánica, conozco la diferencia entre los dialectos y el buen hablar. Y, de todos modos, no estábamos hablando de eso. ¿Quieres que te responda alguna pregunta más, sargento?

Bosco copia mi postura echando todo el peso sobre el costado. Se queda un buen rato mirándome pensativo, lo que interpreto como que aún tiene dudas.

—¿Por qué no le devolviste la puñalada después de que te ridiculizara y te impidiera encontrar trabajo?

—Porque la puñalada no me dolió tanto como que me partiera el corazón. —Encojo un hombro. Procuro ignorar el atisbo de compasión que aprecio en su semblante—. Digan lo que digan las comedias románticas, cuando te pisotea al-

41. De hecho, damas y caballeros —me aclaro la garganta—, el andaluz es un dialecto que tiene su origen en el castellano histórico, lo que lo convierte en la variedad lingüística primigenia con mayor relevancia en la formación de nuestro riquísimo idioma. Sus míticos rasgos dialectales son anteriores a la crisis socioeconómica andaluza, crisis que se suele utilizar como excusa para asociar injustamente la «ignorancia» y «el atraso cultural» al sur. Además, el andaluz no solo se caracteriza por su fonética, que permite agolpar mayor cantidad de palabras en menor tiempo y lograr una sonoridad diferente y con personalidad, además de optimizar el mensaje, sino también por un abundante léxico propio y rasgos morfosintácticos y semánticos que no se encuentran en ninguna otra parte. En definitiva, y para usar las notas a pie de página para algo más que quejarme o subtitular mis propios pensamientos, tengan presente que acusar a los andaluces de malhablados o ignorantes es de un clasismo vergonzoso (y es más vergonzoso aún que tenga que ser yo la que lo diga) en esta sociedad, además de que pone de relieve una incultura imperdonable.

Por cierto: cuando a Bosco se le escapa el acento de Málaga, me pongo cachonda, lo cual es un factor a considerar. Factor que le ayudaría a tenerme por una mujer no tan elitista, lo sé, pero me voy a reservar este as bajo la manga porque mejor parecer una pija que fetichizar descaradamente el habla andaluza, lo que también podría sentarle mal.

¿Qué NO le sienta mal, por otro lado?

guien que amas, lo único que quieres es meterte debajo del edredón y llorar, no idear venganzas macabras como pincharle las ruedas del coche o tirar todas sus cosas por la ventana.

—¿De verdad? ¿Ni siquiera si eres Silvia Altamira?

Enarca una ceja, dedicándome una de esas sonrisas que me incitan a sonreír también. No lo consigue, sin embargo.

—No, Bosco. Ni siquiera si eres Silvia Altamira. Hasta a Silvia Altamira le duele el corazoncito a veces. A veces —recalco—. Muy de vez en cuando. Casi nunca, ¿eh?

—Lo sé —responde, perdiendo el ánimo guasón que me ha permitido hablar sin temer que acabáramos acercándonos más de lo estrictamente profesional.

No sé qué añadir. A veces, un poco de silencio no viene mal, pero cometo un error al permitir que pase el rato mientras nos miramos el uno al otro. El silencio incita a la observación, y no necesito recrearme más en la belleza mediterránea de este hombre sureño. Me fijo en la versión minúscula de mí misma encerrada en esas pupilas suyas que absorben el iris, y me gusta lo que veo.

Nunca he estado tan cerca de él como para verme reflejada en sus ojos de lobo.

—¿Que lo sabes? —repito, distraída—. ¿Por qué?

Sigo pendiente del imperceptible movimiento de sus pupilas. Hasta ahora los llamaba «los ojos del demonio», pero ¿acaso los demonios no eran ángeles caídos?[42]

Bosco me retira de la cara un mechón que ha escapado del moño. Lo acaricia desde su nacimiento hasta la punta al arrastrarlo tras mi oreja. Al rozar el sensible cartílago con la yema del dedo, manda una descarga por todo mi cuerpo.

—Me comentaste el otro día que estuviste enamorada de él, así que me puedo figurar que no te sentó muy bien todo el tema de la amenaza, la demanda y demás.

42. Pero qué puta cursilería más bochornosa.

—También te lo podrías haber figurado sin que te contara nada, sea lo que sea lo que te contase en esas condiciones. Ya me conoces un poco y sabes que se me da muy bien alterarme y guardar rencor.

—Solía pensar que esa era la base de tu personalidad, sí, que eras la mujer histérica de *Veneno en la piel* con la que todos los hombres nos hemos topado alguna vez, pero solo tienes tus cosillas, como cualquiera.

Le sonrío divertida.

—¿La mujer histérica de *Veneno en la piel*? ¿Te refieres a la de la canción de Radio Futura, la de plástico fino que se insinúa que es drogadicta?

—No me refiero a esa parte. Me refiero a la que dice que no se conforma con cualquiera y monta un pollo en un restaurante si las cosas no salen como ella quiere.

—Supongo que pretendías halagarme al decirme que no me parezco a la tipa en cuestión.

—Tampoco llega a ser un insulto que te llamen «mujer con veneno en la piel». Si el cantante la lleva a cenar, será por algo.

—Porque está buena —bufo, bizqueando.

—O por el tacto divino. Hay muy pocas personas en este mundo que solo tocándote te transmiten todo lo bueno.

¿Se supone que yo soy de esas?

—Eres excelente desentrañando los misterios de la música —balbuceo, por decir algo.

—Eso también es un halago, ¿no?

—Pongamos que sí. No ibas a ser un compendio de defectos, Bosco, algo bueno tenías que tener.

Él sonríe como si supiera que estoy mintiendo descaradamente, pero no quisiera arrebatarme la ilusión de creerme mis delirios. Es esa sonrisa que se le regala a los niños cuando preguntan algo estúpido —«¿Quién ha mordido la luna, que se ve solo la mitad?»—, tierna y concesora. La clase de sonrisa que detesto y que esta vez me hace unas cosquillas tontas en el estómago.

Conozco esta sensación. No son las mariposas del amor, no son los fuegos artificiales que anticipan la gloria del sexo. Es el estremecimiento que te sacude cuando sientes que por fin estás viendo a alguien tal y como es; ese momento en el que se te ilumina la bombilla y, junto con la oscuridad, se largan los prejuicios y la idea equívoca que habías inventado de él para protegerte. El Bosco furioso y maleducado no es un simulacro ni un disfraz, como tampoco un espejismo, pero es eso: Bosco furioso o Bosco maleducado. Un Bosco adjetivado. Este que tengo delante ahora es Bosco a secas. Humildemente Bosco.

—Bueno —me apresuro a decir, retirándome de la cama. No lo habría hecho más rápido ni si me hubiera caído encima la araña de la lámpara del techo—, creo que deberíamos hablar de tu primer contacto en el cóctel. Y repasar nuestra presentación de la conferencia de mañana —apostillo, sacudiéndome la falda—. La editorial Aurora también tiene que hacer su pequeña aportación.

Le doy la espalda para buscar las carpetas y papeles en mi pequeña maleta de viaje, cuando, en realidad, solo intento serenarme. Puede que no sea una de esas mojigatas a las que les sobrevienen los síntomas de una gastroenteritis aguda cuando están a solas con un hombre, pero son las tantas de la noche, hay un macizo tendido en mi cama y acabo de abrirle mi corazón.[43] Para colmo, cuando me doy la vuelta Bosco sigue tendido en la cama como el apetitoso espécimen que es.

No, no soy una puritana. De hecho, soy una mujer con necesidades y, a juzgar por cómo me está mirando, sabe bien cuáles son y la manera en que las satisfaría si le diera un pase directo a mis bragas.

—Incorpórate, aunque sea. —Le hago un gesto impaciente—. Hay que darle un toque profesional a esta reunión o va a parecer una quedada de amigos.

—Y no somos nada parecido.

---

43. Bueno, a ver, una rendijita de nada. Tampoco nos vamos a poner intensos.

—Pues no.

—¿Cuánto nos queda para llegar a esa fase?

Dejo de toquetear los papeles para que no se note que no estoy lo que se dice relajada y apoyo una mano en la cintura, ocultando así el repentino temblor de excitación.

—¿Para qué querrías ser mi amigo?

—Para lamentarme de estar en la *friendzone*, que es bastante mejor que lamentarse por ser odiado.

—¿Desde cuándo te lamentas porque te odie? Y ¿por qué un tío de casi cuarenta tacos sabe lo que es la *friendzone*?

—Porque el tío de casi cuarenta tacos trabaja con Lola Vilalta.

No lo dice, pero su ligera sonrisa me felicita por mi estupenda aunque reveladora manera de desviar el tema de sus indirectas-muy-directas.

—Buen argumento. Siéntate como una persona normal y concéntrate.

Le arrojo la carpeta, que él coge al vuelo y luego deja sobre su regazo, y yo salvo el iPad del fondo de la maleta. Finjo estar pendiente de la pantalla iluminada, pero observo con el rabillo del ojo que Bosco se remanga la camisa hasta los codos, exhibiendo sus magníficos brazos morenos.

Ese gesto acrecienta mi nerviosismo.

«Por favor, solo son un puñado de tendones más o menos desarrollados debajo de una mata de vello corporal. No es nada que no hayas visto antes».

Afloja también la corbata y se la quita sin deshacer el nudo. Luego desabrocha el primer botón de la camisa.

Me tengo que morder la lengua para no exigirle, por la paz mundial, que se esté quietecito. De hecho, me la muerdo el doble al mirarlo a la cara y fijarme en que me está provocando concienzudamente. Yo caigo en todas las provocaciones del mundo, porque si una chica no quisiera quedar por encima siempre no se pondría tacones, así que no tardo en quitarme los *stilettos* y la americana. Las medias también irían fuera, pero una cosa es provocar y otra muy distinta es invitarlo a hacerme el salto del tigre.

Me siento junto a él en el borde de la cama y trasteo en el iPad para enseñarle la presentación.

—Lola ha tenido la gentileza de agregar al final unas diapositivas sobre marketing digital. Añadió las gráficas de cómo ayuda a aumentar las ventas que... —Estiro el cuello, arrugando el ceño, al interceptar un sonido extraño—. ¿Qué es eso que se oye?

Bosco desestima mi preocupación encogiendo un hombro, las manos apoyadas al lado de sus caderas.

—Supongo que los huéspedes de la habitación vecina.

—Pero si se les escucha como si los tuviera en el regazo.

—Pues por tu bien espero que no dediquen la noche a contarse confidencias.

—Eso espero yo también, porque me va a hacer falta dormir. —Me obligo a apartar la mirada de sus manos entrelazadas en el regazo. Se da golpecitos en el dorso con uno de los índices, distrayéndome de mi objetivo—. Bueno, como te decía, ha sido un trabajo en equipo.

—Lo sé. Lola y yo dedicamos la semana pasada a pulir la presentación, así que sé muy bien de lo que va. No podíamos esperar a que volvieras para ponernos manos a la obra.

—Pues ponte ahí delante y enséñame lo que has aprendido. Y deja de regañarme por desaparecer una semana, coño. Ni que me pagaras un céntimo.

Bosco esboza una sonrisilla tontorrona. Abro la boca para advertirle que me largaré —o lo largaré a él, porque esta es mi cama— si se pone en plan prepúber chistoso.

El gemido gutural de la habitación de al lado acaba con mi intención de ponerlo firme.[44]

---

44. No en ese sentido (por desgracia).

Permanezco inmóvil donde estoy, agarrando el iPad con fuerza. Lo de «gemido gutural» es morfológicamente erróneo, porque ambas palabras indican singularidad y, en los segundos que siguen, son tantos los suspiros y aullidos femeninos intercalados con los bufidos y gruñidos masculinos —en plural— que sería imposible contarlos.

—Vaya. —Bosco tampoco mueve una pestaña. Guarda las manos en los bolsillos del pantalón y estira las piernas, como si estuviera cómodo—. Esperemos que el tipo sea eyaculador precoz. Con suerte, terminan en dos minutos y podemos ir al lío.

—Sí, claro. —Trato de ocultar como puedo la tensión y me acerco a él para tenderle el iPad. Ocupo un sitio a su lado y apoyo las palmas sobre la falda, que de pronto me sudan—. ¿Estás preparado?

Su asentimiento queda amortiguado con el grito de la desconocida.

—¡Más duro! ¡Más!

Me giro hacia Bosco, preocupada por lo que pueda ver en su expresión. Él solo ha levantado las cejas y abre un poco los ojos al oír un azote en alguna parte del cuerpo y una orden:

—¡Por el culo! ¡Dios!

—Sí, nena... —mascula la voz masculina.

Bosco se pasa la mano por la cara.

Yo lo imito sin darme cuenta. Apenas siento las piernas.

Otro azote. Otra serie de gritos y gruñidos. Más peticiones guarras. Y, entonces, empiezan los golpes a la pared, al principio sutiles y rítmicos y, pronto, ensordecedores y desordenados.

—Pero ¿estos están follando o es que hay un terremoto? —bufo.

—Podríamos poner música —propone Bosco, dándose palmaditas en los muslos.

«Sí, eso, tú hazme más consciente de tus piernas musculadas».

—La música no va a marcar ninguna diferencia.

—Conozco algunos temas de heavy metal. Podemos ponerlos altos. —Le lanzo una mirada acusadora. Él suspira—. ¿Y qué sugieres, entonces?

Lo encaro con toda la intención de mandarlo a su cuarto. Es lo lógico: ya madrugaremos para ensayar la presentación, aunque esta alternativa funcionará suponiendo que los tortolitos sean de los que odian los besos previos al obligado enjuague bucal. Como les vaya el sexo matutino, estamos apañados. Por desgracia —¿o por suerte?—, Bosco comete el error de desviar un instante la vista a mi blusa, yo la cago mordiéndome el labio inferior y la amorosa pareja pone la guinda al pastel diciendo en este preciso momento algo que parece resumir nuestros pensamientos:

—Llevaba tanto tiempo queriendo hacerte estas guarradas...

Bosco y yo intercambiamos una rápida mirada. La suya arde y consigue su propósito: quemarme.

—Que conste que lo ha dicho él, no yo.

Es lo último que dice antes de que yo lo mande todo al diablo y me siente a horcajadas sobre él. Me fundo con sus labios en un beso que necesitaba para desahogar la frustración, y sé, en cuanto me responde con el mismo frenesí, que hoy no nos quedaremos ahí.

Lo tiendo sobre la espalda, feliz de estar encima, pero él tiene que llevar la voz cantante y rueda hasta colocarme debajo de su cuerpo. Prolonga el beso hasta que no puedo respirar, no se diga ya abrir la boca para exigir la postura dominante. Llevo las manos a su bragueta. Nada más palparle el paquete, confirmo que está semiduro y caliente como el infierno.

Bosco y yo nos miramos.

—¿Qué piensas hacer? —pregunto, enarcando la ceja.

Él levanta la misma y, sin decir nada, saca del bolsillo un condón en su envoltorio.

Una parte de mí grita aleluya. La otra, que es la que se expresa en voz alta, dice:

—Pero ¡serás cabrón! —Le doy un puñetazo en el pecho. Él se quita de encima enseguida, posando la mano sobre la zona con una mueca de dolor.

—¡Joder! ¿A qué ha venido eso?

—Lo tenías preparado, ¿no? Llevabas los condones encima porque sabías que iba a caer.

—Llevaba los condones encima porque sabía que en algún momento iba a acostarme con alguien y no me interesa tener bastardos. ¿Te vale como excusa?

Finjo pensármelo un segundo. Podría haberme ahorrado la supuesta indignación: mis piernas rodean su cintura y la boca me sabe más a él que a mi propia saliva, pero era necesaria para recuperar el control de la situación.

—Sí. —Lo atraigo de nuevo hacia mí y tomo sus labios otra vez, ahora con el corazón encogido de emoción por lo que está a punto de ocurrir. Porque *por fin* va a ocurrir.

Dios, no había esperado nada con tantas ganas jamás. Ni siquiera el reencuentro de *Física o Química*.

—Espera... —Me separo solo por el placer de verle fruncir el ceño, lo que hace de inmediato. Qué predecibles son los hombres—. ¿Me estás diciendo que no has venido a mi habitación para seducirme?

—No.

Hago morritos.

—Pues qué decepción.

—Perdóname por contener mis impulsos y no ser un depredador sexual con mis empleadas —replica con sarcasmo.

—Este no es el momento de pedirme perdón.

Rueda conmigo encima hasta aplastarme con su cuerpo macizo, que no dudo en recorrer con dedos traviesos desde el interior de su muñeca hasta los bíceps, apenas contenidos en esa camisa que se le ha quedado pequeña. La desabrocho botón a botón, mordiéndome el labio. Él debe encontrarlo demasiado sensual para resistirse, porque atrapa el mismo labio que yo torturaba y lo recorre con minúsculos mordisquitos. Se detiene debajo de la comisura de mi boca, que humedece con la punta de la lengua un segundo antes de descender por mi cuello.

Llego al último botón de la camisa a la vez que él se acurruca entre mis pechos. La blusa es lo bastante escotada para que se vea el sujetador, prenda que retira con los dientes. El corazón me late furioso en cuanto queda a la vista uno de mis pezones, y me propongo no pestañear, no apartar la vista de su expresión anhelante cuando me regala el primer lametón.

Bosco se deja desnudar sin parar de mimar mi cuerpo. Reacciona a mis íntimas caricias con ronroneos de lo más morbosos. No solo parece que la última vez que tuvo sexo fue ayer, sino que parece que lo tuvo conmigo, porque nuestros cuerpos se compenetran el uno con el otro como si ya supieran con qué se van a estremecer.

Bosco da un mordisco cerca del pezón, arrancándome un gritito.

—¡Cabrón!

Él levanta la mirada. Sus ojos brillan como carbones encendidos.

—Eso por provocarme erecciones en el trabajo, bruja.

Respondo a su pullita con una sonrisa orgullosa y le araño el pecho al bajar las manos hasta su ombligo, siguiendo el caminito de vello oscuro y preciosa piel bruñida que queda a la vista. La boca se me hace agua al deshacerme del cinturón, y a ambos se nos corta el aliento cuando mis dedos tocan la piel fina y caliente bajo el bóxer.

—Anímate, Valdés. No hace falta que estés tan tenso. Por fin voy a tocarte los huevos de una forma que te resultará agradable.

Él me sonríe de vuelta, al borde de la carcajada, y se tiende a un lado para usar la otra mano con fines perversos. Me desabrocha la blusa y me da la vuelta, poniéndome boca abajo para lidiar con los corchetes del sujetador.

Siento en el desnivel del colchón barato y el movimiento de la cama que clava una rodilla a cada lado de las caderas. Apenas encuentra el equilibrio, me sube la falda hasta la cintura, abre un agujero en las medias a la altura del tanga y presiona los dedos contra mi sexo.

Culebreo de forma involuntaria, efecto que suelen tener las caricias en mi zona más sensible, pero no pretendo huir de él. Con la mano, me obliga a separar los muslos y provoca que se me engarroten los dedos de los pies conforme encuentra espacio bajo la inútil tela de la ropa interior. Suspiro con las manos comprimidas en puños a cada lado de la cabeza y vuelvo a hacerlo cuando las frías yemas de sus dedos me acarician por dentro.

Con la otra mano me rodea la garganta por delante, y tira suavemente para elevar mi torso de la cama. La postura es incómoda, pero solo es un medio para poder oír su susurro:

—Ya sabía yo que eras una mujer de tangas caros.

—Una pena que no sean baratos o podrías romperlo de un tirón, ¿no?

—No voy ni a quitártelo. Así luego serás más consciente de cómo te has mojado.

—Eres un guarro.

—Puede ser.

Me deja sin palabras al hundir los dedos dentro de mí.

Elevo las caderas, arqueando la espalda de un modo más o menos doloroso, pero las empujo hacia su mano vil, la misma mano firme que habría usado para torturarme si se hubiera decidido a follarme cuando aún nos odiábamos a muerte. Sigo odiándolo, supongo, pero ahora quiero matarlo de una manera deliciosa. De la misma deliciosa manera en que él me masturba, rotando los dedos e imitando el movimiento de las tijeras ya dentro de mi cuerpo para obligarme a sentirlo todo lo que se puede sentir un intruso en una zona tan delicada. Gimoteo entre dientes su nombre y mil cosas más que se me olvidan en cuanto las pronuncio, hasta que siento que me acerco al leve mareo que precede al orgasmo y todo mi cuerpo convulsiona para recibirlo como agua de mayo.

Bosco me acaricia las nalgas por encima de las finas medias mientras dura el clímax. Arrastra los dedos por mi piel, tirando de ella, apretando, separándome los cachetes para que sienta el roce de la tela del tanga contra mi sexo mojado. Cuando el orgasmo se marcha, dejándome más relajada y todavía más desesperada por correrme de nuevo, Bosco me levanta por las caderas hasta ponerme de rodillas, con la mejilla pegada a las sábanas.

Oigo el rasgado de las medias y noto el engañoso frescor del aire de la habitación entre los muslos, en la baja espalda. Continúan las caricias mientras mis piernas tiemblan y mis oídos se agudizan, tratando de averiguar qué pasará ahora.

—¿No piensas follarme? —jadeo.

—Estoy esperando a que me lo pidas.

—¿Que te lo pida? ¿Tienes que regodearte incluso en esta situación?

—Es la única situación en la que tendría lo que tanto quiero: un ruego de Silvia Altamira.

No se equivoca en una sola palabra. Eso me irrita tanto como me excita.

Me aferro a las sábanas, tratando de no pensar en qué lugar me deja que me guste follar con mi jefe en una postura de claro sometimiento.

—Haz conmigo lo que quieras ahora, porque sabemos muy bien que ni mañana ni mientras estemos vestidos tendrás la suerte de ponerte por encima de mí.

—Esa es mi chica. Se rinde —musita con una voz gutural, sexy como el diablo, que me hace suspirar y buscar su cuerpo—, pero nunca del todo.

Retira el hilo del tanga y por un momento solo se oye el silencio. Luego se me escucha a mí jadeando descontroladamente al notar la dulce y húmeda presión de su lengua en mi entrepierna. No hay besos ni mordiscos, es todo agua corriendo entre mis muslos, la clase de sensación sucia que inunda mi mente de imágenes tórridas en las que yo hago lo mismo: comérmelo de arriba abajo, disfrutando de la mezcla de mi saliva con su semen, igual que se mezcla la suya ahora con mis fluidos. Sus manos me sostienen por las nalgas, que sigue aferrando por todas las veces que no habrá podido hacerlo, con las ganas que lleva semanas reprimiendo.

Sé que le encanta mi culo, que siente fascinación por cómo lo muevo cuando llevo pantalones ceñidos o falda de tubo. Por eso siempre acentuaba el movimiento al caminar fuera de su despacho.[45]

—Ah... Por favor —gimoteo. Retuerce la lengua dentro de mi cuerpo, y cuando algo en mi vientre se derrite para dejar paso al nuevo orgasmo, Bosco se retira.

No me da tiempo a quejarme, porque sustituye la lengua por el roce nada casual de la que sé que es su polla. Caliente, húmeda, dura como el diamante. Separo las rodillas más y me incorporo a cuatro patas enviando un claro mensaje.

«Estoy preparada. Hazlo».

Y lo hace, pero antes flirtea conmigo. Se asegura de que lo deseo con locura acariciándome de arriba abajo con el prepucio y tocándome el clítoris con los dedos. Con o sin él, estoy decidida a moverme como sé. Arqueo la espalda, ofreciéndome en bandeja, y meneo las caderas en su cara. La tentación tiene un efecto casi inmediato: justo cuando voy a gritarle que se deje de tonterías, Bosco me penetra sin ninguna contemplación.

Exhalo todo el aire y descuelgo la cabeza hacia delante. La sensación me llena los ojos de lágrimas de júbilo y envía una

45. Puede que sí sea un poco bruja, después de todo.

descarga por mi espalda. Sigo rotando las caderas más despacio para acostumbrarme a él, sintiendo cómo mi estómago produce calor para ocultar el pinchazo de dolor momentáneo tras meses de sequía que se me olvida en cuanto empieza a clavarse dentro de mí a un ritmo embravecido.

Detesto la sensación de estar sudada en cualquier circunstancia salvo cuando estoy follando. Siento los restos de las medias pegadas a mi piel, el pelo húmedo por la nuca, goterones cayéndome por la frente y las sienes, el ardor interno... y me encanta. Sonreiría de no ser porque, con cada firme embate, Bosco me arranca una pizca de cinismo y me desbarata entera, hasta el punto de no poder pensar en nada que no sea nuestros cuerpos unidos, sus gemidos, mi piel resbaladiza y su polla deslizándose dentro de mí como si fuera una pieza que me faltaba y que encaja a la perfección. Tan bien lo hace que, cuando me precipito al orgasmo, sé que voy a echarlo de menos, que no quiero que se acabe nunca y que seguiría empapándome gustosa y recibiéndolo a gritos y con escalofríos todo cuanto él pudiera aguantarla dura.

Me azota en las nalgas una vez. Intento fulminarlo con la mirada por atrevido, porque se ha arriesgado bastante al hacer que me pique la piel, pero el gemido me delata y vuelve a darme.

—Parece que alguien se está desahogando —mascullo entre jadeos—. Me parece bien. Yo te doy las bofetadas en la cara y tú en la cama.

—Puedes abofetearme también en la cama. Por este coño tuyo —me estremezco al notar sus dedos jugando con mi clítoris— me dejo hacer pedazos.

Me muerdo el labio para reprimir un grito cuando me impulsa hacia delante. Tengo que aferrarme al cabecero de la cama para no derrumbarme con la violencia de sus penetraciones y el monumental aviso de orgasmo que, esta vez sí, me sacude tan fuerte que aúllo como nunca.

Cuando me corro, no me contengo. Grito por todos esos orgasmos silenciosos que he tenido que darme en mi dormitorio, por los que he fingido a lo largo de mi vida y porque, ¡qué coño!, porque quiero que se entere de que me gusta. Me gustaba antes de que demostrara que sabe complacerme, porque hasta la forma que tiene de odiarme me da un morbo loco.

Él se vacía dentro de mí algo después y se derrumba sobre mi espalda para rodearme los pechos con las palmas. No sale de mi cuerpo. Se queda ahí, como si quisiera aprovechar los focos de calor antes de que se apaguen.

No decimos nada. Trato de recuperar el aliento, y él también, pero a su manera: repartiendo besos por mis hombros y mi espalda.

Tenemos la suerte de que no hace falta que ninguno diga nada. Alguien interrumpe para romper el hielo tocando a la puerta con el puño cerrado.

El tipo al que hemos oído pronunciar toda clase de guarradas espeta:

—¿Os importaría no hacer ruido? ¡A mí mujer y a mí nos gustaría dormir!

Capítulo 18

Bajo el sol de la Toscana
y contra el vendaval madrileño

—Y después de toda esa canalización física del odio espiritual que os estaba consumiendo —describe Lola haciendo un vago aspaviento—, ¿qué pasó?

—¿Te refieres a cuando vino el tipo de la habitación de al lado para decirnos que nos calláramos?

—Ajá.

—Pues nos callamos. Él se fue a su habitación y yo me quedé en la mía, llamando por teléfono a recepción para que me cambiaran las sábanas. —Encojo un hombro, como si estuviera contando la historia de odios y pasiones de algún conocido lejano—. Al día siguiente preparamos la presentación, lo bordamos en la conferencia y cada uno regresó a Madrid en su medio de transporte de preferencia. Él en avión y yo en AVE.

Lola levanta las cejas como signo de sorpresa, aunque no siente ninguna. Ha sido decir algo parecido a «no me he comprado un Satisfyer, pero me he quitado el picor con algo mejor» y que Lola captara al vuelo que me he acostado con el jefe.

Para ella esto era, según sus palabras, «inevitable».

No sé si es buena idea poner al corriente de mi actividad sexual a una mujer a la que pierden los cotilleos de oficina e invierte sus horas laborales en enviar tuits mamarrachos y crear carteles promocionales para Instagram. Tendré que confiar en que mi andanza no le interese lo suficiente como para ir pregonándola a los cuatro vientos.

—Pues menudo fiasco. Esperaba una historia posterior más sórdida y acorde a vuestros temperamentos, como que al día siguiente Bosco te dijera que se arrepentía y vuestro polvete fue un error, a lo que tú le cruzabas la cara y te vengabas de él ridiculizándolo en la conferencia. Luego acababais enrollándoos de nuevo en el ascensor, en un cuarto de la limpieza, en las propias escaleras abandonadas del edificio o en el baño de señoras. Después aparecía algún exnovio o exnovia para sembrar discordia...

Le sonrío con incredulidad. No por su imaginación desbordante, sino porque ha dado en el clavo con el exnovio de la discordia.

—Has visto demasiadas películas.

—No, he leído todos los libros de esta editorial. —Tamborilea las puntiagudas uñas de gel contra la porcelana de su taza estampada—. No tengo por qué hacerlo, solo soy la *community manager*, pero es más fácil crear contenido sobre el libro en cuestión cuando sabes de qué va, y suelen ir de eso. Jefes inconquistables, exnovios con un pésimo sentido de la oportunidad, relaciones caóticas, kikis en lugares públicos en los que se coronan con doce orgasmos, discusiones acaloradas que terminan con unas bragas rotas... Esperaba algo mejor por tu parte, Altamira.

Finjo meditarlo haciendo morritos.

—Me cabrearía bastante si me rompieran las bragas —concluyo.

—Ah, no, tranquila, eso de las bragas rotas es solo un recurso metafórico para darle intensidad pasional.

—¿Un recurso metafórico, dices?

—Sí. Para que luego digan que la romántica no tiene valor literario. Cuenta hasta con sus propias figuras retóricas.

—No estoy segura de haberte entendido.

—El porno y la literatura nos han hecho creer que un desgarrón basta para deshacer las costuras —explica. Deja su taza sobre la encimera de la cocina—, pero esos bengalíes mal pagados que tiene Amancio Ortega en un sótano saben lo que hacen cuando usan la máquina de coser. Créeme, sería más fácil derribar un helicóptero Apache con un tirachinas que romper unas bragas de un tirón.

—Suena como si hubieras hecho la prueba en un laboratorio.

—Por supuesto que hice la prueba. Una acaba sintiendo curiosidad de tanto leer esos arrebatos de locura, pero por muy cachondo que esté un hombre (y por muy decepcionante que esto sea), no evoluciona a Hulk en un momento. Es más: ¿sabes qué te digo? Las escritoras deberían documentarse en este aspecto antes de escribir ese tipo de escenas, porque, tras la prueba, se me cortó la circulación de la sangre de las piernas. Acabé con agujetas en los bíceps y prometiéndome que no volvería a tener sexo en diez meses.

—¿Y lo cumpliste?

—No, tuve sexo diez minutos después. Pero volvamos al tema importante. Aunque no hubiera bragas rotas, ¿por qué no hubo berridos y sexo al aire libre? ¿Por qué solo un polvo? ¿Por qué tan poca ambición, Silvia?

Suelto una carcajada.

—Somos adultos responsables. No íbamos a permitir que un arrebato interfiriera en nuestro trabajo. Era más importante colocarle la deuda a algún empresario poderoso que echar una canita al aire.

Cosa que, de todos modos, no conseguimos.

Mi presencia le restó credibilidad a Bosco Valdés, que ya de primeras no contaba con la ventaja de la experiencia para ganarse a los posibles compradores. No es que fuera un desastre, pero es difícil sorprender con una propuesta de venta jugosa cuando la presentan un director principiante y una editora difamada. Sobre todo cuando el director principiante prefiere mirarte las piernas a prestar atención a las presentaciones y la editora difamada, además de tener la cabeza atestada de imágenes pornográficas, está muy ocupada buscando a su exnovio entre los invitados para hacerle un corte de mangas.[46]

Por fortuna, ni las imágenes pornográficas se convirtieron en una experiencia 3D con Bosco ni volví a cruzarme con Ernesto.

—Adultos responsables —repite Lola con tono bobalicón—. Los adultos no adquieren ningún tipo de responsabilidad jamás, solo aprenden a fingir que lo tienen todo bajo control. ¿Por qué no estás comiéndote las uñas, preguntándote si volverá a pasar o si se ha enamorado de ti?

—Porque no soy Sharon Stone. Con cruzar las piernas o, en este caso, abrirlas, no voy a volver loco de amor a un hombre. En cuanto a si volverá a pasar, yo también me lo estoy preguntando.

—Tiene que pasar de nuevo. Si no pasa, perderé mucho dinero —me confiesa—. Duarte y yo nos apostamos que acabaríais acostándoos. Él decía que no duraríais ni diez minutos sin meteros mano en ese viaje a Barcelona, y yo deposité toda mi fe en que te harías la dura un poco más. El instinto me ha fallado y he perdido esa primera apuesta, pero todavía estoy a tiempo de ganar la segunda. Duarte dice que será cosa de una sola vez, para quitaros las ganas, y yo dije que os acostaréis muchas más veces.

Alzo las cejas, ocultando mi diversión tras una mueca escandalizada.

---

46. Internamente, ¿eh? Una tiene demasiada clase para enseñar el dedo corazón en público.

—No sé cómo tomarme que hayáis estado haciendo apuestas sobre mi vida sexual.

—Como un halago, por supuesto. Significa que te hemos incluido en nuestra secta de oficinistas.[47] —Me da una palmadita amable en el hombro que sorprendentemente me reconforta.

—No me digas. Solo por curiosidad... Lo de abandonarme a mi suerte en medio de un bar gay estando borracha como una cuba ¿era algún rito de iniciación o prueba de acceso para entrar a formar parte de la secta de oficinistas?

—No, claro que no. Yo también estaba borracha, y Duarte ni te cuento, que se pone hasta el culo de todo lo que le ofrecen, tanto si es éxtasis como si es un abrigo para que lo sujete. Por eso nos dispersamos. Aunque si hubiera sabido que tu príncipe azul acudiría al rescate, no habría desaparecido.

—¿No debería ser al revés? ¿Que si hubieras sabido que me rescatarían, te habrías ido con más motivo?

—No. —Airea la mano—. Los príncipes azules siempre llegan para acabar con la diversión, y eso por no mencionar que, al saberos en el mismo espacio, tendría que habérmelas ingeniado para alargar el momento de vuestra consumación. Duarte dice que la regla número uno es no intervenir en las apuestas para favorecer nuestro resultado, pero ni él ni yo solemos respetarla.

—¿Estás confesando abiertamente que me manipularías si fuera necesario?

Lola suelta una carcajada.

—Claro que no. Solo estoy bromeando. El tema de las apuestas comenzó porque Duarte cree conocer la naturaleza humana mejor que yo. Apostamos en función de la vibra que nos transmite alguien y luego vemos cuánto hemos acertado, pero sin meter la mano. Me has decepcionado en ese sentido, Silvia. Sabes

---

47. De ser así, ¿dónde coño está mi taza? ¡Quiero una taza!

que estamos en mayo, ¿no? Era un poco pronto para que te rellenaran el pavo.

—¿Qué esperabas, que aguantara hasta Navidad virgen como una paloma?

—No, pero cariño, eso de acostarte con tu jefe explotador es la vergüenza del proletariado. —Me saca la lengua, juguetona—. No es que tengas pinta de socialista, pero pensaba que te refrenarías un poco más, aunque solo fuera para demostrarte que estás en contra de sus contratos basura y su deleznable manera de tratar a los empleados.

—Lamentablemente, Silvia Altamira está muy a favor de sus muslos como columnas y sus azotes en el culo. Y tú tampoco pareces socialista.

—Yo soy apolítica porque tengo que gustarle a todo el mundo.

—¿Tienes, o quieres?

—Tengo y quiero —confirma.

—No entiendo qué tiene que ver la política aquí.

—Todo lo personal es político. —Y encoge un hombro con gracilidad.

Voy a preguntarle si está conmigo o contra mí, pero el repiqueteo de unos tacones veloces resuena por el pasillo hasta la recepción de la oficina. Una mujer de metro ochenta y cejas elevadas gracias a (sospecho) los famosos hilos tensores aparece meneando su bolso de piel y su melena teñida con obvio descontento.

—¡Quiero hablar con Valdés ahora mismo! —le exige al primero que se encuentra. Ángel estaba cruzando el pasillo a toda velocidad con un taco de papeles bajo el brazo. No le queda otro remedio que pararse, ocultando con maestría su irritación—. ¿Quién se ha creído que es para colgarme el teléfono?

Me giro hacia Lola con el ceño fruncido.

—¿Y esta? —La señalo con un movimiento de cabeza—. Me suena familiar.

—Habrás visto su foto en la contraportada de algunos libros. Es Estela Ellis —contesta Lola, mirándola de arriba abajo—. No se ha enterado de que Ágatha Ruiz de la Prada te sienta bien cuando tienes entre tres y seis años, y solo porque hasta un disfraz de elfo navideño haría ver a un bebé como un muñequito de exposición.

Suelto una carcajada.

—Deduzco que no te cae muy bien.

—Estela piensa que es Kathleen Priest o algo superior. No soporto a la gente que se cree mejor que los demás. —Debe de sentir que me la quedo mirando con una ceja arqueada, porque ladea la cabeza hacia mí y agrega—: ¿Qué? Tiene sentido lo que digo. El puesto de «mejor que los demás» es solo para una, y ya lo estoy ocupando yo.

Vuelvo a reírme.

—Ay, Lolita, Lolita, cómo eres...

—Ahora mismo está ocupado —le está explicando Ángel con su santa paciencia—, por eso no ha podido atenderla. Justo acabamos de salir de una reunión.

—¿Qué reunión es más importante que yo? ¡Llevo días intentando comunicarme con él e ignora mis llamadas con una *fragante* falta de cortesía! ¿Se ha olvidado de que teníamos *tendiente* una discusión sobre mi porcentaje de ganancias?

Enarco una ceja y, como editora que soy, corrijo el error.

—Seguro que quería decir «flagrante» —murmuro.

—Desconozco cuáles son las discusiones *pendientes*, señora. Yo me encargo de la contabilidad. Pero la nueva editora, Silvia Altamira —hace un gesto hacia mí, que sigo de pie en la cocina admirando la cantidad de colores que Estela ha podido conjuntar en un solo *outfit*—, puede atenderla ahora.

Estela clava en mí sus chispeantes ojos castaños. Su boca parece sufrir un tic nervioso al curvar las comisuras hacia abajo. La cantidad de bótox inyectado me impide discernir si es una mueca despectiva o le está dando un ictus.

Veo a todo el mundo muy tranquilo, así que dudo que sea la segunda opción.

—¿Nueva editora? ¿Por qué no se me ha informado de que ha habido cambios en plantilla? ¿Es que no sabéis mandar circulares informativas a los autores?

—Apenas lleva aquí dos meses...

—Excusas, excusas. ¡Se me tiene *expedida* de todo!

—¿Quiere decir «excluida»? —le pregunto a Lola en voz baja.

—Supongo. A la mujer se le va la boca con frecuencia. Lo mismo padece dislexia... Además de daltonismo —apostilla, meneando la cabeza con desaprobación.

—Pues pobre del corrector al que le toque revisarle los manuscritos.

—Estrella es su correctora desde el origen de los tiempos, y debe de hacer un trabajo excelente, porque esta mujer vende libros como churros. O vendía, porque tengo entendido que últimamente no le va tan bien.

—No creo que los vendiera al principio gracias a su encanto personal. —Dejo a un lado mi tristísima taza sin personalizar y salgo de la cocina con el mismo ánimo con el que un torero enfrenta a la bestia—. Señora Ellis, ¿verdad? Soy Silvia Altamira, la editora jefe de la editorial Aurora.

—Es señorita, no señora —espeta con brusquedad. No se molesta en estrechar la mano que le tiendo. Ella tampoco aprueba lo que llevo puesto, pero supongo que para una mujer que adora los colores vivos, mi falda azul marino le debe de parecer sacada del armario de una viuda de la posguerra—. Ve a avisar a Valdés de que he venido. No voy a tolerar más esta *expedición*. —«Exclusión», corrijo para mis adentros—. Tampoco se me ha dicho nada de que vais a cambiar la oficina. ¡Llego y me la encuentro pelada!

—Ha sido un cambio muy reciente. Todavía nos estamos adaptando —contesto con calma—. Venga a mi despacho. Yo la atenderé mientras Valdés termina...

«... lo que quiera que esté haciendo».

—No quiero hablar contigo ni con ninguna editora, quiero hablar con el mandamás. Soy Estela Ellis, y teniendo en cuenta que soy vuestra primera fuente de ingresos, más os vale *acoplaros* a mis requerimientos.

Creo que quería decir «amoldaros».

Con una sonrisa fría en los labios, tranquilizo al incómodo Ángel con un gesto de «yo lo soluciono» y giro sobre mis tacones para dirigirme al despacho de Bosco. Antes le pido a Estela que se quede donde está, se ponga cómoda en la salita o se sirva un café. Todo lo que recibo a cambio de mi hospitalidad es un gruñido y un comentario por lo bajini: «Espero que el café de la nueva oficina no sepa tan mal como el de este sitio».

¿Qué problema tendrá con el café? Para algo bueno que tiene la editorial...

No he visto a Bosco en toda la mañana. Ha estado haciendo números con Ángel y, a decir verdad, me interesaba posponer lo máximo posible el reencuentro desde el viaje. Es verdad que supimos comportarnos con madurez el día posterior a la sesión de sexo sucio, pero eso no quiere decir que no flotara entre nosotros una insoportable tensión sexual o no lo cazara mirándome las piernas o el escote en cuanto me creía distraída.

Los hombres no saben que las mujeres tenemos un sexto sentido arácnido que nos advierte de que estamos siendo manoseadas sin compasión en sus calenturientos pensamientos. Lola ha acertado en una cosa, y es que, aunque tengo claro que seguiremos trabajando con ahínco —al menos yo, porque esto es lo que me mantiene a flote—, desconozco el enfoque que vamos a darle a nuestra relación profesional a partir de ahora y necesito saberlo YA.

No creo que vaya a comprarme un anillo, pero me decepcionaría bastante que siguiera poniéndome cara de culo, como cuando entré por primera vez a su despacho.

Bosco no me ve llegar. Está reclinado en una silla de comedor —porque la de escritorio ya ha sido trasladada a la nueva oficina— y juguetea con la tira elástica de una carpeta mientras habla por teléfono. Le sonríe a la nada con un aire tierno que hace que mis nudillos se queden suspendidos en el aire cuando voy a tocar a la puerta de cristal.

—Sí, he visto la foto que me has mandado —le responde a su interlocutor—. Ya sabes lo que pienso. El blanco te favorece. No, no pareces un *muffin*. Pareces una princesa. —Pausa en la que frunce el ceño—. ¿Qué es esa tontería de preocuparse por el precio? Si ese es el vestido que te gusta, ese es el que llevarás. Por Aurora no te preocupes, que no se va a enterar. Yo no se lo diré. Será nuestro secreto.

Ahora me toca a mí arrugar la frente.

Al principio escucho la conversación algo confundida, pero la sonrisa cálida de Bosco me pone en situación bien rapidito, y no me gusta el lugar en el que me deja. Agudizo el oído de pie delante de la puerta, sin dar crédito ni a su gesto afectuoso ni al tono en que habla. Parece un adolescente enamorado, y no me cabe la menor duda de que está dirigiéndose a una mujer que le importa.

—Estoy deseando verte. Cuento las horas. —Su sonrisa se atenúa, pasando de alegre a conmovida—. Yo también te quiero, preciosa. Te quiero muchísimo.

El vello se me pone de punta, como si se hubiera filtrado una ráfaga de frío siberiano en el despacho. Parece que a él también le ha alcanzado mi *shock* hipotérmico, porque justo entonces me localiza petrificada en el pasillo. Me hierve la sangre al ver que no cambia de expresión, que no se avergüenza al saberme cómplice de su idílica relación.

—Tengo que dejarte, cariño. Me espera todavía un largo día de trabajo. Te veo este fin de semana, ¿vale? La comida corre de mi cuenta, así que envíame una lista con lo que quieras... Sí, sí. Te quiero.

Abro la puerta sin esperar a que me dé permiso y me planto delante de su escritorio con los brazos cruzados. Cuelga y deja el móvil sobre la mesa, dedicándole la última mirada melancólica de un enamorado. La pantalla se ilumina enseguida. Tiene un nuevo mensaje de parte de Chiara, que, por lo que he visto antes de que colgara, es a su vez la mujer que lo acaba de llamar.

Chiara. La clase de nombre italiano que llevaría una mujer despampanante de origen milanés, que en la cama se desenvuelve con pasión y a la que, por cierto, me imagino con la cara de Sophia Loren.

Desde luego, si a mí me llamara por teléfono Sophia Loren, sonreiría como Bosco está sonriendo: como un imbécil colado hasta los huesos.

Tarda un rato en darse cuenta de que me he quedado lívida.

—¿Qué ocurre? —Se pone de pie tirando de la corbata hacia abajo—. Me ha parecido oír voces en la entrada. ¿Ha venido Estela?

Me dan ganas de responderle que no, que ha venido su peor pesadilla, *aka* yo.

Las preguntas se amontonan en mi garganta como nudos marineros que me impiden respirar. ¿Quién es esa tal Chiara? ¿Con qué propósito va a verla esta semana, aparte de para darle de comer? ¿Piensa alimentarla con su longaniza? ¿Y esa foto del vestido? ¿Anda haciendo *sexting* en horario laboral mientras yo trato de sanear su empresa? ¿Por qué el dichoso vestido es blanco? ¿Acaso se va a casar? ¡Ni siquiera ha concluido el proceso de divorcio!

No es que me importe que albergue sentimientos por sus follamigas sicilianas, pero no toleraré la menor humillación de parte de un tío que se hacía la doncella victoriana hace un par de semanas, que si hace-mucho-que-no-me-acuesto-con-nadie, que si no-estoy-preparado.

Estoy lista para soplarle una retahíla de insultos cuando, en el último momento, me visualizo sonando como una loca celosa. No tardo en recular mental y físicamente —dando un paso atrás—, forzándome a mantener la pose.

—La misma. En sus palabras, quiere hablar con el mandamás.

Bosco bufa.

—Lo que me faltaba. Lleva una semana enviándome correos con su habitual tono de diva. Exige que le suba el porcentaje de regalías si no quiero que rescinda el contrato de exclusividad. Me huelo que alguna editorial le ha ofrecido un acuerdo más suculento, y cuando se trata de dinero, Estela se olvida de sus lealtades.

—Ya. Pues buena suerte.

—Espera, quiero que estés presente.

—¿No me has oído? Quiere hablar contigo. Una simple editora no le vale. Además, estoy ocupada y va siendo hora de que te enfrentes a tus responsabilidades como director sin ayuda de nadie. Van a pensar que soy la mano operante detrás de tus buenas decisiones como no aprendas de una vez a tomarlas solo.

Levanta las cejas después de mi exabrupto.

Encima tendrá las narices de hacerse el sorprendido.

—Sé muy bien lo que tengo que hacer, pero eres mi mano derecha y en este tipo de reuniones deberías estar presente.

«Claro, porque en las reuniones en las que no estoy presente es en las que le quitas el vestido nuevo a tu modelo veneciana».

Ni en cuerpo ni en alma, porque dudo que piense en mí cuando tiene entre sus brazos a Monica Bellucci.

—Lo siento —mascullo—. Me quedan muchas cosas que hacer.

—¿No las puedes hacer luego?

—No.

Me doy la vuelta y salgo de allí a paso ligero, tratando de apagar el fuego que me está devorando por dentro. No tengo que anunciar a Estela que Valdés la está esperando: ella misma cruza el pasillo a la vez que yo, solo que en la dirección opuesta, y ni siquiera me mira a la cara.

Se presenta sin permiso a las puertas del desvencijado y vacío despacho, haciendo un comentario despectivo sobre la pocilga en la que trabajamos.

Yo no puedo estar más de acuerdo, pero ¿en qué otro lugar esperaba trabajar, si el animal que ocupa el lugar de honor en la oficina es un cerdo asqueroso?

Capítulo 19

¿Defectos, yo?
Lo mío son efectos especiales

Llevo toda la mañana mirando el teléfono de reojo. Estoy haciendo un dificilísimo ejercicio de autocontrol para no descolgar y marcar el número de mi hermana. Primero, porque si la interrumpiera en medio del cante de la oposición, se lanzaría sobre mí en cuanto llegara a casa y me daría una hostia con la que moriríamos las dos. Segundo, porque sé muy bien que, me diga lo que me diga, será cierto, y si de por sí no me gusta que me den lecciones vitales, que me las dé mi hermana pequeña me resulta el doble de humillante.

Sé que puedo levantarme e ir a recriminarle a Bosco todo lo que se me ocurra. Los reproches tendrían toda su razón de ser, porque debería haberme avisado de que tiene amantes de La Toscana mandando por WhatsApp sus vestidos ibicencos.

—Podría ser su hermana —me diría Bárbara.

—No. Me dijo que es hijo único.

—Pues una prima.

—A una prima no le dices «cariño», a no ser que sea una prima a la que te estás tirando.

—Nadie se tira a su primo.

—Te equivocas, Bárbara. Todo el mundo se ha tirado a su primo.

—Vale, pero a ti no te llamó cariño y tuvisteis sexo —respondería Bárbara.

—Pues porque no es la clase de hombre que te dice «cariño» en pleno acto.

Mi hermana se interesaría por qué clase de hombre es, y yo le espetaría que no es de su incumbencia, a lo que me contestaría con una detallada descripción de lo que a ella le parece que Bosco diría estando excitado, basándose únicamente en la charla de diez minutos que mantuvieron el día de mi coma etílico. Y, como aparte de guapa, lista y afortunada, mi hermana es medio adivina, jamás ha tenido acné y juega al tenis de fábula, acertaría en un noventa y nueve por ciento.

Estos también son motivos de sobra para no llamarla. No necesito recordar que, mientras yo trabajo gratis para un hombre que se acostó conmigo teniendo una follamiga de la península itálica que seguro que hace unos raviolis de muerte, mi hermana va a ganar veinticuatro mil euros al año[48] cuando apruebe la oposición y lleva ennoviada con el Hombre Perfecto desde que tenía veintidós.

Tampoco puedo contárselo a Lola, porque le dolerá en la cartera que haya decidido no volver a ponerle un dedo encima a Bosco. No sé cuánto dinero apostó a que mantendríamos relaciones sexuales durante un tiempo, pero tanto si es mucho como si es poco, es el orgullo de Lola lo que no tiene precio.

—¿Se puede saber qué llamada estás esperando? —interrumpe una voz masculina—. Miras el móvil como si te fuera a morder.

Levanto la cabeza del bloc en el que llevo un rato dibujando garabatos y miro a Duarte, que me sonríe como sonríe a todas las mujeres guapas del mundo: expresando abiertamen-

48. Como mínimo.

te que suma las ganas, el talento amatorio y un coche lo bastante espacioso para bajarte en volandas al aparcamiento y echarte el polvo de tu vida. No sé cómo alguien puede sonreír transmitiendo un mensaje tan específico, pero él lo consigue. Hay hombres que tienen una energía sexual tan potente que llega a incomodar, pero Duarte se desenvuelve con un amistoso desenfado que sirve para que las mujeres se relajen con él.

—Estoy decidiendo si usar a mi hermana como consultorio sentimental.

—Menos mal. Estaba temiendo que esperases que un hombre se comunicara contigo.

—¿Por qué el temor? ¿No te gusta compartir? —coqueteo, burlona.

Él acepta el guante que le tiendo y apoya los codos en la mesa para acercarse a mí. Esto me permite observar que Bosco, en su oficina, nos dirige una mirada inescrutable. Sigue reunido con Estela, que no ha dejado de dar gritos y pasear de un lado a otro del despacho diciendo palabras cuyo significado no comprende, como reiterado —cree que es un sinónimo de «retirado»—, infligir —debería haber dicho «infringir»— o extenuado, que no es lo mismo que «exhausto».

—Depende del caso y de la mujer —contesta Duarte, batiendo las pestañas—. ¿Y a ti? ¿Te gusta compartir?

Entorno los ojos sobre Bosco.

—No —mascullo.

No sé si él se da cuenta de que lo estoy intentando desintegrar con mi mirada, pero Duarte es perspicaz y sonríe como si me hubiera leído la mente.

—Lola me ha informado de que he resultado vencedor en la primera apuesta. Quiero que sepas que lo aposté solo porque pensaba que te haría feliz que mis sueños se cumplieran.

—Vaya sueños los tuyos, si fantaseas con que dos personas se acuesten sin incluirte.

—Si me hubieras incluido a mí, no habría sido tan decepcionante como debió serlo si cargas esa carita de perrito pachón.

—Te repito lo que te dije ya una vez, Duarte. No tenemos confianza para hablar de mi vida sexual.

—Pero tuvimos confianza para drogarnos juntos —lloriquea, haciendo pucheros—. Y solo para que lo sepas, de la mía podemos hablar sin problema.

—Claro que podemos, porque es de dominio público.

—Oh, venga ya, ¿qué ha pasado?

—Que, por lo visto, el menda tiene novia. —Señalo a Bosco con un disimulado cabeceo.

—¿Novia? —Hace una mueca cómica—. Explicaría que esté amargado. Los hombres se echan novia porque en un corto plazo duele menos que la castración química.

—Cuidado, Tosantos, que se te ve el miedo al compromiso desde Gibraltar.

—Eso es porque no lo oculto. —Y se ríe, encantado de haberse conocido—. Estoy orgulloso de ser tan sabio y temer lo que de verdad es terrorífico. Aunque por ti, Silvita, dejaría que me arrebataran la hombría.

—Apuesto a que le dices eso a todas.

—Nunca lo sabrás. Tendrías que preguntarle a todas y no hay tiempo para encuestar a todas las madrileñas.

—Ya veo de dónde sacas tiempo para acostarte con todas las mujeres de Madrid. Tú el horario laboral lo dedicas a conseguirte chatis, ¿no?

Él ignora mi provocación y se acerca más a mí.

—Si pudieras preguntarle algo a todas las mujeres con las que me he acostado, ¿en serio les preguntarías si utilizo con ellas la táctica de la castración?

—Ahora que lo pienso, no parece un comentario que se tomarían como un halago. ¿Qué debería preguntarles, en tu opinión?

—Si las dejo satisfechas, aunque eso te lo puedo responder yo.

—A ver si lo adivino: de sobra.

Niega con la cabeza, divertido.

—La respuesta correcta es que lo tienes que descubrir por tu cuenta.

Estiro el cuello para acercarme a su cara, sonriendo con su desfachatez.

—¿Cómo no lo he visto venir?

—Las mejores cosas que nos pasan en la vida son aquellas que no vemos venir.

—Hay que ver con el dalái lama, que nos ha salido espiritual —me mofo. No voy a negar que me esté divirtiendo con la conversación—. Tampoco vemos venir los palos que nos da, ¿no?

—Si lo que quieres es palo, también puedo encargarme personalmente de que no te falte.

Me echo a reír sin poder contenerme.

—¿No tienes nada mejor que hacer? —interrumpe una voz con sequedad.

Duarte se incorpora muy despacio. La sonrisa ladina no abandona su rostro ni siquiera al darse la vuelta y toparse con Bosco, quien nos observa alternativamente con los labios apretados. Apenas me he dado cuenta de que Estela ha abandonado el despacho de la gerencia y la oficina está sumida en un silencio inquietante cuando solo suele alterarlo de vez en cuando por el clic de una grapadora, la melodía que reproducen los auriculares de Lola, que se pone copla y sevillanas al máximo volumen, o el repiqueteo de unos dedos en el teclado. El reloj me chiva el motivo: son las dos de la tarde, hora de almorzar, y todo el mundo se ha pirado.

—Solo pasaba por aquí para ofrecerle mi ayuda a Silvia.

—Silvia puede apañárselas sola de sobra, que para eso sabe más que todos nosotros.

—Por supuesto que puede sola —Duarte me guiña un ojo—, pero para ciertas cosas nunca viene mal una ayudita. De todos modos, yo ya me iba a comer. Que vaya bien, Silvita, cariño.

Le devuelvo la sonrisa de oreja a oreja, agradecida de corazón por haberme distraído de Bosco Valdés y su recién descubierta debilidad por el poliamor. O por el polipolvo. Si no sabe lo que es un *ghostwriter*, no creo que conozca el poliamor.[49]

Tan pronto como el sonido de los pasos del traductor se pierde en la lejanía, yo finjo volver a mis tareas. Bosco permanece en el sitio y aprovecha que la oficina se ha quedado vacía para decir:

—No tengo derecho a reprocharte que te pasees por la oficina flirteando con el traductor, pero me parece desafortunado que lo hagas en mi cara.

Estiro el cuello, incrédula, y ladeo la cabeza para escuchar en condiciones.

—¿Cómo dices?

—Me has oído perfectamente.

—Confiaba en que me hubiera patinado el tímpano, pero no, el que ha patinado eres tú. ¿Qué pasa? ¿Es que a los hombres de tu generación se les debe respeto y fidelidad después de un polvo?

—¿Las mujeres de la tuya están tan por encima de la intimidad física que después de dicho polvo se tienen que comportar como si no hubiera pasado nada? Llevas toda la mañana con cara de perro, y cuando quiero hablar contigo de temas de trabajo, me cortas y me dices que me busque la vida.

—Veo que has captado el mensaje que subyace en todas las largas que te he dado: búscate la vida, Bosco.

—Tú y yo tenemos que hablar. Si esto es por lo que pasó...

—No hay nada de lo que hablar. Lo que pasó, ya pasó. No estamos comprometidos y creo que ha quedado claro con mi actitud que no significó nada para mí.

---

49. No, no supero que no supiera lo que es un *ghostwriter*, ¿vale?

—Ha quedado muy claro —me gruñe—, pero se me ocurren unas cuantas maneras, todas ellas más adultas que esta, de hacerme saber que lo que pasó te resultó indiferente y no te interesa repetir. Ninguna de ellas incluye ponerte a flirtear con un tío delante de mis narices y actuar como si te molestara mi presencia.

—¿No te parece eso suficientemente elocuente para evitar esta conversación? Yo he captado tus indirectas. Eres lo bastante listo para entender los mensajes que te mando yo.

—¿Qué indirectas te he dirigido, si puede saberse?

—Mira, no tengo ni fuerza ni energía para hablar de esto.

—Silvia...

Me pongo de pie, cortando abruptamente la conversación, y echo a andar con la esperanza de llegar al ascensor sin necesidad de correr, pero Bosco me coge del brazo antes de que enfile al pasillo.

No sé si es que llevo demasiadas horas conteniéndome para tratarse de mí, una persona que dice lo que piensa o lo expresa haciendo una mueca, o es que su contacto me devuelve a la habitación de hotel en la que me dejé llevar por mis deseos, pero finalmente se lo suelto.

—¡¿Por qué no me dejas en paz?! —le espeto, sacándome de encima su brazo de un tirón brusco—. ¡Eres un cabrón! Ya lo sabía, ¿eh? Lo supe en cuanto intercambiamos cinco palabras y te lo dije a la sexta con sus seis letras, pero ahora confirmo que, además de eso, eres un sinvergüenza.

—Estupendo, más insultos. —Pone los ojos en blanco—. ¿A cuento de qué?

—¡Me abrí contigo esa noche! —le reclamo, clavándole el dedo en el pecho—, y no solo en el sentido prosaico. Te conté lo que me hizo Ernesto, te hablé de la humillación, de su engaño, y ni siquiera has esperado unos días de cortesía para hacerme ver que eres igual. No te conformas con una mujer, y ni siquiera me respetas lo suficiente para decirme que soy la número dos.

Bosco tiene el descaro de hacerse el sueco.

—¿Qué dices?

—No sé cuántas follamigas tienes, no sé si mantienes una relación formal con esa mujer que te llama por teléfono, pero debería haberte quedado muy clarito esa misma noche que yo no cometo adulterio, y que no estaría dispuesta a ser la zorra de nadie otra maldita vez...

—¿Y se supone que yo sí soy infiel?

—Venga, por favor, he oído la conversación. Le haces de *sugar daddy* a esa tal Chiara. Que si no te preocupes por el precio, que si cómprate el vestido que más te guste... ¿Qué pasa, que nos mudamos de oficina y pedimos el aplazamiento del pago para que puedas gastar los ahorros en la lencería y las perlas de tu amante? Me importan un bledo la liberación sexual, las relaciones poliamorosas y la mente abierta de la gente de mi edad. Para mí, el concubinato es inaceptable. Jamás me habría acostado contigo si hubieras tenido la delicadeza de decirme que tienes a una tía esperándote en casa.

Bosco pestañea una sola vez. Las comisuras de sus labios tiemblan, no sé si porque está a punto de llorar o porque va a echarse a reír.

—Y que conste que esto no son celos. Simplemente no voy a permitir que alguien me humille otra vez —agrego rápido, pendiente de su extraña reacción. No puede aguantarlo más y suelta una carcajada que hace que me hierva la sangre—. ¿Se puede saber de qué te ríes, pedazo de capullo?

—Estoy seguro de que Chiara adoraría un collar de perlas —dice unos segundos después, cuando se ha repuesto del ataque de risa. Se abraza el vientre, y todo—, pero me parece un poco pequeña para la lencería... Aunque es cierto que, si se la regalase otro hombre a la edad que tiene, tendría que encontrarlo y matarlo con mis propias manos.

—¿De qué estás hablando ahora?

—De que las niñas de diez años todavía no se preocupan

por el tipo de ropa interior que llevan —aclara con naturalidad—. Así que, por favor, intentemos en lo sucesivo no relacionar a Chiara con ningún elemento de provocación sexual. Me incomoda bastante.

Sacudo la cabeza, tratando de ubicarme en esta nueva conversación.

—¿Cómo que diez años?

—Los que Chiara lleva en el mundo. Es mi hija pequeña.

La mandíbula se me descuelga sola.

—Tu ¿qué?

—Bueno. —Se mete una mano en el bolsillo del pantalón—. No es mi hija de sangre, pero la conozco desde que era un bebé y mi nombre fue lo primero que dijo, así que la considero mi niña.

—¿Cómo que tu niña? Pero ¿qué me estás contando? —Ladeo la cabeza hacia la pared, como si allí hubiera algún cómplice que pudiese corroborar que lo que ha dicho es una estupidez. Suelto una carcajada nasal—. ¿Esta es la única milonga que se te ha ocurrido para salir del paso?

—¿Qué necesidad tengo de mentirte?

Saca el móvil del bolsillo y no tiene que buscar en la galería de imágenes para mostrarme una fotografía que vale más que mil palabras. En el mismo fondo de pantalla se puede ver a un Bosco sonriente con una niña pequeña sobre los hombros y otra abrazada a su cintura.

—Esto es de hace unos cuantos años. Entonces tenían doce y seis años. La que estoy cargando es la pequeña Kiki, Chiara para ti; la otra, la mayor, Alessia. Aurora estuvo casada con un italiano antes de conocerme y llegó a España divorciada, sin dinero y con una en cada mano. Kiki era una recién nacida, y Alex tenía solo cinco años.

Me quedo mirando a las dos niñas. No se parecen a Sophia Loren pero, a juzgar por sus rasgos perfectos, llegarán a ser tan o más guapas cuando sean mayores. Chiara es rubia como un ángel, y Alessia tiene el aspecto de la mediterránea por antonomasia. Al ser morena de ojos pardos podría pasar por hija sanguínea de Bosco.

No sé cuánto rato me quedo mirando la foto. Podría haberme quedado ahí para siempre, en la tierna estampa familiar que representan, si él no hubiera vuelto a bloquear la pantalla y se hubiese guardado el móvil en el bolsillo.

Espera, sonriente como un crío orgulloso cuando se sale con la suya, a que retire mis palabras o por lo menos le pida disculpas,[50] pero a mí me dan ganas de increparle. ¿Cómo se supone que iba yo a saber eso? Ahora, de pronto, cuadran muchos aspectos de su comportamiento que ya *a priori* me habían parecido excéntricos: cuando se puso a cortarme la carne en el restaurante, cuando me forzó a comerme las verduras, cuando hace esas extrañas referencias culturales tan poco apropiadas en un hombre de su edad: *Frozen, friendzone,* Carlos Sadness. Solo una adolescente obligaría a un tío de treinta y seis o treinta y siete años a poner Los 40 Principales durante una travesía en coche.

Bueno, los adolescentes y un esbirro satánico que disfrute viéndote sufrir.

Ah, y aquello de que «las tetas no son genitales». Por favor, ¿cómo pude escuchar eso viniendo de un casi cuarentón y no plantearme que tuviera una amante adolescente, probablemente afiliada al partido comunista?[51]

—¿Por qué no sabía que tenías hijas? —me quejo.

—Estamos de mudanza. Ya he guardado todos los portarretratos con sus fotos. —Se encoge de hombros—. Además, entre que tú me llamabas cabrón y yo te amenazaba con des-

---

50. Dos cosas que no van a pasar en este plano astral.

51. El feminismo y el comunismo no tienen grandes rasgos en común, de acuerdo, pero cuando conozcáis a Alessia, entenderéis a lo que me refiero con esto. No estaba muy alejada de la realidad al asociarle con ciertos movimientos ideológicos.

pedirte cinco o seis veces al día, no se ha presentado la oportunidad de mencionarlo. Tampoco es que vaya por ahí hablándole de la luz de mi vida a mis peores enemigos.

—Cuidado con cómo te refieres a mí, que, sin esta servidora, te come la mierda.

Se limita a darme la razón con un resignado cabeceo.

—Resuelta ya esta cuestión —retoma, cruzándose de brazos con petulancia—, creo que podemos pasar a la parte en la que decías que no estabas celosa.

—¿Qué pasa con esa parte?

—Que a mí me parece que sí.

—¿Perdona? —Pestañeo repetidas veces.

—Estabas celosa —señala con tranquilidad.

—No.

—¿Ah, no? —Amusga los ojos—. ¿Ni un poco?

—Ni un poco.

—¿Nada de nada?

—Nada de nada.

Bosco exhala simulando una risita condescendiente y se cruza de brazos.

—No te creo.

—Me da igual. No estoy aquí para convencerte de mi palabra.

—Es verdad, estás aquí para cantarme las cuarenta por culpa de un repentino e incomprensible... —carraspea y deletrea, triunfal— ataque de celos.

—¡Que no me he puesto celosa!

—Pues yo sí —suelta de pronto, cerrándome el pico—. Como bien has mencionado, no tengo derechos sobre ti, así que en lugar de montarte una escena (con la que has provocado hace unos segundos tenemos suficiente para el resto de la semana), voy a apelar a tu buen corazón pidiéndote que no vuelvas a flirtear en serio con Duarte. Ni con ningún otro hombre, a poder ser.

Me cruzo de brazos, como si así pudiera ocultar de su vista que el corazón me empieza a latir más deprisa. Cuando me mira de esa manera, siento que puede verme por dentro, que se da cuenta de cómo altera mi sistema.

—¿Qué me estás pidiendo? ¿Que sea tu novia?

—No. Como ves, tengo las noches comprometidas con mis amantes italianas y no podría darte la atención que tanto necesitas...

—Imbécil —me quejo por lo bajini.

—... pero eso de la exclusividad suena bien.

—Suena muy bien cuando no tengo que reservarme solo para ti. Es más divertido flirtear con Duarte que flirtear contigo.

—Pues no flirtees con él ni flirtees conmigo. Sería ridículo que lo hiciéramos, por otro lado. Me parece que superamos esa base hace tiempo.

—¿Y qué quieres?

—La libertad de follarte cuando quiera.

Bueno, parece que por fin hablamos claro.

—¿Cuando quieras? —replico en tono desdeñoso.

—Cuando queramos.

—Eso está mejor.

Nos quedamos mirándonos en silencio unos segundos que podrían haber sido horas. Los dos frente a frente, sin movernos, sin pensar, desconectados del mundo.

—Con lo inteligente que eres, me cuesta asimilar que de verdad creyeras todo lo que me has reprochado hace un minuto —dice él en voz baja—. ¿En serio piensas que tengo tiempo para buscarme aventuras cuando tú me tienes con los huevos como corbata todo el santo día?

—Si un hombre quiere una aventura, encontrará el tiempo.

—Aparte de la aventura, también tendría que buscar las ganas para tenerla.

—¿Y qué pasa? —Pongo los brazos en jarras y lo miro retadora—. ¿No sabes dónde las dejaste?

Él sonríe humildemente.

—Te iba a decir que las perdí en una habitación de hotel, pero me temo que me las llevé conmigo, porque aún las siento. Llevas acaparándolas desde que entraste en mi despacho, y yo no he entrado suficientes veces en tu vida, o en tu cuerpo, como para recuperarlas.

—¿Y cuántas veces crees que deberás entrar hasta tenerlas de vuelta?

—No lo sé... —Me retira el pelo del hombro y se inclina para darme un beso en el cuello que me pone la piel de gallina—. Ya sabes que se me dan mal los números. Propongo hacerlo todas las veces necesarias hasta que nos aburramos.

Su aliento me templa la piel y envía una contracción agradable a mi entrepierna, una de sus maneras más características de decirme «estoy aquí, haz algo conmigo, cálmame». Él parece con toda la intención de apaciguar mis crecientes molestias. En sus ojos chisporrotea el deseo como si le hubiera alcanzado la corriente.

A lo mejor debería hacerme la dura, como ha dicho Lola. A lo mejor debería pensar en el abuso de poder que está ejerciendo y chivarme a Belén de Recursos Humanos. Pero, en su lugar, me pongo de puntillas sobre los tacones y ladeo la cabeza para aceptar el beso húmedo de su boca, que, pese a hacerse cada vez más y más familiar, trenza mi cuerpo de pasión como si fuera la primera vez.

Lleva sus manos a la abertura de mi blusa y va desabrochando los botones hasta que siento el fresco del aire acondicionado en el vientre. Agradezco para mis adentros haberme puesto un sujetador con encaje y transparencias, aunque él no le presta ninguna atención antes de meter la mano y presionarme el pezón hasta endurecerlo.

Sus besos a lo largo del cuello van sumiéndome en el éxtasis previo al frenetismo del sexo. Entonces me acuerdo de que alguien me espera en la entrada y le pongo las manos en el pecho.

—Quieto —jadeo—. He quedado con Lola para comer.

—Esperará lo que haga falta. —No se separa de mi cuello para contestar. Aprieto los muslos, dándole alivio momentáneo a los deliciosos calambres que me producen sus caricias—. Sobre todo si eso le permite comerse unos minutos de trabajo.

—Bosco... Ahora no puedo.

Se separa un poco para mirarme, sospecho que para confirmar que de verdad me tengo que marchar, y al fin da un paso atrás. Mi cuerpo entero se resiente, temblando de frío y de insatisfacción.

—¿Esta noche?

—Tampoco. Voy a celebrar mi cumpleaños. —Se me escapa una nota de amargura al pronunciar esa palabra, y él lo nota.

—Cierto. —Se pasa una mano por el pelo con cierta vulnerabilidad—. Casi se me olvida que tengo tu regalo por aquí.

Su respuesta me despierta como si alguien hubiera chasqueado los dedos en mis narices.

—¿Mi regalo? —Pestañeo, perpleja—. ¿Cómo sabes que es mi cumpleaños? Se lo dije solo a Lola para celebrarlo juntas.

—Me lo ha chivado tu ficha de empleada.

—¿Y me has comprado un regalo?

—Es una tontería —me advierte—. No esperes collares de perlas o lencería. Eso es para mis otras amantes.

—Imbécil.

Bosco se aleja con una media sonrisa y rodea su escritorio para sacar del cajón un paquete envuelto. Tiene forma cuadrada, más o menos el tamaño de una pelota de balonmano, y no pesa demasiado. Lo palpo un poco, intentando averiguar qué es por mi cuenta. Rasgo el papel cuando me puede la impaciencia.

Intento reducir toda mi reacción a una sonrisa bobalicona, pero se me escapa una carcajada. Es una taza como la del resto de los del equipo, e incluye una frase estampada en letras negras; las mismas letras que la de Lola, la de Duarte o la de Bosco.

La leo en voz alta.

—«¿Defectos yo? Lo mío son efectos especiales».

Niego con la cabeza, divertida.

—No me dirás que no te va al pelo —comenta, cruzado de brazos y con las caderas apoyadas en el escritorio—. También sirve como regalo de bienvenida a la editorial. Ahora eres oficialmente parte del equipo.

—¿Qué quieres decir con eso? ¿Vas a empezar a pagarme un salario decente?

—No.

—Vaya por Dios... Pero tenía que intentarlo —murmuro, fingiendo consternación.

Le doy vueltas a la taza, tratando de disimular mi nerviosismo.

Por favor, es una ridícula taza. Como le haga saber que me gusta, tendrá las narices de apuntárselo como una victoria. O peor: pensará que la pija de Silvia Altamira también valora los regalos baratos con historia detrás.

Parece que me escuchó cuando confesé que aspiraba a ganarme mi lugar en la editorial bebiendo de mi tazón personalizado.

—¿Sabes? Este es el regalo más cutre que podrías hacerle a una amante.

—El presupuesto no me da para otra cosa. Siento no estar a la altura, Miss Honolulu, pero que conste que no le he regalado esto a mi amante, sino a mi editora.

—De acuerdo. Editora satisfecha. —Agito la taza en sus narices—. Ahora, ¿qué le vas a regalar a tu amante?

—Lo que los amantes regalan a las amantes.

—¿Una noche en un hotel de cinco estrellas con jacuzzi y otros lujos recreativos donde tener sexo a lo bestia?

Bosco me acaricia la comisura del labio con el pulgar.

—¿De verdad necesitas un jacuzzi para pasarlo bien?

—Lo que está claro es que en un jacuzzi nunca lo pasas mal.

—En la cama conmigo tampoco, ¿no crees?

—La primera vez estuvo bien, pero puede que fuera la suerte del principiante.

Bosco suspira.

—No me vas a dar tregua en la vida, ¿verdad?

—No. —Y le sonrío con la barbilla bien alta.

Él, también sonriente, me roba un beso en los labios que me deja aturdida y deseosa.

—Menos mal. No sabría qué hacer estando en paz.

Capítulo 20

Treinta añitos tiene la loba, treinta añitos para que le den coba

Seis meses en este apartamento y todavía no le he cogido el truco al dichoso microondas. Como lo alquilé con la esperanza de abandonarlo a los pocos días, no me he molestado en aprender a usar electrodomésticos tan básicos como esta lavadora de los tiempos de Maricastaña o el, insisto, dichoso microondas. Tampoco es que lo utilice con frecuencia. Solo cuando un par de niñas vienen a disfrutar de una noche de bodrios infantiles —bueno, Chiara los disfruta. Alessia y yo nos burlamos del argumento— con todo incluido. Y con «todo incluido» me refiero a los zumos de colores de Mercadona, las patatas fritas de bolsa tamaño XL, marca «Hacendaño», como le dice Alessia, y las palomitas quemadas.

Aquí sigo, delante del microondas, vigilando que el maíz estalla como ha de hacerlo para resultar comestible y no se tuesta más de lo necesario. En el salón discurre la discusión habitual, que con el paso de los días se va acalorando porque Alessia tiene cada vez menos paciencia con las alienadas-del-patriarcado de diez años, grupo social representado por su hermana pequeña, quien sigue soñando con príncipes salvadores, falditas de tul rosa y zapatitos de tacón.

—¿Por qué no podemos ver *La bella y la bestia*? —se queja Chiara, haciendo pucheros.

—Porque perpetúa la falsa creencia de que el amor puede convertir en un hombre decente a una bestia sin corazón —responde su desahogada hermana, toqueteando el portátil que le regalé por Navidades esperando ganarme su corazón frente a su madre. No solo lo conseguí, sino que, por mi culpa, la niña ahora es anarcofeminista—. No quiero que pienses que aguantando el pésimo humor de una mala persona vas a acabar mereciendo el amor verdadero. Las chicas que toleran a los bordes y violentos de sus novios terminan narrando su tóxica experiencia en hilos de Twitter, ¿y a que no quieres ser esa chica?

Veo a Chiara negar con la cabeza como si tuviera la menor idea de lo que Alessia está diciendo. Es algo que ha aprendido de mí, porque hago justo lo mismo: darle la razón como a los locos.

—¿Y *La sirenita*? —sugiere Chiara, esperanzada.

—Ugh, no. —Alessia tuerce los morros pintados de negro—. El amor verdadero nunca te hace renunciar a nada, y mucho menos a tu cola de sirena. Aunque, vamos, con lo sucio que está el Atlántico, lo mismo se hizo un favor dejando de ser medio pez. Se le habrían acabado enredando los plásticos de las latas de cerveza en las aletas...

Mientras sirvo las palomitas en la única fuente de plástico que vino con el apartamento, me pregunto si Alessia, pese a no haber tenido una experiencia romántica en sus casi dieciséis años, no sabrá mejor que yo mismo qué es y qué no es el amor verdadero. Desde luego, yo me equivoqué bastante al definirlo o, al menos, la pifié considerando perfecta para el puesto a la mujer de la que me estoy divorciando.

—¿Por qué no vemos *Pocahontas*? —propone Alessia—. No me trago toda esa tontería del hombre blanco dejándose aleccionar por una india, porque en la vida real el hombre blanco habría tomado lo que le hubiera dado la gana y habría convertido el bosque de Pocahontas en un centro comercial, y sin remordimientos que valieran, pero por lo menos el romance interracial tiene su originalidad y está basado más o menos en hechos reales.

—No me gusta *Pocahontas*. Me aburre. Y no me sé las canciones —refunfuña Chiara—. ¿Y *Mulán*? Es una chica guerrera, debería gustarte.

—Me parece bien la chica guerrera, lo que no me parece bien es que se niegue la bisexualidad del general chino.

Chiara arruga el ceño sin entender.

Aprovecho el momento de tensión para aparecer con las palomitas, que Alessia me arranca de los brazos nada más me siento a su lado. El sofá es diminuto de por sí, pero cuando una niña que es un noventa por ciento de extremidades —los brazos cubiertos de redes góticas y las piernas tapadas hasta las rodillas por calcetines negros— y un tío de mi estatura se sientan juntos, parece que nos hayan soltado en el salón de Bilbo Bolsón.

—No vas a encontrar ninguna película Disney que entre en la categoría de feminista —le recuerdo a Alessia—. ¿No puedes dejar que tu hermana elija? Si vas a estar mirando Instagram durante la hora y media que dure la película.

—Lo primero es que yo no tengo Instagram. Es un combate de egos y alimenta los trastornos psicológicos. Y no, no voy a permitir que mi hermana elija películas que romantizan el machismo.

—¿Qué película infantil, en el nombre de Dios, romantiza el machismo? —pregunto, exasperado.

—*Blancanieves*, por ejemplo. Hay una escena en la que llega a la casa y decide ponerse a limpiar voluntariamente. Parece que es todo diversión porque la ayudan los animales del bosque, pero ¿desde cuándo limpiar es divertido? Y eso que hace su príncipe de besarla estando ella inconsciente, es ABUSO —concluye Alessia, satisfecha tras cumplir con la buena acción del día: aleccionarnos al resto de los mortales—. Para que haya un beso debe existir consentimiento de las dos partes, y tanto Blancanieves como Aurora están dormidas. Eso no se hace, y si lo haces, vas a la cárcel por agresión sexual. O deberías, porque no es que los tribunales se tomen en serio el asunto. —Y da un sorbito a la pajita de su zumo.

Cristo redentor.

—Pero mamá me da besos cuando estoy dormida y me gusta mucho. ¿Va a ir a la cárcel por eso? —murmura Chiara, contrariada.

Alessia no sabe cómo rebatirlo, lo que hace que me sienta muy orgulloso de los diez espabilados y sabios años de mi pequeña Kiki.

—Alessia —repito una vez más, cansado—, deja de amedrentar a tu hermana con tus discursos políticos, ¿quieres?

—¿Por qué? —rezonga, ofendida—. ¡Tiene que comprender lo que está viendo!

—Comprende lo que ve. Ve que una princesa y un príncipe se casan porque se quieren y están juntos para siempre.

—Para siempre o hasta que llegue el divorcio, eso no lo sabemos —refunfuña por lo bajo.

Lanzo un suspiro al techo, lamentando que tenga tanta razón.

—Las princesas casi nunca se divorcian. Y antes de que lo digas, sí, Lady Di lo hizo, pero es la excepción que confirma la regla. Siempre debe haber una.

—¿Por qué tienes que defender las películas de Disney? ¿Sabes que Walt Disney era nazi?

—¿Qué es nazi? —pregunta Chiara, mirándonos alternativamente con curiosidad.

—Pregúntamelo cuando te estén enseñando en el instituto el periodo de totalitarismos europeos —me adelanto a responder, temiendo que Alessia tome la palabra. Bajo la voz y me acerco al oído de la mayor para agregar—: Estate calladita, ¿vale? Que como le hables de judíos hechos jabón y duchas de gas, solo conseguirás que tu hermana no vuelva a entrar en el baño ni para lavarse las manos.

—Oye, Siri —llama Chiara en tono amable. El móvil de Alessia, que reposaba sobre la mesa, se ilumina—. ¿Qué significa nazi?

—*Del nazismo o relacionado con él* —responde la voz robótica—. *¿Quieres que te lea la segunda definición?*

—Sí, por favor, Siri.

Mira, por lo menos la niña es educada.

—*Que es partidario o seguidor del nacionalsocialismo.*

—Siri, ¿qué es el *anacisolanis...*? —Me mira desconcertada—. ¿Qué ha dicho, papá?

—Ha dicho —me adelanto para coger el móvil, apagarlo y guardárselo a Alessia en el bolsillo de la bata roñosa que se pone para vaguear— que le des al «Play» a la película de princesas antes de que sea demasiado tarde.

—¿Por qué me tratáis como si fuera tonta? —lloriquea Chiara—. Es porque he repetido curso, ¿no?

Alessia y yo intercambiamos una rápida mirada de preocupación. Enseguida me escurro sillón abajo y me siento en el suelo con ella para pasarle un brazo por los hombros.

—Claro que no. Es solo que hay cosas que uno no debe aprender antes de tiempo. —Hago una pausa grave—. Por favor, Kiki, no le preguntes a tus vecinas qué es un nazi. Es una especie de... mala persona. Una persona que odia a la gente.

—¿A mí también?

Me quedo mirando su pelo rubio y sus ojos azules, pensativo.

Es Alessia la que responde en su lugar:

—No, a ti en concreto no. Pero a mí sí, porque tengo pinta de gitana y encima soy bisexual.

Me giro hacia ella de golpe.

—¿Que eres qué?

Alessia se encoge de hombros y se mete un puñado de palomitas en la boca. Empiezo a pensar que se ha pintado los labios con tinta china, porque lleva toda la noche papeando sin mirar siquiera lo que se echa al buche y no hay manera de que se le corra un poquito el labial negro.

—Pero no quiero que nadie le haga daño a Alex —murmura Chiara, todavía turbada—. ¿Un nazi es como el Coco o el Hombre del Saco?

—Aún peor.

Chiara abre mucho los ojos.

—¿Y cómo te proteges de él?

—Uniéndote a un sindicato y combatiendo la intolerancia —responde Alessia.

Me froto las sienes, hastiado. Quiero a esta criatura más que a mi propia vida, pero a veces me tienta darla en adopción.

—Un sindicato. —Chiara asiente muy seria—. Vale. Lo haré.

Se me escapa una sonrisa tierna. Me inclino para darle un beso en la coronilla.

La mayor parte de las veces, Chiara hace las preguntas que la preocupan para ser más sabia, la que parece ser su obsesión, pero otras decide fingir que sabe de lo que estamos hablando para que, según sus palabras, no pensemos que es idiota.

—Resuelto este tema tan desagradable, ¿ponemos la dichosa película, o aquí Jameela Jamil tiene algo que decir sobre *Rapunzel*? —Levanto la ceja en dirección a Alessia, que suelta una carcajada y se escurre también sillón abajo para sentarse en el suelo con nosotros. Arrastra las palomitas consigo.

El timbre suena de repente.

—Sobre *Rapunzel*, no. Es una película bastante actualizada, y tiene buenas canciones.

Le encomiendo a Alessia la honorable tarea de buscar la

película pirateada —porque no soporta dar dinero a platafor-mas de *streaming* que acabarán con la industria del cine y ya han exterminado los videoclubs—[52] y me levanto para abrir la puerta.

Me quedo perplejo al ver a Silvia de pie bajo el umbral con carita de perro pachón y un minivestido con flecos plateados. Parece sacada de una película de los años veinte; la Daisy por la que Gatsby perdió la cabeza.

La Daisy *drogada* por la que Gatsby perdió la cabeza, más concretamente.

—¿Silvia? ¿Qué haces aquí? ¿No estabas celebrando tu cumpleaños?

No sé por qué me aparto en cuanto ella hace ademán de entrar. Un acto reflejo, supongo, adquirido de todas las leccio-nes de modales que mi madre ha insistido en obligarme a me-morizar.

Silvia dice algo, pero no atino a averiguar qué es. Se abre paso a trompicones en el salón antes de que pueda detenerla. Su balbuceo ininteligible se corta en cuanto se topa con las caras de las niñas. Alessia tiene la mano hundida hasta la pul-sera con tachuelas afiladas en el bol de palomitas, y Chiara se queda boquiabierta al ver a la recién llegada. El portátil repro-duce los créditos iniciales de la película, cuyo tema musical me sé de memoria porque, si todos los caminos llevan a Roma, todas las noches de película desembocan en la puñetera rubia de la sartén y el camaleón.

Silvia me mira con cara de espanto.

—No... no sabía que estabas acompañado.

—A Aurora le ha surgido un tema personal esta noche y me ha pedido que me quede con ellas. Estábamos viendo una peli.

---

52. En esto le doy la razón. Que me hayan quitado los videoclubs es algo que jamás perdonaré.

—¿Quieres sentarte con nosotras? —le pregunta Chiara, sin apenas pestañear.

Sé lo que debe estar pensando. Tiene a su muñeca Barbie preferida delante de las narices con un modelito de pasarela que me ha puesto a sudar en cuanto la he visto.

También es mi Barbie predilecta, a decir verdad.

—No seas idiota. —Alessia pone los ojos en blanco—. Ha venido a ver a papá. Querrán hablar en privado.

—¡No soy idiota! —se queja Chiara—. ¡Retíralo!

—No quiero molestar —tartamudea Silvia—. Lo mejor será que me vaya.

—No, mujer... Parece que has venido a decirme algo importante —intervengo yo, y no sé ni por qué, porque debería haberla corrido rapidito—. Seguro que las niñas me dan unos minutos de cortesía antes de reanudar la película.

—Te sabes la película de memoria, papá. —Alessia pone los ojos en blanco otra vez—. Podemos seguir viéndola y luego comentarla por decimoquinta vez sin que tengas que tragártela de nuevo.

Exagero una mueca de asombro y extiendo los manos como un sacerdote.

—Señor, ¿qué he hecho para merecer tal gesto de misericordia?

—Pues traer a tu novia. Podrías haber avisado, que mira qué pintas llevo.

Se tira de la camiseta de Green Day. Me dan ganas de decirle que siempre lleva esas pintas, pero me muerdo la lengua porque, como a todas las adolescentes, a Alessia le cuesta encajar las críticas con deportividad.

—Estás estupenda —se apresura a decir Silvia—. Me gustan tus... mechas azules. Son muy chic.

Alessia se toca los dos mechones teñidos con aire distraído, pero no puede ocultar el rubor de satisfacción que le mancha las mejillas. Aunque se haga la dura con los adultos de su entorno y finja que le importa un bledo la opinión ajena, es sensible a los halagos, como todo el mundo.

Chiara se pone de pie. Todavía no ha pestañeado, y estoy empezando a preocuparme.

—Papá, ¿es eso verdad? ¿Es tu novia?

Silvia se gira hacia mí pidiendo auxilio.

—Es una compañera de trabajo —aclaro—. Se dedica a corregir los libros para que salgan a la venta sin errores... entre otras cosas.

—Entonces le tienen que salir bien todos los cuadernillos Rubio —medita Chiara. Agacha la cabeza—. No como a mí.

—Seguro que Silvia puede darte algún consejo para mejorar tu ortografía.

—Pero ahora no es el momento. ¿No ves que tienen que hablar? —Alessia tira de la mano de Chiara y la obliga a volver a sentarse en el suelo—. Mira, ya empieza la peli.

Silvia y yo nos miramos incómodos cuando las niñas devuelven la vista a la pantalla del portátil. Chiara echa un vistazo curioso por encima del hombro, pero Alessia le tira del tirabuzón rubio que la corona de plástico no ha podido retirarle de la cara y enseguida gira la cabeza hacia la pantalla.

—Me parece que el dormitorio es el único sitio donde tendremos un poco de privacidad —digo en voz baja. Silvia asiente, ida, y se encamina hacia la única puerta que hay al final del apartamento. A excepción del baño, que queda a mano derecha nada más recibes al invitado, lo demás (cocina americana, comedor y salón) forma parte de un todo.

Sigo a Silvia en silencio. Me fijo en la expresión de Alessia, que actúa con esa madurez fingida de la que se arma para demostrar que puede estar a la altura de la situación. Me preocupa lo que pueda pensar de que haya aparecido Barbie Borracha en mi casa tan entrada la noche, y así se lo hago saber con una ceja enarcada.

Alessia niega con la cabeza. «No pasa nada», parece decir, y me hace un gesto con la mano para que desaparezca.

En cuanto cierro la puerta tras de mí, Silvia se da la vuelta para mirarme con ojos redondos. Redondos, inyectados en sangre y llenos de culpabilidad.

—No sabes cuánto lo siento. Ni se me había pasado por la cabeza que estarías con ellas esta noche.

—A mí tampoco, descuida —contesto en voz baja—. Aunque ha sido interesante oírte pedir disculpas.

Silvia arruga el ceño.

—Tampoco te regodees.

—¿Por qué has venido hasta aquí?

Su ceño se acentúa. Mira alrededor como si lo necesitara para comprender a qué me refiero con «aquí». Está borracha, pero no hay color entre esta borrachera simpática y el pedo monumental con toques psicodélicos de la ocasión anterior. La noche que la llevé a casa de sus padres tuve toda la razón al preocuparme. Esta vez, en cambio, se la ve tan deliciosamente desconcertada que me resulta irresistible. Parece contrariada con el hecho de que, en estado de agitación y desorientada como anda, solo se le haya ocurrido venir a verme.

Doy un paso en su dirección y ella se abraza los hombros, desamparada. Hace un puchero. Ese gesto vulnerable, a punto de romper en llanto, me inmoviliza.

—Silvia, ¿ha ocurrido algo? —susurro, alargando el brazo para amansar a la fiera.

Ella me mira llorosa.

—Hoy cumplo treinta años.

—Lo sé, te he dado la taza esta mañana, ¿recuerdas? ¿Qué pasa con eso?

—Que ya no soy una veinteañera. Ahora soy una treintañera. Trein-ta-ñe-ra. ¿Sabes lo que significa eso? ¿Entiendes todo lo que entraña?

—Más allá de que tengas treinta años, no, creo que no lo entiendo.

—Bosco. —Lo dice con tono de reproche—. ¿Es que no eres consciente?

«¿De que llevas un vestido que me la está poniendo como el martillo de Thor? Sí, sí que lo soy».

—¿Consciente de qué?

—Tengo *treinta* años —recalca, despacio— y es lo único que tengo. Treinta años, pero ni un trabajo remunerado, ni una casa propia, ni un triste alquiler bochornosamente caro en esta ciudad con los precios hiperinflados, ni un novio serio, ni ahorros, ni... No tengo nada. Solo treinta años.

Ah, Dios mío, la crisis de los treinta... La está azotando un problema existencial y yo pensando en cómo me hormiguea la ingle cuando hace bailar los flecos del vestido de un lado a otro.

Debería haberlo visto venir. Hoy ha estado rara durante todo el día, y no creo que fuera solo porque confundiera a Chiara con mi amante italiana. Las mujeres detestan cumplir años, especialmente las mujeres que sienten que se han estancado y no consiguen avanzar, y más aún las pijas que a los veintiuno ya tienen la vida resuelta.

Me acerco a ella y le rodeo los hombros. Se los froto con paciencia hasta que se va calmando. Le hablo tratando de parecer afectuoso, comprensivo y, sobre todo, sincero.

—No es cierto. Tienes experiencia laboral, talento, don de gentes, juventud y belleza, una familia que te quiere y se preocupa por ti...

Habría seguido enumerando sus virtudes si, en primer lugar, no me hubiera asombrado reconocer que tiene tantos. Y si, en segundo lugar, no acabara de darme cuenta de lo surrealista de la situación. ¿Desde cuándo Silvia Altamira necesita consuelo? Si es una *bully* de manual que te deja tan roto después de sus vaciles que para prepararte para el siguiente asalto te hace falta un mes de reposo y una bolsa de agua caliente.

—Una familia que se preocupa por mí —bufa, bizqueando—. Mis padres no soportan mi inutilidad. Creen que me paso la vida buscando excusas y culpables para no hacerme cargo de mis actos y que, para ello, antes de mirarme a mí, repaso toda mi agenda de contactos.[53] Y tienen razones para pensarlo, porque convivo con un ejemplo de todo lo que está bien; con una persona con la que, si me comparas, salgo perdiendo en todos los aspectos. Mi hermana va a cumplir veintisiete años y le sobra todo lo que a mí me falta. Es una zorra insufrible.

Por el insulto en sí no me preocupo, claro, sino por el rencor que rezuma. No tengo hermanos, pero sé que llamarlos «mierda seca» antes que por su nombre de pila es una tendencia que no pasa de moda.

—A mí me cayó bien —admito.

—A todo el mundo le cae bien mi hermana. A mí misma me cae bien mi hermana.

—¿Entonces? ¿Cuál es el problema con ella?

—Que es perfecta. ¡Es perfecta a un nivel insoportable! —exclama, convirtiendo las manos en garras, como si necesitara arrancarse la piel—. La perfección existe, Bosco, pero no nos damos cuenta de que está ahí porque resulta irritante, y no abrumadora como nos han contado.

»Mira, para que te hagas una idea, mis amigas, mi hermana y yo fuimos a un karaoke cuando teníamos veintipocos años. Estábamos borrachas y queríamos reírnos un poco, así que elegimos una canción chorra del año de la polca, una de Presuntos Implicados, y no dimos ni una nota porque de eso se trata el karaoke, de pasarlo bien haciendo el ridículo.

Cabeceo en señal de aprobación.

—Estoy de acuerdo.

—¿Qué hizo mi hermana? —Se cruza de brazos—. Rechazó la posibilidad de cantar con nosotras para hacerlo sola. Le

53. Lo cual es verdad, pero hoy tendré la galantería de no decírselo.

pidió al tío que le pusiera una canción de Whitney Houston. ¡Una puta canción de Whitney Houston! Y encima lo bordó. ¡Lo bordó! ¡Cantó mejor que Whitney Houston...! —Se calla al verme frotándome la mejilla, consternado—. ¿Estás aguantándote la risa?

—Es que tu indignación tiene su aquel —confieso entre carcajadas.

—¡No tiene ninguna gracia! Pero espera, que hay más: resulta que había una vieja gloria de *Operación Triunfo* entre el público celebrando su cumpleaños o algo así (qué casualidad), y quedó tan impresionado con la voz de mi hermana que intentó convencerla de presentarse al *talent show* del que iba a ser jurado ese invierno. Que la quería en su equipo, y que ganaría sí o sí. En serio, ¿cuáles eran las probabilidades de que eso pasara? Mi hermana, además de ser perfecta, nació con una buena suerte que es para estudiarla.

—¿Por qué te da envidia que una gloria de *Operación Triunfo* le ofreciera presentarse a un concurso? ¿Acaso a ti te habría gustado ser cantante?

—Pues claro que no, pero me habría gustado que me dorase la píldora un famosillo de poca monta después de hacer el icónico silbido vocal de Mariah Carey.

—Eso es porque te gusta que te doren la píldora. Tu pobre hermana no tiene nada que ver.

—¡Claro que tiene que ver! Cuando ella está presente, nadie se fija en mí.

Me dan ganas de decirle que eso es una estupidez como la copa de un pino, pero estando tan sensible malinterpretaría mi tono y creo que ya está bien de fingir que me da igual verla tan agobiada. Finalmente opto por decirle la verdad.

—Yo sí me fijaría en ti.

—Sí, hombre, claro. —Pone los ojos en blanco—. ¿Me estás diciendo que cuando viste a mi hermana no sentiste la llamada del rito más antiguo del mundo?, ¿que no te poseyó el ardor sexual que trastorna a los hombres cuando la conocen?

—Menuda descripción. Por casualidad no te dedicarás a mejorar textos literarios, ¿no?

—¡Fíjate en cómo has evitado la pregunta! —estalla, irritada.

—No he evitado la pregunta. Lo que estoy evitando es ser redundante, porque ya te he dicho lo que pienso. Si has venido para preguntarme si me acostaría con tu hermana, la respuesta es no. Me pareció simpática, tiene su gracia, pero si quisiera acostarme con una mujer con un pijama con renos de la sección infantil, tendría un grave problema psicológico.

—Bueno, pues imagínatela sin el pijama.

—¿Por qué quieres que me imagine a tu hermana desnuda? —Me froto las sienes y aclaro, palabra por palabra—: Silvia, me da igual la desnudez de tu hermana Bárbara, ¿de acuerdo?

—¡Eso es porque no la has visto desnuda! —me recrimina con rencor.

—¿Y qué quieres que hagamos al respecto? —Suspiro, impaciente—. ¿Quieres que te diga que eres más guapa que tu hermana? Eres más guapa que tu hermana.

En este caso sueno honesto no solo porque diga la verdad, sino porque tengo experiencia tratando a mujeres inseguras. Estoy acostumbrado a que Chiara me pregunte lo mismo todos los días esperando una respuesta sincera. Alessia y yo hemos acordado que, aunque estemos alimentando su vanidad y aumentando las posibilidades de que desarrolle una autoestima exagerada, será mejor para su bienestar mental y su felicidad que le prometamos que es la más guapa del mundo. Parece que Silvia también necesita serlo, pero no porque le importen las mujeres guapas del mundo, sino porque, al igual que a la madrastra de Blancanieves, solo le importa ser más guapa que su rival.

Por supuesto, no se trata de una cuestión de belleza, del

mismo modo que Chiara no solo quiere ser más guapa que Alessia. Más bien cree que, siendo más guapa, la querremos más, y eso es lo que desea. Silvia también quiere ser la preferida de sus padres. O, a juzgar por cómo me mira, solo la preferida de alguien.

—Solo lo dices para contentarme —murmura, vigilándome de soslayo.

—Escucha... —Me acerco a ella y la obligo a mirarme tomando su rostro entre las manos—. Estás en un mundo en el que el camino a recorrer vino marcado por un orden rígido: el trabajo, la pareja, la hipoteca, los hijos. Es comprensible, aunque no justo, que el reloj biológico te haga sentir que tu hermana es especialmente virtuosa porque ha seguido las normas al pie de la letra y no le ha ido mal, pero eso es todo cuanto ha hecho, Silvia: seguir las reglas que venían dadas. Con una disciplina admirable, sí, pero ni eso tienes que envidiarle porque, si algo te sobra a ti, son arrestos para conseguir lo mismo o más.

»También es normal que tengas la sensación de que has fracasado. A mí me ha hecho sentir así haberme divorciado a la edad a la que los demás se casan. Pero es eso, solo una sensación, no una realidad. No tienes las manos vacías y, aunque las tuvieras, lo bueno es que te cabrá todo de lo que quieras llenarlas a partir de ahora. Puede que en este preciso momento no tengas lo que deseas, pero no dudes que lo conseguirás porque tienes lo que hay que tener para triunfar: carácter, voluntad y encanto personal... cuando no estás de mal humor, claro.

Silvia me escucha con atención. Absorbe las palabras como si fueran el combustible que necesita para funcionar, pero toda la energía que le insuflan me la transfiere inmediatamente después, besándome por sorpresa.

Pienso en que las niñas están en el salón y me siento culpable, porque no la aparto de inmediato. Por otro lado, me recorre un escalofrío morboso que es superior a mis fuerzas y pertenece al instinto primario de los seres humanos. Ese que despierta cuando Silvia se pone coqueta y dispone de mí a su antojo.

Aunque no haya manera de que las niñas nos estén viendo, me separo y la sujeto por los hombros.

—¿Has venido para algo más que desahogarte? —tanteo, sospechando de sus intenciones.

Silvia me mira con un brillo extraño —pero del todo cautivador— en los ojos. Parece la Grace Kelly que renunció a la carrera de actriz por el título de princesa cuando se abstrae pensando en quién sabe qué afortunado, cuando estudia o trabaja en silencio, cuando se queda perdida mirando un punto en el vacío, tan melancólica que te hace un nudo en la garganta. Pero cuando me mira así, como el cisne negro, como un peligro radiactivo, me recuerda a la voluble Jezabel; a una Bette Davis joven y orgullosa que, sea lo que sea que quiera, sea como sea de difícil, lo tendrá. Y en la palma de su mano.

Empieza a tenerlo en cuanto se quita la chaqueta torera que llevaba y la arroja al suelo.

—¿Qué haces? —Vaya pregunta ridícula. Ella se encoge de hombros.

—Ponerme cómoda.

Trago saliva.

—Silvia, ¿a qué has venido? —repito.

Gracias al corte atrevido de su vestido y a que cae sobre su cuerpo sin atreverse a tocarlo en lugar de definir sus contornos, se lo puede sacar por la cabeza tirando del borde inferior. En un abrir y cerrar de ojos, la tengo en bragas delante de mí. Solo bragas, piernas con zapatos de tacón y unos pechos que me apuntan demasiado tarde para ponerme a cubierto.

—Dijiste que lo haríamos cuando quisiéramos, ¿no? Pues quiero que me folles como si fuera la única mujer en el mundo, y creo que tú también quieres hacerlo.

—Por supuesto que quiero, pero tengo a las niñas en el salón.

—El dormitorio tiene pestillo, y las niñas son mayorcitas. Creo que sabrán arreglárselas sin ti un momento.

—Con un momento no tendría ni para empezar, y no voy a desatenderlas toda la noche.

Silvia se sienta en el borde de la cama y apoya las palmas a cada lado de sus caderas. Cruza las piernas a conciencia, sabiendo que dirigirá mi atención ahí. La veo quitarse las horquillas del moño. Su pelo se desparrama sobre los hombros sin orden ni concierto.

Aprieto los puños para que toda la tensión vaya allí a descansar, para librar a mi cuerpo del deseo, pero este ya ha estallado en mi entrepierna. Solo con mirarla, se me endurece.

—Por favor —me ruega con ojos de loba disfrazada de cordero—. Hoy es mi cumpleaños.

Dios tendrá que perdonarme, porque yo no lo voy a hacer.

No me puedo sentir culpable al cerrar con pestillo el dormitorio, silenciosamente, y acercarme a ella con cuidado de que tampoco se oigan mis pasos. Le hago separar las piernas y me aseguro de que mira hacia arriba, hacia mí, tirándole del pelo. Mi mano le rodea la delicada nuca y la otra la acaricia entre las piernas por encima de la ropa interior.

Silvia emite un gemido que acallo cubriendo su boca con la mía.

—Si haces el menor ruido —le susurro—, te vas a la calle. ¿Me has entendido?

Ella se muerde el labio mientras asiente despacio. Separa más las piernas y lleva las manos a la parte abultada de mi pantalón de chándal.

—Follar en silencio va a ser muy aburrido —responde en el mismo tono.

—Al contrario. Tiene su morbo tratar de contenerse.

—¿Ah, sí? —Estira el cuello para rozar los labios contra

los míos, que le pongo en bandeja inclinándome sobre ella—. ¿Te da morbo reprimirte durante las ocho horas que pasamos juntos en la oficina?

No. Eso, más que morbo, me produce un sufrimiento insoportable.

Le acaricio el óvalo de la cara desde la sien hasta la barbilla, esa barbilla obstinada y orgullosa que se burla de mí solita, sin ayuda de miradas retadoras o palabras mordaces. Silvia abre la boca para que culmine mi caricia allí dentro, en el origen de los males y los delirios de un hombre, la abertura multiplicadora de placeres que es su garganta. Cuelo el pulgar entre sus dientes y ella pronto me lo muerde, lo lame y lo succiona mirándome a los ojos, como si fuera mi polla. La mano con la que le rozaba las bragas se cansa del algodón y busca el contacto directo metiéndose bajo la tela. Ella jadea y se revuelve, sin dejar de chuparme el dedo y frotarme la erección con la palma de la mano. En primer y en segundo plano tengo sus mejillas ruborizadas y sus pezones erectos. Del cuadro destaca su mirada decidida, azul como el corazón del fuego. Saco el dedo de su boca y ella aprovecha para escupir sobre la mano con la que me estaba provocando. Húmeda ya la palma gracias a sus fluidos, me rodea la erección con los dedos y empieza a masturbarme con una media sonrisa hambrienta.

—Eres una guarra —susurro, obsesionado con los colores que van adquiriendo sus mejillas. Ella se humedece los labios y me mira respirando con dificultad.

Sus ojos se prenden.

—Y tú eres un capullo.

Le rodeo el cuello con la mano libre, sin abandonar por un segundo el roce jugoso de su entrepierna, y la zarandeo levemente.

—¿Quieres que sea un capullo de verdad? —le pregunto en voz baja. Tener que ser discreto me enciende más, y juraría que a ella también—. ¿Te gusta que te traten mal en la cama?

Su asentimiento de cabeza me pone la piel de gallina. Por supuesto que le gusta que la traten mal. Tiene tanto odio y frustración dentro que necesita canalizarlos de alguna manera, ya sea dominando o siendo dominada.

La penetro con dos dedos en cuanto la siento ardiendo entre las piernas. Silvia emite un gemido lo bastante elevado para que las niñas nos escuchen. Aprieto la mano con la que le estaba rodeando el cuello hasta que jadea.

—¿Qué te he dicho? —le advierto—. Un ruido más y te largas.

—Hijo de puta —sisea, mirándome con los ojos vidriosos de deseo. Lo noto también al tocarla por dentro; se humedece más, se deshace en mis manos.

La tiendo en la cama sin quitarle los zapatos. Ella espera mi próximo movimiento respirando con agitación. Me quito la camiseta bajo una mirada que me devora. Después van los pantalones. Nunca llevo ropa interior en casa.

Trepo sobre su cuerpo hasta llegar a la altura de sus ojos. La he visto mirarme con rabia, con deseo y con algo parecido a la simpatía, pero nunca con esta confianza que deposita en mí. El halago me calienta, me inspira y me motiva a deslizar las bragas por sus piernas, un trayecto infinito y delirante que concentra más calor en mi erección. Silvia se deja, mansa como solo lo es en la cama —y a ratos— y me mira esperando lo que haga a continuación.

—Separa las piernas.

Ella se abre para mí de forma deliciosa. Me encajo entre sus caderas y le levanto las piernas empujando por detrás de sus rodillas, las rodillas que pasea de un lado a otro todo el día para ponerme nervioso como un colegial. Observo cómo los pliegues centrales de su sexo se van despegando para mostrar los más escondidos, para que intuya la abertura en la que me voy a refugiar. Me agarro la erección y me masturbo despacio, inspeccionando con la mirada la jugosa humedad que la baña y que se multiplica conmigo encima, observando a su vez su expresión de éxtasis al contemplar cómo me acaricio.

—No me tortures —susurra. Mueve las caderas como queriendo decirme que está ahí, que puedo usarla—. Por favor, fóllame ya.

¿Cómo negárselo cuando me lo pide así?

Sigo el recorrido de la gota de sudor que se desliza por el valle de sus pechos, la fina película que la rodea y la hace brillar como una divinidad. Es perfecta y, al mismo tiempo, es tan terrenal y frágil que en mí se conjugan la ternura y la veneración cuando la empalo hasta que su cuerpo no puede albergar más. Le cubro la boca con la mano para sofocar su grito, que no es un grito, sino apenas un gemido débil atascado en su garganta. Silvia se aferra a las sábanas, al cabecero de la cama y, por último, a mí, a mis hombros, a mi pelo. Sus manos desesperadas buscan algo a lo que agarrarse para distribuir la súbita sensación de haberme enterrado dentro de ella sin avisar.

—Sigue apretándome así —mascullo entre dientes—. Joder... Es como si me absorbieras.

Aparto la mano de su boca y le dejo coger una bocanada de aire. Exhala despacio, momento en que separo las caderas para volver a insertarme. Silvia deja los labios entreabiertos, pero no emite ningún ruido. Son sus ojos enrojecidos los que me transmiten las emociones, pues me miran gritando todo lo que no pueden decir. Hay una mujer deshaciéndose de placer dentro de esos ojos, una mujer a la que le doy lo que me pide penetrándola como sé que le gusta, hasta que se le saltan las lágrimas.

—Más —ruega, hundiéndome las uñas en la carne. Maldigo la postura porque no puedo hacer lo mismo con ella, no puedo manosearla y dejar la marca de mis dedos y mis ansias.

Silvia jadea, y jadea, y jadea... En una de esas, cuando estoy golpeando sus caderas con las mías como si quisiera atravesarla, gime demasiado alto. La sujeto por la mandíbula, su mandíbula tensa, y le suelto una bofetada con la otra mano que llena sus ojos de una rabia que pronto se derrite. Gruñe hasta que me inclino para besarla. Su lengua coquetea conmigo y me provoca.

—Mantente calladita —le ordeno sobre los labios.

—¿Y si no me da la gana?

—Te daré otra vez.

—A lo mejor quiero que me des otra vez.

El brillo retador de sus ojos me cautiva. Aumento el ritmo de las embestidas hasta que parece que es así como la llevo al límite y la maltrato con mi cuerpo. Silvia parece no poder más, parece a punto de salirse de su cuerpo. Se cuelga de mi cuello e intenta incorporarse para tener la voz cantante. Sus pechos se balancean de un lado a otro, y cada vez está más colorada. Me inclino para besar la marca rojiza de mi mano, para lamer su labio inferior. Follamos tan fuerte, con tanto ahínco y desesperación, que es la cama la que hace ruido. No podemos controlar nuestras respiraciones, ambas aceleradas y embravecidas. No puedo siquiera medir o describir el calor que me quema la sangre o las ganas que tengo de ella. Silvia tampoco puede entender el poder que tiene sobre mí, aunque crea lo contrario. Ni ella sabe hasta qué punto pierdo la cabeza cuando la veo correrse, y por Dios que se corre; se corre como si le separasen el cuerpo del alma, temblando con una violencia hipnotizadora que me hace sentir halagado. Apenas puede contener una serie de respiraciones cortas y ansiosas. Hiperventila, enloquecida, y me aprieta tanto que siento que yo también me precipito a la locura.

Abandono su cuerpo cuando noto los espasmos que me aproximan al orgasmo y tiro de su cuello, incorporándola un poco. Silvia se desliza por mi cuerpo, todavía temblando, y se coloca donde debe para abrir la boca, buscando mi polla. Se la introduce hasta la garganta y chupa como si le fuera la vida en ello, y tengo que cerrar los ojos para no bizquear cuando el orgasmo me sacude con violencia. Silvia se separa con una arcada que enrojece su preciosa cara sudorosa, y saca la lengua para que me corra en su boca, en su barbilla; para que mi semen la empape entera y le gotee hasta el pecho. Silvia escupe y mantiene la boca entreabierta, mirándome con los ojos vidriosos y el rostro enrojecido.

—No sabes cómo me pone lo sucia que eres —mascullo, limpiándole la barbilla con el pulgar. Silvia lo lame, mirándome con intención—. Podría correrme hasta quedarme seco contigo mirándome con esa cara.

Le rodeo la garganta con los dedos y sigo con el pulgar el trazo de una línea imaginaria. Me quedo ensimismado al verla satisfecha, desnuda y manchada con mis fluidos.

—¿Con qué cara? ¿Con cara de zorra?

—Que conste que lo has dicho tú.

Me empuja por el pecho, haciéndome retroceder hasta dejarme sentado sobre la cama. Gatea hacia mí, despeinada y mojada. El corazón me late desaforado por la impresión.

Se sienta en mi regazo y me rodea el cuello con los brazos, seductora y poderosa como una Cleopatra, una María Antonieta o todas las mujeres fatales a la vez.

—¿Cuánto dura la película de las niñas? —pregunta en voz baja.

—Una hora y media... creo.

—Creo que eso nos da un rato. —Y vuelve a besarme.

Capítulo 21

Guapa, lista y feminista

No tengo que abrir los ojos tras haber pasado una noche de perros para saber dónde he descansado el cuerpo: sobre el espeluznante sofá cama que el casero me vendió como poco menos que una nube de algodón. Me voy desperezando con los ojos cerrados, quejumbroso. Volver a poner las vértebras en su sitio es un proceso sumamente delicado en el que intervienen unas cuantas voces femeninas:

—¡Vamos a bailar *El cascanueces* y yo voy a ser la protagonista! —cuenta Chiara, entusiasmada. Ha voceado esa noticia unas veinticinco veces en las últimas veinticuatro horas, una de ellas al pakistaní al que pasé a comprarle las palomitas de microondas.

—Por Dios, no podrías ser más cliché ni aunque lo intentaras. *El cascanueces...* —Seguro que Alessia pone los ojos en blanco—. El ballet es para niñas tontas.

—Yo creo que es un gran honor —responde Silvia.

Silvia...

Espera. Silvia.

¿Silvia?

¿Qué hace aquí?

Parpadeo hasta sacarme el sueño de encima y ladeo la cabeza tanto como me lo permite la tortícolis para localizarla. Está de espaldas a mí colocando un tarro de Nutella sobre la mesa. Ahora aparta la silla para tomar asiento junto a las niñas, que se relamen delante de una montaña de... ¿crepes?

No tengo que hacer memoria para recordar a Silvia borracha en el salón y desnuda sobre mi cama. También borracha y desnuda me ayudó a cambiar las sábanas para que las niñas no tuvieran que dormir ni sobre nuestros fluidos ni tampoco en territorio hostil, una forma suave de referirme a este sofá.

Parece que Silvia se quedó a dormir. Explicaría que me haya despertado pegado al respaldo del sofá, haciendo hueco para que quepa otra persona.

—¿Cómo has sabido que me encantan los crepes? —pregunta Chiara, maravillada. Observa el rollito de Nutella con ojos golosos, preguntándose por dónde empezar primero para no mancharse.

Es en vano. Se mancha la mejilla antes de dar el primer bocado.

Esa es mi niña.

—A todo el mundo le encantan los crepes —resuelve Silvia, cruzándose de piernas.

—¿A ti también? Porque parece que no hayas probado nada con grasas saturadas en tu vida.

Alessia en todo su esplendor, damas y caballeros. Su madre tenía razón cuando decía que parecía que la hubieran criado en un *reality show* americano, siempre preparada para insultar.

Suerte que Silvia no se lo toma mal... O eso parece.

A lo mejor ha puesto una de sus caras.

—Me gusta cuidar la línea, pero uno al año, no hace daño.

—Para presumir hay que sufrir —cita Chiara—. Mi madre lo dice mucho.

Alessia bufa.

—Eso es una tontería. Claro que hay que sufrir para presumir de haber alcanzado el canon de belleza imposible al que solo pueden aspirar las modelos bulímicas.

Chiara mira su crepe con cara de consternación.

—¿Engorda mucho? Porque si me pongo gorda no me cabrá el tutú y me echarán de la función.

—Pues te habrán hecho un favor —rezonga Alessia.

—No te vas a poner gorda por comerte un par de crepes, cielo —le asegura Silvia, dándole una palmadita en el dorso de la mano. No tiene que repetirlo. A Chiara se le pasan rápido los berrinches, y le gusta demasiado el chocolate—. Cómo duerme vuestro padre, ¿no?

Alessia me mira desde donde está, enfrente de Silvia y, por tanto, de mí. Parece sonreír para sus adentros cuando me caza con un ojo abierto. Le indico con un gesto que me gustaría que no anunciara que estoy despierto, y ella, por una vez en su vida, obedece.

—¿Quieres que lo despierte? —inquiere Alessia.

—No, no. Seguro que no está acostumbrado a dormir tanto. Será mejor que descanse. Así será menos nazi conmigo cuando volvamos a trabajar.

—¡Tú también dices lo de nazi! —exclama Chiara—. ¿Qué es, Silvia?

—¿Un nazi? Una persona mala con todo el mundo menos con los alemanes.

—Yo no soy alemana, y Alex dijo que los nazis serían buenos conmigo.

—Todo el mundo sería bueno contigo, con esa carita que tienes. —Le pellizca la mejilla.

Se me escapa una sonrisa al ver a Silvia tan desenvuelta con Chiara. Es cierto que la niña, con todas sus monerías, se presta a que la achuchen, pero no habría imaginado a Silvia con un lado maternal.

—¿Y contigo serían buenos, Silvia?

—También, porque es rubia con los ojos azules —asegura Alessia.

—¿Entonces... a los nazis les gustan las niñas guapas? —deduce Chiara, que está decidida a terminar con el misterio—. ¿Papá es un nazi?

—No —aclara Alessia.

—Pero Silvia ha dicho antes que lo es —rezonga Chiara.

—Tu padre no es un nazi porque a mí me trata con menos benevolencia que a nadie, y soy muy guapa —resuelve ella con tranquilidad.

Una sonrisa perversa se dibuja en mis labios antes de que pueda controlarla.

«Cariño, te trato como me pides que te trate».

—¿Eres alemana, Silvia?

—No, cielo. Soy de Madrid, como tú.

—Yo no soy de Madrid, yo nací en Basilea, como el padre de Alex —responde Chiara entre mordisco y mordisco. Se lo cuenta como la ha informado de su papel protagonista en *El cascanueces*—. El padre de Alex es también mi padre, pero no digo que es mi padre porque él no quiso decir que yo era su hija. Por eso me llamo Chiara Ganivet Bruni y Alex es Alessia Santoro Ganivet. Yo tengo los dos apellidos de mamá.

Se hace un silencio en el que Chiara sigue comiendo como si tal cosa. Me imagino que a Silvia se le encoge el estómago, pero yo estoy tan acostumbrado a que Kiki hable de su situación con total desahogo que ya no me preocupo.

—Te hemos dicho mil veces que no hace falta que le cuentes lo de tus apellidos a la gente. No les interesa —responde Alessia, negando con la cabeza mientras moja su crepe en el Cola Cao.

—Pero son unos apellidos bonitos. —Mira a Silvia—. ¿Cuáles son los tuyos?

—Altamira de la Rosa. Y mi hermana se llama Rivas de la Rosa porque, al igual que tú, tiene dos padres —sorprende respondiendo, serena—. Uno no valía ni para tacos de escopeta, por eso le conseguimos uno mejor: el mío.

—¿El padre de tu hermana también es de Basilea? —inquiere Chiara, perpleja.

—No tengo ni idea de dónde es, pero si es allí a donde van todos los cerdos, lo mismo han coincidido. —Tengo que hacer un esfuerzo para no soltar una carcajada al escuchar a Silvia hablar con naturalidad—. Sea como sea, puede quedarse donde está, Basilea o el infierno.

Chiara salta de la silla de repente y suelta el resto del crepe en el plato.

—¡Voy al baño!

—Tampoco tienes que informar de eso, solo levántate y ve —la regaña Alessia.

No la veo corretear hasta el baño porque procuro cerrar los ojos y seguir haciéndome el dormido. Si me ve despierto, a diferencia de Alessia, no me va a guardar el secreto. Me hará un placaje doloroso y luego intentará curarme las costillas rotas con besos pegajosos que serán muy bienvenidos.

Aprovechando la marcha de la pequeña, la mayor carraspea para (lo sé, simplemente *lo sé*) empezar a interrogar a Silvia.

—Bueno. ¿Y qué relación tienes con mi padre? —le suelta Alessia, mirándome por encima del hombro de Silvia.

Observo que la muñeca de esta tiembla al alargar el brazo para tomar la taza.

Entendería que La Imposible De Amilanar Silvia Altamira sí que se amilanase un poco delante de esta quinceañera antisistema.

Y antitodo.

—Ya te lo dijo ayer, ¿no? —Pausa para sorber el café—. Soy su editora. Me dedico a corregir algunos textos, contactar autores, organizar algunos encuentros, reuniones y...

—Y después de todo eso, te mamas en la discoteca y te

vienes a su casa a dormir la mona —agrega Alessia en tono tranquilo.

Abro los ojos como platos y elevo una ceja, advirtiéndola de que ese no es el camino. Mi hija solo sonríe, encantadora.[54]

—Lo de ayer fue un error.

—¿De qué tipo? ¿Te equivocaste de timbre? ¿De piso? ¿Venías a casa del vecino?

Mi mirada la advierte con claridad: «Alessia, cuidadito».

—Fue un error porque no sabía que estabais aquí.

—O sea, que si no hubiéramos estado aquí, y, con «aquí», entiendo el salón, habríais hecho lo que hicisteis en el dormitorio en el sofá, ¿no?

Creo que es un momento estupendo para intervenir, pero Silvia se apresura a explicarse.

—Tu padre y yo nos llevamos bien. Se puede decir que somos amigos. —No la vi tan preocupada por que alguien la creyera ni cuando su padre insistía en que había probado las drogas duras—. Tenemos la suficiente confianza para hacer... pijamadas.

Amigos. Ella y yo. Casi se me escapa una carcajada. Y a Alessia, que no conoce ni la mitad del recorrido que hemos hecho, también le da la risa floja.

—No hace falta que te pongas nerviosa, Silvia. —Se reclina en su asiento y se cubre los labios con la taza de Cola Cao. *Claro que no: no hace falta que se ponga nerviosa con esta pequeña terrorista al mando de la situación*—. Me alegra que mi padre salga con una mujer. Desde luego, eres su tipo.

A diferencia de lo que esperaba que contestase —«No salgo con él. No saldría con él ni por todo el oro del mundo»—, Silvia pregunta:

—¿Qué quieres decir con «su tipo»?

54. De serpientes.

«A ver qué le dices», advierte mi ceja enarcada a la antisistema.

—Pues una mujer con dos cojones y pintas de vivir en un barrio rico, además de la excepción a eso que se dice de que las rubias son tontas. No todo serán virtudes, claro. En mi opinión, estás demasiado alienada por el sistema patriarcal, pero bueno, no se puede tener todo. —Encoge un hombro.

Oh, no, la discusión feminista no, por favor.

—¿A qué te refieres con alienada por el sistema patriarcal?

—El maquillaje, los zapatos, la manera en que te vistes... Es como si te mirases al espejo por las mañanas y te preguntaras qué puedes ponerte para que todos los hombres del mundo se giren cuando pases por su lado.

Alessia hace una mueca despectiva para dejar clara su opinión al respecto, que ya había manifestado al principio de la conversación, también durante esta y seguro que repetirá al final por si acaso, no vaya a ser que se nos olvide que ella está por encima de la superficialidad, el consumismo y el deseo de gustar.

El día que se enamore, lo va a pasar fatal.

—Más bien me pregunto qué ponerme para realzar mis virtudes, y si de paso alguien se gira, sea hombre o mujer, estupendo. Significará que tiene buen gusto. —Silvia apoya los codos sobre la mesa y se inclina hacia delante—. Y, oye, el feminismo no consiste en despreciar el maquillaje, los tacones o en esconder tus atributos femeninos. El feminismo defiende que una mujer pueda vestirse como le dé la gana sin que la juzguen por ello, cosa que tú estás haciendo ahora.

Con todos vosotros, Silvia Altamira. Lo mismo te sorprende con los mejores crepes de Madrid que te suelta un sermón sobre por qué eres una feminista de lo peor.

Por lo menos, Alessia no se lo toma mal. De hecho, detecto un brillo especial en sus ojos pardos. Debe de alegrarse de haber tropezado por fin con alguien a quien le interesa la lucha, porque sus amigas no es que estén por la labor de socializar los medios de producción. Sus amistades prefieren ir detrás de los babosos que se enfurecen si pierden el partido de fútbol del recreo y ver vídeos de *influencers* sobre cómo utilizar el *eyeliner* con un pedazo de celo pegado al lagrimal.

Son sus palabras, no las mías.

—Seguro que eres incapaz de salir de tu casa sin maquillaje —replica Alessia. Nunca se retira sin presentar batalla—. Y fijo que no te pondrías un chándal ni para ir a comprar el pan.

—No, no lo haría, pero porque no afrontas el día de la misma manera cuando sabes que vas partiendo la pana que cuando no te mira nadie porque vas hecha un guiñapo. Y tampoco sabes cuándo te vas a cruzar con alguien a quien te gustaría impresionar, por eso hay que estar preparada.

—Si quieres impresionar a alguien, debes hacerlo con tu mente. Con tu manera de ser. No con un modelito —replica con retintín.

—Cariño... —Seguro que le está sonriendo, condescendiente—. A tu edad todas odiamos el rosa y a los chicos, y creemos que somos mejores que las demás por escuchar a Pink en lugar de a Britney Spears y por no perder el tiempo con superficialidades, pero cuando crezcas te darás cuenta de que no necesitas descuidar el físico para fomentar la inteligencia. Puedes ser guapa y lista, puedes mostrar tu lado femenino y masculino; puedes ir a la biblioteca y a la disco a ligar. No hay que renunciar a nada. Mira a Ramón y Cajal: premio Nobel de Medicina y, además, culturista.

—Ramón y Cajal es un hombre, no me vale. Dime una mujer que cultive su belleza y también su mente.

—Hedy Lamarr. Actriz, inspiración de la princesa Blancanieves y, además, inventora. De hecho, se le atribuye la invención del wifi y el bluetooth.

Habría pagado todo el dinero que no tengo por ver la expresión de la cara de Alessia. Aunque al principio saca el móvil con desconfianza para confirmar lo dicho —«A ver, deletréame Hedy Lamarr»—, sé que al final del día pasará por Sephora para comprarse un pintalabios con el que no parezca que vaya a celebrar Halloween por adelantado. Lo mismo hasta deja de cortarse el flequillo como si se lo hubiera mordido un perro.

—Pero no hace falta irse a Hollywood o a Austria, porque yo también soy guapa y lista. Sin mí, a tu padre le comería la mierda —agrega Silvia. «A lo mejor va siendo hora de que me despierte»—. Y tú tampoco estás nada mal.

—Gracias, pero prefiero seguir cultivando mi mente a mi cuerpo. Con lo primero patearé muchos egos masculinos, y con lo segundo solo conseguiré deleitarlos. No me da la gana de hacerlos felices.

Estaba claro que Roma no se iba a construir en un día. O, en palabras de mi adolescente sufragista, *deconstruir*. La dice muchas veces y ni siquiera sé si está registrada en la RAE, pero como Alessia dice, «todos los de la RAE son unos viejos fascistas».

¿Me habré equivocado al educarla? Tal vez su madre tenga razón y el problema fuera no haberla matriculado en un colegio privado, donde los privilegios la habrían cegado tanto que jamás habría adquirido una visión política tan incendiaria.

—Bueno, son dos maneras de enfrentar la lucha —resuelve Silvia al final—. A mí, tu estilo me parece tan estupendo como el mío.

Pretendía cerrar los ojos para seguir pegando la oreja, pero Silvia me pilla al ponerse de pie y girar la cabeza hacia mí. Nuestras miradas se encuentran un segundo, la suya al principio es confusa y, pronto, me temo que furiosa. No se va a creer que me acabo de despertar.

Con la mandíbula desencajada, Silvia deja los platos en el fregadero y rodea la mesa y el sillón para acercarse a mí.

—Buenos días —digo en voz alta, sin incorporarme. Exagero un bostezo—. ¿Cómo estáis?

—A punto de cantarte las cuarenta, así estoy —masculla, arrugando el ceño—. ¿Te estabas haciendo el dormido?

—¿No? —pruebo.

Ella aprieta los dientes y sigue siseando en voz baja.

—¿En serio? ¿Has fingido estar sobado mientras tu hija me interrogaba? —Me da un puntapié con sus tacones de aguja. Emito un «ay» por lo bajini y me froto el costado—. Ya veo que esta es solo otra de tus muchas torturas.

—¿Torturas? Te lo estabas pasando bomba, y parece que ellas también.

—Pasándomelo bomba, dice. —Suelta una risotada irónica. Se agacha para quedar a la altura de mis ojos—. ¿Quién te crees que soy? ¿Mary Poppins? Te recuerdo que hicimos un trato al principio de todo esto, y dejaba muy claro que mi contrato no establecía nada de ejercer como niñera. Ni meterme en tu vida personal, para empezar.

—Venga ya. —Me incorporo despacio, valorando los daños que ha sufrido mi costilla flotante. No parece que haya que operar—. ¿Tan terrible ha sido pasar media hora con ellas? Son un encanto.

—Sí, son un encanto, pero yo soy una infiltrada. —Se apunta con la manicura a juego con el brillo de su vestido de fiesta.

Levanto las cejas.

—¿Has ido a comprar crepes así vestida? Le habrás hecho el día al vendedor.

Lamento no haber estado pendiente del tono en que lo he dicho cuando la veo ruborizarse. ¡Silvia ruborizada! He debido pronunciarlo con especial reverencia, o a lo mejor ha sonado tan sincero que ni ella ha podido buscarle la interpretación desdeñosa.

—Lo siento, ¿tenía permiso para ponerme una de tus camisetas? —ironiza.

—El permiso lo tienes; lo que no creo que te sobren son

las agallas. Creo que si tuviera que torturarte te haría ponerte mi ropa.

—Muy gracioso —masculla por lo bajo. Mira por encima del hombro solo para asegurarse de lo que yo ya sé gracias a mi posición: las niñas nos observan, Alessia con una media sonrisa irónica y Chiara, que acaba de salir del baño con el cepillo de dientes en la boca, con tanta curiosidad como desconcierto—. No te lo perdonaré jamás.

—Pero si lo has hecho de maravilla. Cualquiera diría que estás intentando ganarte el favor de mis hijas.

Silvia hace una mueca y me indica con un quiebro de cabeza que están demasiado cerca y pueden oírnos. Me agarra del brazo y tira de mí para alejarme tres pasos.

—No entiendo mucho de física y propagación de sonidos, pero me parece que por diez centímetros de distancia no vamos a marcar ninguna diferencia si pretendemos que no nos escu...

—¿Ganármelas? —repite, ignorándome—. Más bien estoy intentando que no te odien.

—¿Por qué iban a odiarme? Soy un padre estupendo.

—Anoche dormimos juntos en el sofá —me recuerda en voz baja, rechinando los dientes—. La mayor parece entender el tema del divorcio pese a estar en plena fase de rebeldía, pero la pequeña... ¿Cómo crees que se habrá sentido al vernos?

—Del mismo modo en que se sintió al ver a su madre con un hombre que no era su padrastro —contesto con tranquilidad—. Fue Chiara la que me informó con toda su inocencia infantil de que Aurora me estaba poniendo los cuernos. Pensaba que eran imaginaciones suyas hasta que lo vi con mis propios ojos.

Silvia abre los suyos como platos, asombrada.

—Bueno, de todos modos, no creo que les haya sentado bien vernos juntos —dice tras unos segundos de meditación—. Lo de los crepes no era para sorprenderte, solo me he sentido obligada a compensarlas de alguna manera.

—Pues yo diría que las has compensado con creces.

Me doy la vuelta para entrar en el dormitorio. Ella me detiene cogiéndome de los hombros.

Prácticamente colgándose de ellos, en realidad.

—¿Es que no estás preocupado? ¿Y si las hemos traumatizado? Ayer llegué borracha y luego nos metimos en tu dormitorio. Chiara no me ha hecho preguntas. ¿Por qué no me ha hecho preguntas? —jadea, preocupada.

—Porque está bien educada, a diferencia de la otra. ¿Me dejas cambiarme? No puedo llevarlas a la Warner con el pijama.

—¡A la Warner! —exclama—. ¿Ves? ¡Tú también sientes que debes compensarlas!

—No, siento que debo cumplir mis promesas. Este fin de semana y el siguiente me toca con ellas y me han pedido que las lleve a la Warner. —Me cruzo de brazos, divertido como hacía tiempo que no me divertía al ser testigo de su consternación. Me propongo intensificar su mortificación agregando—: ¿Quieres venir con nosotros?

—¿Qué? —jadea, levantando las cejas.

—¡Sí! —aplaude Chiara, saltando de la silla del comedor[55] y corriendo hacia nosotros. La física está de mi parte: alejarnos diez centímetros no ha supuesto problema para el agudo oído (e ingenio) de mi pequeña—. ¡*Porfa*, Silvia, tienes que venir con nosotros!

Silvia mira a Chiara sin poder creérselo. Luego me mira a mí, también con incredulidad.

—No creo que sea buena idea. Es una excursión familiar —murmura. Creo que jamás la he visto nerviosa, como tampoco maternal o intentando con todas sus fuerzas gustarle a un par de niñas.

55. Si así puede llamarse, aunque habría que ser optimista para entender ese zulo como un comedor.

Y me parece que podría acostumbrarme.

—Somos una familia disfuncional que se está cayendo en pedazos —responde Alessia, sentada aún en la mesa de la cocina. Desmiga su crepe con gesto aburrido—. Que se una alguien lo hará todo menos violento.

—Oye —la regaño—. ¿Desde cuándo es violento salir conmigo?

—Desde que quiero convencer a Silvia de que venga con nosotros.

—No todo vale —la advierto.

—Vaya, yo pensaba que sí. En la guerra y en el amor... —Encoge uno de sus delgadísimos hombros.

Entorno los ojos.

—Solo por curiosidad, ¿estamos en guerra o estamos enamorados?

—Pues no lo sé. —Alessia se me queda mirando fijamente—. ¿Estamos en guerra o estamos enamorados?

—¡Enamorados! —exclama Chiara, batiendo las palmas.

Silvia no sabe dónde meterse. Está claro que lo de incomodar y/o exasperar a Silvia Altamira de la Rosa es un talento que solo tenemos mi descendencia y yo.

—Yo diría que un poco de ambas —le respondo a Alessia en voz baja, aprovechando que Chiara agarra a Silvia de las manos y tira de ella para intentar convencerla.

La mayor me sonríe, satisfecha.

—Eso ya lo sabía yo. ¿Vienes entonces, Silvia? Solo será un rato por la mañana, por la tarde he hecho planes y Chiara tiene clases particulares.

Silvia se ve entre la espada y la pared, y debo decir que eso la favorece.

—No sé... No me parece muy apropiado.

—Hay asuntos de trabajo que me vendría bien discutir hoy. Podemos hacerlo por teléfono mientras ellas pasean por el Hotel Embrujado o podemos hacerlo en persona esperando fuera, lo que tú quieras. El sábado es día laborable en esta empresa, y tú y yo tenemos mucho trabajo atrasado.

—¿Estás de c...? —Sacude la cabeza—. ¿Qué asuntos?

—La deuda que nadie va a comprar y las exigencias imposibles de Estela Ellis, por ponerte un par de ejemplos.

Silvia suspira. Cuando el deber la llama siempre flaquea, pero de no haber echado un vistazo hacia atrás, desde donde Chiara la mira depositando en ella todas sus esperanzas infantiles, no habría cedido. Nunca exagero cuando digo que hay que evitar los ojos azules de Chiara como se debe huir de la mirada del basilisco.

—Está bien.

—¡Síííííí! —aplaude Chiara, sonriente.

Alessia también sonríe, pero no hay rastro de emoción juvenil. Es la sonrisa retorcida que pone cuando se trae entre manos uno de sus planes perversos. Ya era maquiavélica con cinco años, siempre en un buen sentido, pero es algo que se le va acentuando con la edad.

—Venga, id a vestiros o nos cerrarán el parque de atracciones —ordeno. Chiara sale escopeteada hacia el dormitorio, donde ha dejado la mochila con la muda, y Alessia la sigue sin perder la expresión satisfecha.

En cuanto cierran la puerta, apoyo la mano en la pared y me inclino sobre la contrariada editora que tendré toda la mañana a mi entera disposición.[56]

—Esta Silvia me gusta incluso más que la Silvia sobria.

—Eso es porque ves a esta Silvia mucho menos que a la Silvia sobria, y eso ya es decir —mascula, negando con la cabeza.

Suelto una carcajada.

—No seas tan dura contigo misma, solo te he visto borracha dos veces. Tres, si contamos que apestabas a champán la

---

56. Aquí es donde me froto las manos internamente. *Mi tesoro, Gollum.*

noche en el hotel —agrego, recordando su numerito con los canapés.

Ella me da un codazo y se desentiende de mi intento de coquetería.

—Métete ahí tú también y procura salir con calcetines del mismo color —me ordena con tono de general alemán—. No voy a permitir que me avergüences delante de Tom y Jerry.

Capítulo 22

Lo que quiero es ilegal, inmoral o engorda

—Si llego a saber que los niños que miden menos de un metro entran gratis, os meto en la lavadora antes de venir —bromea Bosco, pagando las entradas de las tres.

Sí, lo he dicho bien. Las *tres*.

Solo lo he pensado y ya noto unas cosquillas en el estómago que nada tienen que ver con la incomodidad. Si acaso, con la novedad.

—¿Sabes que hay una mujer en la cárcel por haber metido a su bebé en la lavadora? —le cuenta Alessia—. No te habría venido bien esa táctica de cara a la legalidad.

—¿También hacen descuento a los que miden menos de un metro cuarenta? —bufa Bosco en voz alta, leyendo las tarifas de la Warner—. ¿Quién mandó a vuestro padre aparearse con una mujer con altura para ser modelo? Alessia, contigo será imposible aprovechar la oferta, pero si Chiara se encorva un poco...

—¿Así, papá?

Se me escapa una carcajada al ver a Chiara elevando los hombros hasta casi pegárselos a las orejas.

Según Bosco y ella misma, que está orgullosa de alertar a los desconocidos de la información que figuraría en su DNI, tiene diez años. Yo con diez años ya me había enrollado con un compañero de catequesis y me ponía minifaldas para Halloween. Con esto no quiero decir que yo fuera muy adelantada, porque me comporté conforme a la edad en que me bajó la regla por primera vez, sino que Chiara aparenta unos siete u ocho años. Soy demasiado metomentodo para mi bien y sé que voy a acabar preguntándole a Bosco por este curioso fenómeno, pero está de tan buen humor que voy a esperar a mediodía. No hay manera de sugerir que su hija parece unos cursos atrasada sin que piense que la estoy insultando —cosa que jamás haría con una niña tan guapísima—, y no quiero aguarle la fiesta.

No sé muy bien por qué estoy aquí. Debe de ser porque estoy acostumbrada a pasar los días de resaca encerrada en mi dormitorio recordando todas las miserias que han oscurecido mi vida y, como no me apetecía caer en un bucle autodestructivo, he tenido que aferrarme a la primera excusa que se me ha presentado para huir de mí. O a lo mejor es porque me caen bien la anarcofeminista y la doble de Leonor de España.

El caso es que me encuentro paseando por la Warner de Madrid con mi minivestido de flecos plateados, la cara lavada —todo el maquillaje que Alessia podía prestarme era un pintalabios negro y máscara de pestañas verde. *No, gracias*— y mi jefe a mi lado, quien podría ser otro motivo de peso para unirme a la aventura de muy buena gana..., o todo lo contrario.

—Así que esto es estar en la treintena —comento en voz alta, aprovechando que las niñas echan a correr alargando el brazo en dirección a la primera atracción que despierta su curiosidad: las sillas voladoras de Mr. Freeze. Bosco se gira hacia mí con las cejas enarcadas. El sol le da por detrás, haciéndolo parecer más moreno de lo que ya es—. Pasar un sábado por la mañana en un parque temático con dos niñas que podrían pasar por tus hijas y con un tío que podría colar como tu marido.

—¿Crees que la gente piensa que somos pareja? —Enarca la ceja—. No podrías ser la madre de Alessia a no ser que te hubieran preñado en la ESO.

Podrían haberme preñado en la ESO. También estaba adelantada en ese aspecto.

—Cierto. Lo que explicaría que la gente me esté mirando como si fuera la nueva novia del papi divorciado. O viudo. —Echo un vistazo alrededor y señalo a una cuarentona con un movimiento de barbilla—. Esa de ahí te ha compadecido. Creo que lamenta que salgas con una pilingui y este sea el ejemplo que les das a tus niñas. De todos modos, hoy no me avergonzaría que nos creyeran liados.

—¿Por qué no? —Extiende los brazos y da una vueltecita—. ¿Hoy no voy mal vestido?

Parece que lo que le cuesta combinar son los trajes, porque el aire casual lo tiene muy conseguido. Quizá se deba a que ha pasado su juventud trabajando en el campo y yendo a la universidad, dos actividades para las que no hace falta arrasar Massimo Dutti. O a lo mejor es que ya habría que ser tonto para no saber conjuntar unos vaqueros con una camiseta de algodón.

Bosco se pasa una mano por el pelo, un dedo más largo de como lo tenía cuando lo vi por primera vez.

—Tienes mi visto bueno —confirmo.

—Estupendo. No sabes cuánto placer me produce ser el que va vestido acorde a las circunstancias y que tú parezcas no saber dónde estás.

—¿Qué querías que hiciera? Tus hijas me han sacado la pistola para que venga —me quejo.

—Podrías haberte puesto los pantalones de Alessia.

—¿Los rotos con símbolos pacifistas? No, gracias. ¿La dejas ir con eso al colegio?

—Está en un instituto público, allí todo el mundo carga la simbología que más le gusta, y a mí me parece de lujo. ¿Quieres tomar algo? —Señala con la cabeza un quiosco—. Algo sin alcohol, por supuesto, no queremos que te tires a mis brazos.

Y me guiña un ojito, el muy cerdo.

—Me alegra que seas consciente de que solo me tiraría a tus brazos con alcohol de por medio.

Bosco oculta una sonrisa de camino al quiosco. Yo voy detrás, lamentando no haber aceptado las zapatillas de Alessia. Son mejor que los tacones para patearse la Warner en cuanto a comodidad.

—He tomado una decisión respecto a la deuda —me dice al tiempo que me acerca una Coca-Cola Zero. Echa un vistazo a las sillas voladoras para cerciorarse de que las niñas no han salido escupidas hacia el firmamento. Levanta una mano, sonriente, y le lanza un beso a Chiara.

Lo miro con una ceja enarcada.

—¿Y bien?

Bosco clava sus ojos oscuros en mí.

—Voy a pedirles el préstamo a mis padres. Alessia cumple los dieciséis la semana que viene y quiere que la lleve a celebrarlo a Málaga, donde viven sus abuelos, así que aprovecharé para comentarles la situación. Mi padre tiene una cuenta de ahorro muy hermosa. No ha tocado su parte de la lotería en diez años y sabe moverse como pez en el agua entre fondos de inversión. Además, es bastante generoso. Puede que me eche una mano.

—¿Y me lo dices ahora? —bufo, anonadada.

—Creo que cuando uno es adulto no debe recurrir a sus padres a no ser que esté en serios apuros.

—Es que estás en serios apuros, Bosco, y no desde hace diez minutos, sino desde hace diez meses. No me mientas —le advierto—. Sé que ese no es el motivo por el que no has pensado antes en ellos.

Bosco me sostiene la mirada, sospecho que maldiciéndome por ser tan avispada.

Guapa y lista, tal como le he dicho a Alessia.

Abre su lata de Coca-Cola y da un trago rápido.

—Mis padres llevan toda la vida diciéndome que Aurora es una trepa. Que se me acercó por el dinero y porque necesitaba asegurar el bienestar de las niñas, y que era obvio que no estaba dispuesta a mancharse las manos por mí.

—No quieres que se enteren de que tenían razón —deduzco.

—No, ya saben que tenían razón —corrige a su pesar—. Hablo con ellos con frecuencia y están al tanto de que el divorcio me está volviendo loco. Pero cuando no quieres que alguien que está a quinientos y pico kilómetros te caliente la oreja, te despides educadamente y le cuelgas. Ahora bien, si vas a su casa y te sientas a su mesa para pedir un favor, prepárate para que te diga todo lo que quiera hasta quedarse a gusto.

—Muy poco te estarían pidiendo a cambio de sanear tus cuentas —replico en favor de sus padres—. ¿Quieres decir con eso que me quedaré a cargo de la editorial toda la semana que viene, mientras estés en el sur?

—No, porque estaré solo el fin de semana. Y porque vendrás conmigo.

Aparto la lata de mis labios y lo miro retándole a repetirlo.

—¿Perdona?

—Tiene que quedar claro que voy a hacer negocios, no a echar el rato, y aunque sean mis padres, no van a estar del todo seguros de que haré una buena gestión si no ven a mi lado a alguien que sí sabe manejar una empresa. Si no lo están, a lo mejor ni me conceden el préstamo, y, como tú misma has dicho, estamos en apuros.

Tiene sentido. Lo tenía antes de que se explicara. Si algún otro jefe me hubiera propuesto el viaje, no habría dicho ni mu. Habría entendido al momento que, aunque lo trajeran al mundo, el señor Valdés y su señora son una pareja de inversores antes que sus padres y se trata de un asunto estrictamente profesional. Pero como es Bosco el que me está diciendo que vaya a Málaga a luchar por un crédito, todo lo que mi mente quiere entender es «ven, te quiero presentar a mis padres y luego irnos a una playa nudista a fornicar entre las piedras».

Trago saliva.

—Tomaré tu silencio como un sí —resuelve, girándose hacia la atracción.

Alessia y Chiara parecen pasárselo de maravilla dando tumbos en el aire.

—Me darás al menos unos días para pensarlo, ¿no?

—De acuerdo. Pero, de verdad —insiste, mirándome—, no me vendría mal que vinieras. Y no voy a mentirte con las razones. Sí, dotarías el reencuentro de la profesionalidad que necesito, pero sobre todo ayudarías a que mis padres no fueran muy duros a la hora de comentar el divorcio. Puedo aguantar a mi padre llamándola por todo lo que es; no diría nada que yo no haya pensado ya, pero está siendo difícil para mí y no quiero aguantar reprimendas. Tu presencia serviría de cortafuegos.

Este podría ser un momento estupendo para meter el dedo en la herida y burlarme de lo mucho que me necesita incluso fuera del trabajo. Aunque soy esa clase de persona —esa cuyos dedos parecen imantarse hacia las heridas de los demás, digo—, no me parece correcto burlarme de sus sentimientos. Nunca me ha parecido correcto, porque nuestra historia pasada no es muy diferente.

Y porque me ha pagado una entrada a la Warner por medir más de uno cuarenta.

—¿Cómo va eso, por cierto? —pregunto con desenfado, tratando de ocultar que me interesa la respuesta—. No parece que el abogado de Aurora te haya llamado estos días, porque has sido incluso fácil de tratar.

—No da señales de vida desde hace unas semanas, y yo no

voy a ser el que inicie una negociación. Me tiene cogido por los huevos.

—¿En serio? —Me asombro—. ¿Por qué?

Bosco esboza la sonrisa más triste del mundo.

—¿No es evidente? —Señala a la atracción en marcha con un movimiento de barbilla—. No me lo ha dicho con claridad en ningún momento, pero no han faltado las insinuaciones, y mi abogado ha sido honesto conmigo al respecto desde el principio. Como me pase de la raya, se lleva a las niñas y no vuelvo a verlas hasta que sean mayores de edad.

—¿No te aseguraste de convertirte en su tutor legal mientras estuvisteis casados? —tanteo, preocupada.

—Soy el tutor legal de ambas —confirma—, pero en ausencia de la madre. Mi firma solo tendría valor si a Aurora y a Piero les pasara algo en el caso de Alessia, porque, como Chiara ya te ha informado, Piero no tiene la patria potestad sobre ella, ya que no se molestó en reconocerla. Yo tampoco la reconocí durante el matrimonio, mala idea mía, así que ya no puedo convertirme en su padre a ojos de la ley.

—¿Por qué Piero reconoció a una y a la otra no? No lo entiendo.

—Alessia nació durante el matrimonio de Piero y Aurora. —Se deja caer en el banco y cruza los tobillos, sin apartar la vista del columpio—. Se divorciaron poco después, luego se reencontraron por casualidad durante unas vacaciones y Aurora se quedó preñada. Fue cosa de una noche, quiero decir. Piero ya había terminado con ella, así que ni se molestó en ponerle su apellido a Chiara.

»Muchas veces he pensado que fue un cerdo con Aurora —agrega, pensativo—, pero ahora entiendo que solo estaba previniendo para no tener luego que curar.

—No digas eso. Chiara no se merecía que le hicieran el vacío.

—Por un lado fue listo —insiste, cabeceando—, pero por

otro lo compadezco. No tiene ni idea, ni la tendrá nunca, de lo que se ha perdido.

—¿Alessia se comunica con él?

—¿Con Piero? Sí, de vez en cuando. Es italiano, pero vive en Suiza, y allí son bastante más estrictos con el asunto de los pagos que en España. Todos los meses le retiran de la cuenta lo equivalente a la pensión alimenticia de Alessia y la llama por teléfono para avisarla. Apenas un rato, eso sí. Alessia lo quiere, sé que lo quiere, pero no deja que se le note y cree que ignorándolo se le va a olvidar que existe. Tiene gracia —hace una pausa para sonreír—, porque a él lo llama Piero, y a mí me dice papá.

—La ley siempre me ha parecido ridícula —bufo en voz alta—. Mi padre me echaba broncas cada vez que lo decía. Lo sigue haciendo, de hecho, porque me negué a estudiar Derecho como él por esto que te digo. ¿Cómo es posible que un hombre que ha criado a dos niñas no tenga ningún derecho sobre ellas cuando las partes se divorcian?

—¿Cómo es posible que un padre, pese a haber asesinado a la madre de la criatura que tienen en común, a veces delante de la criatura en cuestión, no pierda la patria potestad ni sus derechos sobre ella ni estando en la cárcel? —Niega, como si no le entrara en la cabeza—. Cuando mi abogado me puso este ejemplo estuve la noche entera rabiando. Hay hijos que tienen que ver a sus padres asesinos, violadores, ladrones, drogadictos, desgraciados, en definitiva, solo porque son sus padres biológicos, mientras que yo puedo perder lo que más quiero ahora mismo si Aurora así lo decide. Y todo porque no tienen mis genes.

—Aurora no sería tan cruel, ¿verdad? —Se me escapa una nota de horror.

—No, no lo creo. Siempre ha sido muy agradecida con lo que he hecho por ellas. Ten en cuenta que soy quien las ha criado —me cuenta, mirándome con una sonrisa llena de recuerdos—. Ella hacía florecer la editorial y yo, mientras, veía crecer a las niñas. No tendría ningún sentido que les prohibiera verme. Pero, por si acaso, el abogado me ha dicho que no presione mucho, sobre todo teniendo en cuenta que es lo único que quiero. Los coches, la casa, los muebles... Todas esas tonterías me dan igual. Que se las quede o que las venda en eBay, no me importa.

Se muerde el labio y me pide una disculpa con una mirada cohibida. Su expresión me resulta tan terriblemente tierna que, si me hubiera obligado a responder enseguida, no habría sabido qué decir. Habría tartamudeado o incluso me habría ruborizado, abrumada de pronto al ser consciente de que estoy ante una persona más buena y sacrificada que yo, y lo que es peor: ante una persona a la que le quiero parecer digna.

—Perdona, no tienes por qué escuchar mis problemas. Cuando te dije que hablaríamos de negocios no me refería a los míos con Aurora.

—No pasa nada, de verdad. —Le pongo una mano en la pierna, encima de donde tiene la suya apoyada—. Entiendo que estás en una situación muy complicada. Ya lo intuí cuando te conocí, y...

Bosco desvía la mirada a donde he apoyado la mano. Su gesto indescifrable me ataca los nervios y me apresuro a retirarla. La escondo debajo del muslo, como si así pudiera fingir que no existe.

Por Dios, ¿desde cuándo soy empática y amable?

—Gracias —dice con la voz ronca, taladrándome con su mirada oscura.

No entiendo la fascinación por los ojos azules; no cuando Bosco demuestra que el negro puede ser profundo e infinito, conocedor de los misterios del universo. Tiene los ojos así, del negro que lo mancha todo aunque no podamos verlo. Pensé en ello por primera vez en el hotel barcelonés. Allí tuve una visión borrosa de lo que Bosco podía ser en realidad detrás del mal humor y los fracasos, pero es ahora cuando me ciega en todo su esplendor. Este es el Bosco de verdad, el que se ha ocultado de mí porque sabía que soy lo bastante perversa como para utilizar sus sentimientos contra él. El Bosco de verdad es el que puede conmover a la Silvia de verdad, la que ha actuado con el mismo mecanismo de defensa: huir del contrario porque sabe que todos en este mundo atacan en cuanto muestras tus puntos débiles.

Así que henos aquí, Bosco y Silvia en un banco de la Warner, mirándose sin entender muy bien qué es lo que tienen delante, pero notando un picor en los dedos, las ganas de tocarse para cerciorarse de que no es un espejismo; de que sí, nos hemos quitado la máscara.

Es ridículo que me sorprenda nerviosa e incómoda, como cuando quedas por primera vez con tu amor platónico de la infancia para regalarle tu primer beso. Este hombre me ha abofeteado mientras follábamos y se ha corrido en las zonas de mi cuerpo que ha encontrado de su gusto. ¿A qué viene la timidez?

Supongo que el que dijo que la intimidad y la conexión van más allá del sexo tenía su parte de razón.

—Descuida, todos tenemos nuestros esqueletos en el armario y está bien hablar de ello. Tolstói decía que todas las familias felices se parecen, pero que las infelices lo son cada una a su manera —comento, decidida a acabar con este momento de complicidad. Recuerdo, avergonzada, el espectáculo que le di en su dormitorio, borracha y en plena crisis de los treinta.

—Conque Tolstói, ¿eh? Parece que a una de por aquí le gusta leer.

—¿Cómo no me va a gustar leer? Estudié Filología hispánica. Me habría abocado a cinco años de sufrimiento innecesario si no me hubiese apasionado, y el sufrimiento no remunerado ya me esperaba en el mundo laboral. —Le dirijo una miradita intencionada.

Él solo se ríe.

—Me refería a algo aparte de la romántica, que es lo que sueles manejar.

—Es lo que ves que manejo porque es lo que nos traemos entre manos —apostillo—, pero leo de todo.

—Me reservo el derecho a preguntarte por eso más adelante, cuando la deuda sea nuestro único problema —me asegura—. Estela vino a la oficina el otro día.

—Ah, que de verdad vamos a hablar del trabajo. No pensaba que fueras en serio cuando lo dijiste en tu casa.

—¿Prefieres hablar de otra cosa? —Me atiende con interés.

Ignoro lo que parece sugerir entre líneas. ¿Hablar de nosotros? ¿De él y de mí por separado? ¿De sentimientos? ¿De sus hijas?

No, gracias.

—Tuve el placer de conocerla. A Estela —recalco, volviendo al tema.

—Se ha buscado un abogado para rescindir el contrato de exclusividad y recuperar los derechos sobre sus obras. Otra editorial de prestigio le ha ofrecido un adelanto imposible de rechazar.

—Por mucho abogado que se busque, no puede rescindir el contrato si no ha habido incumplimiento por nuestra parte.

—Está basándose en la situación financiera de la editorial para decir que es lo más conveniente para sus obras, y lo cierto es que hay una cláusula que dice que en caso de quiebra...

—Todavía no hemos quebrado —corto, alzando la mano—, pero creo que no hablaría bien de nosotros que mantuviéramos en plantilla a una autora que está descontenta con nuestro trabajo. Por lo menos yo, si fuera tú, no me convertiría en el Barça. Mira cómo le fue reteniendo a Messi contra su voluntad.

Sonríe por la referencia.

—¿Ni siquiera si es el mejor jugador del mundo o, en este caso, la mejor autora con la que contamos?

—Nadie es el mejor para siempre. Lo bueno del género que vendemos es que puedes encontrar a otra igual de buena muy rápido. La competencia en la novela romántica es brutal. Te propongo rescindir el contrato de exclusividad, pero no devolverle los derechos de las obras ya comprometidas, o bien no rescindir nada y aprovechar el préstamo de tu padre para cerrarle la boca con un jugoso adelanto.

Bosco me observa maravillado.

—Vales cada euro que no te pago.

—Y tú vales cada bofetada que no te doy.

Bosco sonríe y yo me sorprendo devolviéndole el gesto.

—Esta tontería se te podría haber ocurrido incluso a ti. Pero, venga, ponme a prueba. ¿Algún otro problema que requiera el uso de mis innatas cualidades o mi amplísima experiencia?

—Se me ocurre un problema que podría requerir de una de tus innatas cualidades, pero no tiene nada que ver con el trabajo. No con el trabajo intelectual, por lo menos.

Ladeo la cabeza hacia él.

—¿Qué estás insinuando, salido? Cuidado con lo que dices, que estamos en un parque temático para niños.

—Los adultos también somos niños. Niños grandes.

—¡Papá! —interrumpe Chiara, corriendo hacia nosotros sobre sus zapatitos de charol con cierre de velcro y una sonrisa temblorosa. Bosco se pone de pie y extiende los brazos en el instante perfecto para cogerla—. ¡Es divertidísimo! ¡Tienes que montarte conmigo! ¡Y tú también, Silvia!

Bosco se dirige a mí con una sonrisa que aventura cosas malas. Cosas malas en mi mundo, ojo, un mundo en el que podría ser terrible sentir simpatía por un hombre por el que también sientes pasión.

O una cosa, o la otra. Las dos juntas no, porque solo podría salir mal.

—¿Qué me dices? ¿Nos montamos todos en alguna atracción?

Lo miro entre incómoda y agradecida.

¿Se da cuenta siquiera de lo que insinúa al invitarme a pasar el día con su familia, con los seres que más quiere en el mundo? No, claro que no. Es un hombre, y encima es obtuso de narices. No debe de ser consciente de todos los significados que esto entraña. La única que se entera de algo es Alessia, que me mira con un brillo especial.

¿Dándome su beneplácito? ¿Ansiando ver feliz a su padre?

¿Acaso es mi trabajo que su padre deje de estar amargado?

Probablemente no, pero acepto la mano de Bosco todas formas y hago con la gótica el pacto silencioso que sé que me ha propuesto: hacer del día con su padre algo memorable.

Capítulo 23

Quién te iba a decir que el grano te salvaría el culo

Llego a saber que llevar a un par de niñas a la Warner quema las mismas calorías que una intensa clase de spinning y lo mismo hasta me pienso lo de tener hijos.

Quiero decir... Claro que pienso tener hijos. No voy a creerme indigna del amor hasta que se demuestre lo contrario —para cada roto hay un descosido, ¿no?—, así que supongo que tarde o temprano encontraré a alguien que me insemine siguiendo el método tradicional. Lo que no se me había pasado por la cabeza es que la maternidad pudiera ofrecer alguna ventaja más allá de tener a quien te cuide cuando seas una octogenaria sin recursos. Siempre he pensado que la descendencia solo sirve para sacarte el dinero hasta los dieciocho —o hasta los treinta, si eres un parásito como yo— y ladrarte que eres la peor madre del mundo si tienes la indecencia de quitarle el móvil durante veinticuatro horas.

Después de pasar el día con Alessia y Chiara he de rendirme a la evidencia de que hay excepciones. O estas niñas son la pera, o las han educado para parecerlo delante de los desconocidos, porque son idénticas a los niñitos guapérrimos y cariñosos que aparecen en los anuncios familiares de Casa Tarradellas ofreciéndole la última rodajita de fuet a la abuela en silla de ruedas. También puede ser que simplemente me esté dejando llevar más de lo que debería, motivada por el subidón de adrenalina, y por eso la feliz estampa de Bosco y sus niñas me impresione tanto.

No le he estado observando para enumerar los fallos en su papel de padre, tal y como solía hacer, y quizá por eso solo haya encontrado virtudes. Es el tipo de progenitor que a mí me gustaría ser cuando me llegue la hora: el que se amolda a las necesidades de cada crío pero, de alguna manera, se las apaña para ser justo con todos.

Con Alessia tiene una camaradería especial. La trata como uno se da cuenta de que hay que tratar a Alessia en cuanto la conoce: sin un ápice de condescendencia, con divina paciencia y mucho sentido del humor. A Chiara le gusta ser la niña de papá, besada, halagada y abrazada hasta lo empalagoso, y Bosco la complace dejándose encantar por su hechizo infantil, aunque procurando no decirle que sí a todo para que no se confíe más de la cuenta.

Es evidente que las adora, pero el amor no le nubla el juicio. No ha caído en el terrible error que suelen cometer los padres cuando se separan, y con esto quiero decir que no le obsesiona darles todo lo que piden para alzarse como el progenitor más querido, sea un viaje de intercambio a Brighton o unos zapatos con lucecitas, como tampoco se muestra tolerante ante una pataleta. Me da la sensación de que las trata igual que si siguiera con Aurora, si acaso con una dosis extra de benevolencia. A fin de cuentas, para las adolescentes y para los niños pequeños siempre es un trauma que sus padres no estén juntos. O así debería ser, pero Alessia parece más que hecha a la idea, lo que habla a gritos de una madurez prematura, mientras que Chiara no es del todo consciente de lo que sucede... para bien o para mal.

—Llevas horas queriendo preguntarme por qué Kiki parece tener siete años en vez de diez —deduce Bosco en voz alta. Ha esperado a que las niñas entren en el Hotel Embrujado para colocarse a mi altura—. ¿Por qué no lo has hecho? ¿Te ha picado por fin el bicho de la prudencia?

—No, me vacunaron muy joven contra ese bicho. Nunca contraeré la enfermedad de ser políticamente correcta.

—Me alegra oír eso. Me gustan las cosas claras y el chocolate espeso, como dice Chiara.

Me indica con un gesto de su barbilla la entrada al hotel. Lo sigo con una mezcla de curiosidad, incredulidad y fascinación que sospecho que va a darme problemas, y es que me apena no poder quedarme con la imagen que tenía de Bosco, esa tan nítida de su temperamento temible, porque me permitía acostarme con él sin poner en riesgo órganos distintos a los sexuales. Desgraciadamente, todo lo que veo ahora es a un padre divorciado que hace lo que puede para sobrellevar una situación que le vendría grande a cualquiera, empezando por mí.

Cuando Ernesto me dejó, alimenté durante meses al monstruo de la autocompasión. Bosco, en cambio, se levanta cada día y acude a una oficina que le es desconocida para intentar evitar la bancarrota de un negocio al que ha sido ajeno desde su apertura, lucha para que su esposa no le arrebate lo que más le importa sobre todas las cosas, y aguanta a una editora con complejo de diva pese a lo que le pide su inmenso orgullo —despedirla—, y solo porque es lo que necesita para salir adelante.[57]

Odio tener que admitir que, en algunos sentidos, Bosco es mejor que yo. Pero cuando me mira con esa calidez que exuda involuntariamente al hablar de las niñas, ni siquiera puedo odiar eso. De hecho, el odio desaparece por completo de mi lista de sentimientos aprendidos y ya ni siquiera es un acto

57. Y porque se la pongo dura, claro.

reflejo o el impulso al que cedo para no dejarme cautivar. Solo soy una chica que admira a otro chico, y que quiere que sus sentimientos sean correspondidos en la misma medida.

—Con cinco años le diagnosticaron TDAH —explica al tiempo que cruzamos el umbral—. Estudiar con ella requiere tortuosas horas, más para Kiki que para quien la esté ayudando, seamos Alessia o yo. Le cuesta mantener la atención en una sola cosa, y por eso ha repetido curso dos veces. Quieras o no, esto, sumado al hecho de juntarte con niños de siete u ocho años, al final afecta a tu desarrollo. Aunque tiene el estimulante de la intelectualoide de su hermana mayor —agrega, sonriendo de lado—, nunca le hace caso como para que se le contagien su sabiduría y perspicacia.

—Chiara me parece bastante espabilada. Solo es algo... infantil, pero es refrescante ver a una niña de diez años que no piensa ya en besuquearse con niños en el recreo. —Bosco hace una mueca sombría que me arranca una carcajada—. Tranquilo, superpapá. —Le doy una palmadita en el brazo—. Aún falta tiempo para que tengas que amenazar a los chavales con partirles las piernas.

—Y menos mal —bufa, rascándose la nuca—. Tengo suerte de que la otra esté ocupada tramando cómo dar muerte a los hombres del mundo o no podría dormir por las noches pensando en qué hace cuando queda con sus amigos.

—Alessia está un poco equivocada con sus ideas más radicales, pero es un diamante en bruto. Una vez lime esas asperezas suyas, hará mucho bien a los demás.

—Me alegra que alguien más lo piense. No te habría imaginado siendo tan perceptiva —agrega, mirándome de soslayo. Nos adentramos en el vestíbulo, decorado con gárgolas desgastadas adrede para dar la impresión de abandono. La semioscuridad del hotel transmite un ambiente íntimo—. No es tan fácil calar a los adolescentes.

—Soy una caja de sorpresas, querido.

—De eso me estoy dando cuenta. —Me guiña el ojo.

Es un gesto que le sale de forma natural, señal de que se encuentra cómodo en mi compañía. Se me hace extraño darme cuenta de que yo también me relajo al caminar a su lado por las habitaciones del hotel —la biblioteca, el gran salón, el comedor—, todas ellas plagadas de cuadros y utensilios decorativos hechos para desorientar al espectador, que capta los mismos efectos ópticos y movimientos que un colocado de LSD.

No sé si es por culpa de los hechizos visuales del Hotel Embrujado, pero cuando Bosco me roza la mano en medio del montón de gente que ha entrado con nosotros, siento que me empiezo a marear y me aprieta el estómago, como si tuviera hambre, sed, ganas de ir al baño, vomitar o todo a la vez; el cóctel de nervios tontos que sufren las primerizas durante una cita que va bien, vaya, solo que esto no es una cita y yo no soy ninguna primeriza y, ya de paso, no deberíamos estar haciendo manitas como un par de idiotas en un lugar público.

Sin perder de vista a las niñas, seguimos el recorrido indicado por los pasillos. Alessia va delante, encabezando siempre la revolución, y agarra con firmeza la mano de su hermana para que no se desvíe del camino.

Chiara nos ignora por completo. Es Alessia la que de vez en cuando lanza un vistazo furtivo y aprieta el paso. Quiere darnos más intimidad, y eso solo acrecienta mis nervios, porque da a entender que sabe algo que yo no sé. O que no quiero saber.

Nos detenemos delante de una de las pinturas de la pared del salón. En ella, la pareja retratada parece moverse como si tuviera vida propia. Me embeleso observándolo, pero todos mis sentidos están pendientes del roce con el hombro de Bosco, de nuestros dedos que se hacen cosquillas, de todo lo que el contacto puede provocar en mi cuerpo.

—¿Te lo estás pasando bien? —me pregunta sin despegar la vista del curioso cuadro.

Yo sí lo miro a él, confundida, y por un momento siento que me ha hecho una encerrona.

Tenía todo esto planeado, ¿no? Convencerme para ir a la Warner con él y con sus niñas, incluirme en la familia, demostrarme que es un hombre decente y más que merecedor de afecto y derribar mi muralla de empleada que va a la suya. Estaba preparada para increparle, pero cuando ladea la cabeza hacia mí, se me pasa la neurosis. No solo porque veo la misma confusión en sus ojos, sino porque fui yo la que se presentó anoche en la casa para llorar amargamente. Borracha confío más en él que en mi propia hermana o en mi floreciente amistad con Lola.

Es de coña.

—No lo estoy pasando mal —contesto con la boca seca.

Me humedezco los labios, no sé si por instinto de supervivencia o para llamar su atención, y él baja la mirada a la punta de mi lengua. El efecto óptico de sus pupilas dilatándose es mucho más excitante que toda la hechicería del hotel.

Bosco se inclina sobre mí para besarme, y mi primer impulso es echar la cabeza hacia atrás: ¡no, un beso en esta situación no! Puede besarme estando enfadado, cachondo; puede besarme como si fuera un juego o para avivar mi rabia, pero no puede besarme cuando me siento vulnerable o cuando tengo la impresión de que si no me besa me voy a morir. Sin embargo, la vacilación no me dura mucho porque, efectivamente, si no me besa me podría morir, así que separo los labios y dejo que encaje los suyos en el hueco que he dejado para él, que su lengua flirtee con la mía. Me deshago con su beso lento e inesperado y no intento volver a armarme. Ni siquiera me muevo, porque no puedo; me inmoviliza ahuecándome la mejilla con la palma y retirándome los *baby hairs* que sobresalen del nacimiento del pelo cuando te haces una coleta. No sé si hay gente a nuestro alrededor; solo sé que Alessia vela por nosotros para que no nos interrumpa la única criatura que podría detener esto, su hermana pequeña.

Bosco me empuja sutilmente hacia la pared. No estamos ocultos del todo, pero nadie que no quiera vernos nos verá. Me cubre con su cuerpo por completo y se agacha para acariciarme las piernas por detrás, subiendo lentamente hasta el dobladillo del vestido, que levanta para agarrarme las nalgas.

Todo el vello se me pone de punta.

—Tienes una piel preciosa —susurra con voz ronca.

—Como para no tenerla. Solo tengo veintinueve años.[58]

Él se ríe contra mi cuello. El contacto de su aliento en una zona tan sensible me estremece.

—¿Te quitas solo uno? Mi madre se resta por lo menos diez.

—Nadie se creería que tengo veinte.

—Yo me creería cualquier cosa que me dijeras.

—¿Porque estoy buena?

—Porque siempre sabes lo que dices. Y ¿sabes? —murmura sobre mis labios—. Creo que nunca te he dado las gracias por eso.

—¿Por qué? ¿Por ser muy lista, o por dejar que me beses? De nada. Sé que es un gran honor para ti.

Sonríe tan cerca de mí que mi corazón brinca de alegría, como si hubiera podido absorber su emoción. Porque está emocionado, eso es innegable.

—Aparte de eso. Me has salvado el culo, Silvia.

Trago saliva y me entrego con los ojos cerrados a sus caricias.

—No cantes victoria demasiado pronto —murmuro en un arranque de humildad—. Puede que no salga bien.

—Puede. Pero incluso si acaba como el rosario de la aurora, nadie podrá negarme que lo intenté... Ni nadie me va a arrebatar este momento.

Lo miro con los párpados entornados. Él me observa con la cabeza ladeada, inclinándose para besarme el lateral de la nariz y la sien.

---

58. Cada uno se engaña con la mentira que más le gusta.

—Estamos hablando de tu editorial, ¿verdad? —La voz me tiembla.

—Por supuesto. —Pero no suena sincero, y por primera vez me alegro de que me mienta—. Eres el ángel de la guarda de las editoriales en bancarrota. Me siento como John Michael Montgomery cuando cantaba *Heaven Sent Me You*, y eso que el *country* me parece de una cursilería insoportable.

—Oh, ¿ahora soy un ángel enviado del cielo? He escalado rápido desde mi primer puesto, el de grano en el culo. ¿No me vas a pagar el ascenso?

—Te pago como buenamente puedo, con lo que tengo a mano. —Me pellizca una de las nalgas. Doy un respingo que le hace reír—. Y por ahora no he recibido quejas.

—Tú sí que eres un buen jefe; capaz de prostituirte por tus empleados cuando no hay efectivo.

—Por todos no, solo por el ángel salvador.

Su sonrisa divertida se va atenuando, transformándose en otro tipo de energía más cálida que recibo con el corazón encogido. Es como si a los dos se nos hubieran acabado las ganas de bromear y fingir que no está pasando nada, porque claro que pasa algo.

¿Cuándo empezó esto, lo que quiera que sea *esto*? ¿Cuando nos tendimos en la cama en el hotel y me habló de la canción de Radio Futura, alegrándose de que tuviera el veneno en la piel pero no en el alma, pues temía que estuviera podrida? ¿Cuando me pidió perdón por sus duras palabras y fue paciente a la hora de esperar una explicación de mi parte? ¿O mucho antes, cuando me dio las buenas noches en mi dormitorio y decidió que mis sentimientos merecían el suficiente respeto para no mencionarlos a traición una semana después? ¿O fue cuando me dijo con toda su vulnerabilidad que no estaba preparado para mí y, aun así, me tomó de la mano en un piso de alquiler y no dejó de besarme como si me necesitara?

Bosco roza mis labios de un modo que me hace cosquillas

en el pecho. Saca las manos del vestido y me lo coloca en condiciones.

—Voy a buscar a las niñas —anuncia, y no puedo evitar pensar que pone el mismo tono de voz que habría usado para contar un secreto inconfesable, como que le gusto tanto y tan en serio que se le ha olvidado que hay dos crías dando tumbos por la atracción; dos crías que son la indiscutible prioridad—. Espéranos fuera si crees que has tenido suficiente.

«Ya lo creo que he tenido suficiente».

Me escabullo por un lado y me llevo las manos a la coleta, alisándola compulsivamente en mi camino a la salida. Me cuesta encontrarla, por cierto. No deja de ser el Hotel Embrujado, y si ya te hace perder el sentido de la realidad de por sí, cuando vas confundida por culpa de tu jefe es mucho peor.

Percibo con el rabillo del ojo una sombra que aferra un puñal al final de la escalera y cómo los bustos de la casa giran las cabezas para seguirme con la mirada. «En menudo lío te has metido», parecen decirme las gárgolas y los figurantes disfrazados.

Suspiro de alivio y de resignación en cuanto pongo un pie en la calle. Hace un calor insoportable, pero me parece que parte del ardor procede de mi interior. El infierno en que se convierte Madrid a partir de julio no tiene nada que ver.

Un tipo disfrazado de Batman pasa por delante de mí con un bocadillo de mortadela envuelto en papel de aluminio. Me descubre cruzada de brazos junto a uno de los bancos y me hace una especie de reverencia con la capa, silbando de forma apreciativa.

—¡Menuda estás hecha, rubia! Apuesto a que vienes del Hollywood Boulevard.

—Vengo del futuro cercano en el que me haces una pregunta de la que te arrepentirás —replico sin mirarlo—. No, no estoy libre, no quiero compartir el bocadillo de mortadela, ni tampoco voy a salir contigo.

—¡Vaya humos! —bufa Batman, desapareciendo por donde ha venido.

—¿Qué te ha dicho Batman?

La voz de Chiara me sobresalta. Me giro con una mano en el pecho y trato de sonar indiferente al responder.

—Me ha invitado a dar un paseo en su *batmóvil*.

—¿Y qué le has contestado? —pregunta Kiki, abriendo mucho los ojos.

—Lo ha mandado *bat*omar por culo, como se merece —sonríe Alessia, orgullosa. Me centro en ella, en su rostro enrojecido por el sol que le ha estado dando toda la mañana. Cualquier excusa es buena para no mirar enseguida a Bosco, que la reprende por emplear esa expresión tan maleducada—. ¿Qué habrías dicho tú, listo? ¿Que se metiera el *batmóvil* por donde le cupiese?

—Bueno... Puede ser —reconoce Bosco, distraído.

La mano de Chiara acude volando a la de su padre, que entrelaza los dedos con los de ella avivando en mí unos ridículos celos. «¿Y qué si quiero coger yo también su mano?», le reprocha mi lado romántico a la Silvia que se siente superada por la situación. «Pues tú sabrás, pero luego vienen los llantos, ya lo sabes».

Los sigo enmudecida en su tranquilo paseo hacia la salida, o en el que debería haber sido el camino a la salida, que se desvía en dirección a una de las boutiques de souvenirs donde se pueden comprar peluches oficiales de los Looney Tunes, entre otros personajes de Warner Bros. Chiara se empecina en comprarse uno de Piolín, y Alessia rechaza todos los ofrecimientos de Bosco porque es demasiado mayor para esas tonterías.

—Deberías comprarte un peluche de Taz —le digo a Bosco, señalando al aludido—. El Demonio de Tasmania se parece mucho a ti cuando te cabreas.

—No me digas —se burla él. Se gira hacia mí y baja la voz—. Yo diría que me pega más el coyote.

—¿Por qué?

—Porque hambriento podría cazar hasta a un correcaminos, incluso si este lo pone todo de su parte para huir de mí.

Me dan ganas de protestar en cuanto capto la indirecta, decirle que no estoy huyendo de él, pero sí que lo estoy haciendo. Sí que me alejo en cuanto veo que las cosas pueden ponerse más románticas de la cuenta, temiendo en qué pueda derivar el delirio.

Bosco aprovecha mi silencio para coger un peluche del correcaminos y ponérmelo en la mano. Pensándolo mejor, Alessia acepta el Demonio de Tasmania[59] y Bosco cambia su recuerdo de la excursión por el mencionado coyote. Paga en el mostrador sin dejar de sonreír como si acabara de recordar un chiste privado; un chiste o un pensamiento del que, a juzgar por la intensa mirada que me dirige, soy la protagonista.

—Has visto la serie, ¿no? —le pregunto en cuanto salimos, acompañando mi susurro de un codazo.

—Sí, ¿por?

—Pues porque el coyote nunca alcanza al correcaminos. Estaba basado en un libro de Mark Twain titulado *Pasando fatigas*. No es difícil adivinar quién las pasa.

Bosco me mira con sarcasmo.

—No tengo que leerme el libro ni ver la serie para responder esa pregunta, porque claro que sé quién pasa fatigas... —Se acerca a mi oído para agregar—: Pero si no te alcanzo, no será porque no lo haya intentado.

---

59. Creo que todos nos sentimos decepcionados cuando no aporta ninguna razón política de por qué lo escoge entre todos los demás, como que es de género fluido, mudo o padece algún tipo de trastorno hiperactivo, lo cual sería inclusivo y, por tanto, digno de su atención.

Capítulo 24

Hasta que el infierno se congeló y lo impensable ocurrió

Cuando llego a casa estoy convencida al cien por cien de que no importa cuánto insista Bosco; me da igual que su empresa dependa de mí o de que la única manera que tenga de sentirme realizada sea a través de su saneamiento. No puedo ir a Málaga a conocer a sus padres.

Una mujer con sentimientos confusos y ninguna intención de aclararlos para luego darse de bruces con una verdad desagradable no se pone en riesgo de esa manera. Hace bastante tiempo desde que dejé de ser una tonta enamoradiza que se arroja a la aventura sin pensar en las consecuencias, sobre todo porque tengo las consecuencias muy presentes. Apenas han pasado unas semanas desde que las miré a la cara en un cóctel atestado de editores y gerentes y dije lo que pensaba de ellas.

Por desgracia, ser consciente de todo lo que podría salir mal no te quita los síntomas que se manifiestan antes que la enfermedad: no dejo de revisar el WhatsApp por si Bosco me ha escrito algún mensaje, y aprieto contra mi pecho el peluche del correcaminos como si necesitara sentirlo cerca para alejar la desazón.

No se ha comunicado conmigo, pero Lola sí me mandó un mensaje mientras yo coqueteaba con mi jefe en una atracción de la Warner.

Estoy tomándome un café con
Duarte. ¿Quieres venir?

Supongo que el café estará ya
más que acabado.
Pasas mucho tiempo con Duarte
como para seguir insistiendo en
esa tontería de que los hombres
y las mujeres no pueden ser
amigos, ¿no?

Duarte no es mi amigo.
No puedes ser amiga de un tío
que quiere acostarse contigo.

¿Y por qué tomas café con él?

Porque me encanta el café y
siempre paga Duarte, además de
que es divertido ver qué nuevas
estrategias inventa para llevarme
al huerto.

No juegues con fuego, Lolita,
que te puedes quemar.
O peor: podrías terminar
tragándote tus palabras.

Puede que me trague mis
palabras, pero lo que nunca me

voy a tragar es lo que él intenta
que me trague.

¿Estamos hablando de sus
palabras bonitas o de algo más
prosaico?

La que anda prosaica
últimamente eres tú.
Anoche desapareciste para ir a
ver a Bosco, y supongo que
habéis echado la mañana juntos,
porque has estado ilocalizable.

Suspiro resignada mientras saco la llave para abrir la puerta de casa. En cuanto la cierro a mi espalda, tecleo rápido la explicación: que he ido a la Warner con sus hijas y con él por petición de las niñas, que son un encanto clásico y un encanto... especial, respectivamente, y me ha pedido que lo acompañe a Málaga a pedir un préstamo a sus padres para salvar la editorial.

Apenas se han coloreado de azul los dos tics que indican que lo ha visto, una llamada de Lola ilumina la pantalla del móvil.

—¿Acompañarlo a conocer a sus padres para pedirles un crédito? —repite en cuanto descuelgo—. Creo que es la excusa más original que he oído nunca.

—Si esa es la excusa, ¿cuál sería el propósito real?

—Presentarte a sus padres, claro está. O verte en bañador. Málaga tiene buenas playas. Sea cual sea el objetivo, me parece un abusón y un descarado.[60]

A mí no me parecería abusivo que quisiera verme en biquini.

60. A Lola le encantan los descarados, así que no sé si es un halago o un insulto.

Ya me ha visto desnuda. Incluso me ha visto llorando el día de mi cumpleaños. Le queda poco por descubrir de Silvia Altamira.

Intento sonar razonable al contestar:

—¿Cómo va a querer presentarme a sus padres si todavía ni me ha pedido salir?

—Te ha presentado a sus hijas. Pregúntame si me las ha presentado a mí.

Obedezco sumisa. Lola tiene ese poder.

—¿A ti te las ha presentado?

—No, porque conmigo no quiere casarse —contesta, hablándome como si fuera idiota—. Contigo sí.

—Lola, te lo voy a pedir por favor: no seas exagerada.

Ella lanza una exclamación teatral al percibir la angustia en mi tono de voz.

—¡Estás agobiada! Normal. Yo me agobio si mi rollete me invita a la piscina comunitaria porque implica conocer a sus vecinos, así que ni te cuento cómo me pondría si me paseara por la Warner con sus pequeños bomboncitos.

—Le voy a decir que no.

—¿Y demostrar que eres débil? *Jamás*. No puede saber que en cuanto dobles la esquina de su mano, te enamorarás de él.

—Yo no he dicho... —Me corto enseguida. Es como si tuviera a Lola delante, arqueándome sus cejas depiladas con hilo. A la Bruja Lola no se le puede mentir, así que al final engolo la voz como lo haría para cortarle el rollo a una teleoperadora—. No estoy interesada en adquirir sentimientos difíciles de manejar, por lo menos en los próximos dos años, gracias.

Aunque, por otro lado, los treinta y cinco están a la vuelta de la esquina. A partir de esa edad es más complicado encontrar a un hombre decente, organizar una boda y tener un hijo. Y, si bien no estoy loca por los niños y tengo las mismas ganas de enamorarme que de caerme por las escaleras, no me gustaría morirme sin haber tenido mi gran día vestida de blanco.

Si mi hermana lo va a tener, yo también, maldita sea.

—¿Cuál es el problema, Silvia? —me pregunta Lola sin rodeos—. Aparte de porque sea tu jefe, que ahora mismo ande sin blanca, tenga un humor de perros, esté pasando por un divorcio traumático, cargue con dos niñas de un matrimonio previo y vuestros caracteres choquen como titanes, ¿por qué no quieres enamorarte de él?

Sorprendentemente, ninguna de las razones que ha aportado tienen tanto peso como la mía.

—Me parecería surrealista que a alguien como yo le rompieran el corazón una segunda vez, y tengo la sensación de que Bosco podría conseguirlo. Mi madre dice que una mujer debe casarse con un hombre que la quiera más de lo que ella lo quiere a él.

—Tu madre es una fuente de sabiduría como la copa de un pino —alaba Lola.

—Lo sé.

—Pero también es una comodona —prosigue—, y no hay nada peor en este mundo. ¿Cuál es la gracia de salir con alguien que sabes que te secaría los pies con su propio pelo? Venga ya, a ti te gustan los retos, por eso te has propuesto salvar de la ruina a una editorial a la que le quedaban dos telediarios, y por eso te has fijado en un tío que está en la miseria en todos los aspectos.

—¿En qué otro podría haberme fijado, si puede saberse?

—Pues en Ángel, Daniel o Duarte, tres maromos como catedrales a los que ni has mirado dos veces porque estabas ocupada babeando por Míster Imposible. Es normal que te dé miedo después de lo que pasó con Ernesto, pero es que lo de Ernesto fue un error de cálculo. No te puedes fiar de un hombre que no tiene carnet de conducir, Silvia.

Necesito una pausa para asimilar su contestación.

—¿Sabías lo de Ernesto?

—Pues claro que sabía lo de Ernesto, idiota. Soy *community manager*.

Lo dice como si su uso de las redes sociales le hubiera proporcionado el tercer ojo de los *illuminati*. Si no nos recuerda en qué trabaja tres veces al día, es porque la tienen amordazada en un sótano, y si no pudiera hacerlo en voz alta, seguro que al menos lo tuitearía.

—¿Y por qué sabes que no tiene carnet de conducir? No entiendo nada.

—Conozco a toda la gente del mundillo, incluido él.

—¿Por qué no dijiste nada?

—Porque una nunca revela sus cartas hasta que está segura de que puede llevarse el bote. Si me caías mal y te ponías tonta, podía usarlo a modo de chantaje, pero como me caíste bien, esperé a conocerte un poco mejor y, en base a esto, decidir si los rumores eran o no ciertos.

—¿Y has decidido que no lo son?

—Silvia —dice muy despacio—, Ernesto no tiene carnet de conducir. Por supuesto que el rumor es falso y solo armó la de San Quintín para desprestigiarte.

Al principio pensaba que Lola expresaba todos estos planteamientos sin pies ni cabeza para alegrarnos el día con idioteces cuando, en realidad, su mente es un entramado de argumentos lógicos. Cada vez estoy más segura de que de verdad tiene el sexto sentido, el talento innato de la brujería que relaciona los detalles más absurdos con la naturaleza perversa o benigna del ser humano. Estoy a punto de pedirle que me explique por qué no tener carnet de conducir siendo hombre es un principio psicológico que delata su espíritu malvado, pero sé que no existe ese razonamiento. Y puede parecer ridículo que reduzca las cuestiones más complejas a estas estrambóticas conexiones, pero a mí me da la vida. Me siento incluso aliviada.

De hecho, ahora que puedo meditarlo tranquila, casi todos los hombres del mundo se compran un coche en cuanto cumplen la mayoría de edad. Los hombres adoran sus vehículos, sean carros, motos, tractores o la primera bicicleta. Es un principio universal. Son el primer cacharro al que cuidan y por el que demuestran afecto antes que por su perro, su novia o su propia madre. Si Ernesto no se ha tenido que preocupar de un coche, que es la práctica básica antes de cuidar de un ser vivo, ¿cómo se iba a preocupar por mí? ¿Cómo no iba a ser un psicópata?

Empiezo a partirme de risa yo sola en medio del pasillo hacia mi cuarto.

—Detesto la manera en que trastocas mi mente —le confieso entre carcajadas—. Si te digo las tonterías en las que estoy pensando por tu culpa, te reirías.

—¿Qué te hace tanta gracia? —me pregunta mi madre, asomando la cara bajo el umbral del dormitorio de Bárbara. La risa se me corta ante su mirada de reproche. Actúa como si hubiera aparecido en un funeral con un vestido amarillo.

—Estoy hablando por teléfono. —Señalo el móvil.

—Pues cuelga. Tu hermana no se encuentra bien.

Aunque me dan ganas de responder que sea lo que sea que le pase a mi hermana puede resolverlo con sus hermosos veintisiete años, su carrera *cum laude* y su novio desde los veinte, obedezco y me despido de Lola para seguir a mi madre. Tenía el comentario irónico en la punta de la lengua, pero hasta el último de mis pensamientos se desvanece al ver a Bárbara arrojando un portafotos de cristal contra la pared.

Tardo un vistazo rápido en darme cuenta de que no es el primero que ha hecho añicos. Parece que haya pasado justamente el Demonio de Tasmania por su habitación.

—¿Qué pasa? —Entro con cuidado de no pisar los cristales rotos. Intento imprimirle humor al asunto preguntando—: ¿Johnny Depp se ha vuelto a casar?[61]

---

61. Ahora es cuando Bárbara puntualiza que no le gusta el Johnny Depp actual, el exdrogadicto y acusado de maltrato doméstico (faltaría más), sino el que salía en *Chocolat*.

Bárbara, que estaba de espaldas a mí en pleno ataque colérico, se da la vuelta y me mira con los ojos inyectados en sangre. Pese a todo, va monísima de la muerte: se nota que es su día libre, porque se ha tomado el tiempo de ondularse la melena lisa y recogerla en una cuidada coleta alta. Combina el pantalón pirata gris con una blusa de volantes digna de feria sevillana.

—¿A ella no le hacéis un test de drogas? —me quejo—. Porque esos ojos son de fumar porros.

Bárbara ni siquiera amenaza con romperme algo en la cabeza. Tiene rímel hasta en la barbilla, señal de que ha llorado, pero ya no lo hace, sino que hipa compulsivamente en pleno ataque de ansiedad.

No se me ocurre nada gracioso que decir, y tampoco podría haberlo pronunciado, porque se me forma un nudo en la garganta.

—¿Bárbara? —Miro a mi madre, horrorizada, a la espera de una respuesta.

—Manuel es gay —suelta Bárbara de pronto.

Mi mente se queda en blanco.

—¿Cómo has dicho?

—Manuel, mi Manuel —recalca, agarrándose la blusa como se la agarraría a *su* Manuel si quisiera levantarlo del suelo—, es gay. Gay. Homosexual. Sarasa. He ido... Iba a un reservado... Había quedado con mis amigas...

Los hipidos no la dejan hablar. Busco la mirada de mi madre esperando que ella arroje un poco de luz al asunto.

—Tu hermana había quedado con sus amigas esta tarde para ver juntas las notas del último examen de la oposición —explica mi madre, igual de agitada pero más controlada—. En el *chill out* había varios palcos y parece que se equivocaron sin querer de reservado. Apartaron las cortinas equivocadas y al parecer...

Mi madre carraspea y palidece, incapaz de continuar.

—Se estaba metiendo mano con su pareja de tenis —dice Bárbara, en *shock*. Su mirada no enfoca—. Jamás lo había visto tan apasionado. Por lo menos... nunca ha sido tan apasionado conmigo. Creo que se me cayó la copa y por eso conseguí apartarlos, por el estruendo, porque parecía que ni una grúa podría haber separado sus... sus bocas como ventosas.

Me froto las sienes, tratando de alejar la migraña.

—No entiendo. ¿Tu novio es gay? Quiero decir... Puede que solo te estuviera engañando.[62] Puede que...

—No. Me ha confesado que es gay y que está enamorado de ese puto suizo con ojos saltones. Ha aprovechado que he suspendido el examen porque según él es mejor recibir todas las malas noticias de golpe, así, según sus palabras, las asimilo más rápido. ¡Hijo de puta!

Bárbara usa sus zapatos de tacón para pisotear la fotografía que se hicieron en sus vacaciones a Hawái con un collar de flores tropicales. Me quedo mirando la cara borrosa de Manuel pensando en que Ernesto no tenía carnet de conducir.

Manuel sí conduce. Desde los dieciséis, de hecho, cuando se sacó un permiso AM para llevar a su «novia del pueblo» —todos aquí sabemos que los novios del pueblo no existen, se inventan— en la Vespa blanca que heredó de su hermana mayor. Pero lo que Manuel no tenía eran bóxeres, como muestra la fotografía, en la que luce unos slips atrevidos, y puede que si hubiéramos prestado atención a ese detalle...

Creo que yo también estoy en *shock*. Necesito respuestas.

—Me ha dicho que se casa... que se casaba conmigo porque sus padres... sus padres lo desheredarán si descubren su orientación sexual —continúa hipando, pero ya no por el llanto, porque no está apenada, sino conmocionada al extremo—. Iba a llegar hasta el final. No pensaba contármelo jamás. No pensaba...

—Cariño... —Mi madre se acerca para abrazarla, pero Bár-

---

62. «"Solo" te estuviera engañando», dice la tía. Si es que soy la hostia, macho.

bara reacciona como las estrellas de cine con los *paparazzi: no hugs, please.* Y yo no sé qué decir hasta que asimilo una parte que me había pasado desapercibida.

—¿Has suspendido el examen de la oposición?

—Sí. Y ya no me guardan las notas de los anteriores porque han pasado dos años. Tendría que empezar de nuevo. Empezar de cero a estudiarme todo el temario. Todo —recalca, con la mirada perdida—. Todo... todo... ¡Todo para nada!

—No digas eso, Bárbara —le ruego, pero no sé qué inventarme para subirle los ánimos, porque, lamentablemente, vamos de Guatemala a Guatepeor.[63] Tengo que tirar de los tópicos habituales y de un intento de abrazo—. Si hay alguien en este mundo capaz de sacar adelante esas oposiciones, eres tú. Y, visto por el lado bueno, parece que hasta los gais quieren salir contigo. ¿Quién puede decir eso en esta ciudad...?

A Bárbara no le hace ni puñetera gracia mi broma. Culpa suya, porque voy en serio. Todos los heterosexuales de Madrid se mueren por ella, pero es que incluso los gais la eligen como tapadera, maravillados por su magnificencia.

No piensa igual que yo, porque me aparta de un empujón agresivo.

—¡No necesito tu consuelo de mentira! —me suelta de golpe, fulminándome con la mirada—. Se te ve en la cara que te alegras de que por fin las cosas me vayan como el culo.

Vale, esto no lo he visto venir.

—¿Cómo? —Pestañeo una, dos, tres, cuatro veces.

—Venga, si te está costando darme ánimos porque lo que en realidad te apetece es sonreír y decirme que ya iba siendo hora de que algo me saliera mal —me espeta con desdén, torciendo la boca—, ¿no es así?

---

63. Si alguien de Guatemala está leyendo esto, que me haga el favor de no ofenderse. No es un dicho racista, sino un juego de palabras equivalente en el sentido literal a «de mal en peor»: de Guate*mala* a Guate*peor*.

Suelto una carcajada incrédula.

—Estás de coña, ¿no? ¿Siquiera oyes lo que dices?

—Me has tenido rabia toda la vida y no te has escondido en ningún momento, Silvia. Lo ocultas detrás de la bromita de que debo hacer cosas para que tu odio por mí esté justificado, y procuras que cada comentario sobre ser la preferida suene como un chistecito de humor negro, pero la verdad es que te doy coraje y no me puedes ni ver. Nunca has soportado que tuviera novio, la carrera de papá y un futuro trabajo de ensueño, y ahora que todo eso se desvanece, una pequeña parte de ti se alegra.

Niego con la cabeza, sin dar crédito. El corazón se me acelera, y no solo porque Bárbara se me esté enfrentando con severidad por primera vez desde que puedo recordar, sino porque una recóndita parte de mi ser se identifica con lo que ha insinuado que soy: una hermana carcomida por los celos y el rencor; una persona que, aunque no se ha atrevido jamás a desearle el mal, sí que ha ansiado dejar de ser, aunque fuera por un segundo, la peor de las dos por comparación.

—Todo lo que estás diciendo es ridículo —me oigo responder, sudando frío—. No dirijas tu rabia hacia mí porque no soy la que te ha corregido ese examen ni la que ha salido del armario en un *chill out*. Estoy aquí para ayudar.

Bárbara cierra las manos en dos puños y me increpa.

—¿Cómo va a ayudarme una persona que lleva toda la vida esperando verme caer?

Yo también alzo la voz.

—¿Cómo puedes pensar eso de mí?

—¿Cómo puedes tú pensar que soy tan estúpida como para no darme cuenta? ¡Vivo contigo, Silvia! —grita, extendiendo los brazos—. ¡Te veo la cara cada vez que doy una buena noticia! ¡Nunca te alegras por mí cuando me pasan cosas buenas!

—¡Estás siendo muy injusta! ¡Sabes que te quiero más que a nadie en este mundo!

Y no miento cuando lo digo, pero esa tampoco es toda la verdad, y se me saltan las lágrimas al gritarle a un palmo de la cara.

Bárbara también rompe a llorar.

—¡Pues entonces, miedo me da cómo querrás a los que no tienen el podio! ¡Espero que a ellos no los mires regocijándote como me has mirado a mí hace unos segundos!

—Ya está bien de tonterías —mascullo, dándome la vuelta—. Me voy.

—Te vas porque sabes que digo la verdad —insiste ella, decidida a hacer leña del árbol caído—. Siento haber tenido que explotar la burbuja con la que intentabas camuflar todo tu desprecio, pero tarde o temprano nos habría estallado en la cara.

La acuso con el dedo índice, tan incapaz de controlar mi propio cuerpo que tiemblo como si hubiera descendido la temperatura veinte grados.

—¿Sabes? Por fin te estás haciendo odiar de verdad.

—Estupendo. —Alza la barbilla con soberbia—. Prefiero que me odies con motivos a que lo hagas porque guardas tanto odio hacia ti misma que necesitas ponerlo sobre mis hombros.

—Chicas... —empieza mi madre, que se ha quedado paralizada durante todo el intercambio.

Bárbara y yo nos miramos a los ojos en silencio, gritándonos sin palabras todas esas cosas horribles que solo se pueden sentir por alguien a quien quieres con locura. La quieres incluso más que a ti, y lo haces porque lo merece más que tú... Y por eso no la soportas.

—No me alegro de que esto haya pasado —intento razonar con ella, sorbiendo por la nariz—, pero si piensas eso de mí, lo mejor va a ser que cada una se vaya por su lado.

No espero a que conteste, en parte porque sé lo que me habría dicho: «Lo que siempre has querido, Silvia. Tenerme lejos».

Puede que sea perfecta y a mí todo me salga mal; puede que ella sea hija de otro hombre, desconocido, y yo tenga la sangre de Borja Altamira; puede que Bárbara haya crecido y prosperado bajo la luz del sol, con la cabeza elevada como los girasoles, recibiendo en todo momento el calor afectuoso y las congratulaciones de los demás, y yo a la sombra del árbol caduco que tiembla de frío porque solo recibe atenciones según la estación, muy de vez en cuando, pero, aun con las diferencias, la conozco como a las líneas de mi mano y sé cuándo va en serio.

Esta vez es así. Va muy en serio.

Salgo de su dormitorio y me dirijo al mío, agarrando el móvil que no he soltado en ningún momento como si quisiera partirlo por la mitad. Cierro la puerta y camino de un lado a otro durante un buen rato, pensando en todo lo que acaba de ocurrir y, a la vez, con la mente en blanco. La sangre me quema en las venas, pero más que ira, lo que me corroe es la adrenalina que te eleva diez minutos y luego te deja caer desde la estratosfera.

En un arranque provocado por la necesidad de huir, abro una conversación de WhatsApp y tecleo un mensaje rápido.

> Dime qué tengo que preparar
> para el viaje.

Capítulo 25

Miss Honolulu y Míster Málaga

Entiendo que la situación económica no está para gestionar cuatro billetes de avión destino Málaga, pero cuando Bosco aparece en la puerta de mi casa montado en el Mercedes de su mujer para llevarme a la Axarquía, no puedo evitar enarcar las cejas.

Bosco baja la ventanilla y apoya el codo en el borde. Se asoma con ese aire de *latin lover* despreocupado de Hollywood que tiene cuando no piensa en la ruina que lleva encima.

—¿Es la carroza indigna de la princesa?

—¿Por qué lo dices? ¿He vuelto a poner una de mis caras? —Él asiente como si lamentara tener que admitirlo, ladeando la sonrisa con resignación—. Conduces el coche de tu exmujer, ¿verdad?

—Así es, solo que todavía no es el coche de mi exmujer porque no hemos hablado de cómo vamos a repartir los bienes.

—¿Y de qué habéis estado hablando en los últimos meses, si puede saberse?

—De nada. Solo nos hemos insultado. Pero no he robado el coche, si eso es lo que te estás preguntando —apostilla—.

Kiki y Alex pueden corroborar mi testimonio. Me lo ha cedido en esta ocasión para que las niñas vean a sus abuelos.

«Y para que *yo* vea a sus padres».

Parece lo mismo, pero no lo es.

—¿Subes? —Me hace un gesto con la cabeza—. Te hemos reservado el sitio de honor: el asiento del copiloto.

Me subiría incluso si tuviera que ir en el maletero y en posición fetal con tal de huir de Madrid. No se ha podido disfrutar de una mínima calidad de vida en la residencia de los Altamira de la Rosa en la última semana. Por eso y nada más he de dar gracias a mi trabajo explotador, porque al menos me ha retenido fuera durante jornadas laborales interminables, evitándome así el desagradable tropiezo con el alma en pena de mi hermana. Que solo es un alma en pena cuando no estoy delante, claro está. Cuando nos cruzamos, se infla como los pavos y me ignora como si la de la puñalada trapera hubiera sido yo. Lo peor es que si estuviera total y rotundamente equivocada conmigo no se me caerían los anillos: la confrontaría con mi verdad y la sacudiría por los hombros hasta que espabilara. Pero una parte de mí entiende sus sentimientos, porque nunca he ocultado cuánto odio ser la segundona —lo expresaba con ironía y procurando que no se notara que el resentimiento me quema por dentro, pero lo he expresado—, y hasta que ella no se muestre dispuesta a perdonarme por envidiosa, no vamos a volver a hablarnos.

Sí, estaría bien que le pidiera disculpas, pero es que ella no es la víctima. Ella no es a la que su hermana lleva haciéndole sombra desde hace veintisiete años. Y si no quiere aceptar mi consuelo o mi apoyo, tampoco pretendo arrastrarme. Para abrazarla y arroparla por las noches ya tiene a sus progenitores, de los que me han dado ganas de renegar en cuanto he visto el trato indulgente que han tenido con ella.

Cuando Ernesto me dejó y me echó como un perro de mi

trabajo, nadie me dijo que podía tomarme un tiempo para reflexionar y llorar lo que necesitara. Desde el minuto uno se me exigió que me recompusiera, saliera a cazar otro trabajo y buscara un novio que no estuviera casado, o al revés: cazara al novio y buscara el trabajo. A Bárbara, en cambio, mi padre ha llegado a decirle que no pasa nada si ha suspendido la oposición, que todo el mundo tiene un mal día, y que la apoya si pretende pasar los próximos cinco o diez años volviendo a empollársela. Mi padre solo ha usado conmigo ese tono lastimero y levemente condescendiente cuando le dije que quería estudiar Filología hispánica, solo que el comentario fue, más bien, que no pasa nada si quería desgraciarme estudiando una carrera sin salidas laborales: podía elegir una mala vida voluntariamente, pero que no se me ocurriera pedir su apoyo si quería estar en el paro.

Conociendo mis sentimientos, no me extraña que Bárbara me soltara entre líneas que soy una celosa y una resentida de lo peor. Pero tengo mis razones. Y, de todos modos, ella no es el miembro de la familia al que más detesto por culpa de los favoritismos.

Me subo al coche sin más dilación, esperando que la familia Valdés me distraiga.

—Hola, Kiki. —Es la primera a la que veo al asomarme por un costado del respaldo. Va monísima con su vestido de volantes. Alessia también va guapa a su manera, con el pelo negro y liso cubriéndole media cara y los ojos pintados para un videoclip de *hard metal*—. Hola, bolchevique.

Alessia sonríe de oreja a oreja, feliz por el mote.

—¿A mí no me dices hola? —se queja Bosco.

—A ti llevo viéndote la cara toda la semana. Dame una tregua, te lo ruego.

Bosco me observa con una pregunta en la punta de la lengua. Seguramente tenga algo que ver con mi impulsivo wasap de texto del otro día y con el hecho de que no le gritara cerdo explotador cada día de la semana pasada, cuando con la excusa de levantar el país, me pidió que me quedara currando hasta las tantas.

Pero no hace preguntas y se lo agradezco. No me apetece hablar de mi discusión con Bárbara porque, dejando a un lado que la deteste por tener todo lo que a mí me falta incluso cuando ha perdido lo que consideraba más valioso —no creo que haya perdido un novio, por cierto; se ha deshecho de un desecho humano,[64] y eso siempre es motivo de celebración—, la quiero con locura y esta situación me deprime.

No me gusta la Bárbara hecha un guiñapo que se pasa el día en pijama y llama llorando al *catering* para decirles que no hay boda a causa de diferencias irreconciliables: a ella le gustan los hombres y a su futuro marido también... cosa que, bien pensado, más que una diferencia irreconciliable, parece un conflicto de intereses. El caso es que quiero de vuelta a mi hermana perfecta a rabiar, a la que golpea la bola con demasiada fuerza en las competiciones de golf, le destroza el estómago a uno de los amigos ejecutivos de mi padre y, aun así, este la invita luego a cenar; a la que se montaba en unos tacones e iba a la universidad a revisar su suspenso en Derecho romano y salía del seminario del catedrático con un notable alto, y eso sin tener que sacar las rodilleras; a la que, además de cogerme la ropa sin pedirme permiso, el modelito le tiene que quedar mejor que a mí.

Bueno, quiero de vuelta a mi hermana a secas. Esa cosa que solo llora, no me deja abrazarla solo porque soy un ser humano imperfecto —encima se hará la sorprendida— y se atreve a decir en voz alta lo que hemos dejado flotar entre nosotras para burlarnos la una de la otra no es mi hermana.

—Estás muy pensativa —comenta Bosco, observándome.

---

64. Con esta oración os enseño ortografía. «Deshecho» y «desecho» no son lo mismo.

Me doy cuenta de hasta qué punto me ha absorbido mi silogismo cuando enfoco la vista y me doy cuenta de que ya hemos salido de Madrid.

—Es el coche, que está muy silencioso. ¿Por qué no ponemos un poco de música? ¿Qué os apetece escuchar?

Alargo la mano hacia el equipo y aplaudo para mis adentros que esté equipado con cable USB. Conecto el móvil y dirijo una mirada expectante a través del retrovisor, a la espera de las peticiones del público.

—¡Una canción de Hakuna! —exclama Chiara.

—Es Maluma, Kiki. «Hakuna» es lo que dicen en *El rey león* —la corrige Alessia, que tiene que sacar la pedantería a pasear incluso para hacer correcciones sobre películas Disney. Me recuerda tanto a mí...—. Y no vamos a poner nada parecido al reguetón o al electrolatino, sobre todo si son de Maluma, que es el *cosificador*[65] de mujeres por excelencia.

—¿Qué significa *cosificador*, y por qué me viene a la cabeza un electrodoméstico? —interviene Bosco sin apartar la vista de la carretera. Sonríe de lado, sabiendo que así es como se provoca a Alessia—. No será la forma corta de decir máquina de coser, ¿no?

—A mí me gusta Maluma —reconozco, encogiendo un hombro—. Como hombre y como músico.

—¿En serio? —bufa Bosco—. ¿Te gusta ese cani?

—Te sorprendería la clase de hombres que me gustan. Un cani no sería lo peor.

Bosco interpreta correctamente mi comentario y se limita a aguantarse la sonrisa.

—Eso no es música. —Alessia se cruza de brazos—. El reguetón no tiene ningún valor artístico. Consiste en un refrito de las mismas bases, *autotune* a gas y rimas repetidas que

---

65. No estoy muy segura de que esta palabra exista, pero no me voy a poner tiquismiquis con la Niña Repelente.

alaban los atributos de las mujeres como si todo su valor humano se redujera al tamaño de su culo.

—No lo veo así. Es decir... Claro que hay canciones de reguetón machistas, pero también hay canciones pop machistas, canciones rock machistas, canciones de heavy metal machistas... —enumero.

—Entiendo tu argumento. ¿Cómo no va a ser machista la música, si vivimos en una sociedad patriarcal que oprime a las mujeres por sistema? Lo que digo es que el reguetón se ha construido sobre la denigración del género femenino, a diferencia de los demás.

Encojo un hombro.

—A mí no me parece denigrante que hablen de mi culo.

Observo que Bosco me mira con el rabillo del ojo aguantando otra sonrisilla, esta tan llena de ganas de reír como de curiosidad.

—Estamos buscando que el cuerpo de la mujer y las relaciones sexuales no sean un tabú, ¿no? —le explico a Alessia, que niega con la cabeza. «Se me ha caído un mito», parece decir, avergonzada de mi posición—. Pues dejemos que se hable de todo eso en la música. A mí nada me parece más natural que un grupo de tíos cantando sobre lo mucho que les gusta ver bailar a una chica en la discoteca. Descartemos las canciones más sórdidas y quedémonos con las buenas. Apropiémonos de lo que supuestamente nos veja. Si tuviéramos que renunciar a todo lo que es malo para nosotras, nos quedaríamos con las manos vacías.

Bosco no me mira ya, porque si no correríamos el riesgo de estamparnos contra las vallas de la autopista, pero siento que toda su atención está puesta en la conversación.

—De verdad, Silvia —bufa Alessia—, no hace falta que lo polítices todo. No es tan profundo.

La miro a través del retrovisor y capto el humor en sus ojos oscuros, que podrían ser los mismos que los de Bosco. Una carcajada de las que te pican en el estómago acaba saliendo a propulsión de mis labios, contagiando a la pequeña Chiara.

—Anda, ministras de igualdad, poned una canción antes de que decida tirarme del vehículo en marcha —suspira Bosco, poniendo el intermitente para adelantar a un Citroën.

Me gusta el Bosco que conduce. Y el Bosco que se relaja y bromea con sus niñas.

—¡Se me ha ocurrido una canción! —aplaude Chiara—. ¡*Miss Honolulu!*

Su propuesta no sorprende a Bosco, que, de hecho, hace una mueca de dolor. A pesar de tener el temita más trillado que los anuncios de Coca-Cola, me anima a obedecer sus deseos y, sin tener ni idea de la que me espera, busco en Spotify al famoso y tan querido entre las niñas Carlos Sadness.

La voz del cantante se pierde bajo los gritos de Alessia y Chiara, que se saben la letra de memoria.

> *Has vuelto a poner esa cara,*
> *llenándome de interrogantes.*
> *Sabes que lo haces bien.*
> *¿Quién podrá soportar la presión*
> *de salir contigo en la foto*
> *rompiendo tu gama de color pastel?*

—¡Pero te voy a matar cuando me acabe de peinar —exclama Alessia, alzando sus interminables brazos—, *no admite discusión, no se puede negociar,* my love!

Escucho con atención la letra que ya conocía gracias a cierto personaje que pensó que podría irme al pelo.

—¿En serio? ¿Esta canción te hizo pensar en mí? —mascullo por lo bajo.

—Ya sé que eres la más guay —me canta Bosco, inclinándose hacia mí con ironía—. *Te haremos un palacio en las ramas de un bonsái.*

Me cruzo de brazos, aparentando estar mosqueada. Se me pasa un poco cuando después del estribillo —*oh, eh oh, Honolulu, Lulu, oh, oh, oh*— Bosco vuelve a cantar guiñándome un ojo.

—*Y cuando pienses en mí me envidiarán todos los hombres del mundo. ¿Y a quien yo amaré? ¿Te observará? ¿Y querrá ser como tú?*

—Eso está bastante mejor —cedo, tratando de controlar el impulso de robarle un beso rápido, algo que estaría fuera de lugar, y no solo porque sus hijas vayan en el asiento de atrás.

Decido que he tenido suficiente de coqueterías para el resto del año y clavo la vista al frente, ignorando que hay un hombre al lado cantándome una canción que, pese a su extraño contenido, me resulta adorable.

Lo mismo tiene algo que ver con que dos encantadoras crías hagan los coros.

—Bueno, ya está bien, ahora toca una que me sepa yo —murmuro, buscando en Spotify una canción que no sirva de ninguna manera como respuesta a su provocación y no parezca una declaración de sentimientos.

Sin embargo, en cuanto aparece en mi lista de recientes *Lay All Your Love On Me*, no puedo evitarlo. Es superior a mí. Tengo que ponerla a todo trapo, con la suerte de que Alessia la conoce y sonríe orgullosa por mi elección.

—¿ABBA? —se burla Bosco—. Pensaba que eras más de NSYNC. Ya sabes, los pósteres de tu cuarto.

—¿Tienes pósteres en tu cuarto? —pregunta Chiara, colgándose del respaldo del asiento de su padre para mirarme con ojos brillantes—. ¡Alex y yo también! Yo cuelgo de animalitos. Mi preferido es uno de un conejo con un lacito en el cuello.

—Me da miedo preguntar cuáles tiene tu hermana —reconozco.

—Tiene un arcoíris muy bonito. Dice que es la bandera GT... BL...

—LGTBI —corrige Alessia—. Tengo el póster de *We Can Do It!*, otra bandera representativa del anarquismo y el pañuelo verde, además de un calendario republicano con fechas importantes marcadas, como el nacimiento de Manuel Azaña y el aniversario de la Segunda República —describe, muy orgullosa.

Bosco no parece escucharla. Está concentrado en la letra de la canción, y eso me pone nerviosa. Pensaba que no sería muy arriesgado escoger un tema con mensaje romántico porque un hombre de treinta y pico años no se toma una inocente cancioncita como una indirecta. De hecho, la gente de nuestra edad se ha dejado de indirectas: habla las cosas con claridad. Pero él arquea las cejas cuando llega la parte comprometedora.

> *I still don't know what you've done with me.*
> *A grown-up woman should never fall so easily.*
> *I feel a kind of fear*
> *when I don't have you near.*[66]

Cruzo las piernas y carraspeo, tratando de fingir que la letra de marras no va conmigo. Incluso la tarareo por lo bajo, distraída, mientras Alessia enumera todos y cada uno de los elementos que podrían haberla metido en la cárcel si hubiera revestido su pared con ellos durante el franquismo. Desde luego, si sucediera alguna desgracia en el ámbito político y volviéramos a dividirnos en bandos, llamarían a Alessia la primera para unirse a la resistencia izquierdista. Sería la decimocuarta rosa.

Me parece que a Bosco tampoco le cabe ninguna duda de que mi elección musical no ha sido arbitraria. Lo demuestra inclinándose sobre mí con la excusa de abrir la guantera que queda junto a mis rodillas en busca de algo. Lo encuentra: saca unas gafas de sol que se pone para que no le dé en la cara, pero,

---

66. Todavía no sé qué me has hecho. / Una mujer hecha y derecha no debería caer tan fácilmente. / Siento una especie de miedo / cuando no te tengo cerca.

antes y después, me roza las piernas desnudas y no se da por satisfecho hasta que me pone la piel de gallina.

—Muy buena canción —reconoce, sonriendo juguetón.

—No sé qué estás pensando, pero sea lo que sea, deja de pensarlo —le ordeno.

Bosco separa una mano del volante y se encoge de hombros.

—Mente en blanco. Ni un solo pensamiento a la vista.

—Más te vale —le advierto, entornando los ojos.

Él aguanta una sonrisilla, y con esta sonrisilla hace el resto del larguísimo trayecto.

Cuando las niñas se cansaron de dar su épico concierto, Bosco empezó a contarme por encima a dónde nos dirigíamos y quiénes son sus padres.

Yo ya sabía que vienen de la zona de la Costa del Sol, pero no que solo viven en Almáchar, el corazón de la Axarquía, durante la época de vendimia. Junto con El Borge y Cútar, pueblecitos con no más de mil habitantes, es un municipio destacado en el arte de la viticultura, pero durante el resto del año, el señor Valdés y su mujer prefieren pasar sus días en una urbanización de lujo entre Nerja —un pueblo costero conocido por sus cuevas y el mítico Balcón de Europa— y Torrox llamada Tamango Hill. Nosotros nos dirigimos a su casita blanca en Almáchar, residencia de periodo laboral, a solo veinte minutos en coche de los viñedos.

La recogida de la uva para la elaboración de vino suele tener lugar a principios de agosto, y la destinada a la producción de pasas bastante después. Sin embargo, por culpa del calor y la falta de lluvia se ha adelantado la cosecha.[67] Parece

---

67. Cosa que sé porque Bosco me lo ha contado. Yo de vino solo sé que me gusta bebérmelo.

que vamos a tener que molestar a los padres de Bosco durante el mes que están más agobiados por el trabajo, porque, según cuenta, pese a tener cada uno sus buenos sesenta años, se niegan a jubilarse y aún hoy se unen a la cosecha para sentirse útiles.

Entiendo por qué en cuanto bajo del coche y echo una ojeada a la zona. No negaré que los pueblecitos sureños, con sus casitas blancas de dos pisos a lo sumo construidas entre las montañas, no tengan encanto, pero uno se aburriría como un condenado a los tres días de mudarse, sobre todo cuando la población está envejecida y la civilización queda a treinta y cinco kilómetros por autopista.

Los padres de Bosco nos están esperando en la puerta de la vivienda. Por lo visto, es habitual en la familia llamar por teléfono para decir «estamos subiendo la última cuesta» y así preparar a los anfitriones para un recibimiento a lo *Downton Abbey*.

Me tomo mi tiempo para bajar del coche, tan nerviosa como si fuera a presentarme como su novia oficial. Las niñas apenas esperan a que Bosco eche el freno de mano para saltar del vehículo y correr a los brazos de sus abuelos.

Tal y como había imaginado —y como puedo observar dentro del coche a través de mis gafas de sol—, Gregorio y Marisa son impresionantes: ambos más altos que la media, anchos como armarios empotrados y curtidos por el trabajo de campo y, sospecho también, por las vacaciones clavando sombrillas en la árida arena de la costa. Poco se habla de lo que se ejercita uno cuando va a la playa con toda la familia, cargado con sillas plegables, neveras portátiles que se derriten en el maletero antes de tiempo y un set completo de utensilios de arqueólogo para construir castillos de arena.

No lo sé porque yo lo haya vivido, que conste. Yo con diez años ya iba a ponerme morena y a beber piña colada, siguiendo el ejemplo de mi madre. Ella se llevaba su bolso con, a lo sumo, un par de revistas de moda y un balón de Nivea inflable al que no recuerdo que le diéramos uso jamás. Mi padre siempre ha sido más de poner a prueba las capacidades de su estómago, comiendo langostinos hasta enfermar, y despatarrarse en los chiringuitos donde te clavan una bochornosa cantidad de dinero por echar la siesta en una tumbona de alquiler. Esto no quiere decir que no creciera viendo a las familias de mi alrededor, claro está. «Qué jaleo más espantoso. ¿Es que no se han molestado en educarlos?», se quejaba mi padre cuando los niños se comportaban como niños y no le permitían dormir a la bartola bajo la sombrilla, que era suya por el módico precio de diez euros la hora. El karma le castigaba por su crueldad quemándole la nuca como una gamba, cosa que pasaba todos los veranos, y no porque mi padre sea de piel pálida, sino porque es alérgico a las vacaciones. El tiempo libre le sienta mal.

De todos modos, Almáchar no es un pueblo costero. No cuenta con ninguna playa cercana, por lo que no corro el riesgo de que salgan a relucir mis insignificantes traumas infantiles.

Salgo del coche muy despacio, esperando que Bosco haya dejado claro ya quién soy y el motivo de mi visita. Sin embargo, en cuanto cruzo miradas con Marisa comprendo que no, no se ha molestado en avisar de que había alguien en el asiento del copiloto. Marisa se aleja de la entrada a la casa, cubierta por unas cortinillas de plástico propias de pescadería de barrio, y viene corriendo a saludarme con una sonrisa con la que me podría comer.

Es una guapa masculina, de esas mujeres que impresionan tanto a los hombres que no se atreven a acercarse y que suelen atraer a las típicas mujeres con la feminidad hiperexagerada que, precisamente por aferrarse con garras a su presunta heterosexualidad, acaban ruborizándose en su presencia y balbuceando idioteces. Yo me ruborizo, desde luego, pero no porque me atraiga su encanto sureño o me seduzca la posibilidad real de que me destruya con sus propias manos. Es porque suelta:

—¡No me lo puedo creer! ¡Has traído a una mujer! No quiero sacar conclusiones precipitadas, pero ¡qué *callao* te lo tenías, Bosco!

Bosco rompe el abrazo con su padre y se gira para mirar a Marisa con cara de circunstancias, aunque para cara de circunstancias, la mía al ser estrechada —casi aplastada— por los brazos de culturista de su amorosa madre.

—Qué elegante y distinguida —me alaba, mirándome de arriba abajo. Sé que soy elegante y distinguida, pero me encanta que me lo diga. Y guapa, habría añadido—. Tú eres más de Madrid que el bocata de calamares, ¿es o no es? Si es que a mi hijo le gustan de la capital, cuando vivía por aquí no había manera de que le entraran por los ojos las vecinas. ¿Cómo te llamas, bonica?

—Silvia Altamira. —Le tiendo la mano esperando que no me la parta como casi me ha roto el espinazo—. Encantada de conocerla. En realidad no soy...

—¡No ve, no ve, llamándome de usted y *to*! —Se ríe y mira a su marido como diciéndole: «Mira lo que hace la muñeca»—. Dime Mari, que aquí estamos en familia.

—Sí, bueno, sobre eso... —Fulmino con la mirada a Bosco, pero parece que él también está siendo acribillado a felicitaciones por su padre, que me aprueba con una sonrisita.

¿Por qué a mí me aprueban? ¿Me ven menos madrileña y menos pija que a Aurora? Porque, de ser así, me voy a ofender.

Marisa me coge del brazo con toda la familiaridad del mundo —creo que ni mi madre me trata con tanta cercanía— y tira de mí para decir en tono de confidencia:

—Me había avisado de que venía acompañado porque necesitaba hablar de asuntos de trabajo, pero pensaba que vendría con su abogado o con el Angelillo, el contable, que lo conozco yo de hace la tira de años. Qué grata sorpresa que se haya animado a traer a su novia.

—¿Es que le dijo...? O sea, ¿te dijo que tiene novia?

—No, pero las madres saben esas cosas, si es que lo he *parío*. Estos últimos días que he hablado con él no ha mencionado a esa trepa de Aurora, y no se le oía tan tristón como al principio de la ruptura. Vamos, estaba alegre como unas castañuelas... dentro de lo que cabe, claro —apostilla, haciendo una mueca cómica—, que ya sabrás tú mejor que nadie que mi hijo tiene una mala uva y una amargura encima que *pa* qué.

—Mamá —interrumpe Bosco enseguida, mirándome como si esperase (y supiera que merece) una puñalada de mi parte—. Te presento a Silvia...

—Sí, ya nos hemos presentado. Estamos poniéndonos al día, chiqui.

—Estoy seguro de que sí. —Bosco carraspea—. ¿Le has dejado decirte que es mi editora desde hace unos meses y me está ayudando a salvar la editorial?

Marisa levanta sus cejas oscuras. Es morena como Bosco, pero el padre no está ni menos bronceado ni le ralea el pelo en ninguna parte del cuerpo. Es una familia en la que la raíz es fuerte y oscura, la piel se tuesta rápido y con tres viajes al gimnasio, ya pueden presentarse a campeonatos de halterofilia.

—Niño, no sé yo si meter a la novia en el trabajo es sabio... —Ella misma se da cuenta de que ha metido la pata y enseguida se calla. Me mira con los ojos redondos, abiertos de par en par. Un segundo después está soltando mi brazo y dando un paso al lado, rascándose la nuca—. Uy, no sabes cuánto lo siento. Me he *confundío*.

Le sonrío con relativa cortesía, más violenta que Rambo, y procuro alzar la voz para que Bosco capte el mensaje al responder:

—No pasa nada, es normal que se den estos malentendidos cuando no se informa a la gente de cuál es el propósito de una visita.

—Informada estabas, mamá —le dice Bosco, mirándome

a mí—. Lo que pasa es que te juegan en contra las ganas de verme saliendo con alguien.

—¡Digo! —reconoce Marisa, dando una palmada—. Y si encima me traes a esta guapura de niña, ¿*pos* qué voy a pensar? Anda que, si tu padre la hubiera visto a tu edad, no habría *tardao* en echarle el lazo. Lo último que habría hecho con ella habría *sío* contratarla *pa* trabajar.

Creo que debería ofenderme, sobre todo teniendo tan presente el discurso de Alessia sobre la cosificación femenina, pero me alegra haberle caído simpática a esta señora. No suelo caerle en gracia a señoras como ella, y con «señoras como ella» me refiero a las emprendedoras y felices que tienen un talento innato para que las del barrio de Salamanca nos avergoncemos de nuestra inutilidad y nuestras costumbres cosmopolitas.

—Ya sabíamos que el niño no es tan listo como yo —se ríe Gregorio, haciéndome un gesto para que me acerque. Aunque ya parecen haberse enterado de que no me acuesto con su hijo (que ahora que lo pienso, mejor me callo), me recibe igualmente con un apretado abrazo—. Bienvenida, Silvia. Espero que disfrutes del tiempo que pases en Almáchar y no te parezca tan insípido como a nuestra querida Aurora.

Bosco le dirige una mirada asesina.

—¿Tenemos que empezar ya? ¿Tan pronto?

—Y *me tardao* un poco porque estaba saludando a las niñas. —Gregorio cruza sus brazos de campeón de lucha libre—. Anda, entrad, que se va a enfriar la comida. La Mari ha preparado boquerones, que seguro que *pescaíto* decente no se come en los Madriles.

Dicho eso, desaparece en el interior de la casa-pescadería precedido de su mujer. Mi cara advierte a Bosco de que, por su bien, más le vale darme una explicación.

—Lo siento —dice de inmediato, apenas nos quedamos solos—. Ni se me pasó por la cabeza que te saltarían encima de esa manera. Han debido verte y asumir que, como tienes el estilo refinado de Aurora, aparte de ser de Madrid, eres mi nueva novia.

—¿Qué tiene de refinado este vestido que llevo? —Me tiro del algodón estampado—. Me he puesto un trapo viejo para no desentonar con el ambiente costero.

Bosco levanta las cejas.

—Ah, con un trapo viejo no desentonas en la costa, ¿no?

—¡No lo digo en ese sentido! —me quejo—. ¡Para la playa no te pones un Gucci!

—Ya, ya... —Sigue mirándome con condescendencia—. Mira, no tiene nada que ver con lo que llevas, sino con cómo lo llevas. Lo siento de nuevo. Aunque ha tenido gracia. Y quedamos avisados. —Se atreve a sonreír, el idiota—. Ya sabemos que si te animas a tener algo conmigo, mi madre te aprueba.

Se me seca la boca al verle comentar con desahogo algo con lo que a mí ni se me ocurriría bromear, quizá porque he meditado la posibilidad en la intimidad de mi dormitorio y con más entusiasmo de la cuenta. Bosco pretende entrar en la casa e invitarme a seguirlo, pero yo no me muevo ni permito que él lo haga, de pronto incómoda. Le tiro del borde de la camiseta y le arrastro calle abajo.

Me cruzo de brazos.

—¿Qué se supone que significa eso? —le ladro.

Él parece confundido.

—¿El qué?

—Lo de que tu madre me aprueba.

—Era coña, Silvia.

—Ya, era coña. También es coña lo de que ni se te había pasado por la cabeza que se me tirarían encima, ¿no? —replico con retintín.

—No, eso no.

—¿En serio te pilla por sorpresa la reacción de tus padres? —Espero a que responda sin poder controlar la ironía que rezuma mi tono—. ¿Me estás diciendo que no te habías planteado, ni siquiera por un segundo, que pudieran pensar que somos pareja?

—Imaginaba que podría suceder —confiesa, quitándose las gafas de sol de la cabeza y colgándolas del escote de la camiseta, lo bastante pronunciado para distraerme y hacerme salivar. «Ahora no, Silvia»—, pero bastaría con desmentirlo en el acto.

—Ya, claro, desmentirlo en el acto. Pero el momento incómodo no me lo has ahorrado, Bosco.

—Tampoco ha sido agradable para mí, créeme.

Su respuesta me tensa.

—¿No es agradable que te vinculen conmigo?

Bosco se pellizca el puente de la nariz.

—No es eso lo que quería decir.

Piso el suelo con la misma impaciencia que demuestran sus gestos. El tacón habría sonado si no llevara unas sandalias de esparto.

—Explícame bien lo que querías decir, entonces.

Bosco suspira.

—Me refiero a que yo quedo peor en estas situaciones que la persona que asumen que es mi pareja. Demuestra que mis padres están desesperados por encontrarme novia, y no es que eso hable muy bien de mí. Créeme, me han hecho pasar unas cuantas fatigas.

—Y si sospechabas que te harían pasarlas también en esta ocasión, ¿para qué me traes?

—Pensaba que eso había quedado claro. Tenemos que sentarnos a hablar con ellos sobre números.

—Bosco, hemos viajado en coche con tus hijas y mañana celebramos el cumpleaños de Alessia, al que supongo que estoy invitada. Este no es un viaje de negocios ni por asomo —espeto, con el corazón en un puño—. Y, aunque lo fuera, ¿qué negocios tratamos cuando me llevaste a la Warner, si puede saberse?

—¿Qué negocios tratamos cuando te presentaste en mi casa hecha polvo porque cumplías treinta años? —me rebate, por fin hablando mi idioma: el idioma del «qué somos»—. Si lo que quieres discutir aquí es mi falta de profesionalidad o cómo me estoy pasando por el forro las normas contractuales que impusiste en tu día sobre no meterte en mi vida personal, lamento informarte de que tú tampoco las cumples a rajatabla. Deberías revisar la intencionalidad de tus acciones.

—Parece que, de tanto pasar tiempo conmigo, se te ha pegado lo de pasarle la pelota al otro cuando te están haciendo un reproche. —Doy un paso hacia delante, intentando que no se note que por dentro tiemblo asustada por lo que pueda decirme—. Bosco, ¿qué es lo que pretendes? ¿Qué es lo que estamos haciendo? Yo sé por qué he venido: porque en casa de mis padres no se podía estar. Pero ¿por qué querías tú que viniera?

No hace falta que hable para que sepa cuál es su respuesta. Se queda un momento paralizado, buscando ese motivo oculto por el que verdaderamente requeriría mi presencia. El simple hecho de que tenga que meditarlo para entender lo que estoy insinuando habla por sí solo, y sobre eso sí que tengo algo que decir:

—¿No has pensado ni por un momento en las posibles connotaciones que yo podría darle a todo esto? ¿No te has planteado que yo podría pensar que...? No sé, que intentas incluirme en tu vida.

—No tengo que buscar formas de incluirte porque ya estás en mi vida. Eres el comandante que lleva el timón del barco, por si aún no te has dado cuenta.

—Dirijo la editorial, sí, pero no sabía que también contaras conmigo para poner en orden tu vida familiar o sentimental. Te lo voy a preguntar otra vez. —Lo repito muy despacio—: ¿En serio no se te ha pasado por la cabeza lo que yo podría pensar sobre todas estas invitaciones a intimar con tus seres queridos? Porque cualquiera diría que quieres... que quieres... Pues...

—Que quiero ¿qué? —Da un paso hacia mí. Vacila al acercarse, pero al mismo tiempo suena retador, como si admitir mi incomodidad ante una situación que ha provocado él fuese una muestra de debilidad por mi parte.

—Que quieres que yo tenga que ver contigo más allá del aspecto laboral —aclaro de mal humor—. Joder, Bosco, me has presentado a tus hijas, hemos jugado a la familia feliz dando bandazos por un parque temático infantil y tu madre me acaba de abrazar como si fuera la nuera que lleva esperando toda la vida.

Bosco se toma su tiempo para encontrar la respuesta adecuada. En ese tiempo escruta mi rostro con especial atención, visiblemente inquieto por el modo en que me siento respecto a lo que acabo de enumerar.

—Si crees que me he excedido al invitarte a determinadas actividades o he abusado de tu confianza —empieza con su tono de empresario, tan recientemente adquirido que me suena hueco y lejano—, lo siento. La verdad es que no había tenido en cuenta las... posibles implicaciones que mencionas. He actuado siguiendo mi instinto. He hecho lo que me ha apetecido, en realidad.

Su aclaración me acelera el pulso. No sé si era su intención declarar de forma indirecta que su instinto le pide estar conmigo, pero lo ha hecho: ha dejado constancia de que hay una parte de él, una parte que no controla su consciente, que me busca. Por un lado, es halagador. Por el otro..., me aterra.

Bosco, más que preocupado, nervioso o asustado por los matices que va adquiriendo nuestra relación, parece desorientado. No entiende cómo no lo ha visto venir.

Yo tampoco.

—Vale —murmuro—. Solucionado, entonces.

—Solucionado —repite, asintiendo.

Permanecemos inmóviles donde estamos, esperando a que el otro diga algo, pero a mí ya no me salen las palabras y él ha bordado su papel dando por zanjado lo que pedía que me aclarase. En ese rato solo siento el calor pegajoso adhiriéndose lentamente a mi piel.

—Si esto es incómodo para ti —agrega unos segundos después, poniendo los brazos en jarras. La brisa le revuelve el flequillo—, puedes volver a Madrid mañana mismo. Así no te quedas dos noches. Yo te pago el billete de regreso. En AVE, en avión... Lo que prefieras.

—Gracias, sí, sería lo apropiado —me oigo responder.

Noto un pitido desagradable perforándome el oído, como cuando te dan una mala noticia y pierdes la noción de ti mismo. ¿Esa es su solución? ¿Mandarme a Madrid? También podría haberme mandado a Madrid o a la puñetera Conchinchina cuando amanecí en su apartamento en lugar de invitarme a pasar el día con él. Eso, lo del Hotel Embrujado, lo del correcaminos, lo de su hija Alessia mirándome como una salvadora, no lo va a solucionar con un maldito billete de AVE. Pero asiento con la cabeza, vuelvo a darle las gracias y me dirijo a la casa con la excusa de ponerme cómoda en la habitación que espero que sus padres me asignen muy lejos de la suya.

¿Eso también lo va a arreglar con un billete de AVE? ¿Los billetes de AVE van a borrar todos los besos que me ha dado, que he sentido como mucho más que un flirteo desenfadado?, ¿que, de hecho, yo he interpretado como una promesa de futuro?

De verdad, a veces parece que los hombres tienen la sensibilidad en el culo, pero eso ni siquiera es lo peor. Lo peor es que no puedo llamar a mi hermana para quejarme.

Capítulo 26

Un buen partido tiene tierras

¿Reunión de negocios? Mis narices. ¿Desde cuándo uno se sienta en una mesa a rebosar de pescado aceitoso y jarras de cerveza, con una adolescente y una cría a cada costado, a negociar entre chiste y anécdota un préstamo para una empresa? Estamos habituados a citar a nuestros inversores en restaurantes elegantes como excusa para impresionarlos y llevarlos a nuestro terreno con una conversación banal que enseguida dé paso a una descripción de beneficios económicos y ventajas comerciales, sí, pero un almuerzo con una nostálgica de la URSS, una apasionada del ballet de diez años y una pareja de trabajadores ahorradores no se parecía en nada a lo que yo entiendo por una reunión de negocios.

Iba a ser serio, dijo Bosco. Iba a ser muy profesional. Yo estaba allí para dar... ¿cómo dijo? *El toque.* ¿Cómo va a dar una el toque serio y profesional si le preguntan «qué tal los novios» y «tú de quién eres»?[68]

---

68. Esto parece que se suele preguntar en los alrededores, por si el sujeto es hijo de algún lugareño de la zona. A mí me han sacado el tema para conocer el trabajo de mis padres, supongo.

Por lo menos también han halagado mis modales en la mesa, y lo de los halagos se agradece. En Madrid no te miran como si fueras la pera limonera por haber estudiado una carrera universitaria. Dan por hecho que la tienes si tu padre es Borja Altamira. Pero si el grado en cuestión es Filología hispánica, son pocos los que se quitan el sombrero. Marisa y Gregorio decidieron voluntariamente no estudiar para dedicarse al trabajo de campo y a la distribución comercial de su producto, lo cual no es moco de pavo, porque están forrados y saben más de economía y comercio que nadie que conozca. Entienden a la perfección cómo llevar un negocio y por eso se dan por satisfechos con la explicación que les doy para solicitar el préstamo: a dónde irá el dinero y en qué se invertirá, además de los cálculos que he hecho esta semana con Ángel, el contable, para que sepan por qué dentro de cinco años, como muy tarde, les habremos devuelto el préstamo íntegro. Lo de que sepa comportarme en la mesa y que me ayudara el Angelillo solo ha sumado puntos a mi brillante argumento, que habría dado mucho más el pego como la propuesta de una profesional si Kiki no hubiera estado a mi lado jugando con dos boquerones. Los boquerones, por lo visto, son novios y se quieren, a pesar de que estén fritos y ya no tengan ojos. Almorzarán en el Crustáceo Crujiente para celebrar por todo lo alto su boda en la Atlántida, donde Boquerón Masculino llevará pajarita y Boquerón Femenino no llevará nada porque las aletas ya parecen la cola de un vestido de novia.

Este último detalle me pareció bastante inteligente, y cuando se lo dije a Chiara, me sonrió como si llevara toda la vida esperando que alguien hiciera esa apreciación.

Tiene mérito padecer cinco horas de viaje en coche entre Madrid y Málaga para echar media hora de negociación en la mesa. Aunque la discusión editorial nos toma poco tiempo, haber empezado a comer pronto permite que el almuerzo se alargue y puedan interrogarme sobre aspectos de mi vida personal que no le interesan ni a mi propia madre.

Cuando terminamos de comer porque la pareja debe marcharse a cumplir con su segunda jornada diaria de vendimia, me dan ganas de preguntarle a Bosco cómo puede estar tan amargado teniendo unos padres estupendos. No me cuesta imaginarlo durante los veranos de cosecha corriendo de un lado para otro, donde lo conoce hasta el vecino más reciente, disfrutando de opíparas comidas con las piernas cruzadas en las sillas de plástico del chiringuito del pueblo y quedando siempre con los mismos amigos para jugar al fútbol sin reglas y en plena calle.

Vamos, que si hay que marcar gol con la mano, se marca con la mano.

Es obvio que la vida en la ciudad se carga el espíritu jovial de la gente. Basta con comparar el estrés con el que los cosmopolitas se dirigen a sus trabajos con la calma satisfecha de cada vecino que nos cruzamos en nuestra excursión al viñedo.

Si hasta caminan de un modo diferente.

Digo «en nuestra excursión al viñedo» porque no voy a quedarme sola en la casa mientras todos colaboran en la cosecha. Alessia dice que le parece muy obrero y proletario[69] el trabajo duro de los agricultores, así que se ha unido de inmediato a Bosco, y como a Chiara le encantan las uvas, no ha tardado en ponerse las botas que le ha ofrecido su abuelo. Nadie ha tenido la gentileza de decirle que a la vendimia no se va a comerse las uvas, sino a cortar los racimos con una especie de alicates y arrojarlos a una cesta polvorienta para que luego los recoja un tractor.

Nadie ha tenido la gentileza de decírmelo a mí, tampoco, pero tengo tan presente el comentario del padre de Bosco sobre Aurora —«una mujer que no se mancha las manos no es digna de mi hijo»— que no se me ha ocurrido poner excusas. Ridícu-

---

69. No ha considerado que sea lo mismo, o a lo mejor quería darle énfasis a su enumeración.

lo, porque no es como si pretendiera ganarme a Bosco. Y si esa fuera la idea, no lo haría mediante la recogida de uva para convertirla en zumo. Sé a ciencia cierta lo que le gusta que le hagan, y no es ni un revuelto de frutos secos ni una botella de vino.

—Estás a tiempo de huir —me advierte Bosco, a quien no le habrá costado descifrar mis pensamientos—. Esto cansa como solo lo sabe Dios.

En Madrid habría dicho «esto cansa como solo lo sabe Dios», pero después de comer con sus padres se le ha vuelto a pegar el acento malagueño y ahora es «eʰto cansa como solo lo sabe Dióʰ».

Ni que decir tiene que estoy fascinada.

Mis fetiches son de lo más extraños.

—Paso dos horas al día en el gimnasio y no solo hago cardio —me quejo. Acepto el sombrero que me tiende, vacilante, y me lo pongo sobre la cabeza con agilidad—. Puedo recoger uvas sin romperme en el intento.

—Estoy al corriente de lo maciza que estás, créeme, pero esto no va de cuánto te ejercites. Esto es pura resistencia, y el calor siempre echa para atrás. —Hace una pausa para cambiar el peso de pierna. Duda antes de agregar—: Te queda bien el sombrero.

Me gustaría ignorar o regodearme en el hecho de que me haya llamado maciza, pero la situación actual es tan tensa que me erizo como si me hubiera insultado. Me molesta que me halague como le molestaría a una adolescente incomprendida que su madre le dijera que es la más guapa del mundo, y me molesta porque Bosco no ha reaccionado como esperaba a nuestra conversación de la llegada.[70]

70. Y «como esperaba» es, evidentemente, diciendo que me ama desde la primera vez que me vio y desea hacerme su mujer, motivo por el que me ha traído a su casa de la infancia. No significa que fuera a corresponderle y aceptar su propuesta matrimonial, claro, pero no habría estado mal.

Le quito los alicates de las manos.

O lo que sea eso.

—No hace falta que te preocupes por Miss Honolulu. Las princesas también hacen obras de caridad de vez en cuando.

En cuanto asimilo cómo puede interpretarse mi comentario, lamento lo que he dicho.

—¿Caridad? —repite, pasmado—. ¿Eso te parece la vendimia?

—No, no en ese sentido. Me refiero a que puedo trabajar como los demás.

Se cruza de brazos, asombrado. El sol aterciopela el tono bruñido de su piel, y que lleve una camiseta de algodón blanca solo potencia más su bronceado. Está despeinado. Se le han formado dos rizos en el flequillo que le cubren la frente.

—Ya, solo que el trabajo de los demás te parece muy inferior al tuyo, ¿no?

Lo fulmino con la mirada.

—Yo no he dicho eso.

Podría haber agregado algo más, como que respeto la labor de sus padres, que ningún empleo me parece inferior a otro y que yo misma he deseado, en algún punto del almuerzo, haber nacido donde nació él y disfrutar de las ventajas de la vida de la gente de los pueblos, dura de un modo distinto y, que yo valoro el doble en algunos aspectos, que me parece más gratificante. Pero ninguno de los dos quiere hablar, porque la tensión instalada entre nosotros podría cortarse con un cuchillo. Yo estoy mosqueada, pero es para ocultar mis verdaderos sentimientos; la decepción con la que llevo un buen rato tratando de lidiar, y él...

Creo que lo que le he recriminado esta mañana lo tiene desorientado.

Bosco se humedece los labios cuando ya no puede alargarse más el silencio.

—Ya te he comprado el billete de avión. Te lo he enviado

en formato digital por correo electrónico. El vuelo sale mañana a las nueve. Te llevaré al aeropuerto.

«Estupendo, Valdés. De todas las cosas malas que podías decir ahora esa es, con diferencia, la peor».

—¡Bien! —espeto, dándome la vuelta y poniéndome en cuclillas para cortar el primer racimo con un gesto brusco.

Oigo que se acerca gracias al crujido de la tierra bajo sus pies y la agradable sombra que proyecta sobre mí, salvándome del sol que empezaba a calentarme la espalda.

—¿«Bien»? ¿Eso es todo?

—¡Sí, eso es todo! —exclamo en voz alta, sin moverme.

—¿Por qué estás enfadada ahora, si puede saberse? —se desespera.

—No estoy enfadada, estoy ocupada recogiendo uvas, por si no me has visto.

—Y me imagino que tener que recoger uvas enfada a las pijas como tú, pero ya estabas mosqueada de antes. —Levanto la cabeza para pulverizarlo con una mirada hostil—. ¿Es por lo que hemos hablado cuando hemos llegado?

—¿Tú qué crees? —Bufo para apartarme un mechón de la cara y me lo coloco detrás de la oreja.

Creo que me he manchado el lóbulo de barro.

Repito: creo que me he manchado de barro.

—No hay quien te entienda —se queja, extendiendo los brazos—. Estás cabreada porque te invito a la Warner, ahora hago lo opuesto, que es devolverte a tu casa para que no te altere lo que sea que te está alterando, y también te molesta.

—Que te exilien no es divertido, Bosco. A lo mejor quiero ir al cumpleaños de Alessia. Y no por ti, sino por ella.

—Si quieres asistir al condenado cumpleaños de Alessia, eres libre de hacerlo. A ella también le gustaría que estuvieras.

La noticia me ablanda un poco.

—¿En serio? —musito con voz aguda—. ¿Me quiere aquí?

Bosco aprieta la mandíbula, al límite de la paciencia. El

ambiente distendido de Almáchar debe de amansar su vena irascible, porque en Madrid habría empezado a gritarme hace seis o siete frases.

—¿Cuál es tu problema, Silvia?

Yo también presiono los labios, conteniéndolos para no pronunciar la oración prohibida.

A veces, el puñado de palabras más insignificante puede formarte un nudo en la garganta del tamaño de un balón de fútbol, y este es el caso. No se me saltan las lágrimas porque esté acuclillada en medio de la nada y sude como una cerda, cosa que se parece bastante a un castigo satánico: me dan ganas de llorar —y casi lo hago— porque estoy hasta las trancas por Bosco Valdés y el muy imbécil ni se entera de que eso me da miedo.

Sí, ese es mi problema. Mi problema es que me desorienta no saber en qué momento y por qué me he obsesionado[71] con él, y estar a la deriva saca lo peor de mí.

Tiene suerte de que lo que tenga en la mano sea un racimo de uvas, porque si hubiera sido una lanza afilada o un yunque se lo habría arrojado igual, y con peores resultados.

—¡No te enteras de nada! —le grito.

Bosco no se aparta a tiempo para evitar que las uvas le den en el pecho. Si duelen tanto como pesan, debería pedirle perdón, pero no lo hago ni cuando se queja en voz alta.

Me levanto y pongo a prueba mis botas prestadas —me están grandes y voy chancleteando— para alejarme de él. Como si esto fuera una comedia romántica de tres al cuarto, ignora sus obligaciones de viticultor temporal y me sigue. Le cuesta tres o cuatro zancadas cogerme del brazo desnudo gracias a la camiseta de tirantes que Marisa me ha dejado y darme la vuelta de un tirón brusco.

71. Porque la palabra que empieza por «e» y acaba por «namorarse» no se pronuncia.

«*Brusco* Valdés, volvemos a vernos las caras, tú, tus ojos chispeantes y yo».

—Me has tirado un racimo de uvas a la cara.

—¡Oh, vaya! ¿Tú también te has dado cuenta?

Bosco echa un vistazo rápido por encima de los arbolitos —¿arbustos? ¿Cómo se llama? Qué más me da— para asegurarse de que nadie nos está observando. El sol se le ha pegado a la cara y a los brazos, y huele a verano.

Adoro el verano. Y, al igual que la estación estival, Bosco me atonta y me hace sudar.

—¿No te parece un poco ridículo enfadarte conmigo solo porque haya empezado a caerte bien? No tengo la culpa de gustarte, Altamira. —Sus ojos brillan tanto que parecen piedras de obsidiana—. Te aseguro que no he puesto nada de mi parte para que así sea, igual que tú tampoco te has esforzado nada para acabar gustándome a mí.

Y parecía tonto cuando lo compramos.

—No, está claro que aquí nadie se ha esforzado para que pase nada, pero aquí estamos.

—Exacto. Aquí estamos. —Da un paso hacia delante y yo doy otro hacia atrás—. ¿Qué es lo que te molesta de estar loca por mí? ¿Que no sea tu tipo? ¿Que esté divorciándome? ¿Que mis padres no sean jueces, contables o economistas? ¿Que tenga dos hijas de un matrimonio previo? ¿Que iguale tu mala leche o incluso la supere?

—¡Me molesta no tener el control de mis emociones! —grito, arrojando a un lado los dichosos alicates. Pesan como un muerto, pero seguro que no tanto como el que Bosco pretende cargarme al abrir la boca. Se la cubro con el guante—. ¡No digas nada! No tengo tiempo para esto, ¿vale? Tengo que salvar tu empresa, solucionar mis problemas familiares, superar un trauma sentimental y forjar una autoestima de verdad que pueda sustituir esta que me paso el día aparentando. Andar perdiendo el culo por un hombre con una vida incluso más caótica que la mía es justo lo que me faltaba para rematar la faena.

Bosco se me queda mirando con una mezcla de risa y ternura.

—Debería haber imaginado que no admitirías que estás colgada por mí si no fuera chillando y echándome la culpa. —Y sonríe, el cabrón—. Te ha salido el tiro por la culata, porque me sigo sintiendo halagado. De hecho...

Alzo la mano para que no dé un solo paso más.

—No quiero saber si me correspondes. Me da igual. No tengo tiempo. No tengo fuerzas. ¡No tengo nada! Déjame en paz, ¿vale? —Bosco suelta una carcajada y me mira como si estuviera loca. Me vengo de él quitándome el guante y tirándoselo a la cara—. ¡No te rías!

Él me coge de la muñeca y tira con suavidad para acercarme a su cuerpo, pero no lo consigue hasta que no dejo de patalear como una loca, negándome a caer en su hechizo.

No le hace falta insistir mucho. Me sostiene por la nuca, donde el sudor me ha pegado el pelo suelto, y solo levanta un poco el ala del sombrero para besarme. El sol ha templado sus labios para que sepan a amor de verano. Toda la tensión acumulada en mi cuerpo desaparece en cuanto desliza su lengua sobre la mía y empieza a pulsar los puntos exactos de mi cuerpo con los dedos, esos que hacen que me convierta en gelatina o en algo aún más vulnerable, como una mujer e********.

—¡Suéltame! ¡Nos van a ver! —mascullo, notando los labios blandos, húmedos y enrojecidos. No parecen míos, no se sienten míos, pero el cosquilleo excitado me recorre el cuerpo entero.

Lo empujo por el pecho y trato de ignorar que está sonriendo como un tonto, pero no sirve de nada. Esa sonrisa se graba en mi mente y, para cuando me doy la vuelta y huyo hacia su madre, es lo único en lo que puedo pensar.

No creo que se atreva a besarme teniendo al lado a su madre, ¿no? Aún sentirá un mínimo respeto por sus mayores.

—¿Puedo ayudarte en algo? —le grito a Marisa en cuanto la tengo a dos metros de distancia.

Ella levanta la cabeza y me sonríe.

—¡Claro! Te sienta muy bien el sombrero.

—Gracias.

—Mira, bonica, vente por aquí...

Me agacho a su altura para ver de cerca lo que me señala, pero en cuanto me despisto, estoy dirigiendo de nuevo una mirada desafiante a Bosco. No se ha movido de donde estábamos y sonríe satisfecho. En cuanto capta mi vistazo feroz, me lanza un beso de casanova vacilón. Le respondo sacando el dedo corazón y volviendo a mi tarea, ruborizada —puedo echar la culpa al sol— y temblando como una hoja —eso ya no sé cómo justificarlo.

—¿Estás bien? —me pregunta Marisa—. A lo mejor esto es mucho para ti. Hay que estar acostumbrado, hacer unos estiramientos antes de ponerse manos a la obra, conocer las posturas más cómodas para evitar dolores musculares...

—Estoy estupenda. ¡Mejor que nunca!

—Genial, porque te quiero fresca *pa* luego. —Me guiña un ojo. Es obvio que Bosco le robó a su madre la naturalidad del gesto. La Mari es la verdadera rompecorazones de la familia—. Hoy es noche de verbena.

—¿Habrá alcohol?

—*Pos* claro. Es una verbena.

—Maravilloso, porque me van a hacer falta unos litros.

No sé por qué, pero toda la vida me ha avergonzado hablar de mis sentimientos. Pienso en ello mientras me miro al espejo de cuerpo entero del dormitorio de la casa, que no es otro —¡sorpresa!— que el de Bosco. Hay uno de invitados, pero en ese van a dormir las niñas y, aunque hay una cama de sobra, Alessia ha declarado que necesita «su espacio vital», ya no sé si para que quepan ella y todas las víctimas del franquismo que atesora en su corazón o para qué.[72]

No se me ocurre pensar en otra cosa que en mis escasas habilidades comunicativas cuando corro el riesgo de que Bosco abra la puerta de un momento a otro y me cace pellizcándome las mejillas para darme un aire juvenil. No me hace falta el colorete porque ya paso vergüenza ajena cuando recuerdo el nivel de patetismo que he alcanzado con mi pseudodeclaración en los viñedos.

Por lo menos estoy orgullosa de lo bien que me sienta el vestido de tirantes amarillo que eché en la maleta por si acaso.[73] Tiene margaritas estampadas y es lo bastante corto para hacerme pasar por una mujer de veintisiete o veintiocho años. Veintidós, si me hubiera dejado las trenzas de espiga que me he hecho para que el pelo se me quede ondulado. Dieciséis en cuanto vacíe unos cuantos chatos de vino en mi estómago y empiece a comportarme como una adolescente.

Podría quedarme en casa, pero si no dormí la siesta para evitar la cosecha, no voy a admitir que estoy cansada para perderme una fiesta. Todo aquel que entienda un poco de guateques coincidirá conmigo en que ninguna macrofiesta en una discoteca de siete plantas puede equipararse a las verbenas de pueblo, culpables de los desfases más locos de mi vida universitaria. Hubo una época en que solo me acercaba a compañeros de las afueras de Madrid para que me llevaran a su pueblo natal en periodo festivo.

---

72. Ojalá pudiera evitar que sonara así, sarcástico, pero es que Alessia es literalmente así.

73. «Por si acaso» también he echado: un traje de chaqueta, tres pares de zapatos de tacón, un conjunto de lencería sexy, dos rebecas (no vaya a ser que refresque en pleno verano), un pintalabios rojo, otro naranja, otro rosa, otro marrón claro, una plancha del pelo, cinco esmaltes de uñas, una bandolera, un bolso de mano, unas pestañas postizas, unas braga-faja, doce pares de pendientes, unos calcetines, un collar de p...

Ojalá pudiera contarle esta aventura a Bárbara, pero es la clase de persona que, cuando está enfadada, no quiere que nadie se le acerque. Menos todavía su hermana La Egoísta.

El chiringuito en el que se va a celebrar la verbena es el mítico bar que ha sobrevivido a unas cuantas generaciones, al que acuden los padres de familia con sus hijos varones para ver los mundiales de fútbol en la tele de plasma, de las pocas de los locales del barrio. Cuenta con un futbolín desgastado que seguramente haya sido testigo de infinitas trifulcas entre colegas, primeras citas y amistosos de octogenarios artríticos a los que les gusta reírse de sí mismos. Lo han decorado para la ocasión con varias hileras de farolillos que dotan al local de un ambiente íntimo y han desplazado las mesas y las sillas de plástico blanco a los extremos para que se puedan bailar las sevillanas de El Mani.

No hay luces de neón, reguetón antiguo o nuevo ni tampoco creo que sepan hacer los multicolores cócteles con sombrilla que me gusta vaciar en las playas de la Polinesia francesa,[74] pero con los chatos de vino que está sirviendo el dueño, voy que chuto.

Mientras paladeo el primero, me bebo el segundo, remuevo el tercero y me sirven el cuarto van poniendo una serie de canciones famosas en los setenta y los ochenta, la época en que la mayoría de los bailarines no tenía una desviación de cadera o llevaba marcapasos. Yo echo un vistazo alrededor sin la menor intención de encontrar carnaza atractiva. En estos pueblos, los únicos muchachos guapetes son los que se depilan el entrecejo y, lamentablemente, por este motivo suelen ser también gais.

Como el exnovio de Bárbara.

---

74. ¿Por qué todo lo que digo suena tan... insoportable? ¿Siempre he sido así, o Bosco pone de relieve rasgos de mi carácter que nunca han sido defectos, pero que ahora me lo parecen?

¿Cómo se encontrará? Bárbara, no Manuel, claro. A Manuel le puede partir un rayo.

Mientras pasan las horas, los vasos de delicioso vino regional, las invitaciones a bailar de abuelos encantadores y moscones varios que se dejan deslumbrar por la recién llegada, yo miro la conversación de WhatsApp con mi hermana. Reviso que se conecta, que se desconecta, cuál es su última conexión, y me pregunto qué estará haciendo; si sus amiguísimas de la academia de la oposición la estarán apoyando, si sus amistades del instituto la habrán llamado, si las fanáticas de Ralph Lauren que se graduaron en su mismo año estarán al tanto de lo sucedido.

Estoy en esas, ignorando la fiesta, a los admiradores y mis propios sentimientos cuando me da por levantar la mirada. Como si un imán me conectara con él, mis ojos van directos a una figura masculina capaz de robar el aliento. Bosco se ha puesto una sencilla camisa blanca y unos pantalones de fiesta ibicenca en la playa. Me recuerda a ese David Tavaré del videoclip de *Summerlove* por el que mis amigas y yo gritábamos en su momento, aunque, por mucho que me duela admitirlo —siempre me dolerá—, Bosco es considerablemente más atractivo, más guapo, más alto. Más *todo*. Al saberme observada por él mientras se dirige a la barra con cautela, como un animal que sabe que se encuentra en presencia de un cazador —o viceversa—, empiezo a ponerme nerviosa.

No le retiro la mirada porque prefiero pecar de orgullosa que mostrar mi verdadera debilidad. No quiero parecer tan cobarde como me siento, o tan asustada como estoy. Es él quien, llegado el momento, separa la vista y se dedica a saludar a sus conocidos, que son más o menos todos y cada uno de los seres vivos que respiran en la verbena.

Muchas palmaditas en la espalda, muchos abrazos, apretones de manos... Se nota que se siente como en casa. Bosco en Málaga rezuma el mismo encanto que un animal salvaje en su hábitat natural. Es libre, sin ataduras. Está claro que Madrid, la editorial y Aurora le arruinaron la vida, pero a la vez, estas tres cosas fueron los perfectos alicientes o, al menos, elementos lo bastante adictivos como para que decidiera quedarse en la capital a pesar de todo.

Me olvido un rato de él y me sumo en mis pensamientos habituales. Qué hago aquí, por qué no estudié Derecho, debo dejar el vino, el alcohol, los hidratos y comenzar la dieta détox o la de... ¿cómo dijo Bosco? ¿Sus cojones? Todos los caminos llevan a Roma, dicen. También pienso en que debería viajar. Sí, este verano lo haré. Mi contrato de becaria finaliza en agosto. Podría marcharme lejos, tener un idilio con un italiano de buen ver que responda a las características de la canción de Gianna Nannini, *Bello e impossibile*, la misma con la que relacioné a Bosco en cuanto lo conocí... Y, bueno, después de un idilio a lo *Come*, *reza*, *ama*, supongo que me olvidaría de él.

El alocado ritmo de la canción ochentera que estaba sonando se detiene abruptamente para introducir una melodía cursi de más o menos la misma época que me suena familiar. Reconozco de inmediato la voz del cantante y busco a Bosco para hacerle cómplice de mi mueca sardónica, pero la sonrisa no me obedece en mis propósitos de burlarme del romanticismo de Moncho: se tuerce al ver a Bosco apoyado en la pared mirándome con fijeza.

Deja a un lado su copa y descruza los tobillos para invitarme a acercarme con un movimiento del dedo índice. Como si estuviéramos imantados y no hubiera pasado nada en el viñedo, me acerco, porque para eso sirve el alcohol, para que te acerques a terrenos radiactivos sin prestar atención a las señales.

En cuanto llego a su altura con una ceja enarcada, él me atrapa entre los brazos con toda la intención de bailar pegados.

—¿En serio? ¿Canciones de Moncho?

Pretendía que la voz me saliera firme y segura, pero me tiembla cuando entrelazo los dedos con los suyos y noto la agradable presión de su mano en la cintura. Su aliento choca con mi cuello al inclinarse para hablarme en confidencia.

—La media de edad de este pueblo está por encima de los cincuenta. Por supuesto que tiene que haber un momento canción-de-Moncho. ¿Qué tienes contra él, de todos modos? Esta en concreto salía en una película de Bigas Luna.

—*Jamón, jamón* —recuerdo—. Qué peli más rara.

Su risa me acaricia el escote del vestido y la garganta, y casi me atraviesa la piel para envolverme el corazón con su calidez.

No sé ni cómo consigo moverme. Su perfume entremezclado con el leve rastro de aroma a vino refinado, a sol y *aftershave* me ha inmovilizado. Es la primera vez que lo veo afeitado, y aunque no me acostumbro, tengo que mantener mis manos fijas en el sitio para no recorrer su mandíbula afilada con los dedos.

—Penélope Cruz le decía a Javier Bardem que era un guarro —recuerdo, obnubilada por el movimiento de la sala. Nos hemos puesto de acuerdo para bailar en parejas y a nadie se le da mal.

—Eso me suena. Alguien me ha dicho guarro alguna vez. —Roza mi mejilla con la nariz. Agrega en voz baja—: «Y tú eres una jamona».[75]

—Eres el colmo del romanticismo.

> *Házmelo otra vez,*
> *yo necesito que me vuelvas a querer,*
> *házmelo otra vez,*
> *hazme sentir esa locura del placer.*
> *Házmelo otra vez,*
> *quiero en tus brazos nuevamente enloquecer,*
> *házmelo otra vez*
> *para saciar cada pedazo de mi piel.*

75. Esto sale en la peli. No la recomiendo. Eleanor Rigby, sí.

No me doy cuenta de que estoy tensa entre sus brazos hasta que Bosco presiona mi cadera con los dedos, pidiéndome en silencio que baje la guardia. Apoya la mejilla contra la mía, para lo que tiene que agacharse un poco. Nada más sentir la suavidad del afeitado se me cierran los ojos y todo mi cuerpo se prende como resultado de una inusitada comodidad.

Incluso cuando no lo pretende, siento como si me acariciase.

—No sabía que supieras bailar.

—Y no sé, pero lo hago. También hago como que canto... —Su voz ronca me envuelve y atrapa en un hechizo que me adormece y al mismo tiempo me pone alerta—. *Deja tus labios en mis labios palpitar. Házmelo otra vez, que quiero amarte como nadie te ha de amar...*, pero no sé cantar.

—¿Por qué te la sabes? —tartamudeo.

—Porque no deja de repetir las mismas estrofas.

Se separa de mí lo suficiente para tomarme de la barbilla y mirarme a los ojos. La suya es esa mirada invasiva que, en el contexto adecuado, puede hasta doler, porque se clava, porque atraviesa, porque te hace temblar.

—¿Sabes qué hago también? Hago como que tengo el control de las cosas. Hago como que sé lo que digo. Hago como que estoy seguro de mí mismo... y hago como que no me gustas tanto, algo que los dos tenemos en común. ¿Y sabes por qué lo hago? —Espera a que yo niegue con la cabeza—. Porque ya sé lo que es ir con el corazón al descubierto y que te lo aplasten. Algo que también tienes en común conmigo —cabecea—, pero...

Trago saliva.

—¿Pero?

—No me ha servido de mucho la actuación. Si quieres aplastarme, aquí estoy.

Me estremezco con su declaración y cuando canta a la vez que Moncho, solo que él no sigue el ritmo. Él lo habla:

—*Hoy te suplico desde el fondo de mi piel: cuando termines, ven y házmelo otra vez.*

Ojalá hubiera podido decirle algo gracioso, algo inteligente o cualquier estupidez que sirviera para restarle intimidad al baile e importancia a su mirada chispeante, pero no existen palabras en el mundo para frenar un desastre natural como ha resultado ser él. Si hubiera predicho que sabía seducir a una mujer y ablandarla, habría huido en la dirección contraria nada más verlo.

Ahora es tarde. Y el coyote jamás cesa en su empeño.

Se inclina sobre mí y yo acepto su beso con los ojos cerrados.

Soy una Alessia. No beso con los ojos cerrados, no dejo que los hombres me conmuevan, siempre estoy a cargo de la situación, varios pasos por delante, y azuzo las banderas revolucionarias como la que más. Pero ahora me siento Chiara. Pequeña, coqueta, princesa que quiere ser salvada; a merced de lo que el príncipe quiera hacer conmigo.

No sé cuánto rato nos pasamos ahí, inmóviles, dándonos pequeños y cortos besos de adolescentes, alternándolos con los besos exploradores de los inexpertos pero curiosos y los que suben la temperatura lenta pero progresivamente, haciendo al final insoportable sobrevivir al calor sin quitarse la piel.

La canción de Moncho termina y, con una sola mirada, nos ponemos de acuerdo para salir del chiringuito.

Es una de esas veces en las que no tienes ni idea de cómo llegas a tu destino porque estás demasiado aturdida durante el camino. Bosco no me da tiempo a coger aire ni a dar más de cinco pasos seguidos antes de volver a rodearme con los brazos y llenarme la cara de besos; la cara, el cuello, el borde de las orejas y el escote, como si se hubiera propuesto que ni una sola parte de mi cuerpo se quede sin su sello personal. La verbena se está celebrando a apenas unas calles de distancia de la casa de sus padres, así que diría que más o menos diez o quince minutos después ya estamos en el dormitorio que íbamos a compartir de todos modos.

Las niñas duermen en la habitación del final del pasillo,

pero, por si acaso, él cierra la puerta con pestillo y se queda ahí, pegado a la pared, para coger un aliento que parezco robarle al mirarlo a la cara.

El corazón me late desbocado, tanto que siento que puede escucharlo en el silencio.

Sin moverse de donde está, se quita los zapatos. Yo hago lo mismo: me deshago de las bailarinas y las dejo con cuidado en el suelo emitiendo el menor ruido posible. Él se desabrocha el pantalón y lo deja caer hasta sus tobillos. Yo repito la acción con el tanga que llevaba puesto. Bosco desabotona la camisa y yo hago el amago de bajarme los tirantes del vestido, pero Bosco niega con la cabeza y obedezco, quedándome inmóvil en medio del dormitorio.

Se acerca a mí a tan solo tres botones de perder la camisa y tira de mis tirantes hacia arriba un segundo antes de bajarlos. El vestido es tan vulnerable a su contacto que, con deslizarlos por mis brazos, ya ha conseguido desnudarme por completo. Bosco examina mis hombros, mis clavículas, mi pecho, y aunque jamás me he sentido del todo cómoda siendo objeto de la inspección masculina, hoy me crezco, vanidosa. Parece que sus ojos hayan apresado el fulgor anaranjado de los farolillos de la verbena, porque emiten destellos brillantes.

Desabrocho los botones que lo separaban de la desnudez y le saco la camisa procurando acariciar sus bíceps en el proceso. A ninguno de los dos nos importa que acabe en el suelo. Y ya, sin poder contenerme más, llevo las manos a sus mejillas lisas, ronroneando con su tersura.

Parece menos brusco, menos hosco y menos el Bosco del principio sin la barba. No más aniñado ni menos hombre. Solo más capaz de quererme.[76]

76. No me hago responsable de absolutamente nada de lo que haga, piense o diga a partir de aquí. Estoy bajo el influjo de la palabra que tiene cuatro letras, empieza por «a» y acaba por «r».

Nuestras bocas se vuelven a encontrar. Se agacha para cogerme por detrás de los muslos y me toma en brazos para sentarse en el borde de la cama conmigo encima. Recorre mis piernas desnudas con los dedos tan despacio que me hace cosquillas, y yo no oculto mi sonrisa temblorosa. Él tampoco. Solo se separa un poco para rodearme la nuca con la misma delicadeza que si fuera un recién nacido y ladearme la cabeza hacia el espejo de cuerpo entero del dormitorio, que nos capta tal y como estamos: yo a horcajadas sobre él, los dos semidesnudos.

Ya seguro de que me ha cautivado nuestro reflejo, toma uno de mis pechos y recorre el borde del pezón con la lengua. Parece saber en qué ángulo torcer el cuello para que el espejo capte la escena tan sensual como la siento. Me veo en el espejo trazando la línea de su mandíbula tensa con el índice, separando los labios para gemir cuando me lame y me muerde; tensando los muslos y empujando las caderas hacia abajo para que sienta solo un ápice del placer en el que pronto estoy sumida. Rozo su miembro bajo el bóxer, separando las piernas todo lo posible para sentirlo casi dentro de mí.

En ningún momento aparto la vista de nuestro reflejo, donde me encuentro con su mirada un segundo antes de pedirle sin hablar que se quite la ropa interior.

Bosco solo tiene que elevar las caderas un momento para quedarse enteramente desnudo. Sus besos mojados, sus delicadas caricias en el torso y el erótico silencio que reina en la habitación bastan como seducción para empujarme hacia su semierección con unas ansias locas, casi enfermizas, porque me nublan la vista y me hacen jadear.

Bosco me retira el pelo de los hombros y me sujeta con cuidado por la garganta para seguir besándome mientras lo masturbo.

No sé si podría cansarme de sentir cómo se va endureciendo bajo mi mano, de cómo me quema en la palma. Cada una de las veces que lo tengo a mi merced es única e insoportablemente excitante. Solo verlo desnudo me hace temblar de placer; solo encontrarme sus ojos por casualidad me llena de vida.

Me recoge la melena en un puño y tira con cuidado para ladearme la cabeza e introducirse en mi boca. Cubre con su mano la que yo utilizo para acariciarlo de arriba abajo, rellenando los espacios que dejo al separar los dedos, y me guía para hacerlo más despacio, enroscándolos al llegar al prepucio, apretando cuando desciendo a la base.

Quiero decirle muchas cosas, pero siento que estaría arruinando el momento y, a la vez, tengo la impresión de que, si no hablo, voy a dejar que se meta más bajo mi piel. Esa es una decisión que no estoy en posición de tomar cuando me susurra al oído que está a punto de correrse.

Retiro la mano y espero a que él mismo se inserte dentro de mí cuando esté preparado. En lugar de hacerlo, me rodea la cintura con los brazos y me arrastra hacia la cama en posición horizontal. Tumbados los dos de costado, mirándonos, me permito preguntarle con los ojos y las cejas arqueadas qué se propone. Nada distinto a lo que yo pensaba. Entre caricias que me atascan la garganta y besos en la cara, me convence de levantar la pierna y colocarla sobre su cadera. Un instante después, encajados en un abrazo tan ajustado e íntimo que el sudor de su pecho hace nuestras pieles resbalar, su erección se va abriendo camino en mi interior, tan despacio que puedo sentir cómo cada uno de los pliegues va cediendo hasta llenarme por completo.

No me salen las palabras, solo un gemido que él acalla cubriéndome la boca con la mano.

Llega el primer golpe de cadera, el primer delicioso embate, y el grito se atasca en mi garganta. Con el segundo, el jadeo nervioso está a punto de traspasar sus dedos, que me presionan los labios. Me dan ganas de mordérselos, pero tengo su rostro a un palmo del mío, sus caderas chocando contra las mías, y ver saltar en sus ojos las chispas del deseo me enloquece. Aguanto la respiración y me muevo cuanto me lo permite la postura.

Él rechina los dientes para no hacer ruido, pero se le escapan gruñidos y jadeos, incluso largos suspiros por estar reprimiéndose, hasta que se le ocurre pegar los labios a mi cuello y sofocarlos. Intercambiar los gemidos por susurros ininteligibles que me aceleran el pulso me empujan tanto como empuja él dentro de mí a un orgasmo prematuro.

No sé qué dice, pero capto el tono que utiliza, íntimo y sensual. Renovadas sacudidas de placer aumentan la probabilidad de un clímax que llega, inevitablemente, precedido de un gemido gutural. Las contracciones musculares empiezan ahí donde estamos unidos y se reparten por mi cuerpo como espasmos y temblores que él intenta contener abrazándome con fuerza. Pero Bosco se estremece también al vaciarse dentro de mí, y yo me aferro a los músculos tensos de su espalda y a sus hombros, jadeando su nombre ahora que ha retirado la mano.

El orgasmo podría haber durado un segundo o dos vidas enteras. Se solapa con el momento en el que nos relajamos en brazos del otro, silenciosos y saciados, y nos mantenemos la mirada.

No nos decimos nada, porque vamos al revés del mundo. Si tenemos algo malo que decir, bienvenido sea, pero si todo lo que se puede admitir es bueno, mejor nos lo reservamos. ¿Para cuándo? ¿Para luego? ¿Para nunca?

Ni lo sé, ni me importa.[77]

---

77. Aunque solo por ahora.

Capítulo 27

No puedes correr más rápido que el pasado

Nunca pensé que volvería a despertar, feliz y satisfecho, al lado de una mujer.

Después del divorcio me imaginaba convertido en uno de esos babosos que no vuelven a disfrutar de la intimidad entre pareja; me imaginaba armado con tres tiras plegables de condones en cada bolsillo, siendo famoso por empalar en un baño cutre a la primera coqueta con los labios rojos que se me hubiera cruzado en el decimoctavo viaje a la barra. Me imaginaba, también, sintiéndome miserable después de huir tras el polvo sin decirle mi nombre siquiera, como una especie de héroe anónimo, solo que sin tener por lo que sentirme orgulloso.

Esos son los pensamientos que te aturden cuando sientes que tu vida se ha acabado, y juro que no lo pensé solo por un segundo, sino durante unos cuantos meses.

Pero, de pronto, te sorprendes volviendo a notar ese agradable calorcito en el pecho, como el de la estufa de pies, al dar la vuelta en la cama y hacerte cosquillas en la nariz con una melena desparramada sobre la almohada. Te ves preocupándote de que no pase frío, cubriéndola con la sábana hasta el cuello y procurando que no le sobresalgan los pies por debajo, y sonriendo con anticipación porque sabes lo que te va a decir en cuanto te pille observándola con cara de memo.

—¡No me mires! —me espeta Silvia, cubriéndose con las manos—. No llevo maquillaje.

—Ni yo. Estamos en tablas.

Me fulmina con la mirada a través de la separación de los dedos.

Una de las cosas que me gustan de Silvia es que con ella la magia dura lo justo y necesario. Lo que tiene que durar para apreciarla sin empacho y, luego, venga, arriba, levanta, de vuelta a la vida real. Y lo mejor de todo es lo que acabo de descubrir: que la vida real no es menos excitante que la fantasía que teje por las noches cuando la tienes a tu lado.

—¿Qué hora es?

—Ni idea, míralo tú. —Y se da la vuelta, dándome la espalda de mal humor.

—Deberías saberlo. Te he estado observando un rato y no parabas de bloquear y desbloquear la pantalla del móvil. Y con cara de enfadada —apostillo, echándole la miradita del tenemos-que-hablar-de-eso.

—¿Has visto mi cara de enfadada y aun así te atreves a hablarme tan temprano?

Le rodeo la cintura con el brazo y me pego a su espalda. Ella no se queja. Yo tampoco me quejo. Mi semierección, en cambio, clama protagonismo.

—Siempre tienes cara de enfadada —susurro contra su nuca—, pero creo que es hora de que admitas que, en realidad, eres un peluche.

—¿Yo? ¿Un peluche? —repite con voz aguda.

—Pues sí. Solo hay que saber qué tecla tocar. —Le hundo el dedo en la curva de la cintura y ella se retuerce, regalándome una carcajada.

—Sí, la tecla de apagado... —refunfuña entre risas—. ¿Qué haces con esa mano? No serás uno de esos pesados y sobones mañaneros que no se separan de tu culo ni cuando quieres ir al baño, ¿no?

—Puede que sí, puede que no. Tú, por si acaso, avisa cuando necesites ir al baño para coger la acetona. Es lo único que podría disolver el Super Glue con el que me he pegado a tu bonito culo. —Me asomo a su perfil y le retiro el pelo de la mejilla para captar lo que yo ya sabía que estaba ahí: una sonrisa de las que cree que debe esconder solo porque no las ha esbozado adrede, esa con la que desvela su vulnerabilidad—. ¿Qué te pasaba, eh? Es demasiado pronto para tener el ceño fruncido.

—He dormido con mi jefe en la casa de sus padres y con dos niñas roncando en la habitación de al lado. ¿Te parece poco?

—No le digas a Kiki que ronca. Le partiría el corazón descubrir que las princesas pueden roncar. Dicho eso, ¿te preocupa dormir con tu jefe, pero no hacer el amor con tu jefe?

Creo que hasta los satélites del espacio exterior han captado la tensión que se apodera de su cuerpo.

—¿Quién ha dicho nada de hacer el amor, cursi, que eres un cursi? —masculla con un hilo de voz.

—Lo siento, pero como ya he dicho, es demasiado temprano para ciertas cosas: entre ellas, hacerme el cínico usando el verbo follar —replico con retintín—. No he perdido la fe en la humanidad ni he olvidado el encanto de las cosas hasta que me he tomado el primer café. Pero solo por curiosidad, ¿qué dirías tú que hicimos anoche?

Silvia intenta levantarse de la cama, tal y como intentó huir de la conversación en los viñedos, y como casi siempre consigue escabullirse de lo que no está preparada para afrontar. Mi brazo se lo impide rodeándole el estómago y atrayéndola hacia mí.

—Oye, yo tampoco me veo preparado para nada de lo que está pasando —murmuro cerca de su oreja—, pero lo menos que puedo hacer es no negar que algo ocurre.

—Estaba revisando el WhatsApp por si mi hermana me hubiera escrito —responde en voz alta, peinándose con los dedos de forma compulsiva—. No lo ha hecho. Por eso la cara de enfadada.

—Vale, primer enigma solucionado.

Finalmente ladea la cabeza y me mira con sospecha.

—¿Cuál es el otro enigma?

—¡Dios! —Exagero una mueca y finjo haber sido cegado por un rayo—. ¿Así eres sin maquillar? ¿Quién eres tú? ¿Dónde coño está Silvia?

—Capullo —me espeta entre dientes.

Estira el brazo hacia el montón de cojines que anoche cayeron al suelo y me golpea el hombro con él. Mientras intento defenderme de su ataque, se las apaña para tenderme sobre mi espalda y colocarse a horcajadas sobre mí. Sus pechos oscilan ante mi mirada ahora hipnotizada, y las puntas de su pelo rubio me hacen cosquillas en la cara. Noto la agradable presión de sus manos sobre el pecho y ahí dirijo las mías, a evitar que se aparte cogiéndola de las muñecas.

—Seré un capullo, pero al menos voy de frente. Tú no paras de escurrir el bulto. Aunque, si hubieras querido evitar la conversación, te habrías levantado antes de que me despertara y le habrías dicho a mi padre que te llevara al aeropuerto.

—¿Qué conversación?

—No te hagas la sueca, o tendré que llamarte cobarde por no afrontar lo que pasó anoche.

Silvia alza las caderas y se roza, desnuda, sobre mi poco sutil erección. Gruño al primer contacto con sus suaves pliegues, y casi se me olvida de lo que estamos hablando cuando empieza a masturbarnos a ambos con su rítmico movimiento hacia delante y hacia atrás.

—Cuando estoy encima de ti, prefiero que me llames por algo más bonito.

Suelto una de sus muñecas y le acaricio el muslo. Observo

maravillado que sus pezones se endurecen tan cerca de mi boca que me tienta dejar de hablar. En su lugar me concentro en los ojos de ella, más azules cuando la luz blanca de la mañana entra por el gigantesco ventanal del dormitorio.

Bufo, resignado. Me tiene que irritar hasta mientras se frota conmigo.

—Eres imposible, Miss Honolulu.

Ella echa toda la melena sobre un hombro con un movimiento seco de cabeza, pero eso es lo único seco entre nosotros, porque se va humedeciendo y resbala sobre mí dulcemente.

—¿Te parezco imposible ahora mismo? —susurra, provocadora.

La advierto con una mirada.

—Tú y yo vamos a hablar en algún momento, Silvia.

—Pero no en este —me corta, inclinándose sobre mí. Su pecho me roza la mejilla, poniéndome la piel de gallina. Un segundo después, su pezón duro me acaricia los labios—, porque hablar con la boca llena es de mala educación.

Lo atrapo entre los dientes hasta que gime mi nombre.

—Bosco...

—¡Bosco! —exclama otra voz, esta masculina.

Habría respingado sobre el asiento si no llevara toda la mañana con la cabeza en el fin de semana pasado y el cuerpo presente en la oficina de la editorial, que bulle de actividad desde que pagamos nuestras deudas.

Nos corre prisa finiquitar el traslado definitivo al nuevo despacho. Ha sido hacer el pertinente anuncio y que todo el mundo se volviera loco empaquetando sus pertenencias restantes en cajas de cartón. Yo estaba y sigo en ello, pero saber que Silvia anda cerca me inhabilita para tareas diferentes a soñar despierto con algún delito tipificado, como escándalo público o exhibicionismo por follar con ella en la misma recepción.

Levanto la cabeza y miro a Ángel, que me mira a su vez como si no entendiera cuál es mi problema. Yo lo he descubierto hace poco tiempo y estoy tan perdido como él.

Ya sabía que Silvia Altamira iba a ser un problema, y mentiría si dijera que no podría haber previsto hasta qué punto. En cuanto entró por la puerta, supe que iba a coserme la vida con las puntadas que no da sin hilo para, acto seguido, desgarrármela otra vez con un tirón de orejas. Lo tuve claro del mismo modo en que vaticinas que pasarás el fin de semana resfriado en cuanto recoges a tu niña del colegio y ves que no deja de sorberse la nariz, o como sabes que si te tomas esa copa de más, te arriesgarás a acabar en urgencias con un coma etílico. Pero ¿qué vas a hacer para evitar lo inevitable? ¿Abandonar a Chiara en medio de la calle con un ataque de estornudos? ¿Rechazar la copa a la que te invita tu amigo porque quiere celebrar su ascenso? ¿Decirle a Grace Kelly que vuelva por donde ha venido, con sus recalcitrantes pero apasionados odios y su brillante intelecto? No. Abrazas a tu niña cuando le sube la fiebre y la tienes pegada a tu costado mientras dura la infumable película Disney cuyos diálogos te sabes de memoria; te bebes esa copa porque no se le hace el feo a un colega, y si te tienes que enamorar de Silvia Altamira de la Rosa, con su ridícula mímica, sus pijerías del demonio y su aversión al amor incluidas, pues te enamoras, y se tira para adelante como buenamente se pueda.

—Bosco —vuelve a llamarme Ángel—, llevo llamándote diez minutos. ¿Sabes cuánto más ha estado esperando Estela para hablar contigo? Estaba furiosa y ha dicho que no piensa perder más el tiempo. Se ha largado.

—Me da igual que se mosquee. No es la última Coca-Cola del desierto. Tiene que quedarle claro ya. —Me levanto con un extraño dolor de huesos y me tiro de la corbata, acalorado—.

La llamaré cuando pueda y le diré lo que me parezca conveniente. ¿Qué os queda por embalar?

Ángel me observa de hito en hito. Parece saber lo de mi dolor de huesos. Mis padres siempre dicen que esta clase de molestias preceden a la tormenta, que son indicativo de que va a llover, pero es improbable que llueva en Madrid un 20 de julio. Es el amor esperanzado lo que me tiene tonto y aletargado. Las expectativas pesan tanto que te acaban jodiendo las articulaciones, cuando no las horas de sueño, por no mencionar que el enamoramiento te hace impaciente y despistado.

—Poca cosa —contesta—. ¿Te pasa algo? Se te ve nervioso.

—Es que estoy nervioso.

—¿Ahora? —Enarca las cejas—. ¿Ahora que no hay deuda, las amenazas de Estela son baldías y tenemos una plantilla de empleados fiel que nos seguirá a la nueva oficina?

Rodeo el escritorio para palmearle el hombro a Ángel.

—Los comienzos dan más miedo que los finales.

Ángel debe de tragarse mi respuesta, porque se relaja. Cualquiera diría que esperaba que le dijese de pronto que no, que no hay final feliz, que paren lo que están haciendo y que lloren conmigo por la decimoctava mala noticia que voy a dar en lo que llevo como director. No puedo juzgarlo por sus recelos, porque eso es lo único que he hecho en los últimos meses, aterrorizar a la plantilla con los escollos que se han ido presentando sucesivamente. El pobre Angelillo, como lo llama mi madre, es el que se ha tenido que tragar cada uno de los problemas.

—Gracias por tu lealtad. Esto se habría derrumbado antes de que Silvia apareciera a aguantar las ruinas si no te hubiéramos tenido por aquí. —Le vuelvo a palmear la espalda.

Él sonríe y se ajusta las gafas de Clark Kent.

—Parece que a alguien le fue bien en Málaga —comenta como si nada—. Has vuelto incluso dispuesto a reconocer que no somos una panda de inútiles, después de todo.

Le devuelvo el gesto con sorna y salgo del despacho con él

a mi lado. Aprieta el paso, creyendo que voy a alguna parte, pero enseguida se da cuenta de que solo estoy dando un paseo para memorizar la oficina que dejaré atrás.

—Siempre he odiado estas jodidas paredes naranjas —murmuro con desdén—. Odio el naranja.

—Apuesto a que también odias el nombre de la editorial.

—Es un buen nombre —gruño a desgana—, aunque coincido con lo que insinúas. Tendríamos que cambiarlo.

—Silvia suena bien.

Ladeo la cabeza hacia Ángel, divertido y también con curiosidad hacia su respuesta. Cuando Chiara escuchó el apodo «cuatro ojos» en referencia a la gente con gafas me persiguió para que le comprara unas, creyendo que así vería más porque, quieras que no, con cuatro ojos ves más que con dos. No sé si esta lógica aplastante se aplicará a todos los miopes del mundo, pero desde luego, Ángel ve mucho más que el resto. Siempre ha sido así.

—Buena observación.

—Es difícil no hacer buenas observaciones cuando tienes delante a la inspiración. Ahora en serio, ¿vamos a cambiar el nombre?

—No, cambiarlo no. Ya nos conocen así. Pero quizá añadamos algo. Silvia sugirió «Aurora Boreal».

Nos detenemos en medio del pasillo, ante el cristal que da a la amplia oficina donde se repartían el colorido escritorio de Lola y el minimalista del diseñador gráfico. Precisamente, Lola está inclinada sobre la mesa de Daniel, el portadista, sonriéndole al portafotos que ha sacado de la caja de pertenencias sin el consentimiento del propietario.

—¿Puedes hacer el favor de devolvérmelo? —Daniel suspira con esa paciencia (o «calma chicha», como dice mi madre) que se necesita para trabajar junto a una cotilla de la talla de Dolores Rocío Vilalta.

—No hasta que me digas quién es.

—Una amiga, ¿quién va a ser? —se queja el pobre hombre.

—Sí, una amiga... Una amiga a la que le haces hijos con la mente, ¿no? —se mofa Lola—. Admítelo, es esa vecina mexicana tuya a la que no te atreves a decirle lo que sientes.

—¿Qué dices? —bufa Daniel, ruborizado. Le arrebata el portafotos con un tirón que solo confirma las pesquisas de Lola—. ¿Y tú qué sabes de vecinas mexicanas?

—Nada escapa al conocimiento de la Bruja Lola —replica con solemnidad—. ¿No ves que me paso el día en las redes sociales? He visto que le comentas en todas las fotos que sube a Instagram, Danielito, incluso las de *cupcakes* o tartas de limón, y que es la única persona a la que le tienes activadas las notificaciones de Twitter..., por no mencionar que solo respondes al WhatsApp en horario laboral cuando ella te escribe.

—¿Y eso último por qué lo sabes, si no tiene nada que ver con mis redes públicas?

—Lo sé porque tengo ojos en la cara, travieso, y te veo la cara de idiota.

Retomo el paseo antes de presenciar una escena que pueda hacerme pasar fatiga,[78] aunque no sin transmitirle fuerza para mis adentros al pobre Daniel. Ángel me abandona para incorporarse a la conversación o, mejor dicho, para llevarla por otros derroteros, en su línea de ayudar al desamparado.

No encuentro a Silvia por ninguna parte, pero sé que está en la planta porque huele a su perfume.

Me cruzo con algunos de los empleados en mi camino a la entrada, donde se están amontonando las pocas cajas que quedan para que el ascensor solo tenga que hacer un viaje. Ya se han llevado el mítico sofá rojo, la tapicería y la decoración. Sin toda esa descarada profusión de naranjas y ocres, de réplicas de Klimt y figuras africanas que nunca supe qué tenían que ver con la actividad empresarial, ni siquiera parece la editorial

---

78. Esta fatiga debe entenderse como sinónimo de «vergüenza ajena». Vocabulario andaluz.

Aurora. No parece la editorial *de Aurora*, mejor dicho. Parece, de hecho, una fiel representación de cómo me quedé yo cuando Aurora se marchó: un agujero vacío y pelado.

Me da la impresión de que han transcurrido años desde entonces, pero esa falsa eternidad en la que me había refugiado para sobreponerme se vuelve en mi contra en cuanto la campanilla del ascensor anuncia una visita inesperada. Mi paz mental se desvanece al abrirse paso una mujer de metro ochenta, envuelta en un fresco vestido veraniego y precedida por su aire inalcanzable. Es una mujer guapa, guapísima. Tan terriblemente guapa que ahora, mirándola pasmado en medio de la recepción, me pregunto cómo no se me ocurrió que una belleza como esa pudiera venir con letra pequeña.

Aurora se quita las gafas de sol dando el primer paso adelante y barre la entrada con su vista de halcón.

Igual que supe que Silvia se iría de mi oficina esa mañana de entrevistas llevándose con ella mi curiosidad, sé, antes de que la mirada de Aurora coincida con la mía, que ha venido a decir las tres palabras impronunciables. Las mismas tres palabras que, unos cuantos meses atrás, me habrían hecho volver sobre mis rodillas.

Sin cambiar de expresión, se cuelga las gafas en el insinuante escote del vestido y cumple mis peores pronósticos al separar los labios.

—Tenemos que hablar.

Soy yo el que rompe el silencio después de cinco minutos de cortesía. Es toda la que va a recibir de mi parte: cinco minutos para que dé tres sorbos al café solo y con hielo y mordisquee a desgana una Lotus con canela.[79]

79. ¡Está comiendo grasas saturadas! Debe de estar pasándolo muy mal. Pobrecita.

Aurora pretendía que habláramos en la oficina, donde es imposible gozar de la menor intimidad. No he tenido que pronunciar la negativa que podría haberme costado una discusión. Ha bastado con cogerla del codo e invitarla a entrar de nuevo al ascensor, cruzar la calle con destino a la cafetería de enfrente y elegir una mesa para dos junto a la cristalera. Ya nos ha visto media plantilla, qué más da que nos descubra la otra mitad.

Tampoco es que vayamos a debatir un secreto de Estado.

—¿A qué debo el dudoso placer?

Aurora me mira de soslayo antes de dejar la taza sobre el platillo y entrelazar los dedos sobre la mesa.

—¿De veras quieres ir al grano ya? Teniendo en cuenta todas las molestias que te tomaste con mi abogado, dedicándole tan bellas palabras para que te gestionara un *tête à tête* conmigo, supuse que alargarías el momento con una agradable charlita banal —replica, amusgando los ojos. Su media sonrisa desaprensiva, marca de la casa, me trae recuerdos amargos.

—Desde que llamé a tu abogado por última vez con el propósito de quedar contigo ha transcurrido mucho tiempo. ¿Por qué lo dices? ¿La sorprendente decisión de volver a Madrid para hablar con tu exmarido tiene que ver con el letrado o con las cuestiones de las que se ocupa?

—Sí y no. —Me sondea con los mismos ojos pardos con los que Alessia me mirará cuando crezca. Solo que detrás de los ojos de Alessia hay algo más que cálculo o indiferencia—. He oído que has pagado la deuda de la editorial. Me llegaron rumores de que tenías la intención de cargarle ese muerto a algún pez gordo durante la convención en Barcelona, pero no creí ni por un momento que pudieras conseguirlo.

Esbozo una sonrisa fría.

—¿Puedo saber quién te lo ha dicho? No ha habido tiempo material para que esa buena noticia recorra el pasillo de las oficinas. ¿Te llamó Lola?

—Es lo mínimo que podía hacer —desestima con un aspaviento—: informarme de la situación de mi editorial.

—Mi editorial —corrijo sin necesidad de alzar la voz o recalcarlo con especial retintín—. Tú solo eras una trabajadora contratada por mí, ¿recuerdas? Fue una gran idea ponerte como directora, nunca como dueña, por si pasaba algo como esto.

Aurora cruza las piernas con lentitud.

—No he venido a hablar del pasado, sino de tu brillante futuro.

—Si crees que vas a sacarme un solo euro, olvídalo. Firmaré el divorcio en los próximos quince minutos si hace falta para que no te lleves el menor porcentaje de los beneficios que recibiré a partir de ahora.

Se pasa la lengua por los dientes delanteros, mirando con sarcasmo al cliente que mastica, distraído, a su derecha. Aunque él ignora su presencia, Aurora le sonríe con socarronería, como preguntándole de dónde me habrán sacado.

Vuelve a enfrentarme con sorna.

—¿Qué sabrás tú de beneficios? No tienes ni idea de contabilidad o dirección. Nunca la has tenido. Lo que sí me alegra comprobar —continúa antes de que le replique— es que tienes muy claro que aún no has firmado ningún divorcio, con lo cual sabrás también que todo ese... —hace una mueca— romance que has mantenido con Altamira, la que, por lo que me han informado, sí que entiende de beneficios, contabilidad y dirección, es una prueba de adulterio con la que puedo sacarte los euros que me dé la gana.

Se me escapa una carcajada.

—¿Tú vas a presentar pruebas de adulterio? ¿Precisamente tú? —Niego con la cabeza, anonadado—. No me hagas reír, Aurora. En lo que a mí respecta, estamos divorciados desde que saliste por la puerta de casa para mudarte con tu amante, dejando a las niñas conmigo y la editorial al borde de la bancarrota. Si quieres que nuestros abogados se entretengan más de lo que ya lo han hecho, puedo aportar también el abandono del hogar para que no recibas ni pensión compensatoria.

Aurora me corta aireando las manos con impaciencia.

—El divorcio no es lo que pretendo discutir hoy. Sobre todo, porque no me interesa divorciarme.

Apoyo los codos en la mesa y descruzo las piernas para acercarme a ella lo máximo posible. Me aseguro de que me mira a los ojos al decir palabra por palabra:

—Por si acaso no te lo he dejado claro antes, voy a repetirlo. No pienso posponer el divorcio para que puedas beneficiarte de la editorial.

—Voy a repetirlo yo también. —Copia mi postura colocando las palmas de las manos sobre la mesa—. No he dicho que no me interese divorciarme en el corto plazo, Bosco. He dicho que no me voy a divorciar, a secas.

Me echo a reír.

—¿Tan mal te fue con tu amante que vuelves arrastrándote?

Su expresión cambia de forma radical. Es obvio que le he dado donde le duele, y me sorprende que le duela, porque habría jurado que una mujer capaz de fingir que te quiere durante diez años consecutivos no está capacitada para amar en absoluto.

—La cosa no funcionó —resume con sequedad.

—Nuestro matrimonio lo hizo menos aún, así que no sé qué pretendes. Y ahora que lo recuerdo, tampoco funcionaste con Piero —comento, dándome toquecitos en la barbilla—. ¿No te da eso una ligera idea de que quizá no seas perfecta? ¿De que, tal vez, tú, el denominador común, seas el problema?

Aurora se yergue en el asiento.

—Sé que no soy perfecta. Mi gran defecto es que me aburro demasiado rápido de los hombres. Pero tú... —Sonríe de lado—. Tú eres, de lejos, el mejor de todos con los que he estado.

—Haciéndome la pelota no vas a evitar que te lleve a juicio.

—No te interesa llevarme a juicio, Bosco. Solo tendríamos pérdidas.

—No me digas. ¿Serías tan amable de informarme sobre qué es lo que pierdo yo con...?

Ella no sonríe, no hace ninguna mueca. Solo me mantiene la mirada en silencio, inconmovible como he descubierto que lo es desde que por fin admitió en voz alta que nunca albergó sentimientos por mí. Que, por no tener, no me tiene ni respeto. Yo casi ni reservaba odio para ella desde que el bienestar de las niñas, Silvia Altamira y el futuro de la empresa acapararon mis pensamientos, pero un ramalazo de ira levanta todas las heridas casi cerradas en cuanto su inexpresividad responde mi pregunta.

—Me parece que sabes muy bien lo que pierdes —apostilla—, y por mi parte, pierdo la editorial cuando todo apunta a que con la nueva gestión funcionará de maravilla.

—¿Qué coño es lo que propones? ¿Que no nos divorciemos, aunque nos llevemos como el perro y el gato, por algo tan burdo como el dinero?

Ella estira el cuello y alza la voz.

—El dinero no tiene nada que ver. Esa editorial es mi sueño. Siempre lo ha sido.

—Sí, un sueño que se te olvidó en cuanto hubo que remar contracorriente para salvarlo. Cobarde —mascullo entre dientes—. Cobarde y miserable, esa eres tú. ¿Hasta ahí estás dispuesta a llegar para recuperar tu puesto de directora?

—No solo quiero mi puesto de directora. Quiero a mi familia de vuelta —dice sin que le tiemble la voz, sin pestañear, sin mover un dedo—. En casa, las cosas no han ido como la seda desde que nos separamos.

—Ya sé que Alessia te detesta, pero eso no es algo que vayas a solucionar haciéndome un hueco en tu cama. De hecho, intuyo que nada podrá solucionarlo. Tu hija es una niña de odios eternos, y mucho me temo que tú la has convertido en eso.

No puedo contener la rabia que me da. Si Alessia no es feliz, si Alessia de pronto se siente identificada con el pesimismo y la desesperanza de Linkin Park o de Green Day, se viste de negro porque «es el color que define su alma» y combate las injusticias sociales para hacer oídos sordos al drama familiar que la está matando, que no es capaz de enfrentar con su carácter revolucionario, es culpa de su madre, que no deja de escurrir el bulto. Solo por lo que le ha hecho a Alessia, nunca podría perdonarla, y eso Aurora lo sabe.

A diferencia de otras muchas cosas que le he dicho a lo largo del proceso de separación, mi acusación no le sale por la otra oreja. Puede haber sido una esposa lamentable y dejar mucho que desear como persona, y es probable que no sea la viva representación del instinto maternal y la entrega, pero quiere a Alessia. Quiere a Chiara. Y una verdad como esa le sentaría como un jarro de agua fría hasta al más desalmado.

—Vamos, Aurora —murmuro, esperando apelar a su lado sensible—, ni siquiera tú serías tan cruel.

—¿Cruel? —repite, anonadada—. Cruel es que una niña de diez años y una adolescente de dieciséis recién cumplidos tengan que vivir la dura separación de sus padres. ¿Tienes idea de lo que sufren y sufrirán en etapas de la vida tan vulnerables?

—¿Tenías idea tú cuando te follabas a aquel figura? —Frunce los labios, rebotada con mi contraataque—. Venga ya, que no nací ayer. No insinúes que volverías conmigo por el bien de las niñas. ¿Crees que son idiotas? ¿Crees que Alessia no se va a dar cuenta de que su madre es una chantajista y una sacacuartos, y que a Chiara no le chirriará que vuelva a la casa como si tal cosa? Tu hija mayor te escupiría en cuanto se enterara de tus propósitos.

Aurora cuadra los hombros.

—No me importa. Tu presencia suavizará la situación.

—¿Y si no cedo?

—Entonces ya sabes lo que te espera. No volverás a verlas en tu vida —resuelve sin más, como si no me estuviera arrancando de cuajo un órgano vital—. O quizá sí, pero cuando ambas fueran mayores de edad. Ahora bien..., con lo distraída que es Chiara y lo rápido que se prenda de la gente que pasa por su vida, en ocho años se habría olvidado de ti y llamaría papá al tipo con el que yo saliera en ese momento. En cuanto a Alessia...

—Alessia vendría a verme —la corto de un ladrido—, y llevaría a Chiara consigo.

—Sí, podría ir a verte y podría llevarse a Chiara, pero yo me enteraría y no me costaría un pelo interponer una denuncia. Puedo inventarme cualquier cosa para que te pongan una orden de alejamiento, como que estás loco y pretendes arrebatarme a mis hijas. Seguro que la medicación que has estado tomando últimamente corrobora mi teoría.

La miro sin dar crédito.

—Eres una hija de puta.

Al decirlo, la verdad adquiere una nueva dimensión. Me sorprende no solo abrir los ojos del todo a una realidad que había querido ignorar, sino que una persona como ella exista fuera de las telenovelas de bajo presupuesto.

—No lo veo así —replica con despreocupación—. Te estoy ofreciendo lo que siempre has querido. No dejabas de repetírmelo al principio de todo esto. Deseabas volver a casa, tener a las niñas a un pasillo de distancia... ¿Qué pasa? ¿Me odias más de lo que las quieres a ellas?

Tengo que hacer un sobreesfuerzo para no tirarme del pelo. Así me ha tenido toda la vida, cuando ha usado su poder sobre mí —que antes abarcaba mucho más que Alessia y Chiara; antes empezaba en su cuerpo, en mi ridícula obsesión con ella— para manipularme y salir airosa: con las manos hundidas en el cuero cabelludo, aguantando el impulso de chillar porque, si pierdo la cabeza, nadie la encontrará por mí.

—No hagas esto —le pido de corazón, odiando tener que arrastrarme—. No quieres volver conmigo, Aurora. ¿No estabas tan enamorada del tío con el que te acostabas?

Ella me aparta la mirada. Solo así, estoy seguro, logra decir con desdén:

—No tenía donde caerse muerto, y tú siempre has sido la opción más adecuada. No solo por el dinero. Eres un padre estupendo, pero no lo serás oficialmente hasta que le digas a tu abogado que está despedido y vuelvas con tus maletas.

—No puedes deshacer todo lo que ha pasado. —Meneo la cabeza una y otra vez con incredulidad—. No puedes pretender que lo olvide.

—Seguro que se me ocurre alguna manera. —Y sonríe con coquetería impostada. Se agarra al borde de la silla con las manos y se desliza apenas perceptiblemente por el respaldo, alargando un pie que siento de pronto pegado a mi bragueta—. No sería la primera vez que te quito el ceño fruncido con un puñado de arrumacos.

Le aparto el pie de un manotazo brusco. Me pongo de pie con dificultad, aturdido por la dimensión del problema que se me viene encima. Tengo que cerrar los ojos un segundo para recuperar el equilibrio.

—A esta invito yo —dice Aurora, sacando el monedero del bolso. Es la sonrisa satisfecha que esboza lo que me hace perder los papeles y agarrarla con fuerza de la muñeca que sostiene el billete.

—Si crees que te vas a salir con la tuya, estás muy equivocada.

Aurora desvía la mirada al punto donde mis dedos aprietan.

—Un par de segundos más y ya tengo con lo que ir a la policía para que Alessia y Chiara sean un bonito recuerdo de tu matrimonio, Bosco.

La suelto enseguida. El corazón me late en el pecho como si acabara de echar una carrera. No aparto la vista de su muñeca en los segundos que siguen, temiendo que aparezca una rojez.

Tal es la impotencia que me paraliza que me cuesta enfocar la vista.

—Voy a encontrar la manera de sacarte de mi vida —le advierto entre dientes.

Aurora levanta la barbilla. No parece ni remotamente preocupada por la amenaza. Incluso se atreve a suspirar, como si todo el asunto la cansara.

—No me cabe duda de que la buscarás, Bosco, pero te aseguro que estarías perdiendo el tiempo, porque mientras te frustras y pierdes la esperanza, estarás en casa con Alessia, con Chiara... y conmigo.

Capítulo 28

Prohibido darme malas noticias
cuando me viste Saint Laurent

Ángel se pasa el resto de la mañana llamándome para intentar localizarme. Solo cuando le mando un escueto mensaje —«ocupado»— me deja por fin en paz. Silvia también intenta ponerse en contacto conmigo, pero me obligo a posponer la conversación hasta dar con las palabras adecuadas para plantear cómo se presenta nuestro futuro.

Negro. Negro de cojones.

Cada vez que he visto su nombre en la pantalla del teléfono, inmóvil en la cafetería de marras, se me ha formado un nudo en el estómago.

Sé que le voy a hacer daño. Solo me consuela saber que no la destruiré tanto como lo habría hecho si su soberano orgullo, su cabezonería y ella hubieran tenido el valor de decirme lo que siente. Cruzo los dedos para que Silvia no se haya dado cuenta de lo que yo sí me he percatado: de que, para desgracia de ambos, no solo le gusto, no solo le importo, sino que está ilusionada.

La única persona a la que le he respondido ha sido a Chiara, que me ha llamado poco después de salir del colegio.

—¡Papá! —exclamó, respirando como si la emoción le impidiera coger aire—. ¿Es verdad que vas a volver a la casa?

—Es posible. —Intenté contenerme para no gritar. ¿Cómo puede Aurora usarlas contra mí? ¿Cómo puede hacerles eso?—. ¿Por qué? ¿Te ha dicho algo tu madre?

—¡Sí! ¡Ha dicho que vienes este fin de semana y te quedas para siempre!

Cambié de postura en la silla, esperando que el movimiento reactivara mi riego sanguíneo. Ese «para siempre» me revolvió el estómago. Sigue haciéndolo horas después.

—¿Y cómo te sienta eso? —tanteé con un nudo en la garganta—. ¿Estás contenta?

—¡Mucho! —Me hubiera gustado detectar ese tonillo afectado que me permite averiguar en el acto que miente, que su madre la ha mandado a decirme esto para conmoverme, pero no se puede fingir tanta emoción—. ¿Es mi regalo por las notas? Porque a lo mejor no lo saco todo notable. En Cono tengo un sufi.

—No importa. Puedes sacarlo todo suficiente o incluso suspender, que voy a volver de todos modos... si eso es lo que quieres —murmuré, aguantando un suspiro resignado.

—¡Es lo que quiero!

—¿Y por qué no me lo has dicho nunca?

—Pues porque... No sé. —La pausa que hizo me atascó la garganta—. Estabas triste. No podía estar triste yo también.

—¿Pero lo estabas?

—Un poquito —admitió con su vocecita infantil—. Alex me decía que intentara no decirte nada porque lo estabas pasando mal. Me decía que actuara normal.

—Y tenías que hacerle caso a la sargento de tu hermana, ¿no?

—Sí.

—Pues ahora no está Alessia. Puedes decirme todo lo que piensas.

Ella se queda en silencio un rato, pensativa.

—No me gusta que Alessia me lleve al cole. Prefiero que lo hagas tú. Y echo de menos que me pongas notitas dentro del bocadillo, y que me compres cromos en el quiosco cuando salimos, y que aceleres cuando hay un badén y grites «¡Salto!» y el coche parezca volar...

—Eso puedo hacerlo aunque no esté en casa.

—Ya, pero si no te quedas por la noche no puedo jugar con nadie a las adivinanzas, y cuando tengo una pesadilla nadie se mete conmigo debajo de la cama. Estoy yo sola tragándome pelusas y pensando que me suben arañas por las piernas... —Sonó alarmada al susurrar—: ¿Es que lo que ha dicho mamá es mentira? ¿No vas a volver?

Agarré el móvil con tanta fuerza que me extrañó que no se partiera en dos.

—Sí. Pero tienes que entender una cosa, Kiki. Tu madre y yo no nos... no nos llevamos como antes. Puede que no vuelva a ser igual que antes de que me fuera.

—¿Es que ya no os queréis?

Joder. Aunque lo pudiera parecer, no era más sencillo contestar porque no la tuviera delante. Su carita de niña tierna me persigue cada minuto del día para hacerme sentir culpable.

—Lo importante es que te quiero a ti, y que me vas a tener en casa muy pronto.

Ella se rio alegremente, como la niña feliz que es; risas que enganchan unas con otras y explotan como pompas de jabón. Imaginármela ruborizada, como se pone cuando está tan contenta que parece que vaya a estallar por dentro, alivió un poco mi desesperación.

—¡Alessia y yo haremos una tarta de bienvenida!

—Pero que sea de chocolate —le advertí.

Chiara me despidió con «un *millonmil* de besos» —e hizo el sonido de unos tres o cuatro— y yo colgué disimulando mi devastación.

En busca de apoyo moral, le he escrito hace un rato un mensaje a Alessia. Se ha quitado la información sobre la última conexión para que no la espiemos y no nos metamos en sus asuntos, así que es imposible saber si se ha planteado escribirme acerca de las últimas noticias.

> Supongo que tu madre te habrá
> informado de que vuelvo a casa.
> Kiki está muy contenta.
> Me gustaría saber qué te parece
> a ti.

En lugar de abandonar la aplicación, me meto en el chat que Silvia ha iniciado hace diez minutos. Es otra persona a la que toca enfrentarme.

Oye, no has cogido ninguna de
las llamadas de Ángel.
Me estás preocupando. Deberías
haber estado en la oficina
con tu taza de café en alto
brindando por el nuevo
comienzo.
Aunque, por lo visto, sí que has
tenido la taza en la mano.
Me ha dicho Duarte que, cuando
ha bajado a comprar cinta
aislante para las cajas, te ha
visto tomando café con Aurora.
¿Ha pasado algo?

> Quería hablar conmigo sobre el
> divorcio.

No es mentira.

¿Y ha ido bien?

Digamos que he despedido a mi
abogado.

Tampoco es mentira.

¿Necesitas uno nuevo? Porque
mi hermana, además de
graduada en Derecho, hizo el
máster de abogacía para ejercer.
Y es una estupenda asesora.
Puede que prefiera
especializarse como laboralista y
en temas de mercantil, pero está
capacitada de sobra para llevar
un divorcio.
Y no te voy a mentir, me vendría
bien una excusa para hablarle.
Si le ofrezco trabajo, a lo mejor
me perdona por ser una cerda.

Silvia y sus curiosas maneras de ganarse el perdón de la gente. No entiende que a veces basta con que te pida disculpas mirándote a los ojos, o a lo mejor lo entiende pero no quiere rebajarse a semejante bajeza entre los mortales.

Ella funciona a su manera. Y su manera, aunque me desquicie, es la que me gusta.

Pásame su número. Y oye...
¿Tienes la noche libre?
Me gustaría verte y hablar.

Espero, resignado, a que se invente una excusa que la libere de la cada vez más acuciante responsabilidad afectiva que tiene conmigo. Consiguió esquivarme la mañana que quise formalizar o, al menos, saber a qué atenerme con ella, igual que se las apañó para rehuirme durante el día posterior y me ha evitado con éxito toda la semana cuando he querido hablar de nosotros. Pero, para mi sorpresa, Silvia responde:

¿Dónde y a qué hora?

Te mando ubicación en un rato.
Iría a recogerte, pero creo que
preferirías no llegar a la cena con
el pelo aplastado.

Mi champú con volumen y yo te
lo agradecemos.

Mucho me temo que su champú con volumen a lo mejor sí, pero si ella me da las gracias esta noche, será por y para nada.

No debería haber reservado en un restaurante de moda, de esos pijos con decoración minimalista donde te sirven el postre con una bengala, pero me habría parecido de mal gusto dar una noticia como esta por WhatsApp, por teléfono o en la puerta de su casa. Tampoco es del todo agradable que te inviten a cenar para cortar toda relación contigo o, por lo menos, la relación que te gustaría mantener con esa persona, pero no quería privarme del doloroso placer de disfrutar una última noche con ella.[80]

Espero con impaciencia pero, a la vez, manteniendo la es-

80. Me estoy poniendo intenso. No es para menos. Dejadme.

peranza de que no aparezca. Recorro el borde del vaso de agua con el dedo índice, igual de agobiado que un británico con un socio impuntual. Algo me dice que está entrando —a lo mejor que el volumen de las conversaciones ha descendido unos cuantos decibelios— y levanto la cabeza a tiempo para verla sonriéndole con agradecimiento al tipo de las reservas, que la acompaña orgulloso en mi dirección.

Lleva un vestido de satén azul oscuro atado a la nuca con un exuberante escote en pico que me obliga a tragar saliva. La tela brillante se ciñe a su cuerpo como un guante, marcando la cintura estrecha y las caderas que, de ser esto una cita en condiciones —la que se merece y ya no podré darle—, me pasaría la noche agarrando con uñas y dientes para animarla a cabalgarme.

Conforme más se acerca, más lejos la veo, si es que eso tiene algún sentido.

—Parece que alguien se ha esmerado a la hora de vestirse —comento en cuanto recupero la voz, tratando de sonar informal.

—Espero que lo digas por mí, porque hoy tampoco has combinado bien la corbata.

—Me duele que te moleste que sea fiel a mi estilo.

—A mí me duele que pienses que no tener estilo es un estilo.

Acepto el contraataque con una sonrisa resignada y la sigo con la mirada mientras se sienta con elegancia. Hay que saber moverse dentro de un vestido tan ceñido como el que la viste, y esa es una de las artes y artimañas que parece que solo ella tiene dominadas.

El camarero se acerca a toda pastilla, sospecho que para verla de cerca y no porque esté ansioso por tomarnos nota. Cuando estaba yo solo se ha demorado quince minutos en preguntarme qué quería beber.

Silvia escoge un vino dulce. Me fijo en el movimiento de sus labios al pronunciar el nombre francés.

Apenas se los ha pintado. Quizá espere recibir muchos besos esta noche.

Ojalá me parta un rayo.

—Te ha costado meses decidirte por fin a invitarme a cenar en condiciones —comenta, ojeando por encima la carta de entrantes.

—No soy un hombre fácil. Lleva algún tiempo conquistarme. —«Pero tú lo hiciste en cuanto separaste los labios, y eso que me llamaste cabrón»—. ¿Cómo ha ido la mañana?

—Estupendamente —responde con naturalidad, los ojos aún fijos en el menú plastificado—. Sabes que no te necesito para poner orden en la sala.

«No me necesitas para nada», quiero responder, ansioso por que se haga pronto a la idea de que le voy a faltar. Le tengo que faltar.

—¿Y tu hermana? ¿Has hablado con ella?

—No. Se ha ido a la casa de Deià con mis padres para pasar el verano. Necesitaba desintoxicarse de Madrid, alejarse de todo lo que le ha pasado. Como mi contrato de becaria concluye en una semana y comienza el mes de vacaciones, iré a verla. Cuando regrese, por cierto, espero encontrar sobre mi mesa un contrato laboral con todos los derechos que merece una trabajadora de mi talla, empezando por una generosa remuneración.

Abro la boca para frustrar sus sueños —«No, no me parece que vaya a poder remunerarte ni compensarte por tu ayuda gratuita. Todo lo contrario»—, pero ella se me adelanta después de doblar la servilleta de tela a un lado del plato, debajo de los cubiertos bien alineados.

—Supongo que me has traído aquí por un motivo, pero antes de nada, quiero hablar contigo de algo.

Hay una inmensa cantidad de «algos» de los que Silvia Altamira podría querer hablar: zapatos de diseño o gestión editorial, por poner dos ejemplos, pero me tenso inexplicablemente en cuanto un pálpito me susurra cierta posibilidad. Sé que ese «algo» va a ponérmelo más difícil aún que su vestido de alfombra roja, su rubor natural y su sonrisa de bandera blanca.

Es eso, es la sonrisa de bandera blanca. Ha venido a declarar su rendición.

—¿Tiene que ser ahora? —Se me escapa una nota histérica al reír con supuesto desenfado—. ¿No puede esperar a luego? Porque...

Levanta una mano para callarme.

—No, escúchame, porque no creo que vaya a reunir el suficiente coraje una segunda vez para decírtelo.

—Tú tienes coraje para decirme lo que quieras hoy y repetírmelo mañana y pasado, si hiciera falta.

—Me alegra que me tengas en tan alta consideración, pero eso no es cierto.

Sus ojos brillan como diamantes. Transmiten una calidez aterciopelada que me resquebraja el corazón. Debo decírselo con la mirada: «Por favor, ahora no. Ahora no, Silvia», pero ella está tan sumida en la emoción, tan orgullosa de su valor, que no lo ve.

—Ya lo sabes, porque no eres tan idiota como me gustaría que fueras. Sabes lo que siento. Pero tienes que oírlo.

—Silvia... —Carraspeo.

—Es verdad, es verdad. —Alza la palma para acallarme—. Tienes mal carácter, no te encuentras en el mejor momento de tu vida y creo que ni mi padre me ha metido tanta caña como tú lo has hecho en estos últimos meses —enumera a trompicones, con la vista fija en el borde de la mesa. Acaricia el dobladillo del mantel como si ahí estuviera su discurso y lo estuviera transcribiendo en braille—, pero yo tampoco soy fácil de llevar y, sin embargo, tú me llevas. Nos entendemos incluso cuando desde fuera la gente nos mira con pavor, preocupada por los gritos o las malas contestaciones. A lo mejor es porque nos hemos encontrado en un punto vital parecido, que no dudo que sea el peor, pero creo que... creo que conseguimos curarnos el resentimiento y luego empezaremos a sacar lo mejor del otro.

Trago saliva y me preparo para interrumpirla, pero no lo hago porque, por egoísta que pueda sonar, quiero oírlo. Aunque luego tenga que fingir que no la he escuchado y hacer que se arrepienta de cada palabra, necesito una última gracia antes de bajar al infierno.

—He enumerado más veces de la cuenta todo lo que odio de ti, pero nunca te he dicho que te quiero. No esperes que a partir de ahora te haga la ola, porque yo no le bailo el agua a nadie. Ahora bien: creo que es justo decir que... que adoro que nunca te rindas, que te vengues de las injusticias resistiendo con cabezonería y que te adaptes a la gente que te importa para tratarla como necesita. Adoro cómo cuidas de Alessia y de Chiara, cómo no te da miedo presentarte como un hombre emocional y no reniegues de tus errores aunque te hagan vulnerable. Que no reniegues de mí... —Agacha la mirada y sonríe—. Aunque te haya dado motivos de sobra para hacerlo, porque no he sido fácil, que se diga.

¿Cómo le digo que, comparado con lo que tengo que hacer ahora, que es separarme de ella, lidiar con sus neurosis y con su carácter temperamental, tanto dentro como fuera de la empresa, ha sido coser y cantar? ¿Cómo le dices a una mujer que no puedes corresponderla, aunque ya la quieras?

El silencio se instala entre los dos como una pesada losa. Solo se oye el tintineo de las copas con las que brinda el grupo de ejecutivos del fondo, los cubiertos que una pareja deja reposar boca abajo en el borde de los platos, el murmullo de algunas conversaciones lejanas.

Silvia espera a que le diga algo hasta que le puede la impaciencia.

—¿No piensas decir nada? —Pestañea, confusa y un tanto irritada.

—Sí, pero no es algo que ninguno de los dos queramos escuchar. —Inspiro hondo. Ella le ha echado narices; ahora me toca a mí—. Ya sabes que esta mañana he estado con Aurora.

—Sí, sí que lo sé —se queja—. ¿Qué tiene eso que ver?

—Va a volver a la editorial. Recuperará su puesto de directora... —Evalúo su reacción, que, por el momento, es ninguna. Solo me escucha con gesto inexpresivo—. Y yo recuperaré mi lugar como... como marido. Por lo tanto... —Trago saliva—. Entendería que no quisieras conservar tu empleo, como tampoco continuar la relación que hasta el momento hemos... mantenido.

Pasan interminables segundos hasta que Silvia sonríe de forma espeluznante. Hay tanto asombro en sus ojos que juraría que lo único que ha oído es que la Tierra es plana.

—Es broma, ¿no? —jadea, al borde del ataque de risa—. *Odias* a esa mujer, ¿o vas a decirme que de pronto has superado tu aversión y la quieres de vuelta?

—La odio más que nunca —reconozco con llaneza—. Lamentablemente, eso no me va a servir para nada distinto a pasar unos años miserables. No está en mi mano negarle lo que me exige. Ahora que la editorial va bien, quiere regresar.

—¿Me estás diciendo que debes despedirme para que no me cruce con tu exmujer en la oficina? —recapitula, alzando las manos para detener las malas noticias y también el devenir del planeta.

—Si quieres quedarte, es tu decisión. Aurora aprecia tu labor. Pero creo que...

—¿Cómo no va a apreciar mi labor si la editorial está donde está gracias única y exclusivamente a mí y a mis ideas? —Levanta la voz, alertando a nuestros vecinos de la mesa de al lado—. ¿En serio? ¿Vas a echarme después de todo lo que he hecho? Esa editorial no debería llamarse Aurora, ¡debería tener mi puto nombre!

—Estoy de acuerdo —la apaciguo—, pero no creo que fuera bueno para ninguno de los dos estar allí después de todo.

—Tengo que repetirlo por si acaso se hubiera quedado con la mitad de la noticia—: Vuelvo con ella, Silvia.

Ella niega con la cabeza mientras se reacomoda en el asiento, como si le hubiera dicho un disparate.

Lo es.

—No. —Suelta una carcajada desdeñosa—. Ni de coña.

—Si no lo hago —prosigo con paciencia—, si no la contrato de nuevo y no regreso a casa, si sigo adelante con el divorcio, se encargará de que no vuelva a ver a las niñas.

Entonces es cuando espabila, cuando enfoca la vista en la persona que tiene delante y cae en la cuenta de que no estoy tirando faroles. Abre la boca para soltar lo primero que ha debido de pasar por su cabeza, pero no emite sonido alguno.

—Obviamente no la quiero —agrego, en un fútil intento por borrar el horror de su rostro—, pero Alessia y Chiara son... Sabes que son lo más importante de mi vida. No puedo arriesgarme a que tengan que esconderse para verme cuando su madre puede castigarlas y a mí caerme una denuncia. Voy a intentar salir de la situación en la que me ha puesto por la vía legal, pero sabes que la ley no está de mi parte. Ningún documento avala mi paternidad. No tengo derechos sobre ellas.

Silvia levanta las manos, señal de «cállate, ya he oído suficiente».

Le tiemblan los dedos.

No les he roto el corazón a muchas mujeres antes. Tampoco me lo han roto a mí. Supongo que antes de Aurora llevaba una vida sentimental sin grandes sobresaltos porque me gustaba compartirla con gente que ni sumara ni restara y a la que yo tampoco aportaría nada más que risas y un rato de pasión en la cama; gente con la que puedes tomarte un café y, entre anécdota y anécdota, soltarle que ya no quieres verla más y lograr que lo encaje con esa deportividad que te deja sentado incluso minutos después de que se hayan ido, preguntándote cómo es posible que no duela, que no importe, y que ellos se sientan igual; dudando si no has perdido el tiempo, porque parece que lo que no araña, lo que no deja huella, no ha pasado.

Por eso Aurora me dio tan fuerte que ha hecho falta este odio antagónico para expulsarla de mi corazón, porque ninguna de mis parejas previas o rollos ocasionales me vacunaron para combatir la dolencia que es a veces el amor obsesivo. Lo que no entiendo es por qué, si Aurora ya era el virus que nos levanta las defensas de manera que hace falta una escalada profesional para ver lo que hay detrás de la muralla del dolor, Silvia ha logrado convertirse en la etapa decisiva de la enfermedad, en el estadio terminal. ¿Por qué Aurora no ha servido de precedente para curarme de espanto? ¿Por qué parece que haya estado esperando a esta mujer toda la vida? ¿Por qué siento que, aquí sentado, ante su precioso vestido de satén azul, estoy viendo morir mi última oportunidad de ser feliz?

Quiero pensar que Silvia solo me ha dado unos cuantos momentos de alegría, pero estaría quedándome con la mitad del cuento. Silvia me ha dado una visión muy clara de lo que podría ser mi vida si aceptara su mano tendida, y es la vida que quiero.

Se pone de pie de golpe con los ojos inyectados en sangre y una cara de espanto y desorientación que me obliga a levantarme también, sabiendo que se acerca el huracán y que va a hacer falta que use mi propio cuerpo para que no arrase con todo.

Como siempre que algo la supera, tiene que atacar de vuelta, y lo mejor que se le ocurre es agarrar el vaso de agua que le han servido y arrojarme el contenido a la cara.

Me parece que todo el restaurante se calla de golpe, pero me es imposible confirmarlo. Sus gritos acaparan mi audición.

—¡Hijo de puta! —aúlla con la voz quebrada—. ¡No me hagas ponerme un Saint Laurent y estrenar lencería ni me invites a un puto restaurante para dejarme! ¡¿Qué te pasa, joder, es que eres un psicópata, o algo?!

Se da la vuelta y sale del restaurante en *shock*, sin molestarse en coger la chaqueta o el bolso. Reacciono a toda velocidad tomando ambos complementos y saliendo detrás de ella, demasiado mojado y encabronado para atender a razones o ser comprensivo con su arrebato.

No la alcanzo hasta que estamos en la calle, donde fuman y charlan relajadas dos de las mujeres que han acudido a la fiesta de jubilación del reservado.

—Mira... —La cojo del brazo—. Sé que no es la clase de noche que esperabas, pero te aseguro que tampoco ha sido el mejor día de mi vida. ¿Crees que estoy contento con la manera en que han salido las cosas?

Ella me mira espantada. Es tan expresiva que a veces resulta teatral, caótica, y eso cuando intenta ocultar sus pensamientos. Ahora, la desbordan los sentimientos. Nunca en mi vida he visto a alguien tan herido como Silvia cuando, sin fuerzas para empujarme, se tambalea dando un paso hacia atrás. Ni siquiera le salen las palabras.

—Por favor, Silvia, tienes que entenderlo —le ruego—. Estoy entre la espada y la pared. No es algo que yo haya decidido.

—Eso es lo peor —murmura para sí misma con la mirada perdida en el suelo, como si se le hubieran caído la barra de labios o las llaves del coche—. Que no lo has decidido tú.

—Silvia... —la llamo, tratando de captar su atención—. Lo siento. Lo siento de verdad.

Ella desvía la mirada a la calle. Parece impacientarse por el odio hacia mí que no llega para salvarla de la frustración, el reproche que no puede hacerme sin pecar de injusta, el despecho que va a necesitar para olvidarme. No vuelve a mirarme a la cara porque no quiere que la vea llorar, pero es tarde.

Aunque me he hecho una lista mental de todas las cosas que no puedo hacer esta noche para consolarla, me la salto a la torera envolviéndola con los brazos. Ella, ahora sí, reacciona de inmediato: niega con la cabeza y extiende las manos para mantener la distancia entre nosotros.

—¿Cómo esperas que te odie? —me recrimina entre sollozos, observándome conmocionada—. ¿Cómo se supone que voy a recordarte como el gilipollas que me plantó, si es que...? ¿Si es que... lo entiendo? ¡Lo entiendo! ¡Es que lo entiendo!

—No hace falta que me recuerdes como un gilipollas.

—¿Y cómo lo hago para sacarte de mi mente, entonces? Porque es eso lo que me estás pidiendo, ¿no? —La voz se le quiebra—. Me estás diciendo que te olvide.

—No voy a convertirte en «la otra», que es la única opción disponible.

Ella se tensa.

—No, obviamente no me vas a convertir en nada parecido —ruge, enrabietada. El nombre de Ernesto Fernández de Córdoba está grabado en sus ojos chispeantes—. Aunque, ahora que lo pienso, como el divorcio ha estado en proceso de tramitarse durante estos meses, he sido «la otra» desde el punto de vista legal todo el tiempo. Otra vez.

Se ríe sin fuerzas, histérica, y se frota el cuello hasta dejarse una marca rojiza.

—Silvia, no... —La tomo de las muñecas—. No ha habido otra en ningún momento porque solo has sido tú. Y lo sabes. Lo sabes, por eso te duele —insisto—. Sabes que te he querido a mi manera todo el tiempo, de mal humor y amargado, y que ahora te quiero a la manera tradicional, tal y como te mereces.

—¡No! —me grita de repente, empujándome—. ¡No se te ocurra decirlo ahora! ¿Por qué has tenido que decirlo? ¿Por qué lo has dicho, cabrón?

Sacudo la cabeza, anonadado con su arrebato.

—Solo son palabras, Silvia.

—¡No son solo palabras para mí! ¡Para mí, las palabras significan cosas! ¡Para mí, las palabras construyen las relaciones y crean el mundo, le dan sentido a las cosas! Cuando te odiaba... Cuando te odiaba, Bosco, lo decía en serio, y cuando verbalizo que te quiero estoy... estoy implicándome en todo lo que eso conlleva. Así que cállate y no lo digas. No digas nada. —Da un paso hacia atrás, y otro, hasta que llega al borde de la acera donde se amontonan los taxis. Palpa la puerta trasera de uno de ellos, vacilante. En cuanto da con la manija, tira de ella con las mejillas chorreando lágrimas con rímel—. Solo... solo cállate.

Cierra de un portazo.

Espero, inmóvil en medio de la acera, los tensos cinco segundos que el taxista tarda en ponerse en marcha, pensando en que le toma un rato de más incorporarse al tráfico porque cuesta entender una dirección cuando te la da una mujer que llora a lágrima viva.

Me he quedado con ganas de recriminarle que llore; que haya elegido este maldito momento para llorar por primera vez. Si yo no tengo derecho a decirle que la quiero, ella no tiene derecho a llorar. Si no puedo hacerle daño con lo que siento, que no me hiera ella a mí.

Más por vicio que porque me interese chequear los mensajes, saco el móvil del bolsillo del pantalón. Quizá deba escribirle a Silvia un mensaje odioso que le sirva para levantarse mañana con el convencimiento de que no valgo la pena, pero antes de dejarme tentar por su nombre en mi lista de chats, me fijo en que tengo un único mensaje de Alessia.

Ha contestado a mi WhatsApp de la tarde con un claro y conciso:

Esto no va a quedar así.

Capítulo 29

El fracaso de las Altamira huele a Chanel Nº 5

Aunque tenemos una finca en Deià desde que recuerdo, no solemos pasar las vacaciones en Mallorca. Estamos acostumbrados a derrochar todo lo posible en viajes familiares a playas paradisiacas y lejanas, o lo estábamos hasta que los indeseables *influencers* de Instagram escogieron destinos como Bali para hacer sus posados. Mi padre tiene la paciencia justa[81] con ese tipo de gente, y a Bárbara y mí no nos gusta vernos acorraladas por mujeres mucho más guapas y atléticas, así que, de un tiempo a esta parte, hemos convertido Deià en nuestro pequeño refugio veraniego.

Una lástima, porque Mallorca no está lo bastante lejos de Madrid como para sentirme protegida de lo que he dejado allí. Tampoco creo que los kilómetros entre la capital española y Bali hubieran supuesto una gran diferencia, la verdad, pero por lo menos estaría en Bali, no en el salón de la finca haciendo un maratón de las películas antiguas con las que he crecido.

Debería haberme levantado en cuanto Holly Golightly empezaba a entonar su melancólico *Moon River*, porque me

81. Que es ninguna.

ha costado aguantar las lágrimas en la escena del beso, la lluvia y el «te quiero». He podido ignorar las miradas curiosas de mis padres —Bárbara ha estado dormida en una tumbona de la terraza durante la primera sesión de cine— alegando que estoy con la regla, pero el pretexto no me ha servido de mucho porque luego se me han saltado las lágrimas con *El apartamento*, que es una comedia. Se supone que Lemmon y MacLaine hacen un dúo de risa, pero soy tan sumamente egocéntrica que no puedo evitar llevarme algunas perlas de sabiduría a lo personal, como, por ejemplo, la frase: «Si te enamoras de un casado, no te pongas rímel».

Mi madre ha fruncido el ceño al oír la risa estrangulada que se me ha escapado al oírlo.

Cuando los protagonistas se preguntaban cuántos días son necesarios para desintoxicarse de la persona amada y decían que tendría que inventarse una sonda para lavar el corazón, me ha venido a la cabeza el gesto de perro abandonado de Bosco la última vez que lo vi, hace ya una semana, y me he tenido que levantar para berrear en la cocina, donde pensaba que no sería juzgada.

Y aquí sigo.

Esperaba que distanciarme del parecido entre la realidad y la ficción me permitiría relajarme un poco, pero el nombre de Bosco aparece justo entonces en la pantalla del móvil.

Sé que no debería escribirte,
pero me turba no tener ni idea de
dónde estás, cómo te
encuentras o qué es lo que
sientes.

Suspiro y apoyo las manos en el borde de la encimera, releyendo el mensaje una y otra vez con rabia y anhelo. Mi corazón brinca de alegría por saber de él y, a la vez, se me resquebraja un poco más.

El amor imposible nunca ha sido mi tópico romántico preferido. Soy férrea defensora de que Jack cabía en esa tabla con Rose, de que los impulsivos de Romeo y Julieta no sumaban ni media neurona y de que si Louisa Clark hubiera sido solo un poco perspicaz se habría dado cuenta de que terminaría enamorada de un tío en silla de ruedas con instintos suicidas y se habría batido en retirada cuando aún podía, no cuando estaba pidiendo la eutanasia en Suiza o dondequiera que la pidiese. Los romances frustrados me han puesto de mal humor desde que era una cría, y por eso me resulta paradójico verme envuelta en uno.

Me he planteado convertirme en su amante,[82] aceptar ese rol y disfrutar de los beneficios, que no son pocos, pero mi orgullo no me lo permitiría, como tampoco mi círculo social, y yo misma me arrepentiría de esa decisión cuando en unos años me viera con las manos vacías.

¿Y si no le respondo? ¿Y si, peor aún, le respondo?

> Coincido en que no deberías
> escribirme.

Soy un hombre débil.

Y yo solo fui una chica delante de un chico pidiéndole que la quisiera, como Julia Roberts en *Notting Hill*.

Comprendo que no quieras
hablar, pero creo que mereces
asistir a la inauguración de la
nueva oficina. Tienes que ver

---

82. Prohibido juzgarme. Una mujer vulnerable es capaz de tomar decisiones precipitadas e inadecuadas, como, por ejemplo, meterse entre pecho y espalda un kilo y medio de helado o salir a la calle sin maquillar.

cómo ha quedado todo.

Al fin y al cabo, es tu obra.

Estupenda idea. Dime de qué
color va a vestirse
Aurora para el evento y me
busco un modelito a juego.

Ella no estará, y me gustaría
verte. Tampoco nos haría tanto
daño, ¿no?

No me haría «tanto» daño. Me haría *mucho*, muchísimo daño.

Bloqueo la pantalla para huir de su nombre y su propuesta, que sé que reconsideraré en un momento de debilidad porque a mí también me gustaría verlo en un escenario distinto al de mis recuerdos y porque, solo a veces, soy más tonta que un botijo. Quizá, si me lo cruzo de la mano de Aurora —poco probable, lo sé—, mi memoria dejaría de aferrarse a él y lograría afrontar la situación con madurez.

Mi padre aparece bajo el marco de la puerta de la cocina cuando tengo la impresión de que llevo quince años mirando embelesada el microondas en funcionamiento. No le he dicho que iba a hacer más palomitas, pero es que cómo se lo iba a decir, si sabe que no como nada con mantequilla porque Bárbara no come nada con mantequilla.

—La siguiente es *Con faldas y a lo loco* —anuncia con su tono de dictar sentencia—. Si lloras también con esa, no voy a saber qué pensar.

Mi padre, rey de la sutileza, esclavo de la elocuencia, máster en tacto.

—Puedes pensar que tu hija está con la regla.

—Podría pensarlo si esa misma hija no me hubiera dicho

hace algún tiempo que usa la excusa de estar con la regla cuando le pasa algo y no quiere que le pregunten, aprovechando que es la primera causa que los hombres asocian al mal humor femenino.

—No me puedo creer que te acuerdes de eso —exagero mi asombro—. ¡Cualquiera diría que me escuchas cuando hablo!

—Si alguien tiene algo interesante que decir, aunque solo sea por cómo lo dice, ese es un graduado en Filología hispánica.

—Espero que no lo digas porque sigues pensando que nos estudiamos el diccionario.

Mi padre hace una mueca.

—Nunca he creído esa estupidez.

—Menos mal. Los únicos pringados que os estudiáis un libro oficial sois vosotros, Señores y Señoras de la Constitución Post-Franquismo.

—¿Otra vez vas a meterte con la Constitución española? —Suspira, cansado.

—Todas las que hagan falta. Puta mierda de libro —mascullo. Abro el microondas y saco el paquete hinchado de palomitas. Dejo que el vapor ardiendo caliente mi rostro para que parezca que tengo los ojos colorados por eso. Y porque es bueno para el cutis y la purificación de los pulmones, según una revista de moda que me gusta leer en la peluquería para evitar que me pregunten por los novios.

—¿Es por tu hermana? —inquiere mi padre de pronto—. Sé que hubo una pelea.

Giro la cabeza en su dirección.

Mi padre, poseedor de la belleza clásica de Robert Redford, la seriedad y el misterio nostálgico de Bogart y, en sus horas buenas, del desparpajo de un joven Brando. No es de extrañar que de pequeñas nos pusiera cintas antiguas cuando debe de verse representado en sus estrellas de Hollywood.

Me mira con interés, porque sin duda está interesado. Para

él es importante resolver todos los casos conflictivos, incluidos los que azotan a la unidad familiar.

—¿Y cuál es el veredicto del juez?

—El veredicto del juez es que deberías haberla consolado, no haber desaparecido sin avisar.

—Tenía programado un viaje de trabajo a Málaga —le reprocho—. ¿Qué hago? ¿Desatiendo mis obligaciones, obligaciones con las que tú precisamente me instas a cumplir, y me quedo de paño de lágrimas?

—Málaga no es la luna —contraataca con severidad—, seguro que allí había wifi para escribirle un mensaje a Bárbara.

—Os tiene a mamá, a ti y a sus millones de amigas de la facultad, el instituto y la oposición para que la mensajeen a base de bien. No necesitaba que hubiera alguien más comiéndole la oreja, ¡y yo menos todavía! ¡Que es que vamos, encima de puta, pongo la cama! ¿Es que tienes que estar siempre de su parte, joder?

Mi padre arquea las cejas, sorprendido por mi arrebato.

—Silvia, el novio de tu hermana ha resultado ser gay y, encima, ha suspendido la oposición para la que llevaba tres años preparándose —replica secamente—. ¿De qué parte debería estar? ¿De la de Manuel? No te jode.

Se me escapa una carcajada.

Cuando mi padre se enfada es de lo más adolescente. Él, el mejor juez de España, un hombre capaz de argumentar por qué la pena de muerte sería buena idea y, cuando te ha dejado callada, empezar a desmontarte su propia idea, a veces zanja las discusiones con un «y una mierda» o «los cojones».

—No, pero cuando mi novio resultó estar casado y me echaron como a un perro no estuviste tan cariñoso conmigo —le recuerdo sin ocultar mi rencor.

—Esos no son los sentimientos que deberías sacar ahora.

—Debería sacarlos cuando os cuadre a todos con el horario, ¿no? Pues para tu información, fue Bárbara la que pensó que sería buena idea llamarme envidiosa y mala hermana cuando no venía a cuento. Por mí habríamos seguido calladas y felices toda la vida.

—Silvia, insisto en que esta desgracia no va sobre ti. Va sobre ella.

Bufo sonoramente.

—¡Esa es la cuestión! ¡Que siempre va de ella! ¡Incluso cuando soy yo la que tiene el problema o la que ha sacado una buena nota, Bárbara es protagonista! ¡Por Dios, si cuando me rompí el brazo con ocho años todo el mundo hablaba de la cebra tan bonita y realista que Bárbara había pintado en mi escayola! ¡Y ni siquiera era una cebra, era un dálmata, pero se le corrió la tinta y las manchas parecían rayas!

Trato de serenarme y, sobre todo, bajar la voz, porque tener más razón que un santo no quiere decir que tengan que oírme en Ibiza o en la terraza, donde Bárbara me escuchará y podrá asentir sabiendo que tiene la razón y sí, soy una celosa de lo peor.

Mi padre me escucha con el gesto ensombrecido. No se ha movido de donde está, de pie junto a la encimera. Lleva uno de sus bañadores lisos, este azul marino, y una fina camisa de lino blanca que resalta su bronceado.

—Tu hermana tenía cinco años y pensaba que te habías quedado manca. Estaba asustada.

—¡La defiendes incluso ahora! ¡Eres de lo que no hay!

—Silvia... —me llama cuando pretendo volver al salón.

Me giro en seco.

—¿Qué pasa ahora?

—¿Qué es lo que te molesta? —me espeta, impaciente—. Con ella tengo en común todas mis aficiones, mi trabajo, mis gustos. Incluso le caen bien mis viejos amigos, esos que tú no soportas. Además de que ella siempre ha querido y buscado activamente mi aprobación, a diferencia de ti.

Aprieto los labios.

—Eso explica que te lleves mejor con Bárbara, no que la quieras más.

Mi padre tiene el descaro de hacerse el sorprendido.

—¿Piensas que la quiero más?

De perdidos al río.

Pongo los brazos en jarras y cojo aliento.

—Pienso que vivir conmigo es una constante decepción para ti.

Otra vez, mi padre tiene el (doble) descaro de hacerse el sorprendido.

—Si lo dices porque aplico la mano de hierro contigo y con Bárbara soy más paciente, no tiene que ver con que tú tengas facilidad para decepcionarme o la quiera más. Es tan sencillo como que ella ha sido toda la vida una niña débil en busca de validación y tú has ido a tu bola. ¿Quieres saber si me decepciona que no hayas estudiado Derecho? No, pero no deja de asombrarme que la mujer que tiene mi sangre desprecie mi carrera y Bárbara haya heredado cada uno de mis intereses.

Consigue dejarme callada, pero no porque su argumentación haya sido brillante, sino porque, por primera vez en la vida, ha hecho una clara diferenciación entre nosotras, y no es ni positiva ni negativa hacia mí. Jamás en treinta años ha dicho en voz alta lo que todos olvidamos después de la conversación en que aclaramos por qué Bárbara se apellidaba Rivas y por qué yo me llamaba Altamira: que yo soy su hija biológica y ella no.

Debe de darse cuenta de que esta puntualización supone un *shock* traumático para mí, porque enseguida recula. Y lo es, es un *shock*. Cada vez que me recuerdan que debería llamar «hermanastra» a Bárbara me quedo helada, incapaz de responder, porque siento que me están mintiendo, que creen saber mejor que yo lo que hay en mi casa.

Siento incluso que nos insultan.

—Es tu hija —le espeto, ahora contra él.

—Es mi hija —confirma, quitándome un peso de encima. No sé qué habría sido de mí si de pronto hubiera soltado que la quiere «como a una hija» (no significa lo mismo) en lugar de asentir conforme—, pero creo que ella ha sentido toda la vida la necesidad de reivindicarlo, de ganarse mi cariño, como si no lo tuviera ya, y yo he tratado de demostrárselo dándole la atención que pedía. Ahora veo que te descuidé intentando ser justo.

—¿Ser justo no es tratar a tus hijas del mismo modo? —pregunto, aun conociendo la respuesta. Él mismo me explicó hace tiempo la diferencia entre justicia y equidad, y precisamente por eso reconocí en Bosco a un buen padre.

—No, porque cada una de tus hijas requiere un tipo de cuidado diferente. Bárbara siempre ha necesitado más amor que tú —dice, mirándome a los ojos—. Y tú, en cambio, vives igual te demos el visto bueno o no. Estás molesta porque eres egocéntrica y quieres ser la mejor en todo, no porque te haya faltado afecto.

—Puede que no me haya faltado afecto —reconozco a regañadientes—, pero ¿por qué tienes que ser siempre tan duro conmigo?

—Porque así es como te creces, Silvia. Si a Bárbara le dices que se levante de la cama y mueva el culo, si Bárbara se siente incomprendida o cree que no la apoyan, se desmorona. Si a ti te presionan, te retan, te tocan las narices, hablando en plata, ahí es cuando levantas la barbilla y dices «¿ah, sí?», y nos demuestras a todos que estamos equivocados, preferiblemente cerrándonos el pico.

Eso es verdad. Aun así...

—Eres un capullo manipulador —me quejo—. ¿En serio usas la psicología inversa conmigo?

—Si te hubiera dicho «muy bien, Silvia» cuando te hundiste, te habrías conformado. A ti hay que plantarte agujas en el asiento para que no te pongas cómoda. Créeme, he vivido treinta años contigo. Sé cómo hay que tratarte y, a juzgar por la clase de hombres que te atraen, diría que es así como te gusta que lo hagan. Y ahora, haz el favor de dejar de quejarte y ve a ver a tu hermana.

Podría aprovechar que hemos sacado el tema para recordarle que me juzgó por no estudiar Derecho, que no le han gustado ninguno de los tipos que he traído a casa[83] y que, por criticar, critica hasta mi gusto musical —«siento que no me conmuevan las rancheras de Rocío Dúrcal, papá, y, ya de paso, también que me aburran los clásicos y saber reconocer a depredadores sexuales en tus amigos más cercanos»—, pero no creo que haga falta echar más leña al fuego. Es un padre, a fin de cuentas, y un padre que se quiere mucho a sí mismo. Incluso si una servidora fuera supermodelo y trajera millones de euros a casa, le molestaría que no fuese como él porque, para él, ser él no es comparable a ser ninguna otra cosa. Ser él es la puta hostia, y he de reconocer que tiene un poco de razón en eso.

Suspiro y me acerco para darle un abrazo. Hay que ver lo que una debe aguantar por la familia, y no lo digo solo porque yo tenga que lidiar con él, sino porque él tiene que lidiar conmigo y no soy más fácil.

—Te querría aunque mendigaras en la calle —me asegura, estrechándome contra su pecho.

—Ya, y también me querrías más si hubiera llevado el juicio del referéndum de independencia en Cataluña.

—De hecho, no —aclara con ese tono que se le pone al hablar del 1 de octubre—. Te habría odiado si lo hubieras llevado tú en lugar de yo mismo.

Suelto una carcajada y me separo asintiendo, porque es

83. Bueno, ahora que lo veo con perspectiva, a mí tampoco me han gustado los hombres que he traído a casa. Uno estaba casado y otro me trajo drogada, con la camisa rasgada y habiéndome conocido mediante un contrato de *becaria*. A cada cual, peor.

verdad. El orgullo del juez Altamira hacia sus hijas tiene un límite, y el límite es laboral. ¿Qué nos pasará a esta familia para que nos obsesione destacar en el trabajo?

Mi madre aparece en la cocina con gesto curioso. Nos mira alternativamente en busca de un rastro de lágrimas, los coloretes que nos salen cuando discutimos de forma acalorada o alguna marca de bofetada. Nunca hemos llegado a las manos, pero creo que a mi madre no le extrañaría que le metiéramos calor a la violencia intrafamiliar, porque es lo que nos faltaba.[84]

Mi padre le pasa el brazo por los hombros, tranquilo, y yo aprovecho que empiezan a cuchichear para regresar al salón. Tal y como mi madre ha anunciado en un susurro, *Con faldas y a lo loco* ha empezado y Bárbara se ha unido porque es de sus películas preferidas.

Todas en las que sale Marilyn Monroe, a decir verdad.

Le digo «hola» con voz de ultratumba y me siento en el sillón porque la muy sinvergüenza ha acaparado el sofá con sus largas y bronceadas piernas. Ella me señala con un golpecito de barbilla que viene a significar «vale, sé que estás aquí» sin apartar la vista de la pantalla. Interrumpir la película de los músicos travestidos me costaría otras dos semanas de ley del hielo, así que sello mis labios y me limito a repetir los diálogos para mis adentros, que me sé de memoria.

De vez en cuando ladeo la cabeza hacia Bárbara y la pillo removiendo el mismo nacho en el guacamole con desgana, mirando la televisión sin verla en realidad. Pero denota haber estado pendiente de la trama argumental cuando, en la escena final, Jack Lemmon confiesa su verdadero sexo y el millonario obsesionado con él dice la última frase: una frase que ella y yo, sin darnos cuenta, pronunciamos a la vez.

—*Nadie es perfecto.*

---

84. Aquí me he pasado, ¿no? Bah. Nunca dije que mi humor fuera políticamente correcto, y a estas alturas no nos vamos a escandalizar.

El hecho de que hayamos coincidido hace que Bárbara aparte la vista de los créditos y me mire sorprendida, como si no se hubiera fijado en que estaba ahí hasta que he hablado.

No sé cuál de las dos sonríe primero, pero ambas nos dedicamos un gesto de reconocimiento con una mezcla de recelo y resignación.

—Yo diría que sí que hay alguien perfecto en esta habitación —admito entre suspiros—, y lamentablemente no soy yo.

—No te burles de mí —rezonga. Dios mío, ¡sabe hablar!—. No puedes decirme que soy perfecta cuando no me he cambiado de ropa en una semana.

—He dicho que tú eres perfecta, no tu higiene personal.

Lo que habría sido una carcajada en otras circunstancias es una sonrisa desinflada en los labios cuarteados de Bárbara. Podría seguir diciendo estupideces hasta animarla a reírse conmigo, pero acabo levantándome y sentándome junto a ella en el sofá para envolverla con los brazos. Estoy a punto de hacer un comentario reafirmando lo dicho, que su higiene personal deja mucho que desear, pero en el último momento me lo pienso mejor, porque mi padre tiene razón. Bárbara podría derrumbarse con un «hueles a cloaca». De hecho, podría derrumbarse incluso con un «hueles regulín-regulán».

—Siento haberte atacado ese día —confiesa ella—. Estaba un poco en *shock*.

Lo entiendo. No todos los días tu novio de toda la vida resulta ser gay.

—Continúa.

Bárbara se separa y me mira con una ceja levantada.

—¿Qué más quieres que te diga, imbécil? Ya te he pedido disculpas. Ahora te toca a ti.

—Vale, vale, allá va. —Carraspeo e inspiro hondo—. Siento que mi afán de protagonismo me haya hecho acumular esta rabia irracional hacia ti. No te la mereces. De todos modos, ya sabes cómo soy. Si no te odio un poco, no puedo quererte mucho. Me es imposible adorar a alguien con todo mi corazón si a la vez no le guardo rencor. A fin de cuentas, me estás quitando amor para mí misma, y eso no puede perdonarlo una egocéntrica como yo.

—Buena disculpa —admite un rato después, cabeceando—. Te doy un ocho de diez.

—¿Por qué solo un notable? —Arrugo el ceño—. ¿Sabes lo que me cuesta pedir perdón?

—Me hago una idea. En veintisiete años te he visto pedirlo en un par de ocasiones, y mamá tuvo que obligarte cuando me pillaste la mano con la puerta porque seguías insistiendo en que era mi culpa por no haber visto que ibas a cerrar.

Sigo sosteniendo que no tengo que pedir disculpas porque la gente sea estúpida. No es mi problema.

—No hagamos leña del árbol caído, ¿quieres? —replico con dulzura—. Lo importante es que ahora mis celos dejarán de flotar en cada conversación que tengamos, y ya no tienes por qué temer que me regodee en tus tristezas. Siempre me las ingenio para ser más desgraciada que tú. Incluso ahora.

Bárbara enarca una ceja.

—¿Qué has hecho ya?

—Esta vez no he hecho nada. La desgracia ha venido sola.

Me tomo su gesto interesado como una invitación a narrar la última serie de desdichas que han azotado mi vida. De nuevo al paro porque una exmujer con complejo de villana de telenovela de Divinity quiere ocupar mi puesto; de nuevo con el corazón roto porque... Pues por lo mismo, porque una exmujer con complejo de villana de telenovela de Divinity quiere ocupar mi puesto. Y no agrego algunos detalles descorazonadores, como que la villana de telenovela de Divinity es más guapa que yo —imperdonable— y también la madre de dos adorables criaturas —bueno, una es adorable; la otra está a la espera de definición exacta— que es muy probable que no vuelva a ver jamás.

Ni siquiera me han gustado nunca los niños, pero después de haberme descargado Twitter por recomendación de Alessia no soy la misma. Me duele no tener su número para mandarle pantallazos de hilos de opinión que me recuerdan a ella, y ni que decir tiene que me repatea no poder asistir a *El cascanueces* protagonizado por Chiara, sobre todo porque me insistió hasta darme de sí la camiseta que llevaba con que quería verme entre el público.

Y hablando de público, Bárbara es el perfecto espectador. Sabe cuándo poner caras de horror, cuándo pronunciar los «¡oh!», cuándo bufar y negar con la cabeza, desaprobadora, y cuándo intervenir para hacer la pregunta que esperas que te hagan. Incluso suelta unas lagrimitas y se desarticula como yo al contar la manera en que mi camino se separó del de Bosco en el restaurante.

—¿Cómo pudo dejarte llevando un Saint Laurent? —se escandaliza.

—No lo sé, pero ahora ese vestido está maldito. Puedes quedártelo.

—No, gracias, no estoy interesada en heredar tu mala suerte.

—Cariño, la mala suerte en el amor es algo familiar. Bosco puede tener una esposa manipuladora, pero Manuel tiene el cromosoma femenino.

Bárbara sacude la cabeza, debatiéndose entre reírse y odiarme eternamente.

—Es peor que manipuladora. ¿Qué clase de monstruo utiliza a sus propios hijos como cepo? No me quiero ni imaginar cómo se siente el pobre Bosco. Estoy intentando pensar en algo... —Mira al techo, impaciente—. Pero Aurora sabía lo que hacía. Es casi imposible conseguir un permiso de visita por la vía legal si la madre no lo concede. A ojos de la ley, Bosco no es nada para esas dos niñas.

No hace falta que me lo explique. Puede que no me tragara manuales de Derecho en mis felices años veinte, pero mi familia no dedica los almuerzos a discutir los goles del Real Zaragoza, como la gente normal, sino las últimas sentencias y vacíos legales que solucionarían de su puño y letra si, en vez de ser jueces, tuvieran algún poder legislativo.

Sin ser yo una eminencia, sé lo suficiente para haber comprendido desde el primer momento que Bosco está acabado, y yo estoy acabada con él.

Yo, que me prometí que ningún hombre volvería a arrastrarme al hoyo consigo.

Está claro que nadie puede fiarse de mi palabra.

—Dame su número —me pide Bárbara de pronto—. Quedaré con él y pensaremos en algo. Si Aurora quiere la editorial, quizá pueda cedérsela a cambio de... No sé, si es cierto que Chiara no fue reconocida por su padre, podría hacerlo él aprovechando que siguen casados. Alessia ha cumplido dieciséis y, por lo que cuentas, es una niña de ideas fijas. No creo que pudiera evitar de ningún modo que se escape para verlo.

Me cruzo de brazos, tensa.

—Me niego a que le dé la editorial a esa cabrona. Por encima de mi cadáver.

—Entiendo que la editorial tiene valor sentimental para ti. Para él probablemente también. Pero no creo que le tiemble el pulso cuando le entregue las llaves si a cambio puede asegurarse las visitas a las niñas.

»Tú dame su teléfono —me insiste, poniéndose en pie con renovada energía—. Voy a ducharme y lo llamo. Me resignaré a que no me pague. Le asesoraré gratis en compensación por los perjuicios que puedas haberle ocasionado, que, por lo poco que me has contado, son unos cuantos.

—¿Tan mal te sientes por haberme llamado envidiosa que quieres solucionarle la vida a mi jefe? Debe de haberte conmovido de verdad la situación si te han dado ganas de lavarte los alerones, pedazo de cerda.

Bárbara me mira dudosa, como si no supiera si confesar

sus motivaciones o guardarlas para sí. Me parece que, aunque nuestras mutuas disculpas hayan dejado mucho que desear para un guion de telenovela, entrañaban el suficiente arrepentimiento y deseo de estar la una para la otra como para animarnos a partir de ahora a desnudar nuestras almas.

Ella me deja de una pieza diciendo:

—Me toca de cerca, ¿sabes? Justo en la fibra sensible. Papá tampoco tiene ningún derecho sobre mí. —Se frota el brazo, ahí donde el vello rubio se le ha puesto de punta—. Si yo fuera Alessia, estaría devastada viendo todo lo que pasa. Qué impotencia no poder hacer nada para cambiarlo.

Suelto un jadeo incrédulo.

—¿Qué os pasa hoy a todos? ¿A qué viene lo de recordar que, por pura casualidad, te apellidas Rivas?

—No es algo que recuerde solo hoy, Silvia —replica con suavidad, posando la mirada sobre la pantalla de la tele—. Es algo que tengo presente cada día de mi vida.

—¿Presente cada día de tu vida? —repito, anonadada—. ¿Por qué? Por Dios, eres más Altamira que yo. No me habría enterado de que tu veloz espermatozoide no era de papá si ese estúpido profesor de Biología no hubiera empezado a decir tonterías.

Fue así como me enteré de que Bárbara tenía otro padre. Hasta ese momento no me había extrañado la diferencia de apellidos, porque compartíamos el De la Rosa y eso para mí bastaba.

En el colegio privado al que asistíamos, uno de los profesores tenía la costumbre de preguntar a los alumnos si tenían hermanos pequeños o mayores. Él aseguraba que era mera curiosidad, pero en realidad su objetivo era saber con qué «hermanos de» e «hijos de» aplicar el trato preferente. Cuando yo comenté con toda mi inocencia que mi hermana era Bárbara Rivas de 1.º B, el tipo frunció el ceño y soltó que, en todo caso, sería mi hermanastra. Nos enzarzamos en una discusión tal que acabé llorando, porque con ocho años y la historia de la Cenicienta tan fresca tienes tal concepto de las hermanastras que no puedes tomártelo como nada mejor que un insulto.

Esa tarde, mis padres nos contaron a Bárbara y a mí que papá y mamá estuvieron a punto de divorciarse y durante ese periodo de separación compartieron su tiempo con otras personas. Compartieron también su cuerpo, claro, lo que pasa es que a mi madre le hicieron el bombo y mi padre fue algo más precavido... que nosotras sepamos. Lo mismo hay algún bastardo por ahí.

Seguro que habría que buscar en la facultad de Derecho, donde lo habría obligado a estudiar.

Detecto cierta suspicacia en la forma en que Bárbara me mira, como también una tensión extraña en su postura. Parece estar calibrando si miento y, por cómo se relaja al final, diría que he superado el examen.

—A veces me siento injusta por pensar en mí como «la ilegítima», como el fruto de una aventura extramarital, como... la oveja negra —confiesa, vacilante—. Nunca habéis hecho o dicho nada para violentarme o que me hiciera tener este concepto de mí misma, pero supongo que, entre los amigos de papá, ricos, medio aristócratas y de buena posición económica, he visto tantas miradas de «profesor de Biología» que, inevitablemente... —Aprieta los labios—. Bueno, ya sabes.

—¿Oveja negra? Lo siento mucho, Bárbara, pero no pienso permitir que también me quites el placer de creerme la última mierda en esta familia. *Yo* soy la oveja negra, ¿de acuerdo? No hay más que hablar.

Bárbara se atreve por fin a soltar una carcajada. Y con esa carcajada libera toda la tensión que se ha apoderado de ella en un momento y se acerca para abrazarme, de nuevo envolviéndome con su desagradable aroma a mi-novio-me-ha-dejado-y-he-suspendido-la-oposición.

No es un aroma al que quiera acostumbrarme. Me gusta

más su perfume de soy-la-más-mejor, y me da rabia que haya tenido que oler a otra cosa, a lo que ella entiende por fracaso y bochorno, para darme cuenta de que nunca en mi vida le he deseado el mal. Solo creía que me gustaría verla bajar del pedestal para poder sobresalir yo por una vez.

Ahora tengo la impresión de que vivir en el peldaño más alto de la escala de la perfección debe de ser un sufrimiento continuo, además de generar un estrés insoportable, y creo que, en lugar de envidiarla como siempre he hecho, debería, aparte de admirarla, compadecerla, porque sus motivaciones para destacar nunca han sido las correctas.

—Te quiero mucho —admite con voz temblorosa.

Ahí se asoma la Bárbara que ha mencionado mi padre y que solo él ha tenido el ojo de ver porque no se quedaba con la superficie, con la coleta de látigo, con los tacones de Cruella, con la sonrisa Profident. La Bárbara vulnerable a la que no se puede tratar como me tratan a mí o se nos viene abajo. La Bárbara que no quiero ver y que voy a fingir no haber conocido porque eso es lo que ella necesita de mí: que la tenga en el más elevado concepto, que la considere inalcanzable, incomparable y maravillosa.

Lo que es también, sin lugar a dudas.

—Más te vale. Tienes que compensarme por todos estos años de sufrimiento.

—Y dale...

Capítulo 30

Para qué quiero yo el castillo
sin la princesa y con el dragón al acecho

Creo que no hay peor sensación que la de conseguir algo que deseabas con todas tus fuerzas y darte cuenta de que no lo querías tanto. De que, de hecho, manifestando aquel deseo estabas escupiendo hacia arriba.

Pasé meses soñando con recuperar mi espacio personal en el baño de la casa familiar; volver a abrir el cajón de la ropa interior con los ojos pegados por las legañas y tropezar con un puñado de lencería femenina. Meses anhelando risas en el desayuno, de las que se quedaban flotando en el coche después de que las niñas saltaran a toda pastilla en dirección a sus clases; echando de menos el levísimo desequilibrio del colchón cuando Aurora se tumbaba a mi lado con su camisón de satén rosado y sus novelas románticas de ciento cincuenta páginas. Hace meses me sonreía, cariñosa, y me reprendía entre risas por no ser tan perfecto como los jeques árabes, los inversores de Wall Street o los jefes corporativos de Manhattan que protagonizaban sus novelas cortas de la colección de Bianca. Hace todos esos meses todavía me quedaba sentado en el borde de la cama, aturdido por el sueño, y la admiraba mientras se lavaba los dientes como si aún no pudiera creer mi suerte.

Tanto tiempo ansiando recuperarlo, soñando con recobrar mi lugar de padre de familia que, ahora que lo tengo de vuelta y lo repudio, me siento timado.

No comparto la cama con Aurora. Duermo en el sofá con el murmullo de los programas de Discovery Channel de fondo. Me acompaña durante el par de horas que logro conciliar el sueño. El resto de las noches las paso acordándome de las caras que Silvia le pone a las verduras, de cómo se ruboriza si improvisas un cumplido que no sabe encajar y de la manera en que alternaba una inusitada ternura con su rabia encendida cuando follábamos desinhibidos.

No hay nada más patético que estar deprimido y cachondo al mismo tiempo.

He tenido que decirle a Chiara que prefiero el sofá porque estoy viciado a las series de HBO y ahora tengo que leerme resúmenes de *Crónicas vampíricas* y otras basuras de adolescente en foros online para hacerle un informe matinal de mis recién adquiridos conocimientos *seriéfilos*. También he tenido que explicarle que paso poco tiempo en casa porque he vuelto a trabajar, lo cual no es del todo falso, pero tampoco cien por cien verdadero, porque la cruda realidad es que estoy evitando a su madre y sus besos de Judas. Conspiro a sus espaldas sin ocultar —salvo cuando estoy en presencia de Chiara— que no dejo de buscar maneras de revertir esta maldición que ha conjurado contra mí.

De momento, no hay resultados. Mi abogado, al que volví a llamar con el rabo entre las piernas para pedirle con la boca pequeña que me echara una mano, no da un duro por mi caso, motivo por el que supongo que se ha borrado, y sospecho que la hermana de Silvia, que me llamó de forma sorpresiva y se ofreció a asesorarme con un café por medio, no se atreve a tirar la toalla porque es testaruda y orgullosa, no porque haya la más remota posibilidad de éxito.

He intentado contactar con Silvia a través de Bárbara, pero

la hermana mayor se mantiene firme: aunque entiende el problema en el que me encuentro, preferiría no saber nada de mí. En cuanto a la hermana menor, me ha advertido que, si insisto en ir detrás de las faldas de Silvia, usará todos los vacíos legales que conoce para matarme y salir airosa, palabras textuales.

Silvia Altamira es más lista que el hambre y no hay una sola gota de sangre romántica en su sistema. Sabe muy bien qué tiene que hacer y a quién ha de evitar si quiere remontar, y resulta que no hay espacio para mí en su nuevo croquis vital. Me consuelo con que Bárbara se ha mostrado dispuesta a hablarme de las intenciones de Silvia respecto al trabajo a corto plazo, y no me ha dicho que no piense decirle de mi parte que sigue estando invitada a la inauguración de la oficina.

La inauguración consistirá en una pequeña reunión de los empleados que se quedaron tras la reducción de plantilla. Ángel se ha encargado de que haya una botella de champán para hacer el paripé de los brindis en las copitas de plástico que sobraron de una Nochevieja y yo, por mi parte, he hecho lo que tenía que hacer para que Aurora no se enterase de que estábamos de celebración.

—Si vuelves a llamar a mi exmujer[85] para ponerla al corriente de cualquiera de las decisiones que tomo, eventos a los que asisto o simplemente la informas de cómo me he servido el café por la mañana, te juro que al día siguiente estarás de patitas en la calle y me aseguraré de que no te contrate ni tu prima la esteticista, ¿queda claro?

Lola asintió con los ojos muy abiertos y me juró por lo que para ella era más sagrado, que podría ser un bolso de Fendi o

85. Incluso odiándola como la odia, Alessia no me perdonaría que me refiriese a Aurora por el papel que tuvo en mi vida y no por su nombre de pila, pues estoy reduciendo su identidad a un rol temporal: «mujer de» y no Aurora. Aunque Alessia estaría conforme con que la llamara Bruja o Puto Diablo, ahora que lo pienso.

la receta de paella de su abuela, que no volvería a cometer ese error. Por lo visto está muy arrepentida de haber mantenido informada a Aurora de nuestras decisiones profesionales, las de Silvia y las mías, y, es más: resulta que no quería a Silvia fuera y a Aurora ocupando su lugar.

—No se lo conté para que tomara cartas en el asunto —me juró, juntando las manos en un rezo—. Fue ella la que me llamó y yo aproveché para restregarle que estábamos de maravilla sin ella.

—Y lo estábamos.

Creo que conseguí avergonzarla lo suficiente como para que se lo pensara dos veces antes de venir a la inauguración, pero Lola se apuntaría a un bombardeo incluso con los bolsillos llenos de pólvora. No me sorprende verla aparecer con su habitual complemento de estampado felino, esta vez un pañuelo en la cabeza con manchas de leopardo. Lo que me sorprende es que a su lado, en el ascensor, aparezca una rubia a la que conozco muy bien. Sin traje de ejecutiva, sin recogido cómodo, sin la piel pálida de haber pasado horas y horas no remuneradas encorvada en el escritorio con un flexo iluminándole el rostro. Silvia tiene ahora el pelo a la altura de los hombros, el cálido sol de Mallorca la ha bronceado y lleva un vestido vaporoso con estampado acuático. Los verdes y azules se entremezclan en la seda y batista de la diminuta prenda.

Creo que no se me ha parado así el corazón desde que Iniesta marcó el gol definitivo en el Mundial de 2010.

Silvia me localiza mirándola desde lo que sería el salón si no lo hubiéramos convertido en la sala común para tomar café y sentarnos a la bartola. Sin sonreír, sin modificar la expresión, viene hacia mí sobre sus atrevidas sandalias con plataforma.

—Te has cortado el pelo —articulo, notando una presión fuerte en la base de la garganta. Ella me responde con su descaro habitual, como si no hubiera pasado nada entre nosotros.

—Es la ley. Cambio de amante, cambio de peinado.

—¿Cambio de amante? —No se me escapa la alarma en mi voz—. ¿Ya has encontrado un sustituto?

—Que no lo haya encontrado aún no significa que no lo ande buscando.

Su respuesta me hace rechinar los dientes.

—¿Y has venido a contármelo para restregármelo o para que no me sienta culpable?

—Ni lo uno ni lo otro. Yo no tengo por qué preocuparme de tu culpabilidad. Cada uno se encarga de lo suyo.

—Entonces ¿a qué debemos el honor de la visita de Miss Honolulu?

Sin molestarse en contestar, retoma el paseo apreciativo. El sonido de los tacones de Silvia contra el parquet me sume en una especie de ensoñación. Otea alrededor, valorando el papel de pared amarillo suave con los zócalos beige, los mejores títulos de la editorial enmarcados en forma de mosaico, algunas frases célebres de autores reconocidos desperdigadas para quien pueda y quiera pararse a leer las placas...

La sigo en su paseo por las distintas oficinas hasta que llegamos a mi despacho, desnudo aún de efectos personales.

—Es mi obra —dice al final, girando sobre los talones para obtener una vista amplia de toda mi oficina—. Tenía que venir a admirarla.

Doy un paso hacia delante.

—Yo también soy parte de tu obra y no me miras.

Silvia no reacciona a mi toque de atención. Se queda observando una de las placas plateadas y cruza los brazos sobre el pecho.

—Tú no eres mi obra, eres un intento frustrado. A diferencia de la editorial, hay muchas cosas sobre ti que no tienen arreglo, y yo, aunque soluciono problemas muy graves, raras veces hago milagros.

—Lo que has conseguido es milagroso, no te hagas la modesta ahora. Y me niego a pensar que esto no tenga arreglo —agrego en voz baja.

—¿Sí? Y, dime, ¿has encontrado soluciones?

Me detengo justo a su lado. Mi pecho roza su delgado hombro, que queda a la vista gracias a los tirantes.

—Como tú misma has dicho —retomo con un hilo de voz, inclinándome sobre ella—, que no las haya encontrado no quiere decir que no las buscara.

Silvia inspira hondo.

—Pues a lo mejor va siendo hora de que dejes de perder el tiempo —responde en el mismo tono—. Los dos sabemos que si hubiera alguna manera de salir de esta, ya se nos habría ocurrido.

Tendría que dejar de respirar para protegerme de su envolvente colonia. Es coqueta de sobra para echarse perfume en puntos estratégicos del cuello tanto si va a ver a un hombre que podría haber sido suyo como si no, no tengo por qué pensar que se ha puesto guapa a conciencia para restregarme que seré miserable hasta que la olvide —y eso si lo consigo—, pero quiero creerme el centro de su mundo por una sola vez. Quiero creer que ha venido hecha una sirena para hipnotizarme; quiero creer que me deja acercarme y me deslumbra con su aroma para que la tome de la barbilla, justo como hago, y le robe un beso en la comisura de los labios.

Ella no se retira enseguida. Tarda en reaccionar. Y cuando lo hace, me mira con una mezcla de deseo y resentimiento que no me deja indiferente.

—No hagas ni digas nada de lo que te puedas arrepentir —me advierte, pero detecto la debilidad en su tono—. Me dejaste, ¿o es que se te ha olvidado?

—¿Qué querías que hiciera? ¿Que te ofreciera un puesto como mi amante a riesgo de que me soplaras una bofetada? ¿Que renuncie a mis hijas por ti?

Ella me mira con los ojos echando chispas.

—No, por supuesto que no. No tenía ni tengo ningún interés en que me odies por ponerte en esa posición.

—Pero tú sí pareces tener interés en odiarme a mí.

—¿Y puedes culparme? —Se frota la frente, hastiada—. Mira, cada uno hace lo que cree que debe hacer para seguir adelante. Si he de odiarte, pues te odiaré. Es mi estilo.

Lo es, y no se lo puedo reprochar. Ya sabía en qué me metía cuando me metí con ella, y me metería una y mil veces.

—Entonces, tengo que olvidarme de la posibilidad de tenerte cerca, aunque sea como asesora o amiga —deduzco con un nudo en la garganta.

—No seas ridículo, Bosco. —Se ríe sin fuerzas, sin mirarme—. No podemos ser amigos. Nunca hemos sido amigos, para empezar.

—¿Y no quieres ni intentar que lo seamos? —Doy un paso hacia ella—. Me he acostumbrado a tu presencia, y estoy seguro de que tú también a la mía. No puedes quitarle la heroína a un adicto así, sin más. Necesita un tiempo recibiendo dosis inferiores para que no lo mate el mono.

Silvia me censura con la mirada.

—No soy una droga dañina ni nada indispensable en tu vida, y ya has sobrevivido a una ruptura. Una mil veces peor que la... nuestra, si puede llamarse así. Estás preparado para superar lo que quiera que tuviésemos.

—No es lo mismo perder a alguien que te ha decepcionado a que te arrebaten de golpe algo que quieres y te hace bien. Tú lo sabes mejor que nadie, porque no sientes lo mismo que cuando lo de Ernesto se fue al carajo... ¿O sí? —Inclino la cabeza hacia ella—. ¿A mí también me ves en el espejo, en las señales de tráfico, en todas las canciones que escuchas?

Silvia aparta la mirada, avergonzada porque haya sacado a colación lo que me confesó en su habitación de la infancia.

No quiero que me diga que sí por una cuestión de ego. Quiero que me diga que sí para poder responder que me pasa lo mismo. Admitir que amas a alguien es el comienzo de un vicio irrefrenable. No puedes ni quieres parar de repetirlo, decírselo al cantautor que sube al metro con su ukelele y su amplificador, a la señora que hace cola en el supermercado y a la operadora que te llama para venderte fibra óptica.

—Ya tienes tu empresa —me reclama con aspereza, cambiando radicalmente de tema—. Solo procura que no se vuelva a ir a la ruina o me lo tomaré como algo personal.

Echo un rápido vistazo por el pasillo. Nos llegan las voces y las risas del grupito que brinda en la sala común, pero no parece que nadie tenga intención de molestarnos.

No lo harán, si saben lo que les conviene.

—¿Eso es todo? ¿Es la última vez que te veo? —le pregunto en voz baja.

Soy consciente de cómo me encorvo sobre ella, de cómo intento rodearla tanto como me lo permiten las limitaciones de mi cuerpo finito. Parece que no las tengo al cerrarle el paso, porque ella se rinde a quedar a mi merced en cuanto la bloqueo por un solo flanco.

Silvia asiente con la cabeza en silencio.

Una Silvia sin palabras es una Silvia que me resulta extraña, pero no menos cautivadora.

Rodeo sus mejillas con las palmas de las manos, empapándolas de su calor, seguro que también del brillo de su perfecto maquillaje. Perfecto, sí, y no porque entienda del tema, sino porque todo en ella es insoportablemente perfecto. No sé si lamentar no haberme dado cuenta antes, cuando estaba ocupado odiándola, o si agradecerlo. Si hubiera sido consciente de sus virtudes desde el principio, ahora tendría muchísimos más momentos que echar de menos.

Doy un paso hacia delante, y otro y otro más, hasta que la tengo con la espalda pegada a la pared. Cierro la puerta de un puntapié, sin apartar la vista de su expresión.

Necesito asegurarme de que quiere. Necesito asegurarme también, por egoísta que sea, de que me va a querer hasta que me las apañe para solucionar el embrollo, porque tengo que arreglarlo.

Acaricio su labio inferior con el pulgar y me llevo parte del pintalabios satinado, un rosa brillante y un poco pegajoso cuyo sabor ansío descubrir. Silvia echa la cabeza hacia atrás y entreabre la boca para invitarme a besarla. Lo hago despacio, recorriendo su rostro con los dedos, echándole todo el pelo hacia atrás desde las sienes y entreteniéndome luego en su nuca erizada, en la base trasera de su cuello, en la columna que insinúa su espalda, desnuda desde la primera vértebra hasta el coxis. Mi mano protege una de sus nalgas. La atraigo hacia mí y la ciño a mi pecho. Ella me devuelve el beso como si fuera la primera vez que la besan, como si no supiera, como si improvisara, moviendo los labios con delicadeza y por instinto, en otro mundo. Se deja hacer con los brazos laxos a cada lado del cuerpo, pero temblando de anticipación.

La siento tan frágil de repente que necesito dedicar unos segundos a abrazarla. Solo abrazarla mientras el deseo va llegando en oleadas de calor. Es un deseo que en realidad no tiene que aparecer, solo hacerse notar, porque vive ahí, entre nosotros.

La escucho respirar erráticamente.

—No puedo despedirme de ti de otra manera.

Ella no contesta, pero por fin me abraza de vuelta y se estira para recorrerme el cuello con pequeños besos que me habrían hecho sonreír por las cosquillas en otro momento. Ahora solo encienden mi rabia.

No, no hay nada peor que estar cachondo y triste a la vez. Ni siquiera cuando la mujer que tienes entre los brazos te entiende porque siente lo mismo.

Tiro de su vestido hacia arriba, desvelando el misterio ya conocido que son para mí sus piernas. Lleva uno de esos tangas de hilo que vuelan solos cuando tiras un poco del extremo. La acaricio entre las piernas despacio, muy despacio, tan despacio que la desespero y me desespero a mí. Pero este momento tiene que durar días. Semanas. Meses. Lo que vaya a durar la separación. Tiene que volver a casa oliéndome y despertarse conmigo aunque yo no esté en la cama con ella.

No me conformo con menos. Con ella no.

Silvia apoya la nuca en la pared para jadear. Mis dedos siguen tanteando, acariciando, provocando y, aunque el ritmo de las caricias está hecho para alargar el remate final, ella se humedece tan rápido que no puedo mantenerme firme en mi propósito de destinar horas a su placer. Me aprieta el pantalón a la altura de la entrepierna y Silvia lo sabe, por eso me roza la bragueta con los dedos. Me desabrocho el cinturón con una mano, sin dejar de admirar su expresión entregada —los ojos cerrados, los labios entreabiertos—, y cuando me veo con los pantalones por las rodillas y con ella pestañeando rápido para contener las lágrimas, una oleada de rabia furiosa me invade como nunca antes.

Soy un tío de temperamento fuerte y esa es mi reacción ante todo; enfurecerme, arremeter contra quien tengo delante, pero creo que nunca me había dado cuenta de la vulnerabilidad que entraña sentirse impotente, de lo que verdaderamente cabrea perder la alegría que apenas te han dejado saborear. No he probado su cuerpo suficientes veces para empezar a saciarme, no le veo el fin a la cantidad de oportunidades que la vida podría darme para reírme con ella. Hay miles de cosas que aún no sé de Silvia, millones de detalles que podrían parecer irrelevantes pero que, de pronto, necesito averiguar para hallar el mejor modo de tratarla, y descubro justo ahora que ese vacío de conocimiento insignificante me asfixia; que no saber cuál es su película favorita o su ritual sagrado antes de acostarse me irrita. Y lo pago con ella misma cogiéndola por los muslos que pronto me rodean la cintura como boas constrictoras y hundiéndome en su cuerpo sin cuidado, como sé que le gusta. Porque al menos eso sí lo sé.

Un poco de dolor a cambio de mucho placer, esa es la ecuación que la complace, la que la derrite una y otra vez en mis brazos. La empujo contra la pared, orgulloso de saber cómo encenderla pero profundamente desolado, odiando que sus mejillas se humedezcan y no porque la trate mal, no porque la clave una y mil veces con embestidas que hacen rebotar sus pechos, sino porque no parece que vaya a tener más oportunidades de demostrarle que a veces puedo ser insensible y agresivo, igual que no podré probar que soy las dos caras de la misma moneda y también la puedo conmover con mi dulzura. Silvia me abraza con fuerza, pero en algún momento tendrá que dejarme ir. Yo la embisto como si me fuera la vida en ello, porque es verdad que se me va a desprender un pedacito de vida en cuanto nos corramos.

Noto la piél húmeda por el sudor y el calor haciendo palpitar diversas partes de mi cuerpo, sobre todo el pecho que retiene las palabras que no voy a decir y el punto que nos une y nos enloquece a ambos.

«Qué mal lo hacemos todo, Silvia», me dan ganas de decirle. Solo sabemos gritarnos y follar cuando lo que queremos es confesarnos las verdades difíciles. Íbamos a arreglar eso, estábamos en camino de corregirlo y gritarnos y follar cuando hay que hacerlo y no más, pero ya no se puede.

La beso en los labios tal y como me siento, a la defensiva y abandonado igual que los perros de la calle, y ella me muerde la boca en respuesta, me aprieta entre las piernas, todo un lenguaje de pasión delirante que se me va a quedar corto. Y eso me asusta de repente; que piense que solo echaré de menos sus sabios consejos, su lengua vitriólica y su coño apretado, ese que me exprime. Pero ¿cómo le digo que la quiero a toda ella, incluso lo que aún no conozco; ese maravilloso enigma?

Silvia se retuerce en mis brazos y me estrecha más aún. Y yo, inspirado por la deliciosa contracción de sus músculos, tiemblo a la vez y me vacío dentro de ella apretando la mandíbula para que nadie se entere.

Nadie debe descubrir que, aunque no me he dado por vencido, actúo como si lo hubiera hecho, porque en el fondo siento que no hay solución.

Apoyo los labios en el tierno cartílago de su oreja, enrojecido como sus mejillas y como los muslos que han sufrido la presión de mis garras. Silvia apoya la barbilla en mi hombro y permanece abrazada a mí sin moverse.

Yo tampoco lo hago.

Algunas certezas son paralizantes, y aunque he tenido la firme sospecha de que me dolería no volver a verla, es ahora cuando lo sé con seguridad.

Me va a doler, joder. Me va a doler a rabiar.

Capítulo 31

Los milagros
de Santa Alessia del Internet Profundo

Toco a la puerta del dormitorio de Alessia con los nudillos. En mi ausencia, colocó justo en el centro un cartel de aviso con la silueta de un pastor alemán: «Cuidado con el perro», y agregó debajo, con su magnífica caligrafía: «El patriarcado lo pone de mal humor».

Me cuesta no sonreír. Esta niña siempre me da motivos para hacerlo.

A su señal de «adelante», sofocada por la música a todo trapo, entro y cierro la puerta tras de mí. Alessia está encorvada sobre el portátil que le regalé con las piernas cruzadas en la posición del loto y todo el pelo echado hacia atrás gracias a una tela de felpa.

—Luego te quejas de tu escoliosis. Esa no es la manera de sentarse.

Alessia da un respingo y se apresura a cerrar la página web que hasta el momento había estado consultando. Siempre hace lo mismo. Menos mal que sé que para ella el porno es la industria machista por excelencia y no lo consumiría ni loca o, de lo contrario, me preocuparía que pasara los días visitando lasmasguarras.com... como una que yo me sé.

—La escoliosis la tengo desde antes de haber aprendido a sentarme. ¿Por qué te crees que soy gótica? Es difícil combinar un corsé con un estilo fresco y juvenil —ironiza.

Estoy pensando en la réplica adecuada cuando presto atención a la canción que tiene puesta. Me suena familiar, pero no es porque forme parte de su habitual lista de reproducción, sino porque es un éxito más o menos antiguo de un género que detesta.

—¿Eso que estás escuchando es Daddy Yankee? —pregunto, perplejo. Me siento en el borde de su cama nido—. ¿No decías que el reguetón cosifica a las mujeres?

—Sí, pero hasta tú has cosificado a las mujeres alguna vez y no voy a odiarte por eso.

—¿Y por qué me vas a odiar, entonces? Lo digo porque odias a todo el mundo, y que no me odies a mí me hace sentir excluido.

Alessia se impulsa desde la mesa para separar la silla de escritorio y aprovecha que puede girar sobre su eje para dar una vuelta antes de enfrentarme.

—Odiar el reguetón es racismo interiorizado —declara con toda naturalidad—. No es lógico que la gente, aunque no sea una fanática del heavy metal, no se ofenda por sus letras claramente machistas y al reguetón lo tengan como el asesino de la música. ¿A qué crees que se debe? A que los cantantes son latinos. Un grupo de músicos ingleses puede cantar sobre matar a una mujer, pero un puñado de puertorriqueños hablan sobre el culo de una tía y ya son la peste.[86] He decidido que no voy a apoyar el odio generalizado al género.

—¿Desde cuándo?

—Pues desde que Silvia me explicó lo que opinaba. —El

---

86. Yo creía que la gente odiaba el reguetón porque es repetitivo y, por ende, poco creativo, porque las letras explícitas son un llamado a la misoginia y porque los intérpretes no conocen técnica vocal alguna, se apoyan en el *autotune* y además llevan unas pintas espantosas... pero lo que diga Alessia.

corazón se me encoge al reconocer cierta admiración en la pronunciación de su nombre—. Resulta que hice una larga investigación de todas las letras machistas de la historia y, aunque es verdad que el reguetón destaca especialmente, sospecho que el desprecio es una cuestión de su procedencia, porque la mayoría de los que odian este género son los hombres que se creen moralmente superiores[87] por escuchar Nirvana, refunfuñan si les ponen *La sirenita* en español latino y dicen «guachupino», «sudaca» y «panchito» para referirse a un latinoamericano.

—Perdóname por no entrar al trapo y quedarme con lo que me interesa, pero ¿me estás diciendo que ya no odias el reguetón por Silvia?

Alessia encoge los hombros y vuelve a dar una vuelta sobre su silla de escritorio con ruedas. Toma tanto impulso que se queda girando un buen rato, y cada vez que posa sus ojos sobre mí me parece que la Tierra haya terminado su movimiento traslacional y se haya hecho un año más sabia.

Canta junto a Daddy Yankee:

—*La nueva, la nueva y la ex. Una está segura de sí misma, la otra es una estrella sin carisma; la nueva se enchisma, con sus celos ya me lo confirma, la otra celebra como la Christmas... Dale que seguimos, dos mujeres un solo camino, el tiempo puso claro cuál es mi destino...*

—¿Ya te la sabes de memoria? —Pestañeo, perplejo.

—La utilizo para inspirarme, a ver si se me ocurre una solución a nuestros problemas.

«Nuestros problemas», ha dicho. No debería conmoverme el plural, porque Alessia sigue a hierro el lema de «lo mío es tuyo y lo tuyo es mío» de la primerísima y arcaica idea de comunismo, pero aun así le sonrío con cariño.

---

87. Tiene su gracia que Alessia no les perdone la superioridad moral a los demás cuando, en el diccionario, su cara aparecería en la definición de dicho concepto... pero me voy a callar otra vez.

—Buena suerte con eso. —Cruzo los tobillos y me reclino hacia atrás en la cama—. No te preocupes, Alessia. No se me ocurriría poner en tus hombros ninguna obligación.

—Se te ocurre ponerla sobre los tuyos, que no destacas por tu astucia a la hora de tomar decisiones. ¿Por qué has cedido a su chantaje? —me recrimina. Deja de dar vueltas y me fulmina con una mirada que, más que furiosa, parece desorientada o incluso dolida—. Kiki y yo *nunca* nos habríamos alejado de ti. Habríamos ido a verte aunque fuera ilegal. También es ilegal comprar tabaco antes de los dieciocho y tienes que ver a los idiotas de mi clase enseñando los Marlboro que se compran por un puñado de céntimos en el asiático que hay junto al insti.

Alessia no dice «chino», siempre dice «asiático» porque, en su opinión, asumir que la gerencia de los bazares con nombres orientales es de origen chino es *racista*, y parece que ese es el tema de hoy, la discriminación a las diversas etnias. El caso es que puede ser que estemos hablando de un coreano, un japonés, un pakistaní, un vietnamita, y así sucesivamente. Y, como ella dice, a las cosas hay que llamarlas por su nombre, a la gente, por su verdadera nacionalidad, y a los gilipollas, pues gilipollas.

—No subestimes a tu madre —la advierto.

—A quien no voy a subestimar es a mí, pero descuida, que ya sé que ella es una bruja peor que todas las villanas de televisión que le dan miedo a Kiki. La *odio*.

El convencimiento con el que lo dice me revuelve el estómago. La mayoría de los adolescentes han despreciado a sus progenitores en algún punto entre sus trece y sus dieciocho años, por lo que no debería asombrarme su reacción.

Sin embargo, sé que ella lo dice de corazón. Eso me incomoda y me veo impelido a decir:

—No digas eso. Es tu madre.

—Tienes razón. No debería usar la palabra «bruja» para

insultarla. Las brujas no eran pérfidas, eran un puñado de incomprendidas que fueron asesinadas injustamente por los lavados de cerebro que llevaba a cabo la Iglesia católica. A quien hay que temer es a los iluminados del Medievo que las quemaban en las hogueras. Así que... no. Bruja no. Pero es una mala persona.

Me cuesta encontrar las palabras exactas para calmar las aguas tempestuosas que son a veces los pensamientos de Alessia, porque no quiero mentir —o, dicho de otra manera, insultar su inteligencia— diciendo que eso no es cierto, y tampoco deseo animarla a envenenar a su madre.

Al final me decanto por un sencillo:

—La manera en que me haya tratado a mí no anula una verdad universal como lo es que te quiere con locura. Os quiere muchísimo a las dos —apostillo—, solo que lo demuestra a su modo. A lo mejor no es el más apropiado o el mejor, pero no dudes que haría cualquier cosa por ti.

—No haría cualquier cosa. Le he dicho que la odiaré siempre si no te da el divorcio y no me ha hecho ni caso.

Suspiro profundamente. Tengo que tragarme un insulto dirigido a Aurora, a la que me imagino escuchando a la desesperada Alessia mientras se pinta las uñas de los pies o se prepara algún batido de proteínas antes de marcharse a su clase de pilates en la academia más cara de la ciudad. No la miraría a la cara hasta que hubiera concluido su soliloquio y, entonces, solo entornaría los ojos en su dirección y le soltaría algo como «no tengo la cabeza para tonterías», «no te metas en asuntos de mayores» o, directamente, «me estás tapando la vista de la telenovela».

Sí, su madre es una mala persona, pero que me parta un rayo si dedico mis energías a poner a alguna de las niñas en su contra. El odio llega solo a la vida de uno, no hace falta que un padre siembre esa amarga semilla en su corazón. Sobre todo cuando se puede volver en tu contra.

—Hace lo que cree que es mejor para Kiki. Mira lo contenta que está tu hermana. Eso lo hace más llevadero —reconozco. Alessia espera con las cejas enarcadas a que entre en razón, y al final consigue lo que quiere—. ¿Qué quieres que te diga? Sabes que esto es una putada para mí, pero haría cualquier cosa por vosotras.

—¡Pero a mí me gusta Silvia! —se queja Alessia, reclinándose en la silla hasta hacerse un ovillo. Se abraza las rodillas, apoya la barbilla entre ellas y me mira con sus grandes ojos negros, retintados con kohl—. Y a Chiara también.

—Y a mí. Pero vosotras sois lo primero. Ella lo entiende... aunque no le haga gracia.

Alessia ladea la cabeza hacia el ordenador.

Al principio pienso que es para que no vea que se le saltan las lágrimas, pero nada que ver. Alessia nunca ha sido llorona, ni siquiera cuando era pequeña. Ahí donde Chiara suele soltar unas lagrimitas para manipular a los adultos, tan dulce e inocente que se la ve, a la muy canalla, Alessia, ya con seis años, procuraba argumentar sus deseos y decisiones para convencernos de su voluntad. Y lo conseguía, aunque solo fuera porque nos maravillaba su inteligencia innata.

Así que no, no está llorando porque ella nunca llora. Ella se encierra en su dormitorio y piensa en soluciones, inspirada por el reguetón del gran Daddy Yankee, con quien hasta yo bailé en mis tiempos mozos. Y parece que se le enciende la bombilla, porque después de balbucear algo parecido a «es verdad que no le gustaría perdernos», se pone de pie de un salto y me mira con una sonrisa que me estremece.

Temer las conspiraciones de Alessia es de sabios.

—Se me ha ocurrido una idea —anuncia, tan excitada que le tiembla la voz—. Llama a tu abogado.

—No me quiere ni ver.

—Pues llama a un nuevo abogado y dile que prepare los papeles del divorcio con todas las que sean tus condiciones.

—¿Qué estás diciendo?

—Tú solo hazme caso. Sé lo que hago —me asegura, lanzándome una mirada insondable totalmente impropia de una adolescente.

¿Cuánto puede envejecer un niño después de un divorcio? O, mejor dicho, después de descubrir que su madre no es un ejemplo a seguir, sino alguien a quien temer.

—Alessia, vas a tener que contarme un poco por encima lo que pretendes para saber si es viable o no. No quiero problemas.

—Pues claro que es viable si se me ha ocurrido a mí. Ven conmigo a la cocina.

Aurora es una mujer de rutinas. Cuando llegaba de trabajar en torno a las nueve de la noche, se hacía dos filetes de lubina a la plancha y una ensalada de pera y lechuga e iba pinchando los escasos ingredientes con aparente desgana frente a la televisión de plasma, observando, hipnotizada, el nuevo capítulo de la telenovela venezolana, española o turca que estuvieran emitiendo. Es justo ahí, donde habrá dejado la marca de su culo, donde la encontramos con un móvil en la mano y un tenedor en la otra, riéndose sin ganas por los cómicos aspavientos que hace la protagonista.

Alessia se interpone entre ella y la serie con los brazos en jarras, a lo que Aurora enarca las cejas y espera una explicación que no llega enseguida.

—Alessia, cielo, estoy viendo la televisión —dice con voz mecánica.

—Bueno, pues ahora me vas a ver a mí. Lo que voy a decirte no va a tener nada que envidiarle a la trama más rocambolesca que les haya ocurrido a tus turcos favoritos.

Aurora, más divertida que preocupada, deja caer el móvil y el cubierto antes de cruzarse de brazos y apoyar la espalda en el sofá.

Yo tampoco tengo ni idea de qué va todo esto, pero me acompaña la sensación de que Aurora está siendo demasiado condescendiente con una adolescente cuyo coeficiente intelectual supera el nuestro con creces.

—Te escucho.

Alessia no apaga la televisión, lo que significa que espera acabar enseguida. Yo espero al margen, con el corazón cada vez más pesado, temiendo lo que se le pueda haber ocurrido.

—Antes de decir nada, voy a darte la oportunidad de echarte atrás —empieza Alessia, mirando fijamente a su madre—. Dale el divorcio a mi padre.

No mira a nadie más de esa manera, solo a Aurora. Lo hace como si no la entendiera y necesitara estar en su mente para empatizar con sus razones y así poder vivir tranquila. Alessia era de las que de pequeña se lo cuestionaban todo, poniendo a prueba tu cultura general, tus conocimientos y hasta tu imaginación cuando no sabías qué decir. Por qué el cielo es azul, por qué algunos animales vuelan y otros no, cuál es el significado de la vida, por qué si me compro una camiseta de Iker Casillas y no un vestido en el paseo marítimo me dicen marimacho... Entiendo que para ella debe ser un *shock* no saber por qué una persona actuaría como lo hace Aurora. O no saber, a secas.

—Se lo di hace mucho, cuando tenías tres años —responde con desahogo.

Alessia aprieta los labios con el gesto ensombrecido por la mención indirecta de Piero.

—Yo en tu lugar no me burlaría —la advierte—. ¿No vas a pensártelo? ¿Seguro que no quieres volver a empezar?

—Me parece que no. —Apoya los codos en los muslos e intenta razonar con Alessia con cara de no haber roto un plato—. Cariño, todo esto lo hacemos por vosotras. Fíjate en lo feliz que es Chiara desde que Bosco ha vuelto a casa. ¿Es que no quieres que tu hermana sea feliz?

Ella siempre me ha llamado Bosco delante de las niñas.

Nunca se ha referido a «tu padre» o «papá», y supongo que, en parte, lo entiendo..., pero no quita que me diera rabia. Ese apelativo quedaba reservado para Piero, un tipejo que nunca ha sido una figura paterna y todavía reniega a día de hoy de la pequeña. Y, sin embargo, ahí está Alessia, refiriéndose a mí como su único y verdadero padre y dirigiéndose a Aurora por su nombre propio. Creo que hasta agregaría el apellido si fuera un poco más teatral.

Debería haber imaginado que Aurora usaría la carta de alejarme de las niñas solo por esos pequeños detalles que me han chirriado toda la vida. Cuando Alessia sacaba malas notas en su periodo de rebeldía —tenía cosas más importantes de las que preocuparse que de aprender a descomponer palabras en monemas, como de la explotación infantil en Bangladesh y los elevados índices de trata de blancas en Tailandia—, me atreví a echarle una bronca que me fue devuelta de parte de Aurora.

«Tú no te metas, porque no son tu responsabilidad. Son mis hijas, no las tuyas», repetía sin cesar.

Una y otra vez.

—Chiara va a ser feliz pase lo que pase. Bosco, no.

Aurora ladea la cabeza hacia mí en busca de explicaciones.

—Ya veo que estás aquí para defender sus intereses. ¿Te parece una buena decisión comerle la cabeza a las niñas?

Ni me molesto en responder. Solo suelto una carcajada irónica.

—No solo voy a defender sus intereses, sino los míos —replica Alessia, amusgando los ojos—. Dices que no le permitirás volver a vernos si se atreve a pedirte el divorcio, ¿no? Pues he aquí la contraoferta: no volverás a verme el pelo a mí si no se lo das.

Aurora enarca una ceja. Estira el brazo hacia un taco de pan frito de la ensalada y se lo mete en la boca sin prestar mucha atención.

—¿Y cómo es eso?

—En una palabra: emancipación.

Aurora deja de masticar, pero no por el asombro, sino porque le da la risa floja. Yo me pongo más tenso que ella, quizá porque me la tomo más en serio.

—¿Cómo pretendes emanciparte? ¿Con el dinero de la pensión de tu padre? Ya te he dicho mil veces que no puedes tocar un euro sin mi permiso o el suyo, y con trescientos euros al mes no vas ni a la vuelta de la esquina.

Parece que Alessia ha amenazado con la emancipación unas cuantas veces antes, porque Aurora tenía preparado cómo descartarla.

—No, con el dinero de la pensión de Piero no, pero con el dinero que gano por mi cuenta yo diría que voy bastante sobrada —replica con petulancia.

—¿Qué dinero vas a ganar tú por tu cuenta, Alessia? —se burla.

Yo se lo pregunto también, aunque preocupado.

—Eso digo yo. ¿Qué dinero ganas tú, si puede saberse?

Alessia hace una mueca de incomodidad y agacha la mirada en mi dirección, como si solo le preocupara decepcionarme a mí.

—Tienes que prometerme que no te vas a enfadar por habértelo ocultado, pero es algo que va contra mis principios morales y por eso mismo creía que no lo entenderías.

—¿Que va contra tus principios morales? Alessia, por favor, no me digas que piensas casarte —musito con el «Jesús» en la boca—. ¡Me dijiste que odiabas a los hombres!

—¡Y los odio! ¿De dónde has sacado que voy a casarme?

—Es una manera de obtener la emancipación.

—Pero no pretendo conseguirla a través de un hombre, sino porque soy independiente. Eso es lo que he dicho, que puedo mantenerme por mi cuenta.

—De acuerdo, bien. ¿Y qué trabajo va contra tus principios, aparte de todos porque en un sistema capitalista los empleos son esclavistas sin excepción?

Solo estoy citando una de las argumentaciones que ofreció cuando le pregunté qué quería ser de mayor. Maldito el día que se me ocurrió plantear esa duda tan infantiloide, porque me dedicó una caída de ojos y me soltó que ella no enfocaba su vida ni su felicidad al que quiera que fuese su futuro laboral. A raíz de esto empezó a defender la honradez y los derechos de las trabajadoras sexuales, por lo que nadie puede culparme cuando cierro los ojos e intento calmarme a la hora de plantear una duda razonable.

—Por favor, dime que no eres prostituta.

—¿Qué? —jadea—. ¡Pues claro que no!

—¿Puedes resolver el misterio de una vez? Me estoy perdiendo *Pájaro soñador* —rezonga Aurora, que, a juzgar por su comportamiento, piensa que todo esto es un paripé.

—Muy bien. —Alessia inspira hondo y suelta—: Escribo novelas en Wattpad. Bueno, las escribía hasta el año pasado. Escribía *fanfictions* de todo tipo. Hermione y Draco; Harry Styles y Louis Tomlinson, dos cantantes de BTS; Sherlock Holmes y John Watson; Kaz e Inej... Bueno, de esos, principalmente. Los escribía por placer culpable, porque no es que me pusiera a reivindicar el feminismo. De hecho, caía en todos los tópicos imaginables, y ya ni hablar de las dinámicas de poder que se daban... Pero luego, cuando reuní medio millón de seguidores, descubrí a John Green y empecé a escribir novelas juveniles de esas en las que muere alguno de los protagonistas, hay sexo explícito y...

—¿Sexo explícito? —repito, en *shock*.

Creo que es la primera vez en mi vida que veo a Alessia ruborizada.

—¿Qué quieres? —me ladra a la defensiva—. ¡Tenía que crear un producto comercial y eso es lo que más se demanda! La cosa es que en Amazon existe la opción de publicar tus novelas sin inversión inicial, y como ya tenía una base de seguidores y parecían dispuestos a acompañarme al fin del mundo, corregí algunos *fanfics* que tenía, cambié nombres, modifiqué un pelín las historias, hice las portadas en Canva y...

—¿Y? —la presiono, sin pestañear.

—Pues tengo doce novelas publicadas como Olympia Woolf y gano más o menos dos mil euros al mes —suelta de sopetón.

El anuncio hace que Aurora deje de sonreír con condescendencia y hasta se incorpore para mirar a su hija mayor con una mezcla de incredulidad y creciente terror.

—¿Qué dices? —balbucea, de pronto pálida—. ¿Y dónde se supone que están esos dos mil euros, si puede saberse? Porque en la cuenta bancaria que tienes conmigo donde tu padre ingresa la pensión no he visto movimientos extraños.

—Primero, ese hombre no es mi padre, solo es un señor que resulta que me paga unos euros al mes y tuvo la cuestionable gentileza de darme su apellido —gruñe con desdén—. Y segundo, la que compartes conmigo no es la única cuenta bancaria que tengo. Informé a Piero de que estaba trabajando para que abriera otra a su nombre y solo él tuviera acceso, y como le da absolutamente igual lo que haga, prometió guardarme el secreto. Así pues, tengo veinte mil euros ahorrados en el banco y más que están por llegar. Yo creo que el juez tendrá eso muy en cuenta cuando le diga que quiero que le arrebate la patria potestad a mi madre porque es una manipuladora, una zorra cruel que pretende alejarme del hombre que me ha criado, y que me ha causado un estrés traumático tan heavy que tengo que visitar una psicóloga.

—¿Vas a una psicóloga? —balbuceo, boquiabierto.

Se gira hacia mí y me contesta tranquilamente:

—Se llama Alison Bale, es yanqui y le hace terapia al cantante de Los defectos de mi madre. La encontré porque Adrián Salamanca es muy abierto en sus redes con respecto a sus problemitas psicológicos. Piero me firmó la autorización.

Aurora desvía la mirada a la funda del sofá. Se dedica a alisar las arrugas para calmar su ansiedad.

—Muy bien. —Contiene la respiración—. Te emancipas ¿y qué?

—¿Aparte de ponerte por los suelos delante de tus amigos, cuya opinión te ha importado siempre tanto? No volverás a verme la cara jamás. En cuanto sea libre, desapareceré de tu vista y no sabrás cómo me va a no ser que Chiara te enseñe las fotos que cuelgo en internet. Que, de todos modos, yo no subo fotos mías a Instagram, porque esa red social me parece un templo de culto al narcisismo y yo desprecio a la gente que necesita la aceptación de terceros para seguir viviendo.

Me habría preocupado si no hubiese incluido una crítica social en su discurso. Llevaba ya un buen rato sin hacernos sentir mal con nosotros mismos.

Hasta yo me siento mal y no tengo Instagram.

En una ocasión le dije a alguien que llegaría el momento en que mi hija ya no me dejaría pasmado y podría decir sin miedo a equivocarme que la conozco como la palma de mi mano y no puede sorprenderme. Me equivocaba, y Aurora también, porque levanta la barbilla y mira a su hija como si la viera por primera vez.

No sé si acaba de darse cuenta de que vive con una gran mente pensante o, simplemente, al saber que está a punto de perderla —si no la ha perdido ya—, le ha venido de golpe todo el afecto maternal que sé que siente, aunque raras veces lo demuestre. Sea como sea, Aurora palidece y se queda en silencio un buen rato, rogándole con la mirada a Alessia que no lo haga.

Pero lo va a hacer, porque Alessia no quiere a su madre. Estuve presente en el preciso momento en que dejó de hacerlo, y siempre me sentiré culpable porque una parte de mí se considera responsable. A fin de cuentas, fui yo quien hizo que descubriera lo rastrera que Aurora puede llegar a ser, y todo por un descuido. Era yo el que le estaba exigiendo explicaciones por haberme engañado con otro hombre mientras Alessia escuchaba con la oreja pegada a la puerta corredera del salón; en ese momento, Alessia se dio cuenta de que incluso quienes más queremos pueden decepcionarnos. Es una de esas cosas que uno no debería aprender hasta que es lo bastante maduro para encajar el golpe, porque duele más el engaño de quien nos quiere y nos cuida que la trola sobre la existencia de los Reyes Magos.

Alessia ya no quiere a su madre. Le retiró todo el amor que le profesaba de forma voluntaria, con motivos —porque Alessia necesita un motivo de peso y razonable para hacerlo todo, incluso para gestionar sus sentimientos—, y me lo entregó a mí en su nueva forma: compasión. Y no dejo de sentirme agradecido por esto, pero también lo lamento de corazón. Una niña necesita a su madre cuando ya la ha conocido; cuando ya la ha admirado.

—Supongo que son la dirección fiscal y los datos personales de Piero los que figuran en tu ficha como autora de Amazon —dice Aurora. Suena hueca, distinta.

—Así es.

Aurora asiente con lentitud. No es hasta un buen rato después cuando masculla:

—Eres una pequeña manipuladora, ¿lo sabías?

—He aprendido de la mejor —le suelta Alessia.

No creo que sea el miedo a que Alessia se emancipe lo que motiva a Aurora a prolongar el silencio para barajar sus opciones. No creo que sea la amenaza como tal lo que la afecta, porque desde luego que le afecta: es una persona fría y a ratos perversa, pero ha parido a dos criaturas y pocos son indiferentes a una hazaña de ese calibre. Lo que le duele es haberse dado cuenta como me he dado cuenta yo de que Alessia la detesta de veras y no existe manera de arreglarlo. Aurora quiere salirse con la suya, pero si se sale con la suya, entonces perderá a Alessia para siempre. Y no solo porque se vaya de casa, sino porque no se lo perdonaría nunca.

Al final, Aurora se pone de pie y se dirige al comedor en silencio. De uno de los cajones del caro mueble de madera noble donde guarda las sábanas y los cobertores del sofá saca un taco de papeles grapados que reconozco antes de que los suelte sobre la encimera de la cocina.

El divorcio.

Me mira solo a mí, sin verme realmente, y a diferencia de lo que esperaba, no me echa la culpa de su desdicha.

—¿Qué es lo que quieres? —me pregunta con sequedad.

Tenso todavía, porque sé que estoy jugando con fuego; que si pido demasiado puedo perder, y si no lo pido todo, quizá desaproveche la única oportunidad que tendré, aparto los papeles de divorcio a un lado y la miro a los ojos.

—Antes de firmar nada, quiero que nuestro matrimonio haya servido para algo que considero importante. Solo si estamos casados puedo reconocer a Chiara como hija y tener derechos de padre sobre ella, así que eso es lo primero que te pido.

—Muy bien. Le gustará saber que tiene un padre reconocido por ley —acepta con la mirada desenfocada—. ¿Qué más?

Inspiro hondo.

—Te apartarás de la editorial. Esto no debería ser una imposición matrimonial ni un requisito de divorcio porque la editorial está a mi nombre y yo decido a quién contrato y a quién despido, pero te quiero lejos del negocio y de sus empleados.

Aurora no asiente, pero tampoco niega con la cabeza. Me invita a seguir agregando imposiciones, sabiendo que ha perdido.

—Quiero que dejes por escrito y presentes ante el abogado, el juez o quien sea, que Alessia tiene total libertad para visitarme o estar conmigo.

—¿Estás pidiéndome una custodia compartida?

—No quiero custodia compartida —se mete la niña—. Quiero vivir con él.

Aurora aprieta la mandíbula y se gira hacia Alessia, a la que yo también miro con una advertencia: «No tenses la cuerda, que al final se rompe».

—Estoy cediendo a todo esto para que siga constando que eres mi hija y pueda verte cuando quiera. ¿Cuál sería la diferencia entre que te emanciparas y te fueras a vivir con él? —ruge Aurora.

—Que si me dejas vivir donde quiera, puede que no te odie eternamente.

—¿Y qué hay de tu hermana pequeña? —insiste Aurora—. ¿La vas a separar de ti? ¿Ella tampoco te importa?

Sabe dar donde duele.

—De momento nos conformamos con que dejes por escrito que Alessia tiene total libertad para pasar los fines de semana en mi casa cuando le apetezca, y que bastaría con que te informara con antelación. ¿De acuerdo? —pregunto, mirando a Alessia.

Ella acaba asintiendo a regañadientes.

No, por supuesto que no se va a separar de Kiki. Yo tampoco permitiría que lo hiciera, por muy feliz que me haga imaginar a Alessia viviendo conmigo en un apartamento del tamaño de una caja de galletas. Si tengo que sacar las piernas por la ventana para que quepamos los dos, lo haré, llueva o nieve.

—¿Algo más? —espeta, mirándome fríamente.

—No. Puedes quedarte la casa, el coche, el chalet en la costa valenciana... Me dan igual las posesiones materiales. Mañana nos reuniremos con nuestros abogados y formalizaremos esto como dos personas adultas y maduras, sin pelear y sin necesidad de ir a juicio.

—Muy bien. —Parece estar muy lejos de aquí. ¿Así es como mira, habla y se comporta una Aurora Ganivet derrotada? Ni siquiera me produce placer. Me da incluso lástima que se deje caer de nuevo en el sofá y siga pinchando la ensalada, como sumida en un mal sueño, con los movimientos ralentizados y la vista desenfocada—. Puedes ir recogiendo tus cosas y yéndote de mi casa.

Asiento con la cabeza.

—Enseguida.

Nos quedamos los tres en silencio. Solo se escucha de fondo a la alocada protagonista de *Pájaro soñador* escondiéndose de un tipo melenudo, barbudo, forzudo y mil cosas más acabadas en «udo» hasta que, de pronto, Aurora suelta el tenedor, se lleva las manos a las sienes, como si le hubiera sobrevenido una migraña paralizante, y abandona el salón sin decir una sola palabra más.

Segundos después, se oye la puerta del dormitorio cerrarse de golpe.

Alessia y yo compartimos una mirada en la distancia. Ella sigue a un lado del televisor, y yo permanezco retirado junto a la encimera de la cocina.

Podría decir millones de cosas. «Gracias», para empezar. «Eres mi heroína», por seguir la misma línea. «Te quiero con locura», porque no viene mal recordarlo de vez en cuando. En su lugar, sabiendo que Alessia es reacia a los sentimentalismos, arqueo una ceja y entono con sospecha:

—Conque Olympia Woolf.

—Así es.

—Eres una máquina de hacer dinero y no te has ofrecido a salvar mi editorial con una aportación literaria —le reprocho con fingida indignación—. Esta te la guardo.

—¿Qué querías que te dijera? ¿Que formo parte del circuito más capitalista que existe en la actualidad porque trabajo para una empresa que tiene a sus empleados encerrados en sótanos sin ventilación y orinando en botellas de plástico para no moverse del escritorio? —bufa, mosqueada—. Es vergonzoso para mí.

—Creía que la parte vergonzosa era lo de admitir delante de tus padres que escribes escenas eróticas, pero debería haber supuesto que elegir al explotador de Bezos como jefe te dolería mucho más.

—El sexo no debe ser un tema tabú.

—¿Qué demonios sabrás tú del sexo? —me alarmo.

—Esa perla de sabiduría me la dijo Silvia, y digamos que yo coincido con ella.

Silvia. Su nombre viene como un golpe de aire fresco, me llena de cosquillas el estómago. También siento una ligera presión en el corazón por la manera en que nos despedimos.

Antes de dejarme llevar por el impulso de enviarle un mensaje o echar a correr hasta su casa, señalo a Alessia con el dedo.

—Pienso leer tus libros.

—No voy a detenerte. —Encoge un hombro—. Me enorgullezco de haber escrito clichés románticos como cepo para ganar una base de fans a los que luego sorprender con «la nueva romántica». Mi próxima protagonista será anarquista, transexual y conocerá a su novio en la manifestación del 8M.

—Ese libro no te lo compro —lamento, pensando en el enfoque comercial—, pero si tienes más clichés heteronormativos, eróticos y tóxicos, te los publico encantado. —Me acerco a ella con una sonrisa que apenas me cabe en la cara y le tiendo la mano—. Un placer hacer negocios contigo, señora Woolf. Supongo que de Virginia Woolf.

—Y Olympia es de Olympe de Gouges.

—A tus pies, eminencia. —Exagero una reverencia.

Ella se ríe y me rodea el cuello con sus brazos de alambre, esos que, si estirase mucho, podrían alcanzar hasta los sueños que los demás vemos tan lejos. Eso es lo precioso de la juventud, y más de la juventud de Alessia, que además de tener ambición, confía ciegamente en sus capacidades para conseguir lo que se proponga.

—¿Harías algo más por mí? —le pregunto, estrechándola contra mi cuerpo—. Solo una pequeña cosa de nada.

—¿Prestarte mis veinte mil euros?

—No, aunque si me los das, no te los voy a rechazar...

—Ni lo sueñes. ¿Qué quieres?

—Ve al dormitorio de tu madre y habla con ella. La has dejado hecha polvo.

Se separa lo suficiente para mirarme con un mohín.

—¿En serio quieres que vaya a hablar con esa bruja?

—Sí. Hasta que el grimorio no demuestre lo contrario, no es una bruja. Es tu madre.

—Es una madre-bruja, pluriempleada y orgullosa.

Se me escapa una carcajada sincera. Rompo el abrazo y le doy un empujoncito en la espalda hacia el pasillo que da al dormitorio principal.

—Bueno, yo voy a hablar con la madre-bruja y tú llamas a Silvia —cede a desgana.

—No voy a llamar a nadie hasta que tenga por escrito lo que quiero. Entonces, y solo entonces, me postraré a los pies de Silvia y le pediré que vuelva conmigo —proclamo con una mano en el pecho—. ¿No es eso lo que dicen tus protagonistas en las escenas finales?

Olympia Woolf sonríe de oreja a oreja, mostrando el nuevo *piercing* en el frenillo que se ha hecho sin aprobación materna o paterna, tan solo enseñando una autorización con una firma que ni se ha molestado en falsificar.

—Mis protagonistas son más románticos.

—Dios, debes de pasarlo peor en tu trabajo que un minero.

—Ni te lo imaginas. Si vas a hablar con Silvia, pregúntale si además de tu editora remunerada y tu novia, quiere ser mi madre —agrega, ya enfilando al pasillo. Es improbable que su destino sea el cuarto de Aurora, pero por lo menos lo he intentado—. Le estoy cogiendo el gusto a adoptar desconocidos como progenitores.

La doy por perdida suspirando con dramatismo, a lo que ella me guiña un ojito.

—Oye —la llamo, uniendo las manos en un rezo—. Gracias. Gracias, gracias, *gracias*.

Alessia no me responde. Se encoge de hombros, como si no hubiera hecho gran cosa —y es verdad, no ha hecho falta un bate de béisbol y una trituradora humana, como me temía que tendría que utilizar para hacer que Aurora entrara en razón—, y me lanza un beso.

En ese momento tengo una premonición. Veo a una Alessia de veinte años, más segura de sí misma aún, dejando a todo el mundo boquiabierto con su perspicacia y su preocupación social. Así, como me acaba de mirar, es como miraría la Alessia adulta. Así es como guiñaría un ojo y como sonreiría, satisfecha con el bien que ha causado con sus decisiones, a su jefe y a su pareja, a su vecino y a sus amigos.

Me embarga un alivio inconmensurable en cuanto entiendo lo que pasa. En cuanto lo sé. Y es que sé que, si no me supusiera un placer inmenso, un honor inexplicable, podría dejar de velar por ella, porque se ha convertido en lo que ha querido ser desde que medía un palmo: en la mujer que no necesita a nadie, en la guerrera que se salva a sí misma.

Y ya que está puesta, con la armadura y todo, pues nos salva también a los demás.

Capítulo 32

Más vale exnovio conocido
que exnovio por conocer

Si mi vida fuera una novela y terminara aquí y ahora, creo que los lectores encontrarían de lo más curioso que acabe justo donde empecé. Al comienzo de la historia acudía a la ruinosa oficina de una editorial, y cierro este ciclo haciendo cola en la oficina de empleo de la Comunidad de Madrid.

Creo que este debe de ser el lugar más triste de la tierra.[88] Aquí nos amontonamos, aparte de un par de caraduras, todos los que lo hemos intentado y fracasamos. El que pase por delante del cartel rojo con las siete estrellitas de nuestra bandera municipal verá lo que he decidido denominar La Hilera De Los Rendidos.

No estoy aquí para solicitar un subsidio por desempleo ni ningún tipo de ayuda de las que se ofrecen cuando agotas las prestaciones. He estado trabajando menos de medio año y creo que ni siquiera me dieron de alta porque, total, tampoco iban a pagarme. Pero supongo que para el inicio de mi

---

88. Omitiendo los campos de batalla de zonas en conflicto armado y los yermos de países que sufren fatigas económicas, claro.

nueva vida no me vendría mal informarme sobre la oferta formativa para gente joven. A mis veintinueve años[89] estoy en la flor de la vida.

Si la historia fuera cíclica y se repitiera, como proponen los historiadores, economistas y otros eruditos de las ciencias sociales, me recibiría en ventanilla un tipo moreno y atractivo con el que me tiraría pullitas hasta obtener un subsidio vergonzoso que, no obstante, tendría que aceptar para seguir adelante. Lo distinto con respecto al comienzo, es que mi padre se ha relajado y ya no me humilla sistemáticamente para que, por contradictorio que suene, levante cabeza. Ahora bien, permanece fiel a la psicología inversa, y que no me haya puesto agujas en el asiento en el sentido literal no quiere decir que no pretenda agujerearme con miradas afiladas o reproches como puñales si no me busco la vida.

Esta vez no es la presión de mi padre lo que me motiva a salir a la calle, y si por casualidad el tipo que se encarga de estas gestiones tuviera unos bonitos ojos negros y acento de Málaga, a partir de ahora soy ciega y sorda: estoy aquí porque he descubierto que se puede remontar. Remonté tras lo de Ernesto, y eso significa que podré superar a Bosco con tiempo, esfuerzo, un nuevo trabajo —preferiblemente con sueldo— y, supongo, el apoyo de mis allegados.

Entre esos allegados figura Lola, por cierto, que me ha animado con el puño en alto a conseguir lo que me proponga, justo como hace su definición de amiga y también la mía.

—Oiga —me pregunta una señora—. ¿Usted pidió cita previa por internet?

—No.

—Pues tiene que hacerlo si quiere entrar, porque aquí no se puede presentar sin más.

89. Dejadme en paz. Una dama tiene los años que le dé la gana.

—¿Y usted cómo ha deducido que no he pedido cita por internet? ¿Tiene una gran intuición?

La señora frunce sus labios pintados con un carmín de los que podrían brillar en la oscuridad y que le ha emborronado hasta el bigote.

No me presto a la discusión que quiere iniciar. No pienso apartarme de la cola, y me apuesto la ropa interior a que una vez me vea el tipo de la oficina, le va a importar un carajo si he visitado su web una, dos, tres veces o ninguna. Una servidora sabe cómo vestirse para encontrar trabajo, y no me refiero a trabajo sexual, que conste.[90]

Uno de los tipos de la cola se gira hacia mí en cuanto oye mi voz, curioso. Me quedo paralizada en el sitio al reconocer su perilla, su americana de raya diplomática y, en definitiva, su inolvidable carita de *putocabrón*. No me pongo nerviosa por que Ernesto Fernández de Córdoba se encuentre aquí, porque su existencia ha empezado a serme indiferente en algún punto de los últimos y caóticos meses, pero sí que me molesta la cercanía hasta que asimilo que está en la oficina de empleo. Y que lleva deportivas con la americana. Y que lleva un tiempo sin afeitarse.

¡Y que se da la vuelta intentando evitarme! ¡Cómo se atreve!

—¿Ernesto?

No le queda otro remedio que volverse hacia mí a regañadientes. Ni se molesta en componer una sonrisa falsa. Se me queda mirando al borde del berrinche, seguramente pensando algo como que, entre todas las amantes de Madrid que ha tenido y con las que podía cruzarse, tenía que ser yo la única a la que se tomó la molestia de demandar.

—Hola, Silvia.

—¿Qué haces aquí?

—¿A ti qué te parece? —me ladra, apretando la mandíbula.

90. Que también se me daría de lujo pero, como dijo Rajoy, no estamos para eso.

—Espero que no sea buscar trabajo, porque con esos modales te van a contratar donde yo me sé.

—No tengo peores modales que tú y conseguiste trabajo, así que no perderé la esperanza.

Le sostengo la mirada con una mueca incrédula.

—¿De qué vas con las borderías de despechado? Ni que te hubiera hecho algo.

—¿No? ¿No me has hecho nada? —me espeta, girándose del todo hacia mí. Debajo de la americana lleva una camiseta de algodón con manchas de café—. ¿Y por qué me han echado de Bravante con la excusa de haber llevado cuentas al margen de la gerencia?

—Hum... ¿porque, efectivamente, llevabas cuentas al margen? —ironizo, procurando decirlo lo bastante alto para que se entere hasta el funcionario en ventanilla. Sacudo la cabeza, impertérrita—. No me lo puedo creer. ¿Te han echado? ¿En serio? Uf. Qué pena.

Ernesto convierte sus labios en una línea.

—Te estás regodeando.

—No, hombre, claro que no, pero está claro que a todo cerdo le llega su San Martín. Y su finiquito. Aunque si te han echado por corrupto, dudo que te hayan pagado un céntimo... —«No te rías, Silvia, no seas malévola»—. Siempre puedes refugiarte en tu mujer. Seguro que te dará cariño mientras pasas por este duro bache.

El silencio de Ernesto no me habría dicho nada si además no hubiera agachado la cabeza en señal de humillación. Entonces sí que abro la boca de par en par.

—Espera... ¿Te ha dejado? Te ha dejado, ¿no? ¿Qué has hecho para que eso pase? —Propongo con humor—: Te has vuelto a liar con tu editora jefe, ¿eh? Si es que eres un pillín, Ernesto, Ernestito...

A estas alturas, toda la fila está mirando a Ernesto. Nunca le ha gustado ser el centro de atención si no era para hacer un brindis de honor en un evento multitudinario o en una entrevista televisiva, así que no es de extrañar que se ruborice hasta las puntas de las orejas.

—Ya ves que no eres la única que repite patrones —masculla a la defensiva—. A ti tampoco ha debido irte bien si estás aquí.

—Yo me he pirado por voluntad propia y dejando a mi espalda un imperio resucitado. ¿Qué has dejado tú, además de las cuentas peladas y a toda la plantilla con cara de tonta? Esta vez no me vas a pisar, Ernesto. Te quedo demasiado arriba para que puedas hacerlo.

Ernesto no responde. Se da la vuelta, todavía rojo y empequeñecido por la vergüenza, y procura que el enorme corpachón del solicitante que tiene detrás cubra su cuerpo y su bochorno.

—Este podría ser el mejor día de mi vida —admito en voz alta. La señora que me ha intentado castigar por ignorar la asignación de citas por internet se gira hacia mí.

—¿Un excompañero de trabajo?

—Y exnovio.

—Hija, qué bien lo has puesto en su sitio.

—Se ha hecho lo que se ha podido, señora.

Alguien más se une a nosotros en el rellano apartando a base de brazadas a los solicitantes amontonados en la cola. Diría que pidió cita con antelación y cuenta con un justificante que lo avale, porque avanza con esa seguridad que incomoda o deslumbra a los tímidos hasta plantarse en la recepción.

Al principio no lo reconozco, porque no lo habría vinculado a la oficina de empleo. A fin de cuentas, no da un palo al agua y no tiene ni idea de lo que se hace en su empresa. Pero tan pronto como mis ojos deciden que les duele la corbata naranja con la americana de cuadros, se me hace imposible renegar de su identidad. Solo un hombre en todo Madrid arruinaría una corbata atrevida con una chaqueta estilosa combinándolas como no deben combinarse, ni siquiera en el mismísimo contenedor de ropa usada.

En otro orden de cosas a las que prefiero no prestar atención, un hormigueo descarado se hace notar gritando a los cuatro vientos cuánto se alegra de verlo. Sobre todo cuando él me hace saber con un primer vistazo que soy lo que estaba buscando.

—Por fin —jadea, tirándose de la corbata para no ahogarse—. El Maps tiene mal ubicada la oficina y he estado dando vueltas con la moto como un idiota por media ciudad.

Quisiera yo saber qué dirección tiene bien ubicada el Maps, aunque aquí el verdadero desubicado es el mismo Bosco Valdés al dirigirse a mí como si nada.

—Ah, que este encontronazo es deliberado —respondo a la defensiva.

—¿Otro exnovio? —me pregunta la señora.

—Más o menos.

—No veas, hija, parece que los dejas por quedarse en paro —musita.

—¿Cómo sabes que estaba aquí, Valdés? —exijo saber con los brazos en jarras.

—Acabo de ver a tu hermana y me ha dicho que te había traído hacía un rato a la oficina. Sabiendo lo que se demoran este tipo de trámites, imaginé que todavía no habrías terminado.

—¿Ahora quedas con mi hermana a mis espaldas? —jadeo, anonadada.

—Ha sido cosa de una sola vez.

Nadie puede culparme por ponerme en lo peor.

—¿Cómo que ha sido cosa de una sola vez? ¿Has venido a decirme que tenéis un lío o algo así?

—¡No! —Da un paso hacia delante con la palma de la mano sobre el corazón—. He venido a decirte que soy oficialmente un hombre libre.

¿Hay algún cazatalentos en la sala? ¿No? Debería contratarme para el próximo éxito taquillero solo por lo bien que aparento que mi corazón no ha dado un salto de trapecista capaz de elevarme a diez metros del suelo. De hecho, me desentiendo como una ofendida dama victoriana.

—No sé a qué te refieres.

Bosco se toma muy a pecho lo de que una imagen vale más que mil palabras porque, en lugar de contestar, se mete una mano en la americana y saca un papel doblado una, dos, tres, cuatro... Sí, cuatro veces. Da igual que se noten las marcas de las insensibles dobleces, porque leo muy bien la palabra «divorcio».

La leo hasta que se me olvida lo que significa.

—¿Dónde te ha cabido eso? —se me ocurre preguntar—. En un bolsillo de pantalón de señora no habrías podido guardar ni la grapa que mantiene esos papeles juntos.

—¿Qué importa eso ahora? He conseguido el final feliz, Miss Honolulu. O por lo menos, he conseguido la mitad: deshacerme de Aurora, conseguir que Chiara sea legalmente mi hija y el derecho a ver a Alessia cuando quiera.

—Pues parece que no te falta nada.

Lo siento, pero tengo que hacerme de rogar. Es mi obligación de mujer despechada.

Él me mira con amor exasperado, como si ya supiera que esta iba a ser mi reacción y que tengo mis razones pero no le sobrara el tiempo para esperar a que me tire a sus brazos.

—Te equivocas, porque me falta justo la otra mitad. Mi otra mitad.

—Qué bonito. No te referirás a mí, ¿no? Porque en las dos semanas que han pasado desde que nos vimos por última vez, a esa mitad tuya que dejaste le ha dado tiempo a recomponerse.

—Este tipo de trámites requieren tiempo —se queja, avanzando hacia mí—. Podría haberme presentado en los juzgados con una pistola en la mano y haberle apuntado a la cabeza al funcionario de turno, pero en la cárcel no te habría sido muy útil, ¿a que no?

—Quizá no, pero aquí menos aún... A no ser que vengas a darme trabajo, claro.

—¡Siguiente! —llama el oficinista.

—Esa soy yo. —Me señalo con el pulgar—. Si me disculpas...

—¡No! —exclama de golpe, captando la atención hasta de los atareados funcionarios. Incluso la de Ernesto. La oficina se sume en un silencio expectante que Bosco aprovecha para acercarse a mí y robar el protagonismo—. Ni se te ocurra dar un paso más y abandonarme a la deriva. Por supuesto que he venido a darte trabajo. El trabajo que tenías, que naturalmente te será devuelto si así lo quieres, y el trabajo que doy yo por separado, que, como pieza que soy, te tendrá bastante atareada.

Me cruzo de brazos.

—¿El trabajo que tenía? —Elevo la voz para asegurarme de que todos me escuchan—. ¿Te refieres a ese trabajo de becaria que me diste como si fueras la última Coca-Cola del desierto, que no estaba ni pagado y no me cubría en caso de accidente?

Hay un pequeño silencio.

—¿Sin asegurar ni remunerar? —le grita el primer atrevido—. ¡Cerdo explotador!

—¡Serás cabrón! —le espeta la señora que antes me ha hablado de la cita previa, blandiendo su bolso como si a la mínima señal estuviera dispuesta a usarlo a modo de arma.

—Un poco de tranquilidad —pide Bosco, gesticulando con las palmas hacia abajo para amansar a las fieras—. Era la becaria y estábamos en bancarrota. Ella lo sabía... —Me dirige una mirada de advertencia y agrega entre dientes—: No me dejes en ridículo.

—No sé de qué estás hablando —miento, haciendo una mueca—. A mí me pareces un cerdo explotador.

—¡Por Dios, Silvia! Claro que voy a pagarte si vuelves —se

desespera—. Será un empleo remunerado con su derecho a cinco días de libre disposición al año, su cobertura social, sus privilegios de vicedirectora y dos periodos vacacionales, Navidad completa y quince días de agosto. ¿Qué me dices?

El que antes lo ha insultado por acomodado burgués abre la boca otra vez, pero porque se queda anonadado con la oferta. Se levanta un murmullo en la oficina de empleo.

Hasta los trabajadores comentan algo por lo bajo entre ellos.

—Coño, ya podría entrar otro de estos por la puerta para ofrecerme un trabajo así —dice un tipo con acento del norte, presumiblemente gallego. Señala el acceso a la oficina con el pulgar—. Oye, ¿no tendrás un amigo, por casualidad?

—Si ella te dice que no, cuenta conmigo —se ofrece una mujer.

—¡No, cuenta conmigo! —se adelanta otro, sacando de una maletita hecha ciscos una serie de papeles que parecen su currículo pasado por la batidora—. ¡Tengo diez años de experiencia en el departamento económico de una empresa de repuestos!

—Lo siento, pero no es esa clase de plaza la que estoy ofreciendo —clava en mí sus ojos negros—, y me temo que es un cargo hecho a su medida. Única y exclusivamente.

—¿Ves? A esto me refiero cuando te digo que no puedes teñirte el pelo de verde y llenarte la cara de *piercings* —se oye hablar a una señora, dándole un empujoncito a la adolescente que hay de pie a su lado con cara de aburrimiento—. A las únicas a las que les ofrecen este tipo de cosas es a las niñas guapas, ¿y te crees que tú, que ya de por sí lo tienes difícil, entrarás en esa categoría una vez te decolores? ¡Vas lista!

No me quiero ni imaginar la que se habría liado si Alessia hubiera oído eso.

Bosco no aparta la mirada de mí, y yo empiezo a lamentar haber intentado poner al pueblo de mi parte, porque el pueblo está harto de vivir de subsidios y necesita un empleo decente con urgencia. Haber obligado a Bosco a hacer su propuesta aquí ha sido un error a la altura de airear un paquete de chicles sin abrir en medio de una clase de inglés.

—Venga, ¿qué me dices? —me presiona con ojos chispeantes—. Ajustaremos juntos el salario, pero sobrepasará el mínimo interprofesional, te lo aseguro, e incluirá dietas y desplazamiento en el caso de que te necesite conmigo. Que lo hago —agrega, mirándome con toda la intensidad de su esperanza—, y mucho.

Un escalofrío placentero me recorre la espina dorsal.

—Me has tenido esperando durante meses por una propuesta de estas características —le recuerdo, elevando las cejas—. Meses en los que me lo has puesto muy difícil. Más difícil que nadie. Casi imposible.

—Ya no es imposible —me recuerda, extendiendo un brazo hacia mí.

Dejo que se canse de sostenerlo y lo deje caer.

—Pero puede que ahora esté cansada por los sobreesfuerzos y quiera un empleo donde el jefe tenga mejor humor, por ejemplo. O donde se me valore. Soy una trabajadora ejemplar que cualquier director ejecutivo o editor mataría por tener en su plantilla. —Y le dedico una mirada que agrega otro tipo de interpretación.

«Y también una mujer que cualquier hombre mataría por tener en su cama. O en su vida».

—Soy consciente —asegura, mirándome a los ojos.

—¿Ah, sí? ¿Eres consciente? Porque desde que te mandé mi currículo la primera vez he ganado tanta experiencia que no sé si mereces beneficiarte de ella. Si yo te contara los milagros que he hecho, alucinarías.

Sus ojos despiden un brillo cautivador.

—Seguro que sí, pero tienes que entenderlo. La primera vez que te vi no parecías experimentada. Caí en tu trampa como un tonto y olvidé que, a veces, el alumno supera al maestro.

—Perdona, pero yo soy el maestro.

Da el último paso para quedar justo delante de mis narices.

—¿Y cuál es la lección que más ganas tienes de darme?

Enrollo su corbata entre los dedos y lo acerco a mi cuerpo.

—Una para la que sería necesario emplear un registro vulgar y que te especializaría en todo tipo de interjecciones. Ya sabes, por su carácter... admirativo.

—No me digas. Suena bien. Y mejor sonará una vez que aceptes, eso seguro. —Esboza una sonrisa lobuna—. ¿Te tienta mi modesta oferta de trabajo?

—¿Modesta? —repite el gallego—. Parece que este no ha oído hablar de la precariedad laboral.

—¿Es que ni la piensas entrevistar? —rezonga la madre sin paciencia—. Está claro que ahora contratan a la gente por amiguismo. ¡O por su cara bonita!

—Estaré más que encantado de recibirte en mi oficina, o en cualquiera de mis bienes alquileres, sean de uso profesional o personal, para hacer un estudio exhaustivo de la propuesta —me asegura Bosco, rodeándome la cintura con el brazo. Se inclina sobre mí para hablarme en voz baja—. A este tipo de candidatas me gusta entrevistarlas... Así luego no me llevo sorpresas desagradables.

—¿De qué tipo de entrevista estamos hablando? Las preguntas serán razonables, ¿no?

—Las habituales. —Se encoge de hombros con coquetería—. Una vez cuestionados tus saberes, pasaremos a asuntos más prácticos, como de qué color quieres el cepillo de dientes para el que haré hueco en mi cuarto de baño. Incluso podría interrogarte sobre tus gustos cinéfilos. Así nos ahorraremos la discusión a la hora de elegir la película del viernes.

Su respuesta y las cosquillas que su nariz le hace a la mía acaban robándome una sonrisa.

—Si lo que me estás ofreciendo es un trabajo de novia, no hace falta que hablemos de precios —admito en voz baja—. Ese sí que lo haría gratis.

—No me digas... Y yo todo este tiempo pensando que era por ese por el que querías cobrarme.

El último nubarrón de tensión se desvanece entre nosotros y por fin puede unir su sonrisa brillante a la mía. Estoy segura de que, si miro a mi alrededor, cazaré a más de uno observando sin dar crédito los interminables, frenéticos y dulces besos que suceden al primero. A mí también me cuesta creer que no esté en un sueño cuando, de buenas a primeras, me coge en volandas y le da la espalda al oficinista.

—Lo siento, pero soy un jefe celoso. No comparto —anuncia en voz alta. Luego me mira a mí con esa cara de malo que pone cuando habla en serio—. Espero que no vuelvas a acercarte a ninguna empresa privada, pública u oficina de empleo en lo que queda de contrato, Altamira. De lo contrario, no respondo de mí.

La fila que colapsaba la puerta se abre para que podamos pasar y yo por fin le rodee el cuello con los brazos.

—Sobre eso... —Carraspeo—. No hemos discutido cuánto durará el contrato. ¿Me quieres otros tres meses?

Bosco se detiene en medio de la acera con los ojos de todos los solicitantes clavados en la espalda. Él es ajeno al mundo del mismo modo en que yo me concentro en su respuesta, que aguardo con la respiración contenida.

Sonríe muy despacio y me guiña un ojo, despreocupado.

—Digamos que estoy dispuesto a hacerte indefinida.

Epílogo

Cierro de un portazo que hace que tres cabezas respinguen hacia mí con los ojos como platos. Los portazos suelen dar por zanjada una discusión o advertir que un temperamento volcánico se aproxima, pero esta vez solo se trata de una Silvia Altamira armada con bolsas de compra. Las levanto como antorchas de los Juegos Olímpicos en señal de absoluta victoria.

—¡Hoy he cobrado mi primer sueldo en años! —anuncio con alegría.

—Lo sé —me responde Bosco desde la isla de la cocina. Lo único que alcanzo a ver de su rostro es una gruesa ceja arqueada que significa «y qué». El resto queda oculto por su taza de café—. He supervisado personalmente que Ángel te hacía el ingreso a las ocho en punto. ¿Qué es eso que traes?

—¡Mi primer sueldo! —repito—. ¿Es que no me escuchas cuando hablo?

Bosco baja la taza y me mira como si acabara de decirle que abandono todas mis posesiones materiales porque he decidido hacer una ruta mochilera destino Santiago.[91]

---

91. Tendría que estar muerta y haberme reencarnado en una pobre desgraciada para hacer un viaje en el que no pudiera llevar zapatos de tacón.

—¿Ya te has gastado todo tu sueldo? ¿Te estás quedando conmigo?

—O se lo ha gastado, o ha pedido que se lo den en monedas de un céntimo. —Al borde de la risa, Alessia señala las numerosas bolsas que aferro como si me fuera la vida en ello.

—A lo mejor están vacías y es broma —propone Chiara, que claramente no me conoce.

Vamos a darle una segunda oportunidad. Solo llevamos viéndonos con frecuencia desde hace más o menos dos meses. A fin de cuentas, todo el mundo se asombra al darse cuenta de que no exageraba un ápice cuando decía que soy una loca por las compras. Rebecca Bloomwood no habría sido nada sin mi influencia.

Bosco se baja del taburete y viene hacia mí con cara de pasmo. Me olvido de mis recientes adquisiciones al ver que lleva una sencilla camiseta de algodón dada de sí por el escote y tan desgastada que se ciñe a su cuerpo como una especie de insinuante lencería masculina.

Inspecciona las bolsas sin mudar de expresión.

—No me lo puedo creer. ¿Cuánto dinero te queda en el banco?

—Es mi primer sueldo en *años*, joder. ¿Qué esperabas? ¿Que lo ahorrase? —¿Perdona? ¿Ahorrar? ¿*Qué*?—. ¿En qué te gastaste tú tu primer sueldo?

—Dediqué un insignificante porcentaje en tomarme unas copas con unos amigos.

—Porque vivías en un pueblo de Málaga con menos de mil habitantes y seguro que te pagaron cuatrocientos euros por trabajar en la vendimia —le reprocho, una vez más sin darme cuenta de cómo suena. Bosco se limita a enarcar las cejas para que me escuche a mí misma. Tengo que suspirar, disculpándome, antes de retomar la perorata—. Ni se te ocurra arruinarme la ilusión de haberme gastado una bochornosa cantidad de dinero en cosas que no necesito pero me apetecía acumular en el trastero.

Bosco alza las manos.

—De acuerdo, me rindo.

—Tú misma lo has dicho. No las necesitabas —me regaña Alessia, decepcionada—. ¿Eres consciente de que el consumismo es el cáncer de la sociedad capitalista en la que vivimos?

Chiara ha captado al vuelo que mi espíritu de compradora compulsiva necesita un poco de apoyo moral para no morir de pena en esta casa. Por eso viene corriendo hacia mí con su adorable pijamita de unicornios estampados y empieza a asomarse al interior de las bolsas con curiosidad.

—¿Vas a decirnos qué has comprado?

—Por supuesto. Atención...

Meto la mano en la primera bolsa y saco un flamante vestido que Bosco examina con algo más de interés.

—¿Para qué es eso? ¿Pretendes ir de pasarela en un corto plazo? —Entorna los ojos y ladea la cabeza para verlo desde otra perspectiva—. ¿Eso de ahí es una raja? ¿El vestido tiene raja para que asome la pierna?

—Así es —proclamo, orgullosa.

—Puede quedarse, entonces —decide con voz ronca.

—Por supuesto que iba a quedarse. No me hagas elegir entre él y tú, porque te decepcionaría la respuesta —le ladro, apretándolo contra mi pecho—. Me lo voy a poner para el cumpleaños de Bárbara. Va a celebrar una macrofiesta increíble para demostrar que ha superado a Manuel ante los cerdos del club de tenis, que han ido diciendo por ahí que es una pobre miserable.

—¿Ha superado también el suspenso en las oposiciones?

—¿A qué viene eso? —gruño—. No te metas con mi hermana.

—No lo hago, Dios me libre —levanta las manos una vez más—. Era mera curiosidad.

—Ya sabes que le va estupendamente asesorando a pobres empresarios arruinados... como uno que yo me sé.

—¿Quién es ese que tú sabes? —pregunta Chiara, curiosa—. ¿Yo lo conozco?

Bosco me fulmina con la mirada y aparta a Chiara tirando con suavidad de su hombro. La anima a regresar a su desayuno de sábado por la mañana, Cola Cao servido en una taza infantil de *Frozen* y un puñado de cereales rellenos de chocolate con leche.

—También he comprado un presurizador de pelotas de tenis.

Bosco deja lo que estaba haciendo —ayudar a la menuda Chiara a escalar al taburete— y se gira hacia mí tan despacio que pareciera que le hubiese dicho que me he comprado el vibrador que sustituirá sus atenciones.

—Un ¿qué?

—Mantiene la presión de las pelotas.

—¿Qué clase de pijada es esa, Silvia? —Parece debatirse entre la risa y la desesperación.

—Una pijada que a lo mejor me ayuda a ganarle al tenis a mi padre cuando quede con él mañana.

—Pensaba que te iba a enseñar a jugar al tenis en condiciones, no que la competición estuviera servida al nivel de necesitar artefactos que... —Menea la cabeza—. ¿Esto no cuenta como ventaja? ¿No está prohibido, como el dopaje en el ciclismo?

—Tú sí que estás dopado —bufo—. También he comprado... ¡Tachán!

Saco dos corbatas, una de seda italiana azul marino y otra de un satinado gris marengo con rayas diagonales blancas.

—Esto es para ti, para que dejes de hacer el payaso.

Alessia suelta una carcajada. Está mirando la pantalla del móvil, pero sé que se ríe por mi culpa. Ella también opina que su padre acude al trabajo hecho un adefesio, porque aunque la niña vista como Avril Lavigne en la década de los 2000, esto no quiere decir que no entienda de buen gusto, solo que el buen gusto está hecho para agradar al prójimo y ella no tiene el menor interés en llamar la atención por algo distinto a los pines sindicalistas que salpican su mochila escolar.

—¿Me has comprado corbatas?

—Y un par de americanas.

—Me encantan las americanas, aunque no tanto como las madrileñas.

Pongo los ojos en blanco.

—Ahora te las pruebas, pero deja que le dé sus regalitos a Alessia y Chiara.

Las miro de soslayo, a tiempo para captar su reacción. Alessia levanta las cejas, haciéndose la sorprendida —está tan hecha a la idea de que soy parte de la familia que creo que se habría ofendido si no hubiera comprado nada—, mientras que Chiara abre los ojos tanto que parecen ocuparle toda la cara.

Salta de nuevo, sin haber terminado de masticar los cereales, y bate las palmas hasta que saco el paquete envuelto. Mientras ella se pelea con el papel de regalo, Alessia se acerca a mí haciéndose la dura y espera a que despliegue la camiseta negra. Sus ojos centellean, igualitos a los de su padre, al leer la inscripción: «No soy la musa, soy la artista», acompañado de un símbolo feminista que se camufla bajo el dibujo de la musa griega.

—¡Es espectacular! —Sonríe de oreja a oreja como pocas veces la he visto sonreír, porque vamos a ver quién es el listo que sonríe cuando hay gente siendo bombardeada en Oriente Próximo por culpa de intereses estadounidenses—. Me la voy a probar ahora mismo, aunque seguro que me queda bien.

—¡Luces para mi cuarto nuevo! —Chiara se rodea el cuello y los brazos con las lucecitas LED parpadeantes—. ¡Ahora sí que va a ser superbonito! ¿Me ayudas a colgarlas, papá?

—Por supuesto que sí, cariño.

Como para decirle que no a una cría que tiene un cuarto que parece el trastero de una vivienda unifamiliar del polígono.[92]

92. Con todo mi respeto a las viviendas unifamiliares del polígono.

Bosco acaba de mudarse a un piso más grande con tres habitaciones. A Alessia no le costó decorarla a su gusto porque ya contaba con la simbología política del dormitorio de casa de su madre, en el que apenas ha pasado cuarenta y ocho horas seguidas en los últimos treinta días. Sin embargo, Chiara está preocupada por su decoración, y si sumas eso a que ha desarrollado un repentino miedo a la oscuridad desde que sus padres volvieron a separarse, el regalo estaba cantado.

A pesar de echar de menos a su madre y no entender la situación del todo, Kiki me adora como solo una niña podría adorar a su Barbie preferida, y confío en que superará este pequeño bache tan pronto como se acostumbre a la nueva situación.

Alessia se ofrece a ayudar a Chiara con las luces, dejando a Bosco a solas conmigo entre el recibidor y la cocina.

—No sé cómo una hija del capitalismo le cae tan bien a la bolchevique júnior. Lo de Kiki lo entiendo, pero Alessia, en teoría, debería ser más difícil.

—Nadie se resiste a mi encanto, querido.

—Yo, desde luego, no soy la excepción. —Me roba un beso en los labios y me hace un gesto hacia la cocina—. Ven, te he hecho el desayuno.

Me da la espalda —una vista estupenda, por cierto— y se dirige a la cafetera silbando una melodía que me resulta familiar. Puede ser *Miss Honolulu*, que las niñas me cantan de forma indiscriminada desde que oyeron a Bosco llamarme así. Yo lo sigo sin soltar las bolsas. De hecho, las agarro con más fuerza, sabiendo que falta un último regalo que no sé cómo voy a entregarle.

He entrado por la puerta con ilusión y energía porque tengo que dar una noticia que me ha tenido mareada toda la mañana, pero ha sido mirarlo a los ojos y desinflarme como un globo, preguntarme si será buena idea y temblar de miedo ante su posible reacción.

Me siento en el taburete sin perder de vista lo cómodo que se siente en su nueva cocina. Se mueve como pez en el agua.

En cuanto localizo la taza vacía de la que había estado bebiendo, una con su respectiva frase estampada, mi mente se queda en blanco para enseguida formular una idea conflictiva. Apoyo el codo muy cerca de esta con el corazón latiéndome a toda pastilla. Lo que sea que me estuviera diciendo queda sofocado bajo el estruendo de la taza rompiéndose al impactar contra el suelo.

Bosco da un respingo. Primero me mira a mí para asegurarse de que no he sido yo la porcelana que se ha deshecho y luego baja la vista a donde descansan en paz los restos de la vajilla.

—Lo siento, no me he fijado en que estaba ahí.

—Joder, Silvia —se queja, mosqueado—. Esta taza tenía por lo menos nueve años.

—¡Te he dicho que lo siento! Pero... pero no pasa nada —agrego antes de perder el valor—, porque resulta que tengo una por aquí... una nueva... que creo que puede cuadrar mejor contigo.

Con la mano temblorosa, saco el envoltorio de cartón y lo libero de toda la parafernalia para dejar la taza delante de sus narices. La frase elegida apunta hacia mí, por lo que entiendo que ponga cara de resignación al verla.

—Gran sentido de la oportunidad. No te la habrás cargado porque me la regaló Aurora, ¿no? Aunque la pagara ella, la eligió Alessia.

—¿En serio? —Me muerdo el labio, culpable. ¿Yo, sintiéndome culpable? Esto debe de ser un efecto secundario de mi recién diagnosticada enfermedad temporal—. No lo sabía.

Bosco entorna los ojos.

—¿Que no lo sabías? Entonces sí que la has roto adrede. —Estira la mano hacia la taza. En el momento en que empieza a girarla, me pongo tan nerviosa que me sobrevienen las ganas de vomitar—. Más te vale que la frase sea más especial que...

Tengo que resistir el impulso de cerrar los ojos y huir de su reacción.

¡No! Si tuerce la boca por el disgusto o si se echa a llorar, tengo que verlo. Es mi deber. En el remoto caso de que su padre no lo quiera desde el primer momento, mi hijo o hija habrá de saberlo para tener claro muy pronto que yo debo ser su preferida de los dos... Aunque a mí también me ha horrorizado descubrir que me he quedado embarazada antes de casarme, siguiendo un orden ilógico que seguro me hará quedar mal frente a Bárbara.

Bosco levanta la taza con una cara que no le he visto antes.

¿Está en *shock*?

Me enseña el estampado, una barra de carga a la mitad con el dibujo del rostro de un bebé sonriente encima.

Debajo reza: «Futuro papá cargando».

—Lo sé, es de mal gusto. O sea, es como si estuviera diciendo que no eres padre ya, lo cual es mentira, porque tienes dos hijas, pero si aparecía con una taza tipo «Superpapá en prácticas» o «soy un papá barbudo, como un papá, pero mucho más guay» no te ibas a dar por aludido, así que he tenido que tirar de... ¡Arg!

No se ha visto a un ser vivo moverse tan rápido como Bosco. Rodea la encimera que nos separa sin que apenas me dé cuenta para hacerme soltar todas las bolsas y abrazarme con una intensidad abrumadora. Es cierto eso que se dice poéticamente sobre «fundirse en uno solo». Cuando se separa de mí para llenarme la cara de besos, estoy tan desorientada que pareciera que me hubiesen derretido la carne y los huesos para acomodarme en otro cuerpo.

—¿Cómo ha podido pasar? —pregunta, aturdido.

—¿Cómo que «cómo ha podido pasar»? ¿Tiene que venir Kiki a explicarte la función reproductiva? Tú te tomas lo de las cuatro comidas del día como una metáfora de hacerme el salto del tigre cada vez que te da hambre. ¿Cómo no iba a pasar, idiota?

—Te juro que no era mi intención. Se supone que tomas la píldora, ¿no?

Dice que no era su intención y le creo, porque es demasiado pronto, arriesgado cuando aún tenemos que consolidar nuestra relación y hasta peligroso, porque, para colmo, trabajamos juntos, pero hay tanta felicidad en su expresión que parece que le hubiera tocado la lotería.[93]

—Sí, bueno, la píldora también falla a veces. —Carraspeo para sonar firme, aunque por dentro esté hecha gelatina—. ¿Estás contento?

—¿Que si estoy contento? Ese bebé va a ser el mejor vestido de España.

Suelto una carcajada.

—Bueno, no sé. Mi ADN es fuerte, pero como el tuyo se imponga...

—Joder, cómo te quiero.

Su reacción me llena el alma. Podría haber sido más exagerado, haberme revoleado por el suelo, dado vueltas conmigo en brazos o incluso desnudado a tirones para hacer guarrerías en la misma encimera. Podría haberse puesto a cantar o a bailar. Pero ese «cómo te quiero» precipitado, que sale a trompicones, que te aturulla y hace que te preguntes acto y seguido, ruborizado como un colegial, si de verdad has dicho eso, vale por todos los cantes, bailes, saltos y polvos en la cocina. Vale por la vida que tengo, por eso he decidido compartirla con él, y vale por la vida que está por llegar, porque ese «cómo te quiero» envuelve también al bebé por un sencillo motivo: quiere todo lo que llevo dentro, desde lo putrefacto hasta lo digno de exhibición, incluidas ahora mis entrañas.

93. Que, obviamente, le ha tocado conmigo, *duh*.

Mis entrañas preñadas, hostia. Qué fuerte.

Me vuelve a estrechar contra él hasta que recupera el dominio de sus emociones.

—Dicho esto... —Niega con la cabeza—. ¿Tenías que romper la antigua?

—Ya sabes que no puedo hacerme querer sin hacer que me odies un poco al mismo tiempo.

—Pues mala suerte —sonríe al besarme la sien—, porque no te odio ni un poco.

—¿Ni un poquito? He roto tu taza. —La señalo.

—Pero me has arreglado la vida y, sinceramente, yo creo que está compensado.

Pongo los ojos en blanco aprovechando que me besa en la sien.

A una se le remueve el corazoncito con este tipo de confesiones, pero esa misma una debe mantener asimismo su reputación de Terminator intacta.

—¿Se puede ser más cursi?

—¿Se puede ser más guapa? —contraataca, sacándome la lengua.

Es un gesto que parece que Chiara descubrió ayer y que nos ha contagiado a todos. El otro día se la saqué a mi padre y por poco no vivo para contarlo.

—Lo dudo bastante —me regocijo, ahuecándome el pelo con un gesto arrogante.

Él sacude la cabeza con incredulidad, como cada vez que cae en la cuenta de que convive con una pija insoportable. Lo bueno es que a la vez que se asombra con sus insólitos gustos, es víctima de La Gran Revelación, que no es que me quiera a pesar de ello, sino que me quiere justo por eso. Está claro que lo único que tienen en común el amor y el odio no es que tienen cuatro letras, ni que cada uno se sitúa en el extremo contrario del espectro, sino que son sentimientos irracionales y totalmente compatibles.

Me odiaba por lo mismo que ahora me quiere, y lo mismo puedo decir yo de él.

Pero yo siempre lo odiaré más.

Que quede claro.

Nota de la autora

Más arriba lo he aclarado, pero por si alguien no lo ha leído, quiero recalcar (porque me parece importante) que las opiniones de los personajes (el clasismo de Silvia y la forma en que ve la vida, por remarcar lo más llamativo) no son opiniones que yo comparta ni de lejos, que no pretendo vender ninguna visión particular sobre ciertos aspectos políticos como la correcta (un ejemplo sería la manera en que Alessia trata el feminismo, que, evidentemente, no es el único modo de vivir el feminismo) y que esto es un libro de humor bruto, por lo que las situaciones y personajes son caricaturizados en mayor o menor medida para que uno se divierta con la bastedad y lo mamarracho. Insisto en que no pretendo aleccionar ni de lejos, solo darle un toque irreverente a asuntos de la actualidad para que encaje en el concepto de novela contemporánea.

«Para viajar lejos no hay mejor nave que un libro».

Emily Dickinson

Gracias por tu lectura de este libro.

En **penguinlibros.club** encontrarás las mejores recomendaciones de lectura.

Únete a nuestra comunidad y viaja con nosotros.

penguinlibros.club

Penguin
Random House
Grupo Editorial

 penguinlibros